A QUINTA MULHER

A marca FSC é a garantia de que a madeira utilizada na fabricação do papel deste livro provém de florestas de origem controlada e que foram gerenciadas de maneira ambientalmente correta, socialmente justa e economicamente viável.

HENNING MANKELL

A QUINTA MULHER

TRADUÇÃO
Luciano Vieira Machado

COMPANHIA DAS LETRAS

DEN FEMTE KVINNAN © 1996 by Henning Mankell

Publicado mediante acordo com Leopard Förlag (Estocolmo)
e Leonhardt & Høier Literary Agency A/S, Copenhague.

*Grafia atualizada segundo o Acordo Ortográfico da Língua Portuguesa de
1990, que entrou em vigor no Brasil em 2009.*

Título original:
Den femte kvinnan
Traduzido da versão inglesa *The fifth woman*, de Steven T. Murray

Capa:
Elisa v. Randow

Foto de capa:
Karin Smeds. *Passenger train* at *railway station*, Estocolmo, Suécia.
© Karin Smeds/ Getty Images

Preparação:
Silvia Massimini Felix

Revisão:
Carmen T. S. Costa
Adriana Cristina Bairrada

Dados Internacionais de Catalogação na Publicação (CIP)
(Câmara Brasileira do Livro, SP, Brasil)

Mankell, Henning
 A quinta mulher / Henning Mankell ; tradução Luciano Vieira Machado. — 1ª ed. — São Paulo : Companhia das Letras, 2012.

Título original: Den femte kvinnan.
ISBN 978-85-359-2099-4

1. Ficção policial e de mistério (Literatura sueca) 2. Romance sueco I. Título.

12-04294   CDD-839.737

Índice para catálogo sistemático:
1. Romances : Literatura sueca 839.737

2012

Todos os direitos desta edição reservados à
EDITORA SCHWARCZ S.A.
Rua Bandeira Paulista 702 cj. 32
04532-002 — São Paulo — SP
Telefone (11) 3707-3500
Fax (11) 3707-3501
www.companhiadasletras.com.br
www.blogdacompanhia.com.br

Vi Deus num sonho e Ele tinha dois rostos. Um era sereno e bondoso como o rosto de uma mãe; o outro parecia o rosto de Satã.

De *The Fall of the Imam*, Nawal El Saadawi

Com amor e carinho a teia de aranha tece sua aranha.

Provérbio africano

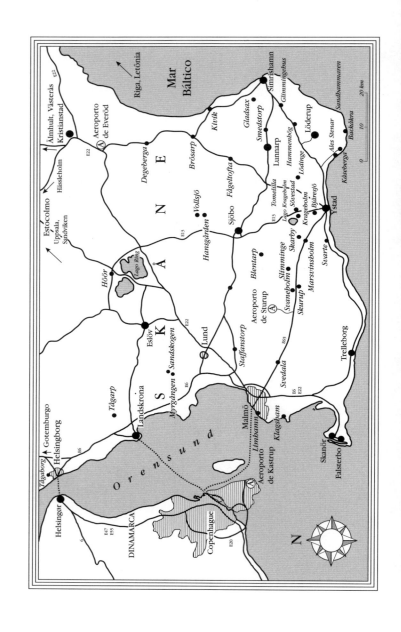

ÁFRICA — SUÉCIA
MAIO-AGOSTO DE 1993

Prólogo

A carta chegou em Ystad no dia 19 de agosto de 1993. Como trazia um selo africano e devia ser de sua mãe, ela não a abriu imediatamente. Queria lê-la num momento de paz e tranquilidade. Pela espessura do envelope, dava para ver que era alentada. Não tinha notícias da mãe fazia mais de três meses e agora devia haver muitas novidades. Deixou a carta na mesinha de centro e resolveu esperar até a noite. Sentia, porém, um ligeiro desconforto. Por que dessa vez a mãe datilografara seu nome e endereço? Com certeza a resposta estaria na carta. Era perto da meia-noite quando ela abriu a porta que dava para a varanda e sentou-se em meio aos seus vasos de flores. Era uma agradável e tépida noite de agosto, talvez uma das últimas do ano. O outono já estava próximo, rondando sorrateiramente. Abriu a carta e começou a ler.

Só depois de ter lido a carta até o fim, ela começou a chorar. Àquela altura já sabia que a carta fora escrita por uma mulher. Não apenas pela letra, havia também algo na escolha das palavras, na maneira como a mulher descrevia da forma mais compassiva possível a medonha verdade do que acontecera. Não havia compaixão. Apenas o próprio ato em si mesmo. Só isso.

A carta fora assinada por Françoise Bertrand, agente de polícia. Sua posição não era muito clara, mas ela fazia investigações criminais para a comissão central de homicídios do país. Foi nessa função que tomou conhecimento dos eventos ocorridos certa noite de maio, numa remota cidade do deserto, no norte da África.

Os fatos do caso eram claros, fáceis de entender e aterrorizantes. Quatro freiras, cidadãs francesas, tinham sido assassinadas por desconhecidos, que lhes cortaram a garganta. Os assassinos não deixaram vestígios, apenas sangue; sangue espesso e coagulado por toda parte.

Mas havia também uma quinta mulher, uma turista sueca, que visitava as freiras na noite em que os assassinos apareceram com suas facas. O passaporte revelava que seu nome era Anna Ander, sessenta e seis anos, e que estava no país com visto de turista. Com o passaporte havia uma passagem de avião sem data marcada para a volta. Como o assassinato de quatro freiras já era grave demais, e como Anna Ander parecia estar viajando sozinha, a polícia, sob pressão política, resolveu não mencionar a quinta mulher. Ela simplesmente não se encontrava lá na noite fatal. Sua cama estava vazia. Em vez disso, noticiaram sua morte atribuindo-a a um acidente de trânsito e a enterraram numa cova sem identificação. Todos os traços foram apagados. E era aí que Françoise Bertrand entrava em cena. *Certa manhã, bem cedo, meu chefe ligou para mim*, escreveu ela em sua longa carta, *e me disse que fosse ao convento*. Àquela altura, a sueca já fora enterrada. A tarefa de Françoise Bertrand era destruir seu passaporte e pertences.

O objetivo era dar a impressão de que Anna Ander nunca pusera os pés naquele país. Ela deixara de existir, fora apagada de todos os registros oficiais. Françoise Bertrand achou uma bolsa de viagem, que os investigadores não tinham visto, atrás de um guarda-roupa. Dentro dela estavam as cartas que Anna Ander começara a escrever, endereçadas a sua filha numa cidade chamada Ystad, na longínqua Suécia. Françoise Bertrand desculpava-se por ter lido aquelas mensagens particulares. Pedira ajuda a um artista sueco alcoólatra, conhecido seu na capital, que lhe traduzira as cartas. Françoise anotou as traduções, leu-as para si mesma, e pouco a pouco uma cena começou a tomar forma.

Já então sentia dor na consciência pelo que acontecera àquela quinta mulher. Não apenas pelo fato de ter sido brutalmente assassinada no país que Françoise tanto amava. Na carta, tentou explicar o que estava acontecendo em seu país, e também contou algumas coisas sobre si mesma. Seu pai nascera na França, mas, ainda criança, fora com os pais para o norte da África. Lá ele cresceu e depois se casou com uma mulher do país. Françoise, a mais velha de todos os irmãos, sempre sentia como se tivesse um pé na França, outro na África. Mas agora não tinha mais nenhuma dúvida. Era africana. E por isso se sentia atormentada pela cisão que dividia seu país. Era por isso também que não queria contribuir com os males infligidos a ela própria e ao seu país, riscando do mapa aquela mulher, chegando a negar a própria responsabilidade no que se referia à presença de Anna Ander. Françoise Bertrand começou a sofrer de insônia. Por fim resolveu escrever à filha da mulher morta e dizer-lhe a verdade. Obrigou-se a fazer isso, apesar da lealdade que tinha para com a força policial, mas pedia que seu nome fosse mantido em segredo. *Estou lhe dizendo a verdade*, escreveu ela no fim de sua longa carta. *Talvez eu esteja cometendo um erro contando a você o que aconteceu. Mas como eu poderia agir de outra forma? Encontrei uma bolsa com cartas que uma mulher escreveu à filha. Agora estou lhe contando como elas chegaram às minhas mãos e enviando-as a você.*

Françoise Bertrand pôs no envelope as cartas inacabadas e o passaporte de Anna Ander.

Sua filha não leu as cartas. Depositou-as no chão da varanda e chorou durante muito tempo. Só se levantou ao amanhecer. Entrou, sentou-se à mesa da cozinha e ficou imóvel, a cabeça completamente vazia. Mas então tudo de repente lhe pareceu simples. Deu-se conta de que durante todos aqueles anos nada fizera senão esperar. Não entendera isto até então: o fato de que estava esperando e por que o fazia. Agora sabia. Tinha uma missão, e não precisava esperar mais para cumpri-la. Chegara a hora. Sua mãe se fora. Uma porta se escancarara.

Ela se pôs de pé e foi pegar sua caixa com tiras de papel e o grande livro que mantinha numa gaveta sob a cama. Espalhou as tiras dobradas na mesa à sua frente. Sabia que havia quarenta e três. Começou a desdobrar as tiras, uma a uma.

A cruz estava na vigésima sétima. Abriu o livro e deslizou o dedo de cima a baixo pela coluna de nomes até chegar à linha certa. Olhou o nome que lá escrevera e pouco a pouco um rosto materializou-se diante dela. Então fechou o livro e pôs as tiras de papel de novo na caixa.

Sua mãe estava morta. Agora não tinha mais dúvidas. E agora não havia como voltar atrás. Ela se daria um ano para elaborar o sofrimento e fazer todos os preparativos. Voltou para a varanda, fumou um cigarro e lançou um olhar sobre a cidade que começava a acordar. Uma tempestade se aproximava, vinda do mar.

Logo depois das sete da manhã, foi para a cama. Era o dia 20 de agosto de 1993.

SKÅNE
21 DE SETEMBRO-11 DE OUTUBRO DE 1994

1

Logo depois das dez da manhã, ele finalmente terminou. As últimas estrofes foram difíceis de escrever; levaram muito tempo. Pretendia criar uma expressão melancólica, mas bela. Muitos esboços foram parar na cesta de papéis. Por duas vezes esteve prestes a desistir totalmente, mas agora o poema estava diante dele, em cima da mesa — seu lamento pelo pica-pau-malhado médio, que quase desaparecera da Suécia. O pássaro já não era visto no país desde princípios da década de 1980 — mais uma espécie que logo seria varrida da face da Terra pela humanidade.

Levantou-se da escrivaninha e se espreguiçou. Com o passar dos anos, tornava-se cada vez mais difícil ficar debruçado sobre seus escritos por horas a fio.

Um homem de idade não devia escrever poemas, pensou ele. Quando você tem setenta e oito anos, seus pensamentos de nada servem para quem quer que seja. Mas ao mesmo tempo ele sabia que aquilo era errado. Só no mundo ocidental as pessoas idosas eram vistas com indulgência e um certo desdém. Em outras culturas, a velhice era respeitada como uma fase de grande sabedoria. Continuaria a escrever poemas enquanto conseguisse segurar uma caneta e conservasse sua lucidez. Não tinha condições de fazer muito mais que isso. Tempos atrás, fora vendedor de carros, o mais bem-sucedido da região. Era conhecido como um negociante duro. Com certeza vendera muitíssimos carros. Nos bons tempos, tinha filiais em Tomelilla e Sjöbo. Ganhara dinheiro o bastante para se permitir viver com certo estilo. Mas o que lhe importava mesmo era sua poesia. Os versos que estavam em sua mesa lhe traziam uma grande satisfação.

Fechou as cortinas das janelas panorâmicas que davam para os campos que, ondeantes, desciam em direção ao mar, fora de seu ângulo de visão. Aproximou-se de sua estante. Já publicara nove livros de poesia. E lá estavam eles enfileirados. Nenhum vendera mais que uma única e pequena edição. Não mais de trezentos exemplares. Os volumes não vendidos estavam guardados em caixas de papelão, no porão. Os livros eram seu orgulho e sua alegria, embora há muito tempo tivesse resolvido queimá-los algum dia. Levaria as caixas para o quintal e jogaria um fósforo sobre elas. No dia em que recebesse sua sentença de morte, fosse de um médico, fosse por meio de uma premonição de que sua vida logo acabaria, ele iria se livrar dos finos volumes que ninguém queria adquirir. Ninguém haveria de lançá-los num monte de lixo.

Olhou para os livros na estante. Durante toda a sua vida lera poemas e decorara muitos deles. Não tinha ilusões; seus poemas não eram os melhores jamais escritos, mas tampouco eram os piores. Em cada um de seus volumes, que ele publicava a cada cinco anos mais ou menos desde fins da década de 1940, havia estrofes que poderiam figurar entre as melhores. Mas ele fora negociante por profissão, e não poeta. Seus poemas não eram resenhados nos cadernos de cultura. Ele tampouco recebera prêmios literários. E seus livros foram publicados com o dinheiro do próprio bolso. Enviara sua primeira coletânea de poemas para as grandes editoras de Estocolmo. Os livros voltavam com uma breve carta padrão. Um editor se deu ao trabalho de fazer um comentário pessoal. Ninguém queria ler poemas que só falavam de pássaros. *A vida espiritual da lavandisca branca não interessa a ninguém*, escreveu o editor.

Depois disso, passou a não perder tempo com editores. Ele mesmo bancava a publicação: capas simples, sem luxos. O que importava eram as palavras que havia entre a capa e a contracapa. Apesar de tudo, ao longo dos anos muitas pessoas tinham lido seus poemas e muitas lhe disseram ter gostado. Agora ele acabara de escrever mais um, sobre o pica-pau-malhado médio, um pássaro encantador que já não se via na Suécia.

O poeta dos pássaros, pensou ele. Quase tudo o que escrevi é sobre pássaros: o bater das asas, o voo impetuoso noite adentro, um solitário chamado para o acasalamento ao longe. No mundo dos pássaros, encontrei uma imagem reflexa dos mais profundos segredos da vida.

Pegou a folha de papel. A última estrofe estava muito boa. Pôs novamente o papel na escrivaninha. Sentiu uma dor aguda nas costas ao atravessar a grande sala. Será que estava ficando doente? Todo dia atentava para os sinais de que seu corpo começava a traí-lo. Mantivera a boa forma durante toda a vida. Nunca fumara; bebia e comia sempre com moderação. Esse regime lhe proporcionou boa saúde. Mas logo completaria oitenta anos. O fim do tempo que lhe cabia estava próximo. Foi à cozinha e, de uma cafeteira que estava sempre ligada, verteu café numa xícara.

O poema que acabara de escrever lhe causava tristeza, mas também alegria. O outono de minha vida, pensou. Um nome bem adequado. Cada coisa que escrevo pode ser a última. E estamos em setembro. É outono. No calendário e em minha vida.

Levou o café para a sala de estar e sentou-se com todo cuidado numa das poltronas de couro marrom que estavam com ele havia quarenta anos. Ele as comprara para comemorar sua vitória quando foi brindado com a franquia da Volkswagen para a região sul da Suécia. Na mesa perto do braço da poltrona estava a fotografia de Werner, o alsaciano do qual sentia mais saudade dentre todos os outros cães que o acompanharam ao longo da vida. Envelhecer era ficar solitário. As pessoas que preenchiam sua vida morriam. Mesmo seus cães desapareciam nas sombras. Logo ele ficaria sozinho. A certa altura da vida, todos ficam sozinhos. Há pouco tempo tentara escrever um poema sobre esse assunto, mas nunca chegava ao fim. Talvez devesse tentar de novo. Mas era sobre pássaros que sabia escrever. Não sobre pessoas. Os pássaros ele conseguia entender. As pessoas estavam no campo do imponderável. Será que chegara a entender a si mesmo? Escrever poemas sobre algo que ele não entendia seria como cometer uma transgressão.

Fechou os olhos e de repente se lembrou. "Perguntas que valem dez mil coroas", programa de TV de fins da década de 1950 ou de princípios da década de 1960. Naquela época a televisão ainda era em preto e branco. Um jovem vesgo de cabelos negros penteados para trás escolheu o tema "Pássaros". Ele respondeu a todas as perguntas e recebeu o cheque de dez mil coroas, uma soma incrível naquela época.

Ele não estava num estúdio de televisão, numa cabine com fones de ouvido. Estava sentado naquela mesma poltrona. Também sabia todas as respostas, nem uma vez precisou de um pouco mais de tempo para refletir. Mas não ganhou dez mil coroas. Ninguém sabia de seu vasto conhecimento de pássaros. Ele simplesmente continuava a escrever seus poemas.

Um barulho causou-lhe um sobressalto, acordando-o do devaneio. Apurou os ouvidos na sala às escuras. Será que havia alguém no quintal? Afastou aquele pensamento. Estava imaginando coisas. Envelhecer significa sofrer de ansiedade. Instalara boas fechaduras nas portas, tinha uma espingarda no quarto lá em cima e um revólver bem à mão, numa gaveta da cozinha. Se algum intruso entrasse naquela chácara ao norte de Ystad, ele tinha condições de se defender. E não hesitaria em fazer isso.

Levantou-se da cadeira e sentiu outra pontada nas costas. A dor vinha e ia embora em ondas. Pôs a xícara de café na bancada da cozinha e consultou o relógio de pulso. Quase onze da noite. Estava na hora de ir. Deu uma olhada no termômetro do lado de fora da janela da cozinha e viu que fazia sete graus. O barômetro estava subindo. Uma leve brisa vinda do sudoeste passava por Skåne. As condições eram ideais, pensou. Naquela noite o voo seria rumo ao sul. As aves migratórias passariam aos milhares no alto, levadas por asas invisíveis. Ele não poderia vê-las, mas as sentiria na escuridão, bem lá no alto. Por mais de cinquenta anos passara incontáveis noites de outono em campo aberto, sentindo a travessia dos pássaros. Sempre lhe parecia que todo o céu estava em movimento.

Orquestras inteiras de pássaros canoros silenciosos iriam embora antes do inverno que se aproximava, rumando para climas mais quentes. O impulso de partir era inato, e sua capacidade de orientar-se pelas estrelas e pela gravidade da terra os mantinha na direção certa. Eles buscavam os ventos mais favoráveis; tinham procurado engordar ao longo do verão, e estavam em condições de voar horas a fio. Todo um céu noturno, vibrando com asas, estava começando sua peregrinação anual a Meca.

O que era um homem solitário e preso à terra comparado a um voador noturno? Sempre pensava naquilo como a realização de um ato sagrado. Sua missa solene outonal particular, quando ficava lá no escuro, sentindo a partida dos pássaros migratórios. E então, quando chegava a primavera, lá estava ele para dar-lhes as boas-vindas. A migração deles era sua religião.

Entrou no hall e pousou uma das mãos nos cabides dos casacos. Então voltou para a sala de estar e vestiu o colete que estava no banquinho ao lado da escrivaninha. Além de outros incômodos, envelhecer fazia com que sentisse frio mais depressa.

Mais uma vez olhou para o poema, já terminado, em cima da escrivaninha. Talvez vivesse o bastante para juntar poemas suficientes para uma nova coletânea. Já escolhera o título: *Missa solene na noite*.

Voltou para o hall, vestiu o casaco, pôs um boné na cabeça e abriu a porta da frente. Lá fora, o ar outonal cheirava a barro molhado. Fechou a porta atrás de si e deixou que os olhos se acostumassem com a escuridão. O jardim parecia abandonado. Ao longe, ele via o brilho das luzes de Ystad. Morava tão distante dos outros vizinhos que aquela era a única fonte de luz. O céu estava quase claro e cheio de estrelas. Viam-se umas poucas nuvens no horizonte. Naquela noite a emigração deveria passar no alto de sua propriedade.

Ele se pôs a caminho. Sua chácara era velha e tinha três alas. A quarta fora destruída por um incêndio no começo do século. Gastara um bocado de dinheiro para reformar o edifício, embora o trabalho ainda não estivesse concluído. Deixaria tudo aquilo para a Associação Cultural de Lund. Nunca se casara nem tivera filhos. Vendeu carros e enriqueceu. Teve cães. Depois, os pássaros.

Não se arrependia de nada, pensou, enquanto seguia o caminho rumo à torre que ele próprio construíra. Não me lamento de nada, já que lamentar-se não faz sentido.

Era uma bela noite de setembro. Mesmo assim, algo o incomodava. Parou no caminho, apurou os ouvidos, mas a única coisa que conseguia ouvir era o leve gemido do vento. Continuou a caminhada. Será que era a dor que o estava preocupando, aquelas súbitas dores agudas nas costas? A preocupação nascia de alguma coisa em seu íntimo.

Parou novamente e olhou em volta. Não havia nada ali. Estava sozinho. O caminho, em declive, ia dar numa pequena subida. Logo antes dela, havia um largo fosso sobre o qual ele construíra uma ponte. No alto da subida ficava sua torre. Perguntou-se quantas vezes trilhara aquele caminho. Conhecia cada montículo, cada depressão. Ainda assim, caminhava devagar e com cuidado. Não queria correr o risco de cair e quebrar a perna. Os ossos das pessoas idosas ficam frágeis, ele sabia disso. Se chegasse a um hospital com uma fratura no quadril, com certeza morreria, pois não conseguiria ficar ocioso numa cama de hospital. Começaria a se preocupar com a própria vida. E então nada poderia salvá-lo.

Uma coruja piou. Em algum lugar próximo dali, um

ramo estalou. O som viera do arvoredo do outro lado da colina onde ficava sua torre. Ficou parado, todos os sentidos em estado de alerta. A coruja piou novamente. Depois tudo era silêncio. Soltou um resmungo e continuou.

Velho e assustado, murmurou. Com medo de fantasmas e do escuro. Agora ele já enxergava a torre. Uma silhueta negra contra o céu noturno. Mais vinte metros e estaria na ponte que cruzava o fosso profundo. Continuou andando. A coruja se fora. Uma coruja-do-mato, pensou. Não havia dúvida, era uma coruja-do-mato.

De repente, parou. Chegara à ponte que passava por cima do fosso.

Havia algo na torre da colina. Alguma coisa estava diferente. Apertou os olhos, tentando ver os detalhes na escuridão. Não conseguiu distinguir o que era. Mas alguma coisa tinha mudado.

Estou imaginando coisas, pensou. Tudo está como antes. A torre construída havia dez anos não havia mudado. É minha vista que está anuviada, só isso. Avançou para a ponte, sentiu as pranchas sob seus pés e continuou de olho na torre.

Havia algo errado, pensou. Eu seria capaz de jurar que ela está um metro mais alta que na noite passada. Ou então tudo não passa de um sonho, e estou olhando para mim mesmo de pé lá na torre.

No momento em que lhe ocorreu aquilo, percebeu que era verdade. Havia alguém no alto da torre. Uma silhueta, imóvel. Uma onda de medo lhe perpassou o corpo, como uma lufada de vento isolada. Então sentiu raiva. Alguém invadira sua propriedade e subira na torre sem lhe pedir permissão. Provavelmente era um caçador furtivo perseguindo o gamo que pastava do outro lado da colina. Não devia ser outro observador de pássaros.

Chamou a figura da torre. Nenhuma resposta, nenhum movimento. Novamente ficou em dúvida. Os olhos o estariam enganando, estavam muito anuviados.

Chamou novamente. Nenhuma resposta. Começou a cruzar a ponte.

Quando as pranchas cederam, ele caiu de cabeça para baixo. Projetou-se para a frente e nem teve tempo de abrir os braços para interromper a queda. O fosso tinha mais de dois metros de profundidade.

Sentiu uma dor terrível, que surgiu do nada e penetrou-lhe o corpo como lanças quentes. A dor era tão intensa que ele não conseguiu nem gritar. Pouco antes de morrer, percebeu que não chegara ao fundo do fosso. Permanecia suspenso em sua própria dor.

Seu último pensamento foi para as aves migratórias, em algum lugar bem acima dele. O céu deslocando-se para o sul.

Tentou se afastar da dor uma última vez. E então tudo estava acabado.

Eram onze e vinte de 21 de setembro de 1994. Naquela noite, grandes bandos de tordos e de pássaros negros de asas vermelhas voavam para o sul. Vinham do norte e tomavam o rumo sudoeste acima de Falsterbo Point, indo em direção ao calor que os esperava, muito longe dali.

Quando tudo se aquietou, ela desceu com cuidado os degraus da torre e apontou a lanterna para dentro do fosso. Holger Eriksson estava morto. Desligou a lanterna e ficou parada na escuridão. Depois se afastou depressa.

2

Logo depois das cinco da manhã do dia 26 de setembro, Kurt Wallander acordou em seu apartamento na Mariagatan, no centro de Ystad.

A primeira coisa que fez quando abriu os olhos foi examinar as próprias mãos. Estavam bronzeadas. Recostou-se no travesseiro novamente e ouviu a chuva de outono tamborilando na janela. Veio-lhe um sentimento de satisfação quando se lembrou da viagem que acabara dois dias antes no aeroporto de Kastrup, em Copenhague. Passara uma semana com seu pai em Roma. Lá estava quente. De tarde, quando o calor era mais intenso, eles procuravam um banco nos jardins da Villa Borghese, onde o pai podia se sentar à sombra, enquanto Kurt ficava sem camisa e voltava o rosto para o sol. Aquele fora o único motivo de conflito durante a viagem. Seu pai não conseguia entender aquela vaidade que o fazia gastar tempo tentando se bronzear.

Que passeio agradável, pensou Wallander ainda deitado na cama. Fizemos uma viagem a Roma, meu pai e eu, e tudo correu bem. Muito melhor do que eu podia esperar.

Olhou o relógio. Tinha de voltar ao trabalho naquele dia. Mas não estava com pressa. Ainda podia ficar na cama por algum tempo. Estendeu a mão para a pilha de jornais que folheara na noite anterior e começou a ler sobre os resultados da eleição parlamentar. Como estava em Roma no dia da eleição, mandara seu voto de lá. Os sociais-democratas receberam uns bons quarenta e cinco por cento dos votos. Mas o que significava aquilo? Haveria alguma mudança?

Tornou a pôr o jornal no chão e voltou a pensar em Roma. Ficaram num hotel não muito caro, perto do Campo dei Fiori. Do terraço logo acima de seus dois quartos, tinham uma bela vista da cidade. Lá tomavam o café da manhã e planejavam o que fariam durante o dia. O pai de Wallander sabia o que queria ver. Wallander ficou preocupado porque ele queria ver coisas demais e não teria forças para isso. Tentava ver se o pai dava mostras de estar confuso e esquecido. O mal de Alzheimer, aquela doença de nome esquisito, estava à espreita, e ambos sabiam disso. Mas durante toda aquela semana feliz, o homem se mostrou em excelente forma. Wallander sentiu um aperto na garganta ao pensar que toda a viagem era coisa do passado, agora era apenas mera lembrança. Nunca mais haveriam de voltar a Roma juntos.

Houve momentos de muita aproximação entre os dois, pela primeira vez em quase quarenta anos. Wallander refletiu sobre a descoberta que fizera de que eram parecidos, mais do que estava disposto a reconhecer. Definitivamente, ambos funcionavam melhor de manhã. Quando Wallander disse ao pai que o hotel não servia o café da manhã antes das sete, ele reclamou imediatamente. Puxou Wallander para o balcão da recepção e, numa mistura de dialeto de Skåne, algumas palavras em inglês e algumas frases em alemão, além de umas poucas palavras italianas, conseguiram explicar que queriam tomar o café da manhã *presto*. Não *tardi*. De modo algum *tardi*. Não soube por quê, ele também falara várias vezes *passaggio a livello*, como se estivesse insistindo para que o hotel servisse o café pelo menos uma hora mais cedo, senão eles iriam procurar outro hotel. *Passaggio a livello*, disse o pai, e o funcionário da recepção olhou para ele chocado, mas também com respeito.

Naturalmente, eles conseguiram o café da manhã às seis. Mais tarde, Wallander procurou *passaggio a livello* no dicionário e descobriu que significava passagem de nível. Concluiu que seu pai confundira aquela expressão com outra, mas teve o bom senso de não perguntar qual seria a outra.

Wallander ficou ouvindo a chuva. Em retrospecto, a viagem a Roma, uma breve semana, parecia uma experiência desconcertante. O caso do horário do café da manhã não fora o único ponto sobre a qual seu pai mostrou ter ideias bastante claras. Ele guiara o filho através da cidade com absoluta segurança. Wallander tinha certeza de que o pai planejara aquela viagem durante toda a vida. Era uma peregrinação, que Wallander tivera permissão de partilhar. Ele era um elemento a mais na viagem do pai, um criado sempre à mão. Havia um sentido secreto na viagem, que Wallander não chegou a compreender inteiramente. Seu pai viajara a Roma para ver algo que já vivenciara em seu íntimo.

No terceiro dia, visitaram a Capela Sistina. O pai ficou contemplando o teto de Michelangelo durante quase uma hora. Era como um homem elevando ao céu uma prece sem palavras. Wallander logo ficou com torcicolo e teve de desistir. Sabia que estava diante de algo muito belo, mas o pai via muito mais. Por um instante de pura malícia, ele se perguntou se o velho estava procurando um tetraz ou um pôr do sol no imenso afresco do teto. Mas lamentou ter pensado aquilo. Não havia dúvida de que o pai, pintor comercial que era, contemplava uma obra-prima com reverência e perspicácia.

Wallander abriu os olhos e contemplou a chuva.

Foi na mesma noite em que tivera a impressão de que seu pai preparava alguma coisa que queria manter em segredo. Fizeram a refeição na Via Veneto, cara demais na opinião de Wallander, mas o pai insistiu que eles podiam se dar esse luxo. Afinal de contas, estavam em sua primeira e última viagem a Roma juntos. Então foram andando devagar pela cidade. A noite estava quente, uma multidão de pessoas os rodeava, e o pai de Wallander contemplara o teto da Capela Sistina. Perderam-se duas vezes antes de finalmente achar o caminho do hotel. O pai de Wallander passou a ser tratado com grande respeito depois de seu destempero inicial. Pegaram as chaves, foram brindados com uma respeitosa mesura pelo recepcionista, subiram as escadas, disseram-se boa-noite e foram para seus quartos. Wallander ficou deitado, escutando os barulhos da rua. Talvez pensasse em Baiba, talvez estivesse apenas caindo no sono.

De repente se achou absolutamente desperto de novo. Alguma coisa o incomodara. Vestiu o roupão e desceu para o saguão. Tudo estava sossegado. O recepcionista do turno da noite assistia à televisão atrás do balcão. Wallander comprou uma garrafa de água mineral. O recepcionista era jovem. Disse a Wallander que estava trabalhando à noite para custear seus estudos teológicos. Tinha cabelos negros e ondulados e era natural de Pádua. Chamava-se Mario e falava inglês muito bem. Wallander se deixou ficar ali segurando a garrafa e deu por si pedindo ao funcionário que, caso seu pai aparecesse no saguão durante a noite ou saísse do hotel, ele fosse acordá-lo. O jovem olhou para ele. Se estava surpreso, não o demonstrou. Simplesmente balançou a cabeça e disse que se o *signor* Wallander saísse durante a noite, ele iria imediatamente bater à porta do quarto 32.

Isso aconteceu na sexta à noite. Naquele dia passearam pelo Fórum e visitaram a Galeria Doria-Pamphilj. À noite atravessaram as escuras passagens subterrâneas que levavam à escadaria da Trinità dei Monti, na Villa Borghese, e comeram num restaurante. Wallander ficou chocado quando trouxeram a conta, mas era sua última noite, e aquele passeio, que só poderia ser classificado como feliz, estava chegando ao fim. O pai de Wallander continuava com a mesma energia e a mesma curiosidade ilimitada que mostrara durante toda a viagem. Voltaram andando para o hotel, pararam no caminho para tomar um café e fizeram um brinde com um copo de *grappa*. No hotel, pegaram as respectivas chaves. Wallander adormeceu logo que se deitou na cama.

A batida na porta foi à uma e meia da manhã. A princípio ele não tinha ideia de onde estava. Levantou-se de um salto, meio desperto, e abriu a porta. O funcionário da noite estava de pé à sua frente e explicou que o *signor* Wallander pai acabara de sair do hotel. Wallander vestiu a roupa. Alcançou o pai com facilidade e pôs-se à distância. E então, na tépida noite romana, viu o pai subir a escadaria de Trinità dei Monti em direção à igreja de duas torres que ficava lá no alto e sentar-se — uma mancha negra lá no alto. Wallander se manteve escondido na sombra. O pai se deixou ficar ali por quase uma hora. Então se levantou e desceu os degraus devagar. Wallander continuou a segui-lo — como se aquilo fosse a coisa mais estranha que tinha de fazer na vida — e logo os dois estavam na Fontana di Trevi. O pai não jogou uma moeda por cima do ombro, mas ficou por um longo tempo contemplando a água que esguichava do enorme chafariz. À fraca luz, Wallander conseguia ver o brilho dos olhos do pai.

Finalmente seguiu o pai de volta ao hotel.

No dia seguinte, voltaram para Copenhague num avião da Alitalia. O pai de Wallander sentou no banco perto da janela, como na ida. Wallander esperou até que estivessem na balsa, voltando para Limhamn, para perguntar ao pai se gostara da viagem. Ele fez que sim, murmurou alguma coisa ininteligível, e Wallander sabia que não podia esperar entusiasmo maior que aquele. Gertrud esperava por eles em Limhamn e levou-os de carro para casa. Deixaram Wallander em Ystad, e mais à noite, quando ele telefonou para saber se estava tudo bem, Gertrud disse que o pai estava de volta ao ateliê, pintando o tema que era sua marca registrada: o sol pairando sobre uma paisagem serena.

Wallander levantou-se da cama, foi para a cozinha e se pôs a preparar um pouco de café. Por que o pai ficara sentado na escadaria? O que teria pensado na fonte? Wallander não saberia responder. Mas entrevira a paisagem secreta do íntimo de seu pai. E sabia que jamais poderia perguntar-lhe sobre sua caminhada solitária pelas ruas de Roma.

Enquanto a água do café fervia, Wallander foi ao banheiro. Notou com prazer que estava com uma aparência saudável e cheio de energia. O sol descorara seus cabelos. Toda aquela massa com certeza lhe deu uns quilos a mais, mas ele evitou a balança do banheiro. O mais importante é que se sentia descansado. Estava contente por ter feito a viagem.

A consciência de que dentro de poucas horas voltaria a ser um policial não o incomodava. Sempre se sentia incomodado ao voltar para o trabalho depois de algum tempo fora. Nos últimos anos, mostrava-se muito relutante. Houve ocasiões em que pensou seriamente em procurar outro emprego, talvez como guarda de segurança. Mas afinal de contas ele era um policial. Essa convicção amadurecera devagar, mas de forma irreversível. Nunca haveria de ser outra coisa.

Enquanto tomava banho, pensou sobre o verão quente e o bom desempenho da Suécia na Copa do Mundo, lembrando-se angustiado da caça desesperada ao *serial killer* que escalpelava suas vítimas. Durante a semana em Roma, conseguira afastar tudo aquilo da mente. Agora as lembranças voltavam aos borbotões. Uma semana fora não mudara nada.

Ficou sentado à mesa da cozinha até pouco mais de sete da manhã. A chuva continuava a bater nas janelas. O calor da Itália já não passava de uma lembrança longínqua. O outono chegara a Skåne.

Às sete e meia saiu do apartamento, pegou o carro e foi para a delegacia de polícia. Martinsson chegou à mesma hora e estacionou perto dele. Trocaram um rápido "olá" sob a chuva e correram para dentro da delegacia.

"Como foi a viagem?", perguntou Martinsson. "A propósito, seja bem-vindo."

"Meu pai ficou muito contente", respondeu Wallander.

"E você?"

"Foi ótimo. E quente."

Ebba, que trabalhava como recepcionista na delegacia havia mais de trinta anos, saudou-o com um largo sorriso.

"Pode-se ficar tão bronzeado na Itália em setembro?", perguntou ela surpresa.

"Sim", respondeu Wallander, "se a gente ficar ao sol."

Eles seguiram pelo corredor. Wallander pensou que podia ter trazido uma lembrancinha para Ebba e ficou chateado com aquela desatenção.

"Tudo está calmo por aqui", disse Martinsson. "Não temos casos graves. Não está acontecendo quase nada."

"Talvez possamos esperar um outono tranquilo", disse Wallander, sem muita convicção.

Martinsson foi pegar um café. Wallander abriu a porta do escritório. Tudo estava exatamente como ele deixara. Sua mesa de trabalho estava vazia. Pendurou o casaco e abriu a janela com um rangido. Na caixa de entrada de correspondência havia uma pilha de memorandos do Conselho Nacional de Polícia. Ele pegou o que estava em cima, deu uma olhada e o pôs no lugar. Era sobre a investigação, que já se arrastava por quase um ano, de um contrabando de automóveis do sul da Suécia para países da ex-União Soviética. Se nada importante tivesse acontecido enquanto esteve fora, ele teria de retomar o caso. Com certeza ainda estaria investigando aquilo quando se aposentasse, dali a quinze anos.

Às oito e meia da manhã todos os agentes se encontraram na sala de reuniões para programar o trabalho da semana que começava. Wallander deu a volta à mesa, apertando a mão de cada um dos colegas. Todos admiraram seu bronzeado. Então sentou-se no lugar de costume. O clima era o normal de uma manhã de segunda-feira de outono: cinza e aborrecido, todos um pouco preocupados. Perguntava-se quantas manhãs de segunda-feira passara naquela sala. Como Lisa Holgersson, a nova chefe deles, estava em Estocolmo, Hansson dirigiu a reunião. Martinsson tinha razão. Não acontecera grande coisa.

"Vou ter de voltar aos meus contrabandistas", disse Wallander, sem tentar esconder sua relutância.
"A menos que você queira se ocupar de um caso de arrombamento", disse Hansson, à guisa de encorajamento. "De uma loja de flores."
Wallander olhou para ele, surpreso.
"O arrombamento de uma loja de flores? O que eles roubaram? Bulbos de tulipas?"
"Nada, pelo que sabemos", disse Svedberg, coçando a cabeça calva.
No mesmo instante a porta se abriu, e Ann-Britt Höglund entrou depressa. Como seu marido parecia sempre estar em algum país estrangeiro distante, de que nunca se ouvira falar, ela passava a maior parte do tempo sozinha com os dois filhos. Suas manhãs eram caóticas, e muitas vezes chegava atrasada às reuniões. Fazia cerca de um ano que ela estava na polícia de Ystad. Era a detetive mais jovem da delegacia. A princípio, alguns dos mais antigos, entre eles Svedberg e Hansson, nada fizeram para disfarçar a insatisfação de ter uma mulher como colega. Mas Wallander, que logo percebeu que Höglund tinha verdadeira aptidão para o trabalho policial, saiu em sua defesa. Agora ninguém comentava seus atrasos, pelo menos na presença dele. Ela se sentou e acenou animadamente para Wallander.
"Estávamos falando da loja de flores", disse Hansson. "Achamos que Kurt podia ir lá dar uma olhada."
"O arrombamento aconteceu na noite da última quinta-feira", disse ela. "A funcionária notou ao chegar na sexta de manhã. O assaltante entrou por uma janela dos fundos."
"E nada foi roubado?", perguntou Wallander.
"Nada."
Wallander franziu o cenho.
"O que você quer dizer com 'nada'?"
Höglund deu de ombros.
"Nada quer dizer nada."
"Havia marcas de sangue no chão", disse Svedberg. "E o dono viajou."

"Parece muito estranho", disse Wallander. "Será que vale a pena gastar tempo com isso?"

"De fato, é estranho", respondeu Höglund. "Se vale a pena gastar tempo com isso, não sei."

Wallander logo pensou que pelo menos evitaria voltar à inútil investigação sobre o contrabando. Ele se dera um dia para se acostumar com o fato de que não estava mais em Roma.

"Eu poderia dar uma olhada", disse ele.

"Tenho todas as informações sobre o caso", disse Höglund.

A reunião acabara. Wallander foi pegar o casaco. Ele e Höglund foram no carro dele para o centro da cidade. Ainda chovia.

"Como foi a viagem?", ela perguntou.

"Vi a Capela Sistina", respondeu Wallander, enquanto olhava a chuva. "E vi meu pai bem-disposto durante uma semana inteira."

"Parece que foi uma bela viagem."

"E como andam as coisas por aqui?", perguntou Wallander.

"Nada muda numa semana", respondeu ela. "As coisas estão calmas."

"E nossa nova chefe?"

"Está em Estocolmo discutindo os cortes propostos. Acho que ela vai ser uma boa chefe. Pelo menos tão boa quanto Björk."

Wallander lançou-lhe uma olhadela rápida.

"Nunca achei que você gostasse dele."

"Ele fazia o que podia. O que mais podemos esperar?"

"Nada", respondeu Wallander. "Absolutamente nada."

Pararam na Västra Vallgatan, na esquina de Pottmakargränd. O nome da loja era Cymbia. Sua placa balançava sob a forte ventania. Ficaram no carro. Höglund deu a Wallander alguns documentos numa pasta de plástico. Ele os examinou enquanto ouvia os comentários dela.

"O dono é Gösta Runfeldt. A funcionária dele chegou pouco antes das nove da manhã, na sexta-feira. Encontrou uma vidraça quebrada na parte de trás da loja. Havia cacos de vidro no chão, do lado de dentro e do de fora. Havia sangue no chão da loja. Ao que parece, nada foi roubado. Eles nunca deixam dinheiro na loja à noite. Ela chamou a polícia imediatamente. Cheguei aqui logo depois das dez da manhã. As coisas estavam exatamente como ela dissera. Uma vidraça quebrada. Sangue no chão. Nada roubado."

Wallander refletiu por um instante.

"Nem uma flor?", perguntou ele.

"Foi isso o que a funcionária disse."

"Será que alguém consegue lembrar o número exato de flores que tem em cada vaso?"

Ele devolveu os papéis.

"De todo modo, podemos perguntar a ela", disse Höglund. "A loja está aberta."

Um sininho antigo tocou quando Wallander abriu a porta. As fragrâncias dentro da loja lembraram-lhe os jardins de Roma. Não se via nenhum cliente. Uma mulher veio do fundo da sala. Ela fez um aceno com a cabeça quando os viu.

"Eu vim com meu colega", disse Höglund.

Wallander apertou-lhe a mão e se apresentou.

"Eu li sobre você nos jornais", disse a mulher.

"Nada que me desabonasse, espero", disse Wallander com um sorriso.

"Oh, não", respondeu a mulher. "Só coisas boas."

Wallander lera no dossiê que a funcionária da loja se chamava Vanja Andersson e tinha cinquenta e três anos.

Wallander andou devagar dentro da loja. Por hábito antigo e arraigado, olhava com cuidado onde pisava. A úmida fragrância de flores continuava despertando-lhe lembranças. Foi para trás do balcão e parou à porta dos fundos, cuja metade superior era de vidro. A massa de vidraceiro era nova. Foi por ali que o invasor entrou. Wallander olhou para o soalho, coberto com tapetes de plástico.

"Imagino que o sangue tenha sido encontrado aqui", disse ele.

"Não", disse Höglund. "As marcas de sangue estavam no depósito, na parte de trás."

Surpreso, Wallander arqueou as sobrancelhas. Então ele a seguiu por entre as flores. Höglund se postou no meio da sala.

"Aqui", disse ela. "Bem aqui."

"Mas nem um pouco de sangue perto da vidraça?"

"Não. Agora você entende por que acho um pouco estranho? Quer dizer... se a gente supõe que quem quebrou a vidraça tenha se cortado."

"Quem mais poderia ser?", perguntou Wallander.

"Aí é que está. Quem mais poderia ser?"

Wallander andou pela loja novamente, tentando imaginar o que acontecera. Alguém quebrou a vidraça e entrou na loja. Havia sangue no meio da sala dos fundos da loja. Nada fora roubado.

Todo crime é cometido de acordo com certo plano ou motivo, exceto os que são simples casos de insanidade. Ele sabia disso devido a anos de experiência. Mas quem seria louco o bastante para arrombar a loja de um florista e não roubar nada? Simplesmente não fazia o menor sentido.

"Imagino que eram gotas de sangue", disse ele.

Para sua surpresa, Höglund negou com um gesto de cabeça.

"Era uma pequena poça", disse ela. "Não gotas."

Wallander ficou calado. Não tinha nada a dizer. Voltou-se então para a funcionária da loja, que estava atrás, esperando.

"Quer dizer que nada foi roubado?"

"Nada."

"Nem mesmo flores?"

"Não que eu notasse."

"Você é capaz de dizer exatamente quantas flores há na loja a qualquer momento?"

"Sim, sou."

A resposta foi imediata e firme. Wallander balançou a cabeça.
"Você tem alguma explicação para o arrombamento?"
"Não."
"Você não é a dona da loja, certo?"
"O dono é Gösta Runfeldt. Eu trabalho para ele."
"Se entendi bem, ele viajou. Você se comunicou com ele?"
"Isso é impossível."
Wallander olhou-a com atenção.
"Por quê?"
"Ele está num safári de orquídeas no Quênia."
Wallander refletiu sobre o que ela dissera.
"Você pode explicar um pouco mais? Um safári de orquídeas?"
"Gösta é apaixonado por orquídeas", respondeu a mulher. "Sabe tudo sobre elas. Viaja pelo mundo inteiro em busca de todos os tipos que existem. Estava escrevendo um livro sobre a história das orquídeas. Neste instante, está no Quênia. Só sei que estará de volta na próxima sexta-feira."
Wallander balançou a cabeça.
"Vamos ter de falar com ele quando voltar", disse Wallander. "Você poderia lhe pedir que ligue para nós na delegacia de polícia?"
Vanja Andersson prometeu dar-lhe o recado. Um cliente entrou na loja. Höglund e Wallander saíram na chuva e entraram no carro. Wallander esperou um pouco antes de dar partida.
"Naturalmente, pode ter sido um ladrão que se enganou", disse ele. "Um ladrão que arrombou a vidraça errada. Há uma loja de computadores bem ao lado."
"E quanto à poça de sangue?"
Wallander deu de ombros.
"Talvez o ladrão não tenha notado que se cortou: ficou lá com o braço ao longo do corpo e olhou em volta. O sangue gotejou do braço. Sangue gotejando num mesmo lugar termina por formar uma poça."

Ela balançou a cabeça em sinal de concordância. Wallander ligou o carro.

"Isso não haverá de passar de um caso de seguro", disse ele. "Nada mais."

Voltaram de carro para a delegacia, debaixo de chuva. Eram onze da manhã de 26 de setembro de 1994.

Na mente de Wallander, a semana em Roma estava se dissipando como uma miragem que se dissolve lentamente.

3

Na terça-feira, 27 de setembro, ainda chovia em Skåne. Os meteorologistas previram um verão quente seguido de um outono chuvoso. Ainda não acontecera nada que contrariasse as previsões.

Wallander voltara para casa depois do primeiro dia de trabalho após a viagem à Itália, improvisou uma refeição rapidamente e comeu sem muito gosto. Tentou várias vezes falar com a filha, que morava em Estocolmo. Abriu a porta que dava para a varanda quando a chuva deu uma pequena trégua, aborrecido porque Linda não ligara para perguntar como fora a viagem. Tentou, sem muito sucesso, convencer-se de que ela estava ocupada demais para se comunicar com ele. Naquele outono ela estava fazendo um curso de teatro e trabalhando como garçonete num restaurante em Kungsholmen.

Tarde da noite ele ligou para Baiba em Riga. Pensara muito nela quando estava em Roma. Eles passaram algum tempo juntos na Dinamarca, poucos meses antes. Na ocasião, Wallander estava esgotado e deprimido depois de uma terrível caçada humana. Num dos últimos dias que passaram na Dinamarca, Wallander propôs a Baiba que se casasse com ele. Em vez de um não definitivo, ela lhe deu uma resposta evasiva, sem procurar esconder as razões de sua relutância. Estavam caminhando ao longo da vasta praia de Skagen, ponto de encontro de dois mares. Wallander andara naquele mesmo trecho muitos anos antes com sua esposa Mona, e em determinada ocasião sozinho, quando pensou seriamente em deixar a força policial.

As noites na Dinamarca foram de um calor quase tropical. A Copa do Mundo mantinha as pessoas grudadas em seus aparelhos de TV, e as praias estavam desertas. Eles caminhavam devagar, apanhando seixos e conchas, e Baiba lhe disse que não pensava em viver com um policial novamente. Seu primeiro marido, o letão Karlis, um major da polícia, fora assassinado em 1992. Foi quando Wallander a conheceu, durante aquele período confuso e irreal em Riga.

Em Roma, Wallander se perguntara se lá no fundo queria mesmo casar novamente. Seria mesmo necessário? Ficar ligado por laços formais complicados, que pouco sentido tinham naqueles tempos e naquela idade?

Ele ficara casado com a mãe de Linda durante muito tempo. E um dia, cinco anos atrás, ela sem mais nem menos lhe disse que queria divorciar-se. Ele ficou aturdido. Só agora se sentia capaz de entender e começar a aceitar os motivos pelos quais ela desejava começar uma nova vida sem ele. Agora conseguia entender por que as coisas tomaram aquele rumo. Conseguia até reconhecer que fora o principal responsável, devido a suas frequentes ausências e ao seu crescente desinteresse pelo que era importante na vida de Mona.

Em Roma ele chegara à conclusão de que queria casar com Baiba. Queria que ela deixasse a Letônia e fosse morar em Ystad. E resolvera também se mudar, vender seu apartamento na Mariagatan e comprar uma casa. Em algum lugar perto da cidade, com um jardim florescente e viçoso. Uma casa não muito cara, mas num estado tal que ele mesmo poderia se encarregar dos consertos. Planejou também comprar o cachorro em que vinha pensando havia tanto tempo.

Então falou sobre tudo isso com Baiba, enquanto a chuva caía sobre Ystad. Era uma continuação da conversa que ele tivera mentalmente em Roma. Em algumas ocasiões, começou a falar em voz alta consigo mesmo. Seu pai, naturalmente, não deixou de perceber aquilo, caminhando com dificuldade ao seu lado, sob o calor intenso. Ele se perguntara qual deles dois estava ficando velho e senil.

Baiba parecia contente. Wallander falou da viagem e então repetiu a proposta do verão. Por um instante, o silêncio ficou num vaivém entre Riga e Ystad. Então ela disse que também andara pensando. Ainda tinha dúvidas, que não tinham diminuído, mas tampouco aumentavam.

"Por que você não vem para cá?", disse Wallander. "Não podemos falar sobre isso no telefone."

"Tem razão", disse ela. "Eu vou."

Não decidiram logo. Resolveram discutir o assunto mais tarde. Ela trabalhava na Universidade de Riga, e seu afastamento temporário tinha de ser planejado com grande antecedência. Mas quando Wallander desligou, sentiu estar a caminho de uma nova fase de sua vida. Ela viria. E ele se casaria novamente.

Naquela noite ele demorou muito a adormecer. Levantou-se duas vezes e se pôs à janela da cozinha, olhando a chuva do outro lado da vidraça. Sentiria falta da luminária solitária, oscilando ao vento, lá fora.

Mesmo não tendo dormido muito, levantou-se cedo na terça-feira. Pouco depois das sete da manhã estacionou o carro na frente da delegacia de polícia e apressou-se em entrar, enfrentando a chuva e o vento. Resolveu começar a trabalhar imediatamente na pilha de documentos sobre o contrabando de carros. Quanto mais ele os evitava, mais sua falta de entusiasmo voltava a lhe pesar. Então tirou todos os arquivos da estante e fez uma pilha de quase meio metro em sua mesa de trabalho. Quando começava a organizar os papéis, bateram à porta. Wallander sabia que só podia ser Martinsson e mandou-o entrar.

"Quando você está fora, sou sempre o primeiro a chegar aqui de manhã", disse Martinsson. "Agora tenho de me conformar novamente com o segundo lugar."

"Senti falta de meus carros", disse Wallander, apontando para os papéis em sua mesa.

Martinsson tinha na mão um pedaço de papel.

"Esqueci de lhe passar isso ontem", disse ele. "A chefe Holgersson queria que você desse uma olhada."

"O que é isso?"

"Leia você mesmo. Você sabe que as pessoas esperam que nós, policiais, façamos declarações sobre todo tipo de coisa."

"Alguma coisa política?"

"Mais ou menos por aí."

Wallander lhe lançou um olhar interrogativo. Martinsson não era dado a rodeios. Há muitos anos, trabalhara intensamente para o Partido Liberal e com certeza sonhara com uma carreira política. Até onde Wallander sabia, essa esperança foi minguando à medida que o partido se tornava menos popular. Ele resolveu não mencionar o desempenho do partido na eleição da semana anterior.

Martinsson saiu. Wallander sentou-se e leu o que estava no papel. Depois de ler, ficou furioso. Saiu para o corredor e entrou no escritório de Svedberg.

"Você viu isto aqui?", perguntou ele, sacudindo a folha de papel de Martinsson.

Svedberg fez que não.

"De que se trata?"

"É de uma nova organização que quer saber se a polícia tem alguma objeção ao seu nome."

"Que nome?"

"Eles estavam pensando em adotar o nome de 'Amigos do Machado'."

Svedberg lhe lançou um olhar desconcertado.

"Amigos do Machado?"

"Isso mesmo. E agora eles estão se perguntando — em vista do que aconteceu neste verão — se o nome poderia causar algum mal-entendido. Essa organização não pretende sair por aí escalpelando as pessoas."

"O que eles vão fazer?"

"Se bem entendo, é uma espécie de organização de artesãos que desejam criar um museu de ferramentas de trabalho antigas."

"Não há nada de errado nisso, você não acha? Por que está tão preocupado com isso?"
"Porque eles acham que a polícia tem tempo para se pronunciar sobre esse tipo de coisa", disse Wallander. "De minha parte, acho que Amigos do Machado é um nome bastante estranho para uma associação de artesãos. Mas não posso perder tempo com coisas desse tipo."
"Então diga isso à chefe."
"Vou dizer."
"Ainda que provavelmente ela não vá concordar com você, visto que teremos de voltar a ser agentes policiais locais."
Wallander sabia que Svedberg tinha razão. Durante os anos em que vinha exercendo a função de policial, a corporação sofrera mudanças contínuas e radicais devido ao relacionamento complexo entre a polícia e essa entidade vaga e ameaçadora chamada "o público". Esse público, que pairava como um pesadelo sobre cada um dos agentes, caracterizava-se por uma coisa: inconstância. A última tentativa de satisfazer o público era a proposta de transformar toda a força policial sueca em "polícia local". Só que ninguém sabia como fazer isso. O comissário nacional declarou que aquilo daria mais visibilidade à polícia. Mas, como ninguém nunca achou que a polícia fosse invisível, eles não conseguiam imaginar como implementar essa estratégia. Já havia policiais fazendo ronda; havia também minipelotões rápidos, usando bicicletas. O comissário nacional parecia referir-se a algum outro tipo de visibilidade, algo menos tangível. "Polícia local" parecia reconfortante como um travesseiro macio sob a cabeça. Mas como aquilo iria combinar com o fato de que na Suécia o crime estava ficando cada vez mais brutal e violento, ninguém conseguia atinar. Muito provavelmente, esse novo sistema exigiria que eles gastassem tempo analisando se "Amigos do Machado" seria um nome adequado para uma associação de artesãos.
Wallander voltou ao seu escritório com um copinho de café e fechou a porta atrás de si. Tentou mais uma vez

fazer algum progresso no exame daquela enorme pilha de material. A princípio, foi difícil se concentrar. Sua conversa com Baiba interferia o tempo todo. Mas ele se obrigou a tornar a agir como um policial, e algumas horas depois já tinha repassado a investigação e chegara ao ponto em que deixara quando viajou para a Itália. Telefonou para um detetive em Gotemburgo que trabalhava com ele no caso e discutiu algumas questões. Mas quando Wallander desligou já era meio-dia, e ele estava faminto. A chuva continuava. Foi até o carro, dirigiu até o centro da cidade, almoçou e voltou para a delegacia dentro do horário. Logo que se sentou, o telefone tocou. Era Ebba, da recepção.

"Você tem visita", disse ela.
"Quem é?"
"Um homem chamado Tyrén. Ele quer falar com você."
"Sobre o quê?"
"Sobre alguém que talvez esteja desaparecido."
"Não tem outra pessoa que possa cuidar disso?"
"Ele diz que faz questão de falar com você."

Wallander deu uma olhada nas pastas abertas em sua mesa. Não havia nelas nada tão urgente que o impedisse de ouvir o comunicado do desaparecimento de uma pessoa.

"Mande-o entrar", disse ele, e desligou.

Ele abriu a porta e começou a tirar as pastas da mesa. Quando levantou a vista, notou que o homem estava de pé à porta. Wallander nunca o vira. Ele estava com macacão com o logotipo da empresa de combustíveis O. K. Quando entrou, Wallander sentiu o cheiro de óleo e gasolina.

Wallander apertou-lhe a mão e pediu que se sentasse. Ele estava com seus cinquenta anos, barba por fazer e cabelos grisalhos. Apresentou-se como Sven Tyrén.

"Você deseja falar comigo?", disse Wallander.
"Ouvi dizer que você é um bom policial", disse Tyrén. Seu sotaque parecia da região oeste de Skåne, onde o próprio Wallander crescera.

"A maioria de nós é boa", disse Wallander.

A resposta de Tyrén o surpreendeu.

"Você sabe que isso não é verdade. Eu fui preso por uma ou duas coisas tempos atrás. E conheci um monte de policiais que eram verdadeiros babacas, para falar com moderação."

Wallander ficou chocado com a força de suas palavras.

"Duvido que tenha vindo aqui para me dizer isso", falou ele, mudando de assunto. "Há uma pessoa desaparecida?"

Tyrén mexia nervosamente no boné da O.K.

"A coisa é mesmo muito estranha", disse ele.

Wallander tirou um caderno de anotações de uma gaveta e abriu numa página em branco.

"Vamos começar do começo", disse ele. "Quem teria desaparecido? E o que há de estranho nessa história?"

"Holger Eriksson."

"Quem é ele?"

"Um de meus clientes."

"Imagino que você tem um posto de gasolina."

Tyrén negou com a cabeça.

"Eu faço entrega de combustível para aquecimento", disse ele. "Cubro a zona norte de Ystad. Eriksson mora entre Högestad e Lödinge. Ele ligou para o escritório e disse que seu tanque estava quase vazio. Combinamos uma entrega para quinta-feira de manhã. Quando cheguei lá, não havia ninguém em casa."

Wallander anotou a informação.

"Foi na quinta-feira passada?"

"Sim."

"E quando ele ligou?"

"Segunda-feira passada."

Wallander refletiu por um instante.

"Não teria havido algum mal-entendido sobre o dia da entrega?"

"Eu faço entrega para Eriksson há mais de dez anos. Nunca houve um mal-entendido antes."

"Então o que você fez quando viu que ele não estava lá?"

"O tanque de combustível dele é trancado, por isso deixei um bilhete na caixa de correspondência."

"E então?"

"Fui embora."

Wallander pôs a caneta na mesa.

"Quando a gente entrega combustível", continuou Tyrén, "tende a notar a rotina das pessoas. Eu não conseguia parar de pensar em Holger Eriksson. Não fazia sentido ele estar ausente de casa. Então voltei lá ontem à tarde depois do trabalho. Meu bilhete ainda estava lá, debaixo de toda a correspondência entregue desde quinta-feira passada. Toquei a campainha. Não havia ninguém em casa. O carro continuava na garagem."

"Ele mora sozinho?"

"Ele não é casado. Ganhou um bom dinheiro vendendo carros. E escreve poemas também. Uma vez me deu um livro."

Wallander lembrou de ter visto o nome de Eriksson numa prateleira de literatura de escritores locais na livraria de Ystad, quando procurava alguma coisa para dar de presente a Svedberg, por seu quadragésimo aniversário.

"Tinha outra coisa que não fazia sentido", disse Tyrén. "A porta não estava trancada. Pensei que ele talvez estivesse doente. Tem quase oitenta anos. Então entrei. A casa estava vazia, mas a cafeteira estava ligada na cozinha, cheirando mal. O café tinha secado e grudado no fundo. Foi então que resolvi procurar você."

Wallander percebeu que a preocupação de Tyrén tinha fundamento. Por sua experiência, porém, ele sabia que a maioria dos desaparecimentos normalmente se resolve sem necessidade de intervenção. Era raro acontecer algo grave.

"Ele não tem vizinhos?"

"A chácara é muito isolada."

"O que você acha que pode ter acontecido?"

A resposta de Tyrén foi imediata e peremptória.

"Acho que ele está morto. Acho que alguém o matou."

Wallander não disse nada. Esperou que Tyrén continuasse, mas isso não aconteceu.

"Por que acha isso?"

"Ele encomendou combustível para aquecimento. Sempre estava em casa quando eu chegava. Não iria deixar a cafeteira ligada. E não saía sem trancar a porta. Mesmo quando ia só dar uma voltinha em sua propriedade."

"Você teve a impressão de que a casa foi arrombada?"

"Não. Tudo parecia estar nos lugares de sempre. Menos a cafeteira."

"Quer dizer que você já tinha entrado na casa dele antes?"

"Toda vez que eu fazia a entrega do combustível. Normalmente ele me oferecia café e lia para mim alguns de seus poemas. Com certeza era um homem muito solitário, e imagino que aguardava ansiosamente minhas visitas."

Wallander parou para refletir sobre aquilo.

"Você disse que talvez ele tenha morrido, mas também acha que alguém o matou. Por que alguém faria isso? Ele tinha inimigos?"

"Não que eu saiba."

"Mas ele era rico."

"Sim."

"Como você sabe disso?"

"Todo mundo sabe."

Wallander deixou a pergunta de lado.

"Vamos verificar", disse ele. "Com certeza há uma explicação simples para isso. Normalmente há."

Wallander anotou o endereço. O nome da chácara era Retiro.

Wallander acompanhou Tyrén até a recepção.

"Tenho certeza de que aconteceu alguma coisa", disse Tyrén quando já estava de saída. "Ele nunca saía quando eu ia entregar o combustível."

"Vou manter contato com você", disse Wallander.

No mesmo instante Hansson entrou na recepção.

"Quem diabos bloqueou a entrada com um caminhão de combustível?", disse ele, furioso.

"Eu", disse Tyrén calmamente. "Já estou indo embora."

"O que ele estava fazendo aqui?", perguntou Hansson depois que Tyrén saiu.

"Ele queria comunicar o desaparecimento de uma pessoa", disse Wallander. "Você já ouviu falar de um escritor chamado Holger Eriksson?"

"Um escritor?"

"Ou vendedor de carros."

"Qual dos dois?"

"Parece que ele era as duas coisas. E esse caminhoneiro acha que ele está desaparecido."

Eles foram tomar café.

"Sério?", disse Hansson.

"O cara parece preocupado."

"Acho que o reconheci", disse Hansson.

Wallander respeitava muito a memória de Hansson. Toda vez que ele esquecia um nome, era Hansson quem vinha em seu socorro.

"O nome dele é Sven Tyrén", disse Wallander. "Ele falou que ficou preso por uma ou duas coisas."

Hansson vasculhou a memória.

"Deve ter se envolvido em alguns casos de agressão", disse ele depois de alguns minutos. "Há muitos anos."

Wallander ouvia pensativamente.

"Acho que vou até a casa de Eriksson", disse ele depois de algum tempo. "Vou registrar como um caso de desaparecimento."

Wallander foi ao escritório, pegou o casaco e pôs o endereço do Retiro no bolso. Devia ter começado por preencher um formulário de caso de desaparecimento, mas resolveu deixar para depois. Eram duas e meia quando saiu da delegacia de polícia. A chuva pesada amainara, transformando-se num chuvisco incessante. Ele andou até o carro tremendo de frio.

Wallander seguiu na direção norte e não teve dificuldade em encontrar a chácara. Como o nome indicava, tratava-se de um lugar bastante isolado, no alto de uma colina. Campos marrons desciam em direção ao mar, mas ele não conseguia ver a água. Um bando de corvos crocitava numa árvore. Ele levantou a tampa da caixa de correspondência. Estava vazia. Tyrén com certeza levara as cartas para dentro de casa. Wallander dirigiu-se ao pátio de entrada. Tudo estava em perfeita ordem. Deixou-se ficar ali ouvindo o silêncio. A chácara tinha três alas, e ele notou que outrora formavam um quadrado. Admirou o telhado de colmo. Tyrén tinha razão. Quem quer que pudesse se dar ao luxo de manter um telhado daqueles só podia ser rico.

Wallander foi até a porta e tocou a campainha, depois bateu. Abriu a porta e entrou, apurando os ouvidos. As cartas estavam num banquinho próximo a um porta-guarda-chuva. Havia vários estojos de binóculos pendurados na parede. Um deles estava aberto e vazio. Wallander se pôs a andar devagar pela casa. Ela ainda cheirava a café queimado. A grande sala de estar tinha dois níveis e vigas de telhado à mostra. Ele parou perto da escrivaninha de madeira e viu uma folha de papel sobre ela. Como estava um pouco escuro, pegou a folha com cuidado e levou-a até a janela.

Era um poema sobre um pássaro. Na parte inferior da folha lia-se uma data e uma hora. *21 de setembro, 22h12*. Naquela noite, Wallander e o pai jantaram num restaurante próximo à Piazza del Popolo. Naquela casa vazia, Roma lhe parecia um sonho distante e surreal.

Pôs a folha de papel na escrivaninha. Na noite de quarta-feira, Eriksson escreveu um poema e até anotou a hora. No dia seguinte Tyrén deveria entregar o combustível. Mas àquela altura ele tinha saído, deixando a porta destrancada. Wallander saiu da casa e encontrou o tanque de combustível. O medidor indicava que ele estava quase vazio. Voltou para dentro de casa, sentou-se numa velha cadeira Windsor e olhou em volta. O instinto lhe disse que Sven Tyrén tinha razão. Holger Eriksson estava realmente desaparecido. Não tinha apenas saído de casa.

Depois de algum tempo Wallander levantou-se, vasculhou vários armários e terminou por descobrir um molho de chaves sobressalentes. Fechou a porta e foi embora. A chuva recomeçara. Pouco antes das cinco da tarde, estava de volta a Ystad. Preencheu o formulário sobre Holger Eriksson. Na manhã seguinte, bem cedo, eles iriam começar a procurá-lo com todo empenho.

Wallander foi para casa. No caminho, parou e comprou uma pizza, que comeu assistindo à televisão. Linda ainda não ligara. Logo depois das onze horas, deitou-se na cama e adormeceu quase imediatamente.

Às quatro da manhã Wallander sentou-se abruptamente na cama, sentindo ânsia de vômito. Ia vomitar e não conseguiu chegar ao banheiro antes. Ao mesmo tempo, notou que estava com diarreia. Não sabia se era por causa da pizza ou de alguma virose estomacal contraída na Itália. Às sete da manhã estava tão exausto que ligou para a delegacia e comunicou que estava doente. Falou com Martinsson.

"Você deve saber do que aconteceu, não?", disse Martinsson.

"Eu só sei que estou vomitando e cagando", respondeu Wallander.

"Uma balsa naufragou na noite passada", disse Martinsson. "Em algum ponto do litoral de Tallinn. Calcula-se que morreram centenas de pessoas. Em sua maioria suecos. Parece que havia muitos agentes da polícia a bordo."

Wallander estava prestes a vomitar novamente, mas continuou na linha.

"Polícia de Ystad?", perguntou.

"Não. Mas o que ocorreu é terrível."

Wallander mal podia acreditar no que Martinsson lhe contava. Várias centenas de pessoas num acidente de balsa? Isso simplesmente não acontecia. Pelo menos nas proximidades da Suécia.

"Acho que não consigo falar", disse ele. "Vou vomitar

novamente. Mas há uma anotação em minha escrivaninha sobre um homem chamado Holger Eriksson. Ele está desaparecido. Um de vocês vai ter de investigar isso."

Ele pôs o fone no gancho e conseguiu chegar ao banheiro a tempo. Quando voltava para a cama, o telefone tocou. Dessa vez era Mona, sua ex-esposa. Ele logo ficou nervoso. Ela só ligava quando havia algo de errado com Linda.

"Falei com Linda", disse Mona. "Ela não estava na balsa."

Wallander levou um tempo para entender o que ela queria dizer.

"Você quer dizer a balsa que naufragou?"

"O que você acha que eu queria dizer? Quando centenas de pessoas morrem num acidente, eu pelo menos ligo para minha filha para saber se ela está bem."

"Você tem razão, claro", disse Wallander. "Você tem de me desculpar por eu estar meio lento hoje, mas estou doente. Estou vomitando. Estou com uma virose. Talvez a gente possa se falar outra hora."

"Eu só quis te avisar para que você não ficasse preocupado", disse ela.

Wallander despediu-se dela e voltou para a cama. Preocupava-se com Holger Eriksson e com o desastre da balsa que acontecera durante a noite, mas estava febril e logo adormeceu.

4

Ele recomeçou a roer a corda.

A impressão de que estava prestes a enlouquecer o dominava durante todo o tempo. Não via nada; alguma coisa amarrada sobre seus olhos enchia o mundo de trevas. Ele tampouco ouvia. Algo que enfiaram em seus ouvidos pressionava-lhe os tímpanos. Havia sons, mas eles vinham de dentro de seu corpo. Uma impetuosa urgência interna que queria abrir caminho para fora. Mas o que mais o incomodava era não poder se mexer. Era isso que o estava enlouquecendo. Apesar de estar deitado, estendido de costas, tinha uma contínua sensação de estar caindo. Uma queda vertiginosa que não tinha fim. Talvez fosse apenas uma alucinação, uma manifestação do fato de que estava se despedaçando por dentro. A loucura estava prestes a estraçalhar sua mente.

Ele tentou se prender à realidade. Obrigou-se a pensar. O raciocínio e a capacidade de manter-se calmo talvez lhe dessem uma possível explicação para o que tinha acontecido. Por que não consigo me mexer? Onde estou? E por quê?

Por muito tempo lutou contra o pânico e a loucura, obrigando-se a calcular o tempo. Contava minutos e horas, tentando manter uma impossível e interminável rotina. A escuridão era sempre a mesma, e ele acordara onde jazia agora, amarrado de costas. Não se lembrava de o terem carregado; portanto, não havia um começo. Ele bem podia ter nascido lá onde se encontrava agora. Nos curtos períodos em que conseguia controlar o pânico e pensar com clareza, tentava prender-se a algo que parecia ligado à realidade.

Por onde ele podia começar? Tentando descobrir onde estava deitado. Aquilo não era pura imaginação. Estava deitado de costas numa coisa dura e áspera. Sentia que tinha esfolado a pele ao tentar mover-se. Estava deitado num chão de cimento.

Rememorou o último momento de normalidade antes que a escuridão descesse sobre ele, mas mesmo isso começava a parecer vago. Sabia o que tinha acontecido, mas não sabia. Foi quando começou a se perguntar o que era fruto de sua imaginação e o que de fato acontecera que o pânico tomou conta dele. Ia se pôr a soluçar. Um breve acesso que cessou logo ao começar, visto que de todo modo ninguém poderia ouvi-lo. Há gente que chora somente quando está fora do alcance dos ouvidos de outras pessoas, mas não era seu caso.

Na verdade, de uma coisa ele tinha certeza. De que ninguém o ouviria. Estivesse onde estivesse, fosse lá onde aquele terrível chão de cimento se estendesse, mesmo se estivesse flutuando livremente num universo que lhe era totalmente desconhecido, não havia ninguém por perto. Ninguém poderia ouvi-lo.

Além da loucura crescente, aquelas eram as únicas coisas a que podia se aferrar. Tudo o mais lhe fora tomado, não apenas sua identidade, mas também sua calça.

Foi na noite anterior ao dia em que viajaria para Nairóbi. Era quase meia-noite, ele fechara a mala e estava sentado à escrivaninha para repassar pela última vez seus planos de viagem. Via-os com toda clareza. Sem o saber, esperava na antecâmara da morte, que lhe fora preparada por uma pessoa desconhecida. O passaporte estava do lado esquerdo da escrivaninha, as passagens de avião em sua mão. A bolsa de plástico com as cédulas de dólares, cartões de crédito e cheques de viagem estava em seu colo, esperando que ele os examinasse. Então o telefone tocou. Deixou tudo de lado, pegou o fone e atendeu.

Como aquela fora a última voz humana que ouvira, ele se prendia a ela. Era seu único elo com a realidade, que o afastava da loucura. Era uma voz encantadora, suave e agradável, e ele logo percebeu que estava falando com uma desconhecida — uma mulher desconhecida. Ela lhe perguntou se podia comprar algumas rosas. Pediu desculpas por ligar para sua casa e incomodá-lo tão tarde da noite, mas ela estava precisando desesperadamente daquelas rosas. Não explicou por quê. Mas ele confiou nela imediatamente. Quem haveria de mentir sobre estar precisando de rosas? Ele não se lembrava se perguntara a ela, nem mesmo a si próprio, por que ela descobrira tão tarde da noite que precisava de rosas, quando todas as lojas de flores já estavam fechadas. Mas ele não hesitou. Morava perto da loja, e ainda não ia dormir. Não levaria mais de dez minutos para resolver o problema da mulher.

Agora que jazia no escuro e refletia sobre o acontecido, notou haver algo que não conseguia explicar. Tinha certeza de que a mulher que ligara para ele estava ali por perto. Havia um motivo, que ele não entendia com clareza, para o fato de ela ter ligado para ele, e não para outra pessoa qualquer. Quem era ela? O que aconteceu depois disso?

Ele vestiu o casaco e foi para a rua com as chaves da loja na mão. Não estava ventando, e da rua molhada lhe vinha uma fragrância fresca enquanto caminhava. Havia chovido no começo da noite, uma chuvarada que acabara tão de repente quanto começara. Parou diante da porta da loja. Lembrava-se de tê-la aberto e entrado. Então o mundo explodiu.

Em sua mente, ele caminhou naquela rua incontáveis vezes, toda vez que o pânico amainava por um instante. Era um ponto fixo na dor contínua e latejante. Devia haver alguém ali. Eu esperava que houvesse uma mulher de pé diante da porta, mas não havia ninguém. Eu poderia ter esperado, depois ido para casa. Eu poderia ter ficado com raiva por alguém ter me pregado uma peça, mas abri a loja pois sabia que ela haveria de vir. Ela disse que realmente precisava das rosas. Ninguém mente sobre rosas.

A rua estava deserta, ele não tinha dúvida quanto a isso. Mas um detalhe da cena o incomodava. Havia um carro estacionado, com os faróis acesos. Quando ele se voltou para a porta, procurando o buraco da fechadura para abri-la, as luzes dos faróis incidiam sobre ele. Então o mundo acabou num intenso clarão.

A única explicação possível o deixava histérico de pavor. Com certeza fora atacado. Atrás dele, mergulhado nas sombras estava alguém que ele não vira. Mas uma mulher que telefona à noite, pedindo rosas? Ele nunca conseguia ir além disso. Nesse ponto, tudo o que era racional acabava. Com um tremendo esforço, conseguira levar as mãos amarradas até a boca para poder roer a corda. A princípio, rasgava e cortava como um predador fartando-se com uma presa. Quase imediatamente quebrou um dente da arcada dentária inferior, do lado esquerdo. A princípio a dor foi intensa, mas logo diminuiu. Quando se pôs a morder a corda novamente — viu-se como um animal apanhado numa armadilha que tinha de roer a própria perna para conseguir fugir —, passou a fazê-lo devagar.

Roer a corda dura e seca era algo consolador. Ainda que não pudesse se libertar, roer mantinha sua sanidade, e ele conseguia pensar com relativa clareza. Fora atacado, estava em cativeiro, deitado no chão. Duas vezes por dia, ou talvez por noite, ouvia um rangido perto dele. Uma mão enluvada abria sua boca e derramava água dentro dela. Nunca uma outra coisa. A mão que agarrava sua mandíbula parecia mais resoluta que brutal. Mais tarde, punham um canudo em sua boca. Ele sorvia uma sopinha morna, e depois o deixavam sozinho na escuridão e no silêncio.

Fora atacado e amarrado. Sob ele havia um chão de cimento. Alguém o mantinha vivo. Calculava estar deitado ali havia uma semana. Tentara entender por quê. Só podia ser um engano. Mas que tipo de engano? Por que manter uma pessoa amarrada no escuro? Por alguma razão, percebia que a loucura baseava-se num insight que ele não ousava deixar aflorar. Não se tratava de um engano. Aquela coisa terrível fora planejada especialmente para ele. Mas como haveria de terminar? Talvez o pesadelo sumisse para sempre, e ele nunca haveria de saber por quê.

Duas vezes por dia ou por noite davam-lhe água e comida. Duas vezes também era arrastado pelos pés no cimento, até chegar a um buraco no chão. Tampouco estava de cueca: ela tinha desaparecido. Estava apenas de camisa, e era carregado para sua posição anterior quando terminava. Não tinha nada com que se limpar. Além disso, suas mãos estavam amarradas. Sentia o cheiro à sua volta.

Fedor, mas também perfume.

Havia alguém perto dele? A mulher que queria comprar flores? Ou apenas um par de mãos enluvadas? Mãos que o arrastavam até o buraco no chão. E um cheiro quase imperceptível de perfume, que ficava depois das visitas. As mãos e o perfume vinham de algum lugar.

Naturalmente, tentara falar para as mãos. Em algum lugar ali perto devia haver ouvidos e uma boca. Toda vez que sentia as mãos perto do rosto e dos ombros, tentava uma nova abordagem. Suplicara e se enfurecera, tentara assumir o papel de seu próprio conselho de defesa e falar calma e sobriamente. Todos têm direitos, ele declarara. Mesmo um homem acorrentado. O direito de saber por que perdi todos os meus direitos. Ele nem mesmo pedira para ser libertado. Para começar, ele só queria saber por que o mantinham em cativeiro. Só isso.

Não teve resposta. As mãos não tinham nem corpo, nem ouvidos, nem boca. Por fim, gritara e guinchara em absoluto desespero. Mas as mãos não mostravam nenhuma reação. Apenas o canudo na boca. E um vestígio de perfume.

Ele antevia o próprio fim. A única coisa que o fazia continuar era o ato de roer. Depois de cerca de uma semana, mal conseguira roer a dura superfície da corda. Contudo, aquela era a única maneira de se salvar que ele conseguia imaginar. Sobrevivia por causa disso.

Na semana seguinte ele deveria voltar da viagem que estaria fazendo se não tivesse ido à loja para vender um buquê de rosas. Naquele mesmo instante, estaria internado numa floresta de orquídeas no Quênia, e sua mente estaria cheia das mais maravilhosas fragrâncias. Quando ele não chegasse da viagem, Vanja Andersson começaria a se preocupar. Ou talvez já estivesse preocupada. Era uma possibilidade que ele não podia ignorar. A agência de viagens talvez verificasse o deslocamento dos clientes. Ele pagara as passagens, mas não aparecera no aeroporto. Com certeza alguém deve ter notado sua ausência. Vanja e a agência de viagens eram sua única esperança de ser resgatado. Às vezes ele roía a corda só para preservar da loucura sua mente — o que restara dela. Sabia que estava no inferno, mas não sabia por quê. O terror estava em seus dentes quando ele tentava romper a corda. O terror era sua única saída possível. Continuava a roer. De vez em quando chorava, dominado por cãibras. Mas então voltava a roer.

Ela arrumara a sala como um lugar de sacrifício. Ninguém podia sequer suspeitar de seu segredo. Só ela sabia. Certa vez, o espaço consistira de muitas salas pequenas de teto baixo e paredes escuras, iluminadas apenas pela fraca luz coada por minúsculas janelas de porão profundamente engastadas em paredes grossas. Ela ainda conseguia se lembrar daquele verão. Foi a última vez em que viu sua avó. No começo do outono a avó se foi, mas naquele verão se deixara ficar sentada à sombra das macieiras, transformando-se também, muito lentamente, numa sombra. Tinha quase noventa anos e estava com câncer. Ficara quieta ao longo de todo o verão, alheia do mundo; e tinham dito a seus netos que não a incomodassem, que não gritassem quando estivessem perto dela e só se aproximassem quando ela os chamasse.

Uma vez a avó levantou a mão e fez um gesto chamando-a. Ela se aproximou temerosa. Velhice era uma coisa perigosa; implicava doenças e morte, túmulos negros e medo. Mas a avó olhara para ela com aquele seu sorriso bondoso que o câncer nunca conseguira apagar. Talvez tenha dito alguma coisa, ela não se lembrava. Mas sua avó estava viva, e foi um verão alegre. Deve ter sido em 1952 ou 1953. Muitíssimo tempo atrás. As catástrofes ainda estavam muito longe.

Só quando tomou posse da casa no final da década de 1960 é que ela começou a grande reforma. Não fizera todo o trabalho sozinha, derrubando as paredes internas que podiam ser descartadas sem risco de um desmoronamento. Nisso alguns primos a ajudaram, jovens que queriam exibir a própria força. Mas ela também empunhara uma marreta, e toda a casa tremia quando a argamassa desabava. Então, à medida que a poeira baixava, surgia gradualmente aquela sala gigantesca. A única coisa que ela preservou foi o grande forno de assar pão que se elevava em seu centro como um estranho matacão. Todos os que iam visitá-la depois da reforma admiravam-se de quão bonita a casa ficara. Era a mesma casa velha, mas ao mesmo tempo completamente diferente. A luz entrava fartamente pelas novas janelas. Se ela quisesse um ambiente escuro, podia fechar as maciças venezianas de carvalho na parte externa da casa. Deixara as vigas do teto à mostra e desfizera os soalhos antigos. Alguém lhe disse que a casa estava parecendo a nave de uma igreja.

Depois disso, ela começou a ver a sala como seu santuário. Quando estava sozinha ali, encontrava-se no centro do mundo. Conseguia sentir-se absolutamente serena, longe dos perigos que a ameaçavam.

Havia épocas em que ela raramente visitava sua catedral. A rotina de sua vida estava sempre mudando. De vez em quando se perguntava se não devia se livrar da casa. Havia lembranças demais, lembranças que as marretas jamais poderiam demolir. Mas ela não podia se afastar da sala em que avultava o forno de assar, o matacão branco que ela mantivera no lugar. Tornara-se parte dela. Às vezes o

via como o último bastião que lhe sobrara para se defender na vida.
 Então chegou a carta da África.
 Depois disso, tudo mudou.
 Ela nunca mais pensou em abandonar aquela casa.

Na quarta-feira, 28 de setembro, ela chegou a Vollsjö pouco depois das três da tarde. Dirigira desde Hässleholm, e antes de ir a sua casa na periferia da cidade parou e comprou provisões. Sabia aquilo de que necessitava. Por garantia, comprara um pacote a mais de canudinhos. O dono da loja fez-lhe um aceno de cabeça. Ela sorriu, e eles trocaram algumas palavras sobre o tempo e sobre o terrível acidente do barco. Ela pagou e foi embora.
 Seus vizinhos mais próximos estavam ausentes. Eram alemães, moravam em Hamburgo e só iam a Skåne no mês de julho. Quando estavam lá, ela e o casal trocavam cumprimentos, mas não passava disso.
 Abriu a porta da frente e ficou imóvel e em silêncio no hall, à escuta. Em seguida entrou na grande sala e ficou parada junto ao forno de assar. Tudo estava no maior silêncio e quietude. Numa quietude que ela desejava para o mundo inteiro.
 O homem que jazia dentro do forno não podia ouvi-la. Sabia que ele estava vivo, mas não queria ser incomodada pelo som de sua respiração. Nem por seus soluços.
 Ela pensou sobre o impulso que a levara àquela conclusão inesperada. Começou quando resolveu manter a casa. E foi então que decidiu deixar o forno tal como estava. Só mais tarde, quando a carta chegou da África e ela se deu conta do que tinha de fazer, o forno revelara sua verdadeira finalidade.
 Foi interrompida pelo despertador do relógio de pulso. As convidadas deveriam chegar dentro de uma hora. Antes disso ela devia dar comida ao homem do forno. Ele estava lá havia cinco dias. Logo estaria tão fraco que não

poderia oferecer a menor resistência. Tirou a agenda da bolsa e viu que estaria de folga da tarde do domingo seguinte até a manhã de terça-feira. Era quando ia ser. Iria tirá-lo dali e explicar-lhe o que acontecera.

Ainda não resolvera como iria matá-lo. Havia várias possibilidades, mas ela ainda tinha bastante tempo. Iria pensar sobre o que ele fizera e então decidir a forma como deveria morrer.

Ela foi à cozinha e esquentou a sopa. Como tinha muito cuidado com a higiene, lavou o copo e a tampa de plástico que usava para alimentá-lo. Pôs água em outro copo. Todo dia diminuía a quantidade que lhe dava. Ele não teria mais que o necessário para continuar vivo. Quando terminou de preparar a refeição, calçou um par de luvas de látex, salpicou algumas gotas de perfume atrás das orelhas e aproximou-se do forno. Atrás dele havia um buraco, escondido por algumas pedras soltas. Elas formavam uma espécie de túnel, com quase um metro de comprimento, que ela podia remover com cuidado. Antes de enfiá-lo ali, ela pusera um poderoso alto-falante no lugar e tapara o buraco. Quando tocava música a todo volume, nenhum som escapava.

Inclinou-se para a frente para poder vê-lo. Quando pôs a mão numa de suas pernas, ele não se mexeu. Por um instante, temeu que estivesse morto, mas então ouviu-o arquejar.

Ele está fraco, pensou. Logo a espera chegará ao fim.

Depois de lhe dar comida e deixá-lo usar o buraco, arrastou-o de volta ao seu lugar e trancou-o. Quando lavou os pratos e arrumou a cozinha, sentou-se à mesa e tomou uma xícara de café. Tirou da bolsa o boletim informativo da empresa e pôs-se a folheá-lo. Segundo o novo quadro salarial, iria receber mais cento e setenta e quatro coroas mensais, retroativas a 1º de julho. Olhou para o relógio de novo. Raramente passava dez minutos sem consultá-lo. Fazia parte de seu ser. Sua vida e seu trabalho se mesclavam, pautando-se por horários precisos. E nada a incomodava mais do que não poder cumprir horários. Não admitia desculpas. Sempre encarava os horários como uma responsabilidade pessoal. Sabia que muitos de seus colegas riam dela pelas costas. Aquilo a magoava, mas ela nunca tocava no assunto. O silêncio também fazia parte de sua personalidade. Mas nem sempre fora assim.

Lembro-me de minha voz quando eu era criança. Era forte, mas não estridente. A tendência à mudez viera depois. Depois que vi todo o sangue e minha mãe agonizante. Naquela noite, não chorei. Escondi-me em meu próprio silêncio, onde podia me fazer invisível.

Foi então que aconteceu. Quando minha mãe jazia na mesa e, soluçando e sangrando, roubou-me a irmã pela qual sempre ansiei.

Olhou o relógio. Logo elas chegariam. Era quarta-feira, dia de encontro. Se fosse por ela, eles aconteceriam sempre na quarta-feira, o que estabeleceria uma regularidade. Mas seu horário de trabalho não permitia isso, e ela não tinha controle sobre esse cronograma.

Pegou cinco cadeiras. Não queria ter mais de cinco visitantes de cada vez. Com isso se perderia a intimidade. Daquela maneira já era difícil confiar que aquelas mulheres silenciosas se animassem a falar. Ela entrou no quarto e tirou o uniforme. A cada peça de roupa que tirava, murmurava uma prece. E recordava.

Foi minha mãe quem me falou de Antonio. O homem que ela conhecera na juventude, muito antes da Segunda Guerra Mundial, num trem entre Colônia e Munique. Eles não encontraram lugares vazios, então terminaram ficando apertados um contra o outro no corredor enfumaçado. As luzes dos barcos no Reno cintilavam para além das vidraças sujas, e Antonio lhe disse que ia ser um padre católico. Falou que a missa terminava tão logo o sacerdote mudava de roupa. Como prelúdio ao ritual sagrado, os padres tinham de se submeter a um processo de purificação. A cada peça de roupa que tiravam ou vestiam, faziam uma prece. Cada peça do vestuário os levava mais um passo em direção à sagrada missão.

Ela nunca se esqueceu da lembrança da mãe desse encontro no trem. E desde que se deu conta de ser uma sacerdotisa dedicada à sagrada função de proclamar a sacralidade da justiça, também ela começara a ver a troca de roupas como algo mais do que simplesmente substituir peças de vestuário por outras. As preces que ela oferecia, porém, não eram uma conversa com Deus. Num mundo caótico e absurdo, Deus era o supremo absurdo. O que caracterizava o mundo era a ausência de um Deus. Ela dirigia suas preces para a criança que tinha sido antes de tudo se despedaçar. Antes de sua mãe roubar aquilo que ela mais desejava. Antes que os homens sinistros se erguessem diante dela com olhos de serpentes retorcidas e ameaçadoras.

Trocando de roupa, ela voltava, por meio da prece, à própria infância. Estendeu o uniforme na cama. Em seguida, vestiu-se com tecidos leves de cores suaves. Algo aconteceu em seu interior. Foi como se sua pele tivesse mudado, como se também ela voltasse ao estado em que estava na infância. Para terminar, pôs uma peruca e óculos. A prece final se desvaneceu dentro de si. *Anda, anda num cavalo de pau...*

Mirou o próprio rosto no espelho grande. Não era A Bela Adormecida despertando de seu pesadelo. Era a Gata Borralheira.

Ouviu o primeiro carro estacionar no pátio. Estava pronta, era outra pessoa. Dobrou o uniforme, alisou a colcha e saiu do quarto. Embora ninguém fosse entrar lá, ela trancou a porta e testou a maçaneta.

Elas se reuniram pouco antes das seis da tarde, mas uma das mulheres não viera. Fora levada ao hospital na noite anterior, sentindo contrações. Faltavam duas semanas para a data prevista, mas àquela altura o bebê com certeza já tinha nascido.

Ela resolveu imediatamente fazer-lhe uma visita no hospital no dia seguinte. Queria vê-la. Queria ver o rosto dela depois de tudo o que tinha sofrido. Então ouviu as histórias das mulheres. De vez em quando, fingia escrever alguma coisa no caderno de anotações, mas rabiscava apenas números. Estava fazendo quadros de horários. Horários, distâncias. Era um jogo obsessivo, um jogo que cada vez mais se tornava uma espécie de sortilégio. Não precisava escrever nada para se lembrar. Todas as palavras ditas naquele tom assustado, toda a dor que elas ousavam exprimir ficavam gravadas em sua mente. Percebia o alívio que sentiam, nem que fosse por um momento — mas que era a vida senão uma sucessão de momentos?

Os horários novamente. Tempos que coincidem, segundos que se sobrepõem uns aos outros. A vida é como um pêndulo. Oscila de um lado para outro, entre dor e alívio, continuamente, interminavelmente.

Estava sentada de modo a poder ver o grande forno atrás das mulheres. A lâmpada estava apagada, a sala banhada numa luz suave. Uma luz que ela imaginava como sendo feminina. O forno era um matacão imóvel, mudo, no meio de um mar vazio.

Conversaram por umas duas horas e depois tomaram chá na cozinha. Todas elas sabiam quando seria o próximo encontro. Ninguém questionou o dia e o horário que ela estipulou.

Eram oito e meia da noite quando ela as conduziu até a porta. Apertou-lhes a mão, acolheu sua expressão de gratidão. Quando o último carro se foi, voltou para dentro de casa, trocou de roupa, tirou a peruca e os óculos, pegou o uniforme, saiu do quarto, lavou as xícaras, apagou todas as lâmpadas e apanhou a bolsa.

Por um instante, ficou imóvel no escuro, ao lado do forno. Tudo estava em total silêncio.

Então saiu da casa, entrou no carro e foi para Ystad. Antes da meia-noite, estava dormindo em sua cama.

5

Ao acordar na manhã de quinta-feira, Wallander sentia-se melhor. Levantou logo depois das seis e verificou o termômetro do lado de fora da janela da cozinha. Marcava cinco graus. Pesadas nuvens cobriam o céu, as ruas estavam molhadas, mas a chuva cessara.

Chegou à delegacia pouco depois das sete. Enquanto avançava pelo corredor rumo ao seu escritório, perguntou-se se já haviam encontrado Holger Eriksson. Pendurou o casaco e se sentou. Havia uns poucos recados na secretária eletrônica do telefone da escrivaninha. Ebba o lembrava da consulta ao oftalmologista no fim da tarde. Ele precisava de óculos de leitura. Se passasse muito tempo debruçado sobre seus dossiês, ficava com dor de cabeça. Logo completaria quarenta e sete anos. Os primeiros sinais da idade.

Havia um recado de Per Åkeson. Wallander telefonara para seu escritório, mas disseram-lhe que ele passaria o dia todo em Malmö. Wallander foi pegar um copinho de café, depois se reclinou em sua cadeira e tentou bolar uma nova estratégia para a investigação do roubo de carros. Em quase todo crime organizado havia um ponto fraco, um elo que podia ser quebrado, caso se aplicasse a devida pressão.

O telefone interrompeu seus pensamentos. Era Lisa Holgersson, sua nova chefe, dando-lhe as boas-vindas.

"Como foram os dias de folga?", perguntou ela.

"Foram ótimos."

"Redescobrimos nossos pais quando fazemos coisas assim", disse ela.

"E eles talvez passem a ver os filhos de um modo diferente", disse Wallander.

Ela se desculpou por ter de interromper a conversa por um instante. Wallander ouviu alguém entrar no escritório dela e dizer alguma coisa. Björk nunca haveria de lhe perguntar sobre seus dias de folga. Ela voltou à linha.

"Fiquei em Estocolmo por alguns dias", disse ela. "Não foi muito divertido."

"O que eles andam fazendo?"

"Estou pensando no *Estonia*. Todos aqueles colegas nossos que morreram."

Wallander ficou em silêncio. Também podia ter refletido sobre aquilo.

"Você deve imaginar o clima", continuou ela. "Como podíamos ficar ali sentados discutindo problemas das relações entre a polícia nacional e os distritos de todo o país?"

"Provavelmente nos sentimos tão desamparados diante da morte como todo mundo", disse Wallander. "Ainda que não devêssemos, uma vez que já testemunhamos muitas situações semelhantes. Pensamos estar acostumados com isso, mas não estamos."

"Um barco afunda numa noite tempestuosa, e de repente a morte novamente se torna visível na Suécia", disse ela. "Depois de ter ficado por tanto tempo afastada, escondida e ignorada."

"Acho que você tem razão, embora eu não tenha pensado nisso dessa maneira."

Ele a ouviu temperar a garganta. Depois de uma pausa, ela retomou a conversa.

"Discutimos problemas organizacionais", disse ela, "e o eterno problema de qual deveria ser nossa prioridade."

"Devemos gastar nosso tempo pegando criminosos", disse Wallander. "Levá-los à justiça e nos certificar de termos indícios bastantes para sentenciá-los."

"Se ao menos fosse tão simples...", disse ela com um suspiro.

"Ainda bem que não sou o chefe", disse Wallander.

"Às vezes me pergunto...", disse ela, mas não terminou a frase. Wallander achou que a chefe ia se despedir, mas ela tinha mais a dizer.

"Prometi que você iria à academia de polícia no começo de dezembro", disse ela. "Querem que você faça uma palestra sobre a investigação do verão passado. Os agentes que estão fazendo estágio pediram isso."

Wallander ficou aturdido.

"Não consigo fazer isso", disse ele. "Simplesmente não consigo me postar diante de um grupo e fingir ensinar. Algum outro pode fazer isso. Martinsson fala bem. Ele devia ser político."

"Prometi que você iria", disse ela, rindo. "Vai ser bom, pode acreditar."

"Vou ligar e dizer que estou doente", disse Wallander.

"Dezembro ainda está muito longe", disse ela. "Podemos falar mais sobre isso depois", acrescentou. "Liguei para saber como foram seus dias de folga. Agora sei que foi tudo bem."

"E tudo aqui está na santa paz", disse Wallander. "Só temos o caso do desaparecido, mas nossos colegas estão se encarregando disso."

"Uma pessoa desaparecida?"

Wallander contou-lhe a conversa que teve com Sven Tyrén.

"Com que frequência há algo sério quando as pessoas desaparecem?", perguntou ela. "O que dizem as estatísticas?"

"Não sei nada de estatísticas", disse Wallander. "Mas sei que raramente se trata de um crime ou mesmo de um acidente. Quando se trata de gente senil, na maioria das vezes elas saem sem avisar. No caso dos jovens, normalmente há por trás uma revolta contra os pais ou um desejo de aventura. Raramente é um caso muito grave."

Despediram-se e desligaram. Wallander estava absolutamente decidido a não fazer palestras na academia de polícia. O convite lhe era lisonjeiro, mas sua aversão era ainda mais forte. Tentaria convencer Martinsson a ir em seu lugar.

Voltou ao caso de roubo de carros. Logo depois das oito, foi pegar mais café. Como estava com fome, comeu alguns biscoitos. Seu estômago agora parecia bem. Martinsson bateu na porta e entrou.

"Está se sentindo melhor?"

"Estou me sentindo bem", disse Wallander. "Como está o caso Eriksson?"

Martinsson lhe lançou um olhar atônito.

"Quem?"

"Holger Eriksson. O homem sobre o qual escrevi um relatório dizendo que devia estar desaparecido. Aquele de que lhe falei."

Martinsson sacudiu a cabeça.

"Quando você me falou disso? Acho que não o ouvi. Estava muito abalado com a notícia do acidente da balsa."

Wallander levantou-se da cadeira.

"Hansson ainda está aqui? Temos de começar a tratar do caso imediatamente."

"Eu o vi no corredor", disse Martinsson. Eles foram ao escritório de Hansson, que estava sentado, olhando um bilhete de loteria. Ele o rasgou e jogou-o na cestinha de lixo.

"Holger Eriksson", disse Wallander. "O homem talvez esteja desaparecido. Você se lembra do caminhão de combustível que estava bloqueando a entrada? Na quinta-feira?"

Hansson fez que sim.

"O motorista, Sven Tyrén", continuou Wallander. "Você se lembra de que andou envolvido em casos de agressão?"

"Lembro", disse Hansson.

Wallander esforçava-se para disfarçar a própria impaciência.

"Ele veio comunicar o desaparecimento de uma pessoa. Fui até a chácara onde Holger Eriksson mora. Escrevi um relatório. Ontem de manhã liguei aqui para pedir que vocês assumissem a investigação do caso. Eu o considerei sério."

"O relatório deve estar em algum lugar por aqui", disse Martinsson. "Não investigamos o caso, e assumo a responsabilidade por isso."

Wallander sabia que não podia se enfurecer com aquilo.

"Esse tipo de coisa não pode acontecer", disse ele. "Mas podemos atribuir isso às circunstâncias desfavoráveis. Vou visitar a chácara novamente. Se ele não estiver lá, temos de começar a procurá-lo. Espero não encontrá-lo morto em algum lugar, considerando-se que já perdemos um dia inteiro."

"Não seria bom reunir uma equipe de busca?", perguntou Martinsson.

"Ainda não. Primeiro, eu vou lá. Mas lhe comunico o que achar."

Wallander foi ao seu escritório e procurou o número da empresa Combustíveis O. K. Uma jovem atendeu ao primeiro toque. Wallander se apresentou e disse que precisava falar com Sven Tyrén.

"Tyrén saiu para fazer uma entrega", disse a moça. "Mas ele tem um telefone no caminhão."

Wallander discou o número. A ligação estava ruim.

"Acho que você tem razão", disse Wallander. "Holger Eriksson está desaparecido."

"Claro que tenho razão!", retrucou Tyrén. "Vocês levaram esse tempo todo para concluir isso?"

"Há mais alguma coisa que você queira me contar?", perguntou Wallander.

"Que tipo de coisa?"

"Você está mais por dentro que eu. Ele tem algum parente a quem costuma visitar? Ele viaja? Quem o conhece melhor? Alguma coisa que possa explicar para onde ele foi."

"Não existe nenhuma explicação satisfatória", disse Tyrén. "Já lhe disse isso. Foi por isso que procurei a polícia."

Wallander refletiu por um instante. Não havia motivo para Sven Tyrén esconder a verdade.

"Onde você está agora?", Wallander perguntou.

"Na estrada de Malmö. Estava enchendo o tanque do caminhão no terminal."

"Vou para a casa de Eriksson. Você pode dar uma paradinha lá?"

"Estarei lá daqui a uma hora", disse Tyrén. "Primeiro tenho de fazer uma entrega no asilo. Não queremos que os velhos morram de frio, não é?"

Wallander saiu da delegacia. Estava chuviscando novamente. Sentia-se incomodado enquanto se afastava de Ystad. Se não tivesse ficado doente, o mal-entendido não teria acontecido. Estava certo de que a preocupação de Tyrén tinha fundamento. Já percebera na terça-feira, e agora era quinta-feira.

Quando chegou à chácara, a chuva aumentara de intensidade. Pegou as botas de borracha que trazia no carro. Quando abriu a caixa de correspondências, encontrou um jornal e algumas cartas. Foi até o pátio, tocou a campainha, tirou o molho de chaves do bolso e abriu a porta. Procurou verificar se mais alguém estivera ali, mas tudo estava exatamente no mesmo lugar em que ele deixara. O estojo do binóculo pendurado na parede continuava vazio. A solitária folha de papel ainda estava na escrivaninha.

Wallander foi para o quintal e ficou observando um canil vazio. Um bando de corvos crocitava nos campos. Uma lebre morta, pensou distraidamente. Pegou a lanterna no carro e começou uma procura metódica em toda a casa. Eriksson mantinha tudo limpo e arrumado. Wallander se pôs a admirar uma velha e bem polida Harley-Davidson numa ala que servia de garagem e oficina. Então ouviu um caminhão que vinha pela estrada e saiu para cumprimentar Sven Tyrén.

"Ele não está aqui", disse ele.

Wallander levou Tyrén à cozinha e lhe pediu um relato completo.

"Não tenho mais nada a dizer", disse Tyrén asperamente. "Não seria melhor se vocês começassem a procurá-lo?"

"Normalmente as pessoas sabem muito mais do que imaginam", disse Wallander, sem esconder sua irritação com a atitude de Tyrén.

"Então, o que você acha que eu sei?"

"Quando ele encomendou o combustível, falou diretamente com você?"

"Ele ligou para o escritório. Lá uma moça anota os pedidos. Falo com ela várias vezes por dia."

"E ela não notou nada de anormal quando ele ligou?"

"Você vai ter de perguntar a ela."

"Eu vou. Como é o nome dela?"

"Ruth. Ruth Sturesson."

Wallander anotou o nome.

"Dei um pulo aqui certo dia de agosto", disse Tyrén. "Foi a última vez que o vi. Era o mesmo Eriksson de sempre. Ofereceu-me um café e leu alguns poemas novos. Também era bom para contar histórias. Mas de uma maneira muito crua."

"Que quer dizer com 'crua'?"

"Suas histórias me faziam corar. É isso que quero dizer."

Wallander fitou-o. Deu-se conta de que estava pensando no próprio pai, que também gostava de contar histórias de modo grosseiro.

"Ele não lhe dava a impressão de estar ficando senil?"

"Sua cabeça era tão boa quanto a sua ou a minha."

"Eriksson tinha algum parente ou parentes?"

"Nunca se casou. Não tinha filhos nem namorada. Não que eu soubesse, pelo menos."

"Nem parentes?"

"Nunca mencionou nenhum. Decidiu legar todos os seus bens a uma organização de Lund."

"Que organização?"

Tyrén deu de ombros.

"Uma organização qualquer. Não sei."

Wallander lembrou-se dos Amigos do Machado, mas então imaginou que Holger Eriksson deve ter resolvido deixar sua chácara para a Associação Cultural de Lund.

"Você sabe se ele tinha outra propriedade?"
"Que tipo de propriedade?"
"Talvez outra chácara? Uma casa na cidade? Um apartamento?" Tyrén refletiu um pouco antes de responder.
"Não", disse ele. "É só esta casa mesmo. O resto está no Handelsbanken."
"Como você sabe disso?"
"Ele pagava suas contas por meio desse banco."
Wallander balançou a cabeça e dobrou seus papéis. Não tinha mais perguntas a fazer. Agora estava convencido de que algo terrível acontecera a Eriksson.
"A gente mantém contato", disse Wallander, pondo-se de pé.
"O que vocês vão fazer?"
"A polícia tem seus próprios métodos."
Eles saíram da casa.
"Gostaria de ficar e ajudar nas buscas", disse Tyrén.
"Será melhor que não o faça", respondeu Wallander. "Preferimos fazer isso por nossa própria conta."
Sven Tyrén não fez objeções. Wallander ficou observando a partida do caminhão. Então se pôs à margem do campo e contemplou um bosque à distância. Os corvos continuavam crocitando. Wallander tirou o celular do bolso e ligou para Martinsson, na delegacia.
"Como estão as coisas?", perguntou Martinsson.
"Temos de começar uma busca completa", disse Wallander. "Hansson tem o endereço. Quero começar o mais rápido possível. Tragam cães."
Wallander ia desligar quando Martinsson acrescentou:
"Tem mais uma coisa. Verifiquei se temos alguma informação sobre Eriksson. E temos."
Wallander apertou o celular contra o ouvido e foi para debaixo de uma árvore tentando se proteger da chuva.
"Há cerca de um ano ele informou que sua casa foi invadida. O nome do lugar aí não é 'Retiro'?"
"Sim", disse Wallander. "Continue."
"Seu informe data de 19 de outubro de 1993. Svedberg o anotou, mas, quando lhe perguntei, ele tinha esquecido."

"E então?"

"O informe era meio estranho", murmurou Martinsson, um tanto hesitante.

"Como assim?"

"Nada foi roubado, mas ele tinha certeza de que alguém entrara na casa."

"O que aconteceu?"

"Deixaram a história de lado, mas o relatório está aqui. E foi feito por Holger Eriksson."

"Muito esquisito", disse Wallander. "Depois temos de examinar isso mais de perto. Tragam os cães o mais rápido possível."

"Há alguma coisa na história de Eriksson que lhe chame a atenção?", perguntou Martinsson.

"Como assim?"

"É a segunda vez em poucos dias que falamos de arrombamentos sem que tenha havido roubo."

Martinsson tinha razão. Nada fora roubado da loja de flores da Västra Vallgatan.

"Mas as semelhanças ficam por aí", disse Wallander.

"O dono da loja de flores também está desaparecido", disse Martinsson.

"Não, não está", disse Wallander. "Viajou para o Quênia, não desapareceu. Mas é quase certo que Eriksson sim."

Wallander desligou e ajeitou melhor o casaco, voltando para a garagem. Não se podia fazer nada de efetivo até os cães chegarem. Aí poderiam organizar as buscas e começar a conversar com os vizinhos. Pouco depois voltou à casa. Na cozinha, tomou um copo de água. Os canos sacolejaram quando ele abriu a torneira, mais um sinal de que ninguém estivera na casa havia vários dias. Enquanto bebia a água, observava os corvos à distância. Depôs o copo e saiu da casa novamente.

Estava chovendo forte. Os corvos crocitavam. De repente, Wallander parou, pensou no estojo vazio do binóculo pendurado na parede, bem próximo à porta de entrada. Olhou para os corvos. Logo depois do lugar onde eles estavam, via-se uma torre, na colina. Ficou parado, tentando raciocinar. Então se pôs a caminhar devagar pela borda do campo. Formando placas, o barro grudava em suas botas de borracha. Descobriu um caminho que seguia reto pelo campo. Percebeu que ia dar na colina em que ficava a torre, algumas centenas de metros mais adiante, e começou a andar pelo caminho. Os corvos mergulhavam, desapareciam, depois subiam novamente. Ali deve haver uma depressão no terreno ou um fosso. A torre ia ficando mais visível. Imaginou que era usada para caçar lebres ou cervos. No pé da colina, no lado oposto, havia um caminho por entre o arvoredo, com certeza também pertencente à propriedade de Eriksson. Então viu o fosso à sua frente. Algumas pranchas de madeira rústica pareciam ter caído dentro dele. Quando chegou mais perto, os corvos gritaram mais alto, levantaram voo e fugiram. Wallander olhou para dentro do fosso.

Teve um sobressalto e recuou um passo. De repente, sentiu-se mal. Mais tarde ele haveria de dizer que aquilo fora a pior coisa que tinha visto na vida. E em sua carreira de policial vira muitas coisas que preferiria não ter visto. Ali parado, com a chuva encharcando-lhe a pele, a princípio não saberia dizer o que estava vendo. Havia algo estranho e irreal diante dele. Algo que ele nunca havia imaginado. A única coisa absolutamente clara era o fato de que havia um cadáver dentro do fosso.

Ele se agachou, obrigando-se a não desviar a vista. O fosso tinha pelo menos dois metros de profundidade. Havia várias estacas afiadas fixadas no fundo do fosso. O corpo de um homem jazia na ponta das estacas. As pontas em forma de lança tinham perfurado o corpo em vários lugares. O homem estava prostrado, suspenso nelas. Os corvos atacaram-lhe a nuca. Wallander levantou-se, os joelhos tremendo. Ouviu ao longe o barulho dos carros que se aproximavam.

Tornou a olhar para baixo. As estacas pareciam feitas de bambu, grossos caniços de pesca com as pontas afiadas.

Olhou para as pranchas de madeira caídas dentro do fosso. Visto que o caminho continuava do outro lado, elas pareciam ter servido de ponte. Quando teriam cedido? Eram pranchas grossas, capazes de suportar um grande peso, e o fosso não teria mais de dois metros de largura.

Ao ouvir o latido de um cão, voltou-se e dirigiu-se à chácara. Agora estava se sentindo mal de verdade. E assustado também. Uma coisa era achar alguém assassinado. Mas a forma como o homicídio tinha sido cometido...

Alguém fixara estacas afiadas de bambu no fosso. Para empalar um homem. Ele parou no caminho para recuperar o fôlego. Imagens do verão desfilavam céleres em sua mente. Será que está começando tudo de novo? Não havia limites para o que podia acontecer naquele país?

Continuou andando. Dois agentes com cães estavam na frente da casa. Viu que também Höglund e Hansson estavam lá. Quando chegou ao fim do caminho e se aproximou do pátio, logo os outros notaram que tinha acontecido alguma coisa.

Wallander enxugou a chuva do rosto e lhes contou. Percebia o tremor da própria voz. Voltou-se e apontou para o bando de corvos, que tinham voltado logo que ele se afastou do fosso.

"Ele está estendido lá", disse Wallander. "Está morto. É um assassinato. Chamem uma equipe completa."

Os outros esperaram que ele dissesse mais alguma coisa, mas Wallander não tinha mais nada a dizer.

6

Ao anoitecer de quinta-feira, 29 de setembro, a polícia estendeu um plástico sobre o fosso onde o corpo de Holger Eriksson jazia espetado em nove rijas estacas de bambu. Usando pás, eles retiraram a lama e o sangue que havia no fundo do fosso. O trabalho macabro e a chuva incessante tornavam a cena do crime uma das mais desagradáveis e depressivas que Wallander e seus colegas haviam visto. O barro grudava-se às botas de borracha, eles tropeçavam nos cabos elétricos que serpenteavam através da lama. A luz fortíssima dos holofotes que foram instalados intensificava a impressão surreal. Sven Tyrén tinha voltado e identificado o homem empalado nas estacas. Tratava-se mesmo de Eriksson, confirmou Tyrén. Sem a menor dúvida. A busca pelo homem desaparecido terminara antes mesmo de começar. Tyrén manteve-se numa sobriedade que não lhe era própria, como se não compreendesse inteiramente o que via diante de si. Durante horas, andou agitado na frente do cordão de isolamento, sem dizer uma palavra, e de repente se foi.

No fundo do fosso, Wallander sentia-se como um rato molhado preso numa ratoeira. Seus colegas enfrentavam grandes dificuldades. Svedberg e Hansson saíram do fosso várias vezes, dada a forte náusea que sentiam. Höglund, porém, a pessoa que ele mais queria dispensar antes da hora, parecia imperturbável.

A chefe Holgersson chegou logo que recebeu a notícia. Organizou a cena do crime para que as pessoas não escorregassem e caíssem umas sobre as outras, mas um jovem policial em treinamento tropeçou no barro, caiu no fosso e feriu a mão numa das estacas. Um médico fez um curativo e agora tentava imaginar uma maneira de remover o cadáver. Wallander viu o jovem policial escorregar e teve uma ideia do que aconteceu quando Eriksson caiu.

Praticamente a primeira coisa que ele fizera com Nyberg, o técnico legista, fora examinar as pranchas rústicas. Tyrén confirmara que elas serviam de ponte. Fora Eriksson quem as pusera ali. Tyrén lhes disse que um dia Eriksson o convidou a visitar a torre. Eriksson fora um apaixonado observador de pássaros. Não era uma torre de caça, mas uma torre de observação. O binóculo que faltava no estojo estava pendurado no pescoço de Eriksson. Em poucos minutos, Nyberg concluiu que as pranchas tinham sido serradas. Ao ouvir isso, Wallander ergueu-se do fundo do fosso e saiu para refletir. Tentou concatenar a sequência de acontecimentos. Quando Nyberg descobriu que o binóculo tinha visão noturna, começou a ter a mesma ideia. Ao mesmo tempo, era-lhe difícil admitir a própria interpretação. Se ele estivesse certo, teria de reconhecer que estavam lidando com um assassinato planejado e preparado com uma perfeição tão medonha e cruel que beirava o inacreditável.

Tarde da noite eles começaram a remover o cadáver de Eriksson do fosso. Juntamente com o médico e com a chefe Holgersson, tinham de resolver se desencavavam as estacas de bambu e as serravam ou tomavam a horrível decisão de arrancar o cadáver das estacas. A conselho de Wallander, ficaram com esta última opção. Precisavam ver a cena do crime exatamente como estava antes de Eriksson pisar nas pranchas e cair, encontrando a morte. Wallander sentiu-se compelido a tomar parte naquela medonha tarefa final, quando o corpo de Eriksson foi erguido e levado embora. Passava da meia-noite quando terminaram; a chuva diminuíra, mas não dava o mínimo sinal de que iria parar. A única coisa que se podia ouvir era um gerador de energia e o som de botas de borracha chapinhando na lama.

Houve uma calmaria momentânea. Alguém trouxe café. Rostos cansados brilhavam fantasmagoricamente à luz branca. Wallander achou que deveria esboçar um quadro geral dos acontecimentos. O que na verdade tinha acontecido? O que haveriam de fazer? Agora todos estavam exaustos, ansiosos, encharcados e famintos.

Martinsson apertava um celular contra o ouvido. Wallander imaginou que ele devia estar falando com a esposa, sempre preocupada. Mas quando ele desligou, disse-lhes que um meteorologista previra que a chuva ia parar durante a noite. Wallander concluiu que o melhor a fazer era esperar até amanhecer. Ainda não tinham começado a caça ao assassino; ainda buscavam indícios que lhes dessem um ponto de partida. Os cães não farejaram nada. Wallander e Nyberg subiram até a torre, mas não acharam nenhuma pista. Wallander voltou-se para a chefe Holgersson.

"Não estamos chegando a lugar nenhum", disse ele. "Sugiro que a gente se reúna ao alvorecer. O melhor que temos a fazer agora é descansar."

Ninguém tinha objeções. Todos queriam ir para casa. Todos, exceto Nyberg, claro. Wallander sabia que ele queria ficar. Continuaria trabalhando à noite, e lá estaria quando os outros voltassem. Quando os demais começaram a andar em direção aos próprios carros, estacionados junto à casa, Wallander se deixou ficar.

"O que você acha?", perguntou ele.

"Não acho nada", disse Nyberg. "Exceto que nunca vi nada que se comparasse a isso, ainda que remotamente."

Ficaram olhando para o fundo do fosso. Haviam estendido sobre ele películas de plástico.

"O que é exatamente que estamos vendo?", perguntou Wallander.

"Uma armadilha asiática para predadores", disse Nyberg, "que também se usa em guerras. Chamam-na de estacas aguçadas."

Wallander balançou a cabeça.

"Bambus não crescem na Suécia", continuou Nyberg.

"Nós os importamos para usar como caniços de pesca e na indústria moveleira."

"Além disso, não existem predadores de grande porte em Skåne", disse Wallander, pensativo. "E não estamos em guerra. Então, o que exatamente temos aqui?"

"Algo que não é daqui", disse Nyberg. "Algo que não se encaixa. Algo que me provoca calafrios."

Wallander olhou-o atentamente. Nyberg raramente era tão loquaz. Sua expressão de repulsa pessoal e de medo era absolutamente atípica.

"Não fique trabalhando até tarde demais", disse Wallander ao partir, mas não teve resposta.

Wallander passou por cima da barricada, fez um aceno de cabeça aos agentes que ficariam vigiando a cena do crime durante a noite e continuou a subir em direção à chácara. Lisa Holgersson, com uma lanterna na mão, tinha parado a meio caminho para esperá-lo.

"Há repórteres lá em cima", disse ela. "Que vamos dizer a eles?"

"Não muita coisa", respondeu Wallander.

"Não devemos nem lhes dar o nome de Eriksson?", disse ela.

Wallander refletiu um pouco antes de responder.

"Acho que podemos fazer isso. Vou partir do princípio de que o motorista de caminhão sabe o que está falando. Ele me disse que Eriksson não tem parentes. Se não temos ninguém a quem comunicar sua morte, podemos divulgar o nome dele. Isso pode ser útil."

Continuaram andando. Atrás deles, os holofotes brilhavam de forma fantasmagórica.

"Podemos dar-lhes mais alguma informação?", perguntou ela.

"Diga-lhes que se trata de um assassinato", respondeu Wallander. "Isso podemos dizer com certeza. Mas não temos o móvel do crime nem indícios que levem a um suspeito."

"Você já tem alguma opinião sobre esse caso?"

Wallander sentiu quão cansado estava. Cada pensamento, cada palavra que tinha de dizer exigia-lhe um grande esforço.

"Eu não vi mais do que você viu, mas a coisa foi muitíssimo bem planejada. Eriksson caiu numa armadilha e lá ficou preso. Isso significa que há pelo menos três conclusões a que podemos facilmente chegar."

Eles pararam novamente.

"Primeiro, podemos supor que o autor do crime, seja lá quem for, conhecia Eriksson e pelo menos alguns de seus hábitos", principiou Wallander. "Segundo, o assassino queria matá-lo."

Wallander voltou-se, prestes a continuar a andar.

"Você disse três coisas."

Ele olhou para o rosto pálido dela à luz da lanterna. Muito vagamente, perguntou-se que aspecto ele próprio tinha naquele momento. Será que a chuva tinha lavado seu bronzeado italiano?

"O assassino não queria apenas tirar a vida de Eriksson", disse ele. "Queria que ele sofresse. Eriksson deve ter ficado muito tempo espetado nas estacas antes de morrer. Ninguém o ouviu, exceto os corvos. Talvez os legistas possam nos dizer quanto tempo ele levou para morrer."

A chefe Holgersson fez uma careta.

"Quem seria capaz de fazer uma coisa dessas?"

"Não sei", disse Wallander.

Quando chegaram à borda do campo, dois repórteres e um fotógrafo os esperavam. Wallander os conhecia de casos anteriores. Ele lançou um olhar à chefe Holgersson, que balançou a cabeça. Wallander lhes deu um relato brevíssimo do que tinha acontecido. Queriam fazer perguntas, mas ele levantou a mão num gesto de recusa e os repórteres foram embora.

"Você é um detetive com boa reputação", disse a chefe. "No verão passado, mostrou a medida do seu talento. Não há um distrito policial na Suécia que não ficasse contente em tê-lo em seus quadros."

Pararam junto ao carro dela. Wallander sabia que ela falava com sinceridade, mas estava cansado demais para assimilar aquilo.

"Desenvolva essa investigação da forma que achar mais conveniente. Se precisar de alguma coisa, farei o possível para conseguir."

Wallander balançou a cabeça.

"Estaremos mais bem informados dentro de algumas horas. No momento, nós dois precisamos dormir um pouco."

Eram quase duas da manhã quando Wallander chegou em casa. Fez dois sanduíches e os comeu à mesa da cozinha. Em seguida, acertou o despertador para logo depois das cinco e deitou na cama.

Tornaram a se reunir no amanhecer cinzento. A chuva tinha parado, mas o vento voltara a soprar intensamente e fazia mais frio. Nyberg e os agentes que passaram a noite na cena do crime tiveram de inventar formas de manter no lugar o plástico que cobria o fosso. Nyberg e os outros técnicos legistas agora trabalhavam no fundo do fosso, expostos ao vento cortante.

A caminho de lá, Wallander ficara matutando sobre a melhor maneira de conduzir as investigações. Eles nada sabiam de Eriksson. O fato de ele ser rico podia ser um motivo, mas isso parecia improvável. As estacas do fosso falavam outra linguagem. Ele não sabia como interpretá-la nem em que direção apontava.

Como toda vez que se sentia inseguro, pensou em Rydberg, o velho detetive que fora seu mentor. Sem a sabedoria dele, pensou Wallander, ele terminaria por se tornar um investigador criminal medíocre. Rydberg morrera de câncer quatro anos antes. Wallander sacudiu os ombros quando pensou na rapidez com que o tempo passara. Perguntou-se o que Rydberg faria.

Paciência, pensou ele. Rydberg me diria que a recomendação para ter paciência agora era mais importante que nunca.

Montaram um quartel-general temporário na casa de Eriksson. Wallander listou as tarefas mais importantes e as distribuiu da forma mais eficiente possível. Em seguida enfrentou a missão impossível de resumir a situação, concluindo que não tinham nada que pudesse servir de ponto de partida.

"Sabemos muito pouco", principiou ele. "Um motorista de caminhão chamado Sven Tyrén comunicou na terça-feira o que desconfiava ser um caso de desaparecimento. Com base no depoimento de Tyrén e considerando a data anotada no poema, podemos supor que o assassinato aconteceu em algum momento depois das dez da noite da quarta-feira anterior. Exatamente quando, não podemos dizer. Mas não foi antes disso. Temos de esperar para ver o que o patologista terá a nos dizer."

Wallander fez uma pausa. Ninguém tinha perguntas a fazer. Svedberg fungou. Seus olhos estavam vidrados e febris, ele devia estar em casa, na cama, mas eles sabiam que, naquele momento, precisavam de todo o efetivo disponível.

"Sabemos muito pouco sobre Holger Eriksson", continuou Wallander. "Ex-vendedor de carros. Rico, solteiro, sem filhos. Era poeta e também muito interessado em pássaros."

"Sabemos um pouco mais que isso", interveio Hansson. "Eriksson era muito conhecido nesta região, principalmente uma ou duas décadas atrás. Pode-se dizer que ele era um negociante de carros muito esperto. Um osso duro de roer. Não tolerava os sindicatos. Ganhava dinheiro a rodo. Envolvia-se com disputas relacionadas a impostos, era suspeito de práticas ilegais, mas, se bem me lembro, nunca foi pego."

"Então ele pode ter tido inimigos", disse Wallander.

"Podemos supor isso com certa segurança, mas não significa que eles chegariam a cometer um assassinato. Principalmente da forma como aconteceu."

Wallander resolveu esperar para discutir sobre as estacas afiadas de bambu e a ponte. Queria analisar as coisas em ordem, para que tudo ficasse claro em sua mente. Aquilo era mais uma coisa que Rydberg sempre lhe recomendava. A investigação de um crime é como um canteiro de obras. Tudo deve ser feito na devida ordem, do contrário o edifício não se ergue.

"A primeira coisa que temos a fazer é um levantamento minucioso da vida de Eriksson", Wallander disse. "Mas, antes de começarmos, quero transmitir a vocês a impressão que tenho da cronologia do crime."

Estavam sentados à grande mesa da cozinha. Ao longe, viam a fita da cena do crime e a cobertura de plástico branca balançando ao vento. Nyberg se erguia como um espantalho coberto de amarelo em meio à lama. Wallander imaginava sua voz cansada e irritada, mas sabia que Nyberg era talentoso e meticuloso. Se agitava os braços, tinha lá seus motivos.

Wallander sentia sua atenção cada vez mais aguçada. Já fizera aquilo muitas vezes, e sentia que naquele instante a equipe de investigação estava começando a seguir a pista do assassino.

"Acho que aconteceu assim", principiou Wallander, falando devagar. "Em algum momento depois das dez da noite de quarta-feira, ou talvez na madrugada de quinta, Holger Eriksson sai de casa. Não fecha a porta porque pretende voltar logo. Leva consigo um binóculo de visão noturna, segue pelo caminho em direção ao fosso sobre o qual construíra uma ponte. Com certeza está indo para a torre. Ele se interessa por pássaros. Em setembro e outubro, os pássaros migratórios rumam para o sul. Não sei grande coisa sobre isso, mas ouvi dizer que a maioria deles alça voo e viaja à noite. Isso explicaria a hora avançada. Ele anda na ponte, que se quebra em duas porque as pranchas de madeira foram serradas quase totalmente. Cai no fosso e fica espetado nas estacas. É aí que ele morre. Se pediu socorro, não havia ninguém para ouvi-lo. Não é à toa que a chácara se chama Retiro."

Ele pôs café da garrafa térmica em seu copo e continuou.

"É assim que imagino que tenha acontecido", disse ele. "E terminamos com muito mais perguntas do que tínhamos no início. Estamos diante de um assassinato bem planejado, cruel e hediondo. Não temos uma ideia clara dos motivos e tampouco indícios."

Todos se mantiveram calados. Wallander olhou em volta da mesa. Finalmente Höglund quebrou o silêncio.

"Mais uma coisa importante. Quem quer que tenha cometido o crime, não tinha a menor intenção de esconder suas ações."

Wallander pensara em abordar essa mesma questão.

"Acho que há a possibilidade de que a coisa vá ainda mais longe", disse ele. "Se observamos aquela armadilha horripilante, podemos interpretá-la como uma espécie de declaração."

"Você acha que estamos à caça de um louco?", perguntou Svedberg.

Todos em volta da mesa sabiam o que ele queria dizer com aquilo. Os acontecimentos do verão passado ainda estavam bem vivos em sua memória.

"Não podemos descartar essa possibilidade", disse Wallander. "Na verdade, não podemos descartar absolutamente nada."

"É como uma armadilha para ursos", disse Hansson. "Ou algo que a gente poderia ver num filme antigo ambientado na Ásia. Uma combinação bem esquisita: uma armadilha de urso e um observador de pássaros."

"Ou um negociante de carros", disse Martinsson.

"Ou um poeta", disse Höglund. "São várias escolhas possíveis."

Wallander encerrou a reunião. Usariam a cozinha de Eriksson toda vez que precisassem se reunir. Svedberg partiu de carro para conversar com Sven Tyrén e com a moça da empresa de combustíveis que anotara a encomenda de Eriksson. Höglund iria providenciar para que todos os que moravam nas cercanias fossem contatados e interrogados. Wallander lembrou-se das cartas e pediu a ela que conversasse com o carteiro também. Hansson iria vasculhar a casa com alguns dos técnicos legistas de Nyberg, enquanto a chefe Holgersson e Martinsson trabalhavam juntos para organizar as outras tarefas.

A engrenagem de investigação começara a funcionar.

Wallander vestiu o casaco e foi andando até o fosso. Nuvens esgarçadas deslizavam celeremente no céu. Dobrou o corpo para se proteger do vento. De repente ouviu nitidamente o barulho de gansos, parou e olhou para o céu. Passou-se um tempo antes que avistasse os pássaros, um pequeno bando lá no alto, logo abaixo das nuvens, voando para o sudoeste. Imaginou que, como todos os outros pássaros migratórios que passavam por Skåne, eles sairiam da Suécia sobrevoando o ponto extremo de Falsterbo.

Wallander se deixou ficar ali, contemplando os gansos, pensando no poema que estava na escrivaninha. Então seguiu em frente, e seu desconforto aumentava cada vez mais.

Havia algo naquele assassinato brutal que o abalava até o âmago do ser. Poderia ser um ato de ódio cego ou insanidade, mas o cálculo frio estava por trás do assassinato. Não conseguia saber qual dos dois o assustava mais.

Nyberg e seus técnicos legistas tinham começado a arrancar as estacas ensanguentadas do barro. Cada uma delas foi envolta em plástico e levada para um carro que já as esperava. Nyberg tinha manchas de barro no rosto e trabalhava com movimentos bruscos e raivosos. Wallander sentia como se estivesse olhando para o fundo de uma cova.

"Como vão as coisas?", disse ele, tentando dar à voz um tom de encorajamento.

Nyberg resmungou alguma coisa ininteligível. Wallander resolveu deixar de fazer perguntas. Nyberg era irascível, mal-humorado e não se importava de se desentender com quem quer que fosse. A opinião geral na delegacia era de que ele não hesitaria em gritar com o comissário nacional de polícia, à mínima provocação.

A polícia improvisara uma ponte sobre o fosso. Wallander subira a colina pelo lado oposto, com a ventania tentando arrancar-lhe o casaco. Examinou a torre, que teria cerca de três metros de altura. Fora construída com a mesma madeira que Eriksson usara para fazer a ponte. Havia uma escada encostada na torre, e Wallander subiu por ela. A plataforma não tinha mais de um metro quadrado. O vento fustigava-lhe o rosto. De uma altura de apenas três metros a mais, a paisagem parecia totalmente diferente. Ele via Nyberg no fosso. Ao longe, avistava a casa de Eriksson. Agachou-se e se pôs a examinar a plataforma. De repente se arrependeu de pisar na torre antes de Nyberg terminar sua inspeção técnica. Desceu e tentou achar um lugar protegido do vento, atrás da torre. Sentia-se muito cansado, mas alguma outra coisa o perturbava ainda mais. Tentou definir aquele sentimento. Depressão? Sua alegria durara tão pouco — os dias de folga, a decisão de comprar uma casa e até arrumar um cachorro. E esperar a visita de Baiba.

Mas então se descobriu um senhor idoso empalado num fosso, e mais uma vez o mundo começou a ceder sob seus pés. Perguntava-se por quanto tempo poderia suportar aquilo.

Obrigou-se a afastar esses pensamentos. Tinham de descobrir, o mais rápido possível, quem montara aquela letal armadilha macabra para Eriksson. Wallander desceu a colina penosamente. Ao longe, viu Martinsson vindo pelo caminho a passos rápidos, como de costume. Wallander foi ao seu encontro. Ainda se sentia inseguro, tateando. Como iniciaria a investigação? Buscava uma porta de entrada.

Então ele viu, pela expressão do rosto de Martinsson, que tinha acontecido alguma coisa.

"O que foi?", perguntou ele.

"Você precisa ligar para uma mulher chamada Vanja Andersson."

Wallander teve de vasculhar na memória para se lembrar. A loja de flores na Västra Vallgatan.

"Dane-se. Agora não temos tempo para isso."

"Não estou tão certo disso", disse Martinsson.

"Por quê?"

"Parece que o proprietário, Gösta Runfeldt, não chegou a partir para Nairóbi."

Wallander não entendeu o que Martinsson estava dizendo.

"A funcionária dele ligou para a agência de viagens para saber a hora exata da chegada de seu voo. Foi então que ela descobriu."

"Descobriu o quê?"

"Que Runfeldt não viajou para a África, embora tenha retirado a passagem."

Wallander o fitou.

"Isso quer dizer que há outro desaparecido", disse Martinsson.

Wallander não respondeu.

7

A caminho de Ystad, depois de resolver visitar Vanja Andersson, lembrou-se de que havia algum tempo alguém dissera existir certa semelhança entre os dois casos. Um ano antes, Eriksson deu queixa de um arrombamento em que nada fora roubado. Houve também o arrombamento da loja de Gösta Runfeldt no qual, ao que parecia, não se roubara nada. Wallander dirigia o carro com um medo cada vez maior.

O assassinato de Eriksson já era um fardo pesado demais para eles. Não tinham necessidade de mais um desaparecimento, e muito menos de um caso relacionado ao de Eriksson. Não tinham necessidade de mais fossos com estacas afiadas. Wallander dirigia a grande velocidade, como se desejasse deixar para trás a sensação de que mais uma vez mergulhava num pesadelo. De vez em quando apertava o freio com força, parecendo dar ao carro, e não a si mesmo, uma ordem de se acalmar e começar a pensar de forma racional. Que provas havia de que Runfeldt estava desaparecido? Devia haver alguma explicação razoável. Afinal de contas, o que aconteceu com Eriksson foi uma coisa excepcional, e com certeza não se repetiria. Pelo menos não em Skåne, e definitivamente não em Ystad. Tinha de haver uma explicação, que ele ouviria de Vanja Andersson. Wallander não conseguiu convencer-se disso. Antes de seguir para a Västra Vallgatan ele parou na delegacia de polícia, encontrou Höglund no hall e foi com ela até a cantina, onde alguns guardas de trânsito dormitavam depois do almoço. Tomaram café e se sentaram. Wallander contou-lhe o que Martinsson lhe dissera, e ela reagiu da mesma forma que ele. Só podia ser coincidência. Mas Wallander pediu a Höglund que lhe passasse uma cópia do boletim de ocorrência sobre o arrombamento da casa de Eriksson, ocorrido no ano anterior. Também queria verificar se havia alguma relação entre Eriksson e Runfeldt. Sabia que ela estava ocupadíssima, mas era importante começar a cuidar daquele caso imediatamente. Era uma questão de fazer uma limpeza antes da chegada dos convidados, disse ele, arrependendo-se imediatamente de ter usado uma metáfora tão tosca.

"Temos de agir rápido", continuou ele. "Quanto menos energia tivermos de usar na busca de uma conexão, melhor."

Ele já ia se levantar da mesa, mas ela o interrompeu com uma pergunta.

"Quem poderia ter feito isso?", perguntou ela.

Wallander tornou a se sentar. Rememorava as estacas ensanguentadas, uma visão insuportável.

"Nem consigo imaginar", disse ele. "É tão sádico e macabro que não consigo admitir um motivo normal — se é que existe isso quando se tira a vida de alguém."

"Existe sim", disse ela com firmeza. "Mas você e eu sentimos raiva demais para imaginar alguém morto. Para algumas pessoas, as barreiras normais não existem. Por isso elas matam."

"O que mais me espanta é o cuidado com que tudo foi planejado. Quem quer que o tenha feito, não teve a menor pressa. Além disso, conhecia bem os hábitos de Eriksson e com certeza o vigiava."

"Talvez isso possa nos servir de ponto de partida", disse ela. "Eriksson parecia não ter nenhum amigo íntimo, mas quem o matou devia ter alguma proximidade com ele. A pessoa serrou as pranchas. De todo modo, deve ter vindo e ido embora. Alguém pode tê-lo visto, ou notado um carro desconhecido nas cercanias. As pessoas observam o que acontece à sua volta. Aldeões são como gamos na floresta. Eles nos observam, sem que a gente perceba."

Um tanto distraído, Wallander fez que sim com a cabeça. Não estava escutando com sua concentração habitual.
"Temos de conversar mais sobre isso depois", disse ele. "Agora vou à loja de flores."
Quando Wallander saiu da delegacia, Ebba lhe disse que seu pai havia ligado.
"Mais tarde", disse Wallander, "agora não."
"O que aconteceu foi terrível", disse Ebba. Wallander ficou com a impressão de que ela compartilhava de uma dor que ele sofrera pessoalmente.
"Certa vez comprei um carro dele", disse ela. "Um Volvo de segunda mão."
Wallander demorou um pouco para perceber que ela estava falando de Holger Eriksson.
"Você dirige?", perguntou ele surpreso. "Eu nem sabia que você tinha carta de motorista."
"Tenho uma ficha limpa que cobre trinta e nove anos", respondeu Ebba. "E ainda tenho o Volvo de que falei."
Wallander lembrou-se de vez por outra ter visto, ao longo dos anos, um Volvo preto bem cuidado no estacionamento da delegacia, sem nunca ter se perguntado a quem pertencia.
"Espero que tenha feito um bom negócio", disse ele.
"Eriksson é que fez um bom negócio", respondeu ela firmemente. "Paguei muito caro pelo carro, mas cuidei muito bem dele todos esses anos, e a longo prazo levei a melhor. Agora ele é cobiçado por colecionadores."
"Tenho de ir", disse Wallander. "Mas um dia desses você vai ter de me levar para dar uma voltinha nele."
"Não se esqueça de ligar para seu pai."
Wallander estacou, pensou por um instante e se decidiu.
"Você me faz o favor de ligar para ele? Conte-lhe o problema em que estou metido. Diga que eu ligo logo que puder. Imagino que não era nada urgente, não?"
"Ele queria falar sobre a Itália", disse ela.
"Iremos falar sobre a Itália, mas neste momento eu não posso. Diga isso a ele."

Wallander estacionou um tanto às pressas, avançando um pouco na área de pedestres na frente da loja de flores. Havia alguns clientes na loja. Fez um gesto para Vanja indicando-lhe que iria esperar. Dez minutos depois os clientes tinham partido, e Vanja Andersson imprimiu um recado, pendurou no lado de dentro da vitrine e fechou a porta. Os dois foram até o escritório minúsculo nos fundos da loja. O cheiro das flores deixava Wallander um tanto nauseado. Como sempre, não tinha onde escrever, por isso pegou uma pilha de cartões de presentes e começou a tomar notas no verso deles.

"Vamos começar do começo", disse ele. "Você ligou para a agência de viagens. Por que fez isso?"

Notou a perturbação de Vanja. Um exemplar do jornal local *Ystad's Allehanda* estava sobre a mesa, com uma grande manchete sobre o assassinato de Holger Eriksson. Ainda bem que ela não sabe por que estou aqui, pensou Wallander. Não sabe que estou torcendo para que haja uma ligação entre Holger Eriksson e Gösta Runfeldt.

"Gösta me escreveu um bilhete dizendo quando estaria de volta", principiou ela. "Como não consegui achá-lo em lugar nenhum, liguei para a agência de viagens. Disseram-me que ele não tinha ido ao aeroporto de Kastrup."

"Qual o nome da agência de viagens?"

"Viagens Especiais, em Malmö."

"Com quem você falou lá?"

"Com Anita Lagergren."

Wallander tomou nota.

"Quando você ligou?"

Ela lhe disse.

"Que mais ela falou?"

"Que Gösta não viajou. Não fez *check-in* em Kastrup. Ligaram para o número que ele lhes dera, mas ninguém atendeu. O avião teve de partir sem ele."

"E eles não fizeram nada depois disso?"

"Anita Lagergren disse que eles mandaram uma carta dizendo que a agência não iria reembolsar nenhuma parcela do custo da viagem."

Wallander teve a nítida impressão de que ela ia acrescentar alguma coisa, mas se conteve.

"Você estava pensando em alguma coisa...", disse ele, tentando fazê-la falar.

"O preço da viagem foi altíssimo", disse ela. "Anita me disse o valor."

"Quanto foi?"

"Quase trinta mil coroas. Por duas semanas."

Wallander concordou. Era caro demais. Nunca em sua vida imaginaria fazer uma viagem tão cara. Ele e seu pai gastaram cerca de um terço disso na semana que passaram em Roma.

"Não entendo", disse ela. "Gösta simplesmente não faria uma coisa dessas."

"Há quanto tempo você trabalha para ele?"

"Quase onze anos."

"E tudo corria bem?"

"Gösta é um homem muito amável. Realmente gosta de flores. Não apenas de orquídeas."

"Voltaremos a isso depois. Como você o descreveria?"

Ela pensou por um instante.

"Atencioso e amistoso", disse ela. "Um pouco excêntrico. Um recluso." Um tanto incomodado, Wallander pensou que a descrição se aplicaria também a Holger Eriksson, embora constasse que Eriksson não era uma pessoa muito atenciosa.

"Não era casado?"

"Era viúvo."

"Tinha filhos?"

"Dois. Ambos são casados e têm filhos. Nenhum deles mora em Skåne."

"Que idade ele tem?"

"Quarenta e nove anos."

Wallander lançou um olhar a suas anotações.

"Viúvo", disse ele. "Quer dizer que a mulher dele deve ter morrido muito jovem. Foi um acidente?"

"Não sei ao certo. Ele nunca falou sobre isso. Mas acho que ela morreu afogada."

Wallander abandonou aquela linha de interrogação. Logo voltariam a tratar do assunto em detalhes, se necessário. Pôs a caneta na mesa. O perfume das flores era avassalador.

"Você deve ter pensado sobre esse caso", disse ele. "Deve ter se perguntado sobre duas coisas nas últimas horas. Primeiro, por que ele não tomou o avião para a África. Segundo, onde ele se encontra agora, visto que não está em Nairóbi."

Ela fez que sim. Wallander viu que os olhos dela marejavam.

"Deve ter acontecido alguma coisa", disse ela. "Logo que falei com a agência de viagens, fui ao apartamento. Fica um pouco mais adiante, nesta mesma rua. Tenho uma chave. Fiquei encarregada de regar as plantas dele. Depois que ele, pelo que eu pensava, viajou, fui lá duas vezes e pus a correspondência sobre a mesa. Agora voltei. Ele não estava lá e tampouco esteve."

"Como você sabe?"

"Não tenho dúvida quanto a isso."

"Então o que você acha que aconteceu?"

"Não tenho a menor ideia. Ele estava muito ansioso por essa viagem. Planejava terminar de escrever seu livro sobre orquídeas neste inverno."

Wallander se sentia cada vez mais ansioso. Uma sineta de alarme começara a soar dentro dele. Reconheceu o alarme silencioso e recolheu os cartões que usara para tomar notas.

"Vou ter de dar uma olhada no apartamento", disse ele. "E você precisa reabrir a loja. Tenho certeza de que tudo isso tem uma explicação razoável."

Ela olhou nos olhos dele para ver se havia sinceridade no que dizia. Mas Wallander sabia que ela não veria sinceridade nenhuma. Pegou as chaves do apartamento. Ficava na mesma rua, um quarteirão mais próximo do centro da cidade.

"Eu lhe devolvo as chaves quando terminar", disse ele.

Quando chegou à rua estreita, um casal de idosos estava tendo dificuldade em passar na calçada, tomada em parte pelo carro dele. Os velhos lhe lançaram um olhar de súplica, mas ele os ignorou e seguiu em frente.

O apartamento ficava no terceiro andar de um edifício construído aí pela virada do século. Havia um elevador, mas Wallander subiu pela escada. Muitos anos atrás, pensara em trocar seu apartamento por outro num edifício como aquele. Agora não conseguia se lembrar o que tinha em mente. Se vendesse seu apartamento na Mariagatan, seria para comprar uma casa com jardim. Onde Baiba pudesse morar. E talvez também um cachorro.

Wallander abriu a porta, entrou no apartamento de Runfeldt e se perguntou quantas vezes na vida estivera no apartamento de um desconhecido. Parou logo à entrada. Todo apartamento tem um caráter próprio. Ao longo dos anos, Wallander aperfeiçoara a técnica de descobrir traços de seus ocupantes. Pôs-se a andar devagar pelos aposentos. Muitas vezes, a primeira impressão era que merecia uma reflexão posterior. Ali morava Gösta Runfeldt, o homem que certa manhã deixou de ir ao lugar onde estava sendo esperado. Wallander pensou sobre as coisas que Vanja Andersson lhe dissera. Sobre a ansiedade com que Runfeldt esperava a viagem.

Depois de examinar os três aposentos e a cozinha, Wallander parou no meio da sala de estar. Era um apartamento amplo e bem iluminado. Teve a leve impressão de que fora mobiliado com certa indiferença. A única peça que tinha alguma personalidade era o escritório. Ali prevalecia um caos agradável. Livros, jornais, litografias de flores, mapas. Uma escrivaninha toda bagunçada. Um computador. Algumas fotografias de filhos e netos no peitoril de uma janela. Uma fotografia de Runfeldt numa paisagem asiática, rodeado de orquídeas gigantes. No verso, alguém escrevera que fora tirada na Birmânia, em 1972. Runfeldt estava sorrindo para o fotógrafo desconhecido, um sorriso amistoso de um homem queimado de sol. As cores tinham desbotado, mas não o sorriso de Runfeldt. Wallander a pôs no lugar e olhou para o mapa-múndi pendurado na parede. Com um pequeno esforço, localizou a Birmânia. Em seguida sentou-se à escrivaninha. Runfeldt iria viajar, mas não partiu. Pelo menos não para Nairóbi, no voo charter da Viagens Especiais.

Wallander levantou-se e entrou no quarto. Uma cama estreita de solteiro. Havia uma pilha de livros junto à cama. Leu os títulos. Livros sobre flores. O único com outro tema era sobre o mercado internacional de moedas. Wallander se abaixou e olhou embaixo da cama. Nada. Abriu as portas do guarda-roupa. Numa prateleira na parte de cima do guarda-roupa, havia duas malas. Ficou na ponta dos pés e tirou-as. Ambas estavam vazias. Foi à cozinha buscar uma cadeira e olhou na prateleira de cima. Então achou o que estava procurando. O apartamento de um homem sozinho quase nunca é totalmente livre de poeira. O de Runfeldt não era exceção. O contorno da mancha de poeira era bastante nítido. Uma terceira mala devia ficar ali. Como as outras duas eram velhas, e uma delas estava com a tranca quebrada, Wallander imaginou que Runfeldt usaria a terceira mala, caso tivesse partido em viagem. A menos que estivesse em algum outro lugar no apartamento. Pendurou o casaco no encosto de uma cadeira, abriu os armários e examinou todos os lugares que serviam para guardar objetos. Não encontrou nada. Então voltou ao escritório.

Se Runfeldt tivesse saído de casa com intenção de viajar, teria levado o passaporte. Wallander procurou nas gavetas da escrivaninha, que não estavam trancadas. Numa delas, havia um antigo herbário. Ele o abriu. *Gösta Runfeldt, 1955.* Já em seu tempo de escola ele dessecava flores. Wallander olhou uma escovinha de quarenta anos. Ainda se podia ver a cor azul, ou uma pálida lembrança dela. O próprio Wallander a certa altura da vida dessecara flores. Continuou procurando, mas não achou o passaporte. Franziu o cenho. Uma mala desaparecera, e também um passaporte. Tampouco encontrou as passagens. Saiu então do escritório e sentou-se numa poltrona da sala de estar. Às vezes mudar de lugar o ajudava a raciocinar. Havia muitos indícios de que Runfeldt de fato saíra do apartamento com passaporte, passagens e uma mala arrumada.

Deixou a mente divagar. Será que tinha acontecido alguma coisa no caminho para Copenhague? Será que ele caíra de uma balsa no mar? Se assim fosse, sua mala teria sido encontrada. Tirou do bolso o cartão de presente em que anotara o número do telefone da loja, foi à cozinha e ligou. Através da janela via o grande elevador de grãos no porto de Ystad. Uma das balsas para a Polônia estava passando junto ao molhe. Vanja Andersson atendeu o telefone.

"Ainda estou no apartamento", explicou ele. "Preciso lhe fazer umas perguntas. Ele disse como iria viajar para Copenhague?"

Ela respondeu de forma categórica.

"Ele sempre viajava via Limhamn e Dragør."

Era uma dúvida a menos, ele pensou.

"Você sabe quantas malas ele tinha?"

"Não. Como haveria de saber?"

Wallander percebeu que tinha de formular a pergunta de outra maneira.

"Como era a mala dele?"

"Ele normalmente não levava muita bagagem", respondeu ela. "Sabia viajar sem se sobrecarregar. Tinha uma bolsa que levava a tiracolo e uma mala grande com rodinhas."

"De que cor?"

"Preta."

"Tem certeza?"

"Sim, tenho. Às vezes eu ia buscá-lo quando ele voltava de viagem. Na estação ferroviária ou no aeroporto de Sturup. Gösta nunca jogava nada fora. Se tivesse comprado uma mala nova, eu saberia, porque com certeza reclamaria do preço. Às vezes ele se mostrava bem sovina."

Mas o preço da viagem para Nairóbi fora de trinta mil coroas, pensou Wallander. E esse dinheiro foi simplesmente jogado fora. Tenho certeza de que não foi algo voluntário. Disse a Vanja que devolveria as chaves dentro de meia hora.

Depois de desligar, pensou sobre o que ela dissera. As duas malas que encontrara no guarda-roupa eram cinzentas. Tampouco vira uma bolsa para carregar a tiracolo. Além disso, agora ele sabia que Runfeldt viajava para o mundo via Limhamn. Ficou de pé junto à janela e olhou por sobre os telhados. O barco para a Polônia já sumira de vista.

Isso não faz sentido, pensou ele. Deve ter havido um acidente. Mas mesmo quanto a isso ele tinha lá suas dúvidas. Para tentar responder a uma das questões mais importantes, ligou para o auxílio à lista e pediu o número do telefone do serviço de balsas entre Limhamn e Dragør. Teve a sorte de ser atendido pela pessoa responsável por achados e perdidos nos barcos. Era um dinamarquês. Wallander se identificou, disse que estava procurando uma mala preta e informou a data. Em seguida, esperou. Passaram-se alguns minutos antes que o dinamarquês, que se apresentara como Mogensen, voltasse à linha.

"Nada", disse ele.

Wallander procurou raciocinar, depois fez a pergunta.

"Acontece de pessoas desaparecerem das balsas? De caírem na água?"

"É raríssimo", respondeu Mogensen, e Wallander achou-o convincente.

"Mas acontece?"

"Acontece em qualquer viagem por via aquática", disse Mogensen. "As pessoas se suicidam. Ficam embriagadas. Alguns são loucos o bastante para tentar equilibrar-se na amurada. Mas é muito raro."

"E essas pessoas que caem são resgatadas? Com ou sem vida?"

"Algumas vão dar na costa, mortas", respondeu Mogensen. "Algumas caem em redes de pesca. Muito poucos desaparecem completamente."

Como não tinha mais nada a perguntar, Wallander agradeceu ao homem pela ajuda e se despediu.

Não tinha nada concreto para iniciar a investigação. Não obstante, agora estava certo de que Runfeldt não fora para Copenhague. Ele fez as malas, levou consigo passaporte, passagens, e saiu de seu apartamento. Então desapareceu.

Wallander pensou sobre a poça de sangue no chão da loja de flores. O que ela significava? Será que eles tinham entendido tudo errado? O arrombamento da loja talvez não se devesse a um engano.

Ficou andando devagar pelo apartamento, tentando entender. O telefone da cozinha tocou, causando-lhe um sobressalto. Apressou-se a atender. Era Hansson, ligando da casa de Eriksson.

"Martinsson me falou que Runfeldt desapareceu", disse ele.

"De todo modo, ele não está aqui", respondeu Wallander.

"Você tem alguma ideia sobre o caso?"

"Não. Acho que ele pretendia viajar, mas alguma coisa o impediu."

"Você acha que existe alguma ligação?"

Wallander refletiu um pouco. Em que é que ele acreditava? Não sabia.

"Não podemos descartar essa possibilidade", foi só o que pôde dizer.

Perguntou o que se passara na chácara, mas Hansson não tinha nada de novo a contar. Depois que desligou, Wallander andou pelo apartamento mais uma vez. Tinha a impressão de que havia alguma coisa que deveria perceber. Por fim, desistiu. Folheou a correspondência no corredor. Lá estava a carta da agência de viagens. Uma conta de luz. Havia também o recibo de uma encomenda feita a uma empresa de Borås. Devia ser paga no correio. Wallander enfiou o aviso da encomenda no bolso.

Quando foi entregar as chaves, Vanja Andersson já

o esperava. Wallander lhe pediu que entrasse em contato com ele, caso se lembrasse de algo importante. Então pegou o carro, foi para a delegacia, passou a Ebba o aviso e pediu-lhe que mandasse alguém pegar a encomenda. À uma da tarde fechou a porta de seu escritório. Estava com fome, porém mais ansioso que faminto. Reconheceu aquela sensação. Sabia o que significava.

Ele duvidava que achassem Runfeldt vivo.

8

À meia-noite, Ylva Brink finalmente se sentou para tomar um café. Ela era uma das duas parteiras que estavam de plantão na noite de 30 de setembro na maternidade do hospital de Ystad. Sua colega, Lena Söderström, acompanhava uma mulher que começara a ter contrações. Fora uma noite de muito trabalho: sem drama, mas com uma rápida sucessão de tarefas a cumprir.

Estavam com deficiência de pessoal. Duas parteiras e duas enfermeiras tinham de dar conta de todo o trabalho. Havia um obstetra para quem elas podiam ligar em caso de haver hemorragias ou algum outro tipo de complicação; afora isso, porém, tinham de se virar sozinhas. A coisa já tinha sido pior, pensou Ylva Brink quando se sentou no sofá com o café. Alguns anos atrás, ela era a única parteira de plantão a noite inteira, e algumas vezes isso lhe trouxera dificuldades. Por fim, conseguiram convencer a administração do hospital a deixar pelo menos duas parteiras de plantão todas as noites.

O posto de enfermagem ficava no meio de uma grande ala. As paredes de vidro permitiam-lhe ver o que estava acontecendo do lado de fora. Durante o dia, havia uma atividade intensa. À noite, porém, tudo era diferente. Ela gostava de trabalhar à noite. Muitas colegas suas preferiam outros turnos. Tinham famílias e não conseguiam dormir direito durante o dia. Mas os filhos de Ylva Brink já estavam adultos, e seu marido era engenheiro-chefe de um petroleiro que navegava entre portos do Oriente Médio e da Ásia. Para ela, era tranquilo trabalhar enquanto todo mundo dormia.

Saboreou seu café e pegou um pedaço de bolo numa bandeja sobre sua escrivaninha. Uma das enfermeiras entrou e se sentou, e logo as outras vieram reunir-se a elas. A um canto, um rádio tocava em baixo volume. Puseram-se a conversar sobre o outono e sobre a chuva que não parava. Uma das enfermeiras ouvira da mãe, que era capaz de prever o tempo, que o inverno seria longo e frio.

Ylva Brink lembrou-se das ocasiões em que Skåne ficava sob a neve. Isso não acontecia com muita frequência, mas era terrível para as mulheres em trabalho de parto, que não podiam ir ao hospital. Lembrou-se de uma ocasião em que ela morria de frio na cabine de um trator que avançava penosamente, sob a nevasca, rumo a uma fazenda isolada ao norte da cidade. A mulher estava perdendo sangue. Aquela foi a única vez, em todos os anos em que trabalhou como parteira, que temeu seriamente perder uma paciente. E não se podia deixar que isso acontecesse. As mulheres simplesmente não morrem de parto na Suécia.

Mas ainda era outono. Ylva era do extremo norte da Suécia, e às vezes sentia saudades das melancólicas florestas de Norrland. Nunca se acostumara com os horizontes abertos de Skåne, onde o vento imperava. Mas seu marido nascera em Trelleborg e não admitia a hipótese de viver em outro lugar que não Skåne. Isto é, quando não estava viajando.

Suas divagações foram interrompidas quando Lena Söderström entrou na sala. Lena tinha uns trinta anos. Podia ser minha filha, pensou Ylva. Tenho o dobro de sua idade.

"Ela provavelmente não vai dar à luz antes do amanhecer", disse Lena. "O pessoal do turno do dia cuidará do caso."

"Esta noite vai ser tranquila", disse Ylva. "Tire uma soneca, se estiver cansada."

Uma enfermeira passou depressa pelo corredor. Lena Söderström estava tomando chá. As outras duas enfermeiras entretinham-se com palavras cruzadas.

Já era outubro, pensou Ylva. Já estavam em meados do outono. Logo chegaria o inverno. Em dezembro Harry vai ter férias, um mês afastado do trabalho, e vamos reformar a cozinha. Não porque seja preciso, mas porque ele precisa ter alguma coisa para fazer. Harry não morre de paixão por férias. Fica inquieto.

Alguém apertara um botão de chamado. Uma enfermeira levantou-se e saiu. Alguns minutos depois, estava de volta.

"Maria, do quarto 3, está com dor de cabeça", disse ela, sentando-se e voltando às palavras cruzadas. Ylva bebericou seu café. De repente se deu conta de que estava cismando sobre alguma coisa, sem saber exatamente o que era. Então a coisa ficou clara: a enfermeira que passara pelo corredor. Todas as mulheres da ala não estavam ali? E não houvera nenhuma chamada de emergência. Com certeza ela estivera imaginando coisas.

Mas ao mesmo tempo ela sabia que não era imaginação.

"Quem é que passou ali ainda há pouco?", perguntou em voz baixa.

As duas enfermeiras lhe lançaram um olhar surpreso.

"Do que você está falando?", disse Lena Söderström.

"Uma enfermeira passou pelo corredor alguns minutos atrás. Enquanto estávamos aqui."

Elas continuaram sem saber do que Ylva estava falando. Ela tampouco sabia. Ouviu-se outro chamado. Ylva depôs a xícara depressa.

"Eu atendo."

A mulher do quarto 2 estava se sentindo mal. Estava para dar à luz pela terceira vez. Ylva desconfiava tratar-se de uma gravidez indesejada. Depois de dar um medicamento para a mulher beber, saiu para o corredor e olhou em volta. Todas as portas estavam fechadas. Mas uma enfermeira passara por ali. Ela não imaginara aquilo, e de repente ficou apreensiva. Havia algo de errado. Imóvel no corredor, apurou os ouvidos e ouviu o rádio em volume baixo na sala onde as outras se encontravam. Ylva voltou e tornou a pegar sua xícara de café.

"Não era nada", disse ela.

No mesmo instante, a enfermeira que ela vira antes passou no corredor, na direção oposta. Daquela vez, Lena também a viu. Ambas se sobressaltaram quando ouviram a porta do corredor principal fechar-se.

"Quem era ela?", perguntou Lena.

Ylva balançou a cabeça. As enfermeiras levantaram os olhos das palavras cruzadas.

"De quem vocês estão falando?", perguntou uma delas.

"Da enfermeira que acabou de passar no corredor."

A que estava com a caneta na mão, preenchendo as palavras cruzadas, se pôs a rir.

"Mas nós estamos aqui. Nós duas."

Ylva levantou-se rapidamente. Quando abriu a porta que ligava a maternidade ao resto do hospital, não viu ninguém. Apurou os ouvidos, ouviu uma porta fechar-se ao longe e voltou para o posto de enfermagem balançando a cabeça.

"O que uma enfermeira de outra ala viria fazer aqui?", perguntou Lena. "Sem nem ao menos dizer olá?"

Ylva não sabia, mas tinha certeza de que não imaginara nada.

"Vamos dar uma olhada em todos os quartos para ver se tudo está em ordem", disse ela.

Lena lançou-lhe um olhar interrogativo.

"O que podia estar errado?"

"Só por uma questão de segurança, nada mais."

Entraram em todos os quartos. Tudo parecia normal. À uma da manhã, uma mulher começou a sangrar. Passaram o resto da noite trabalhando.

Às sete da manhã, depois de fazer um relatório para o pessoal do turno do dia, Ylva foi para casa. Morava numa casa perto do hospital. Quando chegou, pôs-se novamente a pensar sobre a estranha enfermeira que vira no corredor. De repente lhe veio a certeza de que não se tratava de modo algum de uma enfermeira, embora estivesse de uniforme. Uma enfermeira não entraria na maternidade à noite sem cumprimentar e explicar o que estava fazendo ali.

Ylva continuou a pensar sobre aquilo e foi ficando cada vez mais ansiosa. A visita da mulher com certeza tinha algum objetivo. Permaneceu lá por dez minutos, depois desapareceu. Dez minutos. Deve ter ficado em algum quarto, visitando alguém. Quem? E por quê?

Ylva ficou deitada tentando dormir, mas em vão. A mulher desconhecida ocupava seus pensamentos o tempo todo. Às onze da manhã desistiu e levantou da cama para tomar um café. Achou que era melhor falar com alguém.

Tenho um primo que é policial. Tenho certeza de que ele pode me dizer se estou me preocupando à toa.

Pegou o telefone e discou para a casa dele. A mensagem da secretária eletrônica dizia que ele estava de serviço. Como a delegacia de polícia não era longe, resolveu andar até lá. Talvez a polícia não atendesse aos sábados. Lera sobre uma coisa terrível que acontecera perto de Lödinge — um vendedor de carros fora assassinado e jogado num fosso. Talvez a polícia não tivesse tempo para ela. Nem mesmo seu primo. Na recepção, perguntou se o inspetor Svedberg estava na delegacia. Estava, mas muito ocupado.

"Diga-lhe que é Ylva", disse ela. "Sou prima dele."

Svedberg veio-lhe ao encontro. Gostava dela e não pôde resistir a lhe dar alguns minutos de seu tempo. Pegou café para ambos, e os dois entraram na sala dele. Ela lhe contou o que acontecera na noite anterior. Svedberg disse que aquilo era estranho, naturalmente, mas com certeza nada que fosse motivo de preocupação. Ylva se deixou convencer. Teve três dias de folga e logo se esqueceu da enfermeira que passara pelo corredor da maternidade.

Tarde da noite, na sexta-feira, Wallander reuniu os colegas exaustos da equipe de investigação na delegacia de polícia. Fecharam as portas às dez da noite, e a reunião estendeu-se até depois da meia-noite. Começou por lhes falar da investigação que agora tinha em mãos, sobre uma segunda pessoa desaparecida. Martinsson e Höglund tinham acabado de examinar os relatórios sobre os dois casos, mas não encontraram nada que estabelecesse alguma relação entre Eriksson e Runfeldt. Vanja Andersson não se lembrava de ter ouvido Runfeldt mencionar Eriksson. Wallander deixou claro que só lhes restava continuar trabalhando sem se prender a nenhuma hipótese. Talvez Runfeldt terminasse por aparecer com uma explicação perfeitamente razoável para seu desaparecimento. Mas eles não podiam ignorar os sinais que não indicavam nada de bom.

Wallander pediu a Höglund que assumisse o comando das investigações sobre Runfeldt, mas isso não significava que estava dispensada do caso Eriksson. No passado, Wallander se manifestara contra solicitar reforços a Estocolmo, mas dessa vez achava que deviam fazer isso logo de início. Disse isso a Hansson, e os dois concordaram que deviam esperar até o começo da semana seguinte.

Sentados em volta da mesa de reuniões, examinaram o que haviam descoberto até então. Wallander perguntou se alguém tinha algo importante a comunicar. Todos negaram com um gesto de cabeça. Nyberg ficou fungando na cabeceira da mesa, seu lugar de costume, afastado dos demais. Wallander deixou que ele falasse primeiro.

"Até agora, nada. Vocês viram exatamente o que nós vimos. As pranchas tinham sido serradas. Ele caiu e ficou empalado. Não achamos nada no fosso. Ainda não sabemos a procedência das estacas de bambu."

"E a torre?", perguntou Wallander.

"Lá também não achamos nada", disse Nyberg. "Mas, claro, estamos apenas no início dos trabalhos. Seria de grande ajuda se vocês pudessem nos dizer o que devemos procurar."

"Eu não sei, mas quem quer que tenha sido o responsável por isso, deve ter vindo de algum lugar. Temos o caminho que parte da casa de Eriksson. Há campos em toda a sua volta. E um bosque atrás da colina."

"Há uma rota de tratores que sobe até o bosque", disse Höglund. "Com marcas de pneus de carro, mas nenhum vizinho notou algo de anormal."

"Pelo visto, Eriksson possuía muita terra", disse Svedberg. "Conversei com um agricultor chamado Lundberg. Dez anos atrás, ele vendeu mais de cinquenta hectares a Eriksson. Como a terra pertencia a Eriksson, não havia motivo para ninguém entrar lá. O que significa que ninguém prestava muita atenção a ela."

"Ainda temos muita gente com quem falar", disse Martinsson, remexendo em seus papéis. "A propósito, entrei em contato com os laboratórios de medicina legal de Lund. Eles acham que terão algo a nos dizer lá pela segunda de manhã."

Wallander fez uma anotação e voltou-se novamente para Nyberg.

"E quanto à casa de Eriksson?"

"Não podemos fazer tudo ao mesmo tempo", resmungou Nyberg. "Ficamos lá na lama porque logo podia voltar a chover. Acho que amanhã de manhã podemos começar a trabalhar na casa."

"Isso é ótimo", disse Wallander num tom apaziguador. Não queria aborrecer Nyberg. Isso poderia criar um clima ruim que afetaria toda a reunião. Ao mesmo tempo, não conseguia conter a irritação ante a contínua rabugice de Nyberg. Viu que Lisa Holgersson também tinha notado a resposta grosseira de Nyberg.

Continuaram a repassar o caso, ainda numa fase muito inicial. As entrevistas com Ruth Sturesson e Sven Tyrén não lhes trouxeram nada de novo. Eriksson fizera uma encomenda de combustível, quatro metros cúbicos. Não havia nada de incomum nisso. O misterioso arrombamento registrado no ano anterior continuava sem explicação. A investigação sobre a vida e o caráter de Eriksson mal começara. Ainda estavam na etapa mais inicial de uma investigação criminal. A investigação ainda não tinha decolado.

Quando ninguém tinha mais nada a acrescentar, Wallander tentou fazer um apanhado geral. Ao longo de toda a reunião, incomodara-lhe a impressão de ter notado na cena do crime alguma coisa que merecia uma discussão imediata. Algo que ele não sabia como explicar.

O *modus operandi*, pensou ele. Há alguma coisa naquelas estacas de bambu. Um assassino usa uma linguagem que ele escolhe segundo determinado propósito. Por que haveria de querer empalar uma pessoa? Por que haveria de se dar a esse trabalho? Resolveu guardar seus pensamentos para si mesmo, por enquanto. Ainda eram muito vagos para ser apresentados à equipe.

Serviu-se de água mineral e afastou os papéis que tinha diante de si.

"Ainda estamos procurando um ponto de partida", principiou ele. "O que temos em mãos é um crime diferente de tudo o que vimos até agora. Isso talvez signifique que o móvel do crime e o assassino também são diferentes de tudo com que nos deparamos antes. Isso me lembra a situação em que nos encontrávamos no verão passado. Resolvemos o caso recusando-nos a nos prender a uma coisa só. E não podemos nos permitir fazer isso agora."

Voltou-se para a chefe.

"Temos de trabalhar duro. Já estamos na manhã de sábado, mas não há alternativa. Todos vão continuar fazendo suas tarefas no fim de semana. Não podemos esperar até segunda-feira."

Holgersson balançou a cabeça em sinal de concordância.

Encerrou-se a reunião. Todos estavam exaustos. A chefe e Höglund se deixaram ficar. Logo estavam sozinhos na sala de reuniões. Wallander refletiu que ali, para variar, as mulheres estavam em maioria no mundo dele.

"Per Åkeson precisa falar com você", disse Holgersson.

Wallander balançou a cabeça, resignado.

"Ligo para ele amanhã."

Holgersson vestiu o casaco, mas Wallander seria capaz de apostar que ela não lhe dissera tudo o que queria dizer.

"Não é possível que esse assassinato tenha sido cometido por um louco?", perguntou ela. "Empalar alguém em estacas! A mim, parece coisa da Idade Média."

"Não necessariamente", disse Wallander. "Fossos com estacas foram usados na Segunda Guerra Mundial. A atrocidade e a loucura nem sempre andam juntas."

Holgersson pareceu insatisfeita com a resposta. Recostou-se no batente da porta e olhou para ele.

"Ainda não me convenci disso. Talvez devêssemos chamar o psicólogo criminalista que esteve aqui no verão passado. Ele não foi de grande ajuda para você?"

Wallander não podia negar que Mats Ekholm tivera um papel decisivo no sucesso da investigação. Ajudara-os a traçar um perfil do assassino. Mas Wallander achava que ainda não chegara o momento de chamá-lo — na verdade, ele temia fazer paralelos.

"Talvez", disse ele. "Mas acho que devíamos esperar um pouco."

Ela o olhou atentamente.

"Você não está com medo de que aconteça novamente, está? Mais um fosso com estacas afiadas?"

"Não."

"E quanto a Runfeldt?"

Wallander de repente ficou sem saber ao certo se devia falar, contrariando sua atitude mais prudente. Mas balançou a cabeça: não achava que a coisa se repetiria. Ou aquilo era apenas o que esperava? Ele não sabia.

"O assassinato de Eriksson deve ter exigido muitos preparativos", disse ele. "Algo que só se faz uma vez na vida. Algo que depende de uma série de circunstâncias especiais. Como um fosso bastante profundo. E uma ponte. E uma vítima que sai à noite ou ao alvorecer para observar aves migratórias. Fui eu que liguei o desaparecimento de Runfeldt com o que aconteceu em Lödinge. Mas só por precaução."

"Entendo", disse ela. "Mas pense na possibilidade de chamar Ekholm."

"Vou pensar", disse Wallander. "Talvez você tenha razão. Só acho que ainda é muito cedo. Muitas vezes o timing é crucial para o sucesso de determinadas tarefas."

Holgersson abotoou o casaco.

"Você também precisa dormir. Não fique aqui a noite toda", disse ela ao sair.

Wallander começou a recolher seus papéis.

"Tenho algumas coisas a resolver", disse ele a Höglund. "Lembra-se de quando você chegou aqui? Disse que eu tinha muito a ensinar a você. Agora pode ver o quanto estava enganada."

Ela estava sentada à mesa, olhando as próprias unhas. Wallander achou que estava pálida, cansada e de modo algum bonita. Mas ela tinha talento. E também esta qualidade rara: era uma agente policial dedicada. Nesse aspecto, eles se pareciam.

Ele largou o maço de papéis sobre a mesa e reclinou-se na cadeira.

"Diga-me o que você vê", disse ele.

"Algo que me dá medo."

"Por quê?"

"A selvageria. O cálculo. E nenhum motivo."

"Eriksson era rico. Todos dizem que ele era um homem de negócios muito duro. Deve ter feito inimigos."

"Isso não explica por que tinha de ser empalado com estacas de bambu."

"O ódio pode cegar as pessoas da mesma forma que a inveja. Ou o ciúme."

Ela balançou a cabeça.

"Quando vi o corpo de Eriksson nas estacas, percebi instintivamente que tínhamos em mãos muito mais que o assassinato de um velho", disse ela. "Não consigo explicar melhor essa sensação, mas eu a tinha. E era forte."

Wallander emergiu de seu torpor. Ela dissera algo importante. Algo que confinava vagamente com os pensamentos que passaram por sua própria mente.

"Continue", disse ele. "Reflita mais intensamente!"

"Não tenho muito mais a dizer. O homem morreu. Quem

viu a cena nunca mais vai esquecer. Foi um assassinato. Mas foi mais que isso."

"Cada assassino tem sua própria linguagem", disse Wallander. "É isso o que você quer dizer?"

"Mais ou menos."

"Ele estava fazendo uma declaração?"

"Possivelmente."

Em código, pensou Wallander. Um código que não deciframos.

"Talvez você tenha razão", disse ele.

Ficaram em silêncio. Wallander levantou-se e voltou a recolher seus papéis. Descobriu algo que não era seu.

"Isso é seu?"

Ela lançou um olhar ao papel.

"Parece ser a letra de Svedberg."

Wallander tentou decifrar o que fora rabiscado a lápis. Era algo sobre uma maternidade. Sobre uma mulher que ele não conhecia.

"Que diabo é isso?", disse ele. "Será que Svedberg vai ter um bebê? Ele nem é casado. Será que ao menos está namorando?"

Ela tirou o papel da mão dele e o leu.

"É evidente que alguém comunicou o fato de que uma mulher vagou por uma maternidade com uniforme de enfermeira", disse ela, devolvendo-lhe o papel.

"Temos de verificar isso quando tivermos tempo", respondeu Wallander sarcasticamente. Pensou em jogar a anotação na cesta de lixo, mas mudou de ideia. Ele a passaria a Svedberg no dia seguinte.

Separaram-se no corredor.

"Quem está cuidando de seus filhos?", perguntou ele. "Seu marido está em casa?"

"Está em Mali."

Wallander não sabia onde ficava Mali, mas não perguntou.

Höglund saiu da delegacia vazia. Wallander pôs o pedaço de papel de Svedberg na mesa dele e pegou o casaco. Ao sair, parou na seção onde, sozinho, um agente policial lia um jornal.

"Alguém telefonou para falar sobre Lödinge?", perguntou ele.

"Nadinha de nada."

Wallander saiu da delegacia e entrou no carro. Estava ventando muito. Na verdade, Ann-Britt não respondera à pergunta sobre seus filhos. Vasculhou todos os bolsos antes de encontrar as chaves do carro e então foi para casa. Apesar de cansado, sentou-se no sofá e meditou sobre tudo o que tinha acontecido naquele dia. O que mais o preocupava era aquilo que Höglund dissera antes de ir embora. Que o assassinato de Holger Eriksson era algo mais que um mero assassinato. Mas como um assassinato podia ser mais que um assassinato?

Eram quase três da manhã quando foi se deitar. Antes de adormecer, lembrou-se de que no dia seguinte tinha de telefonar para o pai e para Linda.

Acordou sobressaltado às seis da manhã. Tinha sonhado. Eriksson estava vivo, de pé na ponte sobre o fosso. No exato momento em que ela cedeu, Wallander acordou. Obrigou-se a se levantar da cama. Estava chovendo novamente. Na cozinha, descobriu que o café acabara, por isso tomou duas aspirinas, depois se deixou ficar por muito tempo à mesa, a cabeça apoiada em uma mão.

Chegou à delegacia às seis e quarenta e cinco. Ao abrir a porta do escritório, viu algo que não notara na noite anterior. Havia um pacote na cadeira perto da janela. Ebba mandara alguém pegar a encomenda de Gösta Runfeldt no correio. Pendurou o casaco no cabide, perguntando-se por um segundo se de fato tinha o direito de abri-lo. Então retirou o papel de embrulho e abriu a caixa que estava dentro. Franzia o cenho observando o conteúdo quando Martinsson passou na frente da porta.

"Chegue aqui", gritou-lhe Wallander. "Venha dar uma olhada nisto aqui."

9

Olharam a encomenda de Runfeldt. Para Wallander, aquilo parecia lixo: fios e minúsculas caixas pretas cuja utilidade ele não conseguia imaginar. Mas Martinsson sabia muito bem o que Runfeldt encomendara e a polícia pagara.

"Trata-se de um equipamento sofisticadíssimo de escuta", disse ele, pegando uma das caixas.

Wallander lançou-lhe um olhar de incredulidade.

"Será que se pode mesmo comprar equipamento de escuta pelo reembolso postal de uma empresa de Borås?", perguntou ele.

"Pode-se comprar o que se quiser pelo serviço de reembolso postal", respondeu Martinsson. "Essa é que é a verdade. Se isso é legal, é outra questão. A importação desse tipo de equipamento é sujeita a normas estritas."

Terminaram de esvaziar a caixa sobre a mesa de Wallander. Nela havia mais do que um equipamento de escuta. Para sua surpresa, encontraram também uma caixa contendo uma escova magnética e pó. Aquilo só podia significar uma coisa: Runfeldt queria analisar impressões digitais.

"O que você conclui disso?", perguntou Wallander.

Martinsson balançou a cabeça. "Isso é muito estranho."

"Para que um florista iria querer um aparelho de escuta? Será que pretendia espionar seus concorrentes no comércio de tulipas?"

"Esse troço de impressões digitais é ainda mais esquisito."

Wallander franziu o cenho. O equipamento era caro. A companhia chamava-se Segura, com sede em Getängsvägen, Borås.

"Vamos ligar e perguntar se Runfeldt comprou mais alguma coisa", propôs Wallander.

"Imagino que eles não vão querer dar informações sobre seus clientes", respondeu Martinsson. "Além disso, estamos numa manhã de sábado."

"Eles têm um serviço de encomendas que funciona vinte e quatro horas", disse Wallander, apontando para o folheto.

"Com certeza é uma secretária eletrônica", disse Martinsson. "Comprei ferramentas de jardinagem de uma companhia de reembolso postal em Borås. Eles não têm funcionários atendendo noite e dia, se é o que você está pensando."

Wallander olhou para um dos minúsculos microfones.

"Será que todo esse equipamento é legal?"

"Acho que posso lhe responder agora", disse Martinsson. "Tenho um material em meu escritório que trata desse tipo de coisa."

Em poucos minutos ele voltou com alguns folhetos.

"É da seção de informações do Departamento Nacional de Polícia", disse ele. "O material que eles publicam é muito bom."

"Eu os leio sempre que posso", disse Wallander. "Mas às vezes me pergunto se não estão publicando demais."

"Dê uma olhada nisto aqui: 'Escuta é um método coercitivo em interrogatórios criminais'", disse Martinsson, depositando um dos folhetos sobre a escrivaninha. "Mas talvez não seja exatamente o que estamos procurando. Que tal isto aqui: 'Memorando sobre equipamentos de escuta'."

Martinsson pôs-se a folheá-lo, então parou e leu em voz alta. "'Segundo a lei sueca, é ilegal a posse, venda ou instalação de equipamentos de escuta.' O que provavelmente significa que também é proibido fabricá-los."

"Então devemos pedir aos nossos colegas de Borås que

interditem esse comércio por reembolso postal", disse Wallander. "Eles estão fazendo vendas e importações ilegais."

"Compras pelo serviço de reembolso postal são geralmente ilegais neste país", disse Martinsson. "O problema é *o que* comprar."

"Ligue para Borås o mais rápido possível", disse Wallander.

Pôs-se a lembrar a visita ao apartamento de Runfeldt. Lá não encontrara esse tipo de equipamento.

"Acho que podemos pedir a Nyberg que dê uma olhada nesse troço. Por enquanto, é só o que podemos fazer. Mas é muito estranho."

Martinsson concordou.

"Eu vou para Lödinge", disse Wallander, e pôs tudo na caixa de novo.

"Consegui localizar um homem que vendeu carros para Holger Eriksson durante mais de vinte anos", disse Martinsson. "Vou me encontrar com ele em Svarte dentro de meia hora. Talvez ele possa nos dar uma ideia de que tipo de homem Eriksson era, se é que alguém é capaz disso."

Separaram-se na recepção. Wallander, com a caixa de equipamentos de Runfeldt debaixo do braço, parou diante da escrivaninha de Ebba.

"O que meu pai disse?", perguntou ele.

"Só pediu que você ligue para ele quando tiver tempo."

De repente, Wallander ficou desconfiado.

"Ele pareceu sarcástico?"

Ebba lançou-lhe um olhar duro.

"Seu pai é um homem muito gentil e tem grande respeito por seu trabalho."

Wallander, que sabia a verdade, apenas balançou a cabeça. Ebba apontou para a caixa.

"Tive de pagar com meu dinheiro. No momento estamos com o caixa baixo."

"Dê-me o recibo", disse Wallander. "Tudo bem se eu lhe passar o dinheiro na segunda-feira?"

Ebba concordou, e Wallander saiu da delegacia. Tinha

parado de chover, e o céu estava clareando. Ao que parecia, seria um belo dia de outono. Wallander pôs a caixa no banco traseiro e partiu de Ystad. A área rural parecia menos opressiva sob a luz do sol, e por um instante seu ânimo melhorou. Então o corpo empalado de Eriksson ergueu-se diante dele como um pesadelo. Procurou se convencer de que o fato de Runfeldt também estar desaparecido não significava que lhe tivesse acontecido algo semelhante. Paradoxalmente, o fato de Runfeldt ter encomendado equipamentos de escuta significava que ele ainda estava vivo. Wallander se perguntara se Runfeldt não teria tirado a própria vida — mas o equipamento fê-lo duvidar dessa ideia. Dirigindo pelo campo outonal banhado de sol, Wallander refletiu que às vezes se rendia aos seus demônios interiores com muita facilidade.

Entrou no pátio da casa de Eriksson e estacionou. Um homem que Wallander sabia ser repórter do *Arbetet* veio em sua direção. Wallander levava a caixa de Runfeldt debaixo do braço. Eles se cumprimentaram, e o repórter fez um gesto de cabeça em direção à caixa.

"Você está levando a solução aí dentro?"

"Não, nada disso."

"Mas, falando francamente, como vão as investigações?"

"Haverá uma coletiva de imprensa na segunda-feira. Até lá, não temos nada a dizer."

"Mas ele foi empalado em tubos de aço afiados?"

Wallander lançou-lhe um olhar de espanto.

"Quem diabos disse isso?"

"Um de seus colegas."

"Deve ser um mal-entendido. Não havia tubos de aço."

"Mas ele foi empalado?"

"Correto."

"Dá a impressão de ser uma espécie de câmara de tortura na área rural de Skåne."

"Você é quem está dizendo, não eu."

"E o que é que você diz, então?"

"Que haverá uma coletiva de imprensa na segunda-feira."

O repórter balançou a cabeça.

"Você tem de me passar alguma informação."

"Ainda estamos no estágio inicial da investigação. Podemos confirmar a ocorrência de um assassinato, mas não temos nenhuma pista."

"Nada?"

"Não tenho mais nada a dizer."

O repórter desistiu. Wallander sabia que ele o citaria de forma precisa. Era um dos únicos repórteres que não distorcia suas palavras.

Ao longe, a cobertura de plástico abandonada balançava ao lado do fosso. A fita da cena do crime ainda estava lá. Um agente da polícia apareceu perto da torre. Provavelmente, eles já podiam parar de vigiar aquele lugar. Quando ele se aproximou da porta, ela se abriu. Nyberg estava lá, com os sapatos protegidos por plástico.

"Eu o vi da janela", disse ele.

Nyberg estava animado. Aquilo era um bom sinal para o trabalho daquele dia.

"Tenho uma coisa para você", disse Wallander ao entrar. "Dê uma olhada nisso."

"Tem alguma coisa a ver com Eriksson?"

"Não, com Runfeldt. O florista."

Wallander pôs a caixa na escrivaninha. Nyberg afastou o poema a fim de ter espaço para esvaziar o conteúdo da caixa. Sua reação foi a mesma de Martinsson. Não havia dúvida de que se tratava de equipamento de escuta. E muitíssimo sofisticado. Nyberg pôs os óculos e procurou o selo do fabricante.

"Aqui diz Cingapura. Mas com certeza foi fabricado em outro lugar."

"Onde?"

"Nos Estados Unidos ou em Israel."

"E por que está escrito Cingapura?"

"Alguns fabricantes tentam ser o mais discretos possível. De um modo ou de outro, estão envolvidos em comércio internacional de armas, e não revelam segredos uns aos outros, a menos que sejam obrigados. As partes são fabricadas em países diferentes. A montagem é feita em algum outro lugar. E outro país fornece o selo de origem."

"Para que ele é usado?", perguntou Wallander.

"Pode-se pôr um apartamento sob escuta. Ou um carro."

Wallander sacudiu a cabeça.

"Runfeldt é florista. Para que precisaria disso?"

"Encontre-o e pergunte você mesmo", disse Nyberg.

Eles enfiaram tudo na caixa de novo. Nyberg fungou. Estava com um forte resfriado.

"Tente ir mais devagar", disse Wallander. "Procure dormir um pouco."

"É essa desgraça de lama. Fiquei doente por ficar exposto à chuva. Não entendo por que é tão difícil construir um abrigo capaz de resistir às condições climáticas de Skåne."

"Escreva um artigo sobre isso para *Polícia Sueca*", sugeriu Wallander.

"Quando vou arranjar tempo para isso?"

A pergunta pairou no ar, sem resposta. Andaram pela casa.

"Não encontrei nada fora do comum", disse Nyberg. "Pelo menos até agora. Mas a casa tem muitos recessos e esconderijos."

"Vou ficar por aqui por algum tempo", disse Wallander. "Quero pensar."

Nyberg foi ao encontro dos técnicos legistas. Wallander sentou-se ao sol, junto à janela.

Seu olhar concentrou-se na ampla sala. Que tipo de homem escreve poemas sobre um pica-pau? Tornou a ler o escrito de Holger Eriksson. Havia alguns belos torneios de frases. Quando era jovem, Wallander escreveu versos em cadernos de suas amigas na escola, mas na verdade nunca chegou a ler poesia. Linda reclamara que havia poucos livros na casa quando ela estava crescendo, e Wallander não podia retrucar.

Um negociante de carros abastado, beirando os oitenta anos, que escreve poemas e se interessa por pássaros. O interesse é tão grande que ele sai tarde da noite ou ao amanhecer e observa a passagem das aves migratórias noturnas.

O sol ainda o aquecia enquanto ele olhava em volta da sala. Lembrou-se de algo que lera no relatório sobre o arrombamento. Segundo Eriksson, a porta da frente fora forçada e aberta com um pé de cabra. Ao que parecia, porém, nada fora roubado.

Havia outra coisa. Wallander buscou na memória. Então se lembrou. Sim, o cofre ficou intacto. Pôs-se de pé e foi procurar Nyberg. Ele estava num dos quartos.

"Você achou um cofre?"

"Não."

"Temos de encontrá-lo", disse Wallander. "Vamos começar a procurá-lo."

Nyberg estava de joelhos, perto da cama.

"Tem certeza de que quer procurar?", disse Nyberg. "Eu o teria achado."

"Sim, tenho. Em algum lugar aqui há um cofre."

Revistaram a casa metodicamente e levaram meia hora para encontrá-lo. Um dos assistentes de Nyberg o descobriu detrás da porta falsa de um forno, numa área de serviço da cozinha. A porta podia ser escancarada, literalmente. O cofre fora construído dentro da parede, e tinha um cadeado com combinação.

"Acho que sei onde está a combinação", disse Nyberg. "Com certeza Eriksson temia que, com a idade, sua memória começasse a falhar."

Wallander seguiu Nyberg de volta à escrivaninha. Numa das gavetas, Nyberg encontrou uma caixinha contendo um pedaço de papel em que se lia uma série de números. Tentaram os números no cofre, e a tampa se destrancou. Nyberg recuou para que Wallander pudesse abri-la.

Wallander olhou para dentro, teve um sobressalto, deu um passo para trás e pisou nos dedos dos pés de Nyberg.

"O que é?", perguntou Nyberg.

Wallander fez um gesto para que o outro olhasse. Nyberg inclinou-se para a frente. Recuou, mas com menos ímpeto que Wallander.

"Parece uma cabeça humana", disse Nyberg.

Voltou-se para um de seus assistentes, que empalideceu ao ouvir as palavras de Nyberg, e pediu-lhe que trouxesse uma lanterna. Os dois ficaram ali esperando, sentindo-se incomodados. Wallander sentia a cabeça girar e respirou fundo algumas vezes. Nyberg lhe lançou um olhar de curiosidade. A lanterna chegou. Nyberg iluminou o cofre. De fato, havia uma cabeça ali, cortada no pescoço. Os olhos estavam abertos. Mas era uma cabeça reduzida e seca. Não se podia dizer se era uma cabeça de macaco ou de uma pessoa. Além da cabeça, havia apenas alguns diários de bolso e um caderno de anotações.

Naquele mesmo instante, Höglund entrou. Devido ao clima tenso, ela desconfiou de que algo tinha acontecido. Não perguntou o quê, mas ficou em silêncio atrás deles.

"É o caso de chamar o fotógrafo?", perguntou Nyberg.

"Não, bata você mesmo algumas fotos", respondeu Wallander. "O mais importante é tirar essas coisas do cofre."

Voltou-se para Höglund.

"Há uma cabeça ali dentro", disse ele. "Uma cabeça humana reduzida. Ou talvez a cabeça de um macaco."

Höglund se inclinou para a frente e olhou. Wallander notou que ela não recuou. Saíram da área de serviço para que Nyberg e seus assistentes pudessem trabalhar. Wallander sentia que estava suando.

"Um cofre contendo uma cabeça", disse ela. "Possivelmente reduzida, possivelmente de um macaco. Como podemos interpretar isso?"

"Eriksson deve ter sido um sujeito mais complexo do que imaginamos", disse Wallander.

Esperaram que Nyberg e seus assistentes esvaziassem o cofre. Eram nove da manhã. Wallander contou do pacote da empresa de reembolso postal de Borås. Resolveram mandar revistar o apartamento de Runfeldt com mais cuidado do que Wallander tivera tempo de fazer. Seria melhor se Nyberg pudesse ceder alguns de seus técnicos. Höglund ligou para a delegacia e foi informada de que a polícia dinamarquesa confirmara que nenhum corpo viera dar à praia recentemente. A polícia de Malmö e o serviço de resgate marinho tampouco encontraram despojos.

Às nove e meia, Nyberg apareceu, trazendo a cabeça e as outras coisas que encontrara no cofre. Wallander empurrou para um lado a folha onde estava o poema sobre o pica-pau, e Nyberg pôs a cabeça sobre a escrivaninha. Dentro do cofre, junto com a cabeça, os diários e o caderno de anotações, havia uma caixa contendo uma medalha. Mas foi a cabeça reduzida que lhes chamou mais atenção. À luz do dia, não restava mais dúvida. Era uma cabeça humana. Uma cabeça negra. Talvez uma criança. Ou pelo menos uma pessoa jovem. Quando Nyberg a examinou com uma lupa, percebeu que mariposas tinham pousado na pele. Wallander fez uma careta de repulsa quando Nyberg inclinou-se para a cabeça e cheirou-a.

"Entre as pessoas que conhecemos, quem teria informações sobre cabeças reduzidas?", perguntou Wallander.

"O Museu Etnográfico", disse Nyberg. "Atualmente é chamado de Museu dos Povos do Mundo. O Departamento Nacional de Polícia publicou um folheto excelente. Dá uma lista de onde se pode encontrar informações sobre os fenômenos mais peculiares."

"Então vamos entrar em contato com eles", disse Wallander.

Com todo cuidado, Nyberg depositou a cabeça num saco plástico. Wallander e Höglund sentaram-se à escrivaninha e se puseram a examinar os outros objetos. A medalha, que jazia sobre uma pequena almofada de seda, era estrangeira. Tinha uma inscrição em francês. Nenhum deles sabia o que significava. Começaram a examinar os livros. Os diários eram do início da década de 1960. Na página de meio título conseguiram decifrar um nome: *Harald Berggren*. Wallander lançou a Höglund um olhar interrogativo.

Ela balançou a cabeça. Até o momento, o nome não viera à baila na investigação. Havia muito poucas entradas nos diários. Algumas horas do dia anotadas com as iniciais. Em determinado lugar, liam-se as iniciais *H. E.* Era datada de fevereiro de 1960 — mais de trinta anos atrás.

Wallander começou a folhear o caderno. Era um diário com muitas entradas. A primeira era de novembro de 1960; a última, de julho de 1961. A letra era difícil de ler. Notou que esquecera de ir à consulta marcada com o oftalmologista. Pediu a lupa a Nyberg e leu uma ou outra linha.

"É sobre o Congo Belga", disse ele. "Alguém que estava lá durante a guerra. Como soldado."

"Holger Eriksson ou Harald Berggren?"

"Harald Berggren. Seja lá quem for."

Largou o caderno. Podia ser importante, e tinha de lê-lo com todo cuidado. Eles se entreolharam. Wallander sabia que estavam pensando a mesma coisa.

"Uma cabeça humana reduzida", disse ele. "E um diário sobre uma guerra na África."

"Um fosso eriçado de estacas", disse Höglund. "Lembranças da guerra. Em meu modo de ver, cabeças reduzidas e gente empalada combinam."

"No meu também", disse Wallander. "A questão é se encontramos ou não uma pista."

"Quem é Harald Berggren?"

"Essa é uma das primeiras coisas que temos de descobrir."

Lembrando-se de que Martinsson estava visitando um ex-empregado de Eriksson em Svarte, Wallander pediu a Höglund que lhe telefonasse. A partir daquele mesmo instante, o nome de Harald Berggren seria mencionado e examinado em relação a tudo o que se pudesse imaginar. Ela discou o número. Esperou. Então balançou a cabeça.

"O celular dele está desligado", disse ela.

Wallander ficou irritado. "Como podemos dirigir uma investigação se não estivermos todos em contato uns com os outros?"

Sabia que muitas vezes ele próprio quebrava essa regra — com certeza era o mais difícil de contatar. Pelo menos algumas vezes. Mas Höglund não disse nada.

"Vou localizá-lo", disse ela, pondo-se de pé.

"Harald Berggren", disse Wallander. "Esse nome é importante."

"Vou providenciar para que a informação circule", ela respondeu.

Sozinho na sala, Wallander acendeu a lâmpada da escrivaninha. Quando se preparava para abrir o diário, notou alguma coisa enfiada dentro da capa de couro. Com todo cuidado, retirou uma fotografia. Era em preto e branco, bastante gasta e manchada. Faltava-lhe um canto. A fotografia mostrava três homens de uniforme, sorrindo para a câmera. Wallander lembrou-se da fotografia de Runfeldt rodeado de orquídeas gigantes. A paisagem da fotografia que tinha em mãos também não era sueca. Examinou a foto com a lupa. Os homens estavam bastante queimados de sol. Suas blusas estavam desabotoadas e as mangas arregaçadas. Havia rifles a seus pés. Estavam recostados numa grande pedra de forma estranha. Atrás dela, havia um campo aberto sem características que se pudessem reconhecer. O chão era de pedras trituradas ou areia.

Os homens pareciam ter pouco mais de vinte anos. Virou a fotografia. Provavelmente fora tirada na mesma época em que se escreviam as entradas do diário. Princípios da década de 1960. A idade deles levava a concluir que podia eliminar Holger Eriksson. Em 1960 ele teria entre quarenta e cinquenta anos.

Wallander abriu uma das gavetas da escrivaninha. Lembrava-se de ter visto ali algumas fotografias soltas de passaportes. Pôs uma fotografia de Eriksson sobre a escrivaninha. Datava de 1989. Holger Eriksson, setenta e três anos. Wallander olhou o rosto dele. O nariz afilado, os lábios finos. Tentou imaginá-lo sem rugas e ver um rosto mais jovem. Wallander voltou às fotografias dos três jovens, examinou seus rostos um a um. O homem da esquerda tinha alguns traços semelhantes aos de Holger Eriksson. Wallander recostou-se na cadeira e fechou os olhos.

Holger Eriksson jaz morto num fosso. Em seu cofre encontramos uma cabeça reduzida, um diário e uma fotografia.

De repente Wallander endireitou o corpo na cadeira, olhos bem abertos. Pensava no arrombamento. O cofre ficou intacto. Vamos supor, pensou Wallander, que o responsável pelo arrombamento, fosse lá quem fosse, também tenha tido dificuldade em achar o cofre. Vamos supor também que o conteúdo do cofre fosse o mesmo de agora. Era exatamente isso que o ladrão estava procurando. Não conseguiu, e pelo visto não fez uma nova tentativa. E Eriksson morreu um ano depois.

Mas havia algo que constituía uma séria contradição nessa tentativa de encontrar um elo entre os dois acontecimentos. Depois da morte de Eriksson, o cofre seria encontrado — se não por ninguém mais, pelos testamenteiros da propriedade. O invasor devia saber disso.

Não obstante, aquilo já representava alguma coisa. Uma pista.

Examinou a foto mais uma vez. Os homens sorriam. Há trinta anos eles sorriam naquela fotografia. Será que o fotógrafo fora Eriksson? Mas Eriksson estava vendendo carros em Ystad, Tomelilla e Sjöbo. Não tinha participado de nenhuma guerra na África. Ou será que tinha?

Wallander olhou pensativo para o diário que tinha diante de si. Enfiou a fotografia no bolso do casaco, pegou o livro e foi ao encontro de Nyberg, que estava ocupado no exame técnico do banheiro.

"Vou levar este diário comigo e deixar as agendas."

"Você acha que há alguma coisa aí?", perguntou Nyberg.

"Acho que sim", disse Wallander. "Se alguém me procurar, diga que estou em casa."

Quando saiu para o pátio, viu que alguns agentes policiais estavam retirando da beira do fosso a fita da cena do crime. A cobertura de plástico para proteger da chuva já se fora.

Uma hora depois, estava sentado à mesa de sua cozinha. Abriu o diário. A primeira entrada era de 20 de novembro de 1960.

10

Wallander levou mais de seis horas para ler o diário de Harald Berggren do começo ao fim. Com interrupções, naturalmente. O telefone tocava o tempo todo. Wallander procurou abreviar ao máximo as interrupções.

O diário era uma das coisas mais fascinantes, embora assustadoras, com que ele já se deparara. Era o registro de vários anos da vida de um homem. Para Wallander, era como entrar num mundo absolutamente estranho. Embora não se pudesse dizer que Harald Berggren, fosse lá quem fosse, era um mestre do estilo — muitas vezes se expressava de modo sentimental ou com uma insegurança que descambava em desamparo —, a descrição de suas experiências tinha uma força que avultava através da prosa. Wallander intuía ser preciso decifrar o diário para entender o que acontecera com Eriksson. Não obstante, ouvia uma voz interior dizendo-lhe que aquilo poderia levá-los a uma direção totalmente errada. Wallander sabia que a maioria das verdades eram ao mesmo tempo esperadas e inesperadas. Era simplesmente uma questão de saber como interpretar as conexões. Além disso, nenhuma investigação criminal, no fundo, jamais se assemelhava a outra, depois que se ia além das semelhanças superficiais.

O documento era um diário de guerra. Ao ler o texto, Wallander tomou conhecimento dos nomes dos outros dois homens da fotografia. A foto era de Harald Berggren, ladeado por um irlandês, Terry O'Banion, e por um francês, Simon Marchand. Foi tirada por um homem chamado

Raul. Eles atuaram como mercenários por mais de um ano numa guerra na África. Logo no início, Berggren contou que em Estocolmo tomara conhecimento de um bar em Bruxelas onde se podia fazer contato com o mundo secreto dos mercenários. Ouvira falar disso pela primeira vez em 1958, por volta do Ano-Novo. Não explica o que o fez ir até lá alguns anos depois. Berggren entra em seu diário vindo do nada: sem pais, sem background. As únicas coisas que afirma categoricamente são o fato de ter vinte e três anos e estar desesperado com a derrota de Hitler na guerra encerrada quinze anos antes.

Wallander parou nesse ponto. Esta foi exatamente a palavra que ele usou: *desesperado*. Wallander releu a passagem: *a desesperada derrota imposta a Hitler por seus generais traidores*. A palavra *desesperado* dizia algo de crucial sobre Berggren. Estaria ele exprimindo uma convicção política? Ou aquilo não passava de escritos de um louco? Wallander não tinha em que se basear para decidir por uma ou outra hipótese. Tampouco Berggren volta a mencionar Hitler.

Em junho de 1960, partira da Suécia de trem e passara um dia em Copenhague, para visitar o Tivoli. Lá, dançou na noite quente de verão com uma jovem chamada Irene. Escreveu que ela era *doce, mas alta demais*. No dia seguinte ele estava em Hamburgo. Passado mais um dia — 12 de junho de 1960 —, chegou a Bruxelas. Depois de cerca de um mês, atingiu seu objetivo: um contrato como mercenário. Registrou orgulhosamente que agora estava ganhando um salário e iria para a guerra. Escreveu tudo isso muito depois, em novembro de 1960. Àquela altura já estava na África. Na primeira entrada de seu diário, que também era a mais longa, fazia um resumo dos fatos que o tinham levado ao lugar onde então se encontrava. Wallander desencavou seu velho atlas escolar e procurou o lugar descrito por Berggren, Omerutu. Não estava no mapa, mas Wallander deixou o atlas aberto na mesa da cozinha enquanto continuava a leitura do diário.

Junto com Terry O'Banion e Simon Marchand, Berggren reuniu-se a uma companhia composta apenas de mercenários. Seu líder, sobre o qual Berggren mostrava-se reticente, era um canadense que ele chama apenas de Sam. Berggren não parece se preocupar com os objetivos da guerra. Wallander também pouco sabia sobre o conflito que tinha lugar no então chamado Congo Belga. Berggren não procurava justificar sua presença como soldado de aluguel. Simplesmente registrou que estavam lutando pela liberdade. A liberdade de quem, nunca ficou claro. Em mais de uma entrada, escreveu que não hesitaria em usar sua arma, caso se encontrasse numa situação de combate com soldados suecos das Nações Unidas.

Berggren também anotava com todo cuidado as datas em que recebia o pagamento. Fazia um simples demonstrativo no último dia de cada mês: quanto recebeu, quanto gastou, quanto economizou. Também relacionava cada objeto que tomava como butim. Numa passagem especialmente desagradável, conta que os mercenários chegaram a uma fazenda abandonada e incendiada e encontraram os cadáveres apodrecidos do proprietário da fazenda, que era belga, e de sua esposa, cobertos de moscas. Jaziam em suas camas com pernas e braços decepados. O mau cheiro era incrível, mas ainda assim os mercenários vasculharam a casa e encontraram diamantes e joias de ouro, que mais tarde um joalheiro libanês avaliou em mais de vinte mil coroas suecas.

Berggren escreveu que a guerra era justificável, pois os ganhos eram consideráveis. Numa reflexão mais pessoal, que não reaparece em nenhuma outra parte do diário, ele se pergunta se conseguiria ganhar a mesma quantidade de dinheiro se tivesse ficado na Suécia trabalhando como mecânico de automóveis. Sua conclusão era pela negativa. Trabalhando como mecânico não haveria de fazer nenhum progresso. Com muita dedicação, continuava a participar de sua guerra.

Além da obsessão em manter sua contabilidade, Berggren também se mostrava meticuloso nas outras entradas. Matava pessoas, registrava as datas e o número de cadáveres. Anotava se eram homens, mulheres ou crianças. Quando conseguia examinar os corpos, anotava friamente as partes do corpo atingidas por suas balas. Wallander lia essas passagens com repulsa e raiva cada vez maiores. Berggren não tinha nada a ver com aquela guerra. Era pago para matar, mas não ficava claro quem pagava. As pessoas que matava raramente usavam uniforme. Os mercenários atacavam aldeias consideradas como inimigas da liberdade que eles lutavam para preservar. Matavam, pilhavam e se retiravam. Eram um esquadrão da morte, todos europeus, e não consideravam as pessoas assassinadas como iguais. Berggren não escondia seu desprezo pelos negros. Escreveu que *corriam como cabras desnorteadas quando nos aproximávamos. Mas balas são mais velozes que gente correndo ou saltando.*

Ao ler aquelas passagens, por pouco Wallander não atirava o livro do outro lado da sala. Mas se obrigava a continuar a leitura, depois de fazer uma pausa e lavar os olhos cansados. Mais que nunca, arrependia-se de não ter ido à consulta com o oftalmologista.

Berggren matava umas dez pessoas por mês, supondo que não exagerasse. Depois de sete meses de guerra, ficou doente e foi levado de avião para um hospital em Léopoldville. Tinha contraído uma disenteria amébica e ficou doente por várias semanas. As entradas no diário cessaram durante esse período. Mas àquela altura já tinha matado mais de cinquenta pessoas naquela guerra que ele lutava, em vez trabalhar como mecânico na Suécia.

Quando Berggren se recuperou, voltou para sua companhia. Um mês depois, estavam de volta a Omerutu. Posaram diante de uma pedra enorme, que não era uma rocha mas um ninho de cupim, e o desconhecido Raul tirou uma foto de Berggren, O'Banion e Marchand. Wallander aproximou-se da janela da cozinha com a fotografia. Nunca vira um ninho de cupim, mas não tinha dúvida de que o diário descrevia exatamente aquela foto.

Três semanas depois foram vítimas de uma emboscada, e O'Banion foi morto. Foram obrigados a recuar, e aquilo se tornou uma fuga dominada pelo medo. Wallander tentou perceber o medo em Berggren. Estava convencido de que Berggren sentia medo, mas não demonstrava. Escreveu apenas que eles enterraram os mortos no mato e puseram cruzes de madeira em suas covas. A guerra continuava. Em certa ocasião, usaram um bando de macacos para a prática de tiro ao alvo. Em outra, recolheram ovos de crocodilo nas margens de um rio. As economias de Berggren agora estavam perto de trinta mil coroas.

Mas aí, no verão de 1961, tudo acabou. O diário terminou de repente. Wallander achou que a coisa foi igualmente abrupta para Harald Berggren. Ele deve ter imaginado que aquela guerra especial na selva duraria para sempre. Suas últimas entradas contam que eles fugiram à noite num avião de carga sem luzes. Um de seus motores começou a trepidar quando decolaram em seguida a uma fuga mata adentro. O diário terminava ali, como se Berggren estivesse cansado dele, ou então nada mais tivesse a dizer. Wallander nem ao menos descobriu para onde o avião se dirigia. Berggren voava na noite africana, o barulho do motor foi sumindo devagar e de repente ele já não estava mais lá.

Wallander espreguiçou-se e foi até a varanda. Eram cinco da tarde. Nuvens espessas vinham do mar. Por que o diário estava guardado no cofre de Eriksson junto com uma cabeça reduzida? Se Berggren ainda estivesse vivo, teria pelo menos cinquenta anos. De pé na varanda, Wallander sentiu frio. Entrou e sentou-se no sofá. Seus olhos doíam. Para quem Berggren escrevia aquele diário? Para si mesmo ou para outra pessoa?

Um jovem mantém um diário de guerra na África. Muitas vezes o que descreve é rico em detalhes, mas ao mesmo tempo é um tanto forçado. Faltava alguma coisa, algo que Wallander não conseguia ler nem nas entrelinhas.

Até Höglund tocar a campainha ele não atinou com o que era. Viu-a à porta, e de repente se deu conta do que se tratava. O diário descrevia um mundo dominado por homens. As mulheres sobre as quais Berggren escreveu estavam mortas ou fugindo apavoradas. Salvo por Irene, que era doce, mas alta demais. Afora isso, não mencionava mulheres. Escreveu sobre licenças que passara em várias cidades do Congo, contou que se embebedou e se envolveu em brigas. Mas as mulheres estavam ausentes. Wallander não pôde deixar de pensar que aquilo tinha algum significado. Berggren era jovem quando partiu para a África. A guerra era uma aventura. No mundo de um jovem, as mulheres constituem uma parte importante da aventura. Wallander estava começando a se perguntar sobre aquilo. Por enquanto, porém, guardava os pensamentos para si mesmo.

Höglund viera dizer que vasculhara o apartamento de Runfeldt com um dos técnicos legistas de Nyberg. Sem nenhum resultado. Não acharam nada que pudesse explicar por que Runfeldt comprara os equipamentos de escuta.

"O mundo de Gösta Runfeldt compõe-se de orquídeas", disse Höglund. "Ele me passa a impressão de ser um viúvo bondoso e emotivo."

"Parece que a mulher dele morreu afogada", disse Wallander.

"Ela era muito bonita", disse Höglund. "Vi a foto de casamento deles."

"Talvez a gente deva tentar descobrir o que aconteceu com ela", disse Wallander. "Mais cedo ou mais tarde."

"Martinsson e Svedberg entraram em contato com os filhos dele."

Wallander já falara com Martinsson no telefone. Ele já entrara em contato com a filha de Runfeldt. Ela estava absolutamente surpresa com a ideia de que o pai pudesse ter planejado desaparecer e ficou preocupadíssima. Sabia que ele iria tomar o avião para Nairóbi e achava que ele estava lá.

"Tem muita coisa que não faz sentido", disse Wallander. "Svedberg devia ligar depois de ter falado com o filho.

Ele estava numa chácara em algum lugar em Hälsingland, onde não havia telefone."

Resolveram fazer uma reunião da equipe de investigação no começo da tarde de domingo. Höglund cuidaria dos preparativos. Então Wallander lhe deu um resumo do conteúdo do diário. Sem pressa, procurando reproduzir o máximo que podia. Contar a ela era como repassar a história em sua mente.

"Berggren", disse ela quando Wallander terminou. "Será que pode ter sido ele?"

"Não sei, mas de todo modo, quando ele era jovem cometeu atrocidades regularmente e por dinheiro", disse Wallander. "O diário é uma leitura horrorosa. Talvez atualmente ele viva com medo de que seu conteúdo seja divulgado."

"Temos de encontrá-lo", disse Höglund. "O problema é onde começar a procurar."

"O diário estava no cofre de Eriksson", disse Wallander. "Por enquanto é a pista mais clara que temos. Mas devemos continuar a trabalhar com a mente aberta."

"Você sabe que isso é impossível", disse ela, surpresa. "Quando encontramos uma pista, ela direciona uma investigação."

"Estou só lembrando a você", respondeu ele de forma evasiva, "que podemos estar errados apesar de tudo."

Ela já estava de saída quando o telefone tocou. Era Svedberg, que conseguira falar com o filho de Runfeldt.

"Ele ficou sobressaltado", disse Svedberg. "Queria pular num avião e vir diretamente para cá."

"Quando foi a última vez que ele ouviu falar do pai?"

"Alguns dias antes da data em que partiria para Nairóbi. Tudo estava normal. Segundo o filho, o pai sempre esperava ansiosamente por essas viagens."

Wallander passou o fone para Höglund, que estabeleceu a hora para a reunião da equipe de investigação. Só depois que ela desligou, Wallander se lembrou de que tinha um bilhete escrito por Svedberg. Uma informação sobre uma mulher que agiu de forma estranha na maternidade do hospital de Ystad.

Höglund foi para casa reunir-se aos filhos. Quando Wallander ficou sozinho, ligou para o pai. Ficou combinado que iria visitá-lo no domingo de manhã. As fotografias tiradas pelo pai com sua velha câmera já tinham sido reveladas.

Wallander dedicou o resto da noite do sábado a escrever um apanhado do assassinato de Eriksson. Enquanto trabalhava, matutava sobre o desaparecimento de Runfeldt. Sentia-se incomodado, inquieto, e estava tendo dificuldade em se concentrar. A sensação de que estavam margeando alguma coisa muito grande aumentava cada vez mais. A ansiedade não iria diminuir. Por volta das nove da noite, estava tão cansado que já não conseguia pensar. Afastou para um lado o caderno de anotações e ligou para a filha Linda. O telefone tocou no vazio. Ela não estava em casa. Vestiu um casaco pesado e foi andando até um restaurante chinês que ficava na praça ali perto. O restaurante estava excepcionalmente cheio, mesmo para uma noite de sábado. Saboreou uma garrafa de vinho. Depois de comer, foi andando para casa sob a chuva, com dor de cabeça.

À noite sonhou que estava num espaço muito grande e escuro, muito quente, e em algum lugar, na noite espessa, Berggren lhe apontava uma arma.

Ele acordou cedo. Estava claro novamente. Entrou no carro às sete e quinze e rumou para Löderup para ver o pai. À luz da manhã, as curvas da área rural eram nítidas e claras. Wallander pensou em convencer seu pai e Gertrud a irem à praia com ele. Logo ficaria muito frio para fazer isso.

Com uma sensação desagradável, pensou no sonho que tivera. Enquanto dirigia, decidiu que a reunião da equipe naquela tarde tinha de indicar a ordem em que as várias questões deveriam ser respondidas. Localizar Berggren era importante. Principalmente se a pista levasse a um beco sem saída.

O pai estava de pé nos degraus da escada, esperando por ele. Os dois entraram na cozinha, onde Gertrud servira um café da manhã. Olharam as fotografias. Algumas estavam fora de foco, noutras havia falhas no enquadramento, mas como o pai estava obviamente satisfeito e orgulhoso delas, Wallander balançava a cabeça em sinal de aprovação.

Uma foto se destacava das outras. Foi tirada por um garçom na última noite deles em Roma. Tinham acabado de jantar. Wallander e o pai estavam bem juntos um do outro. Via-se uma garrafa de vinho tinto sobre a toalha de mesa branca. Ambos sorriam para a câmera.

Por um instante a lembrança da foto desbotada do diário encontrado na casa de Eriksson perpassou a mente de Wallander, mas ele a afastou. Naquele momento, queria ver sua foto com o pai. Entendeu que ela confirmava de uma vez por todas o que ele havia descoberto na viagem. Tinham muitas coisas em comum. Até eram parecidos.

"Eu gostaria de ter uma cópia dessa fotografia", disse Wallander.

"Já cuidei disso", respondeu o pai, satisfeito, passando-lhe um envelope.

Depois do café da manhã, foram ao escritório do pai. Ele acabara de pintar uma paisagem com um galo silvestre. O pássaro era sempre a última coisa que pintava.

"Quantos quadros o senhor pintou na vida?", Wallander perguntou.

"Você me pergunta isso toda vez que vem aqui", respondeu o pai. "Como é que eu vou computar isso? E para quê? O mais importante é que eles são todos iguais."

Muito tempo atrás Wallander descobriu que só havia uma explicação para o fato de seu pai pintar sempre o mesmo quadro. Era a forma que encontrara para afastar da mente todas as coisas que mudavam continuamente à sua volta. Em suas pinturas, ele chegava a controlar a trajetória do sol. Este permanecia imóvel, preso no tempo, sempre na mesma altura, acima de serranias cobertas de árvores.

"Foi um belo passeio", disse Wallander, olhando para o pai, que estava ocupado em misturar as tintas.

"Eu lhe disse que seria", respondeu o pai. "Não fosse por mim, você iria para o túmulo sem nunca ter visto a Capela Sistina."

Por um breve instante, Wallander se interrogou se devia perguntar sobre o passeio solitário que o pai fizera naquela noite em Roma, mas decidiu não fazer isso. Aquilo não era da conta de ninguém, só de seu pai.

Wallander propôs que fossem de carro até a praia. Para sua surpresa, o pai concordou imediatamente. Gertrud preferiu ficar em casa. Entraram no carro de Wallander e foram para Sandhammaren. Quase não ventava. Dirigiram-se à praia. Quando passaram pelo último penhasco, seu pai o tomou pelo braço. O mar se estendia diante deles. A praia estava quase deserta. Ao longe, viam umas pessoas brincando com um cachorro. Só isso.

"É bonito", comentou o pai.

Wallander lhe lançou um olhar oblíquo. Ao que parecia, Roma tinha operado uma transformação fundamental em seu estado de ânimo. Talvez viesse a ter um efeito positivo na doença insidiosa que os médicos tinham diagnosticado. Mas nunca haveria de entender por completo o que aquele passeio significara para o pai. Fora a viagem de uma vida, e Wallander teve a honra de acompanhá-lo.

Roma era a Meca do pai.

Fizeram uma longa caminhada na praia. Wallander se perguntou se devia rememorar os tempos passados, mas não havia pressa. Eles tinham tempo. De repente, seu pai estacou.

"O que é?", perguntou Wallander.

"Andei me sentindo mal por esses dias", disse ele. "Mas vai passar."

"Quer voltar para casa?"

"Eu disse que vai passar."

Só depois de terem andado por mais de duas horas, o pai achou que deviam voltar. Wallander, que se esquecera do tempo, sabia que tinha de correr para não chegar atrasado à reunião na delegacia.

Depois de deixar o pai em Löderup, voltou para Ystad com uma sensação de alívio. Talvez agora retomassem o contato que tinham perdido quando Wallander resolveu tornar-se policial. Seu pai nunca aceitara aquela escolha de profissão, mas nunca explicou o que tinha contra ela. Wallander se perguntou se finalmente teria uma resposta para a questão que o preocupara por tanto tempo.

Às duas e meia, fecharam a porta da sala de reuniões. Até a chefe Holgersson estava presente. Ao vê-la ali, Wallander se lembrou de que não chamara Per Åkeson. Escreveu um lembrete para si mesmo no caderno.

Informou ter encontrado a cabeça reduzida e o diário de Harald Berggren. Todos concordaram que aquilo podia ser uma pista. Depois de terem dividido as várias tarefas, Wallander passou a discutir o caso Gösta Runfeldt.

"Temos de partir do pressuposto de que alguma coisa aconteceu a Runfeldt", disse ele. "Não podemos descartar que tenha sido um acidente ou um crime. Naturalmente, existe sempre a possibilidade de ter sido um desaparecimento voluntário. Por outro lado, acho que podemos esquecer a existência de alguma relação entre Eriksson e Runfeldt. Não há nada que aponte para isso neste caso."

Wallander queria que a reunião fosse tão breve quanto possível. Afinal de contas, era domingo. Sabia que seus colegas estavam se esforçando ao máximo para cumprir suas tarefas, mas sabia também que às vezes o melhor que se tinha a fazer era descansar um pouco. As horas que passara com o pai naquela manhã lhe recompuseram as energias. Quando saiu da delegacia depois das quatro da tarde, estava mais descansado do que se sentira em vários dias. Sua ansiedade parecia ter diminuído um pouco.

Se eles encontrassem Harald Berggren, havia uma boa chance de chegarem a uma solução. O assassinato foi tão bem planejado que não podia deixar de ser obra de alguém muito fora do comum. Berggren bem podia ser o assassino.

A caminho de casa, Wallander parou e fez compras na mercearia. Não resistiu ao impulso de pegar um vídeo. Tratava-se de um clássico, *A ponte de Waterloo*. Ele o vira em Malmö com Mona, nos primeiros anos de casamento, tinha apenas uma vaga lembrança do que se tratava.

Estava no meio do filme quando Linda ligou. Ao perceber que era ela, disse que ligaria de volta. Desligou o vídeo e sentou-se na cozinha. Conversaram por quase meia hora. Ela não se desculpou por não ter ligado antes. Ele tampouco tocou no assunto. Sabia que os dois eram muito parecidos. Ambos podiam ser distraídos, mas sabiam se concentrar quando havia uma tarefa a ser feita. Ela disse que tudo estava bem, tanto no emprego no restaurante como em suas aulas de teatro. Ele não insistiu com ela nesse assunto, pois continuava com a forte impressão de que a filha desconfiava do próprio talento.

Pouco antes de encerrarem a conversa, ele falou sobre o passeio na praia.

"Vocês devem ter passado um belo dia juntos", comentou ela.

"Passamos sim. É como se alguma coisa tivesse mudado."

Quando desligaram, Wallander foi até a varanda. Quase não ventava, coisa muito rara em Skåne. Por um instante, todas as suas preocupações tinham se dissipado. Agora tinha de dormir um pouco. No dia seguinte retomaria o trabalho. Ao apagar a luz da cozinha, o diário tinha voltado à sua mente. Perguntou-se onde estaria Berggren naquele exato momento.

132

11

Quando Wallander acordou na manhã de segunda-feira, 3 de outubro, a primeira coisa que lhe veio à mente foi que devia tornar a falar com Sven Tyrén. Não sabia se aquilo resultara de um sonho, mas tinha certeza de que precisava fazer isso. Enquanto esperava que o café ficasse pronto, ligou para o auxílio à lista e pegou o número do telefone da casa de Tyrén. A esposa de Tyrén atendeu e disse que o marido já tinha saído. Wallander ligou para o celular dele. Ao fundo, ouvia o som abafado do motor do caminhão.

Tyrén disse que estava na estrada perto de Högestad. Tinha duas entregas a fazer antes de voltar para o terminal em Malmö. Wallander pediu-lhe que fosse à delegacia o mais breve possível. Quando Tyrén perguntou se eles tinham pegado a pessoa que matou Eriksson, Wallander explicou que se tratava apenas de uma conversa de rotina. Eles ainda estavam no início da investigação. Iam pegar o assassino. Isso podia acontecer logo, mas talvez levasse mais tempo. Tyrén prometeu estar na delegacia às nove da manhã.

"Por favor, não estacione na entrada", acrescentou Wallander.

Tyrén resmungou uma resposta inaudível.

Às sete e quinze, Wallander chegou à delegacia. Seguindo em direção às portas de vidro, mudou de ideia. Virou à esquerda e dirigiu-se à sala do promotor, que tinha entrada independente.

Per Åkeson estava sentado à escrivaninha, atulhada de trabalho como sempre. Todo o escritório era uma verdadeira confusão de documentos e arquivos, mas as aparências enganam. Åkeson era um promotor extraordinariamente metódico e eficiente, e Wallander gostava de trabalhar com ele. Conheciam-se havia muito tempo, e ao longo dos anos desenvolveram um relacionamento que ia além do profissional. Às vezes trocavam confidências e pediam conselhos ou ajuda um ao outro. Não obstante, havia um limite que nunca ultrapassavam. Nunca haveriam de ser amigos íntimos de verdade; não tinham afinidades bastantes para isso.

Åkeson balançou a cabeça amistosamente quando Wallander entrou na sala. Levantou-se e tirou uma caixa de documentos de cima de uma cadeira, para que Wallander pudesse se sentar. Wallander sentou-se, e Åkeson avisou à telefonista que atendesse suas ligações.

"Estava esperando notícias suas", disse ele. "Por falar nisso, obrigado pelo cartão-postal."

Wallander se esquecera do cartão-postal que lhe enviara de Roma, uma vista do Foro Romano.

"Foi um grande passeio para nós dois."

"Nunca estive em Roma. Como é que diz o ditado? Ver Roma e depois morrer? Ou seria Nápoles?"

Wallander não sabia. "Estava esperando um outono tranquilo. Então volto para casa e encontro um velho empalado num fosso."

Åkeson fez uma careta. "Vi algumas fotografias. E a chefe Holgersson me contou a história. Vocês têm alguma pista a seguir?"

"Talvez", disse Wallander, e fez-lhe um breve relato do que encontraram no cofre de Eriksson. Wallander sabia que Åkeson respeitava sua habilidade em conduzir uma investigação. Raramente discordava de suas conclusões ou da forma como lidava com um caso.

"Naturalmente, parece pura insanidade plantar estacas afiadas de bambu num fosso", disse Åkeson. "Por outro lado, atualmente está cada vez mais difícil distinguir o que é loucura do que é normal."

"Como vão as coisas em Uganda?", perguntou Wallander.

"Você quer dizer Sudão", disse Åkeson.

Åkeson se candidatara a um cargo na Comissão das Nações Unidas para os Refugiados. Queria se afastar de Ystad por algum tempo, ver outra coisa antes que fosse tarde demais. Åkeson era muitos anos mais velho que Wallander. Tinha mais de cinquenta.

"Claro, o Sudão", disse Wallander. "Você já conversou com sua mulher sobre isso?"

Åkeson confirmou com um gesto de cabeça.

"Criei coragem na semana passada. Ela se mostrou muitíssimo mais compreensiva do que eu esperava. Tive a nítida impressão de que não se importaria que eu ficasse longe de casa por algum tempo. Ainda estou esperando a notificação oficial, mas ficaria surpreso se não conseguisse o cargo. Como você sabe, tenho meus contatos."

Åkeson tinha uma extraordinária habilidade para conseguir informações de cocheira. Wallander não tinha ideia de como ele as conseguia. Estava sempre bem informado, por exemplo, sobre o que se discutia nos vários comitês do Parlamento ou nas mais altas instâncias nacionais da polícia.

"Se tudo correr bem, devo partir lá pelo Ano-Novo", disse ele. "Vou passar pelo menos dois anos lá."

"Vamos torcer para resolver o caso Eriksson até lá. Você tem alguma orientação a me dar?"

"Você devia me dizer o que deseja."

Wallander pensou por um instante antes de responder.

"A chefe Holgersson acha que devíamos pedir a ajuda de Mats Ekholm. Você se lembra dele do verão passado, o homem que traça perfis psicológicos? Caça pessoas insanas procurando classificá-las. Tem muito talento."

Åkeson se lembrava dele, claro.

"Mas acho que devemos esperar até termos certeza de estar lidando com um louco", disse Wallander.

"Se você acha que devemos esperar, então que assim seja", disse Åkeson, pondo-se de pé. Apontou para a caixa.

"Hoje tenho um caso especialmente complicado", desculpou-se. "Tenho de trabalhar nele."

Wallander se levantou.

"O que é que você vai fazer exatamente no Sudão?", perguntou ele. "Será que os refugiados precisam mesmo de consultoria jurídica da Suécia?"

"Os refugiados precisam de toda a ajuda que conseguem", respondeu Åkeson, enquanto acompanhava Wallander até a recepção. "Não apenas da Suécia."

De repente, ele disse: "Passei uns dias em Estocolmo enquanto você estava em Roma. Dei de cara com Anette Brolin. Ela me pediu para dar lembranças a todos aqui, mas especialmente a você".

Wallander lançou-lhe um olhar circunspecto, mas não disse nada. Alguns anos atrás, Anette Brolin substituíra Åkeson por um curto período de tempo. Apesar de ser casada, Wallander passou uma noite com ela. Era algo que preferia esquecer.

Saiu da ala da promotoria. Soprava um vento de tempestade, e o céu estava cinzento. Wallander calculou que a temperatura não passava dos oito graus. Encontrou Svedberg na recepção e lembrou-se da anotação.

"Outro dia levei uma anotação sua por engano", disse ele.

Svedberg pareceu surpreender-se. "Não dei por falta de nada."

"Algo sobre uma mulher na ala da maternidade do hospital."

"Oh, pode jogar isso no lixo", respondeu Svedberg. "Era só alguém que viu um fantasma."

"Se quer jogar no lixo, jogue você mesmo", disse Wallander. "Vou deixá-la em sua mesa."

"Ainda estamos conversando com pessoas das cercanias da chácara de Eriksson", disse Svedberg. "Vou me encontrar com o carteiro."

Wallander aprovou com um gesto de cabeça, e cada um tomou seu caminho.

Quando Wallander entrou em seu escritório, já se esquecera da anotação de Svedberg. Tirou o diário de Berggren do bolso interno do casaco e o guardou numa gaveta da escrivaninha. Deixou a fotografia dos três homens posando ao lado do ninho de cupins em cima da mesa. Enquanto esperava Tyrén, ia lendo rapidamente a pilha de papéis que os outros investigadores tinham deixado para ele. Às oito e quarenta e cinco, foi tomar um pouco de café. Höglund cruzou com ele no corredor e disse que o desaparecimento de Runfeldt tinha sido reconhecido oficialmente e estava tendo prioridade.

"Conversei com um dos vizinhos dele", disse ela. "Um professor que me pareceu confiável. Ele afirmou ter ouvido Runfeldt em seu apartamento na noite de terça-feira, mas não depois disso."

"O que indica que ele partiu naquela noite", disse Wallander, "embora não para Nairóbi."

"Perguntei ao vizinho se tinha notado alguma coisa incomum em Runfeldt. Mas ele parece ser um homem reservado, com hábitos regulares e discretos. Cortês, mas nada além disso. E raramente recebia visitas. A única coisa fora da rotina era o fato de que Runfeldt às vezes chegava em casa muito tarde. O professor mora no apartamento embaixo do dele, e o edifício não tem um bom isolamento."

Wallander ficou ali de xícara na mão, pensando sobre o que ela dissera.

"Temos de descobrir o que significa aquele troço que estava na caixa", disse ele. "Será que alguém pode ligar para o serviço de reembolso postal ainda hoje? E nossos colegas de Borås foram informados? Qual é o nome da empresa? 'Segurança'? Nyberg sabe. Temos de descobrir se Runfeldt comprou outras coisas deles. Fez a encomenda porque ia usá-la para alguma coisa."

"Equipamento de escuta", disse ela. "Impressões digitais. Quem usa esse tipo de coisa?"

"Nós usamos."

"Quem mais?"

Wallander viu que ela estava pensando em determinada coisa.

"Naturalmente, um aparelho de escuta pode ser usado em atividades ilegais."

"Eu estava pensando mais nas impressões digitais."

Wallander balançou a cabeça. Agora tinha entendido.

"Um detetive particular", disse ele. "Agente particular. Essa ideia também me passou pela cabeça. Mas Runfeldt é um florista cuja única paixão são as orquídeas."

"Foi só uma ideia", disse ela. "Eu mesma vou ligar para o serviço de reembolso postal."

Wallander voltou ao seu escritório. O telefone tocou. Era Ebba. Tyrén o esperava na recepção.

"Ele não estacionou o caminhão na entrada, não é?", perguntou Wallander. "Hansson ia ter um ataque."

"Não estou vendo caminhão nenhum", disse Ebba. "Você vem aqui recebê-lo? E Martinsson quer conversar com você."

"Onde ele está?"

"Na sala dele, acho."

"Peça a Tyrén que espere alguns minutos enquanto falo com Martinsson."

Martinsson estava ao telefone quando Wallander entrou, mas logo encerrou a conversa. Wallander imaginou que estivesse falando com a esposa. Conversavam várias vezes por dia, ninguém sabia sobre o quê.

"Entrei em contato com o Departamento de Medicina Legal de Lund", disse Martinsson. "Eles já têm alguns resultados preliminares. O problema é que estão tendo dificuldade em determinar a coisa que mais queremos saber."

"A hora do óbito?"

Martinsson fez que sim.

"Nenhuma das estacas perfurou-lhe o coração. E também nenhuma das artérias principais. Isso significa que ele deve ter ficado suspenso nas estacas por muito tempo antes de morrer. A causa imediata da morte pode ser identificada como afogamento."

"O que significa isso?", perguntou Wallander surpreso. "Ele estava suspenso num fosso, não é? Não pode ter morrido afogado lá."

"O médico com quem falei me passou detalhes medonhos", disse Martinsson. "Disse que os pulmões de Eriksson estavam cheios de sangue e que por fim ele não conseguia mais respirar. Tecnicamente, morreu afogado."

"Temos de descobrir quando ele morreu", disse Wallander. "Entre em contato com eles novamente."

"Vou providenciar para que você receba o relatório assim que ele chegar."

"Só vou acreditar vendo. Considerando-se o quanto as coisas vivem desaparecendo por aqui."

Não teve a intenção de criticar Martinsson. Quando já estava no corredor, deu-se conta de que suas palavras podiam ser entendidas de modo errado. Mas então era tarde para remediar isso. Dirigiu-se à recepção e cumprimentou Tyrén, que estava olhando para o chão. Tinha a barba por fazer e os olhos vermelhos. O cheiro de óleo e de gasolina era muito forte. Os dois foram para a sala de Wallander.

"Por que vocês ainda não prenderam a pessoa que matou Holger, seja lá quem for?", perguntou Tyrén.

"Se você me disser quem foi, vou lá prendê-lo agora mesmo", respondeu Wallander, tentando esconder sua irritação.

"Eu não sou da polícia."

"Não precisa me dizer isso. Se fosse, não teria feito uma pergunta tão estúpida."

Quando Tyrén abriu a boca para protestar, Wallander levantou a mão. "Quem faz as perguntas sou eu."

"Estou sob suspeita de alguma coisa?"

"Não. Mas vou fazer as perguntas, e você tem de respondê-las, só isso."

Tyrén deu de ombros. Wallander percebeu que ele estava com um pé atrás. Sentia os instintos do outro se aguçando. A primeira pergunta foi a única que tinha preparado.

"Harald Berggren", disse ele. "Esse nome significa alguma coisa para você?"

Tyrén o fitou.

"Não conheço nenhum Harald Berggren. Devia conhecer?"

"Tem certeza?"

"Tenho sim."

"Pense um pouco."

"Eu não preciso pensar. Se tenho certeza, tenho certeza."

Wallander fez deslizar a foto sobre a mesa e apontou. Tyrén inclinou-se para a frente.

"Veja se reconhece algum desses homens. Olhe bem de perto. Não precisa ter pressa."

Tyrén pegou a fotografia com os dedos imundos. Olhou-a por um bom tempo. Wallander estava começando a sentir uma leve esperança quando Tyrén a depositou na mesa.

"Não."

"Você a olhou por muito tempo. Acha que reconheceu algum deles?"

"Você disse que eu não precisava me apressar. Quem são eles? Onde a foto foi batida?"

"Tem certeza?"

"Nunca os vi na vida."

O instinto lhe dizia que Tyrén estava falando a verdade.

"São mercenários", disse ele. "A foto foi tirada na África há mais de trinta anos."

"A Legião Estrangeira?"

"Não exatamente, mas quase isso. Soldados que lutam para quem pague mais, seja lá quem for."

"A gente tem de ganhar a vida de alguma forma."

Wallander lançou-lhe um olhar surpreso, mas não pediu que se explicasse.

"Por acaso ouviu falar que Eriksson tinha contato com mercenários?"

"Holger Eriksson vendia carros. Pensei que você sabia disso."

"Também escrevia poemas e observava pássaros", disse Wallander, sem procurar conter a própria irritação. "Você ouviu ou não ouviu Eriksson falar sobre mercenários? Ou sobre uma guerra na África?"

Tyrén fitou-o. "Por que os policiais têm de ser tão desagradáveis?"

"Porque lidamos com coisas desagradáveis", respondeu Wallander. "E faça o favor de simplesmente responder às minhas perguntas. Só isso. Não faça comentários que nada têm a ver com o caso."

"E o que vai acontecer se eu fizer?"

Wallander estava quase à beira do descontrole. Mas pouco lhe importava. Havia algo no homem do outro lado da mesa que ele simplesmente não conseguia suportar.

"Então vou convocá-lo todos os dias até não sei quando. E vou pedir ao promotor um mandado de busca para revistar sua casa."

"O que você acha que vai encontrar lá?"

"Isso não importa. Você está entendendo o que está em jogo agora?"

Wallander sabia que estava arriscando, mas Tyrén recuou.

"Eriksson era um homem pacífico, mesmo que às vezes se mostrasse duro quando se tratava de negócios. Mas nunca falou de mercenários. Embora com certeza pudesse ter falado."

"O que quer dizer com isso?"

"Mercenários lutam contra revolucionários e comunistas, não é? E acho que se pode dizer que Holger era conservador. Para dizer o mínimo."

"Em que sentido?"

"Ele achava que a sociedade estava indo para o inferno. Achava que devíamos voltar a usar o chicote e enforcar assassinos. Se fosse por ele, o homem que o matou iria ficar pendurado com uma corda no pescoço."

"E ele falava sobre isso com você?"

"Ele defendia seus pontos de vista."

"Ele mantinha contato com alguma organização de direita?"

"Como eu haveria de saber?"

"Se você sabe de uma coisa, pode saber de outra. Responda à pergunta!"

"Não sei."

"Não tinha contato com neonazistas?"

"Não tenho a mínima ideia."

"Ele era neonazista?"

"Não sei nada sobre eles. Só sei que ele não via a menor diferença entre sociais-democratas e comunistas. O Partido Popular era a opção mais radical que ele podia admitir."

Wallander considerou a descrição que Tyrén fizera de Eriksson. Poeta e ultraconservador, observador de pássaros e defensor da pena de morte.

"Ele lhe falou que tinha algum inimigo?"

"Você já me perguntou isso antes."

"Eu sei. Estou perguntando novamente."

"Ele nunca me disse isso. Mas fechava muito bem suas portas à noite."

"Por quê?"

"Talvez tivesse inimigos."

"Mas você não conhece nenhum?"

"Não."

"Ele lhe disse por que talvez tivesse inimigos?"

"Ele nunca falou que tinha inimigos. Quantas vezes tenho de lhe dizer isso?"

Wallander levantou a mão em sinal de advertência.

"Se eu quiser, posso fazer a mesma pergunta a você pelos próximos cinco anos. Não tinha inimigos? Mas fechava bem as portas à noite?"

"Isso mesmo."

"Como você sabe?"

"Ele me disse. De que outra forma eu haveria de saber? Eu não pegava o carro para ir testar as portas dele à noite! Hoje em dia não se pode confiar em mais ninguém na Suécia. Foi isso o que ele disse."

Wallander resolveu encerrar a entrevista por aquele dia. Logo voltaria a procurá-lo. Tinha a impressão de que Tyrén sabia mais do que estava contando, mas queria agir com prudência. Não queria assustá-lo demais.

"Por enquanto, é só", disse Wallander.

"Por enquanto? Isso significa que terei de voltar aqui? Quando vou ter tempo de fazer meu trabalho?"

"Manteremos contato. Obrigado por ter vindo", disse Wallander, pondo-se de pé. Estendeu a mão.

A cortesia surpreendeu Tyrén. Ele tem um aperto de mão muito forte, pensou Wallander.

"Acho que você sabe encontrar a saída."

Depois que Tyrén foi embora, Wallander ligou para Hansson, que atendeu imediatamente.

"Sven Tyrén", disse ele. "O motorista de caminhão. Aquele que você achava que esteve envolvido num assalto, lembra-se?"

"Sim."

"Veja o que consegue descobrir sobre ele."

"É urgente?"

"Não mais que todo o resto, mas também não menos."

Hansson disse que cuidaria do assunto.

Eram dez da manhã. Wallander tomou um pouco de café e escreveu um relatório sobre sua conversa com Tyrén. Na próxima reunião da equipe, discutiriam o assunto em detalhes. Wallander estava convencido de que era importante.

Quando fechou o caderno, descobriu a anotação que sempre esquecia de devolver a Svedberg. Ele o faria naquele momento, antes que se envolvesse com alguma outra coisa. Pegou a folha de papel e saiu da sala, mas logo que entrou no corredor ouviu seu telefone tocar. Hesitou por um segundo, então voltou e atendeu.

Era Gertrud. Estava chorando.

"Você tem de vir para cá imediatamente", disse ela.
Wallander sentiu um calafrio.
"O que aconteceu?", perguntou ele.
"Seu pai morreu. Está caído no escritório no meio de seus quadros."

12

O pai de Kurt Wallander foi enterrado no cemitério de Ystad em 11 de outubro. Foi um dia de fortes aguaceiros e ventanias, com aberturas de sol de vez em quando. Wallander sentia-se incapaz de se conformar com o que tinha acontecido. A incredulidade tomou conta dele logo que desligou o telefone. A morte do pai era impensável. Não agora, logo depois de sua viagem a Roma. Não quando eles tinham recuperado a proximidade perdida havia anos.

Wallander saiu da delegacia sem falar com ninguém, convencido de que Gertrud estava enganada. Chegou em Löderup e correu para o ateliê do pai. Ele jazia de bruços na frente do quadro que estava pintando. Estava de olhos fechados e segurava firme o pincel que usara para aplicar pequenas manchas brancas na plumagem do galo silvestre. O pai estava terminando a pintura em que estivera trabalhando no dia anterior, quando fizeram a caminhada na praia de Sandhammaren. A morte viera de repente.

Mais tarde, quando Gertrud estava calma o bastante para falar coerentemente, contou-lhe que o pai tomara o café da manhã como de costume. Tudo estava normal. Às seis e meia ele foi para o ateliê. Como não voltou à cozinha às dez da manhã para tomar um café, ela foi lembrá-lo. Mas então ele já estava morto. Ocorreu a Wallander que, independentemente do momento em que a morte vem, ela despedaça tudo. A morte sempre chega na hora errada — alguma coisa fica por fazer.

Esperaram a ambulância. Gertrud levantou-se e segurou o braço dele com força. Wallander estava completamente vazio por dentro. Não sentia absolutamente nada, apenas a vaga sensação de que aquilo não era justo. Nem conseguia lamentar a morte do pai.

Wallander conhecia o motorista da ambulância. O nome dele era Prytz, e percebeu imediatamente que se tratava do pai de Wallander.

"Ele não estava doente", disse Wallander. "Ontem saímos e demos uma caminhada na praia. Disse que não estava se sentindo muito bem, só isso."

"Provavelmente foi um ataque do coração", disse Prytz em tom compassivo. "É o que parece."

Mais tarde, o médico disse a mesma coisa a Wallander. Foi muito rápido. O pai não deve ter se dado conta de que estava morrendo. Um vaso sanguíneo estourou em seu cérebro. Quanto a Gertrud, o sofrimento e o choque mesclavam-se com alívio pelo fato de ter acontecido tão depressa; pelo fato de ele ter sido poupado de um lento mergulho na confusão de uma terra de ninguém.

Os pensamentos de Wallander eram totalmente diferentes. Ao morrer, o pai estava sozinho. Ninguém devia estar sozinho em seus momentos finais. Sentia-se culpado por não ter dado mais atenção à queixa do pai. Era alguma coisa que talvez indicasse a iminência de um ataque cardíaco ou de um derrame cerebral. Mas ainda pior era o fato de ter acontecido justamente naquela altura. Ainda que o pai tivesse oitenta anos, era cedo para morrer. Podia ter acontecido mais tarde. Não agora. Não daquela maneira. Wallander tentou ressuscitar o pai, mas não havia nada a fazer. O galo silvestre nunca acabaria de ser pintado.

No meio do caos que a morte sempre cria, Wallander manteve a capacidade de agir calma e racionalmente. Gertrud foi na ambulância. Wallander se deixou ficar no ateliê, imerso no silêncio e no cheiro de terebintina, e chorou ao pensar que o pai detestaria deixar o galo silvestre incompleto. Como um gesto em direção à invisível fronteira entre a vida e a morte, Wallander pegou o pincel e pintou os dois pontos brancos que faltavam na plumagem do galo silvestre. Era a primeira vez na vida que tocava com um pincel numa pintura do pai. Então limpou o pincel e o pôs junto com os outros num velho frasco de geleia.

Voltou para a casa e ligou para Ebba. Ela ficou chocada e triste, e Wallander percebeu que mal conseguia falar. Com dificuldade, pediu a ela que contasse aos colegas o que tinha acontecido. Deviam continuar sem ele. Só tinham de mantê-lo informado caso acontecesse algo de importante na investigação. Não voltaria ao trabalho naquele dia. E não sabia o que faria no dia seguinte.

Em seguida ligou para sua irmã Kristina e deu a notícia. Conversaram por um bom tempo. Ao que parecia, ela já se preparara para a possibilidade de o pai morrer subitamente. Disse que iria ajudá-lo a localizar Linda, visto que ele não tinha o telefone do restaurante onde ela trabalhava.

Finalmente, ligou para a loja de produtos de beleza de Malmö, onde Mona trabalhava. Ela ficou surpresa com o telefonema, e a princípio pensou que tinha acontecido alguma coisa com Linda. Quando Wallander deu a notícia da morte do pai, percebeu que ela ficou um tanto aliviada. Aquilo lhe deu raiva, mas ele não fez nenhum comentário. Sabia que Mona e o pai se davam bem. Era bastante natural que ela se preocupasse com Linda. Lembrou-se da manhã em que o *Estonia* naufragou.

"Eu sei o que você está sentindo", disse ela. "Durante toda a sua vida, você temeu esse momento."

"Tínhamos tanto a conversar", respondeu ele. "Finalmente nos olhávamos nos olhos. E agora é tarde demais."

"É sempre tarde demais", disse ela.

Ela prometeu comparecer ao funeral e ajudar, caso ele precisasse. Depois que desligaram, Wallander teve uma sensação de vazio. Ligou para o número de Baiba, em Riga, mas ela não atendeu. Tornou a ligar várias vezes, mas ela não estava em casa.

Voltou ao ateliê e sentou-se no velho trenó em que

seu pai costumava sentar, uma xícara de café na mão. Começara a chover novamente. Wallander se sentia sozinho, com medo da própria morte. O ateliê se transformara numa cripta. Levantou-se mais que depressa e voltou para a cozinha. O telefone tocou. Era Linda, e estava chorando. Wallander se pôs a chorar também. Ela queria vir o mais cedo possível. Wallander perguntou se podia ligar para seu patrão e falar com ele, mas Linda já tinha conseguido alguns dias de licença. Tomaria um ônibus para Arlanda e tentaria pegar um avião na mesma tarde. Ele se ofereceu para pegá-la no aeroporto, mas ela disse que fizesse companhia a Gertrud. Iria sozinha a Ystad, e de lá até Löderup.

Naquela noite, reuniram-se na casa em Löderup. Gertrud estava muito calma. Começaram a discutir os preparativos do funeral. Wallander duvidava que o pai quisesse uma cerimônia religiosa, mas deixou que Gertrud decidisse essa questão. Afinal de contas, ela era a viúva.

"Ele nunca falava sobre a morte", disse ela. "Eu não saberia dizer se ele tinha medo dela ou não. Nunca disse onde queria ser enterrado. Mas quero a presença de um pároco."

Concordaram que seria no cemitério de Ystad. Um funeral simples. O pai não tinha muitos amigos. Linda disse que leria um poema, Wallander concordou que não faria nenhum discurso, e escolheram o hino que iriam cantar: "A Terra é Maravilhosa".

Kristina chegou no dia seguinte. Ela ficou com Gertrud, e Linda com Wallander. Foi um período no qual a morte os reuniu. Kristina disse que, agora que o pai falecera, os dois seriam os próximos. Wallander sentia o tempo todo que seu medo da morte aumentava, mas não tocava no assunto. Com ninguém. Nem com Linda, nem mesmo com sua irmã. Talvez pudesse algum dia conversar com Baiba. Ela ficou muito abalada quando ele finalmente conseguiu contatá-la e dar a notícia. Conversaram por quase uma hora. Ela falou do que sentira quando o pai morreu, dez anos atrás, e falou também do que sentiu quando seu marido foi assassinado. Depois disso, Wallander se sentiu reconfortado. Ela estava lá e não iria embora.

No dia em que o obituário foi publicado no *Ystad's Allehanda*, Sten Widén ligou de seu haras nas cercanias de Skurup. Já fazia alguns anos que Wallander não falava com ele. Haviam sido amigos íntimos. Partilhavam o gosto por ópera e tinham grandes expectativas em relação ao futuro juntos. Widén tinha uma bela voz, e Wallander seria seu empresário. Mas tudo mudou quando o pai de Widén morreu de repente e ele foi obrigado a assumir o comando do haras, onde treinavam cavalos de corrida. Wallander se tornou policial, e aos poucos eles se afastaram. Depois da conversa, Wallander se perguntou se Widén ao menos conhecera seu pai. Mas se sentiu grato pela ligação. Alguém fora do círculo familiar não se esquecera dele.

Em meio a isso tudo, Wallander tinha de se forçar a continuar suas funções de policial. No dia seguinte ao da morte do pai, terça-feira, 4 de outubro, voltou à delegacia de polícia, depois de passar a noite em claro no apartamento. Linda dormiu em seu velho quarto. Mona também viera visitá-los na noite anterior e até trouxera o jantar, tentando distraí-los da morte do velho por algum tempo. Pela primeira vez depois do divórcio devastador, Wallander sentiu que finalmente seu casamento estava acabado. De alguma forma, a morte do pai lhe mostrara que a vida que havia levado com Mona se encerrara para sempre.

Apesar de dormir mal durante toda a semana que precedeu o funeral, passou aos colegas a impressão de estar no comando da situação. Deram-lhe os pêsames, e Wallander agradeceu. Quando a chefe Holgersson chamou-o de parte no corredor e sugeriu que tirasse uma licença, ele recusou: o trabalho mitigava sua dor.

A investigação se arrastou durante a semana anterior ao funeral. O outro caso que os ocupava, sempre eclipsado pelo assassinato de Eriksson, era o desaparecimento de Runfeldt. Tinha sumido sem deixar vestígios. Nenhum detetive acreditava que havia uma explicação normal. Por outro lado, não tinham conseguido descobrir nenhuma relação entre Eriksson e Runfeldt. A única coisa que parecia perfeitamente clara sobre Runfeldt era a grande paixão de sua vida por orquídeas.

"Nós devemos investigar um pouco a morte da mulher dele", disse Wallander numa das reuniões da equipe de investigação. Höglund disse que se encarregaria disso.

"E quanto ao serviço de reembolso postal em Borås?", perguntou Wallander mais tarde. "Em que pé a coisa está? O que dizem nossos colegas de lá?"

"Foram investigar o caso imediatamente", disse Svedberg. "Obviamente, não foi a primeira vez que a empresa se envolveu em importação ilegal de aparelhos de escuta. Segundo a polícia de Borås, a empresa aparecia, depois sumia, para reaparecer em seguida com um novo nome e um novo endereço. Às vezes até com outros proprietários. Já fizeram alguns progressos quanto a isso. Estamos esperando um relatório por escrito."

"O mais importante é descobrir se Runfeldt algum dia comprou mais alguma coisa deles", disse Wallander. "O resto agora não nos diz respeito diretamente."

"Sua primeira lista de clientes é incompleta, para dizer o mínimo. Mas a polícia de Borås encontrou equipamentos sofisticadíssimos e proibidos nas dependências da empresa. Tem-se a impressão de que Runfeldt bem podia ser um espião."

Wallander refletiu por um instante sobre aquilo.

"Por que não?", disse ele finalmente. "Não podemos descartar nada. Ele devia ter seus motivos para comprar o material."

Tinham procurado Harald Berggren, mas não acharam o menor traço dele. O museu de Estocolmo confirmou que a cabeça reduzida era mesmo humana, provavelmente procedente do Congo. Até aí, tudo bem. Mas quem era o tal Berggren? Já tinham conversado com pessoas que conheceram Eriksson em diferentes períodos da vida, mas nenhuma delas jamais o ouviu falar de Berggren. Tampouco havia notícia de que ele mantinha contato com o submundo no qual os mercenários se moviam como ratos ariscos e assinavam seus contratos com mensageiros do Diabo. Foi Wallander quem teve a ideia que pôs novamente a investigação em movimento.

"Há um bocado de mistério em volta de Eriksson", disse ele. "Principalmente o fato de não existir uma mulher em sua vida. Nunca. Isso fez com que me perguntasse se havia uma relação homossexual entre Eriksson e esse tal de Harald Berggren. No diário de Berggren também não havia mulheres."

Houve um silêncio na sala de reuniões. Ninguém parecia ter considerado essa possibilidade.

"Parece meio estranho que homossexuais escolham uma atividade de macho, como essa de soldados", disse Höglund.

"De modo algum", respondeu Wallander. "Não é raro homossexuais se tornarem soldados. Fazem isso para esconder sua preferência sexual. Ou para ficar perto de outros homens."

Martinsson examinou a foto dos três homens.

"Tenho a impressão de que você está certo", disse ele. "Esses homens têm algo de feminino."

"O quê, por exemplo?", perguntou Höglund.

"Não sei", disse Martinsson. "Talvez a forma como se encostam no ninho de cupins. Ou seria o cabelo deles?"

"Não adianta nada ficar aqui fazendo conjecturas", interveio Wallander. "Estou apenas apontando uma outra possibilidade. Devemos ter isso em mente, assim como tudo mais."

"Em outras palavras, estamos procurando um mercenário gay", disse Martinsson duramente. "Onde poderíamos achar um tipo como esse?"

"Não é exatamente isso que estamos fazendo", disse Wallander. "Mas temos de considerar essa possibilidade junto com tudo mais."

"Ninguém com quem falei até agora nem ao menos chegou a insinuar que Eriksson talvez fosse gay", disse Hansson, que até então estivera calado.

"Não se trata de uma coisa de que as pessoas falem abertamente", disse Wallander. "Pelo menos o pessoal da velha geração. Se Eriksson era gay, então poderia se lembrar da época em que se usava de chantagem contra homossexuais neste país."

"Quer dizer então que temos de começar a perguntar às pessoas se Eriksson era homossexual?", perguntou Svedberg.

"Vocês têm de decidir sobre como devem agir", disse Wallander. "Nem ao menos sei se é a pista certa, mas não devemos descartar essa possibilidade."

Era como se de repente eles tivessem entendido que não havia nada simples ou de fácil compreensão no assassinato de Holger Eriksson.

Estavam lidando com um — talvez mais de um — assassino esperto, e era possível que o motivo do assassinato estivesse escondido num passado bem distante de seu ângulo de visão.

Continuaram o trabalho penoso. Repassaram tudo o que sabiam sobre a vida de Eriksson. Svedberg passou longas noites lendo atentamente os livros de poemas que Eriksson publicara. No final, pensou que ia enlouquecer se continuasse a ler sobre as complexidades espirituais do mundo dos pássaros, mas não conseguira descobrir nada do que se passava no íntimo de Eriksson.

Martinsson levou sua filha Terese para Falsterbo Point numa tarde ventosa e deu uma volta conversando com observadores de pássaros que esticavam o pescoço e fitavam as nuvens cinzentas. A única coisa que conseguiu — afora o tempo que passara com a filha, que queria ser bióloga de campo — foi saber que na noite em que Eriksson foi assassinado bandos enormes de melros de asas vermelhas partiram da Suécia. Martinsson conversou com Svedberg, que afirmou não existir nenhum poema sobre melros de asas vermelhas nos livros de Eriksson.

"Por outro lado, há três longos poemas sobre a narceja única", disse Svedberg, hesitante. "Existe uma narceja dupla?"

Martinsson não sabia. A investigação continuou.

Chegou o dia do funeral. Todos estavam no cemitério. Alguns dias antes, Wallander soube, para sua surpresa, que uma sacerdotisa iria oficiar os funerais. Ele a conhecera numa ocasião memorável, no verão. Depois ficou satisfeito ao saber que se tratava dela; suas palavras foram simples, sem nada de sentimentalismos. No dia anterior, ela ligou para saber se seu pai era religioso. Wallander respondeu que não. Em compensação, falou de seus quadros e da semana que passaram em Roma. O funeral não foi tão insuportável quanto Wallander temia. O caixão era de madeira escura com enfeites simples de rosas. Foi Linda quem deixou transparecer suas emoções mais abertamente. Ninguém duvidava de que sua dor era verdadeira. Com certeza era quem mais sentiria a falta dele.

Depois da cerimônia, foram para Löderup. Wallander sentiu-se aliviado quando a cerimônia se encerrou. Como iria reagir depois, não tinha a menor ideia. Pertencia a uma geração muito pouco preparada para aceitar que a morte estava sempre à espreita, pensou. Para ele, isso era ainda mais intenso pelo fato de tantas vezes ter de lidar com gente morta em seu trabalho.

Na noite do funeral, ele e Linda ficaram conversando durante horas. Ela ia voltar para Estocolmo, logo cedo, na manhã seguinte. Hesitante, Wallander perguntou se ela passaria a visitá-lo menos, agora que seu avô se fora, mas Linda prometeu visitá-lo mais frequentemente. Por sua vez, Wallander prometeu que não descuidaria de Gertrud.

Naquela noite, quando foi dormir, sentiu que era tempo de voltar ao trabalho com toda energia. Por uma semana, ficou aturdido. Só depois de pôr uma certa distância entre ele próprio e a morte súbita do pai é que poderia começar a aceitá-la. Não havia outra maneira.

Nunca descobri por que ele não queria que eu me tornasse policial, pensou antes de ir para a cama. Agora, nunca vou saber. Se existir um mundo espiritual, o que duvido, então meu pai e Rydberg podem fazer companhia um ao outro. Ainda que tivessem se encontrado muito raramente em vida, haveriam de ter muito que conversar.

Ela fizera um cronograma exato e detalhado das últimas horas de Runfeldt. Agora estava tão fraco que não conseguiria opor nenhuma resistência. Ela quebrara-lhe as forças. *O verme escondido na flor pressagia sua morte*, pensou ao abrir a porta da casa em Vollsjö. De acordo com seu cronograma, devia chegar às quatro da tarde. Estava adiantada três minutos. Teria de esperar até anoitecer. Então o tiraria do forno. Por segurança, ela o algemaria. E lhe poria uma mordaça. Mas nada nos olhos. Ainda que ele fosse ter problemas com a luz, depois de tantos dias na mais negra escuridão. Queria que ele a visse. E então mostraria as fotografias. As fotos que o fariam entender.

Havia alguns fatores, que ela não podia ignorar completamente, capazes de atrapalhar seus planos. Um era o risco de ele estar fraco demais para se pôr de pé, por isso ela trouxe um carrinho de bagagem da Estação Central de Malmö. Ninguém a vira pegar. Poderia usá-lo para levar o homem para o carro, caso fosse necessário.

O resto do cronograma era absolutamente simples. Logo antes das nove da noite, ela o levaria para o bosque. Iria amarrá-lo a uma árvore que já escolhera e mostraria as fotografias.

Então o estrangularia e o deixaria ali mesmo. Estaria em casa, em sua cama, antes da meia-noite. Seu despertador tocaria às cinco e quinze, e às sete e quinze ela estaria no trabalho.

O cronograma era perfeito. Nada podia dar errado. Sentou-se numa cadeira e olhou o forno, que avultava como um altar sacrificial no meio do salão. Minha mãe haveria de entender, pensou ela. Se ninguém faz, não acontece. O mal deve ser combatido com o mal. Onde não há justiça, ela precisa ser criada.

Tirou o cronograma do bolso e consultou o relógio. Dentro de três horas e quinze minutos Gösta Runfeldt haveria de morrer.

Lars Olsson não estava muito disposto a treinar na noite de 11 de outubro. Ele se perguntava se devia sair para fazer sua corrida ou desistir. Não é que se sentisse cansado: havia um filme na TV que ele queria ver. Afinal resolveu fazer a corrida depois do filme, ainda que fosse tarde.

Olsson morava numa chácara perto de Svarte. Nascera lá e ainda vivia com os pais, embora tivesse mais de trinta anos. Era coproprietário de uma escavadeira e era quem mais sabia manejá-la. Naquela semana estava ocupado em cavar um fosso para um novo sistema de drenagem numa fazenda de Shårby. Além disso, tinha grande prazer em excursionar em matas. Vivia para o prazer de correr pelas florestas da Suécia. Corria para uma equipe de Malmö que se preparava para um certame noturno, a ser disputado em nível nacional. Muitas vezes se perguntara por que dedicava tanto tempo a isso. Para que servia correr pelas florestas, muitas vezes frias e úmidas, o corpo doendo, com um mapa e uma bússola? Será que valia a pena passar a vida fazendo aquilo? Mas sabia que era um excelente corredor nessa modalidade. Tinha bom senso de orientação, além de velocidade e resistência.

Assistiu ao filme na TV, que não foi tão bom quanto esperava. Logo depois das onze da noite, começou a correr em direção aos bosques ao norte da fazenda, nas cercanias dos extensos campos de Marsvinsholm. Podia optar por correr cinco ou oito quilômetros, dependendo do caminho que escolhesse. Naquela noite se decidiu pelo caminho mais curto. Ajustou a lanterna de corrida na cabeça e partiu. Chovera naquele dia, chuvas pesadas seguidas de aberturas de sol. Sentindo o cheiro úmido da terra, correu ao longo do caminho, internando-se no bosque. Os troncos das árvores brilhavam na noite à luz de sua lanterna. Na parte mais densa do bosque, havia um pequeno regato. Se se mantivesse perto dele, seguiria um bom atalho. Optou por isso, saiu do caminho e subiu correndo uma pequena colina.

De repente, estacou. Viu alguém sob a luz de sua lanterna. A princípio, não conseguiu entender o que estava vendo. Então se deu conta de que havia um homem seminu amarrado a uma árvore à sua frente. Absolutamente imóvel, Olsson começou a arquejar, sentindo muito medo. Deu uma rápida olhada em volta. A lanterna banhou em sua luz árvores e moitas, mas não havia ninguém mais por ali. Com todo cuidado, avançou alguns passos. O homem estava pendurado nas cordas amarradas em volta do corpo.

Ele precisou se aproximar mais. Dava para perceber que o homem estava morto. Sem saber exatamente por quê, consultou o relógio. Eram onze e dezenove da noite.

Olsson deu meia-volta e correu para casa. Nunca correra tão rápido em toda a sua vida. Sem nem ao menos se dar ao trabalho de tirar a lanterna da cabeça, ligou para a polícia de Ystad. O agente que atendeu ouviu atentamente, e então, sem hesitar, digitou o nome de Kurt Wallander no computador e ligou para o número do telefone de sua casa.

SKÅNE
12-17 DE OUTUBRO DE 1994

13

Wallander estava acordado pensando no pai e em Rydberg jazendo no mesmo cemitério quando o telefone da mesinha de cabeceira tocou. Pegou o fone antes que o barulho acordasse Linda. Com uma sensação de crescente desamparo, ouviu o que o policial de plantão tinha a dizer. A informação ainda era um tanto vaga. Os policiais ainda não tinham chegado ao bosque ao sul de Marsvinsholm. O corredor podia estar enganado, mas não era provável. O policial achou que o homem parecia bastante lúcido, ainda que estivesse ofegante e assustado. Wallander disse que iria lá imediatamente. Vestiu-se fazendo o mínimo de ruído possível, mas Linda, de camisola, foi até a cozinha, onde ele escrevia um bilhete.

"O que aconteceu?", perguntou ela.

"Acharam o corpo de um homem no bosque", respondeu ele. "Por isso me chamaram."

Ela balançou a cabeça.

"Você não sente medo?"

"Por que haveria de sentir medo?"

"Com toda essa gente que está morrendo."

Ele antes intuiu que entendeu o que ela estava tentando dizer.

"Não posso. É meu trabalho. Alguém tem de cuidar disso."

Prometeu voltar a tempo de levá-la ao aeroporto de manhã.

Só quando estava a caminho de Marsvinsholm lhe ocorreu que o homem encontrado no bosque podia ser Gösta Runfeldt. Acabara de deixar a cidade para trás quando o celular tocou. Agentes da polícia confirmaram a veracidade do depoimento.

"Ele já foi identificado?", perguntou Wallander.

"Não. Parece que estava quase sem roupas. É uma coisa feia."

Wallander sentiu o estômago embrulhar, mas não disse nada.

"Vão se encontrar com você no cruzamento. Pegue a primeira saída para Marsvinsholm."

Wallander desligou o celular e acelerou, temendo a visão que o esperava.

Viu o carro da radiopatrulha à distância, diminuiu a velocidade e parou. Havia um agente fora do carro. Reconheceu Peters. Wallander abaixou o vidro da janela e lhe lançou um olhar interrogativo.

"Não é nada bonito de ver", disse Peters.

Wallander sabia o que aquilo significava. Peters tinha muita experiência e não usaria aquelas palavras à toa.

"Ele já foi identificado?"

"Está quase nu. Vá e veja você mesmo."

"E o homem que o encontrou?"

"Também está lá."

Peters voltou ao seu carro. Wallander o seguiu no seu. Chegaram a uma clareira. A estrada terminava perto dos remanescentes da operação de limpeza do terreno.

"Nesse último trecho temos de andar", disse Peters.

Wallander tirou as botas de borracha do porta-malas do carro. Peters e seu parceiro, um jovem agente chamado Bergman praticamente desconhecido de Wallander, tinham trazido potentes lanternas. Eles seguiram, colina acima, por um caminho que ia dar num pequeno regato. Havia um forte cheiro de outono no ar. Wallander achou que devia ter trazido um blusão mais pesado. Se tivesse de passar a noite na mata, iria pegar um resfriado.

"Estamos quase chegando", disse Peters.

Wallander sabia que o outro dissera isso para que ele se preparasse. Ainda assim, a visão que o esperava tomou-o de surpresa. As duas lanternas iluminaram com uma precisão macabra um homem que estava pendurado seminu, amarrado a uma árvore. Os raios de luz tremiam. Wallander ficou absolutamente imóvel e calado. Ali perto, um pássaro noturno cantou. Avançou com todo cuidado. Peters iluminou o caminho para que Wallander visse onde estava pisando. A cabeça do homem e o tronco estavam tombados para a frente. Wallander se pôs de joelhos para olhar seu rosto e confirmou o que já suspeitava. Embora as fotografias que vira no apartamento de Runfeldt fossem muito antigas, não havia dúvida de que era ele. Agora sabiam o que tinha acontecido.

Wallander pôs-se de pé e deu um passo atrás. Tampouco havia sombra de dúvida sobre outra coisa. Existia uma relação entre Eriksson e Runfeldt. A linguagem do assassino era a mesma, ainda que a escolha do vocabulário fosse diferente. Uma armadilha para predadores e uma árvore. Simplesmente não podia ser coincidência.

Voltou-se para Peters. "Chame a equipe", disse ele.

Peters fez que sim. Wallander descobriu que deixara o celular no carro. Pediu a Bergman que o trouxesse, e também a lanterna no porta-luvas.

"Onde está o homem que o encontrou?", perguntou ele.

Peters apontou a lanterna para um lado. Numa pedra estava sentado um homem em trajes esportivos, o rosto enterrado nas mãos.

"O nome dele é Lars Olsson", disse Peters. "Mora numa chácara perto daqui."

"Ele gosta de corridas na floresta", acrescentou Peters, entregando-lhe a lanterna.

Wallander aproximou-se do homem, que levantou os olhos depressa, tão logo a luz da lanterna o atingiu. Estava muito pálido. Wallander se apresentou e sentou-se ao lado dele na pedra, tremendo involuntariamente.

"Quer dizer que foi você que o encontrou?"

Olsson contou a história a Wallander. Sobre um filme ruim na TV e sobre a corrida que costumava fazer para treinar; contou que resolveu tomar um atalho e que avistou o homem sob a luz de sua lanterna.

"Você informou a hora exata", disse Wallander, lembrando-se do que o agente lhe contara.

"Consultei meu relógio", respondeu Olsson. "Tenho esse hábito — ou antes, um mau hábito. Quando acontece alguma coisa importante, consulto meu relógio de pulso. Se pudesse, teria olhado o relógio quando nasci."

Wallander lhe deu um sorriso.

"Quer dizer que você corre até aqui quase todas as noites."

"Eu corri para cá na noite passada, porém mais cedo. Costumo fazer dois trajetos. Primeiro o mais longo, depois o mais curto. Então peguei um atalho."

"Que horas eram?"

"Entre nove e meia e dez da noite."

"E então você não viu nada?"

"Não."

"Será que ele podia estar aqui junto da árvore, sem que você o tivesse visto?"

Olsson pensou um instante e balançou a cabeça.

"Sempre passo perto dessa árvore. Eu o teria visto."

Wallander levantou-se da pedra. Lanternas aproximavam-se por entre as árvores.

"Quem seria capaz de fazer uma coisa dessas?", perguntou Olsson.

"É isso que estou me perguntando", respondeu Wallander.

Enquanto Bergman anotava o nome do homem e o número do telefone, Peters falava com a delegacia. Wallander respirou fundo e se aproximou do homem que pendia das cordas. Surpreendeu-o o fato de que não pensava de modo algum em seu pai, agora que estava na presença da morte. Mas lá no fundo sabia por quê. Ele a testemunhara muita vezes antes. As pessoas mortas não estão simplesmente mortas, não lhes resta nada de humano. Depois de passada a primeira onda de dor, é como se aproximar de qualquer outro objeto sem vida.

Wallander apalpou com cuidado a nuca de Runfeldt. Todo o calor do corpo se fora. Tentar apontar a hora da morte ao ar livre era difícil. Wallander olhou para o peito nu do homem. Tampouco a cor da pele revelava há quanto tempo ele estava ali nas cordas. Wallander apontou a lanterna para a garganta de Runfeldt e viu arranhões, o que poderia indicar que ele fora enforcado. Em seguida examinou as cordas. Envolviam-lhe o corpo das coxas às costelas. Os nós eram simples, e as cordas não estavam muito bem apertadas. Isso o surpreendeu.

Recuou um passo e apontou a lanterna para o corpo inteiro. Então andou em volta da árvore, tendo o cuidado de ver onde pisava. Deu apenas uma volta. Imaginou que Peters dissera a Bergman para não ficar andando por ali desnecessariamente. Peters ainda estava falando ao telefone. Wallander precisava de outro casaco. Sabia que devia ter sempre um sobressalente no carro. Aquela seria uma noite longa.

Tentou imaginar a sequência dos acontecimentos. As cordas frouxas o punham nervoso. Pensou em Eriksson. O assassinato de Runfeldt devia trazer a solução. Quando fossem retomar a investigação, deviam desenvolver uma visão dupla. As pistas apontariam para duas direções diferentes ao mesmo tempo. Isso poderia aumentar-lhes a confusão e tornar o panorama da investigação cada vez mais difícil de definir.

Por um instante, Wallander desligou a lanterna e ficou pensando em meio à escuridão. Peters continuava falando ao telefone. Bergman mantinha-se imóvel ao seu lado. Gösta Runfeldt pendia morto em suas cordas frouxas. Temos aqui um começo, um meio ou um fim?, perguntava-se Wallander. Será que temos nas mãos outro *serial killer*? E uma cadeia de eventos ainda mais difícil de desvendar que a do verão passado? Não sabia responder. Era muito cedo, cedo demais.

Ouviu motores ao longe. Peters foi ao encontro dos veículos de emergência que se aproximavam. Wallander pensou em Linda e torceu para que estivesse dormindo. O que quer que acontecesse, iria levá-la ao aeroporto na manhã seguinte. De repente uma grande vaga de pesar por seu pai se apossou dele. Sentia saudades de Baiba. E estava exausto. Sentia-se consumido. Toda a energia que sentira ao voltar de Roma se esgotara. Não sobrou nada.

Obrigou-se a afastar esses pensamentos sombrios. Martinsson e Hansson avançavam penosamente por entre as árvores, seguidos por Höglund e Nyberg. Atrás deles vinham a ambulância e os técnicos forenses. Depois, Svedberg, e finalmente um médico. Davam a impressão de uma caravana mal organizada que foi parar no lugar errado. Wallander pôs-se a reunir os colegas mais próximos à sua volta, num círculo. Um holofote alimentado por um gerador portátil já lançava sua luz fantasmagórica sobre o homem preso à árvore. Wallander não pôde deixar de lembrar a experiência macabra que tiveram à beira do fosso na propriedade de Eriksson. A coisa se repetia. O ambiente era diferente, mas ao mesmo tempo igual. Os objetivos do assassino estavam relacionados.

"É Gösta Runfeldt", disse Wallander. "Temos de acordar Vanja Andersson e trazê-la aqui o mais rápido possível, para fazer a identificação. Podemos esperar até tirá-lo da árvore. Ela não precisa ver isso."

Contou como Runfeldt fora encontrado.

"Ficou desaparecido por quase três semanas", continuou Wallander. "Mas, se não estou enganado, e se Lars Olsson estiver certo, morreu há menos de vinte e quatro horas. Pelo menos não ficou amarrado a essa árvore por mais tempo. Portanto, onde é que estava durante todo esse tempo? Não acredito que seja uma coincidência. Só pode ser o mesmo assassino. Temos de descobrir o que esses dois homens têm em comum. Portanto, temos três investigações: Eriksson, Runfeldt e os dois juntos."

"E se não conseguirmos estabelecer nenhuma relação?", perguntou Svedberg.

"Vamos conseguir", respondeu Wallander firmemente. "Mais cedo ou mais tarde. O planejamento desses dois assassinatos parece excluir a possibilidade de que as vítimas foram escolhidas ao acaso. Ambos foram mortos com um determinado objetivo, por razões específicas."

"Gösta Runfeldt não podia ser homossexual", disse Martinsson. "Era casado e tinha dois filhos."

"Quem sabe fosse bissexual", disse Wallander. "Mas é cedo demais para esses questionamentos. Temos coisas mais urgentes a fazer."

O círculo se desfez. Não levaram muito tempo para organizar o trabalho. Wallander foi conversar com Nyberg, que estava esperando o médico terminar seu trabalho.

"Quer dizer que a coisa se repetiu", disse Nyberg numa voz cansada.

"Sim", disse Wallander. "E temos de passar por isso mais uma vez."

"Ainda ontem resolvi tirar umas semanas de folga", disse Nyberg. "Logo que descobríssemos o assassino de Eriksson. Pensei que poderia ir às ilhas Canárias. Nada muito imaginativo, porém mais quente."

Nyberg raramente falava de assuntos pessoais. Wallander notou que ele estava exausto. Sua carga de trabalho era algo insano. Wallander resolveu tocar no assunto com a chefe Holgersson. Não podiam ficar explorando indefinidamente a dedicação de Nyberg. Foi então que viu que a chefe acabara de chegar e conversava com Hansson e Höglund. Também estava sobrecarregada, pensou Wallander. Com esse segundo assassinato, a mídia teria com que se fartar. Seu antecessor, Björk, não conseguia trabalhar sob pressão. Agora veriam se ela era capaz disso.

Wallander sabia que Holgersson era casada com um homem que trabalhava para uma empresa de exportação de computadores. Tinham dois filhos crescidos e haviam comprado uma casa em Hedeskoga, ao norte de Ystad. Wallander esperava que o marido dela lhe desse muito apoio. Ela iria precisar disso.

O médico se pôs de pé. Wallander já o conhecia, mas não conseguia lembrar seu nome.

"Ao que parece, ele foi estrangulado", disse o médico.

"Não enforcado?"

O médico estendeu as mãos.

"Estrangulado com mãos nuas", disse ele. "A pressão se distribui de forma diferente quando se usa uma corda. Dá para ver nitidamente as marcas dos polegares."

Um homem forte, pensou Wallander imediatamente. Uma pessoa em boa forma física, que não tem escrúpulos em matar com as mãos nuas.

"Há quanto tempo?", perguntou ele.

"É impossível dizer ao certo. Nas últimas vinte e quatro horas, não mais que isso. Vamos ter de esperar o relatório do patologista."

"Podemos tirá-lo da árvore?"

"Já terminei", disse o médico.

"Então posso começar", murmurou Nyberg.

Höglund postou-se ao lado deles. "Vanja Andersson está aqui. Está esperando no carro ali adiante."

"Como ela recebeu a notícia?", perguntou Wallander.

"É uma maneira terrível de ser acordado, claro, mas tenho a impressão de que ela não se surpreendeu."

Nyberg desamarrara as cordas. O corpo de Runfeldt jazia numa maca.

"Traga-a para cá", disse Wallander. "Depois ela pode ir direto para casa."

Vanja Andersson estava muito pálida. Wallander notou que estava vestida de preto. Ela olhou para o rosto do cadáver, respirou fundo e balançou a cabeça confirmando.

"Você o reconhece como sendo Gösta Runfeldt?", perguntou Wallander. Pensou consigo mesmo o quanto aquilo parecia canhestro.

"Ele está tão magro", murmurou ela.

Wallander apurou os ouvidos. "O que quer dizer com 'magro'?"

"Suas faces estão encovadas. Há três semanas, seu aspecto era outro."

Wallander sabia que a morte podia alterar o rosto de um homem de forma impressionante, mas calculou que Vanja estivesse falando de outra coisa.

"Quer dizer que ele perdeu peso desde a última vez que você o viu?"

"Sim. Emagreceu tremendamente."

Wallander percebeu que aquilo era importante.

"Você não precisa continuar aqui", disse ele. "Vamos levá-la até sua casa."

Ela lhe lançou um olhar de desamparo.

"O que devo fazer com a loja?", perguntou ela. "E com todas as flores?"

"Amanhã você pode deixá-la fechada, não tenho dúvida", respondeu Wallander. "Comece por aí. Não pense no que vai acontecer depois."

Vanja balançou a cabeça em silêncio e deixou que Höglund a levasse embora. Wallander pensou sobre o que ela dissera. Por quase três semanas Runfeldt ficou desaparecido, sem deixar vestígios. Quando reapareceu, amarrado a uma árvore e provavelmente estrangulado, estava inexplicavelmente magro. Wallander sabia o que aquilo significava: cárcere privado.

Ficou parado. Cárcere pode estar relacionado a uma situação de guerra. Soldados fazem prisioneiros.

Foi interrompido quando a chefe Holgersson tropeçou e por pouco não caiu ao se aproximar dele.

"Você está congelando", disse ela.

"Esqueci de trazer um casaco mais pesado", respondeu Wallander. "Tem coisas que a gente nunca aprende."

Ela fez um gesto de cabeça em direção à maca, que estava sendo carregada para a ambulância.

"O que você acha de tudo isso?", perguntou ela.

"O mesmo assassino. Não faria sentido pensar de outra maneira."

"O médico diz que ele foi estrangulado."

"Procuro não tirar conclusões tão apressadas", disse Wallander. "Mas acho que consigo imaginar como a coisa aconteceu. Ele estava vivo ao ser amarrado à árvore. Talvez inconsciente, mas foi estrangulado aqui. E não ofereceu nenhuma resistência."

"Como pode ter certeza disso?"

"As cordas estavam frouxas. Se ele quisesse, poderia se libertar."

"As cordas frouxas não indicariam que tentou se libertar?"

Boa pergunta, pensou Wallander. Lisa Holgersson é uma detetive, sem dúvida.

"Pode ser", respondeu ele. "Mas acho que não, por causa de algo que Vanja Andersson disse. Ele emagreceu tremendamente."

"Não vejo o que tem a ver."

"Devia estar muito fraco."

Ela entendeu.

"Deixaram-no pendendo nas cordas", continuou Wallander. "O assassino não procurou esconder o corpo. É bem parecido com o que aconteceu com Eriksson."

"Por que aqui?", perguntou ela. "Por que amarrar uma pessoa a uma árvore? Por que essa brutalidade?"

"Quando entendermos isso, então saberemos por que aconteceu", disse Wallander.

"Você tem alguma ideia?"

"Tenho um monte de ideias, mas acho que o melhor a fazer agora é deixar que Nyberg e seu pessoal trabalhem em paz. É mais importante fazer uma reunião em Ystad que ficar vagando por aqui e nos cansando. De todo modo, não há nada mais a ver."

Ela não fez objeções. Lá pelas duas da manhã, Nyberg e seus técnicos forenses estavam sozinhos na mata. Começara a chuviscar, e o vento aumentou. Wallander foi o último a deixar a cena do crime.

O que nós sabemos?, perguntou a si mesmo. Como devemos agir? Não temos um motivo nem um suspeito. Só temos um diário que pertencia a um homem chamado Berggren. Um observador de pássaros e um apaixonado por orquídeas que foram assassinados com consumada selvageria.

Tentou se lembrar das palavras de Höglund. Era importante. Algo sobre o mundo masculino de Berggren. Isso o fez pensar num assassino com um background militar. Harald Berggren fora um mercenário. Uma pessoa que não defendia nem seu país nem uma causa. Um homem que matava por um salário mensal, pago em dinheiro frio.

Pelo menos temos um ponto de partida, pensou. Temos de nos agarrar a ele até que desmorone. Foi se despedir de Nyberg.

"Há algo especial que vocês desejam que nós procuremos?", perguntou ele.

"Não, mas procure alguma coisa que tenha a ver com o caso de Eriksson."

"Acho que tudo tem a ver", disse Nyberg. "Só estão faltando as estacas de bambu."

"Quero que tragam cães para cá amanhã cedo", disse Wallander.

"Com certeza ainda estarei aqui", disse Nyberg, em tom sombrio.

"Vou falar com Lisa sobre sua situação de trabalho", disse Wallander, na esperança de que aquilo o animasse um pouco.

"Provavelmente não vai adiantar nada."

"Bem, deixar de tentar também não vai adiantar nada", disse Wallander, encerrando a conversa.

Às três da manhã estavam todos na sala de reuniões. Wallander olhou para os rostos cansados e pálidos em volta da mesa e percebeu que sua principal tarefa era infundir novas forças na equipe de investigação. Sabia, por experiência, que em todas as investigações havia momentos em que se tinha a impressão de que a autoconfiança desaparecera. Daquela vez, esse momento chegou cedo demais.

Poderíamos ter tido um outono calmo, pensou Wallander. O verão nos esgotou. Sentou-se, e Hansson lhe trouxe uma xícara de café.

"Isso não vai ser fácil", começou ele. "Aconteceu o que mais temíamos. Gösta Runfeldt foi assassinado. Ao que parece, pela mesma pessoa que matou Holger Eriksson. Não sabemos o que isso significa e não sabemos se vamos ter mais surpresas desagradáveis. Não sabemos se vai ser algo semelhante ao que tivemos no último verão. Não devíamos traçar paralelo algum além do fato de que se trata da ação do mesmo homem. Existem muitas diferenças entre esses dois crimes. Mais diferenças que semelhanças."

Fez uma pausa para que os outros se manifestassem. Ninguém tinha nada a dizer.

"Temos de continuar trabalhando numa frente muito extensa. Temos de localizar Harald Berggren. Temos de descobrir por que Runfeldt não tomou o avião para Nairóbi. Temos de descobrir por que ele encomendou equipamentos sofisticados de escuta pouco antes de morrer. Temos de descobrir uma relação entre esses dois homens, que parecem ter vivido suas vidas sem nenhum contato um com o outro. Isso porque, obviamente, as vítimas não foram escolhidas aleatoriamente: tem de haver algum tipo de ligação."

Uma vez mais, ninguém tinha nenhum comentário a fazer. Wallander resolveu suspender a reunião. Aquilo de que mais precisavam era um pouco de sono. Eles se reuniriam novamente na manhã seguinte.

Lá fora, o vento e a chuva pioraram ainda mais. Enquanto Wallander corria pelo estacionamento molhado em direção ao carro, pensou em Nyberg e em seus técnicos forenses. Pensou também na afirmação de Vanja Andersson de que Runfeldt emagrecera nas três semanas em que esteve desaparecido. Isso só podia significar cárcere privado. Mas onde ele ficara preso? Por quê? E por quem?

14

Wallander dormiu intermitentemente, protegido por um cobertor, no sofá da sala de estar, pois acordaria dentro de poucas horas. Quando chegou em casa, o quarto de Linda estava em silêncio. Depois de um cochilo, acordou abruptamente, encharcado de suor, lembrando-se vagamente de um pesadelo. Sonhara com o pai; estavam em Roma novamente, e havia acontecido alguma coisa pavorosa. Algo que sumiu nas trevas. Talvez no sonho a morte já os acompanhasse, como se se tratasse de um aviso. Envolto no cobertor, sentou-se no sofá. Eram cinco da manhã. O despertador ia tocar a qualquer momento. Deixou-se ficar sentado, imóvel, sentindo-se pesado. A exaustão tomava todo o corpo dele como uma dor lancinante. Levantar-se e ir ao banheiro exigiu-lhe um tremendo esforço. Depois de um banho, sentiu-se um pouco melhor. Preparou o café da manhã e acordou Linda às cinco e quarenta e cinco. Às seis e meia estavam a caminho do aeroporto. Ela estava grogue e não falou muito durante o trajeto. Só pareceu acordar quando deixaram a rodovia E65 e percorreram os últimos quilômetros rumo ao aeroporto.

"O que aconteceu na noite passada?", perguntou ela.

"Alguém achou o cadáver de um homem na mata."

"Você não pode me dizer algo mais além disso?"

"O corpo foi encontrado por um corredor que estava treinando. Ele praticamente tropeçou no corpo."

"Quem era ele?"

"O corredor ou o morto?"

"O morto."
"Um florista."
"Ele se matou?"
"Não, infelizmente."
"Infelizmente?"
"Foi assassinado, e isso significa muito trabalho para nós."
Linda ficou calada por um instante.
"Não sei como você aguenta isso", disse ela.
"Eu também não. Mas tenho de aguentar. Alguém tem de fazer isso."
A pergunta que ela fez em seguida deixou-o espantado.
"Você acha que eu daria uma boa policial?"
"Pensei que você tinha outros planos."
"Tenho, mas me responda."
"Não sei", disse ele. "Talvez sim."
Não disseram mais nada. Wallander parou no estacionamento. Ela estava apenas com uma mochila, que ele tirou do porta-malas. Quando fez menção de acompanhá-la, Linda balançou a cabeça.
"Agora vá para casa", disse ela. "Você está tão cansado que mal consegue se manter de pé."
"Tenho de trabalhar", respondeu ele. "Mas você tem razão: estou cansado."
Então houve um momento dominado pela tristeza. Falaram sobre o pai dele, o avô dela. Despediram-se, e ele a viu desaparecer por trás das portas de vidro que se abriram e se fecharam atrás dela.
Deixou-se ficar sentado no carro e pensou sobre algo que ela tinha dito. O que tornava a morte uma coisa tão terrível era o fato de a pessoa ficar morta por um tempo tão infinitamente longo?
Deu partida no carro. A paisagem cinzenta parecia tão sombria quanto toda a investigação. Wallander pensou sobre o que tinha acontecido. Um homem é empalado num fosso. Outro é amarrado a uma árvore e estrangulado. Poderia haver mortes mais repulsivas que essas? Ver o pai caído

em meio às suas pinturas não foi nem um pouco menos horrível que isso. Precisava ver Baiba o mais breve possível. Ligaria para ela, pois não conseguia suportar a solidão, que já durara demais. Ele se divorciara havia cinco anos. Estava a caminho de se tornar um cão velho e desgrenhado, que tinha medo das pessoas. E não era isso que ele queria ser.

Chegou à delegacia, tomou um café e ligou para Gertrud. Ela atendeu com a voz animada. Sua irmã ainda estava lá. Como Wallander estava ocupado com a investigação, as duas resolveram fazer um inventário da magra herança deixada pelo pai. Seus bens limitavam-se à casa de Löderup, mas quase não havia dívidas. Gertrud perguntou a Wallander se havia alguma coisa que ele quisesse guardar para si. A princípio ele falou que não. Logo mudou de ideia e disse que gostaria de ficar com um quadro com um galo silvestre, dentre as pinturas já acabadas e encostadas nas paredes do ateliê. Não aquela que o pai deixara inacabada ao morrer.

Voltou à sua condição de policial, começando por ler rapidamente um relatório sobre a conversa de Höglund com a agente dos correios, a mulher que levava a correspondência a Eriksson. Höglund escrevia bem, sem frases canhestras nem detalhes irrelevantes, mas não havia nada que pudesse ser de interesse para a investigação. A última vez que Eriksson deixara um sinal na caixa de correspondência indicando que queria conversar com a agente dos correios foi muitos meses atrás. Tanto quanto ela se lembrava, tratava-se apenas de faturas. Não notara nada de diferente na chácara de Eriksson nos últimos dias, e tampouco tinha visto carros ou pessoas desconhecidas nas imediações.

Wallander deixou o relatório de lado, pegou seu caderno e fez algumas anotações sobre a investigação. Alguém tinha de conversar com Anita Lagergren na agência de viagens em Malmö. Quando Runfeldt fizera sua reserva para a viagem? O que era afinal aquele safári de orquídeas?

Tinham de fazer um levantamento de sua vida da mesma forma como fizeram com Eriksson. Era importantíssimo que conversassem com os filhos dele. Wallander também queria saber mais sobre o equipamento comprado por Runfeldt. Para quê, exatamente, ele servia? Por que um florista haveria de querer aquelas coisas? Estava convencido de que aquilo era crucial para entender o que se passara. Wallander afastou o caderno de anotações e se deixou ficar, um tanto hesitante, com a mão no telefone. Eram oito e quinze da manhã, talvez Nyberg estivesse dormindo. Mas não havia saída. Wallander discou o número do celular dele. Nyberg atendeu imediatamente, ainda na mata. Wallander perguntou como ele estava.

"Estamos com cães aqui", disse Nyberg. "Eles farejaram o cheiro da corda até a zona que estamos investigando. Mas isso não tem nada de estranho, pois é a única via de acesso até aqui em cima. Acho que podemos dar como certo que Runfeldt não veio andando. Devem ter usado um carro."

"Há marcas de pneus?"

"Muito poucas. Mas ainda não sei que marcas são essas."

"Mais alguma coisa?"

"A corda é de uma fábrica da Dinamarca."

"Dinamarca?"

"Sim, mas acho que pode ser encontrada em qualquer lugar que venda cordas. De todo modo, parece nova. Comprada especialmente para a ocasião", disse Nyberg, para desgosto de Wallander.

"Você conseguiu descobrir algum sinal de que ele resistiu a ser amarrado na árvore? Ou de que tenha tentado se desvencilhar?"

"Não. Não encontrei nenhum sinal de luta nas imediações: o chão parece intacto. E não há marcas na corda nem no tronco da árvore. Ele ficou amarrado lá e se manteve quieto."

"O que você acha que isso significa?"

"Há duas possibilidades", respondeu Nyberg. "Ou ele já estava morto, ou pelo menos inconsciente, ao ser amarrado, ou então resolveu não resistir. Mas isso é difícil de acreditar."

Wallander refletiu sobre aquilo.

"Há uma terceira possibilidade", disse ele finalmente. "Runfeldt simplesmente estava sem forças para opor resistência."

Aquela era também uma possibilidade, e talvez a mais provável, concordou Nyberg.

"Deixe-me perguntar mais uma coisa", disse Wallander. "Sei que você não pode ter certeza, mas a gente sempre imagina como algo pode ter acontecido. Ninguém faz conjecturas com mais frequência que um policial, ainda que talvez o neguemos. Você acha que havia mais de uma pessoa?"

"Há muitos motivos para a presença de mais de uma pessoa. Arrastar um homem para a mata e amarrá-lo não é assim tão fácil. Mas duvido que fosse mais de um."

"Por quê?"

"Francamente, não sei."

"Volte mentalmente ao fosso em Lödinge. Que impressão você tem?"

"A mesma. Podia ser mais de um, mas não tenho certeza."

"Também tenho essa impressão", disse Wallander. "E isso me incomoda."

"De todo modo, acho que estamos lidando com uma pessoa de grande força física", disse Nyberg. "Há muitos indícios disso."

Wallander não tinha mais nada a perguntar.

"De resto, não havia mais nada na cena do crime?"

"Duas latas de cerveja e uma unha postiça. Só isso."

"Uma unha postiça?"

"Do tipo usado pelas mulheres. Mas pode ter estado aqui já há muito tempo."

"Tente dormir um pouco", disse Wallander.

"E quando vou ter tempo para isso?", respondeu Nyberg. Wallander percebeu que ele estava aborrecido. Desligou, e o telefone tocou imediatamente. Era Martinsson.

"Posso ir aí encontrar você?", perguntou ele. "Quando vai ser a próxima reunião?"

"Às nove horas. Temos tempo."

Wallander desligou. Martinsson devia ter conseguido alguma coisa. Dava para sentir sua tensão. O que eles mais precisavam naquele momento era um avanço decisivo.

Martinsson entrou, sentou-se e foi direto ao ponto.

"Estive pensando sobre essa história de mercenário e sobre o diário de Berggren. Ao acordar hoje de manhã, lembrei-me de que conheci uma pessoa que estava no Congo na mesma época que Harald Berggren."

"Como mercenário?", perguntou Wallander, surpreso.

"Não. Como membro do contingente sueco das Nações Unidas, que tinha a missão de desarmar as forças belgas na província de Katanga."

Wallander balançou a cabeça. "Eu tinha doze ou treze anos quando tudo isso aconteceu. Não me lembro de grande coisa. Na verdade, nada, exceto que Dag Hammarskjöld sofreu um acidente aéreo."

"Eu nem tinha nascido", disse Martinsson. "Mas lembro-me de alguma coisa que aprendi na escola."

"Quem é que você conheceu?"

"Há muito tempo, eu participava das reuniões do Partido do Povo", continuou Martinsson. "Ao final, sempre havia café. Arrumei uma úlcera por causa do tanto de café que bebi naquela época."

Wallander tamborilava os dedos impacientemente na escrivaninha.

"Numa das reuniões, aconteceu de me sentar perto de um homem de uns sessenta anos. Não sei como chegamos a esse assunto, mas ele me disse que fora capitão e ajudante do general Von Horn, comandante da força sueca das Nações Unidas no Congo. Lembro-me de ele ter dito que havia mercenários."

Wallander ouvia com um interesse cada vez maior.

"Dei alguns telefonemas esta manhã. Um dos meus colegas de partido sabia quem era o capitão. O nome dele é Olof Hanzell, e já está reformado. Mora em Nybrostrand."

"Ótimo", disse Wallander. "Vamos procurá-lo o mais rápido possível."

"Já liguei para ele. Disse que ficaria contente em conversar conosco, caso possa ajudar em alguma coisa. Pareceu-me lúcido e afirmou ter uma memória excelente."

Martinsson pôs uma tira de papel com um número de telefone na escrivaninha de Wallander.

"Temos de tentar tudo", disse Wallander. "A reunião de hoje de manhã será curta."

Martinsson levantou-se para ir embora, mas parou na porta.

"Você viu os jornais?", perguntou ele.

"Onde eu arrumaria tempo para isso?"

"As pessoas de Lödinge e de outras regiões andaram falando com a imprensa. Depois do que aconteceu com Eriksson, começaram a dizer que precisam de uma milícia de cidadãos."

"Elas sempre fizeram isso", respondeu Wallander. "Não temos com que nos preocupar."

"Não tenho tanta certeza", disse Martinsson. "Essas histórias agora têm algo diferente."

"O quê?"

"As pessoas já não estão falando anonimamente. Estão dando seus nomes. Isso nunca aconteceu. A ideia de uma milícia de cidadãos de repente se tornou perfeitamente aceitável."

Wallander sabia que Martinsson tinha razão, mas ainda duvidava tratar-se de algo além da costumeira manifestação de medo diante de um crime brutal.

"Haverá mais amanhã, quando começar a circular a notícia sobre Runfeldt. Certamente seria uma boa ideia prepararmos a chefe Holgersson para o que está por vir."

"Qual é sua impressão?", perguntou Martinsson.

"Sobre Lisa Holgersson? Acho que ela é de primeira linha."

Martinsson tornou a entrar na sala. Wallander viu que o outro estava cansado. Envelhecera rapidamente durante seus anos como policial.

"Pensei que o que aconteceu no verão passado fosse uma exceção", disse ele. "Agora estou vendo que não era."

"Não há muitas semelhanças", disse Wallander. "Não devíamos traçar paralelos que não existem."

"Não era isso que eu estava pensando. É sobre toda essa violência. Como se atualmente não baste matar; você tem também de torturar as vítimas."

"Eu sei. Mas não sei dizer como devemos agir em relação a isso."

Martinsson saiu da sala. Wallander pensou sobre o que acabara de ouvir e resolveu conversar com o capitão Olof Hanzell naquele mesmo dia.

Como Wallander previra, a reunião foi breve. Embora a maioria estivesse com o sono atrasado, todos pareciam decididos e cheios de energia. Per Åkeson aparecera para ouvir a sinopse de Wallander. Depois ele tinha umas poucas perguntas a fazer.

Dividiram as tarefas e discutiram sobre o que merecia prioridade. A questão de saber se era conveniente pedir ajuda foi deixada de lado, no momento. A chefe Holgersson dispensara mais oficiais de outras tarefas para que pudessem participar das investigações, que agora exigiriam o dobro do trabalho. Quando a reunião chegava ao fim, depois de cerca de uma hora, todos tinham em mãos trabalho de sobra.

"Mais uma coisa", disse Wallander para encerrar. "Temos de contar com o fato de que a imprensa vai dar uma grande cobertura desses assassinatos. O que vimos até agora foi apenas a ponta do iceberg. Segundo ouvi dizer, as pessoas que moram nas proximidades começam a falar em organizar patrulhas noturnas e uma milícia de cidadãos. Temos de esperar e ver se as coisas evoluem da forma como imagino. Por enquanto, será mais fácil se a chefe e eu cuidarmos do contato com a imprensa. E eu ficaria muito grato se Ann-Britt pudesse nos ajudar em nossas entrevistas coletivas."

Depois da reunião, a chefe Holgersson e Wallander conversaram um pouco. Decidiram dar uma entrevista coletiva naquele mesmo dia, às cinco e meia. Wallander foi em busca de Per Åkeson, mas ele já tinha ido embora. Voltou ao seu escritório e ligou para o número que lhe fora dado por Martinsson e, ao fazê-lo, lembrou-se de que ainda não pusera o recado de Svedberg em sua escrivaninha. O capitão Hanzell atendeu o telefone. Seu tom de voz era amistoso. Wallander apresentou-se e perguntou se poderia encontrá-lo naquela manhã. Hanzell disse que ele era bem-vindo e o instruiu sobre como chegar a sua casa.

Quando Wallander saiu da delegacia, o céu clareara novamente. Ventava, mas o sol brilhava entre nuvens esparsas. Lembrou-se de pôr um agasalho dentro do carro. Embora estivesse com pressa, parou numa imobiliária e ficou olhando numa vitrine anúncios de propriedades à venda. Uma das casas parecia promissora. Se tivesse mais tempo, entraria para se informar sobre ela. Voltou para o carro, pensando se Linda conseguira pegar um avião para Estocolmo ou ainda estava no aeroporto.

Depois de errar várias vezes de caminho, finalmente encontrou o endereço certo. Estacionou o carro e atravessou o portão de uma casa de campo que devia ter menos de dez anos, mas mesmo assim parecia bastante deteriorada. A porta da frente foi aberta por um homem vestido num agasalho. Tinha cabelos grisalhos curtos, bigode fino e parecia em boa forma física. Ele sorriu e estendeu a mão, cumprimentando Wallander. Este se apresentou.

"Minha esposa morreu há alguns anos", disse Hanzell. "Desde então, vivo sozinho. Por favor, desculpe a bagunça. Mas vamos entrando!"

A primeira coisa que Wallander notou foi um grande tambor africano no hall de entrada. Hanzell seguiu seu olhar.

"O ano em que fui para o Congo foi a viagem de minha vida. Nunca tornei a viajar. As crianças eram pequenas e minha mulher não queria. E então chegou o dia em que era tarde demais."

Convidou Wallander à sala de estar, onde havia xícaras de café numa mesa. Também ali, lembranças africanas pendiam das paredes. Wallander sentou-se num sofá e aceitou o café. Na verdade, estava faminto, e bem que poderia comer alguma coisa. Hanzell servira uma travessa de biscoitos.

"Eu mesmo os faço", disse ele, apontando para os biscoitos. "É um bom passatempo para um velho soldado."

Querendo ir direto ao ponto, Wallander tirou do bolso a fotografia dos três homens e passou-a a Hanzell por cima da mesa.

"Gostaria de começar perguntando-lhe se reconhece algum desses homens. Posso garantir que essa foto foi tirada no Congo na época em que a força sueca das Nações Unidas estava lá."

Hanzell pegou a fotografia e pôs óculos de leitura. Wallander lembrou-se de que devia consultar o oftalmologista. Hanzell levou a foto para junto da janela e contemplou-a por longo tempo. Wallander ouviu o silêncio que enchia a casa. E esperou. Então Hanzell afastou-se da janela. Sem uma palavra, pôs a fotografia na mesa e saiu da sala. Wallander comeu mais um biscoito. Quando estava quase resolvido a ir procurar Hanzell, este voltou com um álbum de fotografias na mão, aproximou-se da janela e começou a folheá-lo. Wallander continuou esperando. Finalmente Hanzell encontrou o que estava procurando, voltou à mesa e abriu o álbum diante de Wallander.

"Olhe para a foto no canto inferior esquerdo", disse Hanzell. "Receio que não esteja muito nítida. Mas acho que pode interessá-lo."

Wallander olhou. Teve um sobressalto que não se manifestou externamente. As fotografias mostravam soldados mortos. Jaziam enfileirados com rostos ensanguentados, braços arrancados, troncos fendidos por balas. Os soldados eram negros. Atrás deles havia dois homens brancos segurando rifles. Estavam de pé, como se estivessem posando para uma fotografia de caça. Os soldados mortos eram seus troféus.

Wallander reconheceu imediatamente um dos homens brancos. Era o que estava do lado esquerdo da fotografia que encontrara enfiada sob a capa do diário de Harald Berggren. Não havia sombra de dúvida.

"Acho que o reconheci", disse Hanzell. "Mas não podia saber ao certo. Levei algum tempo para achar o álbum certo."

"Quem é ele? Terry O'Banion ou Simon Marchand?"

Viu que Hanzell se mostrou surpreso.

"Simon Marchand", respondeu. "Devo confessar que estou curioso para saber como você sabia disso."

"Logo eu explico. Mas primeiro me conte como conseguiu essas fotografias."

Hanzell sentou-se.

"O que você sabe do que estava acontecendo no Congo naquela época?", perguntou ele.

"Praticamente nada."

"Deixe-me traçar um rápido panorama. Acho que é preciso, para que você possa entender."

"Use todo o tempo que julgar necessário", disse Wallander.

"Deixe-me começar em 1953. Naquela época, havia quatro países independentes na África que faziam parte das Nações Unidas. Sete anos depois, esse número pulara para vinte e seis. O que significa que todo o continente africano estava em ebulição. A descolonização entrara em sua fase mais acelerada. Novos países proclamavam sua independência numa sequência rápida. As dores do nascimento eram muitas vezes fortíssimas. Mas não tão fortes como foram no Congo Belga. Em 1959, o governo belga arquitetou um plano para fazer a transição para a independência. A data da transferência de poder foi marcada para

181

30 de junho de 1960. Quanto mais perto chegava o dia, mais agitado ficava o país. As tribos tomavam diferentes partidos, e atos de violência de cunho político aconteciam todos os dias. Mas a independência veio, e um político experiente chamado Kasavubu tornou-se presidente, enquanto Lumumba assumia o cargo de primeiro-ministro. Imagino que já tenha ouvido falar de Lumumba."

Wallander fez que sim com a cabeça, sem muita convicção.

"Durante alguns dias, tinha-se a impressão de que, apesar de tudo, a transição de colônia para Estado independente seria tranquila. Mas então a Force Publique, o exército regular do país, revoltou-se contra seus oficiais belgas. Mandaram paraquedistas belgas para resgatar seus homens. O país logo mergulhou no caos. A situação se tornou incontrolável para Kasavubu e Lumumba. Ao mesmo tempo, a província de Katanga, no extremo sul do país e a mais rica, devido aos seus recursos minerais, proclamou sua independência. Seu líder era Moise Tshombe.

"Kasavubu e Lumumba", continuou Hanzell, "solicitaram ajuda das Nações Unidas. Dag Hammarskjöld, o secretário-geral à época, rapidamente reuniu uma força de intervenção com soldados das Nações Unidas, inclusive soldados suecos. Nossa atuação era meramente policial. Os belgas que foram deixados no Congo apoiaram Tshombe em Katanga. Com dinheiro das grandes empresas de mineração, eles contrataram mercenários. É aí que entra essa fotografia."

Hanzell fez uma pausa e tomou um gole de café.

"Isso talvez lhe dê uma ideia de quão tensa e complexa estava a situação."

"Vejo que a coisa devia estar muito confusa", respondeu Wallander, esperando impacientemente que o outro continuasse.

"Centenas de mercenários participaram do conflito em Katanga", disse Hanzell. "Vieram de diferentes países: da França, da Bélgica, das colônias francesas na África. Estava-se

182

há apenas quinze anos do término da Segunda Guerra Mundial, e ainda havia muitos alemães que não conseguiam aceitar que a guerra tinha acabado. Eles se vingaram em africanos inocentes. Havia também muitos escandinavos. Alguns morreram e foram enterrados em túmulos que agora não podem ser localizados. Em certa ocasião, um africano foi ao acampamento sueco das Nações Unidas. Estava com os documentos e as fotografias de grande número de mercenários que tinham tombado. Nenhum deles, porém, era sueco."

"Por que ele foi ao acampamento sueco?"

"Tínhamos fama de ser polidos e generosos. Ele trouxe uma caixa de papelão e queria vender o conteúdo. Só Deus sabe onde ele conseguiu aquilo."

"E você comprou?"

"Acho que paguei o equivalente a dez coroas pela caixa. Joguei fora quase todo o conteúdo, mas guardei algumas fotografias, inclusive esta."

Wallander resolveu avançar mais um passo.

"Harald Berggren", disse ele. "Um dos outros homens da fotografia é sueco, e esse é seu nome. Deve ser o que está no meio ou então o da direita. Esse nome significa alguma coisa para você?"

Hanzell balançou a cabeça, negando.

"Não, mas isso não é de surpreender."

"Por quê?"

"Muitos mercenários trocavam seus nomes. Não apenas os suecos. Você assumia um outro nome à época do contrato. Quando tudo tivesse terminado, e se você tivesse a sorte de continuar vivo, podia reassumir o nome verdadeiro."

"Então Harald Berggren podia estar no Congo com um outro nome?"

"Exatamente."

"E isso significa também que muitos foram mortos sob um outro nome?"

"Sim."

"Então é quase impossível dizer se ele está vivo ou morto, e seria quase impossível encontrá-lo, se ele não desejasse ser encontrado."

Hanzell fez que sim com a cabeça. Wallander olhou para a bandeja de biscoitos.

"Muitos de meus ex-colegas pensavam diferente", disse Hanzell. "Para mim, porém, os mercenários eram sujeitos vis. Matavam por dinheiro, embora afirmassem estar lutando por um ideal: pela liberdade, contra o comunismo. Mas a verdade era outra. Eles matavam de forma indiscriminada e cumpriam ordens de quem estivesse pagando mais."

"Um mercenário deve ter grande dificuldade de voltar à vida normal", disse Wallander.

"Muitos nunca conseguiram. Transformaram-se em sombras, à margem da sociedade. Muitos morreram de tanto beber. Para começar, muitos provavelmente já eram desequilibrados."

"Como assim?"

Hanzell respondeu sem pestanejar.

"Eram sádicos e psicopatas."

15

Wallander ficou em Nybrostrand até o final da tarde. Saíra de casa à uma da tarde, mas, quando se deparou com o ar outonal, sentiu-se totalmente inseguro. Em vez de voltar para Ystad, seguiu em direção ao mar. Uma caminhada o ajudaria a refletir. Contudo, ao chegar à praia e sentir o vento cortante, mudou de ideia e voltou para o carro. Sentou-se na frente, no lado do passageiro, e reclinou o banco o máximo que pôde. Então fechou os olhos e começou a repassar tudo o que acontecera desde a manhã em que Sven Tyrén fora ao seu escritório comunicar o desaparecimento de Holger Eriksson.

Wallander tentou organizar a sequência dos eventos. De tudo o que aprendera com Rydberg ao longo dos anos, uma das coisas mais importantes era que os fatos acontecidos antes não seriam necessariamente os primeiros na cadeia da causalidade. Eriksson e Runfeldt foram assassinados, mas teriam sido atos de vingança? Ou seria um crime cometido visando a algum ganho, embora ele não soubesse que tipo de ganho haveria de ser?

Abriu os olhos e observou um ovém desfiado sacudindo-se ao vento. Eriksson fora empalado num fosso cheio de estacas aguçadas. Runfeldt foi encarcerado e depois estrangulado. Por que essa exibição explícita de crueldade? E por que Runfeldt foi mantido em cárcere privado antes de ser morto? Wallander tentou repassar as hipóteses básicas com as quais a equipe de investigação devia começar. O assassino com certeza conhecia ambas as vítimas. Sabia da rotina de vida de Eriksson. Com certeza estava informado de que Runfeldt ia viajar para a África. E não fez a mínima questão de esconder o cadáver. Parecia exatamente o contrário.

Por que exibir o corpo daquela forma? Para que alguém note o que você fez. Será que o assassino queria que outras pessoas vissem o que ele tinha feito? Nesse caso, o que ele queria mostrar? Que aqueles dois homens estavam mortos? Não, não era apenas isso. Também queria deixar claro que tinham sido mortos de forma medonha e premeditada.

Se assim fosse, então os assassinatos de Eriksson e Runfeldt eram parte de algo muito maior. O que não significava, necessariamente, que outras pessoas iriam morrer. Mas com certeza significava que Eriksson, Runfeldt e a pessoa que os matara teriam de ser procurados num grupo maior de pessoas. Algum tipo de comunidade — como um grupo de mercenários numa remota guerra na África.

De repente Wallander sentiu vontade de fumar um cigarro. Embora lhe tivesse sido muitíssimo fácil parar de fumar alguns anos atrás, havia momentos em que ainda desejava ser fumante. Saiu do carro e mudou para o banco de trás. Mudar de banco era como mudar de perspectiva. Logo se esqueceu do cigarro e voltou às suas reflexões.

O mais importante era descobrir a relação entre Eriksson e Runfeldt. Estava convencido de que essa relação existia. Precisavam saber mais sobre os dois homens. Aparentemente, tinham muito pouco em comum. As diferenças já começavam com a idade dos dois: pertenciam a gerações diferentes. Eriksson podia ser pai de Runfeldt. Mas em algum lugar havia um ponto em que seus caminhos se cruzavam. Agora, a busca desse ponto tinha de constituir o foco da investigação. Wallander não via nenhum outro caminho a seguir.

O celular tocou. Era Höglund.

"Aconteceu alguma coisa?", perguntou ele.

"Tenho de confessar que estou ligando por pura curiosidade", respondeu ela.

"A conversa com o capitão Hanzell foi produtiva", disse Wallander. "Uma coisa que soube foi que Harald Berggren talvez estivesse usando um nome falso. Os mercenários muitas vezes usam nomes falsos quando assinam contratos ou fazem acordos verbais."

"Isso vai nos dificultar a tarefa de encontrá-lo."

"Foi isso que pensei logo de cara, também. É como jogar a agulha de volta ao palheiro. Mas quantas pessoas mudam de fato seus nomes durante a vida? Ainda que seja uma tarefa aborrecida, deve ser possível verificar os arquivos."

"Onde você está?"

"Na praia. Em Nybrostrand."

"O que está fazendo aí?"

"Para falar a verdade, estou sentado no carro, pensando." Notou a aspereza da própria voz, como se tivesse sentido necessidade de se defender. E se perguntou por quê.

"Então não vou incomodá-lo", disse ela.

"Você não está me incomodando. Já vou voltar. Estou pensando em passar por Lödinge no caminho."

"Algum motivo especial?"

"Preciso refrescar a memória. Mais tarde irei ao apartamento de Runfeldt. Vou tentar chegar lá por volta das três da tarde. Você poderia providenciar para que Vanja Andersson vá ao meu encontro?"

"Vou cuidar disso."

Wallander seguiu para Lödinge. Em sua mente, a investigação já começava a apresentar um leve contorno.

Quando entrou na estradinha de acesso à casa de Eriksson, surpreendeu-se ao ver dois carros lá. Perguntou-se quem poderiam ser os dois visitantes. Repórteres dedicando um dia de outono a tirar fotos da cena de um assassinato, talvez? Teve a resposta logo que entrou no pátio. Lá se encontrava um advogado que Wallander já conhecia. Havia também duas mulheres, uma mais velha, outra mais ou menos da idade de Wallander. O advogado, cujo nome era Bjurman, apertou-lhe a mão e o cumprimentou.

"Estou examinando o testamento de Eriksson", disse

ele. "Pensávamos que a polícia já tinha encerrado as investigações. Liguei e perguntei na delegacia de polícia."

"Só vamos terminar quando pegarmos o assassino", respondeu Wallander. "Mas não tenho nada contra você examinar a casa."

Wallander lembrou-se de que Bjurman era o testamenteiro de Eriksson. O advogado apresentou Wallander às duas mulheres. A mais velha apertou a mão dele com indiferença, como se fosse indigno ter algo a ver com a polícia. Wallander, muitíssimo sensível ao esnobismo das pessoas, aborreceu-se imediatamente, mas escondeu seus sentimentos. A outra mulher mostrou-se amistosa.

"A senhora Mårtensson e a senhora Von Fessler são da Associação Cultural de Lund. O senhor Eriksson legou a maior parte de seus bens à associação. Ele mantinha um registro bastante rigoroso de seus bens. Estamos apenas começando a examinar as coisas."

"Avise-me se algo tiver desaparecido", disse Wallander. "Salvo por isso, não vou incomodá-los. Não vou me demorar."

"É verdade que a polícia ainda não descobriu o assassino?", perguntou a sra. Von Fessler, a mais velha. Wallander achou que aquilo vinha em tom de crítica.

"É verdade", disse ele. "A polícia não o descobriu."

Sabendo que devia encerrar a conversa antes de ficar irritado, voltou-se e entrou na casa, cuja porta estava aberta. Para se isolar da conversa que acontecia no pátio, fechou a porta atrás de si. Um camundongo passou correndo perto de seus pés e desapareceu detrás de um velho guarda-roupa junto à parede. Era outono, pensou Wallander. Os camundongos do campo estão procurando abrigo na casa. O inverno está a caminho.

Ele foi entrando devagar. Não estava procurando nada em especial; apenas queria memorizar a casa. Isso levou uns vinte minutos. Bjurman e as mulheres estavam numa das outras duas alas quando ele saiu da casa. Wallander resolveu ir embora sem dizer nada. Contemplou o campo enquanto andava em direção ao carro. As gralhas tinham sumido. Quando já estava chegando ao carro, estacou. Bjurman dissera alguma coisa — a princípio ele não conseguiu lembrar o que era. Voltou sobre seus próprios passos, abriu a porta e chamou Bjurman com um aceno.

"O que você estava dizendo sobre o testamento?", perguntou ele.

"Holger Eriksson deixou a maior parte de seus bens para a Associação Cultural de Lund."

"A maior parte? Quer dizer que nem tudo?"

"Há um legado de cem mil coroas para outro beneficiário. Só isso."

"Que outro beneficiário?"

"Uma igreja no presbitério de Berg — mais precisamente, a igreja de Svenstavik. Uma doação para ser usada a critério das autoridades da igreja."

Wallander nunca tinha ouvido falar naquele lugar.

"Svenstavik fica em Skåne?", perguntou ele, um tanto incerto.

"Fica no sul de Jämtland", respondeu Bjurman. "Perto da fronteira de Härjadal."

"O que Eriksson tinha a ver com Svenstavik?", perguntou Wallander, surpreso. "Eu achava que ele tinha nascido em Ystad."

"Infelizmente, não tenho informação sobre isso", respondeu Bjurman. "O senhor Eriksson era um homem cheio de segredos."

"Ele deu alguma justificativa para a doação?"

"O testamento é um documento exemplar, breve e preciso. Não há nenhuma explicação de ordem emocional. A igreja de Svenstavik, segundo seu último desejo, deverá receber cem mil coroas. E é esse valor que irá receber."

Quando Wallander voltou para o carro, ligou para a delegacia. Ebba atendeu. Era com ela que ele queria falar.

"Quero que você descubra o número do telefone do presbitério de Svenstavik", disse ele. "Ou poderia ser de Östersund. Imagino que é a cidade mais próxima."

"Onde fica Svenstavik?", perguntou ela.

"Você não sabe?", disse Wallander. "Fica no sul de Jämtland."

"Muito engraçado", respondeu ela.

"Quando você conseguir o número, me passe", disse ele. "Agora estou indo ao apartamento de Runfeldt."

"A chefe Holgersson quer falar com você imediatamente", disse Ebba. "Os repórteres ficam ligando para cá o tempo todo, mas ela adiou a entrevista coletiva para as seis e meia."

"Esse horário me convém", disse Wallander.

"Sua irmã também ligou", continuou Ebba. "Quer conversar com você antes de voltar para Estocolmo."

A lembrança da morte do pai foi ao mesmo tempo rápida e dolorosa, mas ele não podia se entregar aos próprios sentimentos. Pelo menos naquele momento.

"Vou ligar para ela", disse ele. "Mas o presbitério de Svenstavik é prioridade máxima."

No caminho de volta a Ystad, parou num quiosque e comeu um hambúrguer sem gosto. Estava prestes a ir para o carro, mas então voltou e pediu um cachorro-quente. Comeu depressa, como se estivesse cometendo um ato ilegal. Depois se dirigiu à Västra Vallgatan. O velho carro de Höglund estava estacionado na frente do edifício de Runfeldt.

O vento ainda soprava forte. Wallander sentia frio. Encolheu o corpo enquanto atravessava a rua depressa.

Quem abriu a porta do apartamento não foi Höglund, mas Svedberg.

"Ela teve de ir para casa", disse Svedberg. "Um de seus filhos está doente. O motor do carro dela não pegou, então ela foi no meu. Mas vai voltar."

Wallander entrou na sala de estar e olhou em volta.

"Nyberg já terminou?", perguntou ele, surpreso.

Svedberg lançou-lhe um olhar perplexo.

"Você não soube?"

"Soube o quê?"

"Do pé de Nyberg."

"Não sei de nada", disse Wallander. "O que aconteceu?"

"Ele escorregou numa poça de óleo na frente da delegacia. O tombo foi tão feio que ele rompeu um músculo ou um tendão do pé esquerdo. Agora está no hospital. Ligou para dizer que consegue trabalhar, mas vai ter de usar uma muleta. Estava muito chateado."

Wallander pensou no caminhão de Tyrén e resolveu não tocar nesse assunto.

Vanja Andersson chegou. Estava muito pálida. Wallander fez um aceno de cabeça para Svedberg, que desapareceu no escritório de Runfeldt. Levou-a à sala de estar. Ela parecia assustada por estar no apartamento e hesitou quando ele lhe pediu que sentasse.

"Eu sei que é desagradável", disse ele. "Mas eu não teria pedido que você viesse aqui se não fosse absolutamente necessário."

Ela balançou a cabeça, num gesto de aquiescência. Wallander se perguntou se ela tinha entendido de fato.

"Você já esteve neste apartamento antes", disse Wallander. "E tem uma boa memória. Sei disso porque se lembrou da cor da mala do senhor Runfeldt."

"Você a encontrou?", perguntou ela.

Wallander se deu conta de que nem começara a procurá-la. Pediu licença e foi ao encontro de Svedberg, que estava examinando cuidadosamente o conteúdo de uma estante.

"Você ouviu alguma coisa sobre a mala de Runfeldt?"

"Ele tinha uma mala?"

Wallander balançou a cabeça. "Esqueça. Vou falar com Nyberg."

Voltou à sala de estar. Vanja Andersson estava sentada de mau jeito no sofá. Wallander percebeu que ela desejava ir embora o mais rápido possível. Dava a impressão de ter de se esforçar para respirar o ar do apartamento.

"Voltaremos a falar da mala", disse ele. "O que eu quero lhe pedir agora é que percorra o apartamento e tente descobrir se está faltando alguma coisa."

Ela lhe lançou um olhar apavorado.

"Como eu poderia saber? Não vinha aqui com frequência."

"Eu sei", disse Wallander. "Mas ainda assim você pode notar se alguma coisa está faltando. A esta altura, tudo é importante, se quisermos pegar a pessoa que fez isso. Tenho certeza de que você deseja isso tanto quanto nós."

Ela prorrompeu em lágrimas. Svedberg apareceu na porta. Como sempre, nesse tipo de situação, Wallander se sentia desamparado. Ficou imaginando se os novos agentes policiais eram mais bem treinados para consolar as pessoas. Perguntaria a Höglund sobre isso.

Svedberg passou um lenço a Vanja Andersson. Ela parou de chorar tão subitamente quanto começara.

"Sinto muitíssimo", disse ela. "É tão difícil."

"Eu sei", disse Wallander. "Não há nada que desculpar. Acho que as pessoas não choram tanto quanto deviam."

Ela o fitou.

"Isso vale para mim também", disse Wallander.

Depois de uma breve pausa, ela se levantou do sofá. Estava pronta para começar.

"Não precisa ter pressa", disse Wallander. "Tente se lembrar de como estavam as coisas da última vez que você esteve aqui."

Ele a seguiu, mas mantendo uma certa distância. Quando ouviu Svedberg praguejando no escritório, entrou e levou um dedo aos lábios. Svedberg fez um aceno de cabeça, concordando; ele entendeu. Wallander muitas vezes pensava que momentos decisivos nas investigações ocorriam durante conversas ou em períodos de absoluto silêncio. Testemunhara isso inúmeras vezes. Naquele exato momento, o silêncio era essencial. Percebia que ela realmente estava se esforçando.

Ainda assim, de nada adiantou. Voltaram para a sala de estar. Ela balançou a cabeça.

"Tudo parece como sempre esteve", disse ela. "Não notei nada faltando nem nada diferente."

Wallander não se surpreendeu. Teria notado se ela tivesse feito uma pausa durante seu exame do apartamento.

"Não lhe ocorreu nenhuma outra hipótese?", perguntou ele.

"Eu pensei que ele tinha ido para Nairóbi", disse ela. "Reguei as flores dele e cuidei da loja."

"Você fez ambas as coisas muito bem", disse Wallander. "Obrigado por ter vindo. A gente mantém contato."

Acompanhou-a até a porta. Svedberg reapareceu logo que ela foi embora.

"Parece que não está faltando nada", disse Wallander.

"Ao que parece, ele era um homem complicado", comentou Svedberg pensativo. "O escritório dele é uma estranha mistura de caos e de ordem. Quando se trata das flores, há uma perfeita ordem. Nunca imaginei que houvesse tantos livros sobre orquídeas. Quando se trata, porém, de sua vida pessoal, os documentos são uma grande bagunça. Em seus livros de contabilidade da loja deste ano, encontrei uma declaração de imposto de renda de 1969. A propósito, naquele ano ele declarou a soma estonteante de trinta mil coroas."

"Eu me pergunto quanto ganhamos naquele ano", disse Wallander. "Possivelmente não muito mais que isso. É mais provável que tenha sido menos. Acho que ganhávamos duas mil coroas por mês."

Ficaram refletindo sobre isso até Wallander dizer: "Vamos continuar a busca".

Svedberg voltou ao que estava fazendo. Wallander se pôs junto à janela e lançou um olhar ao porto. A porta da frente se abriu. Era Höglund. Ele foi encontrá-la no hall.

"Espero que não seja nada grave."

"Um resfriado de outono", disse ela. "Meu marido está no lugar que a gente costumava chamar de Índias Orientais. Minha vizinha me salvou."

"Sempre me perguntei sobre isso", disse Wallander. "Eu achava que as vizinhas prestativas se extinguiram na década de 1950."

"Provavelmente é verdade. Mas eu tive sorte. A minha está na casa dos cinquenta anos e não tem filhos. Naturalmente, ela não faz isso de graça. E às vezes diz não."

"O que você faz, então?"
Ela deu de ombros.
"Improviso. Se for à noite, posso encontrar uma babá. Às vezes eu mesma me pergunto como consigo lidar com isso, e você sabe que às vezes chego atrasada. Acho que os homens não entendem como é difícil tocar o trabalho para a frente quando se está com um filho doente."

"Provavelmente não entendem", respondeu Wallander. "Talvez a gente deva providenciar para que sua vizinha ganhe uma medalha."

"Ela anda falando em se mudar", disse Höglund com voz sombria. "Nem ouso pensar no que vou fazer quando ela for embora." Depois perguntou: "Vanja Andersson esteve aqui?".

"Ao que parece, nada desapareceu do apartamento", respondeu Wallander. "Mas me lembrou de algo completamente diferente. A mala de Runfeldt. Devo confessar que me esqueci completamente dela."

"Eu também", disse ela. "Não foi encontrada na mata. Conversei com Nyberg pouco antes de ele quebrar o pé."

"A coisa é muito grave?"

"Bem, de todo modo, ele se machucou."

"Então vai ficar de péssimo humor durante algum tempo. O que não é nada bom."

"Vou convidá-lo para jantar", disse Höglund animadamente. "Ele gosta de peixe cozido."

"Como você sabe?", perguntou Wallander, surpreso.

"Já o recebi em minha casa", respondeu ela. "Ele é um excelente conviva. Fala sobre diversos assuntos e nunca sobre o trabalho."

Wallander perguntou-se brevemente se poderia ser considerado um excelente conviva. Ele sabia que procurava não falar sobre trabalho. Mas qual a última vez que fora convidado para jantar? Tinha sido havia tanto tempo que já não se lembrava.

"Os filhos de Runfeldt chegaram", disse Höglund. "Hansson está à procura deles."

Agora estavam na sala de estar. Wallander olhou para a fotografia da esposa de Runfeldt.

"Temos de descobrir o que aconteceu com ela", disse ele.

"Morreu afogada."

"Estou falando em detalhes."

"Hansson entende disso. Ele normalmente vai fundo nas conversas. Vai lhes perguntar sobre a mãe deles."

Wallander sabia que ela tinha razão. Hansson tinha muitas qualidades negativas, mas uma de suas maiores aptidões era interrogar testemunhas. Recolher informações. Interrogar pais sobre os filhos. Ou vice-versa, como no presente caso.

Wallander contou a Höglund sobre sua conversa com Hanzell, omitindo uma série de detalhes. A parte mais importante era sua conclusão de que Berggren devia estar usando um nome falso. Já tinha dito isso quando conversaram antes. Notou que ela pensara mais um pouco sobre o assunto.

"Se ele mudou de nome legalmente, podemos rastreá-lo no cartório de registros", disse ela.

"Um soldado mercenário não seguiria esses processos formais", objetou Wallander. "Mas, naturalmente, vamos pesquisar isso, como tudo mais. Vai nos tomar muito tempo."

Ele falou sobre seu encontro com as mulheres de Lund e com o advogado na chácara de Eriksson.

"Meu marido e eu certa vez viajamos de carro pelo interior de Norrland", disse ela. "Lembro-me claramente de ter passado por Svenstavik."

"Ebba devia ter me ligado para dar o número do presbitério", lembrou-se Wallander, tirando o celular do bolso. Estava desligado. Amaldiçoou a própria desatenção. Höglund não conseguiu esconder o quanto aquilo a divertia. Wallander percebeu que estava agindo como uma criança. Meio sem jeito, ligou para a delegacia de polícia, pediu uma caneta emprestada e anotou o número. Ebba tentara falar com ele várias vezes.

Naquele momento, Svedberg entrou na sala de estar com uma pilha de papéis na mão. Wallander viu que se tratava de recibos.

"Isso deve significar alguma coisa", disse Svedberg. "Runfeldt mantinha outro imóvel na Harpegatan. Ele paga um aluguel mensal. Tanto quanto sei, mantém esses pagamentos totalmente separados dos que têm a ver com a loja."

"Harpegatan?", perguntou Höglund. "Onde fica isso?"

"Perto de Nattmanstorg", respondeu Wallander. "Bem no centro da cidade."

"Vanja Andersson chegou a mencionar que ele alugava outro imóvel?"

"A pergunta é se ela tinha conhecimento disso", disse Wallander. "Vou descobrir agora mesmo."

Wallander saiu do apartamento e percorreu a pé a pequena distância até a loja. Inclinou o corpo para a frente e prendeu a respiração no vento. Vanja Andersson estava sozinha. Como antes, o perfume das flores era muito forte. Uma sensação fugaz de desamparo apossou-se dele quando pensou em Roma e no pai. Mas afastou aqueles pensamentos. Ele era um policial e ia cumprir seu luto mais tarde, não agora.

"Tenho uma pergunta", disse ele. "Você pode me dar uma resposta categórica tipo sim ou não."

Ela voltou para ele o rosto pálido e assustado. Há gente que dá a impressão de estar sempre preparada para o pior. Vanja Andersson parecia ser desse tipo. Naquele momento, dificilmente ele a culparia.

"Você sabe que o senhor Runfeldt alugou um imóvel na Harpegatan?", perguntou ele.

Ela balançou a cabeça, negando.

"Tem certeza?"

"Gösta não mantinha nenhum imóvel além deste."

De repente, Wallander teve um forte sentimento de urgência.

"É só isso, então", disse ele. "Obrigado."

* * *

Ao voltar ao apartamento, Svedberg e Höglund tinham recolhido todas as chaves que conseguiram encontrar. Foram no carro de Svedberg para a Harpegatan. Era um edifício de apartamentos comum. O nome de Runfeldt não estava na lista dos moradores exposta na entrada.

"Acho que fica no porão", disse Svedberg.

Desceram para o pavimento inferior. Wallander sentiu a forte fragrância de maçãs de inverno. Svedberg começou a testar as chaves.

A décima segunda funcionou. Entraram num corredor em que portas vermelhas de aço se abriam para o que pareciam ser salas de depósito.

Foi Höglund quem descobriu.

"Eu acho que é essa aí", disse ela, apontando para uma porta.

Wallander e Svedberg puseram-se ao seu lado. Na porta havia um adesivo com um motivo floral.

"Uma orquídea", disse Svedberg.

"Uma sala secreta", respondeu Wallander.

Svedberg testou as chaves novamente. Wallander notou que se instalara uma fechadura extra na porta.

Finalmente a primeira fechadura se abriu. Wallander sentiu aumentar a tensão dentro de si. Svedberg continuou testando as chaves. Só restavam duas quando ele olhou para elas e fez um movimento com a cabeça.

"Vamos entrar", disse Wallander.

Svedberg abriu a porta.

16

O terror atacou Wallander como uma garra. Quando a ideia lhe ocorreu, era tarde demais. Svedberg abrira a porta. Nesse breve instante em que o terror tomou o lugar do tempo, Wallander esperou a explosão iminente. Mas Svedberg foi apalpando com a mão ao longo da parede e resmungou, perguntando-se onde estaria o interruptor — e não aconteceu nada de mais. Depois, Wallander sentiu-se embaraçado devido ao medo que sentira. Por que Runfeldt haveria de plantar uma bomba em seu porão?

Svedberg acendeu a luz. Entraram no quarto e olharam em volta. Como estavam no subsolo, havia apenas uma escassa fileira de janelas ao longo da parte mais alta da parede. A primeira coisa que Wallander notou foi que as janelas tinham grades de ferro na parte de dentro. Aquilo era uma coisa incomum, algo que certamente o próprio Runfeldt tratara de instalar.

A sala estava organizada como um escritório. Havia uma escrivaninha e arquivos ao longo das paredes. Numa pequena mesa junto à parede havia uma cafeteira e algumas xícaras. Na sala havia um telefone, um fax e uma fotocopiadora.

"Devemos dar uma olhada ou esperar por Nyberg?", perguntou Svedberg.

Wallander o ouviu, mas não respondeu imediatamente. Ainda estava tentando entender suas primeiras impressões. Por que Runfeldt alugou aquela sala? Por que Vanja Andersson não sabia nada sobre isso? E, mais importante: para que ele a usava?

"Não tem cama", continuou Svedberg. "Não dá a impressão de ser um ninho de amor."

"Nenhuma mulher se entregaria a sentimentos românticos aqui embaixo", disse Höglund.

Wallander ainda não tinha respondido a Svedberg. A questão mais importante era por que Runfeldt mantinha aquele escritório secreto. Tratava-se de um escritório, sem dúvida nenhuma.

Deixou o olhar vagar pelas paredes. Havia outra porta. Fez um aceno de cabeça para Svedberg, que avançou e experimentou a maçaneta. A porta estava aberta. Ele olhou para dentro.

"Parece uma câmara escura", disse Svedberg.

Wallander se perguntou se poderia haver um motivo simples para aquele espaço. Runfeldt tirava muitas fotografias. Em seu apartamento, havia uma grande coleção de fotografias de orquídeas de todo o mundo. Wallander e Höglund se aproximaram e olharam por cima do ombro de Svedberg. De fato, era uma minúscula câmara escura. Wallander concluiu que não precisavam esperar por Nyberg. Eles mesmos podiam examinar a sala.

A primeira coisa que procurou foi uma mala, mas não havia nenhuma. Em seguida sentou-se à escrivaninha e começou a folhear os papéis que lá se encontravam. Svedberg e Höglund se concentraram nos arquivos. Wallander lembrava-se vagamente de que Rydberg, ainda nos primeiros tempos, numa daquelas noites frequentes em que eles se sentavam em sua varanda tomando uísque, dissera que o trabalho de um policial e o de um auditor eram muito semelhantes. Passavam boa parte do tempo examinando documentos. Se isso é verdade, agora mesmo estou fazendo a auditoria de um morto, pensou ele.

Wallander abriu uma das gavetas da escrivaninha e encontrou um laptop. Não entendia muito de computadores. Sempre tinha de pedir ajuda quando havia algum problema com o computador de seu escritório. Svedberg e Höglund lidavam bem com computadores e os consideravam instrumentos de trabalho essenciais.

"Vamos ver o que se esconde aqui", disse ele, pondo o computador em cima da escrivaninha.

Levantou da cadeira e Höglund ocupou seu lugar. Depois de um instante a tela se iluminou. Svedberg ainda estava examinando os arquivos.

"Não há senhas", murmurou ela. "Estou no sistema."

Wallander inclinou-se para a frente e aproximou-se tanto que sentiu o perfume que ela estava usando. Pensou nos próprios olhos. Não dava para esperar mais, precisava de óculos de leitura.

"É um arquivo", disse ela. "Uma lista de nomes."

"Veja se Harald Berggren está na lista", disse Wallander.

Ela lhe lançou um olhar de espanto.

"Você pensa...?"

"Eu não penso nada. Mas podemos tentar."

Svedberg se afastara dos arquivos e agora estava próximo a Wallander, enquanto Höglund vasculhava o arquivo. Então ela balançou a cabeça.

"Holger Eriksson?", sugeriu Svedberg.

Wallander balançou a cabeça em sinal de aprovação. Ela procurou. Nada.

"Faça uma busca aleatória no arquivo", disse Wallander.

"Aqui tem um homem chamado Lennart Skoglund", disse ela. "Vamos tentar esse?"

"Ora, diabos! É Nacka!", exclamou Svedberg. "Há um famoso jogador de futebol chamado Lennart Skoglund", disse Svedberg. "O apelido dele é Nacka. Nunca ouviu falar dele?"

Wallander fez que sim com a cabeça. Höglund não sabia de quem se tratava.

"Lennart Skoglund parece um nome comum", disse Wallander. "Vamos ver o que há sobre ele."

Ela acessou o arquivo sobre o homem. Wallander apertou os olhos e conseguiu ler o texto curto.

Lennart Skoglund. Início em junho de 1994. Término em 19 de agosto de 1994. Não se tomou nenhuma providência. Caso encerrado.

"O que isso significa?", perguntou Svedberg.

"É quase como se tivesse sido escrito por um de nós", disse Höglund.

Naquele instante, Wallander entendeu qual seria a explicação daquilo. Pensou no equipamento técnico que Runfeldt havia comprado, na câmara escura e no escritório secreto. A coisa toda parecia implausível, mas agora que eles se debruçavam sobre o arquivo, afigurava-se bastante provável.

Wallander se espreguiçou.

"A questão é saber se Runfeldt se interessava por outras coisas além de orquídeas. A questão é saber se Runfeldt também era um detetive particular. Examine tudo o que encontrar aqui. Mantenha os olhos abertos e não se esqueça de Eriksson. E quero que um de vocês entre em contato com Vanja Andersson. Mesmo sem se dar conta, ela pode ter visto ou ouvido coisas que têm a ver com esta pequena operação. Vou voltar à delegacia e conversar com os filhos de Runfeldt."

"E o que fazemos com a entrevista coletiva?", perguntou Höglund. "Prometi que estaria lá."

"É melhor você ficar aqui."

Svedberg ofereceu as chaves de seu carro a Wallander, que balançou a cabeça.

"Vou pegar meu carro. De todo modo, preciso de uma caminhada."

Ao chegar à rua, arrependeu-se imediatamente. O vento estava forte e parecia que ia ficando cada vez mais frio. Hesitou um momento, perguntando-se se seria melhor ir para casa e apanhar um casaco mais quente. Mas estava com pressa e sentia-se incomodado. Fizeram algumas descobertas, mas elas não se encaixavam no quadro que tinham traçado. Por que Runfeldt atuara como detetive particular? Wallander foi andando depressa pela cidade e pegou o carro. O nível do combustível estava baixo, mas ele não tinha tempo de abastecer. Sua inquietação o tornava impaciente.

Chegou à delegacia pouco antes das quatro e meia. Ebba lhe passou uma pilha de recados telefônicos, que ele enfiou no bolso do casaco. Ao chegar ao escritório, ligou para a chefe Holgersson. Ela o lembrou da entrevista coletiva. Wallander prometeu cuidar do assunto. Não era algo que o agradava. Sempre se irritava com o que considerava perguntas impertinentes feitas pelos repórteres. Em várias ocasiões houve reclamações, até de Estocolmo, por sua falta de cooperação. Isso lembrou a Wallander o fato de ser conhecido fora de seu círculo de colegas e amigos. Para o bem ou para o mal, passara a fazer parte da polícia nacional da Suécia.

Deu à chefe um rápido resumo da descoberta do escritório de Runfeldt, sem falar que o florista, muito provavelmente, andara atuando como detetive particular. Então desligou e telefonou para Hansson. A filha de Runfeldt estava no escritório dele. Combinaram um encontro rápido no corredor.

"Conversei com o filho", disse Hansson. "Ele voltou para o Hotel Sekelgården."

Wallander balançou a cabeça.

"Descobriu alguma coisa?"

"Não muito. Ele confirmou a ideia de que Runfeldt era um homem apaixonado por orquídeas."

"E a mãe dele? A mulher de Runfeldt?"

"Um acidente trágico. Você quer os detalhes?"

"Agora não. O que diz a filha?"

"Eu estava prestes a conversar com ela. Levei algum tempo com o filho. Estou tentando esmiuçar a coisa o mais que posso. A propósito, o filho mora em Arvika, e a filha em Eskilstuna."

Wallander consultou o relógio. Devia estar se preparando para a entrevista coletiva, mas antes disso podia conversar um pouco com a filha de Runfeldt.

"Você se incomoda se eu fizer algumas perguntas a ela antes?"

"Não, vá em frente."

"Agora não tenho tempo para explicar, e as perguntas podem lhe parecer estranhas."

Entraram no escritório de Hansson. A mulher que lá se encontrava era jovem — Wallander calculou que teria não mais de vinte e três ou vinte e quatro anos. Dava para notar que se parecia com o pai. Ela se levantou quando ele entrou. Wallander sorriu e apertou-lhe a mão. Hansson encostou-se no batente da porta, e Wallander sentou-se na cadeira dele.

Hansson anotara um nome, Lena Lönnerwall. Wallander lançou um rápido olhar a Hansson, e este balançou a cabeça. Wallander tirou o casaco e o pôs no chão, junto à cadeira. Durante todo o tempo, ela acompanhava seus movimentos com os olhos.

"Devo começar por lhe dizer o quanto sentimos pelo que aconteceu", disse ele. "Meus pêsames."

"Obrigada."

Wallander percebeu que ela estava tranquila. Não dava a impressão de que iria se debulhar em lágrimas, notou ele um tanto aliviado.

"Seu nome é Lena Lönnerwall e você mora em Eskilstuna", disse Wallander. "Você é filha de Gösta Runfeldt."

"Certo."

"Todas as outras informações de caráter pessoal, que infelizmente serão necessárias, serão colhidas pelo inspetor Hansson. Tenho apenas algumas perguntas. Você é casada?"

"Sim."

"Qual sua profissão?"

"Treinadora de basquete."

Wallander refletiu sobre aquela resposta.

"Isso quer dizer que você é professora de educação física?"

"Significa que sou treinadora de basquete." Wallander fez que sim com a cabeça. Deixou as perguntas seguintes para Hansson. Nunca conhecera uma treinadora de basquetebol.

"Seu pai era florista?"

"Sim."

"Durante toda a vida?"

"Quando jovem, foi viver no mar. Quando ele e minha mãe se casaram, passou a viver em terra."

"E sua mãe morreu afogada?"

"Sim."

O momento de hesitação que precedera a resposta não passou despercebido a Wallander.

"Há quanto tempo aconteceu?"

"Uns dez anos atrás. Eu tinha exatamente treze anos."

Wallander percebeu que ela estava ansiosa. Continuou com toda prudência.

"Você pode me dar mais detalhes sobre o que e onde aconteceu?

"Será que isso tem mesmo alguma coisa a ver com meu pai?"

"É rotina da polícia buscar informações sobre o background das pessoas", disse Wallander, tentando demonstrar autoridade. Da posição em que se encontrava à porta, Hansson lhe lançou um olhar surpreso.

"Não sei muita coisa sobre isso", disse ela.

Errado, pensou Wallander. Você sabe, mas não quer falar sobre o assunto.

"Conte o que você sabe", disse ele.

"Foi no inverno. Não sei por que eles foram de carro para Älmhult para fazer uma caminhada num domingo. Ela caiu por um buraco no gelo. Meu pai tentou salvá-la, mas não conseguiu."

Wallander se manteve imóvel. Refletia sobre as palavras dela. Alguma coisa estava relacionada à investigação que estavam fazendo. Então lhe ocorreu o que era. Não era nada com Runfeldt, mas com Eriksson. Um homem cai num buraco no chão e morre empalado. A mãe de Lena Lönnerwall cai num buraco no gelo. O instinto de Wallander dizia-lhe que havia uma relação, mas ele não saberia dizer qual era. Tampouco sabia por que a mulher que estava sentada à sua frente não queria falar sobre a morte da mãe.

Abandonou o tema do acidente e continuou.

"Seu pai tinha uma loja de flores e era apaixonado por orquídeas."

"É a primeira coisa que me vem à cabeça quando penso nele. A forma como falava comigo e com meu irmão sobre flores."

"Por que ele amava tanto as orquídeas?"

"Por que alguém se apaixona por alguma coisa? Você pode me dar uma resposta?"

Wallander negou com a cabeça, sem responder.

"Você sabia que seu pai era detetive particular?"

Junto à porta, Hansson sobressaltou-se. Wallander manteve o olhar fixo na mulher à sua frente. A surpresa dela parecia genuína.

"Meu pai era um detetive particular?"

"Sim. Você não sabia disso?"

"Isso não pode ser verdade."

"Por que não?"

"Você não entende. Eu nem ao menos sei o que é um detetive particular. Será que temos detetives particulares na Suécia?"

"Essa é uma questão totalmente diferente", disse Wallander. "Mas seu pai gastava tempo fazendo um trabalho de detetive particular."

"Como Ture Sventon? É o único detetive sueco de que ouvi falar."

"Esqueça as histórias em quadrinhos", disse Wallander. "Estou falando sério."

"Eu também. Nunca ouvi uma palavra sobre meu pai estar envolvido em nada desse tipo. O que ele fazia?"

"Ainda é muito cedo para dizer."

Agora Wallander estava convencido de que ela não sabia o que o pai andava fazendo. Naturalmente, Wallander podia estar completamente errado, mas tinha quase certeza de que estava certo. A sala secreta na Harpegatan poderia levá-los às outras salas secretas, mas abalara toda a investigação. Tudo se pusera em movimento novamente.

Levantou-se da cadeira. "Por enquanto, é só", disse ele, estendendo-lhe a mão. "Tenho certeza de que nos veremos novamente."

Ela lhe lançou um olhar sombrio.

"Quem fez isso?", ela perguntou.

"Eu não sei", respondeu Wallander. "Mas tenho certeza de que vamos pegar quem quer que tenha assassinado seu pai."

Hansson seguiu-o no corredor. "Detetive particular? Você está brincando?"

"Não", disse Wallander. "Descobrimos um escritório secreto que pertencia a Runfeldt. Você terá mais informações depois."

Hansson balançou a cabeça. "Ture Sventon não era uma personagem de história em quadrinhos", disse ele. "Ele aparecia numa série de romances de mistério."

Mas Wallander já saíra. Tomou uma xícara de café e fechou a porta de seu escritório. O telefone tocou, ele o tirou do gancho, mas não atendeu. Morria de vontade de esquivar-se da entrevista coletiva, pois tinha muitas outras coisas em que pensar. Com uma careta, sacou um caderno de anotações e escreveu as coisas mais importantes que diria à imprensa.

Recostou-se na cadeira e olhou pela janela. O vento uivava.

Se o assassino se expressa numa linguagem, então podemos tentar lhe responder, pensou. Se é como imagino, ele quer mostrar às outras pessoas o que está fazendo. Portanto, temos de reconhecer que vimos, mas que não nos deixamos assustar por isso.

Fez mais algumas anotações. Então se levantou e foi ao escritório da chefe Holgersson. Disse o que estava pensando. Ela o ouviu com atenção e concordou que iriam agir conforme sua sugestão.

A entrevista coletiva aconteceu na maior sala de reuniões da delegacia. Wallander sentiu como se tivesse sido arrastado de volta ao verão passado, e àquela tumultuada entrevista coletiva que fora dominada pela fúria. Muitos dos rostos eram os mesmos.

"Estou contente por você estar assumindo isso", sussurrou a chefe Holgersson. "Vou fazer as observações iniciais. O resto fica por sua conta."

Eles se dirigiram ao estrado na extremidade da sala. Lisa Holgersson deu as boas-vindas a todos e passou a palavra a Wallander, que já estava começando a suar.

Ele fez uma descrição minuciosa do assassinato de Holger Eriksson e de Gösta Runfeldt. Disse que esses crimes estavam entre os mais selvagens que ele e seus colegas tinham investigado. A única informação importante que ele omitiu foi a descoberta de que Runfeldt provavelmente atuara como detetive particular. Tampouco mencionou que estavam procurando um homem que fora mercenário numa longínqua guerra na África e que se chamava Harald Berggren.

Em vez disso, falou algo totalmente diferente, algo com que ele e Lisa Holgersson tinham concordado. Disse que a polícia tinha pistas muito claras a ser investigadas. Naquele momento ele não podia dar detalhes, mas havia pistas e indicações. A polícia estava rastreando determinada pista sobre a qual ainda não podiam falar, por questões cruciais para a investigação.

Ele teve essa ideia quando lhe pareceu que a investigação tomava impulso. Um movimento ainda nas profundezas, quase impossível de ser percebido, mas que não obstante existia. A ideia que lhe ocorreu era absolutamente simples. Quando acontece um terremoto, as pessoas fogem do epicentro a toda pressa. O assassino queria que o mundo visse que os assassinatos eram sádicos e planejados. Os investigadores poderiam confirmar que estavam conscientes disso, mas também podiam dar uma resposta mais detalhada. Eles tinham visto mais do que se pretendera mostrar.

Wallander queria que o assassino se mexesse. Uma pessoa em movimento é mais fácil de se ver do que quando fica parada e escondida na própria sombra. Wallander tinha consciência de que toda a tática poderia dar errado. O assassino podia se fazer invisível, mas valia a pena tentar.

Além disso, ele recebeu permissão da chefe Holgersson para dizer uma coisa que não era bem verdade. Eles não tinham pistas. Só tinham fragmentos que não se concatenavam.

Quando Wallander terminou, começaram as perguntas. Estava preparado para a maioria delas. Ele as ouvira e lhes dera respostas antes, e continuaria a ouvi-las enquanto fosse policial.

Só quase no final, quando Wallander estava começando a ficar impaciente e a chefe Holgersson lhe fez sinal para que encerrasse a entrevista, tudo tomou um outro rumo. O homem que ergueu a mão e se levantou estava sentado a um canto, no fundo da sala. Wallander não o vira e já estava para encerrar a entrevista quando Holgersson lhe chamou a atenção para o fato de que havia mais uma pergunta.

"Sou da *Anmärkaren*", disse o homem. "Tenho uma pergunta."

Wallander procurou na memória. Nunca ouvira falar de uma revista chamada *Anmärkaren*. Ele estava cada vez mais impaciente.

"A que revista você disse que pertence?"

"À *Anmärkaren*."

"Devo confessar que nunca ouvi falar de sua revista, mas qual é a pergunta?"

"A *Anmärkaren* tem raízes muito antigas", respondeu o homem, sem se deixar intimidar. "Havia uma revista com esse nome em princípios do século xix. Uma revista de crítica social. Pretendemos publicar nosso primeiro número em breve."

"Uma pergunta", disse Wallander. "Quando você tiver publicado o segundo número eu respondo duas perguntas."

Houve muitos risos reprimidos na sala. O homem tinha um ar de pregador. Wallander se perguntou se a *Anmärkaren* seria uma publicação religiosa. Ou pseudorreligiosa, pensou ele. A espiritualidade new-age finalmente chegara a Ystad. A planície meridional da Suécia tinha sido conquistada e só sobrara Österlen.

"O que a polícia de Ystad pensa do fato de os moradores de Lödinge terem resolvido criar uma milícia de cidadãos?", perguntou o homem.

Wallander não conseguia ver seu rosto claramente.

"Não ouvi falar de que o povo de Lödinge tenha considerado a possibilidade de se lançar numa estupidez coletiva", respondeu Wallander.

"Não apenas em Lödinge", continuou o homem calmamente. "Existem planos para começar um movimento popular em todo o país. Uma organização de apoio à milícia de cidadãos que protegerá a população, que fará tudo o que a polícia não quer fazer. Ou não consegue fazer. Um dos pontos de partida será o distrito de Ystad."

Houve um súbito silêncio na sala.

"E por que Ystad foi escolhida para merecer essa honra?", perguntou Wallander. Ainda não estava certo se devia levar o homem a sério.

"Nos últimos meses houve um grande número de assassinatos brutais. A polícia conseguiu resolver os crimes deste verão, mas agora parece que a coisa recomeçou. As pessoas querem viver suas vidas. A polícia sueca capitulou aos elementos criminosos que atualmente estão emergindo de seus buracos. É por isso que a milícia de cidadãos é o único meio de resolver o problema da segurança."

"As pessoas tomarem a justiça nas próprias mãos não resolve problema nenhum", respondeu Wallander. "Só pode existir uma resposta para isso da polícia de Ystad. Uma resposta clara e inequívoca. Ninguém pode entendê-la mal. Consideraremos qualquer iniciativa particular de criar uma milícia de cidadãos como ilegal, e os participantes serão processados."

"Devo interpretar então que você se opõe a ela?", perguntou o homem.

Agora Wallander conseguia ver o rosto pálido e magro. Resolveu memorizá-lo.

"Sim", disse ele. "Você pode interpretar assim: nós nos opomos a qualquer tentativa de organizar uma milícia de cidadãos."

"Você não se pergunta o que o povo de Lödinge vai dizer disso?"

"Talvez eu me pergunte, mas não tenho medo da resposta", disse ele rapidamente, e encerrou a entrevista coletiva.

"Você acha que ele estava falando sério?", perguntou a chefe Holgersson quando os dois ficaram sozinhos na sala.

"Talvez. A gente deve ficar de olho no que está acontecendo em Lödinge. Se é verdade que o povo está começando a exigir, publicamente, uma milícia de cidadãos, então a situação mudou. E talvez a gente venha a ter problemas."

Eram sete horas da noite quando Wallander se despediu de Holgersson, voltou ao seu escritório e se sentou na cadeira. Precisava pensar. Não conseguia lembrar a última vez em que tivera tão pouco tempo para refletir e fazer um apanhado geral de uma investigação criminal.

O telefone tocou. Ele atendeu imediatamente. Era Svedberg.

"Como foi a entrevista coletiva?"

"Um pouco pior que o de costume. E como vão vocês dois?"

"Acho que você devia vir aqui. Descobrimos uma câmera com um rolo de filme. Nyberg está aqui. Achamos que devemos revelar o filme."

"Temos provas de que ele trabalhava como detetive particular?"

"Achamos que sim. Mas tem outra coisa também."

Tenso, Wallander esperou pela continuação.

"Achamos que o filme contém fotos de seu caso mais recente."

Mais recente, pensou Wallander. Não o último.

"Estou indo", disse ele.

Nuvens deslocavam-se céleres no céu. Enquanto an-

210

dava em direção ao carro, ele se perguntava se as aves migratórias voavam em ventos fortes como aquele. No caminho para a Harpegatan, ele parou e encheu o tanque do carro de gasolina. Sentia-se exausto e se perguntava quando teria tempo para procurar uma casa. E para pensar sobre seu pai. Perguntava-se também quando Baiba viria visitá-lo. Consultou o relógio. O que estava passando era o tempo ou sua vida? Estava cansado demais para chegar a uma conclusão. Ligou o carro. Seu relógio marcava sete e quarenta da noite.

Poucos minutos depois, estacionou na Harpegatan e desceu ao porão.

17

Tensos, eles olhavam a fotografia emergir do banho para revelação. Wallander não sabia ao certo o que iria ver, ou o que esperava ver, ali ao lado dos colegas na câmara escura. A luz vermelha lhe dava a impressão de que espiavam alguma coisa indecorosa. Nyberg estava revelando o filme, manquitolando em volta da cuba com sua muleta. Höglund já os advertira de que ele estava de péssimo humor.

Tinham feito algum progresso enquanto Wallander se ocupava com a entrevista coletiva. Não havia dúvida de que Runfeldt andara trabalhando como detetive particular. Da consulta aos vários arquivos sobre clientes, chegaram à conclusão de que ele se dedicava àquilo havia dez anos.

"Suas atividades eram limitadas", disse Höglund. "Ele não tinha mais que sete ou oito casos por ano. Ao que parece, era uma coisa que ele fazia em seu tempo livre."

Svedberg fez um rápido apanhado dos tipos de tarefas que confiavam a Runfeldt.

"Cerca de metade dos casos tinha a ver com suspeita de infidelidade", disse ele. "E, o que é bastante estranho, os clientes eram em sua maioria homens que desconfiavam da esposa."

"Por que isso é tão estranho?", perguntou Wallander.

"Eu simplesmente não achava que as coisas acontecessem desse modo", foi só o que Svedberg respondeu. "Mas que sei eu?"

Wallander fez um sinal para que ele continuasse.

"Há cerca de dois casos por ano nos quais um patrão

desconfia que o empregado está roubando", disse Svedberg. "Encontramos também muitos casos de vigilância de natureza por demais vaga. Em geral, trata-se de um quadro bastante tedioso. As anotações de Runfeldt são breves demais. Mas ele era bem pago."

"Então agora sabemos por que ele podia se dar ao luxo de férias tão caras", disse Wallander. "A viagem a Nairóbi lhe custou trinta mil coroas."

"Ele estava trabalhando num caso quando morreu", disse Höglund.

Ela abriu um diário que estava sobre a escrivaninha. Wallander pensou sobre seus óculos de leitura e não se deu ao trabalho de olhar as anotações.

"Parece que se tratava de seu trabalho mais frequente. Uma pessoa referida apenas como 'senhora Svensson' suspeita que seu marido a trai."

"Aqui em Ystad?", falou Wallander. "Ele trabalhava também em outras áreas?"

"Em 1987 ele teve um caso em Markaryd", disse Svedberg. "É o ponto mais ao norte que existe. Depois disso, só casos em Skåne. Em 1991 ele foi à Dinamarca duas vezes, e uma vez a Kiel. Não tive tempo de examinar os detalhes, mas tinha algo a ver com um engenheiro de uma balsa que estava de caso com uma garçonete da mesma empresa. Sua esposa, em Skanör, desconfiou, e com razão."

"Mas, afora isso, ele só pegava casos na região de Ystad?"

"Eu não diria isso", respondeu Svedberg. "O mais provável é que pegasse casos a leste e ao sul de Skåne."

"Holger Eriksson?", perguntou Wallander. "Você achou o nome dele?"

Höglund olhou para Svedberg, que balançou a cabeça, negando.

"Harald Berggren?"

"Também não."

"Vocês encontraram alguma coisa que possa indicar uma relação entre Eriksson e Runfeldt?"

Novamente, a resposta foi negativa. Tinha de estar ali,

pensou Wallander. Não faz sentido que se trate de dois assassinos diferentes. Assim como não faz sentido que eles fossem vítimas escolhidas aleatoriamente. A relação está aí. Só que ainda não a encontramos.

"Não consigo entender esse sujeito", disse Höglund. "Tinha paixão por flores, mas usava o tempo livre para trabalhar como detetive particular."

"As pessoas raramente são aquilo que a gente imagina que são", respondeu Wallander, perguntando-se de repente se isso se aplicaria a ele próprio.

"Ele parece ter ganhado uma nota com esse trabalho", disse Svedberg. "Mas, se não estou enganado, não lançava nenhum desses ganhos na declaração de renda. Será que a explicação poderia ser tão simples? Ele escondia essa atividade para enganar o fisco?"

"Acho difícil", disse Wallander. "Aos olhos da maioria das pessoas, ser detetive particular é uma ocupação muito suspeita."

"Ou pueril", disse Höglund. "Uma brincadeira para homens que nunca se tornaram adultos."

Wallander sentiu um vago desejo de protestar, mas, como não sabia o que dizer, deixou passar.

Imagens de um homem na casa dos cinquenta anos, com cabelos finos e curtos, apareceram na cuba em que se revelavam as fotos. As fotografias tinham sido tiradas ao ar livre. Em nenhuma delas se podia identificar o ambiente. Nyberg imaginou que as fotografias foram tiradas a grande distância, visto que alguns negativos estavam borrados, indicando o uso de teleobjetivas, sensíveis ao mais leve movimento.

"A senhora Svensson entrou em contato com ele pela primeira vez em 9 de setembro", disse Höglund. "Runfeldt anota ter trabalhado no caso em 14 e 17 de setembro."

"Apenas alguns dias antes da data de partida para Nairóbi", disse Wallander.

Saíram da câmara escura. Nyberg estava sentado à escrivaninha, examinando uma série de arquivos com fotografias.

"Quem é o cliente dele?", Wallander perguntou. "A senhora Svensson?"

"Os registros e anotações sobre seus clientes são vagos", disse Svedberg. "Ele parece ter sido um detetive de poucas palavras. Não registra nem mesmo o endereço da senhora Svensson."

"Como um detetive particular consegue clientes?", perguntou Höglund. "Eles devem anunciar seus serviços de alguma maneira."

"Vi anúncios em jornais", disse Wallander. "Talvez não no *Ystad's Allehanda*, mas em jornais nacionais. Deve haver uma maneira de localizar essa senhora Svensson."

"Eu falei com o porteiro", disse Svedberg. "Ele achava que Runfeldt tinha apenas um depósito no porão. Nunca viu ninguém mais entrar aí."

"Então Runfeldt se encontrava com os clientes em algum outro lugar", disse Wallander. "Esta era a sala secreta de sua vida."

Eles ficaram refletindo sobre aquilo. Wallander queria avaliar o que era mais importante naquele momento, mas a entrevista coletiva não o deixava em paz. O homem da *Anmärkaren* o assustara. Seria mesmo verdade que estava se formando uma milícia nacional de cidadãos? Se fosse o caso, Wallander sabia que logo logo essas pessoas iriam procurar vingança. Sentiu vontade de contar a Höglund e Svedberg o que acontecera, mas se conteve. Certamente seria melhor que discutissem o assunto na próxima reunião da equipe. E, na verdade, cabia à chefe Holgersson informá-los.

"Como podemos encontrar a senhora Svensson?", perguntou Svedberg.

"Vamos grampear este telefone e vasculhar todos os jornais que se encontram aqui", disse Wallander. "Em algum lugar haveremos de encontrá-la, tenho certeza. Vou deixar isso por sua conta, enquanto converso com o filho de Runfeldt."

* * *

A cidade parecia abandonada. Ele parou próximo à agência dos correios e saiu novamente para o vento. Viu em si mesmo uma figura patética, um agente da polícia num casaco fino, enfrentando o vento do outono numa desolada cidade sueca. O sistema de justiça criminal da Suécia, pensou. O que restou dele. Esta é sua imagem: agentes da polícia em casacos que não protegem do frio.

Ele dobrou à direita na altura da Caixa Econômica, andou até o Hotel Sekelgården e verificou o nome do filho da vítima: Bo Runfeldt. Wallander fez um aceno de cabeça para o jovem da recepção e se deu conta de que o rapaz era o filho mais velho de Björk, seu antigo chefe na polícia.

"Faz tanto tempo", disse Wallander. "Como vai seu pai?"

"Está insatisfeito em Malmö."

Ele não está insatisfeito em Malmö, pensou Wallander. Está insatisfeito com seu novo emprego.

"O que você está lendo?", perguntou Wallander.

"Sobre fractais."

"Fractais?"

"É um termo matemático. Estudo na Universidade de Lund. Isso aqui é só um emprego de meio expediente."

"Parece legal", disse Wallander. "Estou aqui para falar com um de seus hóspedes, Bo Runfeldt."

"Ele acabou de chegar."

"Há algum lugar em que possamos sentar e ter uma conversa particular?"

"Não temos muitos hóspedes", disse o rapaz. "Vocês podem usar a sala do café da manhã", acrescentou, indicando o corredor.

"Vou esperar lá", disse Wallander. "Por favor, ligue para o quarto dele e diga que estou aqui para conversar com ele."

"Eu li o jornal", disse o rapaz. "Por que as coisas estão piorando tanto?"

Wallander olhou-o com interesse.

"Que quer dizer com isso?"
"As coisas estão piores. Mais brutais."
"Eu não sei", respondeu Wallander. "Sinceramente não sei por que pioraram tanto. Ao mesmo tempo, não acredito no que acabei de dizer. Acho que sei. Acho que todo mundo sabe por que as coisas estão assim."

O filho de Björk queria continuar a discussão, mas Wallander levantou a mão para interrompê-lo, apontou o telefone, entrou na sala de café da manhã e se sentou. Pensou sobre a conversa interrompida. Sabia muito bem qual era a explicação. Sua Suécia, o país em que ele crescera, que fora construído depois da guerra, não era tão sólido quanto se pensava. Sob a superfície havia um lodaçal. Mesmo naquela época, os edifícios altos recém-construídos eram classificados como "desumanos". Como se podia esperar que as pessoas que ali viviam pudessem conservar sua "humanidade"? A sociedade se tornara cruel. Os que se sentiam indesejados em seu próprio país reagiam com agressão. Não existe nada que se possa classificar como violência sem sentido. Todo ato violento tem um sentido para a pessoa que o comete. Só quando ousamos admitir essa verdade podemos ter a esperança de dar um novo rumo à sociedade.

Também se perguntava como era possível ser um agente policial com as coisas pirando daquela maneira. Muitos de seus colegas estavam considerando seriamente a possibilidade de encontrar outras ocupações. Martinsson falara nisso, Hansson certa vez fizera o mesmo. E alguns anos atrás Wallander recortara um anúncio de jornal de uma grande empresa de segurança particular de Trelleborg. Perguntava-se o que Ann-Britt Höglund pensava. Ela ainda era jovem, podia continuar como agente policial por trinta anos ou mais. Iria perguntar a ela. Precisava saber, para ter ideia de como ele próprio reagiria àquilo.

Ao mesmo tempo, ele sabia que o quadro que estava traçando era incompleto. Entre os jovens, o interesse pelo trabalho na polícia crescera bastante nos últimos anos, e esse crescimento parecia ser contínuo.

Em princípios da década de 1990, muitas vezes ele se sentava na varanda de Rydberg nas noites quentes de verão e falava sobre o futuro. Continuaram a ter aquelas discussões mesmo durante a doença de Rydberg e em seus últimos dias. Nunca chegavam a nenhuma conclusão, mas com uma coisa concordavam: atualmente, o trabalho da polícia requeria a capacidade de decifrar os sinais dos tempos. De entender a mudança e interpretar as tendências da sociedade. Por esse motivo, talvez, a mais nova geração de agentes policiais estava mais bem preparada para lidar com a sociedade moderna.

Agora Wallander sabia que se enganara em relação a um fato essencial. Não é mais difícil ser policial hoje em dia que no passado. Era mais difícil para ele, mas isso é outra história.

Os pensamentos de Wallander foram interrompidos por passos no corredor. Levantou-se e cumprimentou Bo Runfeldt. Era um homem alto, espigado, de vinte e sete ou vinte e oito anos. Tinha um aperto de mão vigoroso. Wallander convidou-o a sentar-se, dando-se conta de que, como sempre, se esquecera de trazer o caderno de anotações. Nem sabia ao certo se algum dia possuíra uma caneta. Pensou em ir à recepção pedir uma ao filho de Björk, mas resolveu que não. Tinha de confiar na própria memória. Seu desleixo era indesculpável e o aborrecia.

"Deixe-me começar dando-lhe meus pêsames", principiou Wallander.

Bo Runfeldt fez um gesto de cabeça, sem dizer nada. Olhava-o com olhos de um azul intenso, semicerrados. Wallander se perguntou se ele era míope.

"Sei que você teve uma longa conversa com meu colega, o inspetor Hansson", continuou Wallander. "Mas também quero lhe fazer algumas perguntas."

Runfeldt continuou em silêncio, por trás de seu olhar penetrante.

"Você mora em Arvika e é contador", disse Wallander.

"Trabalho para a Price Waterhouse", disse Runfeldt. Sua voz indicava uma pessoa acostumada a expressar-se.

"Não parece ser uma firma sueca."

"Não é. A Price Waterhouse é uma das maiores firmas de contabilidade do mundo. A lista dos países onde não trabalhamos é bem menor que a daqueles nos quais trabalhamos."

"Mas você trabalha na Suécia?"

"O tempo todo não. Muitas vezes tenho trabalhos na África e na Ásia."

"Eles precisam de contadores da Suécia?"

"Não, não exatamente da Suécia, mas da Price Waterhouse. Auditamos muitos projetos importantes. Para garantir que o dinheiro chegue aonde deve chegar."

"E chega?"

"Nem sempre. Isso é mesmo relevante para o que aconteceu a meu pai?"

Wallander notou que Bo Runfeldt tinha dificuldade em esconder sua sensação de que falar com um policial era algo abaixo de sua dignidade. Em circunstâncias normais, Wallander reagiria com raiva, mas alguma coisa o conteve. Por um breve instante, ele se perguntou se aquilo era por ter herdado a submissão de que o pai tantas vezes dera mostras em sua vida, principalmente em relação aos homens que chegavam em lustrosos carros americanos, para comprar seus quadros. Talvez aquela fosse sua herança: um sentimento de inferioridade.

Fitou o homem de olhos azuis.

"Seu pai foi assassinado", disse ele. "Neste momento, sou eu quem diz quais questões são relevantes."

Bo Runfeldt deu de ombros. "Devo confessar que pouco sei sobre o trabalho da polícia."

"Falei com sua irmã antes", continuou Wallander. "Uma pergunta que fiz a ela pode ser muito importante, por isso vou fazê-la também a você. Você sabia que seu pai, além de florista, trabalhava como detetive particular?"

Runfeldt prorrompeu em risos.

"Isso deve ser a coisa mais idiota que ouvi desde muitos anos", disse ele.

"Idiota ou não, é verdade."

"Detetive particular?"

"Ou investigador particular, se você prefere. Ele tinha um escritório e assumiu vários casos. Desenvolveu essa atividade nos últimos dez anos."

Runfeldt viu que Wallander estava falando sério. Sua surpresa era autêntica.

"Ele deve ter começado esse trabalho mais ou menos à mesma época em que sua mãe morreu."

Wallander notou uma mudança quase imperceptível em sua fisionomia, como se ele tivesse invadido um terreno do qual deveria ter mantido distância. A mesma reação que a irmã tivera.

"Você sabia que seu pai pretendia viajar para Nairóbi", continuou ele. "Quando um de meus colegas lhe falou, você pareceu não acreditar que seu pai não se dirigiu ao aeroporto de Kastrup."

"Conversei com ele no dia anterior."

"Como lhe pareceu que ele estava?"

"O mesmo de sempre. Falou sobre a viagem."

"Ele não pareceu apreensivo?"

"Não."

"Você deve ter ficado preocupado com o desaparecimento dele. Você pode levantar alguma hipótese que explique por que ele não fez a viagem? Ou por que o enganou?"

"Não existe explicação razoável para isso."

"Ao que parece, ele fez as malas e deixou o apartamento. É aí que a trilha acaba."

"Alguém deve tê-lo pegado."

Wallander fez uma pausa antes da pergunta seguinte.

"Quem?"

"Não sei."

"Seu pai tinha algum inimigo?"

"Não que eu soubesse. Não mais."

"O que você quer dizer com esse 'não mais'?"

"Exatamente o que eu disse. Acho que havia muito tempo que ele não tinha nenhum inimigo."

"Pode me explicar o que quer dizer com isso?"

Runfeldt tirou um maço de cigarros do bolso. Wallander notou que suas mãos tremiam ligeiramente.

"Importa-se que eu fume?"

"De modo algum."

Wallander esperou. Sabia que havia mais a dizer. Ele também tinha a impressão de que se acercava de algo importante.

"Não sei se meu pai tinha inimigos", disse ele. "Mas sei que uma pessoa tinha motivos para odiá-lo."

"Quem?"

"Minha mãe."

Runfeldt esperou que Wallander lhe fizesse uma pergunta, mas ela não veio. Ele continuou esperando.

"Meu pai amava sinceramente orquídeas", disse Runfeldt. "Era um homem culto, um botânico autodidata. Mas era algo mais que isso."

"Como assim?"

"Ele era um homem brutal. Agrediu minha mãe com frequência, ao longo de todo o período em que estiveram casados. Às vezes com tal violência que ela ia parar no hospital. Tentamos convencê-la a separar-se dele, mas ela não quis. Ele batia nela. Depois se mostrava contrito, e ela se dobrava aos desejos dele. Um pesadelo que parecia não ter fim. A brutalidade só parou quando ela morreu afogada."

"Pelo que ouvi falar, ela caiu num buraco no gelo, não?"

"É só o que sei também. Foi isso o que meu pai nos contou."

"Você não parece totalmente convencido."

Runfeldt esmagou num cinzeiro o cigarro fumado pela metade.

"Talvez ela tenha ido lá antes e feito o buraco no gelo. Talvez tenha decidido acabar com aquilo de uma vez por todas."

"É uma possibilidade?"

"Ela falava em se matar. Não com muita frequência; algumas vezes, nos últimos anos de sua vida. Mas não acreditávamos nela. As pessoas normalmente não acreditam. Os suicídios são fundamentalmente inexplicáveis para aqueles que deveriam prestar atenção e entender o que está se passando."

Wallander pensou sobre o fosso com estacas. Nas pranchas parcialmente serradas. Gösta Runfeldt fora um homem brutal. Agredia a própria esposa. Wallander procurava entender o significado do que Bo Runfeldt lhe dizia.

"Não lamento a morte de meu pai", continuou Runfeldt. "Acho que minha irmã tampouco. Ele era um homem cruel. Infernizava a vida de minha mãe."

"Ele nunca se mostrou cruel com você e sua irmã?"

"Nunca. Só com ela."

"Por que ele a maltratava?"

"Não sei. Não se deve falar mal dos mortos, mas ele era um monstro."

Wallander refletiu por um instante.

"Nunca lhe passou pela cabeça que seu pai pode ter matado sua mãe? Que não tenha sido um acidente?"

"Muitas vezes. Mas não há meio de provar isso. Não houve testemunhas. Eles estavam sozinhos no gelo, num dia de inverno."

"Como é o nome do lago?"

"Lago Stång. Não muito longe de Älmhult, no sul de Småland."

Wallander refletiu por um instante. Teria outras perguntas a fazer? Parecia-lhe que a investigação chegara a um impasse. Devia haver muitas questões. E havia. Mas não havia ninguém a quem perguntar.

"O nome Harald Berggren significa alguma coisa para você?"

Runfeldt pensou bastante antes de responder.

"Não. Nada. Mas posso estar enganado. É um nome bastante comum."

"Em alguma ocasião seu pai teve contato com mercenários?"

"Não que eu saiba. Mas lembro-me de que ele sempre

falava comigo sobre a Legião Estrangeira quando eu era criança. Nunca com minha irmã, só comigo."

"O que ele lhe contava?"

"Histórias de aventuras. Talvez entrar para a Legião Estrangeira tivesse sido um sonho seu de adolescente. Mas tenho certeza de que nunca teve nada a ver com eles. Nem com mercenários."

"Holger Eriksson. Já ouviu falar nesse nome?"

"O homem que foi morto uma semana antes de meu pai? Eu o vi nos jornais. Tanto quanto sei, meu pai nunca teve nada com ele. Posso estar errado, claro. Não mantínhamos muito contato."

"Por quanto tempo você vai ficar em Ystad?"

"O funeral se fará tão logo encerremos os preparativos necessários. Temos de resolver o que fazer com a loja."

"É bem possível que você volte a ter notícias minhas", disse Wallander, pondo-se de pé.

Saiu do hotel e se deu conta de que estava faminto. O vento sacudia suas roupas com violência. Abrigou-se sob a marquise de um edifício e tentou pensar no que fazer. Que precisava comer, ele sabia, mas sabia também que logo deveria sentar-se e tentar organizar os próprios pensamentos. Ainda estava buscando o ponto em que a vida de Eriksson e a de Runfeldt se cruzavam. Esse ponto está aí em algum lugar, no sombrio background, disse para si mesmo. Talvez eu próprio já o tenha visto e seguido adiante sem prestar atenção.

Chegou ao carro e seguiu para a delegacia. No caminho ligou para o celular de Höglund. Ela lhe disse que eles estavam tranquilos, revistando o escritório, mas que tinham mandado Nyberg para casa, porque o pé dele doía muito.

"Estou a caminho da delegacia. Acabo de ter uma conversa interessante com o filho de Runfeldt", disse Wallander. "Preciso de algum tempo para refletir sobre ela."

"Não nos basta remexer em nossos papéis", respondeu Höglund. "Precisamos também de alguém que se dedique a pensar."

Ele não sabia ao certo se sua última observação tinha uma intenção sarcástica, mas afastou esse pensamento.

Hansson estava em seu escritório examinando os relatórios, que começavam a se acumular. Wallander ficou na porta, com uma xícara de café na mão.

"Onde estão os relatórios do patologista?", perguntou ele. "A esta altura já devem ter chegado. Pelo menos o relatório sobre Holger Eriksson."

"Com certeza está no escritório de Martinsson. Se bem me lembro, ele disse isso."

"Martinsson ainda está aqui?"

"Foi para casa. Copiou um arquivo num disco e ia ficar trabalhando em casa."

"Será que isso é permitido?", perguntou Wallander distraidamente. "Levar material de investigação para casa?"

"Não sei", respondeu Hansson. "Nunca faço isso. Nem tenho computador em casa. Mas talvez atualmente isso seja uma transgressão."

"Que transgressão?"

"Não ter computador em casa."

"Nesse caso, ambos somos transgressores", disse Wallander. "Gostaria de ver esses relatórios amanhã bem cedo."

"Como foi a conversa com Bo Runfeldt?"

"Tenho de fazer anotações hoje à noite, mas ele disse algo que pode se revelar importante. E agora sabemos com certeza que Gösta Runfeldt passava parte de seu tempo trabalhando como detetive particular."

"Svedberg me ligou e contou."

Wallander tirou o celular do bolso.

"O que fazíamos quando não existiam essas engenhocas?", perguntou ele. "Mal consigo me lembrar."

"Fazíamos exatamente a mesma coisa", respondeu Hansson. "Mas levava mais tempo. Procurávamos cabines telefônicas. Passávamos muito mais tempo em nossos carros. Mas fazíamos as mesmas coisas que fazemos agora."

Wallander tomou o corredor e dirigiu-se ao seu escritório, acenando com a cabeça para alguns agentes policiais que saíam da cantina. Entrou no escritório e se sentou. Passaram-se mais de dez minutos antes de ele pegar um caderno de anotações em branco.

Levou duas horas para redigir um sumário aprofundado dos assassinatos. Estava tentando pilotar dois navios ao mesmo tempo, enquanto buscava um ponto de contato que sabia que tinha de existir. Depois das onze da noite, largou a caneta e reclinou-se na cadeira. Chegara a um ponto em que não conseguia ver mais nada. Mas não tinha dúvidas. Havia uma relação entre os dois casos. Só que ainda não tinha sido descoberta.

Havia algo mais. Volta e meia vinha-lhe à mente a observação de Höglund: há alguma coisa ostensiva no *modus operandi*. Tanto na morte de Eriksson, empalado em estacas aguçadas de bambus, quanto na de Runfeldt, estrangulado e deixado amarrado a uma árvore. Vejo algo, pensou ele, só que não consigo descobrir o que está por trás. Era quase meia-noite quando Wallander apagou as luzes do escritório e se deixou ficar no escuro. Ainda se tratava de um mero palpite, um medo vago no fundo de seu cérebro.

O assassino haveria de atacar novamente. Wallander parecia ter detectado um sinal enquanto trabalhava em sua escrivaninha. Havia alguma coisa incompleta em tudo o que ocorrera até então. De que se tratava, ele não sabia.

Mesmo assim, tinha certeza.

18

Ela esperou até duas e meia da manhã. Por experiência, sabia que era quando o cansaço a dominava. Rememorou todas as noites em que estava de serviço. Era sempre assim. O maior perigo de cochilar era entre duas e quatro da manhã.

Ficou esperando na rouparia desde as nove da noite. Exatamente como na ocasião de sua primeira visita, dirigiu-se direto à entrada principal do hospital. Ninguém prestou atenção nela: uma enfermeira com pressa. Ninguém a viu porque não havia nada de anormal nela. Pensou em se disfarçar, talvez mudar o penteado. Mas seria uma precaução desnecessária. Tivera bastante tempo para pensar enquanto aguardava na rouparia, o cheiro de lençóis recém-lavados e passados lembrando sua infância. Deixou-se ficar ali no escuro até depois da meia-noite, então pegou sua lanterna, a que sempre usava no trabalho, e leu a última carta que a mãe lhe escreveu. Estava inacabada. Mas foi naquela carta que a mãe começou a escrever sobre si mesma. Sobre os acontecimentos que a levaram a tentar tirar a própria vida. Ela percebia que a mãe nunca conseguiu superar a própria amargura. *Vago pelo mundo como um navio sem capitão,* escreveu ela, *obrigada a expiar a culpa de outra pessoa. Eu achava que a idade haveria de criar uma grande distância, que as lembranças iriam turvar-se, desbotar e talvez finalmente desaparecer totalmente. Mas agora vejo que isso não vai acontecer. Só com a morte posso pôr um fim nisso. E como não quero morrer, pelo menos por enquanto, resolvo rememorar.*

A carta datava do dia anterior àquele em que fora morar com as freiras francesas: o dia em que as sombras se destacaram da escuridão e a assassinaram.

Depois de ler a carta, ela desligou a lanterna. Tudo estava no mais absoluto silêncio. Alguém passara duas vezes no corredor. A rouparia ficava numa ala usada apenas parcialmente.

Tivera bastante tempo para pensar. Agora havia três dias livres em seu cronograma. Tinha algum tempo e iria usá-lo. Até aquele momento, as coisas haviam acontecido como o esperado. As mulheres só erravam ao tentar pensar como homens. Há muito tempo sabia disso e, em seu modo de ver, ela o comprovara.

Mas havia algo que a incomodava, algo que tirara seu cronograma dos trilhos. Acompanhou de perto tudo o que os jornais publicaram. Ouvia as notícias do rádio e as via em vários canais de televisão. Era claro que a polícia não estava entendendo nada. E que sua intenção tinha sido não deixar vestígios, desviar os cães dos rastros que por acaso estivessem seguindo. Mas agora estava impaciente com tanta incompetência. A polícia nunca haveria de resolver os crimes. Ela estava acrescentando enigmas à história. Em suas mentes, os policiais estavam procurando um assassino. Ela não queria que as coisas continuassem assim.

Deixou-se ficar na escuridão do closet e arquitetou um plano. Faria algumas pequenas mudanças. Nada que pudesse revelar seu cronograma, claro. Mas daria um rosto ao enigma.

Às duas e meia da manhã, saiu da rouparia. O corredor estava deserto. Alisou o uniforme branco e dirigiu-se às escadas que levavam à maternidade. Sabia que normalmente só ficavam quatro pessoas de plantão. Estivera lá durante o dia, perguntando sobre uma mulher que ela já sabia ter ido para casa com seu bebê. Por cima do ombro da enfermeira, viu no quadro que todos os quartos estavam ocupados. Não conseguia imaginar por que as mulheres tinham bebês nessa época do ano, quando o outono já alcançava o inverno. Mas àquela altura ela já sabia que poucas mulheres escolhiam a época em que iriam dar à luz, mesmo nos dias de hoje.

Quando chegou às portas de vidro da maternidade, parou e deu uma boa olhada no posto de enfermagem. Abriu um pouco a porta e não ouviu vozes. Isso significava que parteiras e enfermeiras estavam ocupadas. Ela levaria menos de quinze segundos para chegar ao quarto da mulher que pretendia visitar. Com certeza não cruzaria com ninguém, mas tinha de ter cuidado. Tirou do bolso a luva que ela própria costurara, enchendo os dedos com chumbo, de forma a acompanhar os contornos das articulações. Ela a pôs em sua mão direita, abriu a porta e entrou rapidamente na maternidade. O posto de enfermagem estava vazio; em algum lugar, um rádio tocava. Andou rápida e silenciosamente para o quarto, entrou sorrateiramente e fechou a porta atrás de si.

Tirando a luva, aproximou-se da mulher deitada na cama; ela estava acordada. Meteu a luva no bolso, o mesmo no qual guardara a carta de sua mãe. Sentou-se à beira da cama. A mulher estava muito pálida, e seu ventre levantava o lençol. Segurou a mão da mulher.

"Você resolveu?", ela perguntou.

A mulher fez que sim. Aquilo não a surpreendeu, ainda assim sentiu uma espécie de vitória. Mesmo as mulheres mais assustadas podiam ser reconduzidas à vida.

"Eugen Blomberg", disse a mulher. "Ele mora em Lund. Faz pesquisas na universidade. É só o que sei dizer sobre o que ele faz."

Ela afagou a mão da mulher.

"Vou cuidar disso. Não se preocupe com nada."

"Odeio aquele homem", disse ela.

"Sim", disse a mulher sentada à beira da cama. "Você o odeia e tem todo o direito de odiá-lo."

"Eu o mataria, se pudesse."

"Eu sei. Mas você não pode. Em vez disso, pense em seu bebê."

Ela se inclinou para a frente, afagou o rosto da mulher, levantou-se e pôs a luva. Ficara no quarto não mais de dois minutos. Com todo cuidado, abriu a porta. Não havia ninguém por perto. Encaminhou-se para a saída.

No exato momento em que estava passando pelo posto de enfermagem, surgiu uma mulher. Foi puro azar. A mulher olhou para ela. Era uma mulher de mais idade, provavelmente uma das parteiras.

Ela continuou andando em direção à saída. A mulher gritou e começou a correr atrás dela. Ela acelerou o passo, mas a mulher agarrou-lhe o braço esquerdo, perguntou quem ela era e o que estava fazendo ali. Que azar aquela mulher aparecer ali, pensou ela, virando o corpo e atacando-a com a luva. Não queria machucá-la seriamente, por isso teve o cuidado de não atingir a têmpora, o que poderia ser fatal. Ela a golpeou com força na face — o bastante para nocauteá-la. A mulher gemeu e caiu no chão.

Voltou-se para ir embora, mas sentiu duas mãos agarrando-lhe a perna. Quando olhou para trás, percebeu que não tinha golpeado com força bastante. Ao mesmo tempo, ouviu uma porta abrir-se em algum lugar à distância. Estava prestes a perder o controle da situação. Desvencilhou a perna e se abaixou para dar outro golpe. A mulher arranhou-lhe a face. Então ela desferiu o golpe, sem se preocupar se era forte demais, direto na têmpora da outra. A mulher desabou no chão.

Ela passou correndo pelas portas de vidro, a face doendo no ponto em que a mulher lhe arranhara a pele. Ninguém foi atrás dela. Limpou o rosto, viu manchas de sangue na manga de sua blusa branca, pôs a luva no bolso e tirou os tamancos para correr mais rápido. Ela se perguntou se o hospital dispunha de um sistema de alarme interno. Mas conseguiu sair sem ter sido pega. Quando chegou ao carro e examinou o próprio rosto no retrovisor, viu que tinha apenas alguns arranhões.

As coisas não tinham saído como planejado, mas ela não podia achar que sempre fosse assim. O importante é que conseguira convencer a mulher a revelar o nome do homem que lhe fizera tanto mal.

Eugen Blomberg.

Ela ainda tinha quarenta e oito horas para começar a investigação e articular um plano e um cronograma. Não havia pressa. Teria o tempo necessário: achava que só precisaria de uma semana, não mais que isso.

O forno estava vazio, esperando.

Na quinta-feira, logo depois das oito da manhã, a equipe de investigação estava na sala de reuniões. Wallander pedira a Åkeson que viesse. Quando estava prestes a começar, notou uma ausência.

"Onde está Svedberg? Ele não veio hoje?"

"Veio, mas foi embora", disse Martinsson. "Ao que tudo indica houve um ataque no hospital na noite passada. Ele disse que logo estaria de volta."

Uma vaga lembrança perpassou a mente de Wallander, mas ele não conseguia captá-la. Alguma coisa que tinha a ver com Svedberg e o hospital.

"Isso indica a necessidade de reforços", disse Åkeson. "Temo não podermos adiar essa discussão."

Wallander entendeu o que ele queria dizer. Em várias ocasiões anteriores, ele e Åkeson tinham se contraposto quanto à questão de requisitar ou não reforços.

"Voltaremos ao assunto no final da reunião", disse Wallander. "Vamos começar pelo ponto onde realmente nos encontramos nessa confusão."

"Ligaram várias vezes de Estocolmo", disse a chefe Holgersson, "e acho que nem preciso dizer quem foi. Esses casos violentos têm prejudicado a imagem da força policial local amistosa."

Uma mescla de resignação e hilaridade perpassou a sala, mas ninguém comentou o que Holgersson dissera. Martinsson bocejou audivelmente. Wallander aproveitou isso como ponto de partida.

"Todos estamos cansados. A desgraça do policial é a falta de sono. Pelo menos em crises como esta."

Foi interrompido pelo som da porta que se abria. Nyberg entrou. Wallander sabia que ele estava em contato telefônico com o laboratório forense em Linköping. Nyberg avançou claudicando para a mesa, usando a muleta.

"Como vai o pé?", perguntou-lhe Wallander.

"Melhor isso do que ser empalado em hastes de bambu da Tailândia", respondeu ele.

Wallander lançou-lhe um olhar interrogativo.

"Há certeza quanto a isso? O bambu é da Tailândia?"

"Há certeza sim. É importado por uma empresa de Bremen, que o usa para fazer caniços de pesca e móveis. Falamos com seu representante na Suécia. Eles importam mais de cem mil estacas de bambu anualmente. É impossível dizer onde foram compradas, mas só falei com Linköping. Eles podem calcular há quanto tempo o bambu está na Suécia."

Wallander balançou a cabeça.

"Mais alguma coisa?", perguntou ele, ainda voltado para Nyberg.

"Em relação a Eriksson ou Runfeldt?"

"Em relação a ambos."

Nyberg abriu o caderno de anotações.

"As pranchas da ponte de Eriksson vieram da Loja de Materiais de Construção de Ystad. Na cena do crime não há nenhum objeto que possa nos ajudar a esclarecer os fatos. No lado da colina onde ele tinha sua torre de observação de pássaros há uma trilha de trator que imaginamos ter sido usada pelo assassino, caso tenha vindo de carro, que é o que suponho. Recolhemos todas as marcas de pneus que encontramos, mas não há pistas em nenhum ponto da cena do crime."

"E a casa?"

"O problema é que não sabemos o que estamos procurando. Tudo parece estar em perfeita ordem. O arrombamento que ele relatou alguns anos atrás também é um enigma. A única coisa talvez digna de nota é que Eriksson mandou instalar fechaduras extras na porta da frente."

"Isso pode indicar que temia alguma coisa", disse Wallander.

"Também pensei isso. Por outro lado, todo mundo anda fazendo isso atualmente, não é?"

Wallander olhou em volta da mesa.

"Vizinhos", disse ele. "Quem era Holger Eriksson? Quem poderia ter um motivo para matá-lo? E quanto a Harald Berggren? Já é tempo de fazermos um levantamento completo. Não importa quanto tempo leve."

Mais tarde, Wallander haveria de lembrar-se daquela manhã de quinta-feira como uma escalada interminável. Todos apresentaram o resultado de seus trabalhos, sem que nada significasse algum avanço substancial. O aclive ia ficando cada vez mais íngreme. A vida de Eriksson parecia inexpugnável. Ninguém vira nada. Ninguém nem ao menos parecia conhecer aquele homem que vendia carros, observava pássaros e escrevia poemas. Finalmente Wallander começou a se perguntar se se enganara, se o assassino de Eriksson o escolhera ao acaso. Mas lá no fundo ele sabia que aquilo não podia ser verdade. O assassino falara uma linguagem específica — havia lógica e coerência em seu método de matar. Wallander sabia que não estava enganado, mas não conseguia ir além disso.

Quando Svedberg voltou do hospital, eles estavam completamente atolados. Ele apareceu como um salvador, porque, ao sentar-se à mesa e remexer em suas anotações, a investigação finalmente pareceu começar a avançar.

Svedberg começou desculpando-se pela própria ausência. Wallander perguntou o que acontecera no hospital.

"É muito estranho", disse Svedberg. "Pouco antes das três da manhã apareceu uma enfermeira na maternidade. Uma das parteiras, Ylva Brink, que é minha prima, ontem à noite estava de serviço lá. Ela não reconheceu a enfermeira e perguntou-lhe o que estava fazendo ali. A enfermeira atacou-a, derrubou-a no chão, fazendo-a desmaiar. Quando

Ylva voltou a si, a mulher tinha ido embora. Elas interrogaram todas as pacientes, mas nenhuma a tinha visto. Conversei com o pessoal que estava de serviço na noite passada. Todos se mostraram surpresos."

"Como está sua prima?", perguntou Wallander.

"Teve uma concussão."

Wallander estava prestes a voltar ao caso de Eriksson, mas Svedberg tornou a falar. Parecendo constrangido, coçava a cabeça nervosamente.

"O mais estranho é que a tal mulher já esteve lá antes, há mais ou menos uma semana. Ylva também estava trabalhando naquela noite. Ela tem certeza de que a mulher na verdade não é uma enfermeira, que estava disfarçada."

Wallander franziu o cenho e se lembrou da anotação que já estava há uma semana em sua escrivaninha.

"Na ocasião, você conversou também com Ylva Brink e fez algumas anotações."

"Joguei fora o pedaço de papel", disse Svedberg. "Como nada aconteceu da primeira vez, achei que não havia com que se preocupar. Tínhamos coisas mais importantes a fazer."

"Acho uma coisa horripilante", disse Höglund. "Uma falsa enfermeira que entra na maternidade à noite. E não tem o menor escrúpulo em recorrer à violência. Deve significar alguma coisa."

"Minha prima não a reconheceu, mas me deu uma ótima descrição da mulher. Ela é de compleição robusta e sem dúvida muito forte."

Wallander não comentou o fato de a anotação de Svedberg estar em sua escrivaninha.

"Que coisa estranha", foi só o que ele disse. "Que tipo de precaução o hospital tomou?"

"Por enquanto, contrataram uma firma de segurança. Querem ver se a mulher vai aparecer novamente."

Eles tinham deixado para trás os acontecimentos da noite anterior. Wallander olhou para Svedberg, achando, desanimado, que ele ia reforçar a impressão de que a investigação patinava. Mas Svedberg tinha mais informações a dar.

"Na semana passada conversei com um dos empregados de Eriksson, Ture Karlhammar, que tem setenta e três anos e mora em Svarte. Escrevi um relatório sobre isso, que vocês talvez tenham lido. Ele trabalhou como vendedor de carros para Eriksson por mais de trinta anos. A princípio, disse apenas o quanto sentia pelo ocorrido e que todos só tinham boas coisas a dizer sobre Eriksson. A mulher de Karlhammar estava fazendo café. A porta que dava para a cozinha estava aberta. De repente ela entrou, bateu a bandeja de café na mesa com tanta força que o creme derramou, disse que Holger Eriksson era um canalha e saiu."

"E então?"

"Foi um pouco embaraçoso, claro. Mas Karlhammar sustentou sua história. Fui conversar com a mulher dele, mas ela tinha sumido."

"Tinha sumido? Como assim?"

"Ela pegou o carro e saiu. Mais tarde, liguei várias vezes, mas ninguém atendeu. Mas esta manhã recebi uma carta, que li antes de ir ao hospital. Era da esposa de Karlhammar. E, se o que ela diz é verdade, é uma leitura muito interessante."

"Dê-nos um resumo", disse Wallander. "Depois você pode tirar cópias."

"Ela afirma que Eriksson deu provas de sadismo muitas vezes em sua vida. Tratava mal os empregados, perseguia quem quer que pedisse demissão. Ela repete várias vezes que pode apresentar tantos exemplos quantos sejam necessários para demonstrar o que diz."

Svedberg deu uma olhada na carta.

"Ela diz que ele tinha pouco respeito pelos outros. No fim da carta diz que ele costumava viajar muito para a Polônia. Pelo visto, para visitar algumas mulheres lá. Segundo a senhora Karlhammar, essas mulheres talvez tivessem muito a contar. Essas histórias talvez não passassem de fofocas. Como ela podia saber o que ele fazia na Polônia?"

"Ela não insinuou que ele era homossexual?", perguntou Wallander.

"Não. E a parte sobre a Polônia com certeza não dá essa impressão."

"E imagino que Karlhammar nunca tenha ouvido falar de alguém chamado Harald Berggren."

"Não."

Wallander sentiu necessidade de levantar-se e estender as pernas. O que Svedberg dissera sobre o conteúdo da carta era importante, não havia dúvida. Wallander se deu conta de que era a segunda vez em vinte e quatro horas que ele ouvia alguém classificar um homem de brutal.

Sugeriu que se fizesse uma pausa, para tomarem um pouco de ar. Åkeson não os acompanhou.

"Agora já está tudo arranjado. Eu me refiro ao Sudão."

Wallander sentiu uma ponta de inveja. Åkeson tomara sua decisão e se afastara do serviço. Por que ele não fazia o mesmo? Por que resolveu procurar uma nova casa? Agora que seu pai se fora, nada o prendia ali. Linda era capaz de cuidar de si mesma.

"Eles não precisam de policiais para manter a ordem entre os refugiados, precisam? Tenho alguma experiência nesse campo aqui em Ystad."

Åkeson riu.

"Posso perguntar. Os policiais suecos normalmente vão para as forças especiais das Nações Unidas. Não há nada que o impeça de candidatar-se."

"No presente momento, tenho uma investigação de assassinato. Talvez mais tarde. Quando você vai partir?"

"Entre o Natal e o Ano-Novo. Vai ser ótimo mudar de ares. Às vezes acho que talvez nunca mais volte. Nunca haverei de velejar para as Índias Ocidentais num barco construído por mim mesmo, mas vou para o Sudão. E não tenho ideia do que vai acontecer depois disso."

"Todo mundo sonha em fugir", disse Wallander. "As pessoas da Suécia estão sempre esperando pelo próximo paraíso. Às vezes eu acho que já nem reconheço meu país."

"Talvez eu também esteja fugindo. Mas o Sudão não é nenhum paraíso, pode acreditar."

"Pelo menos você está fazendo o certo, que é tentar. Espero que escreva de vez em quando. Vou sentir sua falta."

"É isso que também pretendo. Escrever cartas pessoais, não apenas relatórios oficiais. Talvez dessa forma eu descubra quantos amigos tenho de fato: aqueles que responderem às cartas que pretendo escrever."

A pequena pausa acabou. Todos se sentaram novamente.

"Vamos passar para Gösta Runfeldt", disse Wallander.

Höglund falou sobre a descoberta da sala na Harpegatan e sobre o fato de Runfeldt ter atuado como detetive particular. Depois que as fotografias reveladas por Nyberg deram a volta à mesa, Wallander contou-lhes a conversa que teve com o filho de Runfeldt. Notou que a equipe de investigação agora estava muito mais concentrada que no início da reunião.

"Não consigo afastar a ideia de que estamos perto de algo crucial", concluiu Wallander. "Ainda estamos procurando um ponto de contato. Que significado teria o fato de Eriksson e Runfeldt terem sido classificados como brutais? E por que isso nunca transpirou antes?"

Interrompeu sua fala para permitir comentários e perguntas. Ninguém se manifestou.

"Já é hora de cavarmos mais fundo", continuou ele. "Temos de cotejar todas as informações sobre esses dois homens. Cabe a Martinsson providenciar que isso seja feito. Há muitos pontos que parecem especialmente importantes. Estou pensando na morte da esposa de Runfeldt. Tenho a impressão de que isso pode ser crucial. E há o dinheiro que Eriksson doou à igreja de Svenstavik. Disso eu mesmo vou cuidar. O que implica fazer algumas viagens."

"Onde fica Svenstavik?", perguntou Hansson.

"No sul de Jämtland. A uns cinquenta quilômetros da fronteira com Härjadal."

"O que Eriksson tinha a ver com esse lugar? Ele era de Skåne, não era?"

"É justamente isso que temos de descobrir", disse Wallander. "Por que ele resolveu deixar seu dinheiro justamente para essa igreja? Deve haver alguma razão precisa."

A reunião já se estendera por várias horas quando Wallander levantou a questão de pedir reforços.
"Não tenho nada contra pedir reforços. Temos muita coisa a investigar, e vai tomar muito tempo."
"Vou cuidar disso", disse a chefe Holgersson.
Åkeson balançou a cabeça e não disse nada. Em todos aqueles anos em que Wallander trabalhara com ele, nunca soube de uma ocasião em que Åkeson falasse sem necessidade. Wallander achou que aquilo seria uma vantagem no Sudão.
"Por outro lado, duvido que precisemos de um psicólogo", continuou Wallander. "Sou o primeiro a concordar que Mats Ekholm, que esteve aqui no verão, ajudou bastante. Mas no presente caso a coisa é diferente. Sugiro que lhe enviemos resumos do material da investigação, solicitando seus comentários. Por enquanto, vamos deixar as coisas no pé em que estão."
Encerraram a reunião logo depois da uma da tarde. Wallander saiu da delegacia apressado. A longa reunião o deixara com a cabeça pesada. Foi a um dos restaurantes do centro da cidade. Enquanto comia, tentava definir o que realmente se passara na reunião. Como a questão do que acontecera no lago próximo a Älmhult dez anos atrás lhe vinha sempre à cabeça, resolveu a própria intuição. Quando terminou de comer, ligou para o Hotel Sekelgården. Bo Runfeldt estava no quarto. Wallander pediu ao recepcionista que o avisasse de que logo estaria chegando ao hotel. Então voltou de carro à delegacia, encontrou Martinsson e Hansson e levou-os ao seu escritório. Pediu a Hansson que ligasse para Svenstavik.
"Que devo perguntar?"
"Vá direto ao ponto. Por que Eriksson lhes fez esse legado? Esperava perdão para seus pecados? Nesse caso, que

pecados? E se eles alegarem 'caráter confidencial', diga-lhes que precisamos da informação para tentar evitar outros assassinatos."

"Você quer mesmo que eu pergunte se ele estava querendo perdão para seus pecados?"

Wallander se pôs a rir. "Sim, se necessário. Descubra tudo o que puder. Acho que vou levar Bo Runfeldt comigo para Älmhult. Peça a Ebba que reserve dois quartos no hotel de lá."

Martinsson parecia um tanto incrédulo. "O que você imagina que vai descobrir olhando para um lago?"

"Francamente, não sei", respondeu Wallander. "Mas a viagem pelo menos vai me dar tempo de conversar com Runfeldt. Suponho que há alguma informação, importante para nós, a ser descoberta, e que podemos chegar a ela se formos persistentes. Temos de escavar com muita força para romper a superfície. E pode ser que encontre alguém que estava lá na época do acidente. Quero que você faça umas pesquisas de fundo. Ligue para nossos colegas em Älmhult. Aconteceu dez anos atrás. Você pode saber a data exata perguntando à filha. Um afogamento. Ligo para você quando chegar lá."

O vento ainda soprava forte quando Wallander andou até o carro. Dirigiu até o Hotel Sekelgården e foi à recepção. Bo Runfeldt o esperava.

"Pegue seu sobretudo", disse Wallander. "Vamos fazer uma pequena viagem."

"Para onde?"

"Quando estivermos no carro, eu o informo de tudo."

Wallander só lhe disse para onde estavam indo depois que pegaram a saída de Höör.

19

Começou a chover logo que eles partiram de Höör. Mas então Wallander passou a duvidar de toda aquela empreitada. Será que valia mesmo a pena dar-se ao trabalho de ir até Älmhult? O que ele imaginava que iria conseguir? Não obstante, lá no fundo, não tinha nenhuma dúvida. O que ele queria não era uma solução, mas dar mais um passo na direção certa.

Bo Runfeldt ficou irritado quando Wallander lhe disse para onde estavam indo e perguntou-lhe se ele estava de brincadeira. O que a morte da mãe dele tinha a ver com o assassinato do pai?

"Você e sua irmã parecem relutantes em falar sobre o que aconteceu", disse ele. "De certo modo, é compreensível. As pessoas não gostam de falar sobre tragédias. Mas por que eu acho que o que os faz relutantes não é o fato de se tratar de uma tragédia? Se você me der uma boa resposta, a gente volta para o hotel agora mesmo. E não se esqueça de que foi você quem falou da brutalidade de seu pai."

"Bem, aí está minha resposta", disse Runfeldt. Wallander notou uma mudança quase imperceptível na voz de Runfeldt. Como se uma fortaleza começasse a ruir.

Enquanto os dois avançavam pela paisagem montanhosa, Wallander, com todo cuidado, tentou ir mais fundo.

"Você disse que sua mãe falava em suicidar-se?"

Runfeldt levou algum tempo para responder.

"É estranho que não o tenha feito antes. Acho que você não imagina o inferno em que era obrigada a viver. Eu não consigo imaginar. Ninguém consegue."

"Por que ela não se divorciou dele?"

"Ele ameaçou matá-la, se ela o deixasse. Ela tinha todos os motivos para acreditar que ele o faria. Naquela época, eu não sabia nada disso, mas depois entendi."

"Quando os médicos desconfiam da existência de maus-tratos, são obrigados a comunicar à polícia."

"Ela sempre tinha uma explicação convincente. Diria qualquer coisa para protegê-lo. Dizia que estava bêbada e tinha caído. Minha mãe nunca bebia uma gota de álcool, mas, naturalmente, os médicos não sabiam disso."

A conversa morreu quando Wallander ultrapassou um ônibus. Notou que Runfeldt estava tenso. Wallander não estava dirigindo em velocidade, mas seu passageiro parecia nervoso com o trânsito.

"Acho que ela não se matava por nossa causa, por mim e por minha irmã", disse ele, depois de algum tempo.

"Isso é normal", respondeu Wallander. "Vamos voltar ao que você disse ainda há pouco, que seu pai ameaçava matar sua mãe. Quando um homem maltrata uma mulher, normalmente não pretende matá-la. Ele faz isso para controlá-la. Às vezes golpeia muito forte, e os maus-tratos levam à morte. Mas normalmente há outro motivo para o assassinato. É dar mais um passo adiante."

Runfeldt respondeu com uma questão surpreendente.

"Você é casado?"

"Não mais."

"Você algum dia bateu em sua mulher?"

"Por que eu faria isso?"

"A pergunta me passou pela cabeça."

"Não estamos falando sobre mim."

Runfeldt ficou em silêncio. Wallander lembrou-se com terrível nitidez o dia em que bateu em Mona num momento de raiva incontrolável. Ela caiu, bateu a parte de trás da cabeça no batente da porta e perdeu os sentidos por alguns segundos. Mona quase arrumou as malas e se foi, mas Linda ainda era muito pequena. E Wallander pediu e implorou. Conversaram a noite inteira. Ele lhe implorou, e ela finalmente decidiu ficar. O episódio estava gravado em sua memória, mas ele não conseguia lembrar o motivo da briga. De onde viera a raiva? Ele não sabia. Havia poucas coisas em sua vida de que tinha mais vergonha. Entendia a própria relutância em deixar que o lembrassem daquilo.

"Vamos voltar a dez anos atrás", disse Wallander. "O que aconteceu?"

"Era um domingo", disse Runfeldt. "Cinco de fevereiro de 1984. Era um belo e frio dia de inverno. Eles costumavam sair a passeio todo domingo, andar nos bosques, à beira-mar ou cruzar um lago congelado."

"Parece uma coisa idílica", disse Wallander. "Como devo encaixar isso no que você disse antes?"

"Não era nada idílico. Era exatamente o contrário. Minha mãe sempre ficava apavorada. Não estou exagerando. Havia muito ela cruzara o limiar onde o medo toma conta de alguém e domina toda a sua vida. Ela podia estar esgotada mentalmente. Mas meu pai queria fazer uma caminhada domingueira, e então eles faziam. A ameaça de um punho fechado estava sempre presente. Tenho certeza de que ele nunca percebeu o terror que ela sentia. Provavelmente imaginava que, a cada vez, tudo era perdoado e esquecido. Imagino que ele considerava os maus-tratos a que a submetia como meros incidentes ocasionais de comportamento agressivo. Não muito mais que isso, por certo."

"Acho que entendo. Então, o que aconteceu?"

"Por que eles foram para Småland naquele domingo, não sei. Estacionaram numa estrada madeireira. Caíra neve, mas ela não estava profunda demais. Foram andando para o lago ao longo da estrada, e lá passaram ao gelo. De repente, o gelo cedeu, e ela caiu por ele. Como não conseguiu puxá-la para fora, ele correu para o carro e foi pedir ajuda. Naturalmente, ela já estava morta quando a encontraram."

"Como você ficou sabendo da história?"

"Ele mesmo ligou para mim. Na ocasião, eu estava em Estocolmo."

241

"O que você lembra da conversa pelo telefone?"
"Naturalmente, ele estava muito perturbado."
"Perturbado como?"
"Pode-se ficar perturbado de mais de uma maneira?"
"Estava chorando? Chocado? Tente descrever."
"Ele não estava chorando. Só me lembro de ter visto lágrimas nos olhos de meu pai quando ele falava de orquídeas raras. Era mais como se ele estivesse tentando me convencer de que tinha feito todo o possível para resgatá-la. Mas isso não era necessário, era? Se uma pessoa está em perigo, você faz o possível para ajudá-la, não é?"
"O que mais ele disse?"
"Ele me pediu que tentasse entrar em contato com minha irmã."
"Quer dizer que ele ligou primeiro para você?"
"Sim."
"O que aconteceu então?"
"Viemos para Skåne. Exatamente como agora. O funeral foi uma semana depois. Conversei com um policial. Ele disse que o gelo devia estar inesperadamente fino. Minha mãe não era corpulenta."
"Foi isso o que ele disse? O policial com quem você conversou? Que o gelo estava 'inesperadamente fino'?"
"Tenho uma boa memória para detalhes. Talvez por isso seja contador."

Passaram por um restaurante e resolveram parar. Durante a breve refeição, Wallander perguntou a Runfeldt sobre seu trabalho de contador em nível internacional. Wallander ouviu sem prestar muita atenção. Em vez disso, repassava mentalmente a conversa que haviam tido. Alguma coisa era importante, mas ele não sabia dizer o quê. Quando estavam para sair do restaurante, o celular dele tocou. Era Martinsson. Runfeldt afastou-se alguns passos para permitir a Wallander um pouco de privacidade.

"Parece que estamos sem sorte", disse Martinsson. "Dos agentes que estavam trabalhando em Älmhult dez anos atrás, um morreu e o outro se aposentou e foi morar em Örebro."

Wallander ficou desapontado. Sem um informante confiável, a viagem perderia todo sentido.

"Nem ao menos sei localizar o lago", lamentou ele. "Não há nenhum motorista de ambulância? O corpo de bombeiros não foi acionado para resgatá-la?"

"Localizei o homem que se ofereceu para ajudar Gösta Runfeldt", disse Martinsson. "Sei o nome dele e onde mora. O problema é que ele não tem telefone."

"Será que ainda existe mesmo alguém neste país que não tenha um telefone?"

"Pelo visto, sim. Você está com uma caneta?"

Wallander procurou nos bolsos. Como sempre, estava sem caneta nem papel. Acenou para Runfeldt, que lhe passou uma caneta folheada a ouro e um de seus cartões de visita.

"Jacob Hoslowski", disse Martinsson. "É um homem excêntrico que mora sozinho numa cabana não longe do lago Stång, ao norte de Älmhult. Conversei com uma funcionária da Prefeitura que me disse haver uma placa indicando a direção do lago Stång, perto da estradinha de acesso à cabana dele. Mas ela não soube me orientar de forma mais precisa. Você vai ter de parar em alguma casa e perguntar."

"Temos algum lugar onde passar a noite?"

"A IKEA tem um hotel, e reservamos quartos para vocês."

"A IKEA não vende móveis?"

"Sim, eles vendem sim. Mas também têm um hotel. O IKEA Inn."

"Alguma novidade?"

"Todos estão ocupadíssimos, mas ao que parece Hamrén vem de Estocolmo para ajudar."

Wallander lembrou-se dos dois detetives de Estocolmo que os ajudaram no verão anterior. Não tinha nada contra a volta deles.

"Ludwigsson não vem?"

"Ele sofreu um acidente de carro e está no hospital."

"É grave?"

"Vou descobrir, mas tive a impressão de que não."

Wallander desligou e devolveu a caneta.
"Parece valiosa", disse ele.
"Trabalhar como contador para a Price Waterhouse é um dos melhores empregos que existem", disse Runfeldt. "Pelo menos em termos de salário e perspectiva de carreira. Atualmente, os pais mais bem informados aconselham os filhos a ser contadores."
"Qual é a média de salário?", perguntou Wallander.
"A maioria dos empregados acima de determinado nível tem contratos individuais. Que, naturalmente, são confidenciais."
Wallander deduziu que os salários eram muito altos. Seu salário como detetive com muitos anos de experiência era bastante baixo. Se ele tivesse assumido um cargo no setor privado, talvez estivesse ganhando o dobro do que ganhava agora. Mas fizera sua opção: ficaria na polícia, pelo menos enquanto pudesse sobreviver com seu salário.

Chegaram a Älmhult às cinco da tarde. Runfeldt perguntou se era de fato necessário passar a noite lá. Wallander não tinha uma resposta convincente a dar. Runfeldt podia tomar o trem de volta a Malmö. Wallander, porém, disse que só seria possível visitar o lago no dia seguinte, porque logo anoiteceria, e ele queria que Runfeldt o acompanhasse na visita.

Depois de fazerem o registro no hotel, Wallander saiu imediatamente para procurar a casa de Jacob Hoslowski. Parou numa placa de trânsito postada na entrada da cidade, anotou a localização do lago Stång e foi em sua busca. Já anoitecia. Dobrou à esquerda, em seguida novamente à esquerda. A mata era densa. A paisagem aberta de Skåne ficara bem lá para trás. Parou ao ver um homem consertando um portão perto da estrada. O homem o orientou, e Wallander seguiu em frente. O motor começou a fazer um barulho estranho. Seu Peugeot estava ficando velho. Perguntava-se como iria comprar um novo. Tinha comprado aquele carro depois que seu primeiro estourou certa noite na E65. Também era um Peugeot. Wallander tinha a impressão de que seu novo carro seria da mesma marca. Quanto mais velho ficava, mais difícil lhe era abandonar os hábitos.

Ao chegar à curva seguinte, Wallander avançou por uma estrada tosca e enlameada. Cem metros mais adiante, temendo que o carro ficasse atolado, parou e estacionou. Em seguida saiu do carro e se pôs a andar. Ao longo da estrada estreita, as árvores farfalhavam. Andava bem depressa para manter-se aquecido.

A casa ficava à margem da estrada. Era uma cabana ao estilo antigo. O pátio estava cheio de carros velhos. Um galo solitário, imóvel no cepo de uma árvore, olhava para ele. Havia luz numa janela. Wallander notou que era um lampião de querosene. Ele se perguntou se devia adiar a visita para o dia seguinte, mas já que tinha ido até ali... Aproximou-se da porta. O galo continuou imóvel no cepo. Wallander bateu à porta. Pouco depois ouviu um ruído e a porta se abriu. O homem de pé no vestíbulo era mais jovem do que Wallander imaginara, talvez tivesse uns quarenta anos. Wallander se apresentou.

"Jacob Hoslowski", respondeu o homem. Wallander notou um leve, quase imperceptível, sotaque em sua voz. O homem não havia tomado banho e cheirava mal. Os cabelos e a barba eram longos e emaranhados.

"Não sei se posso tomar alguns minutos de seu tempo", disse ele.

Hoslowski sorriu e pôs-se de lado para deixar Wallander entrar.

"Entre. Sempre recebo quem quer que bata à minha porta."

Wallander entrou no corredor escuro e quase tropeçou num gato. A casa estava cheia deles. Wallander nunca vira tantos gatos juntos em toda a sua vida. Aquilo o fez lembrar-se do Fórum Romano, mas ali o mau cheiro era avassalador. Seguiu Hoslowski até o maior dos dois aposentos da casa. Quase não havia móveis, apenas colchões e almofadas, pilhas de livros e um único lampião de querosene num tamborete. E gatos por toda parte. Wallander teve a sensação incômoda de que todos o observavam, olhos alertas, prontos a se lançarem contra ele a qualquer momento.

"Raramente visito uma casa sem energia elétrica", disse Wallander.

"Vivo fora do tempo", respondeu Hoslowski com simplicidade. "Em minha próxima vida vou reencarnar como gato."

Wallander balançou a cabeça. "Entendo", disse ele. "Dez anos atrás você estava morando aqui?"

"Vivo aqui desde que deixei o tempo para trás."

"Quando você deixou o tempo para trás?"

"Muito tempo atrás."

Wallander percebeu que aquela era a resposta mais precisa que haveria de obter. Com certa dificuldade, deixou-se cair numa das almofadas, torcendo para que não estivesse encharcada de xixi de gato.

"Dez anos atrás uma mulher afundou no gelo no lago Stång aqui perto e morreu afogada", continuou Wallander. "Você se lembra da ocorrência? Ainda que, como você diz, viva fora do tempo?"

Wallander notou que Hoslowski reagiu de forma positiva ao fato de ver reconhecida sua existência fora do tempo.

"Um domingo de inverno dez anos atrás", disse Wallander. "Segundo consta, um homem veio lhe pedir ajuda."

Hoslowski confirmou com um aceno de cabeça. "Um homem veio e bateu à minha porta. Queria usar meu telefone."

Wallander olhou em volta na sala. "Mas você não tem telefone, não é?"

"Com quem eu haveria de falar?"

Wallander fez um aceno de cabeça. "O que aconteceu, então?"

"Levei-o aos meus vizinhos mais próximos. Eles têm telefone."

"Você o acompanhou?"

246

"Fui ao lago para ver se conseguia puxá-la para fora."
Wallander fez uma pausa e um pequeno gesto de aprovação.
"O homem que bateu à sua porta... imagino que estava sobressaltado."
"Talvez."
"O que quer dizer com 'talvez'?"
"Lembro-me de que ele estava estranhamente calmo."
"Você notou mais alguma coisa?"
"Esqueci. Aconteceu numa dimensão cósmica que de lá para cá mudou muitas vezes."
"Vamos continuar. Você foi até o lago. O que aconteceu então?"
"O gelo estava liso. Vi o buraco. Andei até ele, mas não vi nada na água."
"Você disse que andou? Não teve medo de que o gelo se quebrasse?"
"Eu sei o que o gelo pode suportar. Além disso, sei ficar sem peso quando necessário."
Não se pode falar de forma lógica com um louco, pensou Wallander.
"Você pode me descrever o buraco que havia no gelo?"
"Com certeza foi feito por um pescador. Talvez tenha se formado uma camada de gelo por cima, mas não houve tempo de se tornar espessa."
Wallander refletiu por um instante.
"Os pescadores que pescam no gelo não fazem buracos pequenos?"
"Aquele era quase retangular. Talvez tenham usado uma serra."
"E é comum haver pescadores no lago Stång?"
"O lago é cheio de peixes. Eu mesmo pesco lá. Mas não no inverno."
"Então, o que se passou? Você ficou de pé, ao lado do buraco no gelo. Não viu nada. O que você fez, então?"
"Tirei as roupas e entrei na água."
Wallander fitou-o.

"Mas por que diabos você fez isso?"

"Achei que podia sentir o corpo dela com meus pés."

"Mas você podia morrer congelado."

"Consigo me tornar insensível ao calor ou ao frio extremos, se necessário."

Wallander se deu conta de que bem podia prever aquela resposta.

"Mas você não a achou, não é?"

"Não. Eu me icei para fora da água e me vesti. Logo depois vieram algumas pessoas correndo. Um carro com escadas. Então fui embora."

Wallander levantou-se da almofada desconfortável. O mau cheiro ali era insuportável. Não tinha mais perguntas a fazer e não queria ficar nem um segundo mais que o necessário. Ao mesmo tempo, tinha de reconhecer que Hoslowski se mostrara prestativo e amistoso.

Hoslowski o acompanhou até o pátio de entrada.

"Eles a tiraram da água mais tarde", disse ele. "Meu vizinho normalmente dá uma paradinha aqui para me contar o que ele acha que preciso saber sobre o que está acontecendo no mundo. É um homem muito legal. Ele me mantém informado sobre tudo o que se passa no clube de tiro local. A maior parte do que se passa em outros lugares do mundo, ele acha menos importante. É por isso que não sei muito do que anda acontecendo. Quem sabe você me permite perguntar se atualmente há alguma grande guerra em curso."

"Guerra grande, não", disse Wallander. "Mas muitas pequenas."

Hoslowski balançou a cabeça, depois apontou.

"Meu vizinho mora bem ali perto", disse ele. "Não dá para ver a casa dele. Fica a uns trezentos metros daqui. Distâncias em terra são difíceis de calcular."

Wallander agradeceu e foi embora. Agora estava totalmente escuro. Usou a lanterna para iluminar o caminho. Luzes tremeluziam por entre as árvores. A casa a que ele chegou parecia relativamente nova. Na frente havia uma van em que se liam as palavras "Serviços de Encanamento" escritas num dos lados. Wallander tocou a campainha. Um homem alto, descalço, de camiseta branca abriu a porta bruscamente, como se Wallander fosse o último, numa interminável sucessão de pessoas que vieram incomodá-lo. Mas seu rosto era franco e amistoso. Wallander ouviu o choro de uma criança em algum lugar da casa. Explicou em rápidas palavras quem ele era.

"E foi Hoslowski quem o mandou aqui?", disse o homem com um sorriso.

"Por que acha isso?"

"Por causa do cheiro", disse o homem. "Ele sai com uma boa ventilação. Vamos entrando."

Wallander seguiu-o até a cozinha. O choro vinha do pavimento de cima. Havia também uma TV em algum lugar. O homem se apresentou como Rune Nilsson. Wallander recusou uma xícara de café e disse-lhe por que estava ali.

"A gente não esquece uma coisa dessas", disse Nilsson. "Foi antes de eu me casar. Aqui havia uma casa velha, que derrubei para construir esta nova. Aconteceu há dez anos mesmo?"

"Exatamente dez anos atrás, talvez com uma diferença de poucos meses."

"Ele chegou e bateu em minha porta. Foi por volta do meio-dia."

"Como era o homem?"

"Ele estava sobressaltado, mas não descontrolado. Ligou para a polícia enquanto eu vestia o casaco. Então saímos. Pegamos um atalho pela mata. Naquela época eu pescava um bocado."

"Ele lhe deu a impressão de manter-se calmo o tempo todo? O que ele disse? Como explicou o acidente?"

"O gelo se quebrou e ela caiu dentro do buraco."

"Mas o gelo era muito grosso, não?"

"Quando se trata de gelo, a gente nunca sabe. Pode haver rachaduras invisíveis ou pontos fracos. Mas a coisa me pareceu estranha."

"Jacob Hoslowski disse que o buraco no gelo era retangular. Ele acha que pode ter sido feito com uma serra."

"Não me lembro se era retangular ou não. Só que era grande."

"Mas o gelo em volta era rijo. Você é um homem corpulento, mas não teve medo de andar no gelo?"

Nilsson fez que sim com a cabeça.

"Pensei muito sobre isso depois", disse ele. "Foi uma coisa estranha, uma mulher desaparecer num buraco no gelo daquela maneira. Por que ele não conseguiu puxá-la para fora?"

"Que explicação o homem deu?"

"Ele disse que tentou, mas ela desapareceu rápido demais. Foi arrastada para debaixo do gelo."

"Terá sido verdade?"

"Eles a encontraram a alguns metros de distância do buraco, logo abaixo do gelo. Ela não afundou. Eu estava lá quando a tiraram. Nunca vou esquecer a cena. Eu não acreditava que ela podia pesar tanto."

"O que quer dizer com isso? Que ela pudesse 'pesar tanto'?"

"Eu conhecia Nygren, o agente de polícia da época. Ele já morreu. Nygren me disse várias vezes que o homem afirmara que ela pesava quase oitenta quilos. Isso explicaria por que o gelo se quebrou. Nunca entendi isso. Mas acho que é comum ficar a cismar sobre acidentes."

"Provavelmente isso é verdade", disse Wallander, pondo-se de pé. "Obrigado pela atenção. Gostaria que você me mostrasse amanhã o local do acidente."

"Vamos andar sobre a água?"

Wallander sorriu. "Não é necessário. Mas talvez Jacob Hoslowski seja capaz disso."

Nilsson balançou a cabeça.

"Ele é inofensivo. O homem e todos aqueles gatos. Inofensivo, mas maluco."

Wallander voltou pela estrada no meio da mata. O lampião de querosene ainda estava aceso na janela de Hoslowski. Nilsson prometeu estar em casa por volta das oito horas da manhã seguinte. Wallander deu partida no carro e voltou para Älmhult. O barulho do motor desaparecera. Estava faminto. Achou que seria uma mostra de gentileza propor a Runfeldt jantarem juntos. Para Wallander, a viagem já não parecia desprovida de sentido.

Quando Wallander chegou ao hotel, havia um recado de Bo Runfeldt na recepção. Ele alugara um carro para ir a Växjö. Tinha bons amigos lá e pretendia passar a noite em casa deles. E prometia estar de volta bem cedo, no dia seguinte. Por um instante, Wallander ficou aborrecido. Podia precisar de Runfeldt para alguma coisa durante a noite. Runfeldt deixara um número de telefone em Växjö, mas Wallander não tinha motivo para ligar para ele. E se deu conta de que se sentia aliviado por ter a noite só para si. Foi para seu quarto, tomou um banho e viu que não trouxera escova de dentes. Vestiu-se e saiu para procurar uma loja onde pudesse comprar as coisas de que precisava. Jantou numa pizzaria, pensando o tempo todo no afogamento. Devagar, ia montando todo um quadro. De volta ao quarto do hotel, ligou para a casa de Höglund, torcendo para que os filhos dela estivessem dormindo. Quando ela atendeu, contou-lhe em linhas gerais o que se passara. O que ele queria saber era se tinham conseguido localizar a sra. Svensson, a última cliente de Gösta Runfeldt.

"Ainda não", ela respondeu.

Ele procurou ser breve. Depois ligou a TV e ficou assistindo distraidamente por algum tempo. Por fim, adormeceu.

Wallander acordou pouco depois das seis da manhã, sentindo-se descansado. Por volta das sete e meia já tomara o café da manhã e pagara a diária do hotel. Sentou-se no salão de recepção e se pôs a esperar. Runfeldt chegou alguns minutos depois. Nenhum dos dois comentou o fato de ele ter passado a noite em Växjö.

"Vamos até o lago onde sua mãe morreu afogada", disse Wallander.
"A viagem valeu o sacrifício?", perguntou Runfeldt. Wallander notou que ele estava irritadiço.
"Sim", respondeu ele. "E, acredite ou não, sua presença foi de crucial importância."
Wallander não estava tão certo disso, claro, mas falou com tal firmeza que Runfeldt, embora não totalmente convencido, pelo menos se mostrou um tanto pensativo.
Nilsson os esperava. Eles andaram por uma trilha na mata. Não ventava, e a temperatura beirava o ponto de congelamento. A água estendia-se diante deles. O lago era alongado. Nilsson apontou para um lugar mais ou menos no meio do lago. Wallander notou que Runfeldt parecia incomodado e concluiu que ele nunca estivera lá.
"É difícil imaginar o lago coberto de gelo", disse Nilsson. "Tudo muda com a chegada do inverno. Principalmente nosso senso de distância. O que parece muito longe no verão, pode de repente parecer muito mais perto. Ou vice-versa."
Wallander andou até a margem. A água era escura. Pensou ter entrevisto um peixinho mexendo-se perto de uma pedra. Às suas costas, ouviu Runfeldt perguntar se o lago era fundo, mas não ouviu a resposta de Nilsson.
Ele se perguntou o que tinha acontecido. Será que Gösta Runfeldt tinha planejado matar a mulher naquele determinado domingo? É o que deve ter feito. Dera um jeito de fazer o buraco no gelo. Da mesma forma que alguém serrara as pranchas sobre o fosso na propriedade de Eriksson. E mantivera Runfeldt encarcerado.
Wallander se deixou ficar ali por muito tempo, olhando para o lago que se estendia à frente deles. Mas o que via estava em sua mente.
Pegaram o caminho de volta, por entre as árvores. No carro, despediram-se de Nilsson. Wallander calculou que estariam de volta a Ystad bem antes do meio-dia.
Estava enganado. Logo ao sul de Älmhult o carro pa-

rou, e o motor não pegou novamente. Wallander ligou para sua companhia de seguros. O homem chegou em menos de vinte minutos, mas logo concluiu que o problema não podia ser resolvido ali na estrada. Teriam de deixar o carro em Älmhult e pegar o trem para Malmö.

Runfeldt ofereceu-se para pagar as passagens e comprou assentos na primeira classe. Wallander não disse nada. Às 9h44 da manhã, o trem partiu para Hässleholm e Malmö. Então Wallander ligou para a delegacia e pediu que alguém fosse pegá-los em Malmö. Não havia uma boa conexão de trem para Ystad. Ebba prometeu providenciar para que alguém fosse esperá-los.

"A polícia não tem carros melhores que esse?", perguntou Runfeldt de repente, depois que o trem deixou Älmhult para trás. "E se fosse uma emergência?"

"O carro é meu", respondeu Wallander. "Nossos veículos de emergência estão em muito melhor estado."

A paisagem deslizava pela janela. Wallander pensava em Gösta Runfeldt. Tinha certeza de que ele matara a própria esposa. Agora o próprio Runfeldt estava morto. Um homem brutal, provavelmente assassino, agora tinha sido morto de uma maneira igualmente atroz.

O motivo mais óbvio era vingança. Mas quem estava se vingando? E como Holger Eriksson entrava na história? Wallander não tinha respostas.

Seus pensamentos foram interrompidos pela chegada do condutor. Era uma mulher. Ela sorriu e pediu-lhes as passagens com um nítido sotaque de Skåne. Wallander teve a impressão de que ela o reconheceu. Talvez tivesse visto uma foto sua num jornal.

"A que horas o trem chega a Malmö?", perguntou ele.
"Às 12h15", ela respondeu. "Às 11h13 em Hässleholm."
Então ela saiu. Sabia os horários de cor.

20

Peters os esperava na estação de Malmö. Bo Runfeldt desculpou-se, dizendo que iria ficar em Malmö por algumas horas e voltar para Ystad à tarde, para que ele e a irmã começassem a decidir o que fazer com a loja do pai.

No caminho para Ystad, Wallander sentou-se no banco de trás e tomou notas sobre o que se passara em Älmhult. Comprara uma caneta e um pequeno caderno na estação de Malmö e o equilibrava no joelho enquanto escrevia. Peters o deixou em paz. Era um dia ventoso e ensolarado, já 14 de outubro. Não fazia nem uma semana que seu pai jazia na terra. Wallander desconfiou, ou antes, receou, ainda não ter começado a sofrer a perda.

Foram diretamente à delegacia de polícia. Wallander comera alguns sanduíches escandalosamente caros no trem e não precisava de almoço. Parou na recepção para contar a Ebba o que acontecera com seu carro. Como de costume, o bem conservado Volvo dela estava no estacionamento.

"Vou ter de comprar outro carro", disse ele. "Mas como vou poder me dar esse luxo?"

"O que eles nos pagam é uma vergonha", respondeu ela. "Mas é melhor nem pensar sobre esse assunto."

"Não sei bem se é assim", disse Wallander. "Não vai adiantar nada nos esquecermos disso."

A caminho de seu escritório, ele foi dando uma espiada na sala de seus colegas. Todos estavam ausentes, exceto Nyberg, cujo escritório ficava no fundo do corredor. Ele raramente estava por lá. Havia uma muleta encostada em sua escrivaninha.

"Como está seu pé?", perguntou Wallander.

"Não melhor do que se pode esperar", respondeu Nyberg asperamente.

"Por acaso você encontrou a mala de Runfeldt?"

"Não, mas sabemos que não está na mata de Marsvinsholm. Se estivesse lá, os cães a teriam encontrado."

"Vocês encontraram mais alguma coisa?"

"Sempre encontramos, mas se têm alguma coisa a ver com o assassinato é outra questão. Estamos comparando as marcas de pneus da trilha do trator atrás da torre de Eriksson com as que encontramos na mata. Duvido que possamos afirmar alguma coisa com certeza. Havia muita lama em ambos os lugares."

"Há mais alguma coisa que você julga que eu devia saber?"

"A cabeça reduzida", disse Nyberg. "Recebemos uma longa e minuciosa carta do Museu Etnográfico de Estocolmo. Entendi metade do que eles dizem. Mas afirmam categoricamente que a cabeça procede do Congo Belga. Eles acham que tem entre quarenta e cinquenta anos de idade."

"Isso se encaixa perfeitamente", disse Wallander.

"O museu tem interesse em adquirir a peça."

"Trata-se de algo que as autoridades devem decidir depois de terminada a investigação."

De repente, Nyberg lançou a Wallander um olhar inquisitivo.

"Vocês vão pegar as pessoas que fizeram isso?"

"Temos de pegar."

Nyberg balançou a cabeça, num gesto de concordância.

"Você disse 'as pessoas', mas antes falou que certamente era apenas um assassino."

"Eu disse as 'pessoas'?"

"Sim."

"Ainda acho que foi uma pessoa só. Mas não sei explicar por quê."

Wallander voltou-se para ir embora. Nyberg o deteve.

"Conseguimos entrar em contato com a Secure, a empresa que faz negócios por reembolso postal em Borås, para lhes perguntar o que Runfeldt comprou deles. Ele encomendou produtos em mais três outras ocasiões. A empresa começou suas atividades há pouco tempo. Ele comprou um binóculo de visão noturna, muitas lanternas e outras coisas sem importância — nada ilegal. Encontramos as lanternas na Harpegatan. Mas o binóculo de visão noturna não estava lá nem na loja."

Wallander refletiu por um instante.

"Você acha que ele o pôs na mala para levá-lo para Nairóbi? As pessoas observam orquídeas à noite?"

"Bem, de todo modo, não o encontramos", disse Nyberg.

Wallander entrou em seu escritório, sentou-se à escrivaninha e leu o que tinha escrito durante a viagem, buscando diferenças e semelhanças entre os dois casos.

Os dois homens foram classificados como brutais, embora de modos diferentes. Eriksson maltratava os empregados; Runfeldt espancava a esposa. Ali estava uma semelhança. Ambos foram assassinados de forma bem planejada. Wallander tinha certeza de que Runfeldt fora mantido prisioneiro. Não havia outra explicação para sua longa ausência. Por sua vez, Eriksson andara reto rumo à própria morte. Tratava-se de uma diferença.

Por que Runfeldt foi mantido em cárcere privado? Por que o assassino não o matou logo? Por algum motivo, desejava esperar. O que, por sua vez, levantava outras questões. Será que o assassino não teve oportunidade de matá-lo imediatamente? Se fosse o caso, por quê? Ou seria parte do plano manter Runfeldt prisioneiro, privá-lo de comida para enfraquecê-lo?

Também nesse caso, o único motivo que Wallander conseguia imaginar era vingança. Mas vingança de quê? Eles não tinham encontrado pistas seguras. Voltou a atenção para o assassino. Supuseram tratar-se de um homem sozinho, com grande força física. Podiam estar enganados, claro; poderia haver um cúmplice, mas Wallander achava que não. Havia algo no planejamento que apontava para um assassino que atuava sozinho.

Wallander reclinou-se na cadeira, tentando entender a sensação de apreensão da qual não conseguia se livrar. Havia alguma coisa no cenário que ele não conseguia ver.

Cerca de uma hora depois, foi tomar um café. Ligou em seguida para o oftalmologista e lhe disseram que ele podia ir ao consultório quando quisesse. Depois de vasculhar o casaco duas vezes, Wallander achou o número do telefone da oficina de Älmhult. O conserto ia custar uma fábula, mas ele não tinha alternativa, se queria receber alguma coisa quando fosse vender o carro.

Desligou e ligou para Martinsson.

"Não sabia que você tinha voltado. Como é que foi em Älmhult?"

"Achei que devíamos conversar sobre isso. Quem está aqui agora?"

"Só vi Hansson", disse Martinsson. "Falamos em fazer uma reunião às cinco da tarde."

"Então vamos esperar até lá."

Wallander pôs o fone no gancho e se pegou pensando em Jacob Hoslowski e seus gatos. Perguntou-se quando teria tempo de procurar uma casa para si mesmo. A carga de trabalho deles aumentava o tempo todo. No passado havia momentos em que a pressão diminuía, mas agora isso era raríssimo. E ninguém via perspectiva de melhora, por menor que fosse. Ele não sabia se o crime estava aumentando, mas sabia que estava ficando mais violento. E poucos agentes da polícia faziam o verdadeiro trabalho da polícia. Um número cada vez maior desempenhava funções burocráticas. Era impossível para Wallander se ver numa função burocrática. Quando se sentava à escrivaninha, como fazia agora, tratava-se de uma pausa em sua rotina. Eles nunca seriam capazes de encontrar o assassino se se deixassem ficar na delegacia de polícia. A polícia científica estava em franco progresso, mas nunca poderia substituir o trabalho de campo.

Voltou a atenção para Älmhult. Será que Runfeldt fez um assassinato parecer um acidente? Havia fortes indícios disso. Muitos detalhes eram incompatíveis com um acidente. Seria possível desencavar o trabalho investigativo que fora feito. Com certeza fora um pouco descuidado, mas ele não podia criticar os agentes encarregados. De que poderiam suspeitar? Por que haveriam de ter alguma suspeita?

Wallander ligou para Martinsson novamente e pediu-lhe que entrasse em contato com Älmhult e conseguisse uma cópia do relatório policial sobre o afogamento.

"Por que você mesmo não fez isso?", perguntou Martinsson, surpreso.

"Não conversei com a polícia de lá", respondeu Wallander, "mas sentei no chão de uma casa cheia de gatos com um homem que tem capacidade de ficar sem peso sempre que deseja. Seria bom conseguir esse relatório o mais breve possível."

Desligou antes que Martinsson pudesse fazer mais perguntas. Eram três da tarde. O tempo ainda estava bonito lá fora, e ele resolveu procurar o oftalmologista imediatamente. Não havia muita coisa a fazer antes da reunião. Sua cabeça doía. Como Ebba estava falando ao telefone, escreveu um recado dizendo que voltaria para a reunião e saiu da delegacia.

Por algum tempo, ficou no estacionamento procurando o próprio carro, e então lembrou-se de que estava na oficina. Levou dez minutos para andar até o centro da cidade. O consultório do oftalmologista ficava na Stora Östergatan, próximo a Pilgränd.

Disseram-lhe que esperasse alguns minutos. Ficou folheando os jornais que estavam numa mesa. Havia uma foto dele tirada pelo menos cinco anos antes. Wallander mal se reconheceu. Havia uma ampla cobertura dos assassinatos. "A polícia está seguindo pistas muito concretas." Aquilo é o que Wallander dissera à imprensa, e não era verdade. Ele se perguntou se o assassino lia os jornais. Será que acompanhava o trabalho da polícia? Wallander passou mais algumas páginas, parou numa matéria interna, leu-a com um espanto cada vez maior e examinou as fotografias. O jornalista da *Anmärkaren*, que ainda não tinha sido publicada, tinha razão. Gente de todo o país reuniu-se em Ystad para formar uma organização nacional visando criar uma milícia de cidadãos. Se necessário, não hesitariam em cometer atos ilegais. Apoiavam o trabalho da polícia, mas se recusavam a aceitar quaisquer restrições. Wallander foi lendo com amargura e desgosto cada vez maiores. Tudo bem, tinha acontecido alguma coisa. Aquelas pessoas começavam a sair a público. Seus nomes e rostos estavam nos jornais, e eles se reuniam justamente ali, em Ystad.

Wallander largou o jornal de lado. Vamos terminar lutando em duas frentes, pensou ele. Isso é muito mais sério que as organizações neonazistas, cujo perigo costuma ser exagerado; ou as gangues de motocicleta.

Quando chegou sua vez, Wallander sentou-se com um estranho aparelho diante dos olhos e olhou para letras borradas. Começou a temer estar ficando cego. Mas, quando o oftalmologista pôs um par de lentes em seu nariz e levantou uma página de jornal onde também havia uma matéria sobre a milícia de cidadãos, conseguiu ler o texto com facilidade. Por um instante, aquilo afastou a sensação desagradável causada pelo conteúdo do artigo.

"Você precisa de óculos de leitura", disse gentilmente o oftalmologista. "O que não é incomum em sua idade. Uma correção de um grau e meio, nada mais que isso. Com certeza você vai ter de ir aumentando de grau ao longo dos anos."

Wallander foi ver a vitrine onde se exibiam as armações e ficou chocado com os preços. Quando soube que poderia comprar armações mais baratas, de plástico, resolveu que faria isso.

"Quantos óculos?", perguntou o oftalmologista. "Dois? Para você ter óculos de reserva?"

Wallander pensou nas canetas que vivia perdendo. Não suportava a ideia de ter óculos pendurados no pescoço.

"Cinco", disse ele.
Quando saiu da loja, ainda eram quatro horas. Foi andando devagar até a imobiliária. Dessa vez entrou, sentou-se a uma mesa e examinou a lista das casas. Duas propriedades o interessaram. Tirou cópias das informações sobre elas, prometeu avisar-lhes se desejasse vê-las e saiu para a rua. Ainda lhe restava algum tempo, e decidiu tentar resolver uma questão que o incomodava desde a morte de Holger Eriksson. Entrou numa livraria perto de Stortoget e perguntou por um vendedor conhecido seu. Disseram-lhe que ele estava no depósito, localizado no porão. Wallander encontrou seu conhecido lá, abrindo caixas de livros. Eles se cumprimentaram.

"Você ainda está me devendo dezenove coroas", disse o livreiro com um sorriso.

"De quê?"

"Neste verão você me acordou às seis da manhã porque a polícia precisava de um mapa da República Dominicana. O policial que veio pegar o mapa pagou cem coroas, mas ele custa cento e dezenove."

Wallander ia sacar a carteira. O livreiro levantou a mão para detê-lo.

"Por conta da casa", disse ele. "Eu estava só brincando."

"Os livros de poemas publicados pelo próprio Holger Eriksson...", disse Wallander. "Quem os comprava?"

"Naturalmente, ele era um amador", respondeu o livreiro. "Mas não era mau poeta. O problema é que só escrevia sobre pássaros. Ou antes, era o único assunto sobre o qual conseguia escrever bem. Toda vez que tentava outro tema, não funcionava."

"Então, quem os comprava?"

"Ele não vendia muitos exemplares em livrarias. A maioria desses escritores regionais não consegue muitas vendas, sabe? Mas eles são importantes por outro motivo."

"Então, quem comprava seus livros?"

"Francamente, não sei. Talvez algum turista ocasional? Acho que alguns amantes de pássaros descobriram seus livros. Talvez colecionadores de literatura regional."

"Pássaros", disse Wallander. "Quer dizer então que ele nunca escreveu nada que pudesse chocar as pessoas."

"Claro que não", disse o livreiro, surpreso. "Alguém disse isso?"

"Eu estava só me perguntando."

Wallander saiu da livraria e subiu a colina rumo à delegacia de polícia.

Depois de entrar na sala de reuniões, sentou-se em seu lugar de costume e pôs os óculos novos. Criou-se um certo clima de animação na sala, mas ninguém comentou nada.

"Quem está faltando?", perguntou ele.

"Svedberg", disse Höglund. "Não sei onde ele se enfiou."

Mal ela terminou de dizer a frase, Svedberg abriu a porta da sala de reuniões.

"Encontrei a senhora Svensson", disse ele. "A mulher que supomos ter sido a última cliente de Runfeldt."

"Ótimo", disse Wallander, sentindo o suspense aumentar.

"Imaginei que ela tivesse ido à loja de flores dele", continuou Svedberg. "Ela deve ter procurado Runfeldt lá. Levei a foto que revelamos. Vanja Andersson lembra-se de ter visto uma foto do homem na sala de trás. Ela sabia também que uma mulher chamada Svensson estivera na loja algumas vezes. Certa vez ela comprou flores para serem entregues. O resto foi simples. Seu endereço e telefone estavam no arquivo. Ela mora em Byabacksvägen, em Sövestad. Fui até lá. Ela tem uma pequena quitanda onde vende hortaliças. Levei a foto e disse-lhe a verdade: que achávamos que ela tinha contratado Runfeldt como detetive particular. Ela admitiu imediatamente que eu estava certo."

"O que mais ela disse?"

"Parei por aí. Achei que seria melhor se a interrogássemos juntos."

"Vou conversar com ela esta noite", disse Wallander. "Vamos abreviar ao máximo esta reunião."

Ficaram reunidos por meia hora. Durante a reunião, a chefe Holgersson chegou, sentou-se à mesa e se manteve em silêncio. Wallander fez um relato de sua viagem a Älmhult. Encerrou dizendo o que pensava, que não podiam descartar a possibilidade de Runfeldt ter assassinado a esposa. Eles deveriam esperar uma cópia do relatório de investigação feito na ocasião. Depois disso, resolveriam como proceder.

Quando Wallander encerrou sua fala, ninguém tinha nada a dizer. Todos viam que talvez ele tivesse razão, mas não estava nada claro o que aquilo representava para a investigação.

"A viagem foi importante", disse Wallander pouco depois. "Também acho que a viagem para Svenstavik pode ser produtiva."

"Com uma parada em Gävle", disse Höglund. "Não sei se isso significa alguma coisa, mas pedi a um grande amigo de Estocolmo que fosse a determinada livraria e me comprasse alguns números de um jornal chamado *Terminator*. Eles chegam hoje."

"Que tipo de jornal é esse?", perguntou Wallander.

"É publicado nos Estados Unidos", disse ela. "É um jornal de anúncios. Muito mal disfarçados — com certeza vocês haveriam de dizer. Para pessoas que pretendem ser contratadas como soldados. Mas encontrei um pequeno classificado que deve nos interessar. Há um homem em Gävle que se propõe a arranjar contratos para o que ele chama de 'homens sem preconceitos e dispostos a lutar'. Liguei para nossos colegas em Gävle. Sabem quem é o homem, mas nunca entraram em contato direto com ele. Acham que ele mantém contato com homens na Suécia que atuaram como mercenários."

"Isso pode ser importante", disse Wallander. "Com certeza, esse é um sujeito com quem precisamos falar. Deve ser possível combinar uma viagem a Svenstavik e Gävle."

"Dei uma olhada no mapa", disse ela. "Você pode ir de avião até Östersund e alugar um carro. Ou pedir ajuda aos nossos colegas de lá."

Wallander fechou o caderno de anotações.

"Peça a alguém que faça uma reserva pra mim", disse ele. "Se possível, gostaria de partir amanhã."

"No sábado?", perguntou Martinsson.

"Não faria diferença para as pessoas com quem pretendo me encontrar", disse Wallander. "Temos de nos apressar. Sugiro suspender a reunião agora mesmo. Quem vai comigo a Sövestad?"

Antes que alguém tivesse tempo de responder, a chefe Holgersson bateu a caneta na mesa.

"Um momento", disse ela. "Não sei se vocês estão informados de que vai haver uma reunião de pessoas resolvidas a formar uma organização nacional de milícias de cidadãos aqui em Ystad. Acho que seria bom discutirmos o mais breve possível como vamos lidar com esse problema."

"O Departamento de Polícia Nacional enviou folhetos sobre essas milícias", disse Wallander. "Acho que está muito claro o que a lei sueca diz sobre esse tipo de atividade."

"Sem dúvida você está certo", respondeu ela. "Mas tenho uma forte impressão de que as coisas estão mudando. Receio que logo logo haveremos de ver um ladrão baleado e morto por um desses grupos. E então vão começar a atirar uns nos outros."

Wallander sabia que ela tinha razão. Naquele momento, porém, ele só conseguia se concentrar na investigação dos dois assassinatos em que estavam trabalhando.

"Concordo que é importante. A longo prazo, é fundamental erradicar isso, se não quisermos ver gente brincando de polícia em todo o país. Vamos discutir o assunto na reunião de segunda-feira."

Holgersson deixou as coisas nesse pé. A reunião acabou. Höglund e Svedberg iriam com Wallander a Sövestad. Eram seis da tarde quando saíram da delegacia. Foram no carro de Höglund. Wallander sentou-se no banco de trás. Ele se perguntou se ainda estava com o cheiro da casa de Jacob Hoslowski, infestada de gatos.

"Maria Svensson", disse Svedberg. "Tem trinta e seis

anos e é dona de uma pequena quitanda de hortaliças em Sövestad que só vende produtos orgânicos."

"Você lhe perguntou por que procurou Runfeldt?"

"Depois que ela confirmou que entrara em contato com ele, não perguntei mais nada."

"Isso deve ser interessante", disse Wallander. "Em todos os meus anos de corporação, nunca conheci ninguém que tivesse contratado um detetive particular."

"A fotografia era de um homem", disse Höglund. "O marido dela?"

"Já falei tudo o que sei", respondeu Svedberg.

"Ou o pouco que sabe", corrigiu-o Wallander. "Não sabemos quase nada."

Chegaram a Sövestad em cerca de vinte minutos. Wallander lá estivera havia muitos anos para tirar da corda um homem que se enforcara. Foi o primeiro suicídio com que se deparara. Rememorou o incidente com uma sensação desagradável.

Svedberg parou o carro diante de um edifício com uma loja na frente e uma estufa de plantas ao lado. Lia-se numa tabuleta: "Produtos Svensson". Saíram do carro.

"Ela mora no edifício", disse Svedberg. "Imagino que por hoje já fechou a loja."

"Um florista e uma vendedora de hortaliças", disse Wallander. "Isso significa alguma coisa ou é mera coincidência?"

Não esperava uma resposta, e não a teve. A porta da frente se abriu.

"É Maria Svensson", disse Svedberg. "Estava nos esperando."

A mulher que estava na escada trajava jeans, uma blusa branca e tinha tamancos nos pés. Sua aparência era um tanto estranha. Wallander observou que ela não usava maquiagem. Svedberg os apresentou, e Maria Svensson convidou-os a entrar. Sentaram-se na sala de estar. Wallander notou que a casa também tinha algo de estranho. Como se ela não desse a mínima importância à decoração.

"Vocês aceitam um café?", perguntou ela.

Os três recusaram.

"Como você sabe, viemos aqui para saber um pouco mais sobre seu relacionamento com Gösta Runfeldt."

Ela lhe lançou um olhar surpreso. "Vocês acham que tive um relacionamento com ele?"

"Como cliente", disse Wallander.

"Isso é verdade."

"Gösta Runfeldt foi assassinado. Levamos algum tempo para descobrir que ele não era apenas florista, mas também trabalhava como detetive particular. Então, minha primeira pergunta é: como você travou contato com ele?"

"Vi um anúncio no *Arbetet* no verão passado."

"Como foi seu primeiro encontro?"

"Fui à loja de flores. Mais tarde, no mesmo dia, nos encontramos num restaurante perto de Stortoget, em Ystad."

"Por que você o procurou?"

"Prefiro não dizer", disse ela com firmeza.

Wallander ficou surpreso, porque até aquela altura suas respostas tinham sido absolutamente francas.

"Receio que você seja obrigada a nos dizer", disse ele.

"Posso lhes garantir que não tem nada a ver com a morte dele. Como todo mundo, estou muito chocada e horrorizada com o que aconteceu."

"Se isso tem ou não a ver com o crime, cabe à polícia investigar", disse Wallander. "Você vai ter de responder à pergunta. Pode optar por responder aqui. Então, algo que nada tenha a ver com a investigação ficará entre nós. Se formos obrigados a levá-la para um interrogatório mais formal, será mais difícil evitar que os detalhes cheguem à imprensa."

Ela ficou em silêncio por um bom tempo. Eles esperaram. Wallander pegou a fotografia revelada na Harpegatan. Ela lhe lançou um olhar inexpressivo.

"É seu marido?", perguntou Wallander.

Ela o fitou. De repente, desandou a rir.

"Não", disse ela. "Não é meu marido. Mas ele roubou meu amor."

Wallander não entendeu. Höglund captou imediatamente.

"Como é o nome dela?"

"Annika."

"E esse homem as separou?"

Ela se recompôs.

"Comecei a desconfiar disso. Não sabia o que fazer. Foi então que pensei em procurar um detetive particular. Tinha de descobrir se ela estava pretendendo separar-se de mim. Ou mudar. Partir com um homem. No fim, percebi que foi o que ela fez. Gösta Runfeldt veio aqui e me contou. No dia seguinte escrevi para Annika dizendo-lhe que nunca mais queria vê-la."

"Quando ele veio aqui?"

"Em 20 ou 21 de setembro."

"Depois disso, você teve algum contato com ele?"

"Não. Fiz um depósito na conta dele."

"Que impressão ele lhe passou?"

"Era amistoso. Gostava muito de orquídeas. Acho que nos demos bem porque ele parecia tão reservado quanto eu."

Wallander refletiu por um instante.

"Você consegue imaginar um motivo para o assassinato dele? Alguma coisa que ele disse ou fez?"

"Não", ela respondeu. "Nada. E pensei muito sobre isso."

Wallander lançou um olhar aos colegas e se levantou. "Então não vamos incomodá-la mais. E nada disso vai ser divulgado. Eu lhe garanto."

"Fico muito agradecida por isso", disse ela. "Não gostaria de perder clientes."

Despediram-se à porta. Ela a fechou antes que chegassem à rua.

"O que ela quis dizer com aquele último comentário?", perguntou Wallander. "Aquela coisa de perder clientes?"

"Neste país, as pessoas são conservadoras", disse Höglund. "Muita gente ainda considera a homossexualidade uma sujeira. Acho que ela está coberta de razão em não querer que isso venha a público."

Entraram no carro.

"A que essa história nos leva?", perguntou Svedberg.

"Nem para a frente, nem para trás", disse Wallander. "A verdade sobre essas duas investigações é simples. Temos um grande número de pontas soltas, mas não temos nenhuma boa pista para seguir."

Ficaram no carro em silêncio. Por um instante, Wallander sentiu-se culpado. Era como se tivesse atacado a investigação por trás. Mas sabia que o que acabara de dizer era verdade.

Eles não tinham nenhuma pista a seguir. Absolutamente nenhuma.

21

Naquela noite, Wallander teve um sonho.
Estava andando numa rua em Roma com seu pai. O verão de repente acabara: já era outono, um outono romano. Estavam conversando sobre alguma coisa, mas ele não conseguia lembrar o quê, e de súbito o pai desapareceu. Num minuto, ele estava ao seu lado. No minuto seguinte tinha desaparecido, tragado pelo calor da multidão da rua.

Acordou sobressaltado. No silêncio da noite, o sonho lhe parecera perfeitamente claro. Era seu pesar pela morte do pai, por não ter podido continuar a conversa que tinham iniciado. Não podia lamentar a sorte do pai, apenas a dele próprio, que fora deixado para trás.

Não conseguiu voltar a dormir. De todo modo, tinha de sair cedo.

Quando retornaram à delegacia depois de visitar Maria Svensson em Sövestad, havia um recado para Wallander dizendo que ele tinha uma reserva no voo das sete da manhã do dia seguinte, partindo de Sturup, com chegada a Östersund às nove e cinquenta, depois de uma conexão no aeroporto de Arlanda. O itinerário deu-lhe a possibilidade de passar a noite de sábado em Svenstavik ou Gävle. Um carro alugado estaria esperando por ele no aeroporto de Frösön. Então decidiria onde passar a noite. Wallander olhou o mapa da Suécia pendurado na parede de seu escritório, junto do grande mapa de Skåne. Aquilo lhe deu uma ideia. Do escritório, ligou para Linda. Pela primeira vez, uma secretária eletrônica atendeu. Deixou gravada uma pergunta para a filha: será que ela poderia pegar o trem para Gävle, uma viagem que não levaria mais de duas horas, e passar a noite lá? Então foi procurar Svedberg e terminou encontrando-o no ginásio de esportes onde normalmente tomava uma sauna nas noites de sexta-feira. Wallander pediu a Svedberg que lhe fizesse o favor de reservar dois quartos num bom hotel de Gävle para a noite de sábado. Pediu também que ligasse para seu celular no dia seguinte para confirmar.

Em seguida, foi para casa. Quando caiu no sono, sonhou com seu pai em Roma, no outono.

Às seis da manhã, o táxi que ele contratara o esperava na porta de casa. Pegou as passagens no aeroporto de Sturup. Como era sábado de manhã, o avião para Estocolmo tinha metade dos assentos desocupados. O avião para Östersund partiu na hora prevista. Wallander nunca tinha estado lá antes. Suas viagens pelo país, ao norte de Estocolmo, foram poucas e muito espaçadas. Estava ansioso por viajar, para distanciar-se do sonho que tivera naquela noite.

Era uma manhã fria em Östersund. O piloto dissera que a temperatura era de um grau. O frio parece diferente, pensou Wallander enquanto cruzava a ponte de Frösön em meio à magnífica paisagem. A cidade estendia-se nas encostas de Storsjön. Rumou para o sul. Dirigir um carro alugado numa paisagem desconhecida dava uma sensação de liberdade.

Chegou a Svenstavik às onze e meia. No caminho, Svedberg lhe disse que ele devia encontrar-se com um homem chamado Robert Melander, que era a pessoa da administração da igreja com a qual Bjurman, o advogado de Eriksson, entrara em contato. Melander morava numa casa vermelha perto da velha prefeitura de Svenstavik. Wallander estacionou o carro no meio da cidade e levou algum tempo para descobrir que a prefeitura ficava atrás do novo shopping center. Deixou o carro onde o estacionara e foi andando. Estava bastante nublado, mas não chovia. Ele entrou no pátio da frente da casa de Melander. Havia um *elkhound* norueguês amarrado num canil. A porta da frente estava aberta. Wallander bateu. Ninguém respondeu, mas ele teve a impressão de ouvir sons nos fundos da casa. Deu a volta à casa e se deparou com um grande jardim, uma leira de batatas e uma moita de groselheiras. Wallander ficou surpreso ao ver groselheiras vicejando numa região situada tão ao norte. No fundo da casa estava um homem mais ou menos da idade de Wallander, usando botas de borracha. Estava serrando galhos do tronco de uma árvore caída no chão. Quando avistou Wallander, parou imediatamente, distendeu as costas, sorriu e largou a serra.

"Você deve ser o policial de Ystad", disse ele, estendendo a mão.

Seu dialeto era muito melodioso, pensou Wallander enquanto cumprimentava o homem.

"Quando você iniciou a viagem para cá?", perguntou Melander. "Ontem à noite?"

"Esta manhã."

"Puxa, fazer essa viagem com tal velocidade", disse Melander. "Estive em Malmö muitas vezes na década de 1960. Meti na cabeça que seria bom viajar um pouco por aí. E havia trabalho no grande estaleiro."

"O Kockums", disse Wallander. "Mas não existe mais."

"Nada existe mais", retrucou Melander filosoficamente. "Naquela época, levava-se quatro dias para ir de carro até lá."

"Mas você não ficou lá", disse Wallander.

"Não, não fiquei", respondeu Melander animadamente. "O sul era bonito e agradável, mas não era para mim. Se eu tiver de viajar alguma vez em minha vida, será para o norte. Não para o sul. Disseram-me que nem neve existe lá."

"De vez em quando tem", respondeu Wallander. "Quando neva, neva pra valer."

"Lá dentro um almoço nos espera", disse Melander. "Minha mulher trabalha no dispensário, mas preparou alguma coisa para nós."

"Este lugar é bonito", disse Wallander.

"Muito", respondeu Melander. "E a beleza permanece. Ano após ano."

Sentaram-se à mesa da cozinha. Wallander comeu com gosto. Havia bastante comida. Melander era bom de conversa. Ele combinava diversas atividades para ganhar a vida. Entre outras coisas, dava aulas de danças folclóricas no inverno. Wallander só revelou o motivo de sua visita quando estavam tomando café.

"Naturalmente, foi uma grande surpresa para nós", disse Melander. "Cem mil coroas é um bocado de dinheiro. Principalmente quando se trata de doação feita por um desconhecido."

"Você quer dizer que ninguém sabia quem era Holger Eriksson?"

"Ele era um total desconhecido para nós. Um vendedor de carros de Skåne que foi assassinado. Uma coisa muito estranha. Nós que somos ligados à igreja começamos a perguntar por aí. Tratamos também de publicar uma nota na imprensa pedindo informações, mas ninguém entrou em contato conosco."

Wallander se lembrou de trazer uma fotografia de Eriksson. Melander examinou a foto enquanto enchia o cachimbo. Acendeu-o sem tirar os olhos da foto. Wallander começou a ficar mais esperançoso, mas aí Melander balançou a cabeça.

"Esse homem continua sendo um desconhecido para mim", disse ele. "Tenho uma boa memória para rostos, e nunca o vi na vida. Talvez alguma outra pessoa o reconheça, mas eu não."

"Vou lhe dizer dois nomes", disse Wallander, "para ver se eles significam alguma coisa para você. O primeiro é Gösta Runfeldt."

Melander pensou por um breve instante.

"Runfeldt não é um nome desta região", disse ele. "Quase parece um nome falso ou inventado."

"Harald Berggren", disse Wallander, "é o segundo."

O cachimbo de Melander se apagara. Ele o pôs na mesa.

"Talvez", disse ele. "Deixe-me dar um telefonema."
Wallander sentiu sua excitação aumentar. O que mais desejava era poder identificar o homem que escrevera o diário no Congo.

Melander perguntou por um homem chamado Nils.

"Estou aqui com uma visita de Skåne", disse ele ao telefone. "Um homem chamado Kurt, que é da polícia. Ele pergunta sobre alguém chamado Berggren. Acho que não existe ninguém vivo aqui em Svenstavik com esse nome. Mas não há alguém com esse nome enterrado no cemitério?"

A esperança de Wallander murchou, mas não completamente. Mesmo morto, um Harald Berggren lhes podia ser útil.

Melander ouviu a resposta e voltou à mesa da cozinha.

"Nils Enman trabalha no cemitério", disse ele. "E há uma lápide com o nome de Harald Berggren. Mas Nils é jovem. E o homem que cuidava do cemitério antes agora jaz nele. Que tal ir lá dar uma olhada?"

Wallander levantou-se. Melander ficou surpreso com aquela pressa.

"Alguém me disse certa vez que as pessoas de Skåne eram sossegadas, mas isso não se aplica a você."

"Tenho meus maus hábitos", disse Wallander.

Saíram para o claro ar outonal. Melander cumprimentava a todos no caminho. Chegaram ao cemitério.

"Seu túmulo fica mais acima, no meio do bosque", disse Melander.

Wallander foi andando entre os túmulos, seguindo Melander e pensando no sonho que tivera à noite. O fato de seu pai estar morto parecia-lhe irreal.

Melander parou e apontou. A lápide estava na vertical, com uma inscrição dourada. Wallander leu o que estava escrito e viu que dali não viria nenhuma ajuda. O homem chamado Harald Berggren que lá estava enterrado morrera em 1949. Melander notou sua reação.

"Não é ele?"

"Não", respondeu Wallander. "Com certeza não é ele. O homem que procuramos estava vivo pelo menos até 1963."

"Um homem que vocês estão procurando?", disse Melander cheio de curiosidade. "Um homem procurado pela polícia deve ter cometido algum crime."

"Isso eu não sei. É complicado demais explicar. Muitas vezes a polícia procura pessoas que não fizeram nada de ilegal."

"Então sua viagem até aqui foi em vão", disse Melander. "A igreja recebeu a doação de uma grande soma em dinheiro, e não sabemos por quê. E ainda não sabemos quem é esse Eriksson."

"Deve haver uma explicação", disse Wallander.

"Gostaria de ver a igreja?", perguntou Melander de repente, como se quisesse estimular Wallander de alguma forma.

Wallander fez que sim.

"É um lugar encantador", disse Melander. "Eu me casei lá."

Andaram até a igreja e entraram. Wallander notou que a porta não estava trancada. A luz penetrava pelas janelas laterais.

"É uma beleza", disse Wallander.

"Mas não acho que você seja muito religioso", disse Melander com um sorriso.

Wallander não respondeu. Sentou-se num dos bancos de madeira. Melander ficou de pé na nave central. Wallander tentou pensar em como deveria agir. Eriksson não deixaria uma doação para a igreja de Svenstavik sem motivo.

"Holger Eriksson escrevia poesia", disse Wallander. "Ele era o que se classifica como poeta regional."

"Aqui também temos poetas desse tipo", disse Melander. "Para ser bem franco, o que eles escrevem nem sempre é muito bom."

"Eriksson era também um amante de pássaros", continuou Wallander. "À noite saía para observar os pássaros migrando para o sul. Não conseguia vê-los, mas sabia que voavam no alto, acima de sua cabeça. Talvez seja possível ouvir o rumor de milhares de asas."

"Conheço umas pessoas que criam pombos", disse Melander. "Mas aqui só tivemos um ornitólogo."

"Tivemos?", perguntou Wallander.

Melander sentou-se no banco do outro lado da nave. "É uma história esquisita", disse ele. "Uma história sem um fim." Ele riu. "Quase como sua história. Também não tem fim."

"Tenho certeza de que chegaremos a uma conclusão", disse Wallander. "Em geral a gente consegue. Que me diz, então, de sua história?"

"Um dia, na década de 1960, uma polonesa chegou aqui", disse ele. "De onde exatamente ela vinha, acho que ninguém sabia. Mas passou a trabalhar na hospedaria daqui. Alugou um quarto. Mantinha-se reservada. Embora logo tenha aprendido a falar sueco, parecia não ter amigos. Mais tarde comprou uma casa perto de Sveg. Naquela época eu era jovem, jovem o bastante para ficar muitas vezes pensando no quanto ela era bonita. Ela se interessava por pássaros. Na agência do correio disseram que recebia cartas e cartões-postais de toda a Suécia. Eram cartões com informações sobre corujas esquisitas e sabe Deus mais o quê. Ela também mandava cartões-postais e cartas. Tinham um estoque extra de cartões para ela na papelaria. Pouco lhe interessavam as imagens dos cartões, então eles compravam cartões que não tiveram compradores em outras cidades."

"Como você sabe tudo isso?", perguntou Wallander.

"Numa aldeia a gente sabe de muita coisa, quer queira, quer não", disse Melander. "É assim."

"O que aconteceu, então?"

"Ela desapareceu."

"Desapareceu?"

"O que significa isso? Ela desapareceu no ar. Sumiu."

Wallander não estava certo de ter entendido bem. "Ela foi para algum lugar?"

"Ela viajava muito, mas sempre voltava. Quando desapareceu, estava aqui. Saiu para dar uma caminhada pela cidade numa tarde de outubro. Ela sempre fazia caminhadas. Passeios. Depois daquele dia, nunca mais foi vista. Escreveu-se muito sobre o caso na época. Ela não tinha arrumado as malas. As pessoas estranharam, porque ela não voltou à hospedaria. Foram à sua casa. Ela tinha sumido. Eles a procuraram, mas não a encontraram. Isso aconteceu há uns vinte e cinco anos. Nunca descobriram nada. Mas correram boatos de que ela foi vista na América do Sul, em Alingsäs, ou em forma de fantasma nas matas perto de Rätansbyn."

"Como se chamava essa mulher?", perguntou Wallander.

"Krista. O sobrenome era Haberman."

Wallander lembrava-se do caso. Na época houve muita especulação. Lembrava-se vagamente da manchete no jornal: "A Beldade Polonesa".

"Quer dizer então que ela se correspondia com outros observadores de pássaros", disse ele. "E algumas vezes os visitava?"

"Sim."

"As cartas foram guardadas?"

"Anos atrás, ela foi declarada morta. Um parente da Polônia veio aqui, e seus pertences desapareceram. Posteriormente a casa foi demolida."

Wallander balançou a cabeça. Era esperar demais querer encontrar as cartas e os cartões-postais.

"Tenho uma vaga lembrança da história toda", disse ele. "Mas não se levantou a hipótese de que ela tenha se matado ou sido vítima de um crime?"

"Naturalmente correram boatos de todo tipo. Acho que a polícia que investigou o caso fez um bom trabalho. Eram pessoas desta região, que sabiam distinguir fatos de boatos. Falou-se de carros misteriosos. Comentava-se que à noite ela recebia visitas às escondidas. E ninguém sabia o que ela fazia quando viajava. Ela desapareceu. E continua desaparecida. Se está viva, está vinte e cinco anos mais velha. Todo mundo envelhece. Mesmo as pessoas que desaparecem."

A coisa está se repetindo, pensou Wallander. Alguma coisa do passado aflora. Vim aqui para descobrir por que Holger Eriksson deixou seu dinheiro para a igreja de Svenstavik. Não tive uma resposta para essa pergunta, mas descubro que aqui também havia uma observadora de pássaros, uma mulher que desapareceu cerca de vinte e cinco anos atrás. Afinal de contas, talvez eu tenha encontrado a resposta que procurava, embora ainda não a compreenda.

"Os autos do processo continuam em Östersund", disse Melander. "Devem pesar quilos e quilos."

Saíram da igreja. Wallander olhou para um pássaro pousado no muro do cemitério.

"Você já ouviu falar num pássaro chamado pica-pau-malhado médio?", perguntou ele.

"Não está extinto?", perguntou Melander. "Pelo menos na Suécia?"

"Está próximo da extinção", disse Wallander. "Deixou este país há quinze anos."

"Talvez eu tenha visto um algumas vezes", disse Melander sem muita convicção. "Mas atualmente todo tipo de pica-pau é raro. As árvores antigas desapareceram. Era nelas que eles viviam. E em postes de telefones, naturalmente."

Voltaram ao centro comercial e pararam junto ao carro de Wallander. Eram duas e meia da tarde.

"Você vai seguir em frente?", disse Melander. "Ou vai voltar para Skåne?"

"Vou para Gävle", respondeu Wallander. "Quanto tempo se leva até lá? Três, quatro horas?"

"Quase cinco. Não há neve, e as pistas não estão escorregadias, mas você vai levar todo esse tempo. São quase quatrocentos quilômetros."

"Gostaria de agradecer-lhe pela ajuda", disse Wallander. "E pelo belo almoço."

"Mas você não teve as respostas que desejava."

"Talvez sim", disse Wallander. "Veremos."

"O policial que investigou o desaparecimento de Krista Haberman era um homem idoso", disse Melander. "Quando começou, estava na meia-idade. Ficou na polícia até se reformar. Dizem que a última coisa de que falou no leito de morte foi sobre o caso da polonesa. Não conseguiu esquecê-lo."

"Sempre há esse risco", disse Wallander.

Eles se despediram.

"Se algum dia você for ao sul, dê uma passada em minha casa", disse Wallander.

Melander sorriu. Seu cachimbo tinha apagado novamente.

"Acho que vou viajar mais para o norte", disse ele. "Mas a gente nunca sabe."

"Ficarei muito grato se entrar em contato comigo", disse Wallander, "caso aconteça alguma coisa que possa explicar por que Holger Eriksson deixou o dinheiro para a igreja."

"É estranho", disse Melander. "Se ele tivesse visto a igreja, dava para entender. Ela é tão bonita."

"Tem razão", disse Wallander. "Se ele algum dia tivesse vindo aqui, a coisa faria sentido."

"Quem sabe ele não esteve aqui em alguma ocasião? Sem ninguém saber?"

"Ou talvez só uma pessoa soubesse", respondeu Wallander.

Melander fitou-o.

"Você tem alguma coisa em mente?"

"Sim", respondeu Wallander. "Mas ainda não sei o que significa."

Trocaram um aperto de mão. Wallander entrou no carro e partiu. Pelo retrovisor, viu Melander no mesmo lugar, olhando para ele.

Dirigiu através de florestas intermináveis. Quando chegou a Gävle, já escurecera. Foi ao hotel de que lhe falara Svedberg. Quando indagou na recepção, disseram-lhe que Linda já tinha chegado.

* * *

Encontraram um pequeno restaurante aconchegante e sossegado, com poucos clientes, embora fosse uma noite de sábado. Ele estava contente por Linda ter concordado em vir. O fato de se encontrarem numa cidade desconhecida estimulou Wallander a discorrer sobre seus planos para o futuro, algo de que não cogitara.

Mas primeiro falaram sobre o pai dele, avô de Linda.

"Muitas vezes me perguntei por que vocês eram tão ligados", disse Wallander. "Talvez se tratasse de ciúme, puro e simples. Eu via alguma coisa que lembrava minha própria infância, mas que desaparecera totalmente."

"Talvez seja bom haver uma geração no meio", disse Linda. "Não é incomum avós e netos se darem melhor que pais e filhos."

"Como você sabe disso?"

"Sinto que é verdade considerando meu caso. E muitos amigos meus dizem a mesma coisa."

"Mas sempre tive a sensação de que esse afastamento não tinha razão de ser", disse Wallander. "Jamais entendi por que ele nunca aceitou o fato de eu ter me tornado policial. Se ao menos tivesse me dito por quê... Ou sugerido uma alternativa. Mas ele nunca fez isso."

"Vovô era muito excêntrico", disse ela. "E temperamental. Mas como você reagiria se de repente eu lhe dissesse, com toda a seriedade, que estava pensando em me tornar policial?"

Wallander se pôs a rir.

"Francamente, não sei o que iria dizer. Já falamos sobre isso antes."

Depois do jantar, voltaram para o hotel. Num termômetro na frente de uma loja, Wallander viu que a temperatura era de dois graus negativos. Sentaram-se na recepção do hotel. Não havia muitos hóspedes, e o espaço era todo deles. Wallander perguntou discretamente como iam suas aulas de teatro e logo percebeu que ela não queria falar sobre isso. Deixou o assunto morrer, mas ficou um tanto incomodado. Ao longo dos últimos anos, Linda mudara de planos e de interesse muitas vezes. O que deixava Wallander nervoso era a rapidez com que essas mudanças ocorriam. Tinha a impressão de que se tratava de decisões irrefletidas.

Linda se serviu de um pouco de chá e de repente lhe perguntou por que era tão difícil viver na Suécia.

"Às vezes eu acho que é porque paramos de cerzir nossas meias", disse Wallander.

Ela lhe lançou um olhar perplexo.

"Estou falando sério", continuou ele. "Quando eu era pequeno, a Suécia ainda era um país onde as pessoas cerziam suas meias. Eu mesmo aprendi a fazer isso na escola. Mas de repente isso acabou. Meias furadas iam para o lixo. Ninguém se dava ao trabalho de cerzi-las. Toda a sociedade mudara. 'Use e jogue fora' era a regra que imperava. Enquanto a coisa se aplicava só a meias, a mudança não fazia muita diferença. Mas aí a coisa começou a se expandir, até terminar por constituir uma espécie de código moral. Acho que isso mudou nosso conceito de certo e errado, ou do que é permitido fazer aos outros ou não. Mais e mais pessoas, principalmente jovens como você, passaram a se sentir incomodadas no próprio país. Como eles reagem? Com agressão e desprezo. O mais assustador é que acho que estamos apenas no começo de algo que vai piorar muito. A geração atual, a das crianças mais novas que você, vai reagir de forma ainda mais violenta. E eles não têm a menor lembrança de uma época em que cerzíamos nossas meias. Em que não jogávamos tudo no lixo, fossem meias de lã ou seres humanos."

Fez uma pausa. "Talvez eu não esteja me expressando de modo claro", disse ele.

"Talvez", disse ela. "Mesmo assim, acho que entendo o que quer dizer."

"Também é possível que eu esteja errado. Talvez cada época pareça pior que as anteriores."

"Nunca ouvi vovô falar nada disso."

"Acho que ele vivia em seu próprio mundo. Pintava seus quadros para poder decidir em que ponto do céu situar o sol: ficava sempre no mesmo lugar, elevando-se acima dos campos, com ou sem galo silvestre, por quase cinquenta anos. Às vezes acho que ele não sabia o que estava acontecendo fora de seu ateliê. Ele erguera uma parede invisível à sua volta."

"Você está enganado", disse ela. "Ele sabia muita coisa."

"Se sabia, nunca me falou nada."

"Ele até escrevia poemas de vez em quando."

Wallander lhe lançou um olhar de incredulidade. "Ele escrevia poemas?"

"Certa vez ele me mostrou alguns. Talvez os tenha queimado mais tarde. Mas escreveu poemas."

"Você também escreve poemas?", perguntou Wallander.

"Talvez", respondeu ela. "Não sei se são de fato poemas. Mas às vezes escrevo. Só para mim. Você não?"

"Não", respondeu Wallander. "Nunca. Vivo num mundo de relatórios policiais e laudos periciais cheios de detalhes desagradáveis. Para não falar dos memorandos do Departamento Nacional de Polícia."

Linda mudou de assunto tão rápido que depois Wallander achou que certamente ela já tinha planejado aquilo.

"Como vai sua história com Baiba?"

"Está ótima. Como vão as coisas conosco, não sei bem ao certo. Mas espero que ela venha morar aqui."

"O que ela faria na Suécia?"

"Iria morar comigo", respondeu Wallander, surpreso.

Linda balançou a cabeça devagar.

"Por que não o faria?"

"Não se ofenda", disse ela. "Mas espero que você tenha consciência de que não é fácil viver com você."

"Por quê?"

"Pense na mamãe. Por que você acha que ela queria viver uma vida diferente?"

Wallander não respondeu. Sentia vagamente que estava sendo julgado de forma injusta.

"Agora você ficou com raiva", ela comentou.

"Não, não estou", respondeu ele. "Não estou com raiva."

"O que é, então?"

"Não sei. Acho que estou cansado."

Ela se levantou da cadeira e sentou-se ao lado dele no sofá.

"Isso não significa que não gosto de você", disse ela. "Significa apenas que estou me tornando adulta. Nossas conversas serão diferentes."

"Provavelmente ainda não me acostumei com isso", disse ele.

Quando a conversa morreu, eles assistiram a um filme na televisão. Linda tinha de voltar para Estocolmo logo cedo na manhã seguinte. Wallander achou que tivera uma amostra de como seria o futuro. Eles iriam se encontrar quando tivessem tempo. A partir dali, ela lhe diria o que realmente pensava.

Logo depois da uma da manhã, eles se deram um boa-noite no corredor. Depois, Wallander ficou na cama por longo tempo, tentando avaliar se ganhara ou perdera alguma coisa. Sua criança se fora. Linda ficara adulta.

Eles se encontraram para o café da manhã, e então Wallander a levou à estação ferroviária, não muito distante do hotel. Quando estavam na plataforma, ela começou a chorar. Wallander ficou desnorteado. Poucos instantes antes, ela não se mostrara abalada.

"O que é?", perguntou ele. "Aconteceu alguma coisa?"

"Sinto saudades do vovô", respondeu ela. "Sonho com ele todas as noites."

Wallander a afagou. "Eu também."

O trem chegou. Ele ficou na plataforma até o trem partir. A estação pareceu-lhe terrivelmente desolada. Por um instante, sentiu como se estivesse perdido ou abandonado, totalmente impotente.

Perguntou-se como haveria de seguir em frente.

22

Quando Wallander voltou para o hotel, havia um recado de Robert Melander para ele. Foi para o quarto e discou o número. A mulher de Melander atendeu. Wallander se apresentou, tendo o cuidado de agradecer-lhe pelo belo almoço que preparara no dia anterior. Melander veio atender.

"Não consegui deixar de pensar um pouco mais sobre o caso na noite passada", disse ele. "Liguei para o velho carteiro também. O nome dele é Ture Emmanuelsson. Ele me disse que Krista Haberman recebia cartões-postais de Skåne regularmente, um monte de cartões. Ele acha que de Falsterbo. Não sei se isso significa alguma coisa, mas achei que de todo modo devia lhe contar. Ela tinha muita correspondência relacionada com pássaros."

"Como você conseguiu me localizar?", perguntou Wallander.

"Liguei para a polícia de Ystad e perguntei a eles. Não foi difícil."

"Skanör e Falsterbo são lugares famosos por seus encontros de observadores de pássaros", disse Wallander. "Essa é a única explicação razoável para o fato de haver tantos postais vindos de lá. Obrigado por se dar ao trabalho de me ligar."

"Fiquei me perguntando", disse Melander, "por que o vendedor de carros deixou o dinheiro para nossa igreja."

"Mais cedo ou mais tarde vamos descobrir por quê. Mas pode levar tempo. De todo modo, obrigado por ter ligado."

Wallander manteve-se no lugar depois que desligou. Ainda não eram oito da manhã. Pensou na sensação que tivera na estação ferroviária, a impressão de ter diante de si um obstáculo intransponível. Pensou também na conversa com Linda. Mais que tudo, pensou no que Melander lhe dissera e no que tinha pela frente. Estava em Gävle porque tinha uma missão. O avião partiria dentro de seis horas, e ele tinha de devolver o carro à locadora no aeroporto de Arlanda.

Wallander tirou alguns papéis da valise. As anotações de Höglund diziam que ele devia primeiro entrar em contato com um inspetor da polícia chamado Sten Wenngren. Ele estaria em casa o domingo inteiro e esperava o telefonema de Wallander. Ela anotara também o nome do homem que pusera o anúncio na revista *Terminator*. Johan Ekberg, que morava em Brynäs. Wallander levantou-se e foi à janela. Começara a cair uma fria chuva de outono. Wallander se perguntou se ela iria se transformar em nevasca e se havia pneus para neve na locadora de automóveis. Pensou novamente no que tinha de fazer em Gävle. A cada passo que dava, sentia como se se afastasse cada vez mais do cerne da investigação.

A sensação de que havia alguma coisa que ele não percebera, de que interpretara erroneamente algo fundamental no padrão dos crimes voltou à sua mente enquanto estava junto à janela. Por que a brutalidade intencional? O que o assassino queria nos dizer? A linguagem do assassino era o código que ele não conseguira decifrar.

Balançou a cabeça, bocejou e arrumou a mala. Como não sabia sobre o que iria conversar com Sten Wenngren, resolveu procurar Johan Ekberg imediatamente. No mínimo, ele teria uma ligeira visão do mundo tenebroso em que soldados se vendiam a quem pagasse mais. Pegou a mala e saiu do quarto. Na recepção, perguntou como chegar à Södra Fältskärsgatan, em Brynäs.

Ao entrar no carro, foi dominado novamente pela sensação de fraqueza. Deixou-se ficar sentado no banco, sem ligar o carro. Será que ia conseguir alguma coisa? Não se sentia doente, nem mesmo muito cansado. Percebeu que tinha algo a ver com seu pai. Era uma reação a tudo o que tinha acontecido, à necessidade de se adaptar a uma vida que mudara de forma traumática. Não havia outra explicação. A morte do pai estava provocando nele frequentes sentimentos de impotência.

Finalmente ligou o carro e saiu do estacionamento. O recepcionista lhe dera informações precisas sobre o trajeto, mas Wallander se perdeu imediatamente. A cidade estava deserta, e ele se sentia como se estivesse vagando num labirinto. Levou vinte minutos para achar a rua certa. Parou diante de um bloco de apartamentos no que ele imaginou ser a antiga área de Brynäs, perguntando-se vagamente se mercenários dormiam até tarde aos domingos. Perguntou-se se Johan Ekberg também era um mercenário. O simples fato de anunciar no *Terminator* não significava que prestara algum serviço militar.

Wallander ficou sentado no carro olhando o edifício. A chuva caía. Outubro era o mês mais sombrio. Tudo ficava cinza. As cores do outono se apagavam.

Por um instante, pensou em abandonar tudo e ir embora. Podia também ligar para Skåne e pedir que algum deles ligasse para o tal Johan Ekberg. Ou ele mesmo podia fazer isso. Se fosse embora de Gävle imediatamente, poderia pegar um voo que partisse mais cedo para Sturup.

Mas claro que ele não foi embora. Wallander nunca conseguiu dobrar, dentro de si, o sargento que o obrigava a fazer o que tinha de fazer. Não tinha feito aquela viagem por conta dos contribuintes simplesmente para ficar no carro olhando a chuva. Saiu do carro e atravessou a rua.

Johan Ekberg morava no último andar. O edifício não tinha elevador. De um dos apartamentos vinha uma animada música de acordeom, e alguém estava cantando. Wallander parou na escada e ficou ouvindo. Era um xote. Riu consigo mesmo. Quem estava tocando o acordeom, fosse quem fosse, não se deixava ficar olhando a chuva melancólica, ele pensou, enquanto retomava a subida da escada.

A porta de Ekberg era de aço e tinha duas fechaduras extras. Wallander tocou a campainha. Percebeu que alguém o observava pelo olho mágico e tocou novamente, como a dizer que não iria desistir. A porta se abriu. Ela tinha uma corrente de segurança. O vestíbulo era escuro. O homem que olhou de dentro era muito alto.

"Estou procurando Johan Ekberg", disse Wallander. "Sou um detetive de Ystad. Preciso falar com você, caso seja Ekberg. Você não é suspeito de nada. Só preciso de algumas informações."

A voz que lhe respondeu era cortante, quase estridente.

"Não falo com policiais. Seja de Gävle ou de qualquer outro lugar."

O sentimento de impotência de Wallander sumiu na hora. Reagiu automaticamente à atitude insubordinada do homem. Não tinha vindo de tão longe para ser despachado da porta. Pegou o distintivo e o exibiu.

"Estou trabalhando para resolver o caso de dois assassinatos em Skåne. Com certeza você leu sobre eles no jornal. Não vim de tão longe para ficar discutindo diante de sua porta. Você tem todo o direito de impedir minha entrada. Mas vou voltar. E aí você vai ter de ir à delegacia de polícia de Gävle comigo. Decida-se."

"O que você quer saber?"

"Deixe-me entrar ou saia para o corredor", respondeu Wallander. "Não vou conversar com você através de uma porta entreaberta."

A porta se fechou, depois se abriu. A corrente de segurança agora fora retirada. Uma luz fortíssima inundou o vestíbulo. A lâmpada estava posicionada de modo a ofuscar os visitantes. Wallander seguiu o homem, cujo rosto ainda não vira, até chegarem a uma sala de estar. As cortinas estavam fechadas e as luzes acesas. Wallander parou à porta. Foi como entrar em outra era. A sala era uma relíquia da década de 1950. Havia um jukebox Wurlitzer contra uma parede. Luzes cintilantes de neon dançavam sob sua cúpula de plástico. Havia pôsteres de filmes nas paredes; um era de James Dean, mas os outros, em sua maioria, eram de filmes de guerra. *Men in Action*. Fuzileiros navais americanos lutando contra japoneses na praia. Também havia armas penduradas nas paredes: baionetas, espadas, velhas pistolas de cavalaria. Um sofá e cadeiras de couro preto junto à outra parede.

Ekberg ficou olhando para ele. Tinha cabelo à escovinha, e bem podia ter saído de um daqueles pôsteres. Estava de short cáqui e camiseta branca. Tinha tatuagens nos músculos salientes dos braços. Wallander percebeu tratar-se de um sério fisiculturista.

Os olhos de Ekberg mostravam desconfiança.

"O que você quer?"

Wallander apontou de forma inquisitiva para uma das cadeiras. O homem concordou com um gesto de cabeça. Wallander sentou, mas Ekberg continuou de pé. Ele se perguntou se Ekberg ao menos tinha nascido quando Harald Berggren estava lutando sua infame guerra no Congo.

"Quantos anos você tem?", perguntou ele.

"Você veio de Skåne até aqui para me perguntar isso?"

Wallander não fez o menor esforço para esconder a própria irritação. "Entre outras coisas", respondeu ele. "Se você não responder a minhas perguntas, paro agora mesmo e você terá de ir à delegacia."

"Sou suspeito de ter cometido um crime?"

"Você cometeu?", retrucou Wallander. Sabia que estava quebrando todas as regras de conduta da polícia.

"Não", disse Ekberg.

"Então vamos começar de novo", disse Wallander. "Quantos anos você tem?"

"Trinta e dois."

Então Ekberg nem era nascido quando o avião de Dag Hammarskjöld se espatifou perto de Ndola.

"Vim para conversar com você sobre mercenários suecos. Estou aqui porque você anunciou abertamente no *Terminator*."

"Não existe nenhuma lei contra isso, existe? Ponho anúncios também no *Combat Survival* e *Soldier of Fortune*."

"Eu não disse que havia. Esta conversa pode ser bem mais rápida se você se limitar a responder a minhas perguntas e não fizer nenhuma."

Ekberg sentou-se e acendeu um cigarro. Wallander viu que ele fumava cigarros sem filtro. Ele acendeu o cigarro com um isqueiro Zippo. Wallander se perguntou se Ekberg também não estava vivendo em outra época.

"Mercenários suecos", repetiu Wallander. "Quando começou tudo isso? Na guerra do Congo?"

"Um pouco antes", disse Ekberg.

"Quando?"

"Quem sabe na Guerra dos Trinta Anos, por exemplo?"

Wallander se deu conta de que não devia se deixar enganar pela aparência de Ekberg ou pelo fato de ele ser obcecado pela década de 1950. Ele podia muito bem ser um especialista no assunto, e Wallander tinha uma vaga lembrança, dos tempos de escola, de que a Guerra dos Trinta Anos realmente fora travada por soldados mercenários.

"Vamos nos limitar aos anos posteriores à Segunda Guerra Mundial."

"Então começou na Segunda Guerra. Suecos se apresentaram como voluntários a todos os exércitos em luta. Havia suecos com uniformes alemães, russos, japoneses, americanos, britânicos e italianos."

"Sempre pensei que ser voluntário era diferente de ser mercenário."

"Estou falando sobre o desejo de lutar", disse Ekberg. "Sempre houve suecos dispostos a empunhar armas."

Wallander percebeu algo do entusiasmo desesperançado que em geral marcava homens com ilusões de uma Grande Suécia. Lançou um rápido olhar ao longo das paredes para ver se tinha deixado de ver insígnias nazistas, mas não havia nenhuma.

"Esqueça os voluntários", disse ele. "Estou falando sobre mercenários. Homens de aluguel."

"A Legião Estrangeira", disse Ekberg. "É o ponto de partida clássico. Sempre houve suecos alistados nela. Muitos deles jazem enterrados no Saara."

"O Congo", disse Wallander. "Lá começou algo diferente, certo?"

"Lá não havia muitos suecos, mas alguns lutaram durante toda a guerra do lado da província de Katanga."

"Quem eram eles?"

Ekberg olhou-o surpreso. "Você está querendo nomes?"

"Ainda não. Estou querendo saber que tipo de homens eles eram."

"Ex-militares. Homens em busca de aventura. Outros convencidos de que lutavam por uma causa justa. Aqui e ali, um militar que fora expulso da corporação."

"Que causa?"

"A luta contra o comunismo."

"Eles matavam africanos inocentes, não é?"

Ekberg se pôs em guarda de repente.

"Não tenho de responder a perguntas sobre opiniões políticas. Conheço meus direitos."

"Não estou nem um pouco interessado em suas opiniões. Só quero saber quem eram eles. E por que se tornaram mercenários."

"Por que você quer saber isso?"

"Digamos que seja minha única pergunta. E quero uma resposta para ela." Ekberg lhe lançou seu olhar desconfiado.

Wallander não tinha nada a perder indo direto ao ponto.

"É possível que alguém que mantém contato com mercenários suecos tenha a ver com pelo menos um desses assassinatos. É por isso que estou aqui. É por isso que suas respostas podem ser importantes."

Ekberg balançou a cabeça. Agora estava entendendo. "Gostaria de beber alguma coisa?", perguntou ele.

"O quê, por exemplo?"

"Uísque? Cerveja?"

Eram apenas dez da manhã. Negou com um gesto de cabeça, embora não se incomodasse de tomar uma cerveja.

"Não, obrigado."

Ekberg levantou-se e voltou pouco depois com um copo de uísque.

"Que tipo de trabalho você faz?", perguntou Wallander.

A resposta de Ekberg o surpreendeu. Não sabia o que estava esperando. Com certeza, porém, não era o que Ekberg disse.

"Tenho uma firma de consultoria especializada em recursos humanos. Eu me concentro em métodos de resolução de conflitos."

"Parece interessante", disse Wallander, ainda sem saber ao certo se Ekberg o estava enganando.

"Também tenho uma carteira de títulos que está indo bem. No momento, minha liquidez é estável."

Wallander concluiu que Ekberg estava dizendo a verdade. Voltou ao tema dos mercenários.

"Por que você está tão interessado em mercenários?"

"Eles representam uma das melhores coisas de nossa cultura, que, infelizmente, estão desaparecendo."

Wallander sentiu-se incomodado com a resposta de Ekberg. Suas convicções pareciam inabaláveis. Wallander se perguntava como era possível. Perguntava-se também se no mercado de ações sueco havia muitos homens com tatuagens como as de Ekberg. Não lhe parecia provável que os financistas e homens de negócios do futuro fossem fisiculturistas com jukeboxes antigos em suas salas de estar.

"Como eram recrutados os homens que iam para o Congo?"

"Há alguns bares em Bruxelas. E também em Paris. A coisa toda era feita muito discretamente. Aliás, ainda é. Principalmente depois do que aconteceu em Angola em 1975."

"O que aconteceu?"

"Grande número de mercenários não conseguiu sair a tempo. Foram capturados no fim da guerra. O novo regime estabeleceu uma corte marcial. A maioria recebeu pena de morte e foi fuzilada. Foi tudo muito cruel. E absolutamente desnecessário."

"Por que eles foram condenados à morte?"

"Porque foram recrutados. Como se isso fizesse alguma diferença. De um modo ou de outro, soldados são sempre recrutados."

"Mas eles não tinham nada a ver com a guerra? Vieram de fora? Tomaram parte nela só para ganhar dinheiro?"

Ekberg ignorou a interrupção de Wallander.

"Eles deviam sair do cenário da guerra a tempo, mas perderam nos combates dois de seus comandantes de companhia. Um avião que devia resgatá-los pousou na pista errada no meio na mata. Tiveram muito azar. Uns quinze deles foram capturados. A maioria conseguiu escapar e seguiu para a Rodésia do Sul. Numa grande fazenda nas cercanias de Johannesburgo há um monumento aos homens que foram executados em Angola. Mercenários de todo o mundo foram assistir à inauguração."

"Havia suecos entre os homens que foram executados?"

"Em sua maioria, eram soldados britânicos e alemães. Deram quarenta e oito horas para seus parentes mais próximos reclamarem os corpos. Quase ninguém fez isso."

Wallander refletiu sobre o memorial de Johannesburgo.

"Quer dizer que existe um grande sentimento de companheirismo entre os mercenários de todas as partes do mundo?"

"Todos assumem completa responsabilidade pelo próprio destino. Mas, sim, há um sentimento de companheirismo. Tem de haver."

"Assim sendo, essa não seria uma das razões pelas quais eles se tornam mercenários? Porque estão em busca de companheirismo?"

"O dinheiro vem em primeiro lugar. Depois, a aventura. E então, o companheirismo. Nessa ordem."

"A verdade, então, é que os mercenários matam por dinheiro?"

Ekberg fez que sim com a cabeça. "Claro. Mas mercenários não são monstros. São seres humanos."

Wallander sentiu sua repugnância crescer, mas sabia

que Ekberg acreditava em cada palavra que dizia. Já fazia muito tempo que ele não encontrava um homem com tal firmeza de convicções. Não havia nada de monstruoso naqueles soldados que matariam qualquer um por uma soma de dinheiro adequada. Ao contrário, aquilo era uma definição de sua humanidade. Na opinião de Johan Ekberg.

Wallander pegou uma cópia da fotografia e a depositou na mesa de vidro diante de Ekberg.

"Essa foto foi tirada há mais de trinta anos no então chamado Congo Belga. Antes de seu nascimento. Três mercenários. E um deles é sueco."

Ekberg inclinou-se para a frente e pegou a fotografia. Wallander esperou.

"Você reconhece algum desses homens?", perguntou ele depois de um instante. Citou dois de seus nomes: Terry O'Banion e Simon Marchand.

Ekberg sacudiu a cabeça.

"Esses não são necessariamente seus nomes verdadeiros", acrescentou Wallander.

"Nesse caso, reconheço esses nomes", disse Ekberg.

"O homem do meio é sueco", continuou Wallander. Ekberg se pôs de pé e foi a uma sala contígua. Voltou com uma lupa na mão e examinou a fotografia novamente.

"O nome dele é Harald Berggren", disse Wallander. "E é por causa dele que vim até aqui."

Ekberg continuou olhando a foto, sem dizer nada.

"Harald Berggren", repetiu Wallander. "Escreveu um diário sobre a guerra. Você o reconhece? Sabe quem é ele?"

Ekberg depôs a foto e a lupa.

"Claro que sei quem é Harald Berggren."

Wallander sobressaltou-se. Não sabia que tipo de resposta esperava, mas com certeza não era aquela.

"Onde ele está agora?"

"Ele morreu. Morreu sete anos atrás."

Essa era uma possibilidade que Wallander tinha considerado. Ainda assim, ela o deixou desapontado.

"O que aconteceu?"

"Ele se matou, o que não é incomum quando se trata de gente muito corajosa que enfrentou situações de combate sob condições adversas."

"Por que ele se matou?"

Ekberg deu de ombros. "Acho que estava farto."

"De quê?"

"De que é que você está farto quando tira sua vida? Da própria vida. O tédio. O cansaço que o avassala toda manhã ao contemplar o próprio rosto no espelho."

"O que se passou?"

"Ele morava em Sollentuna, norte de Estocolmo. Num domingo de manhã meteu o revólver no bolso, pegou um ônibus e foi até o final da linha. Aí entrou na mata e se matou."

"Como você sabe de tudo isso?"

"Eu sei, só isso. E isso significa que ele não podia estar envolvido no assassinato em Skåne. A menos que tenha se transformado num fantasma. Ou tenha armado uma bomba de efeito retardado que só agora explodiu."

Wallander deixara o diário em Skåne. Agora achava que aquilo talvez tivesse sido um erro.

"Harald Berggren escreveu um diário no Congo. Nós o encontramos no cofre pertencente a um vendedor de automóveis chamado Holger Eriksson, um dos homens assassinados. Esse nome significa alguma coisa para você?"

Ekberg negou com um gesto de cabeça.

"Tem certeza?"

"Não há nenhum problema com minha memória."

"Você tem alguma ideia da razão por que o diário foi parar lá?"

"Não."

"Você consegue imaginar algum motivo que tivesse levado esses dois homens a se conhecerem, há mais de sete anos?"

"Só me encontrei com Berggren uma vez. Um ano antes de sua morte. Naquela época, eu estava morando em Estocolmo. Certa noite ele veio me visitar. Estava inquieto.

Contou-me que passava o tempo viajando pelo país, trabalhando um mês aqui, outro ali, enquanto esperava outra guerra começar. Afinal de contas, tinha uma profissão."

Wallander se deu conta de que não considerara essa possibilidade. Ainda que estivesse no diário, numa das primeiras páginas.

"Você se refere ao fato de ele ser mecânico?"

Pela primeira vez, Ekberg se mostrou surpreso.

"Como você sabe disso?"

"Está no diário."

"Um vendedor de automóveis pode recorrer aos serviços de um mecânico. Quem sabe Harald passou por Skåne e conheceu esse tal Eriksson."

Wallander concordou com um aceno de cabeça.

"Berggren era homossexual?", perguntou Wallander.

Ekberg riu.

"Muito", disse ele.

"Isso é comum entre mercenários?"

"Não é incomum. Imagino que esse também seja o caso dos policiais, não é?"

Wallander não respondeu. Em vez disso, perguntou: "Isso acontece também entre consultores de recursos humanos?".

Ekberg, de pé junto ao jukebox, sorriu para Wallander.

"Sim."

"Você publica anúncios no *Terminator*. Oferece seus serviços, mas não diz que serviços são."

"Eu agencio contatos."

"Que tipo de contatos?"

"Com vários empregadores que podem ser interessantes."

"Missões de combate?"

"Às vezes. Guarda-costas, proteção a transportes. Varia. Se eu quisesse, podia fornecer aos jornais histórias espantosas."

"Mas você não quer?"

"Tenho a confiança de meus clientes."

"Não faço parte do mundo do jornalismo."

Ekberg tornou a sentar na cadeira.

"Terre Blanche, na África do Sul", disse ele. "O líder do partido neonazista entre os bôeres. Ele tem dois guarda-costas suecos. Esse é um exemplo. Mas se você levar isso a público, vou negar, é claro."

"Não direi uma palavra", disse Wallander.

"Pode me deixar a foto?", pediu Ekberg. "Tenho uma pequena coleção."

"Fique com ela", disse Wallander, pondo-se de pé. "Temos a original."

"Quem está com o negativo?"

"Eu também gostaria de saber."

Depois de transpor a porta, Wallander se deu conta de que tinha mais uma pergunta a fazer.

"De todo modo, por que você faz tudo isso?"

"Recebo cartões-postais do mundo inteiro", disse ele. "Só isso."

Wallander percebeu que aquela era a melhor resposta que iria tirar de Ekberg.

"Não acredito nisso. Mas vou ligar para você, se tiver mais perguntas."

Ekberg balançou a cabeça e fechou a porta.

Quando Wallander chegou à rua, estava nevando. Eram onze da manhã. Viu que não tinha mais nada a fazer em Gävle. Entrou no carro. Berggren não tinha matado Eriksson, nem Runfeldt, aliás. O que poderia ser uma pista sumiu no ar.

Temos de começar tudo de novo, pensou Wallander. Temos de voltar ao começo e eliminar Harald Berggren. Vamos esquecer cabeças reduzidas e diários. E aí, o que vamos ver? Talvez fosse possível achar o nome de Harald Berggren numa lista de ex-empregados de Eriksson. E poderíamos descobrir também se Eriksson era homossexual.

A camada superior da investigação não revelou nada. Teriam de cavar mais fundo.

Wallander ligou o carro e foi direto para o aeroporto de Arlanda. Ao chegar, teve certa dificuldade em achar o caminho para a locadora onde devia devolver o carro. Às duas da tarde, já estava sentado na sala de embarque, esperando seu voo. Folheou distraidamente um jornal que alguém largara no sofá.

O avião partiu de Arlanda na hora marcada. Wallander sentiu sono logo na decolagem e acordou quando o avião aterrissava no aeroporto Sturup. Ao lado dele, uma mulher cerzia uma meia. Wallander olhou para ela espantado.

Ao sair do avião, lembrou-se de que tinha de ligar para Älmhult para saber como ia o conserto do carro. Teria de tomar um táxi para Ystad, mas, quando se dirigia à saída do aeroporto, viu que Martinsson o esperava e teve certeza de que alguma coisa havia acontecido.

Que não fosse mais um assassinato, pensou ele. Tudo, menos isso.

Martinsson viu-o se aproximar.

"O que aconteceu?", perguntou Wallander.

"Seu celular deve estar desligado", disse Martinsson. "Foi impossível entrar em contato com você."

Wallander esperou, prendendo a respiração.

"Encontramos a mala de Runfeldt", disse Martinsson.

"Onde?"

"Deixaram bem à vista na beira da estrada para Höör."

"Quem a encontrou?"

"Um sujeito que parou para dar uma mijada. Viu a mala, abriu-a e nela encontrou documentos com o nome de Runfeldt. Como tinha lido sobre o assassinato, ligou para nós. Agora Nyberg está lá."

Ótimo, pensou Wallander. Mais uma pista.

"Então vamos para lá", disse ele.

"Você não quer passar em casa antes?"

"Não. Se existe uma coisa que não quero fazer, é justamente isso."

De repente, Wallander constatou que tinha pressa.

23

A mala estava no lugar onde fora encontrada. Como estava bem à beira da estrada, muitos motoristas paravam, curiosos, quando viam dois carros da polícia e um grupo de pessoas. Nyberg azafamava-se tirando moldes e fotografias de marcas de pneus deixadas no local. Um dos curiosos segurou sua muleta enquanto ele se ajoelhava e apontava para alguma coisa caída no chão. Ele levantou a vista quando Wallander se aproximou.

"Como foi em Norrland?", perguntou ele.

"Não achei uma mala", respondeu Wallander, "mas foi lindo. E estava frio."

"Com um pouco de sorte, teremos condições de dizer exatamente por quanto tempo a mala ficou aqui", disse Nyberg.

Wallander não viu na mala nenhuma marca ou etiqueta da Viagens Especiais.

"Você já falou com Vanja Andersson?", perguntou ele.

"Ela já esteve aqui", respondeu Martinsson. "Confirmou que é a mala de Runfeldt. Além disso, já a abrimos. O binóculo de visão noturna que tinha sumido estava logo na parte de cima. Não há dúvida de que é a mala dele."

Wallander refletiu por um instante. Estavam na rodovia 13, ao sul de Eneborg. Ali perto ficava o cruzamento onde se podia tomar o rumo de Lödinge. Na direção oposta, podia-se seguir para o sul, passar pelo lago Krageholm indo parar não muito longe de Marsvinsholm. Wallander se deu conta de que eles estavam num ponto equidistante dos locais dos assassinatos.

A mala foi encontrada no lado leste da estrada. Se foi deixada ali por alguém de carro, este provavelmente viera de Ystad, seguindo rumo ao norte. Wallander tentou analisar as alternativas. Nyberg tinha razão: seria útil saber há quanto tempo a mala estava ali, no momento em que foi encontrada.

"Podemos tirá-la daí?", ele perguntou.

"Podemos levá-la para Ystad daqui a uma hora", respondeu Nyberg. "Estou quase terminando."

Wallander fez um aceno para Martinsson, e os dois foram para o carro dele. No trajeto entre o aeroporto e o lugar onde estavam, Wallander lhe falara sobre a viagem. Ainda não sabiam por que Eriksson deixara o dinheiro para a igreja de Svenstavik. Em compensação, sabiam que Harald Berggren estava morto. Wallander não tinha dúvida de que Ekberg dissera a verdade. Berggren não podia estar envolvido diretamente na morte de Eriksson. Era preciso descobrir se ele trabalhara para Eriksson, mesmo sem saber se aquilo podia adiantar alguma coisa na investigação. Algumas peças do quebra-cabeça só tinham importância porque eles precisavam ajustá-las no lugar antes que as peças mais importantes pudessem ser encaixadas. Dali para a frente, Berggren era esse tipo de peça do quebra-cabeça.

Entraram no carro e partiram para Ystad.

"Quem sabe Eriksson não usava mercenários em trabalhos avulsos?", disse Martinsson. "Quem sabe alguém estivesse no encalço de Harald Berggren? Alguém que de repente teve a ideia de cavar um fosso e preparar uma armadilha para Eriksson, sabe-se lá por quê."

"É uma possibilidade, claro", disse Wallander sem muita convicção. "Mas como explicar o que aconteceu com Runfeldt?"

"Ainda não podemos explicar isso. Acha que devemos nos concentrar nele?"

"Eriksson morreu primeiro", disse Wallander. "Mas isso não significa necessariamente que ele seja o primeiro elo na cadeia da causalidade. O problema é que, além de não termos o móvel dos crimes, também não temos um ponto de partida para as investigações."

Martinsson ficou em silêncio por algum tempo. Atravessavam Sövestad.

"Por que a mala veio parar à beira da estrada?", perguntou ele de repente. "Runfeldt estava indo na direção oposta, rumo a Copenhague. Marsvinsholm fica na direção certa, a caminho do aeroporto de Kastrup. O que teria de fato acontecido?"

"É isso que também quero saber", disse Wallander.

"Examinamos o carro de Runfeldt", disse Martinsson. "Havia um estacionamento atrás do edifício onde ele morava. Ele tinha um Opel 1993. Nada fora do comum."

"E as chaves do carro?"

"Estão no apartamento dele."

Wallander perguntou se alguém descobrira se Runfeldt tinha pedido um táxi para a manhã em que iria partir.

"Hansson conversou com um funcionário de uma empresa de táxis. Runfeldt pediu um táxi para as cinco da manhã. O táxi o levaria a Malmö. A empresa de táxi informou que ele não apareceu. O taxista esperou, tocou a campainha do apartamento de Runfeldt supondo que ele perdera a hora, mas ninguém atendeu. O taxista foi embora. Hansson disse que o funcionário foi bastante preciso em suas informações."

"Parece ter sido um ataque muito bem planejado", disse Wallander.

"Isso significa que havia mais de uma pessoa", disse Martinsson.

"Fosse quem fosse, com certeza conhecia muito bem os planos de Runfeldt e sabia a hora de sua partida. Quem estava em condições de saber isso?"

"A lista é bem pequena. E na verdade nós já a temos. Acho que foi Ann-Britt que a fez. Anita Lagergren, da agência de viagens, e os filhos de Runfeldt. Mas a filha sabia apenas o dia da viagem. Não sabia que ele partiria logo cedo. Provavelmente ninguém mais."

"E Vanja Andersson?"

"Ela achava que sabia, mas não sabia."

Wallander balançou a cabeça devagar. "Tem de haver outra pessoa nessa lista", disse ele. "A pessoa que estamos procurando."

"Começamos a examinar as fichas de seus clientes. No total encontramos cerca de quarenta missões de investigação ao longo dos anos. Em outras palavras, não muitas. Mas a pessoa que estamos procurando talvez esteja entre elas."

"Temos de estudar cada caso com todo cuidado", respondeu Wallander. "Vai ser um trabalho aborrecido, mas você pode ter razão."

"Tenho a impressão de que isso vai nos tomar muito tempo."

Wallander pensava o mesmo.

"Sempre podemos torcer para estarmos enganados, mas é muito improvável."

Eles se aproximavam de Ystad.

"Ao que parece, eles vão vender a loja de flores", disse Martinsson. "O filho e a filha estão de acordo quanto a isso. Perguntaram a Vanja Andersson se queria comprar a loja, mas duvido que ela tenha dinheiro para tanto."

"Quem lhe contou?"

"Bo Runfeldt ligou e perguntou se ele e a irmã podiam ir embora depois do funeral."

"Quando foi isso?"

"Na quarta-feira."

"Deixe que partam", disse Wallander. "Podemos entrar em contato com eles novamente se houver necessidade."

Entraram no estacionamento.

"Conversei com um mecânico em Älmhult", disse Martinsson. "Seu carro deverá estar pronto no meio da próxima semana. Vai ser caro, mas imagino que você já sabia disso. Ele disse que vai entregar o carro aqui em Ystad."

Hansson estava no escritório de Svedberg quando eles entraram. Wallander contou-lhe sobre a viagem. Como Hansson estava muito resfriado, Wallander lhe recomendou que fosse para casa.

"A chefe Holgersson também está doente", disse Svedberg. "Acho que pegou gripe."

"Já estamos na época da gripe?", disse Wallander. "Isso vai nos trazer muitos problemas."

"Só peguei um resfriado", garantiu-lhe Hansson. "Com sorte, amanhã estarei melhor."

"Os dois filhos de Ann-Britt estão doentes", disse Martinsson. "Mas seu marido vai estar em casa amanhã."

Wallander pediu que lhe avisassem quando a mala chegasse, em seguida saiu da sala. Pretendia sentar-se e escrever um relatório sobre a viagem. Quem sabe até organizar os recibos referentes aos gastos da viagem, que precisava apresentar. A caminho do escritório, porém, mudou de ideia e voltou ao escritório de Svedberg.

"Vocês podem me emprestar um carro?", perguntou ele. "Estarei de volta dentro de meia hora."

Ofereceram-lhe vários molhos de chaves. Ele pegou as de Martinsson.

Estava escuro quando se dirigiu à Västra Vallgatan. Não havia uma nuvem no céu. A noite seria fria, talvez com temperatura abaixo de zero. Parou na frente da loja de flores e andou em direção ao edifício onde Runfeldt havia morado. Viu luzes nas janelas. Concluiu que os filhos de Runfeldt estavam lá, examinando as coisas do apartamento. A polícia lhes dera autorização para fazer uma triagem dos objetos do pai. De repente Wallander pensou no próprio pai, em Gertrud e em sua irmã Kristina. Não fora a Löderrup para ajudá-las a fazer uma triagem dos pertences do pai. Embora sua ajuda não fosse de fato necessária, de todo modo ele devia ter dado as caras. Não sabia ao certo se evitara isso por considerar desagradável ou porque simplesmente não teve tempo.

Wallander parou na porta do edifício de Runfeldt. Não havia ninguém por perto. Ficou diante da porta e olhou em volta, tentando concatenar mentalmente a sequência de acontecimentos. Então atravessou a rua e repetiu o gesto.

Runfeldt está na rua, pensou Wallander. Ainda não se sabe a hora exata. Ele deve ter vindo à porta logo ao anoitecer ou já com a noite avançada. Caso tivesse saído à noite, não estaria sem mala. Alguma outra coisa o fez sair do apartamento. Se tivesse saído de manhã, porém, estaria de mala na mão. A rua está deserta. Ele põe a mala na calçada. De que direção viria o táxi? Ele teria esperado diante da porta ou do outro lado da rua? Acontece alguma coisa. Runfeldt e sua mala desaparecem. A mala aparece na estrada para Höör. O próprio Runfeldt é encontrado amarrado a uma árvore, morto, na mata perto de Marsvinsholm.

Wallander examinou as portas de cada lado do edifício. Nenhuma das duas tinha espaço bastante para alguém se esconder. Olhou para as lâmpadas dos postes. As que iluminavam a porta de Runfeldt estavam acesas.

Um carro, pensou ele. Um carro que esperava ali, bem na frente da porta. Runfeldt vai até a rua. Alguém sai do carro. Se Runfeldt tivesse sentido medo, teria emitido algum som. Os vizinhos o teriam ouvido. Se se tratasse de um desconhecido, a reação de Runfeldt talvez fosse de mera surpresa. Será que o nocautearam? Será que o ameaçaram? Wallander pensou na reação de Vanja Andersson no meio do mato. Runfeldt emagrecera tremendamente no breve tempo em que ficara desaparecido. Isso porque estivera encarcerado, passando fome.

Ele continuou. Runfeldt é metido no carro, talvez à força, talvez inconsciente ou sob coação. Então o levam embora. A mala é encontrada à beira da estrada para Höör. O primeiro pensamento que veio à mente de Wallander foi de que puseram a mala naquele lugar para ser encontrada.

Wallander voltou à porta e recomeçou. Runfeldt chega à rua. Está prestes a empreender uma viagem pela qual ansiava. Vai à África para ver orquídeas. Wallander põe-se a andar de um lado para outro diante da porta. Pensa na possibilidade de Runfeldt ter matado a esposa dez anos antes. Fez um buraco no gelo e empurrou-a para dentro dele. Era um homem brutal, que maltratava a mãe de seus filhos. Para consumo externo, é um florista amável que adora orquídeas. E agora cá está ele, a caminho de Nairóbi. Todos os que conversaram com ele confirmam sua genuína excitação ante essa perspectiva. Um homem amistoso, que também era um monstro.

Wallander pensa na loja de flores e no arrombamento. Alguém arromba a loja e entra. Nada é roubado. Nem mesmo uma única flor. Há sangue no chão. Wallander balança a cabeça. Há alguma coisa que está deixando de ver. Uma superfície esconde outra. Gösta Runfeldt. Amante de orquídeas, monstro. Holger Eriksson. Observador de pássaros, poeta e vendedor de carros. Dele também se dizia ter agido de forma muito brutal. A brutalidade os aproxima, pensou Wallander. Brutalidade disfarçada, escondida.

Mais uma vez volta à porta do conjunto de apartamentos de Runfeldt. Ele sai para a rua, põe a mala na calçada, supondo que a coisa tenha acontecido de manhã. O que ele faz, então? Espera um táxi. Quando o táxi chega, porém, ele já desapareceu.

Wallander estaca. Runfeldt espera um táxi. Será que chegou outro táxi? Um táxi falso? Runfeldt só sabia que tinha pedido um táxi, não que táxi viria. Nem quem seria o motorista. O motorista o ajuda com a mala. Ele entra no carro e eles seguem para Malmö, mas não vão além de Marsvinsholm. Poderia ter acontecido assim? Será que Runfeldt teria sido mantido prisioneiro perto da mata onde foi encontrado? Mas a mala foi descoberta na estrada para Höör, na direção oposta. No caminho da chácara de Holger Eriksson.

Wallander não sabia o que pensar. A única coisa absolutamente clara era o fato de que, fosse como fosse, o que aconteceu diante da porta de Runfeldt foi planejado por alguém que sabia de sua iminente partida para Nairóbi.

Ao voltar para a delegacia, viu o carro de Nyberg mal estacionado na entrada. A mala chegara.

Eles estenderam uma folha de plástico na mesa da sala de reuniões e nela depositaram a mala, que ainda estava fechada. Nyberg tomava café com Svedberg e Hansson. Wallander viu que estavam à sua espera. Martinsson falava ao telefone. Wallander tinha certeza de que ele conversava com um dos filhos. Devolveu-lhe as chaves.

"Há quanto tempo a mala estava lá?", perguntou Wallander.

A resposta de Nyberg o surpreendeu.

"Uns poucos dias", disse ele. "Não mais que três."

"Então ficou guardada em outro lugar por muito tempo", disse Hansson.

"Por que o assassino esperou até agora para livrar-se dela?", disse Wallander.

Ninguém sabia responder. Nyberg calçou luvas de borracha e abriu a mala. Estava prestes a retirar a primeira camada de roupas quando Wallander pediu que esperasse. Debruçou-se sobre a mesa. Algo lhe chamara a atenção, mas ele não sabia bem o quê.

"Temos uma fotografia disso?", perguntou ele.

"Não da mala aberta", respondeu Nyberg.

"Vamos tirar uma", disse Wallander. Algo na maneira como a mala fora arrumada chamara-lhe a atenção.

Nyberg recomendou a Svedberg que subisse numa cadeira e tirasse fotos, e então esvaziaram a mala. Runfeldt resolvera viajar à África sem muita bagagem. Não havia coisas inesperadas dentro da mala. Encontraram os documentos de viagem num bolso lateral. Havia também uma grande soma em dólares. No fundo da mala encontraram vários cadernos, literatura sobre orquídeas e uma câmera fotográfica. Em silêncio, examinaram os vários objetos. Wallander vasculhou a própria mente tentando descobrir o que lhe chamara a atenção. Nyberg abrira a bolsinha com artigos de toalete. Leu o nome num frasco de comprimidos.

"Comprimidos contra malária", disse ele. "Runfeldt sabia o que lhe seria necessário na África."

Wallander olhou a mala com toda a atenção e viu alguma coisa enfiada sob o forro da tampa. Nyberg a retirou. Era uma ficha de identificação de plástico azul.

"Talvez Runfeldt participasse de conferências", aventou Nyberg.

"Ele ia a um safári fotográfico", disse Wallander. "Mas naturalmente isso pode ter sido deixado aí numa viagem anterior." Pegou um guardanapo de papel na mesa, segurou-o pelo alfinete atrás do crachá e aproximou-o dos olhos. Ele o cheirou, notou uma fragrância suave e o aproximou de Svedberg, que estava de pé ao seu lado.

"Você sabe que cheiro é esse?"

"De loção pós-barba?"

Wallander balançou a cabeça.

"Não", disse ele. "É perfume."

Um a um, todos cheiraram. Todos concordaram que se tratava de um perfume feminino. Wallander ficou ainda mais pensativo. E teve a sensação de reconhecer o crachá de plástico.

"Quem já viu esse tipo de crachá antes?", perguntou ele.

"Não é do tipo usado na administração de Malmö?", disse Martinsson. "Todos os que trabalham no hospital aqui usam esse tipo de crachá."

"Isso não faz sentido", disse Wallander. "Um crachá de plástico com perfume feminino na bagagem de Runfeldt."

Naquele instante ele se deu conta do que o perturbara quando abriram a mala.

"Gostaria que Ann-Britt estivesse aqui", disse ele. "Com ou sem filhos doentes. Quem sabe sua espantosa vizinha poderia ficar em seu lugar por uma meia hora? A polícia pagará a conta."

Martinsson ligou para Höglund.

"Ela está vindo", disse ele.

"Para que você precisa dela?", perguntou Hansson.

"Há algo que quero que ela faça com esta mala", disse Wallander. "Só isso."

"Devemos pôr tudo dentro dela de novo?", perguntou Nyberg.

"É exatamente isso que eu quero que ela faça", respondeu Wallander.

Olharam-no surpresos, mas ninguém disse nada. Hansson se assoou. Nyberg sentou numa cadeira para descansar o pé dolorido. Martinsson desapareceu dentro de seu escritório, provavelmente para ligar para casa. Wallander saiu da sala de reuniões e foi olhar o mapa do distrito policial de Ystad. Observou as ruas entre Marsvinsholm, Lödinge e Ystad.

Em algum lugar sempre há um ponto central, pensou ele. Uma conjunção de vários eventos. Um criminoso raramente volta à cena do crime. Por outro lado, um assassino costuma passar no mesmo lugar muitas vezes.

Höglund chegou ao hall apressada. Wallander sentiu-se culpado por ter pedido que ela viesse. Mas dessa vez achava que tinha uma boa razão para fazer isso.

"Aconteceu alguma coisa?", perguntou ela.

"Você já sabe que encontramos a mala de Runfeldt?"

"Ouvi dizer."

Seguiram para a sala de reuniões.

"Tudo o que está aqui na mesa estava na mala", disse Wallander. "Gostaria que você calçasse luvas e arrumasse tudo novamente."

"Em determinada ordem?"

"Na ordem que lhe ocorrer naturalmente. Você me disse várias vezes que sempre arruma as malas de seu marido. Em outras palavras, você tem experiência nisso."

Ela fez o que ele pediu. Wallander se sentiu grato pelo fato de ela não ter feito nenhuma pergunta. Os outros a observavam. Pela força do hábito, ela selecionou cada coisa rapidamente, arrumou a mala e recuou um passo.

"Devo fechar a mala?"

"Não é preciso."

Todos ficaram em volta da mesa olhando o resultado do trabalho dela. Foi como Wallander tinha imaginado.

"Como você podia saber a maneira como Runfeldt arrumou a própria mala?", surpreendeu-se Martinsson.

"Por enquanto, guarde seus comentários para si mesmo", interrompeu-o Wallander. "Vi um guarda de trânsito na cantina. Vá lá e traga-o aqui."

O guarda de trânsito, cujo nome era Laurin, entrou na sala de reuniões. Eles tinham esvaziado a mala novamente. Laurin parecia cansado. Wallander sabia que eles tinham trabalhado na campanha "Se beber, não dirija". Pediu a Laurin que calçasse luvas e arrumasse a mala. Laurin também não fez nenhuma pergunta. Wallander viu que ele não fez nada de afogadilho, manipulando as peças de roupa com cuidado. Quando terminou, Wallander lhe agradeceu. O guarda saiu da sala.

"Completamente diferente", comentou Svedberg.

"Não estou tentando provar nada", disse Wallander. "Tampouco acho que tenho condições de fazer isso. Mas quando Nyberg abriu a mala, tive a impressão de que havia algo errado. Sempre observei que homens e mulheres arrumam malas de forma diferente. Pareceu-me que essa mala tinha sido arrumada por uma mulher."

"Vanja Andersson?", aventou Hansson.

"Não", respondeu Wallander. "Ela não. Foi o próprio Runfeldt quem arrumou a mala primeiro. Podemos ter absoluta certeza disso."

Höglund foi a primeira a entender.

"Você quer dizer que ela foi rearrumada posteriormente? Por uma mulher?"

"Estou só pensando em voz alta. A mala ficou na estrada por apenas alguns dias. Runfeldt ficou desaparecido por muito mais tempo. Onde teria ficado sua mala durante esse tempo? Isso também pode explicar a ausência de determinadas peças em seu conteúdo."

A equipe ficou em silêncio.

"Não há cuecas na mala", continuou Wallander. "Acho muito estranho que Runfeldt arrumasse a mala para viajar à África sem levar pelo menos uma muda de cuecas."

"É muito improvável que tenha feito isso", disse Hansson.

"Disso se conclui que alguém tornou a arrumar a mala dele?", disse Martinsson. "Talvez uma mulher. E nessa rearrumação todas as cuecas de Runfeldt desapareceram."

Wallander sentia a tensão na sala.

"E tem mais", disse ele devagar. "As cuecas de Runfeldt desapareceram, mas ao mesmo tempo um objeto estranho apareceu dentro da mala."

Apontou para o crachá azul. Höglund ainda estava de luvas.

"Cheire-o", disse Wallander.

Ela fez o que ele pediu.

"Perfume de mulher", disse ela.

Foi Nyberg quem finalmente quebrou o silêncio.

"Isso quer dizer que há uma mulher envolvida em todas essas atrocidades?"

"Temos de considerar essa possibilidade", respondeu Wallander. "Ainda que não haja uma indicação concreta disso. Afora esta mala."

Mais uma vez, houve um longo silêncio.

Eram sete e meia da noite de domingo, 16 de outubro.

Ela chegara sob a ponte da ferrovia logo depois das sete da noite. Estava frio, e ela batia os pés no chão para manter-se aquecida. Ainda levaria algum tempo para o homem aparecer. Pelo menos meia hora, talvez mais. Mas ela sempre chegava com algum tempo de antecedência. Com um sacudir de ombros, lembrou-se das poucas ocasiões em sua vida em que se atrasara, fizera as pessoas esperar ou entrara numa sala sob os olhares dos que haviam chegado antes. Ela nunca mais haveria de chegar tarde, pois organizou sua vida num cronograma que não dava margem a erros.

Estava absolutamente calma. O homem não merecia viver. Não conseguia sentir ódio dele. Odiar cabia à mulher que tanto sofrera nas mãos dele. Ela simplesmente se deixava ficar ali, no escuro, esperando para fazer o que era necessário.

Ela se perguntara se devia adiar o que ia fazer. O forno estava vazio, mas seu horário de trabalho estaria complicado nas semanas seguintes, e não queria correr o risco de ele morrer lá dentro. A coisa precisava ser feita depressa, e ela não tinha nenhuma dúvida quanto à maneira como devia proceder. A mulher que finalmente lhe revelara o nome dele falara de uma banheira cheia de água. Contara o que sentira ao ser empurrada à força para debaixo da água, ficando à beira da sufocação, por pouco explodindo por dentro.

Ela pensara sobre as aulas de catecismo. Sobre o fogo do inferno à espera do pecador. Ainda se sentia aterrorizada. Ninguém sabia como se media o pecado. E tampouco sabia quando a punição seria aplicada. Nunca tivera coragem de falar desse terror à sua mãe.

Perguntou-se sobre o último momento de sua mãe ainda com vida. A agente de polícia, Françoise Bertrand, escrevera que tudo com certeza acontecera muito rápido. Provavelmente ela não sofrera. E certamente mal se dava conta do que lhe estava acontecendo. Mas como Bertrand podia saber isso? Teria omitido parte da verdade, por demais insuportável?

Um trem passou lá em cima. Ela contou os vagões. Então tudo se aquietou novamente.

Não com fogo, pensou ela, mas com água. Com água o pecador perecerá.

Consultou o relógio e notou que um dos cadarços de seus tênis de corrida estava desamarrado. Abaixou-se e o amarrou com firmeza. Seus dedos eram fortes. O homem pelo qual esperava, a quem vinha seguindo havia alguns dias, era baixo e com sobrepeso. Não lhe causaria nenhum problema. Tudo estaria acabado numa fração de segundo.

Do outro lado da passagem sob a via férrea, um homem passou com um cachorro. Seus passos ressoaram na calçada, lembrando a ela um filme antigo em preto e branco. Ela fez o que lhe pareceu mais simples: fingiu estar esperando alguém. Tinha certeza de que o homem não se lembraria dela depois. Durante toda a sua vida aprendera a passar despercebida, a se fazer invisível. Só agora se dava conta de que aquilo fazia parte dos preparativos de seu futuro.

O homem com o cão desapareceu. O carro dela estava estacionado do outro lado da passagem sob a ferrovia. O trânsito parecia tranquilo, ainda que estivessem no centro de Lund. Só tinham passado o homem com o cachorro e um ciclista. Ela estava preparada. Nada daria errado.

Viu o homem. Ele vinha andando do mesmo lado da rua onde ela estava. Ao longe, ela ouviu o barulho de um carro e dobrou o corpo como se estivesse com dor de barriga. O homem parou ao seu lado e perguntou-lhe se estava doente. Ela caiu de joelhos, e ele fez o que ela esperava. Aproximou-se e inclinou-se para a frente. Ela lhe disse que estava passando mal. Será que ele podia levá-la até seu carro? Ele estava ali perto. Ele pôs a mão sob o braço dela. Ela deixou que ele levantasse todo o peso de seu corpo. Ele teve dificuldade em fazê-lo, justamente como ela previra. O homem não era forte. Ajudou-a a chegar ao carro e perguntou se ela precisava de mais alguma coisa, mas ela disse que não.

Ele abriu a porta para ela. Ela estendeu a mão para o pedaço de pano. Para evitar que o éter se evaporasse, pusera-o num saco plástico. Bastaram-lhe uns poucos segundos para retirá-lo do saco. A rua ainda estava deserta. Ela se voltou e apertou com força o pano contra o rosto dele. Ele resistiu, mas ela era mais forte. Quando ele começou a cair no chão, ela o segurou com uma mão enquanto abria a porta de trás. Foi fácil empurrá-lo para dentro do carro. Sentou-se ao volante. Passou um carro, seguido de perto por outro ciclista. Ela se inclinou para o banco de trás e apertou o pano contra o rosto dele. Logo estava inconsciente. Não iria voltar a si antes que ela o levasse até o lago.

* * *

Ela pegou a estrada que passava por Svaneholm e Brodda para chegar ao lago. Parou perto do terreno de um camping à margem do lago, apagou as luzes, saiu do carro e ficou de ouvidos atentos. Tudo estava tranquilo. Puxou o homem desmaiado para o chão, tirou um saco do porta-malas. Os pesos que havia dentro dele tilintaram contra algumas pedras. Levou mais tempo do que ela supunha enfiá-lo no saco e amarrá-lo.

Ele ainda estava inconsciente. Ela o carregou até o pequeno embarcadouro que se projetava acima da água. Um pássaro passou voando devagar na escuridão. Ela pôs o saco bem na ponta do embarcadouro. Agora restava esperar só um pouco mais. Acendeu um cigarro e aproveitou a luz para examinar a própria mão. Estava firme.

Vinte minutos depois, o homem dentro do saco começou a recuperar os sentidos e pôs-se a se mexer.

Ela pensou sobre o banheiro. A história da mulher. E lembrou-se de gatos sendo afogados quando ela era pequena. Eles flutuavam no saco, ainda vivos, lutando desesperadamente para respirar e sobreviver.

Ele começou a gritar, agora lutando dentro do saco. Ela apagou o cigarro no embarcadouro, tentou pensar, mas sua mente estava vazia. Então empurrou o saco para dentro d'água com o pé e foi embora.

24

Eles ficaram na delegacia durante tanto tempo que já não era mais domingo, e sim segunda-feira. Wallander disse a Hansson que fosse para casa, depois fez o mesmo com Nyberg. Mas os outros permaneceram, repassando todo o material da investigação. A mala os obrigava a uma retomada. Por fim Martinsson fechou-a e levou-a para seu escritório.

Repassaram todos os acontecimentos, concluindo que nada do que tinham feito podia ser considerado esforço inútil. Em sua retomada, precisavam olhar as coisas de um novo ponto de vista, deter-se em vários detalhes, na esperança de descobrir alguma coisa que ainda não tinham percebido.

Mas não conseguiram nada que lhes desse a impressão de ser uma brecha decisiva. Os acontecimentos permaneciam nebulosos, a relação entre eles obscura, o móvel dos crimes desconhecido. A retomada os levou ao princípio, ao fato de que dois homens tinham sido assassinados de modo cruel, e que o assassino devia ser a mesma pessoa.

Já passava da meia-noite quando Wallander suspendeu a reunião. Höglund permaneceu durante todo o tempo. Saiu da sala de reuniões duas vezes, por poucos minutos, e Wallander imaginou que ela fora ligar para a vizinha, que estava cuidando de seus filhos. Quando a reunião acabou, Wallander pediu que ela ficasse. Arrependeu-se imediatamente, sabendo que não poderia prendê-la mais ali. Mas ela voltou a sentar-se, e eles esperaram até os outros saírem.

"Quero que você me faça um favor", disse ele. "Quero que examine todos esses acontecimentos da perspectiva de uma mulher. Analise o material da investigação e imagine que o assassino que buscamos é uma mulher, não um homem. Parta de dois princípios diferentes. Primeiro que se trata de uma mulher atuando sozinha. Depois, que ela disponha de pelo menos um cúmplice."

"Você acha que pode ter havido mais de uma pessoa envolvida nos crimes?"

"Sim. E uma delas era uma mulher. Naturalmente, pode ter havido a participação de várias pessoas."

Ela balançou a cabeça, concordando.

"Procure fazer isso o mais cedo possível", disse-lhe Wallander. "De preferência amanhã. Se você tiver outras coisas importantes e inadiáveis, passe para outra pessoa."

"Acho que Hamrén estará aqui amanhã", disse ela. "Dois detetives de Malmö também estão a caminho. Posso passar meu trabalho para algum deles."

Wallander não tinha mais nada a dizer. Ficaram mais um pouco lá.

"Você acha mesmo que se trata de uma mulher?", ela perguntou.

"Não sei", respondeu Wallander. "É arriscado superestimar a importância da mala e do perfume. Por outro lado, porém, desde o início há algo esquisito em toda a investigação. Quando estávamos lá fora, no fosso, com Eriksson espetado nas estacas, você disse algo sobre o qual refleti bastante."

"Que a coisa toda parecia por demais deliberada?"

"A linguagem do assassino. O que vimos cheirava a guerra. Eriksson foi executado numa armadilha para predadores."

"Talvez se trate de uma guerra", disse ela pensativamente.

"O que quer dizer com isso?"

"Não sei. Talvez devêssemos interpretar o que vemos, literalmente. Essas armadilhas são feitas para caçar predadores. E também eram usadas na guerra."

"Continue", disse ele.
Ela mordeu o lábio.
"Não posso. A mulher que está com meus filhos tem de ir para casa. Não posso lhe pedir que fique um pouco mais. Na última vez que liguei para casa, estava reclamando, e não vai adiantar nada pagar um pouco mais pelo tempo extra."

Wallander não queria interromper a conversa que eles haviam começado. Por um breve instante sentiu-se irritado com os filhos dela, ou talvez pelas ausências de seu marido. E se arrependeu desses pensamentos imediatamente.

"Você podia vir a minha casa", disse ela. "Podemos continuar a conversa lá."

Ela estava pálida e cansada, e ele sabia que não poderia pressioná-la daquele modo. Mas concordou. Seguiram pela cidade deserta. A babá estava de pé na porta, esperando. Wallander cumprimentou-a e pediu desculpas pelo atraso dela. Sentaram-se na sala de estar. Ele estivera lá umas poucas vezes. Dava para perceber que um viajante contumaz morava naquela casa. Havia suvenires de muitos países nas paredes. Havia também um calor humano absolutamente ausente no apartamento de Wallander. Ela lhe perguntou se queria beber alguma coisa. Ele recusou.

"A armadilha para predadores e a guerra", principiou ele. "Foi nesse ponto que interrompemos."

"Homens que caçam, homens que são soldados. Também encontramos uma cabeça reduzida e um diário escrito por um mercenário. Nós vemos o que vemos e interpretamos isso."

"Como você interpreta isso?"

"Interpretamos corretamente. Se o assassino tem uma linguagem, então podemos ler claramente o que ele escreve."

De repente Wallander pensou em algo que Linda dissera quando tentava explicar-lhe o que era atuar de verdade. Ler nas entrelinhas, em busca do subtexto.

Disse isso a Höglund, e ela concordou com um gesto de cabeça.

"Talvez eu não esteja me expressando bem", disse ela. "Mas o que estou pensando é que vimos tudo e interpretamos tudo. Não obstante tudo está errado."

"Nós vemos o que o assassino quer que nós vejamos?"

"Talvez estejamos sendo levados a olhar na direção errada."

Wallander refletiu por um instante. Observou que agora sua mente estava completamente desanuviada. O cansaço acabara. Estavam seguindo uma pista que poderia se revelar crucial. Uma pista que já estava antes em sua consciência, mas que ele não fora capaz de apreender.

"Quer dizer então que essa premeditação ostensiva pode ser uma manobra diversionista", disse ele. "É isso o que você quer dizer?"

"Sim."

"Continue."

"Talvez a verdade seja justamente o contrário."

"Como seria ela?"

"Não sei. Mas se o que pensamos estar certo estiver errado, então no final tudo o que é errado vai terminar sendo o certo."

"Eu entendo", disse ele. "Entendo e concordo."

"Uma mulher nunca haveria de empalar um homem nas estacas de um fosso — era o que nos dizia o senso comum", disse ela. "Nunca haveria de amarrar um homem a uma árvore e depois estrangulá-lo de mãos nuas."

Wallander ficou calado por um bom tempo. Höglund sumiu no andar superior e voltou alguns minutos depois. Ele viu que ela trocara de sapatos.

"Durante todo o tempo tivemos a impressão de uma coisa muito bem planejada", disse Wallander. "A questão agora é saber se foi bem planejada em mais de um aspecto."

"Naturalmente eu não conseguia imaginar que uma mulher pudesse fazer isso", disse ela. "Mas agora me dou conta de que pode ter sido assim."

"Essas suas considerações serão importantes", disse Wallander. "Acho que devíamos falar também com Mats Ekholm sobre isso."

"Quem?"

"O psicólogo forense que esteve aqui no verão passado."

Ela balançou a cabeça.

"Devo estar muito cansada", disse ela. "Tinha esquecido o nome dele."

Wallander se levantou. Era uma da manhã.

"A gente se vê amanhã", disse ele. "Você pode chamar um táxi para mim?"

"Você pode levar meu carro", disse ela. "Vou precisar de uma longa caminhada de manhã para desanuviar a mente", acrescentou, passando-lhe as chaves. "Logo meu marido estará aqui. As coisas ficarão mais fáceis."

"Acho que é a primeira vez que me dou conta de como sua vida é dura", disse ele. "Quando Linda era pequena, Mona estava sempre lá. Não me lembro de ter precisado faltar ao trabalhar quando ela era criança."

Ela o seguiu até fora de casa. A noite estava clara. A temperatura estava abaixo de zero.

"Não me arrependo", disse ela.

"De quê?"

"De ter entrado na corporação."

"Você é uma boa agente policial", disse Wallander. "Muito boa, caso você não saiba."

Ele viu que ela ficou contente. Ele balançou a cabeça, entrou no carro dela e partiu.

No dia seguinte, 17 de outubro, segunda-feira, Wallander acordou com uma leve dor de cabeça. Deixou-se ficar na cama, imaginando se pegara um resfriado, mas não apresentava nenhum outro sintoma. Levantou-se, fez café e procurou uma aspirina. Pela janela da cozinha viu que o vento aumentava. Nuvens encobriram Skåne durante a noite. A temperatura subira. O termômetro marcava quatro graus.

Às sete e quinze da manhã, Wallander estava na delegacia. Tomou um pouco de café e sentou-se em seu escritório. Na escrivaninha havia uma mensagem do agente policial de Gotemburgo com quem ele trabalhara na investigação do contrabando de carros. Deixou-se ficar por algum tempo com a mensagem na mão, depois a guardou na gaveta, pegou um caderno de anotações e começou a procurar uma caneta. Numa das gavetas se deparou com a anotação de Svedberg e se perguntou quantas vezes se esquecera de devolvê-la.

Aborrecido, levantou-se e saiu para o corredor. A porta do escritório de Svedberg estava aberta. Ele entrou, pôs o papel sobre a escrivaninha dele, voltou ao seu escritório, fechou a porta e passou os trinta minutos seguintes fazendo uma lista de todas as perguntas para as quais queria respostas. Resolveu comunicar à equipe de investigação, na reunião marcada para o final da manhã, tudo o que ele e Höglund tinham discutido.

Às sete e quarenta e cinco bateram à sua porta. Era Hamrén, de Estocolmo, que acabara de chegar. Trocaram um aperto de mão. Wallander gostava dele; tinham trabalhado juntos, e bem, no verão.

"Já está aqui?", disse ele. "Achei que você só viria mais tarde."

"Peguei meu carro ontem", respondeu Hamrén. "Estava impaciente demais."

"Como vão as coisas em Estocolmo?"

"Como sempre. Só que o volume de trabalho aumentou."

"Não sei onde pretendem pôr você", disse Wallander.

"Junto com Hansson. Já está tudo acertado."

"Dentro de meia hora vamos nos reunir."

"Antes disso, tenho de ler um monte de coisas."

Hamrén deixou a sala. Distraidamente, Wallander pôs a mão no telefone, pensando em ligar para o pai, e teve um sobressalto. A dor o feriu fundo. Já não tinha um pai a quem pudesse ligar. Nem hoje, nem amanhã. Nunca.

Deixou-se ficar imóvel na cadeira, depois tornou a inclinar-se para a frente e discou um número. Gertrud atendeu quase imediatamente. Parecia cansada e se pôs a chorar quando ele lhe perguntou como estava indo. Ele também sentiu um aperto na garganta.

"Estou vivendo um dia de cada vez", disse ela, depois de recuperar o controle.

"Vou tentar dar uma passada aí esta tarde", disse Wallander. "Não vou poder ficar muito tempo, mas vou tentar dar um pulo aí."

"Andei pensando sobre tanta coisa" disse ela. "Sobre você e seu pai. Sei tão pouco sobre isso."

"Isso também acontece comigo, mas vamos ver se podemos ajudar um ao outro a preencher as lacunas."

Ele desligou, sabendo que seria difícil ir a Löderup naquele dia. Por que disse que ia tentar? Agora ela ficaria à espera.

Passo minha vida desapontando as pessoas, pensou ele com desespero. Enfurecido, quebrou a caneta que tinha na mão e jogou os pedaços no cesto de lixo. Sobrou um pedaço no chão, e ele o chutou para longe. Sentiu, então, uma súbita vontade de fugir. Qual fora a última vez que falara com Baiba? Ela tampouco ligara para ele. Será que o relacionamento deles estava morrendo de morte natural? Quando teria tempo de procurar uma casa? Ou de arranjar um cão? Havia momentos em que detestava seu trabalho, e aquele era um deles.

Pôs-se de pé junto à janela. Vento e nuvens de outono, pássaros rumando para o sul. Pensou em Per Åkeson, que finalmente chegara à conclusão de que na vida havia mais que aquilo.

Certa vez, no fim do verão, quando ele e Baiba estavam andando na praia de Skagen, ela disse achar que todas as pessoas do Ocidente partilhavam o sonho de um enorme iate capaz de levar todo o continente para o Caribe. O colapso dos países do Leste Europeu abrira seus olhos. Na Letônia empobrecida, havia ilhas de riqueza, alegrias simples. Ela descobrira pobreza mesmo nos países ricos que agora podia visitar. Havia um mar de insatisfação e de vazio por toda parte. E era por isso que as pessoas sonhavam em fugir.

Escreveu um lembrete para ligar para Baiba naquela noite. Viu que eram oito e quinze da manhã e foi para a sala de reuniões. Além de Hamrén, lá estavam também dois detetives de Malmö, Augustsson e Hartman, que Wallander não conhecia. Trocaram apertos de mão. Lisa Holgersson chegou, sentou-se e deu as boas-vindas aos recém-chegados. Não havia tempo para mais nada. Ela olhou para Wallander e fez-lhe um aceno de cabeça.

Como planejado, ele começou com a conversa que tivera com Höglund. Notou imediatamente que os outros participantes da reunião reagiam com um certo ceticismo. Era o que esperava. Ele partilhava suas dúvidas.

"Só estou apresentando mais uma das muitas possibilidades. Como nada sabemos, não podemos ignorar nada."

Ele fez um aceno para Höglund.

"Pedi um sumário da investigação do ponto de vista de uma mulher", disse ele. "Nunca fizemos nada disso antes. No presente caso, porém, temos de tentar tudo."

A discussão que se seguiu foi acirrada. Wallander já contava com isso também. Hansson, que parecia estar se sentindo melhor naquela manhã, dirigia os debates. Nyberg apareceu quando a reunião já estava em curso. Estava caminhando sem a muleta. O olhar de Wallander cruzou com o dele. Wallander teve a impressão de que Nyberg tinha algo a dizer. Lançou-lhe um olhar interrogativo, mas Nyberg sacudiu a cabeça.

Wallander ouviu a discussão sem tomar parte ativa nela. Hansson se expressava claramente, apresentando bons argumentos.

Por volta das nove da manhã fizeram uma pequena pausa. Svedberg mostrou a Wallander um jornal com uma foto de membros da recém-criada Milícia de Proteção de Lödinge. Ao que parecia, várias outras cidades de Skåne seguiam-lhe o exemplo. A chefe Holgersson vira uma matéria sobre a milícia no noticiário da noite.

"Vamos terminar tendo grupos de vigilância em todo o país", disse ela. "Imagine uma situação em que falsos policiais nos superem em termos numéricos."

"Talvez seja inevitável", disse Hamrén. "Talvez sempre tenha sido verdade que o crime compensa. A diferença é que atualmente podemos prová-lo. Se ficássemos com dez por cento de todo o dinheiro que desaparece atualmente em crimes financeiros, poderíamos tranquilamente contratar mais três mil policiais."

O número pareceu absurdo a Wallander, mas Hamrén não arredou pé.

"A questão é se queremos esse tipo de sociedade", continuou ele. "Médico de família é uma coisa. Mas policial de família? Polícia por toda parte? Uma cidade dividida em várias zonas equipadas com sistemas de alarme? Chaves e senhas, mesmo para visitar os pais idosos?"

"Com certeza não precisamos de tantos policiais", disse Wallander. "Precisamos apenas de policiais de um tipo diferente."

"Na verdade, talvez precisemos de um tipo diferente de sociedade", disse Martinsson. "Mais solidária."

As palavras de Martinsson assumiram um tom de campanha eleitoral, mas Wallander o entendia. Ele sabia que Martinsson se preocupava muito com os filhos. Que podiam ser expostos a drogas. Que algo podia acontecer com eles.

Wallander sentou-se ao lado de Nyberg, que não tinha se afastado da mesa.

"Tenho a impressão de que você quer dizer alguma coisa."

"É apenas um pequeno detalhe", disse ele. "Você se lembra de que encontrei uma unha postiça na mata de Marsvinsholm?"

Wallander se lembrava.

"Aquela que você julgou que estava lá havia muito tempo?"

"Não pensei nada sobre ela na ocasião, mas agora acho que posso dizer com certeza que ela não ficou lá por muito tempo."

Wallander balançou a cabeça e fez um gesto em direção a Höglund.
"Você usa unhas postiças?", perguntou ele.
"Raramente", respondeu ela. "Mas já experimentei."
"Ficam bem coladas?"
"Elas se soltam com facilidade."
Wallander balançou a cabeça novamente.
"Achei que você devia ser informado disso", disse Nyberg.
Svedberg entrou na sala.
"Obrigado por devolver a anotação", disse ele. "Mas bem podia tê-la jogado no lixo."
"Rydberg costumava dizer que era um pecado imperdoável jogar fora a anotação de um colega."
"Rydberg dizia muitas coisas."
"Que na maioria das vezes se revelavam corretas."
Wallander sabia que Svedberg nunca se dera muito bem com ele. O surpreendente era que a animosidade ainda persistia, vários anos depois da morte de Rydberg.
Distribuíram várias tarefas de modo que Hamrén e os dois detetives de Malmö pudessem mergulhar na investigação imediatamente. Às dez e quarenta e cinco da manhã, Wallander achou que era tempo de encerrar a reunião. Um telefone tocou. Martinsson, que estava mais perto, atendeu. Wallander estava pensando que afinal de contas talvez tivesse tempo de ir a Löderup encontrar-se com Gertrud. Martinsson levantou a mão. Todos pararam de falar. Ele olhou para Wallander. De novo não, pensou ele. Não temos condições de lidar com isso.
Martinsson desligou.
"Encontraram um corpo no lago Krageholm", disse Martinsson.
O primeiro pensamento de Wallander foi de que isso não significava um terceiro assassinato. Afogamentos eram muito comuns.
"Onde?", perguntou ele.
"Há um pequeno camping na margem leste. O corpo estava bem próximo a um ancoradouro."

Wallander sentiu que seu alívio fora prematuro.

"O corpo de um homem. Dentro de um saco", disse Martinsson.

Aconteceu de novo, pensou Wallander. O nó em seu estômago apertou um pouco mais.

"Quem ligou?", perguntou Svedberg.

"Alguém que estava no camping. Ligou do celular. Estava sobressaltado. Parecia estar vomitando em meu ouvido."

"Ninguém acampa nesta época, não é?", perguntou Svedberg.

"Existem trailers para alugar o ano inteiro", disse Hansson. "Sei onde fica."

De repente Wallander sentiu-se incapaz de lidar com aquela situação. Talvez Höglund sentisse a mesma coisa. Ela o ajudou, pondo-se de pé.

"Acho que é melhor a gente ir até lá", disse ela.

"Sim", disse Wallander. "É melhor sairmos imediatamente."

Como Hansson conhecia o caminho, Wallander entrou no carro dele. Os outros os seguiram. Hansson dirigia em velocidade e imprudentemente. Wallander apertava o pé instintivamente para frear. O telefone do carro tocou. Era Per Åkeson querendo falar com Wallander.

"O que aconteceu?", perguntou ele. "É mais um?"

"Ainda é cedo para dizer. Mas deve ser isso mesmo. Se fosse apenas um corpo encontrado na água, podia ser afogamento por acidente ou suicídio, mas um corpo num saco é assassinato."

"Que diabo!", exclamou Åkeson.

"Pois é."

"Mantenha-me informado. Onde vocês estão?"

"A caminho do lago Krageholm. Daqui a uns vinte minutos estaremos lá."

Wallander desligou. Ocorreu-lhe que iam passar perto do lugar onde a mala foi encontrada. Hansson parecia estar pensando a mesma coisa.

"O lago fica a meio caminho de Lödinge e Marsvinsholm", disse ele. "Não é muito longe."

Wallander pegou o telefone e ligou para Martinsson. O carro dele vinha logo atrás.

"O que mais disse o homem que ligou para dar a notícia? Como é seu nome?"

"Acho que não perguntei o nome dele, mas tinha um sotaque de Skåne."

"Um corpo num saco. Como ele soube que havia um corpo no saco? Ele o abriu?"

"Havia um pé com um sapato de homem apontando do saco."

Mesmo com a ligação ruim, Wallander percebia a aflição de Martinsson. Ele desligou.

Chegaram a Sövestad e dobraram à esquerda. Wallander pensou sobre a cliente de Gösta Runfeldt. Por toda a parte havia conexões com os acontecimentos. Se havia um centro desses acontecimentos, esse centro seria Sövestad.

Dava para ver o lago por entre as árvores. Wallander tentou preparar-se para o que os esperava. Quando eles desciam para a área do camping, um homem veio correndo em sua direção. Wallander desceu do carro antes mesmo de Hansson parar.

"Ali embaixo", gaguejou o homem.

Wallander avançou devagar pelo declive que ia dar na água. Mesmo daquela distância avistou alguma coisa na água, de um lado do embarcadouro. Martinsson o acompanhou, mas parou na margem. Os outros ficaram esperando atrás. Wallander foi andando com cuidado no embarcadouro, que balançava sob seu peso. A água era marrom e parecia estar fria. Sentiu um calafrio.

Podia-se ver o saco apenas parcialmente acima da superfície da água. De fato, um pé estendia-se para fora. O sapato era marrom, com cadarço. Via-se a pele branca através de um buraco na perna da calça.

Wallander olhou para trás e fez um aceno para que Nyberg se aproximasse. Hansson estava conversando com o homem. Martinsson esperava um pouco mais acima, e Höglund estava afastada. Parecia uma fotografia, pensou Wallander. A realidade congelada, suspensa. Nada mais iria acontecer.

Aquele clima se desfez com os passos de Nyberg no embarcadouro. A realidade estava de volta. Wallander agachou-se, e Nyberg fez o mesmo.

"Um saco feito de juta", disse Nyberg. "Normalmente eles são fortes, mas nesse havia um buraco. Deve ser velho."

Wallander torcia para que Nyberg estivesse certo, mas sabia que não estava. O buraco no saco era recente. Dava a impressão de que o homem o fizera com seus chutes. As fibras se distenderam e rasgaram. Wallander sabia o que significava aquilo. O homem estava vivo ao ser metido no saco e jogado no lago. Wallander respirou fundo. Sentia-se nauseado e tonto.

Nyberg lançou-lhe um olhar interrogativo, mas não disse nada. Ele esperou. Wallander respirava fundo incessantemente.

"Ele furou o saco com um chute", disse Wallander quando conseguiu falar. "Estava vivo ao ser jogado no lago."

"Uma execução?", perguntou Nyberg. "Uma guerra entre quadrilhas?"

"Bem que podia ser isso", disse Wallander. "Mas acho que não."

"O mesmo assassino?"

"É o que parece."

Wallander se pôs de pé com dificuldade. Seus joelhos estavam emperrados. Voltou para a margem. Nyberg continuou no pequeno embarcadouro. Os técnicos forenses tinham acabado de chegar. Wallander dirigiu-se a Höglund, que estava ao lado da chefe Holgersson. Os outros o acompanharam. Finalmente estavam todos reunidos. O homem que descobrira o saco estava sentado ali perto.

"Pode ter sido o mesmo assassino", disse Wallander. "Se for o caso, desta vez ele afogou um homem dentro de um saco."

Uma expressão de pesar perpassou pela equipe como uma onda.

"Temos de deter esse louco", disse Lisa Holgersson. "O que aconteceu com este país?"

"Um fosso com estacas", disse Wallander. "Um homem amarrado numa árvore e estrangulado. E agora um homem amarrado num saco e afogado."

"Você continua pensando que uma mulher faria uma coisa dessas?", perguntou Hansson agressivamente.

Wallander se fez a mesma pergunta. O que achava de fato? Numa questão de segundos, todos os acontecimentos passaram em sua mente.

"Não quero crer nisso, mas sim, uma mulher podia ter feito isso, ou pelo menos serviu de cúmplice."

Ele fitou Hansson.

"Você está fazendo a pergunta errada", disse Wallander. "O problema não é o que eu acho."

Wallander voltou à margem do lago. Um cisne solitário nadava em direção ao embarcadouro, deslizando silenciosamente na superfície da água escura. Wallander fitou-o por longo tempo. Então fechou o zíper do casaco e aproximou-se de Nyberg, que já começava a trabalhar no embarcadouro.

SKÅNE
17 DE OUTUBRO-3 DE NOVEMBRO DE 1994

25

Nyberg cortou o saco devagar. Wallander foi ao embarcadouro olhar o rosto do morto. O médico, que acabara de chegar, o acompanhou.

Ele não reconheceu o morto, e naturalmente não esperava reconhecer. Calculou que teria entre quarenta e cinquenta anos.

Quando o corpo foi puxado para fora do saco, Wallander o olhou por menos de um minuto; simplesmente não suportava mais, sentia-se tonto o tempo todo.

Nyberg examinava os bolsos do homem.

"Ele está com um terno caro", disse Nyberg. "Os sapatos também não são baratos."

Não acharam nada nos bolsos. O assassino se dera ao trabalho de tirar a carteira de identidade, embora imaginasse que o corpo logo seria encontrado no lago Krageholm.

Agora o corpo jazia numa folha de plástico. Nyberg fez sinal para Wallander, que tinha se afastado.

"Isso foi calculado com todo cuidado", disse ele. "Dá para imaginar que o assassino tinha noção de distribuição de peso e de resistência da água."

"Que quer dizer com isso?", perguntou Wallander.

Nyberg apontou para várias costuras grossas na parte interna do saco.

"Costuraram pesos no saco de modo a garantir duas coisas. Primeiro, os pesos eram leves o bastante para não descer ao fundo com o corpo do homem. Segundo, o saco ficaria apenas com uma pequena bolha de ar acima da superfície da água. Como a coisa foi tão bem calculada, a pessoa que planejou o crime com certeza sabia quanto o homem pesava. Pelo menos de forma aproximada. Com uma margem de erro, talvez, de quatro ou cinco quilos."

Wallander obrigou-se a analisar aquilo, ainda que tudo o que pensava sobre a forma como o homem morrera o fizesse sentir-se mal.

"Quer dizer então que a pequena bolha de ar era uma garantia de que o homem de fato se afogaria?"

"Não sou médico", disse Nyberg. "Mas é provável que esse homem ainda estivesse vivo quando o saco foi jogado na água. Portanto, ele foi assassinado."

O médico, ajoelhado ao lado para examinar o corpo, ouvira a conversa deles. Ele se levantou e aproximou-se dos dois. O pequeno embarcadouro oscilava sob o peso deles.

"Ainda é cedo para ter certeza", disse ele. "Mas temos de supor que ele se afogou."

"Não exatamente que ele se afogou", disse Wallander. "Mas que alguém o afogou."

"Cabe à polícia investigar se foi acidente ou assassinato", disse o médico. "Só posso falar sobre o que aconteceu com seu corpo."

"Não há marcas externas? Contusões? Ferimentos?"

"Vai ser preciso tirar a roupa dele para saber. Mas não vejo nada nas partes do corpo que estão expostas. A autópsia pode chegar a outros resultados."

Wallander balançou a cabeça. "Gostaria de ser informado o mais rápido possível se vocês encontrarem qualquer sinal de violência."

O médico retomou o trabalho. Embora Wallander o tivesse encontrado várias vezes, não conseguia lembrar o nome dele. Wallander foi reunir-se aos colegas na margem do lago. Hansson acabara de falar com o homem que descobrira o saco.

"Não achamos nada que o identificasse", principiou Wallander. "Temos de descobrir quem é ele. Isso agora é o mais importante. Até lá não poderemos fazer nada. Vamos começar examinando as fichas dos desaparecidos."

"Há grande chance de ainda não terem dado por sua falta", disse Hansson. "Nils Göransson, o homem que o encontrou, passou ontem à tarde por aqui. Ele termina seu turno na usina de Svedala e costuma fazer uma caminhada, porque tem dificuldade de dormir. Esteve aqui ontem. Sempre anda no embarcadouro. E não havia nenhum saco. Portanto, deve ter sido atirado à água durante a noite."

"Ou esta manhã", disse Wallander. "Quando Göransson chegou aqui?"

Hansson consultou suas anotações.

"Às oito e quinze. Terminou seu turno por volta das sete horas e fez uma parada para o café da manhã."

"Então não se passou muito tempo", disse Wallander. "Isso nos traz algumas vantagens. O difícil vai ser identificá-lo."

"O saco pode ter sido jogado no lago em algum outro lugar", disse Nyberg.

Wallander negou com um gesto de cabeça.

"Ele não ficou na água durante muito tempo. E aqui praticamente não existem correntes."

Martinsson chutava a areia sem parar, como se estivesse com frio.

"Será que tem de ser o mesmo homem?", perguntou ele. "Acho que este caso é diferente."

Wallander tinha a mais absoluta certeza disso.

"Não. É o mesmo assassino. De todo modo, é melhor partirmos dessa hipótese."

Ele os dispensou. Não tinham mais nada a fazer ali às margens do lago Krageholm. Os carros partiram. Wallander lançou um olhar à água. O cisne desaparecera. Olhou os homens trabalhando no embarcadouro. Observou a ambulância, os carros da polícia, a fita da cena do crime. Tudo aquilo lhe deu subitamente uma sensação de completa irrealidade. Ele só via a natureza daquela maneira: fitas plásticas estendidas para isolar cenas de crimes. Para onde ia, encontrava cadáveres. Podia observar um cisne na água, mas ao fundo jazia um homem ainda há pouco retirado morto de dentro de um saco.

Seu trabalho era pouco mais que um teste de resistência muito mal remunerado. Era pago para suportar aquilo. A fita de plástico insinuava-se em sua vida feito uma serpente.

Aproximou-se de Nyberg, que se espreguiçava.

"Achamos uma ponta de cigarro", disse ele. "Só isso. Pelo menos aqui no embarcadouro. Já fizemos um exame superficial da areia e não vimos nenhum sinal de que o saco foi arrastado por aqui. Quem carregou o saco é uma pessoa forte. A menos que tenha atraído o homem até aqui e o metido no saco."

Wallander negou com um gesto de cabeça.

"Vamos partir da hipótese de que o saco foi trazido", disse ele. "Já com o conteúdo."

"Você acha que há motivo para dragar o lago?"

"Acho que não. O homem estava inconsciente quando foi trazido para cá. E usou-se um carro. O saco foi jogado na água. O carro foi embora."

"Então a dragagem pode ficar para depois", disse Nyberg.

"Dê-me sua opinião", disse Wallander.

Nyberg fez uma careta.

"Pode ser o mesmo homem", disse ele. "A violência, a crueldade, tudo parece familiar. Embora haja algumas variações."

"Você acha que uma mulher seria capaz de fazer isso?"

"Digo-lhe a mesma coisa", respondeu Nyberg. "Tendo a não acreditar nisso. Mas digo-lhe também que ela teria de ser capaz de carregar oitenta quilos sem dificuldade. Quantas mulheres têm condições de fazer isso?"

"Não conheço nenhuma", disse Wallander. "Mas tenho certeza de que existem."

Nyberg voltou ao trabalho. Wallander estava prestes a sair do embarcadouro quando de repente viu o cisne. Gostaria de ter um pedaço de pão. O cisne estava bicando alguma coisa perto da margem. Wallander deu um passo em sua direção, mas o cisne se afastou, silvando.

Wallander foi até um dos carros da polícia e pediu que o levassem a Ystad. No caminho de volta à cidade, tentou pensar. Acontecera o que ele mais temia. O assassino ainda não terminara seu trabalho. Eles não sabiam nada sobre o criminoso. Estava no início ou no fim do que começara a fazer? Nem ao menos sabiam se o assassino tinha motivos para matar ou era simplesmente louco.

Só pode ser um homem, pensou. Qualquer outra hipótese fere o senso comum. As mulheres raramente cometem assassinato. E ainda menos assassinatos premeditados e planejados. Atos de violência cruéis e calculados. Só pode ser um homem, ou talvez mais de um. E nunca vamos resolver esse caso, a menos que descubramos uma relação entre as vítimas. Agora são três. Isso aumenta nossas chances. Mas não temos certeza de nada, nada vai se revelar a nós.

Encostou a face na janela do carro. A paisagem era marrom com um matiz de cinza, mas a grama ainda estava verde. Um trator solitário trabalhava no campo.

Wallander pensou no fosso com estacas onde encontrara Eriksson. Pensou na árvore em que Gösta Runfeldt fora amarrado e estrangulado. E agora o homem enfiado vivo num saco e atirado no lago Krageholm.

O único motivo possível era vingança, ele não tinha dúvida. Mas aquilo ultrapassava todos os limites. De que o assassino queria se vingar? De alguma coisa tão terrível que não bastava simplesmente matar. As vítimas tinham de ter consciência do que lhes acontecia.

Não há nada de casual no que está por trás disso, pensou Wallander. Tudo foi cuidadosamente calculado e escolhido. Fez uma pausa ante esta última consideração. O assassino escolheu. Alguém foi escolhido. Escolhido dentro de que grupo, ou por que motivo?

Ao chegar à delegacia, sentiu necessidade de ficar só antes de conversar com os colegas. Pegou o telefone, afastou as mensagens que estavam em sua escrivaninha e apoiou o pé numa pilha de memorandos do Departamento Nacional de Polícia.

331

O mais difícil de compreender era a possibilidade de o assassino ser uma mulher. Tentou se lembrar dos casos em que lidara com criminosas. Não eram muito frequentes. Era capaz de se lembrar de todos os casos de que ouvira falar ao longo de sua carreira como policial. Certa vez, quase quinze anos antes, prendeu uma mulher que cometera um assassinato. Posteriormente, o tribunal distrital mudou a acusação para homicídio culposo. Era uma mulher de meia-idade que matara o irmão. Ele a assediara e molestara desde que eram crianças. Finalmente ela não suportou mais e matou-o com a espingarda dele. Não queria matá-lo, apenas assustá-lo, mas não tinha boa pontaria. Ela o atingiu no peito, e ele morreu instantaneamente. Em todos os outros casos de que Wallander se lembrava, as mulheres que cometeram violência o fizeram por impulso ou em defesa própria. As vítimas eram maridos ou homens com quem elas tinham um relacionamento. Em muitos casos, constatou-se a presença de álcool.

Nunca, em todos os seus anos de trabalho, uma mulher planejou com antecedência um ato de violência. Ele se levantou e foi até a janela. O que o tornava incapaz de abandonar a ideia de que, desta vez, havia a participação de uma mulher? Ele não sabia. Nem ao menos sabia se se tratava de uma mulher agindo sozinha ou com a colaboração de um homem. Não havia nada que indicasse uma coisa ou outra.

Martinsson bateu à porta e entrou.

"A lista está quase pronta", disse ele.

"Que lista?", perguntou Wallander.

"A lista das pessoas desaparecidas", respondeu Martinsson, parecendo surpreso.

Wallander balançou a cabeça. "Então vamos nos reunir", disse ele, fazendo com que Martinsson seguisse à sua frente no corredor.

Quando eles fecharam a porta da sala de reuniões atrás de si, seu sentimento de impotência sumiu. Permaneceu de pé à cabeceira da mesa. Normalmente, ficava sentado. Agora sentia que não teria tempo para isso.

"De que informações dispomos?", ele perguntou.

"Não há registro de nenhum desaparecido em Ystad nas últimas semanas", disse Svedberg. "Os que procuramos há mais tempo não têm nada a ver com o homem encontrado no lago Krageholm. Há duas adolescentes e um rapaz que saiu de um campo de refugiados. Muito provavelmente voltou para o Sudão."

"E quanto aos outros distritos?"

"Temos algumas pessoas de Malmö", disse Höglund. "Mas também não têm nada a ver. Um dos desaparecidos teria a mesma idade do morto, mas é do sul da Itália."

Examinaram os boletins dos distritos mais próximos. Wallander estava ciente de que, se fosse preciso, teriam de vasculhar todo o país, e mesmo o resto da Escandinávia. Restava-lhes torcer para que o homem morasse em algum lugar perto de Ystad.

"Lund recebeu um comunicado na noite passada", disse Hansson. "Uma mulher ligou para dizer que o marido saiu para caminhar à noite e não voltou. A idade coincide. Ele faz pesquisas na universidade."

"É o caso de verificar, claro."

"Eles vão nos mandar uma fotografia", continuou Hansson. "Vão nos enviar por fax logo que a encontrarem."

Então Wallander se sentou. Naquele instante, Per Åkeson entrou na sala. Wallander preferia que ele não tivesse vindo. Nunca era fácil dizer que continuavam na estaca zero. A investigação estava atolada bem fundo na lama. E agora tinham nas mãos mais uma vítima.

Wallander sentia-se constrangido como se fosse responsável pelo fato de não terem nenhuma pista a seguir. Não obstante, sabia que estavam trabalhando com o máximo possível de empenho e perseverança. Os detetives reunidos na sala eram inteligentes e dedicados.

Wallander deixou de lado o mal-estar causado pela presença de Åkeson.

"Você chegou em boa hora", disse ele. "Eu estava pensando em fazer um resumo do processo de investigação."

"Será que pelo menos existe um processo de investigação?", perguntou Åkeson.

Wallander sabia que o outro não queria demonstrar sarcasmo nem crítica. Os que não conheciam Åkeson podiam ficar irritados com seu jeito brusco. Mas Wallander já trabalhara com ele o bastante para saber que sua fala pretendia demonstrar a vontade de ajudar, se pudesse.

Hamrén lançou um olhar de reprovação a Åkeson. Wallander se perguntou como seria o comportamento dos promotores de Estocolmo.

"Sempre há um processo de investigação", respondeu Wallander. "Agora também temos um. Mas as coisas estão muito nebulosas. Grande número de pistas que estávamos seguindo revelaram-se irrelevantes. Acho que chegamos a um ponto em que devemos voltar ao começo. Não podemos dizer o que esse outro assassinato significa. Ainda é muito cedo para isso."

"O assassino é o mesmo?", perguntou Åkeson.

"Acho que sim", disse Wallander.

"Por quê?"

"Pelo *modus operandi*. A brutalidade. A crueldade. Naturalmente, um saco não é o mesmo que um fosso com estacas afiadas de bambu. Mas temos de convir que se trata da variação de um tema."

"E quanto à suspeita de que havia um soldado mercenário por trás disso?"

"Isso nos levou a descobrir que Harald Berggren morreu há sete anos."

Åkeson não tinha mais perguntas. A porta se abriu devagar e uma funcionária trouxe uma foto recebida por fax.

"É de Lund", disse a jovem, fechando a porta atrás de si.

Todos se levantaram e se reuniram em volta de Martinsson, que segurava a fotografia. Wallander assobiou baixinho. Não havia dúvida. Era o homem encontrado no lago Krageholm.

"Ótimo", disse ele em voz baixa. "Acabamos de dar um grande salto em direção ao assassino."

Tornaram a se sentar.

"Quem é ele?", perguntou Wallander.

Hansson tinha seus papéis em boa ordem.

"Eugen Blomberg, cinquenta e um anos de idade. Pesquisador assistente da Universidade de Lund. Suas pesquisas têm a ver com leite."

"Leite?", disse Wallander surpreso.

"É o que se lê aqui. A relação que existe entre alergia a leite e as várias doenças intestinais."

"Quem comunicou o desaparecimento dele?"

"A esposa, Kristina Blomberg. Ela mora na Siriusgatan, em Lund."

Wallander sabia que eles não tinham um minuto a perder. Queria ir ainda mais fundo na pista do assassino.

"Então vou lá", disse ele, pondo-se de pé. "Comunique aos nossos colegas que já o identificamos. Providenciem para que localizem a esposa para que eu possa conversar com ela. Há um detetive em Lund chamado Birch. Kalle Birch. Nós nos conhecemos. Converse com ele, diga-lhe que estou a caminho."

"Será que você pode falar com ela antes de termos uma identificação segura?"

"Alguma outra pessoa pode identificá-lo. Alguém da universidade. Algum outro pesquisador de leite. Agora temos de examinar mais uma vez todo o material referente a Eriksson e Runfeldt. Eugen Blomberg. Há alguma informação sobre Blomberg em algum lugar? Temos de examinar muita coisa sobre ele hoje."

Wallander voltou-se para Åkeson. "Acho que podemos afirmar que a situação da investigação mudou."

Åkeson balançou a cabeça, mas não disse nada.

Wallander foi pegar o casaco e as chaves num dos carros da polícia. Eram duas e quinze da tarde quando partiu de Ystad. Por um breve instante, pensou na possibilidade de ligar as luzes de emergência, mas achou melhor não. Com isso não iria chegar mais rápido.

Chegou em Lund por volta das três e meia. Um carro da polícia foi-lhe ao encontro na entrada da cidade e conduziu-o até a Siriusgatan, num bairro residencial a leste do centro da cidade. O carro da polícia parou à entrada da rua. Havia outro carro estacionado lá. Wallander viu Kalle Birch sair. Encontraram-se vários anos antes num congresso do distrito policial do sul da Suécia, realizado em Tylösand, perto de Halmstad. O objetivo do congresso era implementar a cooperação operacional na região. Wallander participara de má vontade. Björk, o chefe de polícia de Ystad à época, ordenou que ele fosse. No almoço, sentara-se perto de Birch. Descobriram que partilhavam o gosto por ópera. Desde então, vez por outra mantinham contato. De fontes diversas, Wallander ouvira dizer que Birch era um detetive talentoso, que às vezes sofria de profunda depressão. Naquele dia, porém, ele parecia animado. Trocaram um aperto de mão.

"Um dos colegas de Blomberg está indo identificar o corpo. Vão nos comunicar por telefone."

"E a viúva?"

"Ainda não foi informada. Achamos que ainda é cedo."

"Isso tornará a conversa mais difícil", disse Wallander. "Naturalmente, ela vai ficar chocada."

"Acho que não podemos fazer nada quanto a isso."

Birch apontou para um café do outro lado da rua. "Podemos esperar ali", disse ele. "Além disso, estou com fome."

Wallander também não almoçara ainda. Atravessaram a rua, comeram sanduíches e tomaram café. Wallander fez um resumo do caso até o momento.

"Isto me lembra do que vocês enfrentaram no verão passado", disse Birch quando Wallander terminou.

"Apenas porque o assassino matou mais de uma pessoa", disse Wallander. "Aqui, o método é totalmente diferente."

"Que grande diferença existe entre tirar escalpos e afogar uma pessoa viva?"

"Eu não teria palavras com que explicar", disse Wallander hesitante. "Mas existe uma grande diferença."

336

Birch deixou as coisas naquele pé. "Com certeza não pensamos em coisas como essas quando entramos na corporação", disse ele.

"Nem consigo me lembrar do que pensei então", respondeu Wallander.

"Lembro-me de um antigo comissário", disse Birch. "Ele já morreu faz muito tempo. Karl-Oscar Frederick Wilhelm Sunesson. Virou praticamente uma lenda. Pelo menos aqui em Lund. Ele anteviu tudo isso que está acontecendo. Lembro-me de que nos dizia, a nós, jovens detetives, que tudo ia ficar muito mais duro. A violência se espalharia e se tornaria mais brutal. Ele dizia que era porque a prosperidade da Suécia não passava de um atoleiro disfarçado. A decadência permeava tudo. Chegou a se dar ao trabalho de coligir análises demográficas e explicar as relações entre os vários gêneros de crime. Era o tipo de pessoa que nunca falava mal de ninguém. Criticava políticos e usava seus argumentos para refutar sugestões de mudanças na força policial. Mas nunca duvidava de que por trás delas havia intenções boas, embora confusas. Costumava dizer que boas intenções sem fundamento na razão provocavam maiores desastres que ações praticadas com más intenções. Na época não entendi isso, mas agora entendo."

Aquelas palavras bem que poderiam aplicar-se a Rydberg.

"Mesmo assim, isso não esclarece o que de fato pensávamos quando resolvemos integrar a força policial", disse ele.

Mas Wallander nunca chegou a saber o que Birch tinha em mente. O telefone tocou. Birch ouviu sem fazer nenhum comentário.

"É Eugen Blomberg. Não há a menor dúvida quanto a isso."

"Então vamos lá", disse Wallander.

"Se você quiser, pode esperar até avisarmos a esposa", disse Birch. "Em geral é muito doloroso."

"Vou com você", disse Wallander. "É melhor que ficar

aqui sem fazer nada. Além do mais, isso talvez me dê uma ideia de como eram suas relações com o marido."

Encontraram uma mulher surpreendentemente serena. Ela pareceu entender de imediato por que eles estavam à sua porta. Wallander ficou um pouco atrás enquanto Birch lhe falava da morte do marido. Ela sentou-se na beirada de uma cadeira, como se quisesse suportar o impacto daquilo com os pés, e balançou a cabeça sem dizer nada. Wallander calculou que ela teria a mesma idade do marido, embora parecesse mais velha, como se tivesse envelhecido prematuramente. Era magra, a pele esticada sobre os ossos das faces. Wallander observou-a furtivamente. Não achou que ela fosse desmoronar. Pelo menos por enquanto.

Birch fez um sinal para que Wallander se adiantasse. Birch apenas lhe contou que o corpo do marido fora encontrado no lago Krageholm. Nada dissera sobre o que tinha acontecido. Aquilo ficava por conta de Wallander.

"O lago Krageholm fica sob a jurisdição da polícia de Ystad", disse Birch. "É por isso que um de meus colegas de lá veio comigo. Este é Kurt Wallander."

Kristina Blomberg levantou a cabeça. Ela fazia Wallander lembrar-se de alguém, mas ele não conseguiu atinar quem era.

"Reconheço seu rosto", disse ela. "Eu o vi nos jornais."

"É bem possível", disse Wallander, sentando-se numa cadeira diante da dela. Birch recuara para a posição de Wallander. A casa era mobiliada com bom gosto, inspirava serenidade. Ocorreu a Wallander que ele ainda não sabia se o casal tinha filhos.

Aquela foi sua primeira pergunta.

"Não", respondeu ela. "Não temos filhos."

"Nem de casamentos anteriores?"

De repente Wallander notou uma certa hesitação. Ela fez uma pausa antes de responder: era quase imperceptível, mas ele notou.

"Não", disse ela. "Não que eu soubesse."

Wallander trocou um olhar com Birch antes de prosseguir devagar.

"Quando você viu seu marido pela última vez?"

"Ele saiu ontem à noite para dar sua caminhada de sempre."

"Você sabia que caminho ele tomava?"

Ela sacudiu a cabeça. "Muitas vezes ele saía por mais de uma hora. Não tenho a menor ideia de seu trajeto."

"Ontem à noite tudo estava normal?"

"Sim."

Mais uma vez, Wallander notou uma sombra de insegurança em sua resposta. Continuou cautelosamente.

"Então ele não voltou? E o que você fez?"

"Às duas da manhã, liguei para a polícia."

"Mas você não imaginou que ele pudesse ter ido visitar uns amigos?"

"Ele não tinha muitos amigos. Liguei para eles antes de entrar em contato com a polícia. Meu marido não estava com eles."

Ela o fitou, ainda calma. Wallander sentiu que não podia esperar mais tempo.

"Seu marido foi encontrado morto no lago Krageholm. Constatamos que ele foi assassinado. Sinto muito, mas tenho de lhe dizer a verdade."

Wallander examinou o rosto dela. Ela não se surpreendeu, ele pensou. Nem com a morte, nem com o fato de ter sido assassinado.

"Naturalmente, é importante prender a pessoa ou pessoas que o mataram. Seu marido tinha inimigos?"

"Não sei", respondeu ela. "Eu não conhecia meu marido muito bem."

Antes de continuar, Wallander parou para pensar. A resposta da mulher o incomodara um pouco.

"Não sei como devo entender sua resposta."

"É tão difícil assim? Eu não conhecia meu marido muito bem. Houve uma época, muito tempo atrás, em que eu pensava que o conhecia. Mas já faz tempo."

"O que aconteceu? O que mudou a situação?"

Ela sacudiu a cabeça. Wallander viu em seu semblante algo que interpretou como amargura. Ele esperou.

"Não aconteceu nada", disse ela. "Nós nos afastamos um do outro. Vivemos na mesma casa, mas em quartos separados. Ele tem a vida dele, eu tenho a minha."

Então ela se corrigiu. "Ele tinha a vida dele. E eu tenho a minha."

"Ele trabalhava com pesquisa na universidade?"

"Sim."

"Alergia a leite, não é?"

"Sim."

"Você também trabalha lá?"

"Sou professora."

Wallander balançou a cabeça. "Quer dizer que você não poderia saber se seu marido tinha inimigos?"

"Não."

"E tinha poucos amigos?"

"Isso mesmo."

"E você não imagina quem poderia querer matá-lo? Ou por quê?"

Seu rosto estava tenso. Wallander teve a sensação de que ela olhava através dele.

"Não, a não ser eu", ela respondeu. "Mas eu não o matei."

Wallander olhou para ela por um bom tempo, sem dizer nada. Birch avançou um pouco, pondo-se ao lado de Wallander.

"Por que você haveria de querer matá-lo?", perguntou Wallander.

Ela se pôs de pé e arrancou a blusa com tal força que ela se rasgou. Foi tão rápido que Wallander e Birch não entenderam o que se passava. Então ela estendeu os braços. Estavam cobertos de cicatrizes.

"Ele fez isso comigo", disse ela. "E mais um monte de coisas sobre as quais não quero falar."

Ela saiu da sala com a blusa rasgada na mão. Wallander e Birch se entreolharam.

"Ele a maltratava", disse Birch. "Você acha que foi ela?"

"Não", respondeu Wallander. "Não foi ela."

Eles esperaram em silêncio. Alguns minutos depois, ela voltou com outra blusa.

"Não vou chorar a morte dele", disse ela. "Não sei quem fez isso. E tampouco quero saber. Mas acho que vocês têm de pegá-lo."

"Sim", disse Wallander. "Temos sim. E precisamos de toda a ajuda possível."

Ela olhou para ele, e de repente todo o seu rosto tornou-se a própria expressão do desamparo.

"Eu não sabia nada sobre ele", disse ela. "Não posso ajudá-los."

Era muito provável que estivesse dizendo a verdade. Mas ela já ajudara. Quando Wallander viu seus braços, não lhe restou mais sombra de dúvida.

Ele sabia que estavam procurando uma mulher.

26

Chovia quando saíram da casa situada na Siriusgatan. Pararam junto ao carro de Wallander, que estava muito agitado.

"Acho que nunca encontrei uma viúva que se importasse tão pouco com a perda do marido", disse Birch, a voz traindo sua repugnância.

"Não obstante, é algo que devemos ter em mente", respondeu Wallander.

Não se deu ao trabalho de explicar sua resposta. Em vez disso, tentou antecipar as horas seguintes. Seu sentimento de urgência era fortíssimo.

"Temos de examinar os pertences dele tanto em sua casa como na universidade. Isso cabe a você, claro. Mas gostaria que alguém de Ystad também estivesse aqui. Não sabemos o que estamos procurando, mas dessa forma talvez possamos descobrir mais depressa alguma coisa que nos interesse."

Birch assentiu com um gesto de cabeça. "Você não vai ficar?"

"Não. Vou pedir a Martinsson e a Svedberg que venham. Vou dizer-lhes que partam imediatamente."

Wallander discou o número da polícia de Ystad, pediu para falar com Martinsson e contou-lhe rapidamente o que se passou. Martinsson disse que sairiam imediatamente. Wallander pediu-lhe que procurasse Birch na delegacia de polícia de Lund. Teve de soletrar o nome para Martinsson. Birch sorriu.

"Eu ficaria", disse Wallander. "Mas preciso trabalhar lá na investigação. Tenho a impressão de que a solução do assassinato de Blomberg está lá, em algum lugar, embora eu ainda não a tenha encontrado. A solução para os três casos de assassinato está lá, num complexo sistema de cavernas."

"Seria bom se pudéssemos evitar mais mortes", disse Birch. "Já morreu gente demais."

Despediram-se. Wallander voltou para Ystad. Havia chuvaradas intermitentes. Quando ele passou pelo aeroporto de Sturup, um avião estava aterrissando. Enquanto dirigia, repassava os detalhes do caso. Não sabia quantas vezes fizera aquilo até então.

Chegou a Ystad às cinco e quarenta e cinco da tarde. Na recepção, parou e perguntou a Ebba se Höglund estava na delegacia.

"Ela e Hansson voltaram há uma hora."

Wallander apressou-se em entrar. Encontrou Höglund na sala dela. Estava ao telefone. Wallander fez-lhe um sinal e esperou no corredor. Tão logo ela desligou, ele tornou a entrar na sala.

"Acho que devemos ir ao meu escritório", disse ele. "Temos de repassar e analisar todo o caso."

"Preciso levar alguma coisa?", disse ela, apontando para os papéis e pastas espalhados em sua escrivaninha.

"Não. Se precisarmos de alguma coisa, você volta e pega."

Ela o seguiu ao escritório dele. Wallander pediu à telefonista que atendesse os telefonemas para ele.

"Você se lembra de que lhe pedi que repassasse todos os acontecimentos buscando características femininas", disse ele.

"Eu fiz isso", respondeu ela.

"Temos de examinar todo o material novamente", continuou ele. "Estou convencido de que há um detalhe crucial que ainda não vimos. Passamos por cima dele. Andamos de um lado para outro, ele estava lá o tempo todo, mas simplesmente não estávamos olhando na direção certa. E agora tenho certeza de que há a participação de uma mulher."

"Por que acha isso?"

Ele contou a conversa com Kristina Blomberg e que ela rasgara a blusa e lhes mostrara as cicatrizes.

"Você está falando de uma mulher que sofreu maus-tratos", disse ela. "Não de uma mulher que pratica assassinatos."

"Talvez seja a mesma coisa", disse Wallander. "De todo modo, tenho de descobrir se estou certo ou errado."

"Por onde vamos começar?"

"Pelo começo. Como uma história. E a primeira coisa que aconteceu foi que alguém preparou uma armadilha para Holger Eriksson num fosso em Lödinge. Suponhamos que tenha sido uma mulher. O que você acha?"

"Não é impossível, claro. Nada era pesado ou grande demais."

"Por que ela teria escolhido esse *modus operandi?*"

"Para que parecesse ter sido obra de um homem."

"Ela queria nos despistar?"

"Não necessariamente. Talvez quisesse demonstrar que a violência volta, como um bumerangue. Ou... por que não ambos os motivos?"

Wallander refletiu sobre isso. Com certeza sua explicação tinha fundamento.

"O motivo", continuou ele. "Quem queria matar Holger Eriksson?"

"No caso de Gösta Runfeldt há um grande número de candidatos. Quanto a Eriksson, porém, ainda não sabemos o bastante sobre ele. É como se a vida dele fosse uma zona de acesso proibido."

Ele percebeu imediatamente que ela dissera algo importante.

"Que quer dizer com isso?"

"Exatamente o que eu disse. A gente devia saber mais sobre um homem de oitenta anos que passou a vida inteira em Skåne. Um homem bastante conhecido. Sabemos tão pouco, que não é normal."

"Como se explica isso?"

"Não sei."
"As pessoas têm medo de falar sobre ele?"
"Não."
"Então, o que é?"
"Estamos procurando um mercenário", disse ela. "Encontramos um homem que já morreu. Fomos informados de que esses homens muitas vezes usam um outro nome. Ocorreu-me que o mesmo pode ter acontecido com Holger Eriksson."

"Que ele pode ter sido um mercenário?"

"Não, acho que não. Mas pode ter usado um nome falso. Talvez ele não tenha sido sempre Holger Eriksson. Isso pode explicar por que sabemos tão pouco sobre sua vida privada. Talvez às vezes se apresentasse como outra pessoa."

Wallander lembrou-se de alguns dos primeiros livros de poesia de Eriksson. Ele os publicara sob pseudônimo, depois sob seu nome verdadeiro.

"Acho muito difícil concordar com o que você está dizendo", disse Wallander. "Principalmente porque não vejo nenhum motivo razoável para esse comportamento. Por que alguém assumiria um nome falso?"

"Para poder fazer algo secretamente."

Wallander fitou-a. "Você quer dizer que ele pode ter usado um nome falso por ser homossexual? Numa época em que era melhor manter segredo sobre isso?"

"É uma possibilidade."

Wallander balançou a cabeça, mas ainda incrédulo. "Há a doação à igreja de Jämtland, que deve significar alguma coisa. Por que ele fez isso? E a polonesa que desapareceu. Há algo nela que a torna especial. Você pensou no que poderia ser?"

Höglund sacudiu a cabeça.

"O fato de ela ser a única mulher que aparece no processo de investigação de Holger Eriksson", disse ele.

"Mandaram de Östersund cópias do material sobre ela. Mas acho que ninguém ainda as analisou. Além disso, ela está apenas na periferia do caso. Não temos provas de que ela e Eriksson se conheciam."

Wallander reagiu imediatamente.

"É verdade. Temos de fazer isso o mais rápido possível. Descobrir se existe uma relação."

"Quem vai fazer isso?"

"Hansson. Ele lê mais rápido que todos nós. Normalmente vai direto ao ponto central do problema."

Ela fez uma anotação. Então deixaram o tema de Eriksson de lado. Pelo menos por enquanto.

"Gösta Runfeldt era um homem brutal", disse Wallander. "Não há dúvidas. Nisso, ele se parece com Eriksson. Agora ficamos sabendo que o mesmo se aplica a Eugen Blomberg. Runfeldt maltratava a esposa, exatamente como Blomberg. Aonde isso pode nos levar?"

"A três homens com tendência à violência, dois dos quais, pelo menos, maltratavam mulheres."

"Deve ser o caso também de Eriksson. Ainda não sabemos."

"A polonesa? Krista Haberman?"

"Por exemplo. E também pode ser que Runfeldt tenha assassinado a esposa. Fez um buraco no gelo para que ela caísse e se afogasse."

Ambos sabiam que estavam chegando a alguma conclusão. Wallander voltou novamente ao início da investigação.

"O fosso com estacas", disse ele. "O que era aquilo?"

"Preparado, bem planejado. Uma armadilha letal."

"Mais que isso: para matar alguém lentamente."

Wallander procurou um papel na escrivaninha.

"Segundo o patologista de Lund, Eriksson com certeza ficou espetado nas estacas de bambu durantes várias horas antes de morrer."

Largou o papel, enojado.

"Runfeldt", disse ele. "Desnutrido, estrangulado, amarrado a uma árvore. O que isso pode nos revelar?"

"Que ficou em cárcere privado. Não estava suspenso nas estacas de um fosso."

Wallander levantou a mão. Ela não disse uma palavra.

Ele estava refletindo, lembrando-se da visita ao lago Stång, da mulher encontrada sob o gelo.

"Afogada sob o gelo", disse ele. "Sempre achei que essa é uma das maneiras mais terríveis de morrer. Ficar sob o gelo, sem poder rompê-lo e se salvar. Talvez até enxergando a luz através dele."

"Presa sob o gelo", disse ela.

"Exatamente. Era exatamente isso que eu estava pensando."

"Você quer dizer que o assassino criou métodos de matar relacionados aos acontecimentos que motivaram a vingança?"

"Mais ou menos isso. De todo modo, é uma possibilidade."

"Nesse caso, o que aconteceu com Eugen Blomberg se parece mais com o que se deu com a mulher de Runfeldt."

"Eu sei", disse Wallander. "Talvez possamos entender a razão se continuarmos a refletir sobre isso."

Continuaram. Discutiram sobre a mala. Wallander falou na unha postiça que Nyberg achara no mato próximo a Marsvinsholm. Então começaram a discutir o caso de Blomberg. O padrão se repetia.

"O plano era afogá-lo, mas não muito rápido. Ele tinha de saber o que estava lhe acontecendo."

Wallander recostou-se na cadeira e fitou-a por cima da escrivaninha.

"Diga-me o que acha."

"Começa a se configurar a vingança como motivo. De todo modo, trata-se de uma possível ligação entre os crimes. Homens que usaram a força contra mulheres são atacados com uma violência calculada, em estilo masculino. Como se estivessem sendo forçados a sentir as próprias mãos em seus corpos."

"É uma boa maneira de expressar isso", disse Wallander. "Continue."

"Poderia ser também uma maneira de esconder o fato

de ter sido uma mulher a autora dos crimes. Levamos muito tempo para ao menos imaginar que havia a participação de uma mulher. E, quando levantamos a hipótese, nós a rejeitamos imediatamente."

"Que fatos existem que contradigam a hipótese de que o assassino pode ser uma mulher?"

"Ainda sabemos muito pouco. As mulheres raramente usam de violência, a menos quando se trata de se defender ou defender os filhos. E nesse caso não é violência premeditada, mas instintiva, atos em legítima defesa. Normalmente, uma mulher não cavaria um fosso. Nem manteria um homem em cárcere privado. Nem jogaria um homem num lago, dentro de um saco."

Wallander olhou-a com atenção.

"Normalmente", disse ele. "Foi você quem disse."

"Se uma mulher está envolvida nisso, deve estar muito doente."

Wallander levantou-se e foi à janela. "Há mais uma coisa", disse ele, "que poderia jogar no chão todo esse castelo de cartas que estamos construindo. Ela não está vingando a si mesma. Está vingando outras mulheres. A mulher de Runfeldt morreu. A mulher de Blomberg não o matou, tenho certeza. Eriksson não tinha mulher. Se o motivo é vingança e o agente é uma mulher, ela está se vingando por outras. E isso não faz muito sentido. Se for esse o caso, nunca me deparei com nada igual."

"Poderia tratar-se de mais de uma mulher", disse Höglund, hesitante.

"Anjos da morte? Um grupo de mulheres? Um culto?"

"Isso não parece plausível."

"Não", disse Wallander. "Não parece."

Ele voltou a sentar-se. "Eu gostaria de fazer exatamente o contrário", disse ele. "Repassar todo o material e então imaginar motivos pelos quais não foi uma mulher a autora dos crimes."

"Não seria melhor esperar até saber mais sobre o que aconteceu com Blomberg?"

"Talvez. Mas acho que não temos tempo."

"Você acha que poderia tornar a acontecer?"

Wallander queria lhe dar uma resposta franca. Ficou em silêncio por um instante, antes de responder.

"Não há um princípio", disse ele. "Pelo menos que a gente possa perceber. O que torna improvável que vá existir um fim. Pode acontecer novamente. E não temos ideia de para onde devemos olhar."

Eles não foram adiante. Wallander estava impaciente porque nem Martinsson nem Svedberg tinham ligado. Então se lembrou de que havia pedido à telefonista que atendesse suas ligações e a consultou. Pediu que ela passasse as ligações deles.

"Os arrombamentos", disse Höglund de repente. "Na loja de flores e na casa de Eriksson. Como eles se encaixam em nosso panorama?"

"Não sei", ele respondeu. "Tampouco o sangue no chão. Achei que tinha uma explicação, mas agora não."

"Estive pensando sobre isso", disse ela.

Wallander percebeu que ela estava alvoroçada. Ele lhe fez um aceno para que continuasse.

"Estamos procurando distinguir o que podemos perceber do que aconteceu de fato", principiou ela. "Holger Eriksson notificou um arrombamento em que nada foi roubado. Afinal, por que ele fez isso?"

"Pensei sobre isso também", disse Wallander. "Talvez tenha se alarmado com o fato de alguém ter entrado em sua casa."

"Neste caso, a coisa se encaixa no padrão."

Wallander não entendeu logo o que ela queria dizer.

"Há sempre a possibilidade de alguém ter arrombado a casa para enervá-lo. Não para roubar alguma coisa."

"Um primeiro aviso?", perguntou ele. "É isso o que quer dizer?"

"Sim."

"E a loja de flores?"

"Runfeldt sai de seu apartamento. Ou então alguém usa de algum artifício para fazê-lo sair. Ou então é de manhã bem cedo. Ele desce para a rua para esperar um táxi e desaparece sem deixar vestígios. E se ele foi à loja? Não são mais que alguns minutos. Pode ter deixado a mala no recuo da porta do edifício. Ou então a levou consigo. Não era pesada."

"Por que ele haveria de ir à loja?"

"Não sei. Talvez tenha esquecido alguma coisa."

"Você quer dizer que ele pode ter sido atacado lá?"

"Sei que não é uma ideia muito boa. Mas é o que andei pensando."

"Não é pior que muitas outras", disse Wallander. Ele a fitou.

"Alguém verificou se o sangue no chão era de Runfeldt?"

"Acho que não. Nesse caso, a culpa foi minha."

"Se tivéssemos de buscar os responsáveis por todos os erros cometidos durante uma investigação, não haveria tempo para mais nada", disse Wallander. "Imagino que não restou nenhuma amostra, não é?"

"Vou tentar descobrir. Vamos verificar só para ter certeza."

Ela se levantou e saiu da sala. Wallander estava cansado. A conversa fora boa, mas sua ansiedade aumentara. Eles não poderiam estar mais longe do núcleo da questão. A investigação ainda carece de uma força gravitacional que os levasse em determinada direção.

Alguém se queixava em voz alta no corredor. Começou a pensar em Baiba, mas obrigou-se a concentrar-se novamente na investigação. Levantou-se e foi tomar um pouco de café. Outro agente perguntou-lhe se ele tivera tempo de refletir sobre se era conveniente uma associação local adotar o nome de Amigos do Machado. Ele disse que não e voltou ao escritório. A chuva cessara. Nuvens pairavam imóveis no céu, acima da caixa-d'água.

O telefone tocou. Era Martinsson. Wallander procurou em sua inflexão de voz sinais de que havia alguma novidade, mas não percebeu nada.

"Svedberg acaba de chegar da universidade. Ao que

parece, Eugen Blomberg não era um pesquisador de muito destaque. Tinha uma fraca ligação com a clínica pediátrica de Lund, mas sua pesquisa era considerada bastante rudimentar. Pelo menos, é o que diz Svedberg."

"Continue", disse Wallander, sem esconder a impaciência.

"Foi difícil entender como um homem podia ser tão desprovido de interesses", disse Martinsson. "Ele parecia totalmente absorvido na pesquisa de seu maldito leite. E nada mais. Exceto por uma coisa."

Wallander esperou.

"Ele estava tendo um caso com outra mulher. Encontrei algumas cartas. As iniciais K. A. apareciam o tempo todo. O que é interessante é que ela devia estar grávida."

"Como você descobriu isso?"

"Pelas cartas. Na mais recente, lê-se que o período de gravidez estava chegando ao fim."

"De que dia é a carta?"

"Não está datada. Mas ela diz ter visto na TV um filme de que gostava muito. Se bem me lembro, o filme passou há alguns meses. Naturalmente, temos de verificar isso melhor."

"Ela tem um endereço?"

"As cartas não mencionam."

"Nem ao menos se é em Lund?"

"Não. Mas provavelmente é de algum lugar de Skåne. Ela usa várias expressões que indicam isso."

"Você perguntou à viúva sobre isso?"

"Era sobre isso que eu queria falar. Se é conveniente fazer isso, ou se deveríamos esperar."

"Pergunte-lhe", disse Wallander. "Não podemos esperar. Além disso, tenho uma forte impressão de que ela já sabe. Precisamos do nome e do endereço da mulher o mais rápido possível, pombas! Avise-me quando descobrir alguma coisa."

Depois disso, Wallander ficou sentado com a mão no telefone. Uma fria onda de repulsa lhe percorreu o corpo.

O que Martinsson contara fê-lo lembrar de alguma coisa. Tinha a ver com Svedberg, mas ele não conseguia atinar com o que era.

Enquanto esperava que Martinsson ligasse de novo, Hansson apareceu na porta e disse que naquela noite ia começar a trabalhar no material enviado de Östersund.

"São onze quilos", disse ele. "Só para você saber."

"Você pesou o material?", perguntou Wallander, surpreso.

"Não, mas o correio sim. Quer saber quanto custou?"

"Prefiro não saber."

Hansson se foi. Wallander imaginou um labrador preto dormindo ao lado de sua cama. Eram sete e quarenta da noite. Ainda não tivera notícias de Martinsson. Nyberg ligou e disse que estava indo para casa. Por que lhe dissera aquilo? Para que pudesse ser contatado em casa ou, ao contrário, para que o deixassem em paz?

Finalmente Martinsson ligou.

"Ela estava dormindo", disse ele. "Eu não queria acordá-la. Foi por isso que demorei tanto."

Wallander não disse nada. Ele não teria hesitado em acordar Kristina Blomberg.

"O que ela disse?"

"Você estava certo. Ela sabia que o marido tinha outras mulheres. Mas as iniciais K. A. nada significam para ela."

"Ela sabe onde a outra mulher mora?"

"Ela diz que não, e tendo a acreditar nela."

"Mas ela devia saber se ele saía da cidade."

"Perguntei-lhe isso. Ela disse que não. Além disso, ele não tinha carro. Nem tinha carta de motorista."

"Isso significa que ela deve morar perto."

"Também acho."

"Uma mulher com as iniciais K. A. Temos de encontrá-la. Por enquanto, largue tudo o que está fazendo. Birch está aí?"

"Ele voltou para a delegacia ainda há pouco."

"Onde está Svedberg?"

"Ia falar com uma pessoa que conhecia Blomberg melhor."

"Diga-lhe que se concentre em descobrir quem é a mulher com as iniciais K. A."

"Não sei se vou conseguir contato com ele", respondeu Martinsson. "Ele deixou o celular dele comigo."

Wallander praguejou.

"A viúva deve saber quem era o melhor amigo de seu marido. É importante dizer isso a Svedberg."

"Vou ver o que posso fazer."

Wallander pôs o fone no gancho, depois mudou de ideia, mas tarde demais. De repente lhe veio à mente o que tinha esquecido. Viu o número do telefone da delegacia de polícia de Lund e conseguiu falar com Birch quase imediatamente.

"Acho que encontramos alguma coisa", disse Wallander.

"Martinsson falou com Ehrén, que está trabalhando com ele na Siriusgatan", disse Birch. "Pelo que entendi, estamos procurando uma mulher cujas iniciais talvez sejam K. A."

"Não 'talvez sejam'", disse Wallander. "Karin Andersson, Katrina Alström... temos de encontrá-la, seja que nome for. E há um detalhe que julgo ser importante."

"O fato de estar grávida?"

Birch estava pensando depressa.

"Exatamente", disse Wallander. "Temos de entrar em contato com a maternidade de Lund e ver quais mulheres que deram à luz há pouco tempo têm as iniciais K. A."

"Eu mesmo vou cuidar disso", disse Birch. "Esse tipo de coisa é sempre um pouco delicada."

Wallander se despediu e começou a suar. Alguma coisa começara a andar. Ele foi ao corredor, que estava vazio. Quando o telefone tocou, teve um sobressalto. Era Höglund, que estava na loja de Runfeldt.

"Não há sangue aqui", disse ela. "A própria Vanja Andersson esfregou o chão. A mancha a assustava."

"E o pano usado na limpeza?"

"Ela o jogou no lixo, que foi coletado há muito tempo, claro."

Wallander sabia que bastava uma mínima amostra para permitir a análise.

"Os sapatos dela", disse ele. "Que sapatos ela estava usando naquele dia? Deve haver um resquício no solado."

"Vou perguntar a ela."

Wallander esperou.

"Ela estava usando tamancos", disse Höglund. "Mas eles estão no apartamento dela."

"Vá buscá-los. Traga-os aqui e ligue para a casa de Nyberg. Ele pode pelo menos nos dizer se há sangue neles."

Durante a conversa, Hamrén apareceu à porta. Wallander pouco o vira desde sua chegada a Ystad. Perguntou-se em que os dois detetives de Malmö andavam trabalhando.

"Estive cotejando os dados sobre Eriksson e Runfeldt, agora que Martinsson está em Lund. Até agora, não descobri pontos em comum", disse ele. "Acho que seus caminhos nunca se cruzaram."

"Mesmo assim, é importante examinar isso a fundo", disse Wallander. "Em algum ponto essas investigações vão convergir. Tenho certeza disso."

"E Blomberg?"

"Ele também vai se encaixar no padrão. Qualquer alternativa é implausível."

"E quando o trabalho da polícia foi uma questão de plausibilidade?", disse Hamrén com um sorriso.

"Claro que você tem razão. Mas podemos torcer para que assim seja."

Hamrén se deixou ficar ali, com o cachimbo na mão.

"Vou sair para fumar. Isso desanuvia meu cérebro."

Ele saiu. Passava um pouco das oito da noite. Wallander esperou que Svedberg ligasse. Tomou uma xícara de café e comeu alguns biscoitos. Wallander vagou pela cantina e, por um instante, ficou olhando a televisão distraidamente. Belas imagens das ilhas Comores. Perguntou-se onde elas ficavam. Às oito e quarenta e cinco estava novamente em sua cadeira. Birch ligou. Eles começaram a procurar as mulheres que deram à luz nos últimos meses e as que iriam dar à luz nos dois meses seguintes. Até o momento, não tinham encontrado nenhuma com as iniciais K. A. Depois que ele desligou, Wallander pensou que também podia ir para casa. Podiam ligar para seu celular, se precisassem dele. Tentou entrar em contato com Martinsson, sem sucesso. Então Svedberg ligou. Eram nove e meia da noite.

"Não há ninguém com as iniciais K. A.", disse ele. "Pelo menos que fosse do conhecimento do homem que afirma ter sido o melhor amigo de Blomberg."

"Bem, pelo menos temos essa informação", disse Wallander, sem esconder sua decepção.

"Estou indo para casa agora", disse Svedberg.

Mal Wallander desligou, o telefone tocou novamente. Era Birch.

"Infelizmente", disse ele, "não há ninguém com as iniciais K. A."

"Merda", exclamou Wallander.

Ambos refletiram por um instante.

"Ela pode ter dado à luz em algum outro lugar", disse Birch. "Não teria de ser necessariamente em Lund."

"Tem razão", disse Wallander. "Temos de voltar à carga amanhã", disse ele, e desligou.

Agora ele sabia o que tinha relação com Svedberg. Um pedaço de papel que fora parar em sua escrivaninha por engano. Sobre algo que acontecera à noite na maternidade de Ystad. Teria sido uma agressão? Algo que tinha a ver com uma falsa enfermeira?

Ele ligou para Svedberg, que atendeu em seu carro.

"Onde você está?", perguntou Wallander.

"Ainda nem cheguei em Staffanstorp."

"Venha para a delegacia. Tem uma coisa que a gente precisa verificar."

"Tudo bem", disse Svedberg. "Estou indo."

Ele levou exatamente quarenta e cinco minutos. Pouco antes das dez horas, Svedberg apareceu à porta do escritório de Wallander. Àquela altura, Wallander já começava a duvidar de sua ideia.

Era muito provável que estivesse imaginando coisas.

27

O homem só entendeu bem o que aconteceu quando a porta se fechou atrás dele. Desceu os poucos degraus em direção ao seu carro e se pôs ao volante. Então pronunciou o próprio nome em voz alta: Åke Davidsson.

A partir daquele momento Åke Davidsson se tornaria um homem muito solitário. Ele não esperava que isso acontecesse. Nunca imaginou que a mulher com quem mantivera um relacionamento por muitos anos, mesmo sem morar juntos, iria lhe dizer que tudo estava acabado e o expulsaria de sua casa.

Começou a chorar. Aquilo doía. Ele não entendia. Mas ela fora bastante firme: ele devia ir embora e nunca mais voltar. Ela conhecera outro homem que queria ir morar com ela.

Era quase meia-noite de uma segunda-feira, 17 de outubro. Ele olhou a escuridão. Sabia que não devia dirigir depois do anoitecer. Sua vista não era muito boa. Só podia dirigir à luz do dia, com óculos especiais. Apertando os olhos, observou através do para-brisa. Mal conseguia avistar os contornos da estrada, mas não tinha escolha. Não podia passar a noite toda ali. Tinha de voltar para Malmö.

Ligou o carro e pegou a pequena estrada, ainda alarmado. Estava com muita dificuldade de enxergar. Talvez ficasse mais fácil quando chegasse à autoestrada. Mas primeiro teria de sair de Lödinge.

Pegou o caminho errado. Havia muitas estradas laterais, e todas pareciam iguais no escuro. Depois de meia hora, deu-se conta de que estava completamente perdido. Então se viu no pátio de uma granja, onde a estrada parecia terminar, e começou a dar voltas. De repente viu uma sombra à luz de seus faróis. Alguém vinha em direção ao carro. Sentiu-se imediatamente aliviado. Ali havia alguém que podia lhe ensinar o caminho. Abriu a porta do carro e saiu.

Então tudo ficou escuro.

Svedberg levou quinze minutos para achar o papel que Wallander queria ver. Este foi bastante claro quando Svedberg voltou pouco antes das dez da noite.

"Pode ser um tiro no escuro", disse Wallander. "Mas estamos procurando uma mulher com as iniciais K. A. que deu à luz recentemente ou logo dará, em algum lugar de Skåne. Achávamos que ela estava em Lund, mas estávamos enganados. Talvez ela esteja aqui em Ystad. Disseram-me que a maternidade de Ystad, graças aos seus procedimentos, é famosa até no estrangeiro. Certa noite passou-se uma coisa estranha lá, depois uma segunda vez, e quero saber o que aconteceu."

Quando Svedberg encontrou o papel, voltou ao escritório de Wallander, que esperava com impaciência.

"Ylva Brink", disse Svedberg. "É minha prima, uma prima distante. Trabalha como parteira na maternidade. Veio aqui para comunicar que uma mulher desconhecida apareceu certa noite na maternidade. Ela ficou nervosa."

"Por quê?"

"Simplesmente não é normal um desconhecido entrar na maternidade à noite."

"Temos de examinar isso muito bem", disse Wallander. "Quando foi a primeira vez?"

"Na noite de 30 de setembro."

"E isso a fez ficar nervosa?"

"Ela me procurou aqui no dia seguinte, um sábado. Conversei um pouco com ela. Foi quando fiz estas anotações."

"E a segunda vez?"

"Foi na noite de 13 de outubro. Ylva estava de serviço naquela noite também. Foi quando ela foi jogada no chão. De manhã, ligaram-me pedindo que fosse lá."

"O que se passou?"

"A mulher apareceu novamente. Quando Ylva tentou detê-la, foi derrubada. Ylva disse que sentiu como se tivesse levado o coice de um cavalo."

"Ela nunca tinha visto a tal mulher?"

"Só da outra vez que ela apareceu na maternidade."

"Ela estava de uniforme?"

"Sim. Mas Ylva tem certeza de que ela não pertence à equipe de enfermeiras."

"Como ela pode ter tanta certeza? Deve haver um monte de gente que ela não conhece trabalhando no hospital."

"Ela foi absolutamente categórica. Receio não ter lhe perguntado por quê."

"Essa mulher tinha um interesse na maternidade entre 30 de setembro e 13 de outubro", disse Wallander. "Apareceu lá duas vezes tarde da noite, e não hesitou em atacar uma parteira. Cabe perguntar o que ela queria."

"É o que Ylva também deseja saber."

"Ela ainda não descobriu?"

"Nas duas ocasiões, elas examinaram toda a maternidade, mas estava tudo em ordem."

Wallander consultou o relógio. Eram quase dez e quarenta e cinco da noite.

"Quero que você ligue para sua prima", disse ele. "Ainda que precise acordá-la."

Svedberg fez um gesto de concordância. Wallander apontou para o telefone. Sabia que Svedberg, em geral muito esquecido, tinha boa memória para números de telefones. Ele discou o número. Chamou várias vezes, mas ninguém atendeu.

"Se ela não está em casa, deve estar trabalhando", disse Svedberg.

Wallander levantou-se de um salto.

"Melhor ainda", disse ele. "Nunca mais voltei à maternidade desde que Linda nasceu."

"A ala antiga foi demolida", disse Svedberg. "Tudo agora é novo."

Em poucos minutos eles chegaram ao hospital. Wallander lembrou-se da noite, muitos anos atrás, em que acordou com fortes dores no peito e pensou estar tendo um infarto. Depois disso, o hospital fora reformado. Tocaram a campainha, um guarda veio imediatamente abrir a porta. Wallander mostrou-lhe seu distintivo e eles subiram a escada que levava à ala da maternidade. Uma mulher os esperava à porta da maternidade.

"Minha prima", disse Svedberg. "Ylva Brink."

Wallander apertou-lhe a mão, dando uma olhada na enfermeira que estava atrás dela. Ylva levou-os a uma salinha.

"Agora está sossegado", disse ela. "Mas isso pode mudar a qualquer momento."

"Vou direto ao assunto", disse Wallander. "Sei que todas as informações sobre pacientes são confidenciais, e não estou querendo violar esta regra. A única coisa que quero saber é se entre 30 de setembro e 13 de outubro uma mulher com as iniciais K. A. deu à luz aqui. K de Karin, A de Andersson."

A mulher pareceu incomodada.

"Aconteceu alguma coisa?"

"Não", disse Wallander. "Só preciso identificar uma pessoa, nada mais."

"Não posso lhe dizer", disse ela. "Essa informação é confidencial, a menos que a paciente tenha assinado um formulário autorizando a divulgação de dados sobre ela. Tenho certeza de que a norma aplica-se também a iniciais."

"Minha pergunta vai ser respondida mais cedo ou mais tarde", disse Wallander. "O problema é que preciso saber agora mesmo."

"Mesmo assim, não posso ajudá-lo."

Svedberg se mantinha em silêncio. Wallander viu que ele estava de cenho franzido.

"Há um sanitário masculino aqui?", perguntou ele.

"No fim do corredor."

Svedberg fez um sinal a Wallander.

"Você disse que precisava ir ao banheiro."

Wallander entendeu. Levantou-se e saiu da sala.

Esperou cinco minutos antes de voltar. Ylva Brink não estava mais lá. Svedberg, de pé, examinava vários papéis que estavam sobre a escrivaninha.

"O que você disse a ela?", perguntou Wallander.

"Que não devia criar problemas para a família", respondeu Svedberg. "Expliquei-lhe também que ela podia pegar um ano de cadeia."

"Por que razão?", perguntou Wallander surpreso.

"Obstrução de justiça."

"Não é o caso."

"Ela não sabe disso. Aqui estão todos os nomes. Acho que devemos ler rápido."

Examinaram a lista. Nenhuma das mulheres tinha as iniciais K. A. Wallander percebeu que era o que temia. Outro beco sem saída.

"Talvez não se tratasse das iniciais de alguém", disse Svedberg pensativamente. "Talvez K. A. signifique alguma outra coisa", acrescentou.

"O que poderia ser?"

"Aqui temos uma Katarina Taxell", respondeu Svedberg, apontando. "Talvez K. A. seja apenas uma abreviatura de Katarina."

Wallander olhou o nome e voltou a examinar a lista. Não havia Karin, nem Karolina.

"Talvez você tenha razão", disse ele. "Anote o endereço."

"Não está aqui", disse ele. "Só o nome dela. Talvez seja melhor você esperar lá embaixo enquanto falo com Ylva novamente."

"Insista na ideia de que ela não deve criar problemas para a família", disse Wallander. "Não fale em punições. Isso pode nos causar problemas mais tarde. Quero saber se Katarina Taxell ainda está aqui. Quero saber se recebeu alguma visita. Quero saber se existe alguma coisa especial em relação a ela. Relações de parentesco, esse tipo de coisa. Mas, principalmente, quero saber onde ela mora."

"Isso vai levar algum tempo", disse Svedberg. "Ylva está fazendo um parto."

"Eu espero", disse Wallander. "A noite inteira, se for preciso."

Pegou um biscoito de um prato e deixou a ala. Quando passou pela sala de emergências no térreo, avistou um bêbado coberto de sangue que acabara de ser trazido numa ambulância. Wallander o reconheceu. Seu nome era Niklasson. Era dono de um ferro-velho nas cercanias de Ystad. Normalmente se mantinha sóbrio, mas de vez em quando tomava uns porres e arrumava brigas.

Wallander conhecia os dois homens do serviço de ambulância que o trouxeram.

"É grave?", ele perguntou.

"Niklasson é vigoroso", disse o mais velho. "Vai sobreviver. Envolveu-se numa briga num pub em Sandskogen."

Wallander saiu para o estacionamento. Estava muito frio. Eles ainda precisavam descobrir se existia uma Karin ou Katarina em Lund. Birch podia cuidar disso. Eram onze e meia da noite. Tentou abrir as portas do carro de Svedberg. Elas estavam trancadas. Ele se perguntou se devia voltar e pedir as chaves, pois teria de esperar por um bom tempo. Em vez disso, começou a andar de um lado para outro no estacionamento.

De repente ele estava novamente em Roma. À sua frente, à distância, estava seu pai, numa excursão secreta à meia-noite, rumo a um destino desconhecido. Um filho seguindo o próprio pai. A escadaria da Piazza di Spagna, depois o chafariz. Seus olhos brilhavam. Um velho sozinho em Roma. Será que ele sabia que logo iria morrer?

Wallander parou. Estava com a garganta apertada. Quando haveria de ter a paz e a tranquilidade para chorar a morte do pai? A vida o jogava de um lado para outro. Logo completaria cinquenta anos. Agora era outono. Noite. E ele vagava no estacionamento de um hospital, morrendo de frio. O que mais temia é que o mundo se tornasse tão hostil e estranho que ele não conseguisse mais lidar com as situações que surgissem. O que restaria então? Aposentar-se mais cedo? Solicitar um trabalho burocrático? Terminar passando quinze anos em escolas, para fazer palestras sobre drogas e acidentes de trânsito?

A casa, pensou ele. E o cão. E talvez Baiba também. Era preciso uma transformação externa. Vou começar por aí. Mais tarde veremos o que vai acontecer comigo. Minha carga de trabalho é pesada demais. Não posso continuar assim.

Passava da meia-noite. Ele andava no estacionamento. A ambulância já fora embora. Tudo estava em silêncio. Sabia que havia muito a refletir, mas estava cansado demais. A única coisa que conseguia fazer era esperar. E continuar andando para não congelar.

Finalmente Svedberg apareceu, andando depressa. Wallander percebeu que ele tinha novidades.

"Katarina Taxell é de Lund", disse ele.

Wallander sentiu a ansiedade aumentar.

"Ela está aqui?"

"Ela deu à luz em 15 de outubro e já foi para casa."

"Você conseguiu o endereço?"

"Consegui mais que isso. Ela é mãe solteira, o nome do pai não consta dos registros. E não recebeu nenhuma visita enquanto esteve aqui."

Wallander percebeu que estava prendendo a respiração. "Então poderia ser ela", disse ele. "A mulher chamada K. A."

Voltaram depressa para a delegacia. Na entrada, Svedberg freou bruscamente para evitar atropelar uma lebre que entrara na cidade. Sentaram-se na cantina vazia. O telefone tocou na sala do agente de plantão. Wallander encheu um copo de café amargo.

"Não pode ter sido ela que pôs Blomberg num saco",

disse Svedberg, coçando o couro cabeludo com uma colher de café. "Não há maneira de uma mulher que acabou de dar à luz sair de casa para matar alguém."

"Ela é um elo", disse Wallander. "Se o que penso é verdade. Ela se encaixa entre a pessoa que matou Blomberg e a pessoa que agora parece ser a mais importante."

"A enfermeira que atacou Ylva?"

"Isso mesmo."

Svedberg esforçou-se para acompanhar o raciocínio de Wallander.

"Quer dizer que você acha que a mulher foi à maternidade para encontrar-se com ela?"

"Acho."

"Mas por que veio à noite? Por que não veio no horário normal de visitas? Deve haver hora determinada para visitas, não? E ninguém anota quem visita as pacientes ou quem recebeu visitas, não é?"

Wallander percebeu que as perguntas de Svedberg eram importantes. Tinha de respondê-las antes de continuar.

"Ela não queria ser vista", disse ele. "Essa é a única explicação plausível."

"Vista por quem?", disse Svedberg teimosamente. "Temia ser reconhecida? Não queria que Katarina Taxell a visse? Ela visitou um hospital para ver uma mulher dormindo?"

"Não sei", disse Wallander. "Concordo que é estranho."

"Só existe uma explicação plausível", continuou Svedberg. "Ela veio à noite porque podia ser reconhecida durante o dia."

Wallander refletiu sobre aquilo. "Você está dizendo que alguém do turno diurno poderia reconhecê-la?"

"Você não pode ignorar o fato de que ela visitou a maternidade duas vezes à noite. Então se vê envolvida numa situação em que é necessário atacar minha prima, que não estava fazendo nada de errado."

"Deve haver uma outra explicação", disse Wallander.

"Qual?"

"A noite pode ser o único horário em que ela podia visitar a maternidade." Svedberg concordou, pensativamente, com um gesto de cabeça.

"Isso é possível, naturalmente. Mas por quê?"

"Pode haver inúmeras razões. O lugar onde ela mora. Seu trabalho. Talvez quisesse manter essas visitas em segredo."

Svedberg afastou a xícara de café.

"Suas visitas deviam ser importantes. Ela foi à maternidade duas vezes."

"Podemos organizar um cronograma", disse Wallander. "Sua primeira visita foi na noite de 30 de setembro. Na hora em que todos estão mais cansados e mais desatentos. Ela fica por alguns minutos e então desaparece. Duas semanas depois, repete tudo. À mesma hora. Dessa vez é abordada por Ylva Brink e a agride. Então desaparece sem deixar vestígios."

"Katarina Taxell teve a criança vários dias depois."

"E a mulher não voltou. Por outro lado, Eugen Blomberg foi assassinado."

"Você acha que por trás disso tudo há uma enfermeira?"

Eles se entreolharam sem dizer nada.

De repente Wallander se deu conta de que esquecera de dizer a Svedberg para perguntar a Ylva Brink sobre um detalhe importante.

"Você se lembra do crachá sem identificação que encontramos na mala de Gösta Runfeldt?", disse ele. "Do tipo que a equipe do hospital usa?"

Svedberg concordou com um gesto de cabeça. Ele se lembrava.

"Ligue para a maternidade", disse Wallander. "Pergunte a Ylva se a mulher que a agrediu estava usando um crachá."

Svedberg levantou-se para ligar. A conversa foi breve.

"Ela tem certeza de que a mulher estava de crachá", disse ele. "Nas duas vezes."

"Ela conseguiu ler o nome no crachá?"

"Ela não tem certeza se havia um nome."
Wallander refletiu por um instante.
"Ela deve ter perdido o crachá da primeira vez", disse ele. "Pegou um uniforme do hospital em algum lugar, para conseguir outro crachá."
"Seria impossível achar impressões digitais no hospital", disse Svedberg. "Estão sempre fazendo limpeza. Além disso, nem ao menos sabemos se ela tocou em alguma coisa."
"Pelo menos, ela não estava usando luvas, não é?", perguntou Wallander. "Ylva teria notado."
Svedberg bateu com a colher na testa.
"Espere", disse ele. "Ylva disse que a mulher a agarrou quando a atacou."
"Ela só tocou em suas roupas", disse Wallander. "E não vamos encontrar impressões digitais nelas."
Por um momento, sentiu-se desanimado.
"Mesmo assim, a gente deve conversar com Nyberg", disse ele. "Talvez ela tenha tocado na cama em que Katarina Taxell estava. Temos de tentar. Se conseguirmos encontrar impressões digitais que coincidam com as que encontramos na mala de Runfeldt, a investigação avançará muito. Então poderemos procurar as mesmas impressões digitais em Eriksson e Blomberg."
Svedberg passou a Wallander suas anotações sobre Katarina Taxell. Wallander leu que ela tinha trinta e três anos, trabalhava por conta própria, embora não se dissesse que trabalho era. Morava no centro de Lund.
"A primeira coisa que vamos fazer é ir à casa dela amanhã de manhã", disse ele. "Como nós dois começamos a investigar isso, é bom continuarmos juntos. Agora acho que seria ótimo se tivéssemos umas boas horas de sono."
"É estranho", disse Svedberg. "Primeiro estávamos procurando um soldado mercenário. Agora estamos procurando uma enfermeira."
"Que provavelmente não é uma enfermeira de fato", retrucou Wallander.
"Não temos certeza disso", respondeu Svedberg. "O fato

de Ylva não a reconhecer não significa que não se trate de uma enfermeira."

"Tem razão. Não podemos excluir essa possibilidade", acrescentou ele, pondo-se de pé.

"Eu levo você até sua casa", disse Svedberg. "Como está o carro?"

"Na verdade, preciso comprar um novo, mas não sei quando vou ter dinheiro para isso."

Um dos agentes de plantão entrou apressadamente na sala.

"Eu sabia que vocês estavam aqui", disse ele. "Acho que aconteceu alguma coisa."

Wallander sentiu o estômago embrulhar-se. De novo não, pensou ele.

"Há um homem ferido gravemente na beira da estrada entre Sövestad e Lödinge. Um motorista de caminhão o encontrou. Não se sabe se foi atropelado ou agredido. Uma ambulância está indo para lá, mas acho que como é perto de Lödinge..."

Ele não chegou a terminar a frase. Svedberg e Wallander já estavam saindo da sala.

Chegaram no momento em que os paramédicos punham o homem numa maca. Wallander viu que eram os mesmos com quem ele falara na frente do hospital mais cedo.

"Como navios passando na noite",* disse um deles.

"Foi um acidente de carro?", perguntou-lhe Wallander.

"Se foi, tratou-se de um atropelamento seguido de fuga. Mas parece mais uma agressão."

Wallander olhou em volta. O trecho da estrada estava vazio.

"Quem estaria andando por aqui no meio da noite?", perguntou ele.

(*) Verso do poeta americano Longfellow. (N. T.)

O rosto do homem estava todo ensanguentado e ele respirava com dificuldade.

"Agora vamos embora", disse o que estava ao volante. "Temos de correr, ele pode ter lesões internas."

A ambulância partiu. Eles vasculharam o lugar à luz dos faróis do carro de Svedberg. Poucos minutos depois, chegou um carro da radiopatrulha de Ystad. Svedberg e Wallander não encontraram nada. Nem ao menos marcas de freios. Svedberg contou aos agentes da polícia o que havia acontecido, e então eles voltaram para a delegacia. Estava começando a ventar forte. O termômetro do carro de Svedberg marcava três graus.

"Com certeza isso não tem nenhuma relação com o que estamos investigando", disse Wallander. "Se você me deixar no hospital, pode ir para casa dormir um pouco. Pelo menos um de nós deve estar acordado de manhã."

"Onde devo pegar você?", perguntou Svedberg.

"Na Mariagatan. Digamos às seis da manhã. Martinsson levanta cedo. Ligue para ele e conte o que aconteceu. Peça-lhe que fale com Nyberg sobre o crachá. E diga também que vamos para Lund."

Pela segunda vez naquela noite, Wallander se viu no hospital. Quando chegou ao pronto-socorro, o homem estava sendo atendido. Wallander sentou-se e ficou esperando. Estava exausto e não conseguiu evitar dormir. Acordou abruptamente quando alguém disse seu nome, e a princípio não soube onde se encontrava. Sonhara que estava andando em ruas escuras, procurando seu pai, sem conseguir encontrá-lo.

Diante dele estava um médico. Wallander agora estava totalmente acordado.

"Ele vai se recuperar", disse o médico. "Mas sofreu um sério espancamento."

"Quer dizer que não foi um acidente de carro?"

"Não. Uma agressão. Tanto quanto sei, não sofreu nenhuma lesão interna."

"Encontraram algum documento com ele?"

O médico lhe deu um envelope. Wallander tirou uma carteira que continha uma carta de motorista, entre outras coisas. O nome do homem era Åke Davidsson. Wallander viu a anotação de que ele não podia dirigir à noite.

"Posso falar com ele?"

"Acho melhor esperar."

Wallander resolveu pedir a Hansson e Höglund que cuidassem do caso. Se fosse um caso de agressão, eles teriam de deixar que, por enquanto, outros investigassem. Não tinham tempo para isso.

Wallander levantou-se para ir embora.

"Encontramos uma coisa que deve interessá-lo muito", disse o médico.

Passou-lhe um pedaço de papel. Wallander leu uma mensagem rabiscada: "Um assaltante neutralizado pelos vigilantes da noite".

"Que vigilantes da noite?", perguntou ele.

"Eu li nos jornais que estavam se formando milícias de cidadãos", disse o médico. "Não é possível que eles tenham se denominado vigilantes da noite?"

Wallander olhou para a mensagem com ar de incredulidade.

"Tem uma coisa que indica isso", disse o médico. "O papel estava colado no corpo dele. Estava pregado na sua pele."

Wallander balançou a cabeça.

"Isso é inacreditável, porra!", exclamou ele.

"Sim", disse o médico. "É incrível que a coisa tenha chegado a esse ponto."

Wallander não gostava de chamar táxis. Foi andando para casa pelas ruas desertas, pensando em Katarina Taxell e em Åke Davidsson.

Ao chegar em casa, estendeu-se no sofá, tirou apenas o casaco e os sapatos e cobriu-se com um cobertor. O despertador estava ligado. Ele viu que não conseguia dormir e estava com um começo de dor de cabeça. Foi para a cozinha e tomou uma aspirina. Lá fora, a luz do poste balançava por força do vento. Finalmente tornou a se deitar e ficou cochilando desconfortavelmente até o despertador tocar. Então foi ao banheiro, lavou o rosto com água fria e trocou de camisa. Enquanto esperava o café ficar pronto, ligou para a casa de Hansson. Ele demorou muito a atender. Wallander sabia que o acordara.

"Ainda não terminei de examinar os documentos de Östersund", disse Hansson. "Fiquei acordado até duas da manhã. Sobraram ainda uns quatro quilos de material."

"A gente fala sobre isso mais tarde", interrompeu-o Wallander. "Preciso que você vá ao hospital e converse com um homem chamado Åke Davidsson. Ele foi atacado em algum lugar perto de Lödinge, na noite passada, e deixado à beira da estrada por pessoas que provavelmente pertencem a uma milícia de cidadãos. Quero que você investigue isso."

"E o que faço com os papéis de Östersund?"

"Você deve ocupar-se deles ao mesmo tempo. Svedberg e eu vamos a Lund. Mais tarde lhe dou outras informações."

Wallander desligou antes que Hansson pudesse fazer mais alguma pergunta. Não tinha forças para respondê-las.

Às seis da manhã Svedberg chegou à frente do edifício de Wallander. Da janela da cozinha, com uma xícara de café na mão, Wallander viu-o parar.

"Falei com Martinsson", disse Svedberg quando Wallander entrou no carro. "Ele ia pedir a Nyberg para começar a trabalhar no crachá."

"Martinsson entendeu o que temos em mente?"

"Acho que sim."

"Então vamos embora."

Wallander recostou-se no banco e fechou os olhos. O melhor que ele podia fazer a caminho de Lund era dormir.

Katarina Taxell morava num bloco de apartamentos num quarteirão que Wallander não conhecia.

"É melhor a gente ligar para Birch", disse Wallander. "Para não termos problemas depois."

Svedberg ligou para a casa dele e passou o celular para Wallander, que explicou o que eles tinham pensado. Birch disse que estaria lá dentro de vinte minutos. Ficaram esperando no carro. O céu estava cinzento, e o vento cada vez mais forte. Birch parou o carro atrás deles, e os três entraram no edifício.

"Vou ficar na retaguarda", disse Birch. "Vocês podem dirigir a conversa."

Svedberg tocou a campainha do apartamento, que ficava no terceiro andar. A porta se abriu quase imediatamente. Viram-se diante de uma mulher de camisola, com olheiras. Wallander achou que ela lembrava Ann-Britt Höglund.

Wallander tentou mostrar-se o mais amistoso possível, mas notou a reação dela quando lhe disse que era agente da polícia de Ystad. Entraram no apartamento, pequeno e acanhado. Por toda parte se viam sinais de que ela tivera um bebê havia pouco tempo. Wallander se lembrou do aspecto de sua própria casa quando Linda nasceu. Dirigiram-se a uma sala de estar com mobília de madeira de cor clara. Na mesa se via um folheto que chamou a atenção de Wallander. "Produtos para cabelo Taxell."

"Desculpe-nos por vir tão cedo", disse ele enquanto todos se sentavam. "Mas esse caso não pode esperar."

Ele não sabia como continuar. Ela estava sentada diante dele e não afastava os olhos de seu rosto.

"Há pouco tempo você teve um bebê na maternidade de Ystad", disse ele.

"Um menino", respondeu ela. "Ele nasceu em 15 de outubro."

"Parabéns", disse Wallander. Svedberg e Birch murmuraram alguma coisa parecida.

"Umas duas semanas antes disso", continuou Wallander, "ou, para ser mais preciso, na noite de 30 de setembro, você teria recebido uma visita depois da meia-noite?"

Ela lhe lançou um olhar de incompreensão. "Quem haveria de ser?"

"Uma enfermeira que talvez você nunca tivesse visto antes?"

"Eu conhecia todas as enfermeiras que trabalhavam no turno da noite."

"Essa mulher voltou duas semanas depois", continuou ele. "E achamos que ela foi visitar você."

"À noite?"

"Sim, depois das duas da manhã."

"Ninguém foi me visitar. Além do mais, tenho o sono pesado."

Wallander balançou a cabeça devagar. Birch estava de pé, atrás do sofá. Svedberg estava sentado numa cadeira junto à parede. De repente houve um grande silêncio. Eles esperavam que Wallander continuasse, e ele pretendia fazê-lo em breve. Mas primeiro queria se recompor. Ainda estava cansado. Precisava lhe perguntar por que ficou na maternidade durante tanto tempo. Houvera complicações em sua gestação? Mas não lhe perguntou isso. Havia uma coisa mais importante.

Ele sabia que ela não estava falando a verdade. Estava convencido de que ela recebera uma visita e que conhecia a mulher que fora visitá-la.

28

De repente, uma criança começou a chorar.
Katarina Taxell levantou-se e saiu da sala. Naquele instante, Wallander resolveu como devia continuar a conversa. Percebeu que ela se mostrava evasiva. Seus anos de policial ensinaram-lhe a descobrir quando uma pessoa estava mentindo. Levantou-se e foi até a janela junto à qual Birch se encontrava. Svedberg o seguiu. Wallander falou em voz baixa, sempre olhando para a porta.
"Ela não está dizendo a verdade", disse ele.
Os outros não pareciam ter notado nada, ou não tinham a mesma certeza que ele, mas não fizeram objeções.
"Isto aqui pode levar algum tempo", continuou Wallander. "Mas como, em minha opinião, ela é muito importante para nós, não vou desistir. Ela sabe quem era a mulher, e estou mais convencido que nunca de que ela é importante."
De repente Birch deu mostras de entender a conexão.
"Você quer dizer que uma mulher está por trás disso tudo? O assassino é uma mulher?" Ele parecia quase assustado com as palavras que acabara de pronunciar.
"Ela não é necessariamente a assassina", disse Wallander. "Mas há uma mulher em algum lugar, no cerne dessa investigação. Tenho certeza. É por isso que temos de pegá-la o mais rápido possível. Temos de descobrir quem é ela."
O choro parou. Svedberg e Wallander voltaram rapidamente aos seus lugares na sala. Um minuto depois Katarina Taxell entrou e sentou-se no sofá. Wallander notou que ela estava na defensiva.

"Vamos voltar à maternidade de Ystad", disse Wallander em tom amistoso. "Você disse que estava dormindo e que ninguém a visitou naquela noite?"
"Isso mesmo."
"Você mora aqui em Lund, mas preferiu dar à luz em Ystad. Por quê?"
"Prefiro o método de lá."
"Entendo", disse Wallander. "Minha filha nasceu em Ystad."
Ela não respondeu. Não ia dizer nada de livre e espontânea vontade.
"Vou lhe fazer algumas perguntas de ordem particular", continuou ele. "Como não se trata de um interrogatório, você pode optar por responder ou não responder. Mas devo avisá-la de que podemos levá-la à delegacia e fazer um interrogatório formal. Viemos aqui porque estamos em busca de informações relacionadas com alguns crimes muito brutais e violentos."
Ela não mostrou nenhuma reação. Seu olhar estava fixo no rosto do policial. Era como se estivesse olhando diretamente para dentro da cabeça dele. Alguma coisa nos olhos dela lhe dava nos nervos.
"Você entende o que estou dizendo?"
"Entendo. Não sou imbecil."
"Você concorda em que eu lhe faça perguntas de ordem pessoal?"
"Só vou saber quando as ouvir."
"Ao que parece, você mora sozinha neste apartamento. Você não é casada?"
"Não."
A resposta foi muito rápida e dura, pensou Wallander, como se ela estivesse atacando alguma coisa.
"Posso lhe perguntar quem é o pai da criança?"
"Acho que não vou responder a isso. Isso só interessa a mim e ao bebê."
"Se o pai da criança tiver sido vítima de um crime violento, eu diria que a coisa tem a ver com o assunto de que estou tratando."

"Isso supõe que você sabe quem é o pai de meu filho. Mas você não sabe. Portanto, essa pergunta não faz sentido."

Wallander viu que ela tinha razão. Não havia nada de errado com sua mente.

"Deixe-me fazer-lhe outra pergunta. Você conhece um homem chamado Eugen Blomberg?"

"Sim."

"Em que medida você o conhece?"

"Eu o conheço."

"Você sabe que ele foi assassinado?"

"Sim."

"Como você soube?"

"Eu li no jornal esta manhã."

"Ele é o pai de seu filho?"

"Não."

Ela sabe mentir, pensou Wallander. Mas não o bastante.

"Você e Eugen Blomberg tiveram um relacionamento, não é?"

"É verdade."

"Mas ele não é o pai de seu filho?"

"Não."

"Quanto tempo durou o relacionamento?"

"Dois anos e meio."

"Devia ser uma coisa clandestina, pois ele era casado."

"Ele mentiu para mim. Só vim a descobrir muito depois."

"E então, o que aconteceu?"

"Rompi com ele."

"Quando foi isso?"

"Há mais ou menos um ano."

"Depois disso você nunca mais se encontrou com ele?"

"Nunca mais."

Wallander aproveitou a oportunidade e partiu para o ataque.

"Na casa dele encontramos cartas que você lhe escreveu poucos meses atrás."

Ela ficou firme.
"Nós trocávamos cartas, mas não nos encontrávamos."
"Essa história toda é muito esquisita."
"Ele escrevia cartas. Eu as respondia. Ele queria que voltássemos a nos encontrar. Eu não."
"Porque você encontrou um outro homem?"
"Porque eu estava grávida."
"E você não quer nos dizer o nome do pai?"
"Não."
Wallander lançou um olhar a Svedberg, que fitava o chão. Birch olhava pela janela. Wallander sabia que os dois estavam pisando em brasas.
"Quem você acha que pode ter matado Eugen Blomberg?"
Wallander lançou essa pergunta com a máxima veemência. Birch se mexeu junto à janela, e o soalho rangeu sob seu peso. Svedberg passou a fitar as próprias mãos.
"Não sei quem haveria de querer matá-lo."
A criança voltou a choramingar. Ela se levantou imediatamente e saiu da sala. Wallander olhou para os outros. Birch balançou a cabeça. Wallander tentou avaliar a situação. Criaria um grande problema se levasse uma mulher com um recém-nascido de três dias para ser interrogada. E ela não era suspeita de nenhum crime. Tomou uma decisão rapidamente. Reuniram-se à janela novamente.
"Vou parar as perguntas por aqui", disse Wallander. "Mas quero que ela fique sob vigilância. E quero saber tudo o que vocês puderem descobrir sobre ela. Ela parece negociar com produtos para cabelos. Quero saber tudo sobre seus pais, seus amigos, o que ela fazia antes na vida. Buscar informações sobre ela em todos os bancos de dados. Quero ter um quadro completo de sua vida."
"Vamos cuidar disso", disse Birch.
"Svedberg vai ficar em Lund. Precisamos de alguém que conheça os detalhes dos assassinatos anteriores."
"Na verdade, prefiro voltar", disse Svedberg. "Você sabe que não tenho um bom desempenho fora de Ystad."

"Sei disso", respondeu Wallander. "Mas receio que no presente momento não haja alternativa. Vou pedir a alguém que venha substituí-lo quando eu chegar em Ystad. Mas não podemos ter gente indo para um lado e para outro sem necessidade."

De repente a mulher apareceu à porta, segurando o bebê. Wallander sorriu. Eles se aproximaram e olharam o menino. Svedberg, que gostava de criança embora não fosse pai, começou a brincar com ele.

Alguma coisa causou estranheza em Wallander. Lembrou-se de quando Linda era recém-nascida e Mona a carregava no colo. Quando ele o fazia, sempre tinha medo de deixá-la cair. Então se deu conta do que lhe parecera estranho. Ela não trazia o bebê junto ao seu corpo. Era como se o bebê não lhe pertencesse. Começou a ficar com raiva, mas conseguiu disfarçar.

"Não queremos incomodá-la mais", disse ele. "Mas sem dúvida voltaremos a manter contato."

"Espero que peguem a pessoa que matou Eugen", disse ela.

Wallander olhou-a com atenção, depois balançou a cabeça.

"Sim, vamos resolver esse caso. Eu lhe garanto."

Quando os três chegaram à rua, o vento estava mais forte.

"O que você acha dela?", perguntou Birch.

"Ela não está dizendo a verdade, claro", disse Wallander. "Mas também não é evidente que estava mentindo."

Birch lhe lançou um olhar irônico.

"Como devo entender isso? Que ela estava mentindo e dizendo a verdade ao mesmo tempo?"

"É por aí. O que significa que não sei."

"Observei um pequeno detalhe", disse Svedberg de repente. "Ela disse esperar que pegássemos a 'pessoa', não o 'homem' que matou Eugen Blomberg."

Wallander balançou a cabeça. Ele também notara.

"Será que isso significa necessariamente alguma coisa?", perguntou Birch um tanto cético.

"Não", disse Wallander. "Mas tanto Svedberg quanto eu notamos isso. E isso, por si só, pode significar alguma coisa."

Combinaram que Wallander voltaria para Ystad dirigindo o carro de Svedberg. Ele prometeu mandar alguém substituir Svedberg o mais rápido possível.

"Isso é importante", disse ele a Birch novamente. "Katarina Taxell recebeu a visita da mulher no hospital. Temos de descobrir quem é ela. A parteira que sofreu a agressão deu uma boa descrição dela."

"Dê-me a descrição", disse Birch. "Ela também pode aparecer na casa de Katarina."

"Ela é muito alta", disse Wallander. "Ylva Brink tem um metro e sessenta e quatro e calcula que a outra teria um metro e oitenta mais ou menos. Cabelos escuros, lisos, que vão até os ombros. Olhos azuis, nariz afilado, lábios finos. Parecia forte, mas sem excesso de peso. Seios não muito grandes. A força de seu golpe mostra que é bastante forte. Podemos afirmar que está em boa forma física."

"Essa descrição se aplica a muita gente", disse Birch.

"Como todas as descrições", respondeu Wallander. "Ainda assim, quando a gente vê a pessoa certa, reconhece imediatamente."

"A mulher falou alguma coisa? Como era sua voz?"

"Ela não disse uma palavra. Apenas a derrubou no chão."

"Ela observou os dentes da mulher?"

Wallander olhou para Svedberg, que negou com um gesto de cabeça.

"Usava maquiagem?"

"Nada fora do comum."

"Como eram suas mãos? Usava unhas postiças?"

"Temos certeza de que não as usava. Ylva disse que teria notado, se assim fosse." Birch fez algumas anotações e balançou a cabeça.

"Vamos ver o que conseguimos", disse ele. "Vamos vigiá-la de forma muito discreta. Ela vai estar em guarda."

Eles se despediram. Svedberg deu as chaves do carro a Wallander. No caminho, Wallander tentou entender por que Katarina Taxell não quis revelar quem a visitou na maternidade de Ystad. Quem era a mulher? O que a ligava a Taxell e Blomberg? Onde os fios se entreteciam a partir dali? Como se concatenavam os fatos que levaram ao assassinato?

Temia estar seguindo um caminho completamente errado, desviando o curso da investigação. Era isso que mais o atormentava. Impedia-o de dormir, embrulhava-lhe o estômago. A ideia de que rumava em alta velocidade para o fracasso de uma investigação. Já passara por isso. O momento em que uma investigação de repente ruía. Não restava senão começar tudo do começo. E por culpa dele.

Eram nove e meia da manhã quando estacionou o carro na frente da delegacia de polícia de Ystad. Ebba deteve-o na recepção.

"Aqui está o maior caos", disse ela.

"O que aconteceu?"

"A chefe Holgersson quer falar com você imediatamente. É sobre o homem que você e Svedberg encontraram na estrada na noite passada."

"Vou conversar com ela", disse Wallander.

"Vá agora mesmo", Ebba disse.

Ele foi direto à sala dela. A porta estava aberta. Hansson estava lá, sentado, pálido. Lisa Holgersson estava mais perturbada que nunca. Ela fez sinal para que ele se sentasse.

"Acho que você deve ouvir o que Hansson tem a dizer."

Wallander tirou o casaco e se sentou.

"Tive uma longa conversa com Åke Davidsson esta manhã."

"Como ele está?", quis saber Wallander.

"Parece pior do que realmente está. Ainda não está bem, mas nada tão ruim quanto a história que tem para contar."

Depois ele viu que Hansson não tinha exagerado. Wallander ouviu a história, primeiro surpreso, em seguida com uma indignação crescente. Hansson foi claro e objetivo. Wallander mal podia acreditar no que estava ouvindo; era algo que nunca supôs que pudesse acontecer. Agora eles tinham de conviver com aquilo. A Suécia estava num processo de mudança contínua. Em geral essas mudanças eram sutis, nada óbvias quando aconteciam. Mas às vezes Wallander, ao observar essas mudanças como policial, sentia um abalo perpassando toda a estrutura da sociedade. A história de Hansson sobre Åke Davidsson era um desses abalos, e perturbava Wallander até o âmago.

Åke Davidsson trabalhava no serviço de bem-estar social em Malmö. Era considerado parcialmente inapto para dirigir, porque tinha problemas na vista. Depois de uma luta de muitos anos, finalmente obteve uma carta de motorista com restrições de uso. Desde o final da década de 1970, Davidsson mantinha um relacionamento com uma mulher de Lödinge. A relação terminara na noite anterior. Normalmente Davidsson dormia em Lödinge, porque não tinha permissão para dirigir à noite. Mas naquele dia não teve escolha. Perdeu-se e finalmente parou para pedir orientação. Foi atacado à noite por uma patrulha de voluntários que se formara em Lödinge. Acusaram-no de ser assaltante e se recusaram a acreditar em sua explicação. Seus óculos sumiram; talvez tenham sido esmagados. Espancaram-no até que desmaiou, e ele só voltou a si quando os homens da ambulância o puseram na maca.

E havia mais.

"Davidsson é um homem pacífico que sofre de pressão alta. Conversei com seus colegas de Malmö, e eles ficaram muito aflitos. Um deles me contou uma coisa que Davidsson não havia dito."

Wallander ouvia com toda atenção.

"Davidsson é um membro dedicado e ativo da Anistia Internacional", disse Hansson. "Agora essa organização com certeza passará a preocupar-se com a Suécia, se não detivermos essa onda de ataques de milícias de cidadãos."

Nauseado e tonto, Wallander não sabia o que dizer.

"Esses bandidos têm um líder", continuou Hansson. "Seu nome é Eskil Bengtsson, e ele tem uma empresa de caminhões em Lödinge."

"Precisamos parar com isso", disse a chefe Holgersson. "Ainda que estejamos envolvidos até o pescoço na investigação dos assassinatos. Pelo menos temos de traçar um plano de ação."

"É muito simples", disse Wallander, pondo-se de pé. "Nós vamos lá e prendemos Eskil Bengtsson. E também trazemos para cá todos os envolvidos com essa milícia. Åke Davidsson vai ter de identificá-los, um por um."

"Mas ele vê muitíssimo mal", disse Holgersson.

"As pessoas que não veem bem têm uma audição excelente", respondeu Wallander. "Você disse que os homens ficaram conversando enquanto o espancavam."

"Eu me pergunto se isso dará certo", disse ela meio cética. "Que tipo de provas temos?"

"Para mim, vai dar certo sim", disse Wallander. "Naturalmente, você pode me proibir de sair da delegacia."

Ela balançou a cabeça. "Vá em frente. Quanto mais cedo melhor."

Wallander fez um sinal a Hansson. Eles saíram para o corredor.

"Quero dois carros de radiopatrulha", disse Wallander, pondo um dedo no ombro de Hansson para reforçar suas palavras. "Eles deverão estar com as luzes de emergência e as sirenes ligadas tanto na saída de Ystad quanto na chegada em Lödinge. E não fará mal nenhum informar a imprensa disso."

"Não podemos fazer isso", disse Hansson, ansioso.

"Claro que não", disse Wallander. "Sairemos dentro de dez minutos. Podemos falar sobre seus documentos de Östersund no carro."

"Ainda sobrou um quilo de papel", disse Hansson. "É um trabalho de pesquisa incrível. Camada após camada.

Há até o caso de um filho que tomou o lugar do pai, para continuar as investigações."

"No carro", interrompeu-o Wallander. "Não aqui."

Wallander foi à recepção e disse alguma coisa a Ebba em voz baixa. Ela anuiu e prometeu fazer o que ele pedira.

"Por que vamos prender Bengtsson?", perguntou Hansson.

"Ele é suspeito de lesão corporal qualificada", respondeu Wallander. "De incitação à violência. Davidsson deve ter sido transportado até a estrada, portanto vamos acusá-lo também de sequestro. E de incitar uma rebelião."

"Åkeson vai nos criar problemas por causa disso."

"Não estou tão certo disso", disse Wallander.

"Tenho a impressão de que vamos prender alguns homens muito violentos e perigosos", disse Hansson.

"Você tem razão. Vamos atrás de gente perigosa. No presente momento, acho difícil pensar em algo mais perigoso para o estado de direito neste país."

Pararam na chácara de Eskil Bengtsson, situada na entrada da povoação. Havia dois caminhões e uma escavadeira parados nas imediações. Um cão latia furiosamente.

"Vamos prendê-lo", disse Wallander.

No exato instante em que chegaram à porta, ela foi aberta por um homem atarracado e pançudo. Wallander lançou um olhar a Hansson, que confirmou com um gesto de cabeça.

"Inspetor Wallander, da polícia de Ystad", ele se apresentou. "Pegue seu casaco. Você virá conosco."

"Por que diabos?"

A arrogância do homem quase fez Wallander perder o controle. Hansson percebeu isso e cutucou-lhe o braço.

"Você vai para Ystad", disse Wallander num tom gélido e calmo. "E sabe muito bem por quê, porra!"

"Eu não fiz nada", disse Bengtsson.

"Fez sim", disse Wallander. "Na verdade, você fez até demais. Se você não pegar seu casaco, vai ter de ir sem ele."

Uma mulher baixa e magra se postou ao lado do homem.

"O que está acontecendo?", gritou ela numa voz alta e aguda. "O que ele fez?"

"Fique fora disso", disse o homem, dando-lhe um empurrão nas costas, precipitando-a para dentro de casa.

"Metam-lhe as algemas", disse Wallander.

Hansson olhou para ele sem entender.

"Por quê?"

Wallander já estava perdendo a paciência. Voltou-se para um dos policiais, tomou-lhe as algemas, disse a Bengtsson que estendesse as mãos e o algemou. Foi tão rápido que Bengtsson não teve tempo de pensar em resistir. No mesmo instante, viu-se o flash de uma câmera fotográfica. A foto fora tirada por um fotógrafo que acabara de sair do carro.

"Como diabos a imprensa sabe que estamos aqui?", perguntou Hansson.

"Não faço ideia", disse Wallander. Ebba era confiável e rápida. "Vamos embora."

A mulher apareceu novamente. De repente ela pulou em Hansson e começou a esmurrá-lo. O fotógrafo tirou mais fotos. Wallander conduziu Bengtsson até o carro.

"Você vai pagar caro por isso", disse Bengtsson.

Wallander sorriu. "Talvez. Mas nada comparado com o que você vai sofrer. Quer começar a dizer os nomes agora mesmo? Dos homens que estavam com você ontem à noite?"

Bengtsson não disse mais nada. Wallander empurrou-o com força para o banco de trás. Hansson finalmente conseguira livrar-se da mulher histérica.

"Diabos, era ela quem devia estar no canil."

Ele tremia. Um grande arranhão marcava-lhe uma face.

"Agora vamos embora", disse Wallander. "Entre no outro carro e vá para o hospital. Quero saber se Davidsson ouviu algum nome. Ou se viu alguém que pudesse ser Eskil Bengtsson."

Hansson balançou a cabeça e se foi. O fotógrafo aproximou-se de Wallander.

"Recebemos uma informação anônima", disse ele. "O que está acontecendo?"

"Vários indivíduos atacaram e espancaram um homem inocente perdido na noite. Parecem pertencer a uma espécie de milícia de cidadãos. O homem foi culpado de nada mais que errar o caminho. Eles afirmaram que ele era um assaltante e o espancaram quase até a morte."

"E o homem aí no carro?"

"É suspeito de ter participado", disse Wallander. "Sabemos que ele está por trás da milícia. Não teremos milícias na Suécia. Nem aqui em Skåne nem em nenhum outro lugar do país."

O fotógrafo queria fazer outra pergunta, mas Wallander levantou a mão para interrompê-lo.

"Mais tarde haverá uma entrevista coletiva. Agora temos de ir embora."

Wallander disse aos policiais que queria as sirenes ligadas na volta também. Muitos carros cheios de curiosos tinham parado na frente da chácara. Wallander se enfiou no banco de trás, ao lado de Eskil Bengtsson.

"Vamos começar com os nomes?", perguntou ele. "Assim economizamos um bocado de tempo. Tanto seu quanto meu."

Bengtsson não respondeu. Wallander sentiu o cheiro forte de seu suor.

Wallander levou três horas para fazer Bengtsson admitir ter participado do ataque contra Davidsson. Então tudo aconteceu bem depressa. Bengtsson lhe disse os nomes de mais quatro homens que o acompanhavam. Wallander mandou-os prender imediatamente. Encontrou-se o carro de Åke Davidsson, que fora deixado num barracão abandonado. Pouco depois das três da tarde, Wallander convenceu Åkeson a manter os três homens sob custódia. Ele saiu direto de sua conversa com Åkeson para a sala onde vários repórteres o esperavam. A chefe Holgersson já os informara sobre os acontecimentos da noite anterior. Daquela vez, Wallander estava ansioso para dar a entrevista coletiva. Embora soubesse que a chefe já lhes dera uma prévia do ocorrido, ele repetiu a sequência dos acontecimentos para eles.

"Quatro homens acabam de ser pronunciados pelo promotor", disse ele. "Não temos nenhuma dúvida de que eles são culpados de agressão. Mas o que é ainda mais sério é o fato de existirem mais cinco ou seis homens nesse grupo de vigilância privada surgido em Lödinge. Trata-se de indivíduos que resolveram se postar acima da lei. O que nos mostra a que isso pode levar no presente caso: um homem inocente, com deficiência visual e pressão alta, quase foi assassinado quando se perdeu no caminho. É isso o que queremos para nós? Que as pessoas arrisquem a vida quando pegam a estrada errada? É nesse pé que as coisas estão? Assim, de agora em diante todos somos ladrões, estupradores e assassinos aos olhos dos outros? Não posso explicar as coisas de forma mais clara. Algumas pessoas aliciadas para integrar essas milícias perigosas e ilegais provavelmente não entendem em que estão se metendo. Elas podem ser inocentadas caso se desliguem imediatamente. Mas aqueles que as integraram com plena consciência do que estavam fazendo são indefensáveis. Infelizmente, esses quatro homens que prendemos hoje pertencem a este último grupo. Só podemos torcer para que recebam sentenças que possam desestimular os outros."

Wallander falava com veemência. Os repórteres imediatamente o bombardearam com perguntas, mas não havia muito mais a esclarecer, e eles queriam apenas elucidar alguns detalhes. Höglund e Hansson estavam de pé no fundo da sala. Wallander procurou no auditório o homem do *Anmärkaren*, mas ele não estava lá.

Menos de meia hora depois a coletiva acabou.

"Você se saiu muito bem", disse a chefe Holgersson.

"Era a única maneira de lidar com o problema", respondeu ele.
Höglund e Hansson aplaudiram quando ele se aproximou. Wallander não gostou muito daquilo. Estava faminto e precisava respirar um pouco. Consultou o relógio.
"Deem-me uma hora. Vamos nos reunir às cinco da tarde. Svedberg ainda não voltou?"
"Está a caminho."
"Quem foi assumir o lugar dele?"
"Augustsson."
"Quem é ele?", perguntou Wallander.
"Um dos policiais de Malmö."
Wallander esquecera o nome dele. Balançou a cabeça.
"Vamos nos reunir às cinco", repetiu. "Temos muito a fazer."
Parou na recepção e agradeceu a Ebba pela ajuda. Ela sorriu. Wallander foi andando até o centro da cidade. Ventava. Sentou-se num café perto da rodoviária, comeu uns sanduíches e se sentiu melhor. Sua cabeça estava vazia. No caminho de volta à delegacia, parou e comprou um hambúrguer. Jogou o guardanapo na lata de lixo e começou a pensar novamente em Katarina Taxell. Para ele, Eskil Bengtsson deixara de existir. Ele sabia que haveria outro confronto com a milícia de cidadãos local. O que aconteceu com Åke Davidsson foi apenas o começo.

Na hora marcada, todos estavam na sala de reuniões. Wallander começou por contar ao grupo tudo o que tinham descoberto sobre Katarina Taxell. Notou que todos ouviam atentamente. Pela primeira vez durante a investigação, teve a impressão de que estavam prestes a descobrir algo de decisivo. E a impressão se tornaria mais forte com o que Hansson tinha a dizer.
"O material de investigação sobre Krista Haberman é imenso", disse ele. "Não tive muito tempo, e é possível que

tenha deixado passar algo relevante. Mas descobri uma coisa que pode ser importante."

Ele folheou suas anotações até achar o que procurava.

"Em certa época da década de 1960 Krista Haberman visitou Skåne em três ocasiões. Travou contato com um observador de pássaros que morava em Falsterbo. Anos mais tarde, muito tempo depois de seu desaparecimento, um policial chamado Fredrik Nilsson veio de Östersund para conversar com esse homem de Falsterbo. Ele fez todo o percurso de trem. O homem de Falsterbo chama-se Tandvall. Erik Gustav Tandvall. Ele confirmou sem hesitação ter recebido visitas de Krista Haberman. Ao que parece, eles tinham um caso. O detetive Nielsson não viu nada de suspeito nisso. O relacionamento entre Haberman e Tandvall terminou muito antes do desaparecimento dela. Tandvall não teve nada com isso. Assim sendo, ele foi excluído da investigação."

Até aquela altura Hansson estava lendo suas anotações. Então olhou para todos os que estavam em volta da mesa de reuniões.

"Havia algo de familiar naquele nome", disse ele. "Tandvall, um nome incomum. Tive a impressão de já tê-lo visto antes. Levei algum tempo para lembrar onde o vira. Foi numa lista de homens que trabalharam como vendedores de carro para Holger Eriksson."

Reinou um silêncio absoluto na sala. A tensão aumentava. Hansson tinha achado uma conexão importante.

"O nome do vendedor de carros não era Erik Tandvall", continuou ele. "Seu nome era Göte, Göte Tandvall. E pouco antes desta reunião tive a confirmação de que ele é filho de Erik Tandvall. Tenho de informar também que Erik Tandvall morreu há muitos anos. Ainda não consegui localizar o filho."

Hansson terminara sua comunicação. Durante um bom tempo, ninguém disse nada.

"Assim, existe a possibilidade de Holger Eriksson ter conhecido Krista Haberman", disse Wallander devagar. "Uma mulher que desapareceu sem deixar vestígios. Uma mulher de Svenstavik, onde existe uma igreja que recebeu uma herança deixada por Eriksson."

Todos sabiam o que aquilo significava. Finalmente começava a aflorar uma conexão.

29

Pouco antes da meia-noite, Wallander se deu conta de que estavam todos muito cansados para fazer mais alguma coisa. A reunião começara às cinco da tarde, e eles instituíram apenas pequenas pausas para tomar um ar fora da sala de reuniões. Hansson dera-lhes a brecha de que precisavam para aprofundar a investigação. Estabelecera-se uma relação entre os crimes. Começavam a aparecer os contornos de uma pessoa que se movia como uma sombra entre os três homens assassinados. Embora não tivessem segurança para afirmar que havia um motivo determinado, agora tinham uma forte impressão de que se encontravam nas fímbrias de uma série de acontecimentos relacionados com vingança.

Wallander os reunira para, juntos, avançarem num terreno bastante difícil. Hansson lhes dera um caminho a seguir, mas ainda não tinham um mapa que os orientasse. A princípio ainda pairava um sentimento de dúvida. Será que era aquilo mesmo? Que um desaparecimento misterioso, muitos anos atrás — revelado em quilos de material de investigação de policiais de Jämtland que já estavam mortos —, poderia ajudá-los a desmascarar um criminoso que preparara uma armadilha com estacas afiadas de bambu plantadas num fosso em Skåne?

Só quando a porta se abriu e Nyberg entrou, alguns minutos depois das seis da tarde, todas as dúvidas se dissiparam. Ele nem se preocupou em ocupar seu lugar de sempre, na cabeceira da mesa. Excepcionalmente, estava alvoroçado, coisa que ninguém se lembrava de ter visto antes.

"Havia uma ponta de cigarro no embarcadouro", disse ele. "Conseguimos colher uma impressão digital nela."

Wallander lançou-lhe um olhar surpreso.

"Será possível? Impressões digitais numa ponta de cigarro?"

"Tivemos sorte", disse Nyberg. "Você tem razão quando pensa ser quase impossível. Mas há uma exceção: quando o cigarro é enrolado à mão. É o caso desse."

Primeiro Hansson descobrira um elo muito provável entre uma polonesa havia muito desaparecida e Holger Eriksson. Agora Nyberg dizia que as impressões digitais colhidas na mala de Runfeldt coincidiam com a que havia no local onde se encontrara o corpo de Blomberg.

Caiu um pesado silêncio na sala. Era como se fossem coisas demais com que lidar em tão pouco tempo. Uma investigação que vinha se arrastando sem rumo agora tomava impulso e avançava de forma consistente.

Depois de apresentar as novidades, Nyberg se sentou.

"Um assassino que fuma", disse Martinsson. "Atualmente é mais fácil de encontrar que vinte anos atrás."

Wallander anuiu pensativamente. "Precisamos achar outros pontos de contato entre esses três assassinatos", disse ele. "Com três mortos, precisamos de pelo menos nove combinações. Impressões digitais, horários, qualquer coisa que mostre haver um denominador comum."

Olhou em volta da sala.

"Precisamos organizar uma sequência de eventos adequada", disse ele. "Sabemos que a pessoa ou pessoas que estão por trás dos crimes agem com uma crueldade impressionante. Descobrimos um elemento de premeditação na forma como as vítimas foram mortas. Mas não conseguimos decifrar a linguagem do assassino, o código de que já falamos. Temos a impressão de que o assassino quer nos dar um recado. Mas o que será que ele ou ela está querendo nos dizer? Não sabemos. A questão é saber se há outros padrões, em todo o conjunto, que ainda não descobrimos."

"Como, por exemplo, se o assassino ataca na lua cheia?", perguntou Svedberg.

"É por aí. A lua cheia simbólica. Como será ela no presente caso? Ela existe? Eu gostaria que alguém traçasse um cronograma. Será que aí não há algo que possa constituir mais uma pista?"

Martinsson procurou dar uma visão geral das informações de que dispunha. Wallander sabia que — por iniciativa própria — Martinsson conseguira vários programas de computador desenvolvidos no quartel-general do FBI em Washington. Wallander achou que Martinsson viu uma oportunidade de usá-los.

Começaram então a discutir se de fato havia um centro geográfico dos crimes. Höglund pôs um mapa no projetor de slides, e Wallander se postou na extremidade da imagem.

"A coisa começa em Lödinge", disse ele, apontando. "Uma pessoa começa a vigiar a chácara de Eriksson. Podemos imaginar que ele vai de carro e que usa a trilha do trator na colina atrás da torre de Eriksson. Um ano antes, alguém, talvez a mesma pessoa, arrombou e invadiu sua casa, e não roubou nada. Talvez para avisá-lo, dar-lhe um sinal. Não sabemos, mas não se trata necessariamente da mesma pessoa."

Wallander apontou para Ystad.

"Gösta Runfeldt está ansioso por essa viagem a Nairóbi. Está tudo pronto. Mala arrumada, câmbio, passagens. Já providenciou até para que um táxi o pegasse bem cedinho no dia da partida. Mas ele não viaja. Fica desaparecido durante três semanas sem deixar vestígios."

Wallander desloca o dedo novamente. "Agora vamos para a mata que fica a oeste de Marsvinsholm. Um corredor que treinava à noite na mata encontra-o amarrado a uma árvore, estrangulado, emagrecido. Deve ter sido mantido em cativeiro durante o tempo em que esteve desaparecido. Portanto, dois assassinatos em lugares diferentes. A meio caminho entre um e outro lugar, encontra-se Ystad."

Seu dedo deslocou-se para o nordeste.

"Encontramos uma mala na estrada para Höör, não muito longe do ponto onde se pega a estrada para a chácara de Holger Eriksson. A mala está à beira da estrada, como se tivesse sido posta ali para ser achada. Podemos nos perguntar: por que se escolheu aquele lugar? Porque a estrada é conveniente para o assassino? Não sabemos. Essa questão deve ser mais importante do que a consideramos até agora."

Wallander moveu a mão novamente. Para o sudeste, na direção do lago Krageholm.

"Aqui encontramos Eugen Blomberg. Isso significa que temos uma determinada área, não muito grande, apenas trinta ou quarenta quilômetros entre os pontos extremos. Não mais de meia hora de carro entre um lugar e outro."

Ele se sentou.

"Vamos tentar chegar a algumas conclusões preliminares", continuou ele. "O que isso significa?"

"Familiaridade com essa região específica", disse Höglund. "O lugar na mata de Marsvinsholm foi bem escolhido. A mala foi depositada num lugar em que não existem casas de onde se pode ver um motorista parar e deixar alguma coisa."

"Como você sabe disso?", perguntou Martinsson.

"Porque fui verificar."

"Você pode conhecer determinada região ou então se informar com outra pessoa", disse Wallander. "O que seria mais provável neste caso?"

Não chegaram a um acordo quanto a isso. Hansson achou que alguém de fora poderia facilmente ter escolhido cada um daqueles lugares. Svedberg achava o contrário. Segundo ele, o lugar onde Runfeldt foi encontrado indicava com certeza que o assassino conhecia muitíssimo bem a região. Wallander tinha lá suas dúvidas. A princípio, tendia a achar que a pessoa era de fora. Agora não tinha tanta certeza. Não chegaram a um consenso quanto a isso e tampouco chegaram a um acordo quanto ao centro geográfico dos crimes. Era muito provável que fosse perto do lugar onde se encontrou a mala de Runfeldt, mas isso de nada lhes adiantava.

Ao longo da noite, voltaram muitas vezes a falar da mala. Por que fora deixada perto da estrada? E por que fora rearrumada, provavelmente por uma mulher? Tampouco conseguiram dar uma explicação razoável para o sumiço das cuecas. Hansson levantou a possibilidade de Runfeldt ser o tipo de pessoa que não as usava. Ninguém levou isso a sério. Tinha de haver outra explicação.

Às nove da noite, fizeram uma pausa para espairecer. Martinsson sumiu em seu escritório para ligar para casa, Svedberg vestiu o casaco e foi caminhar um pouco. Wallander foi ao banheiro, lavou o rosto e se olhou no espelho. De repente se deu conta de que seu rosto mudara depois da morte do pai. Ele não saberia dizer qual era a diferença. Balançou a cabeça diante da própria imagem no espelho. Logo teria de arranjar tempo para refletir sobre o que tinha acontecido. Seu pai morrera havia várias semanas. Pensou também em Baiba, a mulher em quem pensava muito e a quem nunca telefonava.

Duvidava que um policial pudesse conciliar seu trabalho com o que quer que fosse. Mas Martinsson tinha uma excelente relação com a família, e Höglund tinha praticamente total responsabilidade sobre os dois filhos. Era Wallander quem parecia ser incapaz de conciliar as duas coisas.

Bocejou para si mesmo diante do espelho. Os ruídos do corredor indicavam que a equipe voltava a se reunir. Decidiu que aquele era o momento de falar sobre a mulher que se podia entrever no fundo do panorama. Tinham de tentar imaginá-la e pensar no papel que na verdade teria desempenhado. Foi a primeira coisa que ele disse depois que fecharam a porta da sala.

"Em algum ponto dessa história, há uma mulher", disse ele. "No curso desta reunião, temos de nos ocupar do background, tanto quanto nos for possível. Falamos sobre vingança como móvel dos crimes, mas não estamos sendo muito precisos. Isso significa que estamos formulando as coisas de forma incorreta? Que estamos no caminho errado? Que pode haver uma explicação totalmente diferente?"

Esperaram em silêncio que ele continuasse. Ainda que todos parecessem exaustos, ele notou que continuavam concentrados. Começou por remontar a Katarina Taxell, em Lund.

"Ela deu à luz aqui em Ystad", disse ele. "E recebeu visitas duas noites. Estou convencido de que a tal mulher a visitou, embora Taxell o negue. Portanto, ela mente. Por quê? Quem era a mulher? Por que Taxell não diz quem ela é? Acho que podemos supor que Eugen Blomberg é o pai do bebê de Katarina Taxell. Ela mente quanto a isso. Tenho certeza de que ela mentiu sobre todas as coisas em nossa conversa em Lund. Não sei por quê, mas acho que podemos deduzir que ela tem um papel crucial em toda essa confusão."

"Por que simplesmente não a trazemos para ser interrogada?", perguntou Hansson com certa veemência.

"Sob que pretexto?", respondeu Wallander. "Ela acabou de dar à luz. Temos de tratá-la com cuidado. E duvido que ela diga mais do que já disse, se a interrogarmos na delegacia de Lund. Vamos ter de rodeá-la, tentar descobrir a verdade de um outro modo."

Hansson aquiesceu sem muita convicção.

"A terceira mulher ligada a Eugen Blomberg é sua viúva", continuou Wallander. "Ela nos forneceu muitas informações importantes. O fato de dar a impressão de não lamentar a morte do marido é muito significativo. Ele a maltratou durante muito tempo, ferindo-a gravemente, a julgar pelas cicatrizes. Ela também confirma, de forma indireta, nossa teoria sobre Katarina Taxell, pois diz que ele tinha relações extraconjugais."

Ao dizer estas últimas palavras, pensou que dava a impressão de ser um pregador antiquado. E se perguntou que termo Höglund teria usado.

"Digamos que os detalhes relacionados a Blomberg formam um padrão", disse Wallander. "Voltaremos a ele depois."

Ele passou a tratar do caso Runfeldt, voltando no tempo, rumo ao primeiro crime.

"Gösta Runfeldt era conhecido por ser um homem brutal. Tanto o filho como a filha confirmam isso. Por trás do amante de orquídeas, escondia-se uma pessoa completamente diferente. Ele era um detetive particular, algo que não conseguimos explicar de forma conveniente. Buscava emoções? As orquídeas não lhe bastavam?"

Wallander passou a falar sobre a esposa de Runfeldt.

"Viajei para um lago próximo a Älmhult sem saber exatamente o que iria encontrar. Não tenho nenhuma prova, mas posso imaginar que Runfeldt matou a própria esposa. Nunca haveremos de saber o que aconteceu lá no gelo. Os principais atores estão mortos. Não houve testemunhas, mas tenho um palpite de que alguém que não pertencia à família sabia disso. Como não há uma alternativa melhor, temos de considerar a possibilidade de a morte da esposa ter a ver com a forma como ele morreu."

Wallander parou por um instante e então continuou.

"Então, planeja viajar para a África. Ele não vai. Alguma coisa o impede de fazer isso. Não sabemos como ele desaparece. Por outro lado, podemos calcular a data. Não temos, porém, explicação para o arrombamento da loja. Não sabemos onde ele ficou encarcerado. Naturalmente, a mala pode nos dar uma pista. Ela foi rearrumada por uma mulher, sabe-se lá por quê. Se assim é, pela mesma mulher que fumou um cigarro enrolado à mão no embarcadouro de onde Blomberg foi jogado na água."

"Talvez haja duas pessoas", objetou Höglund. "Uma que fumou o cigarro e deixou as impressões digitais no cigarro e na mala. Outra pessoa pode tê-la rearrumado."

"Tem razão", disse Wallander. "Digamos que havia pelo menos uma pessoa", acrescentou ele, olhando para Nyberg.

"Estamos procurando", disse Nyberg. "Estamos vasculhando a casa de Holger Eriksson. Encontramos muitas impressões digitais. Até agora, porém, nenhuma coincide."

"O crachá", disse Wallander. "O que estava na mala de Runfeldt. Havia impressões digitais nele?"

Nyberg negou com a cabeça.

"Deveria ter", disse Wallander, surpreso. "A gente usa os dedos para pôr e retirar, não é?"

Ninguém conseguiu explicar isso.

"Até agora falamos sobre várias mulheres, uma das quais sempre reaparece", continuou ele. "Temos também agressões contra esposas e possivelmente um assassinato não descoberto. O que temos de nos perguntar é: quem teria motivos para querer vingança? Se é que o motivo é mesmo vingança."

"Talvez haja uma outra coisa", disse Svedberg, coçando a nuca. "Temos duas investigações policiais antigas, ambas não solucionadas e arquivadas. Uma em Östersund, outra em Älmhult."

Wallander fez um gesto de aquiescência.

"Chegamos a Eriksson", continuou ele. "Mais um homem brutal. Depois de muito trabalho, ou antes, de muita sorte, encontramos uma mulher também em seu background. Uma polonesa desaparecida há uns trinta anos."

Ele olhou em volta da mesa, depois concluiu:

"Em outras palavras, há um padrão", disse ele. "Homens brutais e mulheres maltratadas, desaparecidas e talvez assassinadas. E, logo atrás, uma sombra que pode ser uma mulher. Uma mulher que fuma."

Hansson largou a caneta na mesa e balançou a cabeça.

"Não me parece possível", disse ele. "Vamos imaginar que há uma mulher nessa história que parece ter enorme força física e uma imaginação macabra quando se trata de métodos de assassinato. Por que ela haveria de se interessar pelo que aconteceu a essas outras mulheres? São amigas dela? Como os destinos de toda essa gente se cruzaram?"

"Essa questão não é apenas importante, ela pode ser

crucial", disse Wallander. "Como essas pessoas travaram contato umas com as outras? Por onde devemos começar? Investigando os homens ou as mulheres? Um vendedor de carros, poeta provinciano e observador de pássaros; um amante de orquídeas, detetive particular e florista; e um pesquisador de alergias. Em todo caso, Blomberg parecia não ter interesses especiais. Ou deveríamos começar pelas mulheres? Uma mulher que mente sobre o pai da criança que ela acaba de dar à luz? Uma mulher que morreu afogada num lago próximo a Älmhult dez anos atrás? Uma mulher da Polônia que morava em Jämtland, interessada em pássaros, desaparecida trinta anos atrás? E finalmente essa mulher que se insinua na maternidade de Ystad à noite e agride parteiras? Onde estão os pontos de contato?"

O silêncio se estendeu por um bom tempo. Todos tentavam encontrar uma resposta. Wallander esperou. Aquele era um momento crucial. Torcia para que alguém apresentasse uma conclusão inesperada. Rydberg lhe dissera várias vezes que a tarefa mais importante de alguém à frente de uma investigação era estimular seus colegas a pensar o inesperado. Será que ele conseguira?

Foi Höglund quem afinal quebrou o silêncio.

"Existem certas ocupações que são dominadas por mulheres", disse ela. "A de enfermeira é uma delas."

"Os pacientes vêm dos lugares mais diversos", emendou Martinsson. "Se a mulher que estamos procurando trabalha numa sala de primeiros socorros, deve ter se deparado com inúmeras mulheres vítimas de maus-tratos. Nenhuma delas conhecia as outras. Mas ela as conhecia. Seus nomes, seus prontuários."

Höglund e Martinsson acabavam de formular uma hipótese que poderia ser muito útil.

"Não sabemos se se trata realmente de uma enfermeira", disse Wallander. "Só sabemos que ela não trabalha na maternidade de Ystad."

"Ela pode trabalhar em algum outro lugar do hospital", disse Svedberg.

Wallander concordou com um lento gesto de cabeça. Será que a coisa poderia ser tão simples? Uma enfermeira do Hospital Geral de Ystad?"

"Seria relativamente fácil descobrir", disse Hansson. "Ainda que os prontuários sejam confidenciais, deve ser possível saber se a esposa de Gösta Runfeldt recebeu cuidados médicos lá. E por que não Krista Haberman também?"

Wallander concentrou a atenção em outra pista.

"Teriam Runfeldt e Eriksson sido acusados de lesão corporal? Isso é fácil de verificar."

"Há também outras possibilidades", disse Höglund, como se quisesse questionar as hipóteses que apresentara anteriormente. "Há outras ocupações em que as mulheres são a grande maioria. Há grupos de apoio para mulheres. Mesmo a ala feminina da polícia de Skåne constitui um grupo à parte."

"Temos de investigar tudo isso", disse Wallander. "Ainda vai levar muito tempo, e acho que temos de aceitar o fato de que esta investigação avança simultaneamente em muitas direções. Especialmente no que diz respeito ao tempo."

Nas duas últimas horas, até a meia-noite, ficaram planejando estratégias a ser desenvolvidas simultaneamente — e enfim começaram a marcar passo.

Hansson fez uma última pergunta, aquela pela qual todos esperaram durante toda a noite.

"Será que a coisa vai se repetir?"

"Não sei", disse Wallander. "Tenho a impressão de que o acontecido até agora ainda não se completou. Não me pergunte por quê. É só o que sei dizer. Algo tão pouco profissional como uma impressão. Intuição, talvez."

"Tenho a mesma impressão", disse Svedberg. Disse isso com tal veemência que todos se surpreenderam. "Não podemos esperar que ocorra uma série interminável de assassinatos? Se alguém está apontando um dedo vingativo contra os homens que maltrataram mulheres, então a coisa nunca vai ter fim."

Wallander sabia que era possível que Svedberg tivesse razão. Ele próprio passara o tempo todo tentando evitar aquela ideia.

"Há esse risco", disse ele. "E, assim sendo, temos de pegar o assassino o mais rápido possível."

"Reforços", disse Nyberg, que mal dissera uma palavra nas últimas duas horas. "De outra forma, não vai funcionar."

"Sim", disse Wallander. "Concordo que precisaremos de reforços. Principalmente depois do que falamos esta noite. Não podemos fazer mais do que fizemos até agora sem reforços."

Hamrén levantou a mão em sinal de que tinha algo a dizer. Estava sentado perto dos dois detetives de Malmö, próximo à extremidade da comprida mesa.

"Eu gostaria de endossar esse último comentário", disse ele. "Muito raras vezes, para não dizer jamais, participei de um trabalho de polícia tão eficiente e com uma equipe tão reduzida. Como estive aqui também no verão, posso dizer com certeza que isso é a regra, não a exceção. Se vocês pedirem reforços, nenhuma pessoa razoável haverá de dizer não."

Os detetives de Malmö balançaram a cabeça em sinal de assentimento.

"Amanhã vou tratar disso com a chefe Holgersson", disse Wallander. "Estou pensando também em tentar conseguir mais algumas agentes policiais. Pelo menos vão elevar nosso moral."

Por um instante, os ânimos melhoraram. Wallander aproveitou a oportunidade e se pôs de pé. Era importante saber o momento certo de encerrar uma reunião. O momento era aquele. Eles não fariam mais nenhum progresso. E precisavam dormir.

Wallander foi para seu escritório e começou a folhear a crescente pilha de mensagens telefônicas. Em vez de vestir o casaco, sentou-se na cadeira. Passos sumiam no corredor. Logo tudo estava em silêncio. Ele abaixou a lâmpada para iluminar a escrivaninha. O resto da sala estava escuro.

    Era meia-noite e meia. Sem pensar, pegou o telefone e discou para Baiba, em Riga. Da mesma forma que ele, ela não tinha hora para dormir. Às vezes ia dormir cedo, mas com a mesma frequência passava metade da noite acordada. Ela atendeu quase imediatamente. Estava acordada. Como sempre, Wallander tentou descobrir pelo tom de sua voz se ela ficara contente por ele ter ligado. Ele nunca tinha certeza com antecedência. Dessa vez percebeu que ela estava aborrecida. De repente, sentiu-se inseguro. Queria uma garantia de que tudo estava bem. Perguntou como ela estava, contou sobre a investigação exaustiva. Ela fez algumas perguntas. Então ele ficou sem saber como continuar. O silêncio começou a transitar entre Ystad e Riga.

    "Quando afinal você vem para cá?", perguntou ele finalmente.

    A resposta dela o surpreendeu, embora não devesse.

    "Você quer mesmo que eu vá?"

    "Por que eu não iria querer?"

    "Você nunca liga. E, quando liga, sempre diz que não tem tempo de conversar. Então como vai ter tempo para ficar comigo se eu for para Ystad?"

    "Não é bem assim."

    "Então como é?"

    De onde veio sua reação, ele não tinha ideia. Nem naquele momento, nem depois. Tentou frear o próprio impulso, mas não conseguiu. Bateu o fone com força e ficou olhando para o aparelho. Em seguida, levantou-se e saiu da delegacia. Mesmo antes de chegar à recepção, já estava arrependido. Mas conhecia Baiba o bastante para saber que ela não atenderia se ele tornasse a ligar.

    Saiu para o ar da noite. Um carro da polícia passou por ele e sumiu na direção da caixa-d'água. Não estava ventando. O ar estava frio, o céu claro.

    Ele não entendia a própria reação. O que teria acontecido se ela estivesse ali, bem perto dele?

Pensou nos homens assassinados. Foi como se de repente visse algo que não vira antes. Uma parte dele integrava-se a toda a brutalidade que o rodeava. Ele era parte dela. Só o grau era diferente. Nada mais.

Wallander balançou a cabeça. Sabia que tinha de ligar para Baiba logo de manhã. A coisa não tinha sido tão terrível. Ela entenderia. O cansaço também a tornava irritadiça.

Era uma da manhã. Ele devia ir para casa dormir, pedir a um policial que o deixasse em casa. Em vez disso, porém, começou a andar. Em algum lugar um carro derrapou, cantando os pneus. Depois, silêncio. Ele foi descendo a colina, em direção ao hospital.

A equipe de investigação ficara reunida durante sete horas. Nada acontecera de fato, mesmo assim a noite fora plena de acontecimentos. A luz aparece nos interstícios, disse Rydberg em certa ocasião em que estava completamente bêbado. Wallander, que estava no mínimo tão bêbado quanto ele, entendera. E nunca esqueceu aquilo. Estavam sentados na varanda da casa de Rydberg. Cinco, talvez seis anos atrás. Rydberg ainda não estava doente. Era uma noite de junho, pouco antes do solstício de verão. Os dois comemoravam alguma coisa, Wallander não lembrava o quê.

A luz aparece nos interstícios.

Ele chegou ao hospital, parou, hesitou, mas só por um breve instante. Então deu a volta ao edifício e tocou a campainha da sala de primeiros socorros. Quando uma voz atendeu, ele se identificou e perguntou se a parteira Ylva Brink estava de serviço. Ela estava.

Ela foi ao seu encontro do lado de fora das portas de vidro de sua ala. Wallander percebeu por sua expressão que ela estava nervosa. Ele sorriu, mas isso não diminuiu o desconforto dela. Talvez seu sorriso não tivesse sido convincente. Ou a iluminação fosse ruim. Eles entraram. Ela lhe perguntou se queria um pouco de café. Ele negou com a cabeça.

"Vou ficar só um instante", disse ele. "Você deve estar ocupada."

"Sim", respondeu ela. "Mas disponho de alguns minutos, se não for possível esperar até amanhã."

"Provavelmente sim", respondeu Wallander. "Mas eu estava passando por aqui a caminho de casa."

Entraram no posto de enfermagem. Uma enfermeira que vinha andando parou ao ver Wallander.

"Pode ficar para depois", disse ela, e se foi.

Wallander se encostou na escrivaninha. Ylva Brink se sentou.

"Você deve ter se perguntado", principiou ele, "sobre a mulher que a agrediu. Quem era ela. Por que veio aqui. Por que fez o que fez. Você deve ter pensado durante muito tempo, de forma concentrada, sobre essas questões. Você nos deu uma boa descrição do rosto dela. Talvez depois tenha se lembrado de mais algum detalhe."

"Tem razão. Andei pensando no assunto. Mas eu já lhe disse tudo o que me lembrava sobre o rosto dela."

Ele acreditou nela.

"Não tem necessariamente de ser algo de seu rosto. Ela talvez tenha um jeito particular de andar. Ou uma cicatriz na mão. Um ser humano é uma combinação de tantos detalhes diferentes... Achamos que podemos confiar em nossa memória e que todos os detalhes estão lá registrados. Na verdade, é exatamente o contrário. Imagine um objeto que quase pode flutuar, que afunda na água muito lentamente. É assim que a memória funciona."

Ela balançou a cabeça.

"Aconteceu tão depressa. Não me lembro de nada exceto aquilo que já lhe falei. E me esforcei ao máximo."

Wallander fez que sim com a cabeça. Ele não esperava mais que aquilo.

"O que ela fez?", perguntou Ylva.

"Ela a agrediu. Estamos à sua procura. Achamos que ela tem informações importantes para nós. É só o que posso dizer."

Um relógio de parede marcava 1h27. Ele estendeu a mão para se despedir, e os dois saíram da sala.

De repente ela o deteve.

"Talvez haja mais alguma coisa", disse ela um tanto hesitante.

"O que é?"

"Não pensei muito nisso na ocasião em que ela me agrediu. Foi só depois."

"O quê?"

"Ela usava um perfume especial."

"Em que sentido?"

Ela lhe lançou um olhar quase suplicante.

"Não sei. Como se pode descrever um perfume?"

"É uma das coisas mais difíceis. Mas tente."

Ele percebeu que ela se esforçava ao máximo.

"Não", disse ela. "Não consigo achar as palavras. Só sei dizer que era especial. Talvez se possa dizer que era um tanto forte."

"Como uma loção pós-barba?"

Ela o olhou surpresa.

"Sim", disse ela. "Como você sabia?"

"Foi só um palpite."

"Talvez eu não devesse ter dito nada, visto que não consigo me expressar com clareza."

"Oh, não", respondeu ele. "Essa informação pode nos ser útil. Nunca sabemos com antecedência."

Despediram-se nas portas de vidro. Wallander desceu de elevador e saiu do hospital, andando depressa. Agora tinha de dormir um pouco. Pensou sobre o que ela dissera. Se houvesse algum resquício do perfume deixado no crachá, pediriam a ela que o cheirasse no início da manhã seguinte. Ele já sabia que seria o mesmo. Estavam procurando uma mulher. Seu perfume era especial. Mas será que algum dia a encontrariam?

30

Às sete e trinta e cinco da manhã, seu turno se encerrou. Ela estava com pressa, tomada de súbita inquietação. Era uma fria e úmida manhã em Malmö. Correu para o estacionamento. Normalmente iria direto para a casa e para a cama. Agora sabia que tinha de ir a Lund. Jogou a bolsa no banco de trás e entrou no carro. Ao segurar o volante, percebeu que as mãos estavam suadas.

Nunca conseguira confiar em Katarina Taxell. A mulher era fraca demais. Parecia estar sempre na iminência de desmoronar. Taxell era muito vulnerável. Até então, ela achava que seu controle sobre Taxell era suficiente. Agora já não tinha tanta certeza.

Tenho de tirá-la daqui, pensara ela ao longo de toda a noite. Pelo menos até ela começar a se distanciar um pouco do que acontecera. Não seria difícil convencê-la a deixar o apartamento por algum tempo. Não era nada incomum uma mulher desenvolver problemas psicológicos relacionados ao nascimento de seu bebê.

Chovia quando chegou a Lund, e ela continuava inquieta. Parou numa rua transversal e começou a andar em direção ao quarteirão onde ficava o edifício de Katarina Taxell. De repente, parou. Recuou um pouco, incomodada, como se tivesse se deparado com um predador. Pôs-se junto à parede de um edifício e observou a entrada do prédio de Taxell.

Viu um carro parado na frente do edifício, com um homem — ou talvez dois — dentro. No mesmo instante, teve certeza de que eram policiais. Katarina Taxell estava sendo vigiada.

De repente, entrou em pânico. Ela não via, mas sabia que suas faces estavam afogueadas. Seu coração disparou. Em torvelinho, os pensamentos agitavam-se em sua cabeça como animais noturnos ofuscados por uma luz súbita. O que Katarina teria dito? Por que eles estavam parados na frente do edifício?

Ou seria apenas imaginação sua? Ficou parada e tentou pensar com calma. Podia ter certeza de que Katarina não lhes dissera nada. Do contrário, não a estariam vigiando. Eles a teriam levado para a delegacia. Portanto, não era tarde demais. Mas com certeza ela não tinha muito tempo. Não que precisasse de muito. Sabia o que tinha de fazer.

Acendeu um cigarro que enrolara durante a noite. Por seus cálculos, estava pelo menos uma hora adiantada. Agora ela quebrava a rotina. Aquele dia ia ser especial. Não havia como evitá-lo.

Deixou-se ficar no mesmo lugar por muitos minutos mais, observando o carro estacionado na frente do prédio. Então jogou o cigarro fora e saiu andando depressa.

Quando Wallander acordou pouco depois da seis da manhã de quarta-feira, ainda estava cansado. Estava com um grande déficit de sono. A impotência era como um peso de chumbo alojado em sua consciência. Deixou-se ficar na cama de olhos abertos. Pensou: um ser humano é um animal que vive para reagir às adversidades, mas agora parece que já não tenho forças para enfrentar a situação.

Sentou-se à beira da cama. Sentindo o chão frio, olhou para os pés e viu que suas unhas precisavam ser cortadas. Seu corpo inteiro precisava de uma revisão. Um mês antes ele estava em Roma, recuperando as energias. Agora estavam todas gastas. Obrigou-se a levantar e foi ao banheiro. A água fria foi como uma bofetada. Algum dia ele teria de parar com aquilo: usar a água fria para tocar a vida para a frente. Enxugou-se, pôs o roupão e foi à cozinha. Sempre a mesma rotina. O café, a janela, o termômetro. Chovia e o termômetro marcava quatro graus. Outono, e o frio persistia. Alguém da delegacia previra um inverno longo. Era o que ele temia.

Quando o café ficou pronto, sentou-se à mesa da cozinha, depois de ter apanhado o jornal à porta do apartamento. Na primeira página se via uma fotografia tirada em Lödinge. Tomou alguns goles de café. Pronto, ele já tinha vencido a primeira e mais difícil barreira do cansaço. Às vezes suas manhãs eram como uma corrida de obstáculos. Hora de ligar para Baiba.

Ela respondeu ao segundo toque. Foi como ele imaginou durante noite. Agora as coisas estavam diferentes.

"Estou exausto", disse ele, desculpando-se.

"Eu sei", ela respondeu. "Mas minha pergunta continua válida."

"Se quero que você venha?"

"Sim."

"É meu maior desejo."

Ela acreditou. Talvez pudesse vir em princípios de novembro. Desde já, ela ia começar a considerar essa possibilidade.

Não precisaram falar muito. Nenhum deles gostava de falar ao telefone. Pouco depois, quando Wallander voltou a sua xícara de café, considerou que dessa vez teria de ter uma conversa séria sobre se ela queria mudar-se para a Suécia. Sobre a nova casa. Talvez até lhe falar sobre o cão.

Deixou-se ficar sentado por um bom tempo, sem nem ao menos abrir o jornal. Só se vestiu pouco antes das sete e meia. Teve de procurar um bocado para achar uma camisa limpa. Era a última. Ele tinha de fazer uma reserva para usar a lavanderia naquele mesmo dia. Quando estava saindo, o telefone tocou. Era da oficina de Älmhult. Teve um sobressalto ao ouvir o preço do conserto, mas não disse nada. O mecânico garantiu que no fim do dia o carro estaria em Ystad. Seu irmão o levaria até lá e voltaria de trem. Wallander só teria de pagar a passagem.

Ao chegar à rua, Wallander viu que a chuva estava mais forte do que lhe parecera antes. Voltou ao vestíbulo e ligou para a delegacia. Ebba disse que mandaria um carro da radiopatrulha apanhá-lo. Cinco minutos depois o carro chegou. Às oito da manhã ele estava em seu escritório.

Mal tirou o casaco e tudo pareceu pôr-se em marcha de repente. Höglund apareceu à sua porta, pálida.

"Você já soube?"

Wallander sobressaltou-se. De novo? Mais um homem assassinado?

"Acabei de chegar. O que é?"

"A filha de Martinsson foi agredida."

"Terese?"

"Sim."

"O que aconteceu?"

"Ela foi agredida na frente da escola. Martinsson acabou de sair. Se bem entendi o que Svedberg disse, tem a ver com o fato de Martinsson ser policial."

Wallander ficou aterrado. "É grave?"

"Empurraram-na e esmurraram a cabeça dela. Parece que também lhe deram pontapés. Ela não sofreu nenhum ferimento grave, mas com certeza ficou chocada."

"Quem fez isso?"

"Outros estudantes. Mais velhos que ela."

Wallander se sentou. "Isso é um absurdo! Mas por quê?"

"Não sei de tudo o que aconteceu. Os estudantes conversavam sobre a milícia de cidadãos, diziam que a polícia não está fazendo nada. Que tínhamos desistido."

"E aí atacaram a filha de Martinsson?"

"Isso mesmo."

Wallander sentiu um aperto na garganta. Terese tinha treze anos, e Martinsson falava sobre ela o tempo todo.

"Por que haveriam de atacar uma menina inocente?"

"Você leu o jornal?", perguntou ela.

"Não, por quê?"

"Pois deve ler. As pessoas andam falando sobre Eskil Bengtsson e os outros. As prisões estão sendo consideradas abusivas. Dizem que Åke Davidsson reagiu. Há uma grande matéria com fotos, e cartazes nas bancas de jornal em que se lê: "De que lado está a polícia, afinal de contas?"."

"Não preciso ler essas porcarias", disse Wallander enojado. "O que está acontecendo na escola?"

"Hansson foi para lá. Martinsson levou a filha para casa."

"Quer dizer que a coisa foi obra de alguns alunos da escola?"

"Pelo que sei, sim."

"Vá até lá", disse Wallander rapidamente. "Descubra tudo o que puder. Converse com os meninos. Acho que é melhor eu ficar longe disso. Eu poderia me descontrolar."

"Hansson já está lá. Não é necessário que vá mais alguém."

"Discordo", disse Wallander. "Quero que você vá. Tenho certeza de que Hansson pode dar conta do recado, mas mesmo assim quero que você descubra, à sua maneira, o que de fato aconteceu e por quê. Se mais policiais aparecerem lá, eles vão ver que estamos levando a coisa a sério. Acho que vou à casa de Martinsson. Tudo o mais pode esperar. A pior coisa que se pode fazer neste país, como em qualquer outro lugar, é matar um policial. Em segundo lugar, é agredir o filho de um policial."

"Ouvi dizer que outros estudantes ficaram em volta rindo", disse ela.

Wallander levantou as mãos num gesto enfático. Não queria ouvir mais. Levantou-se da cadeira e pegou o casaco.

"Eskil Bengtsson e os outros vão ser soltos hoje", disse ela enquanto avançavam pelo corredor. "Mas Åkeson vai processá-los."

"Que pena eles podem receber?"

"O pessoal da região já está falando em fazer uma vaquinha para pagar as multas, caso a condenação seja essa.

Mas vamos torcer para que a pena seja de prisão. Pelo menos, para alguns deles."

"Como está Åke Davidsson?"

"Voltou para Malmö. Está de licença de saúde."

Wallander parou e fitou-a.

"O que aconteceria se o tivessem matado? Teriam de pagar multas também?"

Ele saiu sem esperar pela resposta.

Um carro da polícia levou Wallander à casa de Martinsson, num conjunto habitacional na zona leste da cidade. Wallander só estivera lá umas poucas vezes. A casa era simples, mas Martinsson e sua esposa puseram muito amor em seu jardim. Ele tocou a campainha. Maria, a esposa de Martinsson, abriu a porta. Wallander notou que ela havia chorado. Terese era a mais velha dos filhos, e a única menina. Um de seus dois filhos, Rikard, estava atrás dela. Wallander sorriu e passou a mão em sua cabeça.

"Como estão indo?", perguntou ele. "Acabei de saber e corri para cá."

"Ela está sentada na cama chorando. Só quer falar com o pai."

Wallander entrou na casa e tirou o casaco e os sapatos. Uma de suas meias tinha um buraco. Maria ofereceu-lhe café. Agradecido, ele aceitou. No mesmo instante Martinsson descia para o térreo. Normalmente ele era muito animado. Agora Wallander via uma máscara de amargura. E também de medo.

"Soube do que aconteceu", disse Wallander. "Vim imediatamente."

Sentaram-se na sala de estar.

"Como ela está?", perguntou Wallander.

Martinsson limitou-se a balançar a cabeça. Wallander achou que ele ia prorromper em lágrimas. Não seria a primeira vez.

"Vou sair da corporação", disse Martinsson. "Vou conversar com a chefe Holgersson hoje mesmo."
Wallander não sabia o que dizer. Martinsson tinha bons motivos para estar assustado. Imaginava-se reagindo da mesma maneira caso a agressão tivesse sido contra Linda. Mesmo assim, tinha de fazer o papel de advogado do diabo. A última coisa que desejava era a saída de Martinsson. Ele entendia também que Martinsson tinha de se preparar mentalmente para aquilo. Mas ainda era cedo demais. Wallander percebia quão chocado seu colega estava.
Maria chegou com o café. Martinsson balançou a cabeça. Ele não quis tomar.
"Não vale a pena", disse ele, "quando a coisa começa a afetar sua família."
"Não", disse Wallander. "Não vale a pena."
Martinsson não disse mais nada. Tampouco Wallander. Martinsson levantou-se e tornou a subir as escadas para o primeiro piso. Wallander percebeu que naquele momento não podia fazer nada.
A esposa de Martinsson o acompanhou até a porta.
"Dê lembranças minhas a ela", disse Wallander.
"Será que vão nos atacar novamente?"
"Não. Sei que o que vou lhe dizer pode parecer estranho. Como se eu estivesse querendo minimizar a gravidade da situação. Mas essa não é absolutamente minha intenção. É que não podemos perder o senso de proporção e começar a tirar conclusões erradas. Os meninos são só um pouco mais velhos que Terese. Não são maus. Com certeza não sabiam o que estavam fazendo. Isso aconteceu porque homens como Eskil Bengtsson e aqueles outros de Lödinge estão organizando uma milícia de cidadãos e incitando as pessoas contra a polícia."
"Eu sei", disse ela. "Ouvi dizer que nesta região também andam falando nisso."
"Sei que é difícil pensar com clareza quando um filho é alvo de uma agressão dessas, mas temos de tentar nos apoiar em nosso senso comum."

"Toda essa violência", disse ela. "De onde vem?"

"Não há muita gente que seja de fato má", respondeu Wallander. "Pelo menos eu acho que são muito raras. Por outro lado, existem circunstâncias ruins que desencadeiam toda essa violência. São essas circunstâncias que temos de combater."

"As coisas não estão piorando cada vez mais?"

"Talvez", disse Wallander meio hesitante. "Nesse caso, porém, é porque as circunstâncias estão mudando. Não porque existem mais pessoas más."

"Este país está tão embrutecido."

"Tem razão", disse ele.

Ele apertou-lhe a mão e andou até o carro da polícia que estava à sua espera.

"Como está Terese?", perguntou o agente que o conduzira até lá.

"Está sobressaltada. E os pais também."

"Isso não lhe dá uma bruta raiva?"

"Sim", confirmou Wallander. "Dá sim."

Wallander voltou à delegacia. Hansson e Höglund ainda estavam na escola onde Terese fora agredida. Wallander soube que a chefe Holgersson estava em Estocolmo. Por um instante, aquilo o enfureceu. Mas ela fora informada do acontecido e ia voltar para Ystad naquela mesma tarde. Wallander foi em busca de Svedberg e Hamrén. Nyberg estava na chácara de Eriksson procurando impressões digitais. Os detetives de Malmö tomaram direções diferentes. Wallander sentou-se com Svedberg e Hamrén na sala de reuniões. Todos estavam sobressaltados com o que acontecera à filha de Martinsson. Tiveram uma conversa rápida, e então voltaram ao trabalho. Na noite anterior eles tinham dividido todas as tarefas. Wallander ligou para o celular de Nyberg.

"Como vão as coisas?", perguntou ele.

"Não estão fáceis", disse Nyberg. "Mas acho que encontramos uma impressão digital meio apagada, que pode não ser dele, no parapeito da torre de observação. Vamos continuar procurando."

Wallander refletiu por um instante.

"Você quer dizer que talvez o assassino estivesse no alto da torre?"

"Por que não?"

"Você deve estar certo. Nesse caso, talvez haja também pontas de cigarro."

"Se houvesse alguma nós a teríamos achado em nossa primeira busca. Agora é tarde demais."

Wallander mudou de assunto e contou-lhe da visita que fez a Ylva Brink no hospital.

"O crachá está num saquinho de plástico", disse Nyberg. "Se ela tiver um bom olfato, talvez reconheça o perfume."

"Quero que essa tentativa seja feita o mais rápido possível. Você mesmo pode ligar para ela. Svedberg tem o número do telefone."

Nyberg disse que ia cuidar disso. Wallander encontrou em sua escrivaninha uma carta do Registro Civil informando que ninguém mudara o nome oficialmente de Harald Berggren para outro nem vice-versa. Wallander deixou-a de lado. Eram dez da manhã e ainda chovia. Pensou sobre a reunião do dia anterior. Mais uma vez se sentiu incomodado. Será que estavam no caminho certo? Ou estariam num caminho que não os levaria a lugar nenhum? Ele foi se postar à janela. Seus olhos se depararam com a caixa-d'água. Katarina Taxell é nossa pista principal. Ela tivera contato com a mulher. Que outro motivo alguém teria para estar numa maternidade no meio da noite?

Voltou à escrivaninha e ligou para Birch, em Lund. Passaram-se dez minutos até conseguirem localizá-lo.

"Tudo está tranquilo na frente do edifício", disse Birch. "Nenhuma visita, exceto uma que podemos identificar sem sombra de dúvida: a mãe dela. Numa ocasião, Katarina saiu para comprar mantimentos. Foi então que a mãe dela esteve lá para cuidar do bebê. Há um supermercado lá perto. A única coisa interessante é que ela comprou muitos jornais."

"Com certeza queria ler sobre o assassinato. Você acha que ela sabe que estamos nas cercanias?"

"Acho que não. Ela parece tensa. Mas não olhou em volta nem uma vez. Acho que não desconfia que está sendo vigiada."

"É importante que ela não descubra."

"A gente sempre muda os agentes que a vigiam."

Wallander inclinou-se sobre a escrivaninha e abriu o caderno de anotações.

"Como está o levantamento dos dados referentes a ela? Quem é ela?"

"Ela tem trinta e três anos", disse Birch. "Isso dá uma diferença de dezoito anos em relação a Blomberg."

"É seu primeiro filho", disse Wallander. "Ela começou tarde. Mulheres que têm pressa não ligam muito para diferenças de idade."

"De todo modo, ela afirma que Blomberg não é o pai."

"Isso é mentira", disse Wallander, perguntando-se como ousava se mostrar tão seguro quanto a isso. "O que mais vocês descobriram?"

"Katarina Taxell nasceu em Arlöv", continuou Birch. "O pai dela era engenheiro de uma refinaria de açúcar. Morreu quando ela ainda era criança. O carro dele foi atingido por um trem, perto de Landskrona. Não tem irmãos. Ela e a mãe mudaram-se para Lund depois da morte do pai. A mãe começou a trabalhar meio período numa biblioteca. Katarina tinha boas notas na escola e estudou geografia e línguas estrangeiras na universidade, uma combinação um tanto inusitada. Em seguida passou a dar aulas. Ao mesmo tempo, montou um pequeno negócio de venda de produtos para cabelo. Dizem que ela é muito dinâmica. Naturalmente, nada consta sobre ela em nossos registros policiais."

"Bem, você foi rápido, hein?", disse Wallander, impressionado.

"Fiz o que você mandou", respondeu Birch. "Pus muita gente para trabalhar nisso."

"Naturalmente, ela não sabe dessas nossas investigações, do contrário olharia por cima do ombro."

"Temos de ver quanto tempo isso vai durar. Fico me perguntando se não deveríamos aumentar a pressão sobre ela."

"Andei pensando a mesma coisa", disse Wallander.

"Será que devemos trazê-la para cá?"

"Não. Mas acho que vou para Lund. Então você e eu podemos ter mais uma conversa com ela."

"Sobre o quê? Se você não fizer perguntas significativas, ela vai ficar desconfiada."

"Vou pensar em alguma coisa quando estiver indo para aí. Podemos combinar de nos encontrar na frente do edifício dela ao meio-dia?"

Wallander pediu um carro e partiu de Ystad. Parou no aeroporto de Sturup e comeu um sanduíche. Como sempre, ficou espantado com o preço. Enquanto comia, tentou bolar perguntas para fazer a Katarina Taxell. Não podia aparecer lá e fazer as mesmas perguntas de antes.

Resolveu começar por Eugen Blomberg. Afinal de contas, ele é que foi a vítima do assassinato. Eles precisavam de todas as informações possíveis a seu respeito. Taxell era apenas uma de suas fontes de informação, era o que ele lhe diria.

Pouco antes do meio-dia, Wallander finalmente encontrou um lugar para estacionar no centro de Lund. Parara de chover, e ele foi andando pela cidade. Dentro de pouco tempo avistou Birch a certa distância.

"Soube do que aconteceu a Martinsson e sua filha", disse ele. "É de dar medo!"

"O que não é assustador hoje em dia?", disse Wallander.

"Como a menina está reagindo?"

"Vamos torcer para que consiga esquecer tudo. Mas

Martinsson me disse que vai sair da corporação. Tenho de tentar convencê-lo a não fazer isso."

"Se é isso mesmo que ele quer, ninguém vai conseguir demovê-lo."

"Acho que ele não vai sair."

"Certa vez acertaram uma pedra na minha cabeça", disse Birch. "Fiquei tão furioso que consegui alcançar o responsável. Descobri que certa vez eu mandara um irmão dele para a prisão. Ele achava então que tinha todo direito de jogar pedras em mim."

"Um policial é sempre um policial", disse Wallander. "Pelo menos se acreditarmos nos que atiram pedras nos outros."

Birch mudou de assunto.

"Sobre o que você vai lhe perguntar?"

"Sobre Eugen Blomberg. Como eles se conheceram. Vou tentar fazê-la pensar que estou fazendo as mesmas perguntas que faço a todas as outras pessoas. Questão de rotina, mais ou menos."

"O que você espera conseguir com isso?"

"Não sei. Mesmo assim acho que é necessário."

Entraram no edifício. De repente Wallander intuiu que havia algo errado. Parou na escada. Birch olhou para ele.

"O que é?"

"Não sei. Talvez nada."

Continuaram subindo e finalmente chegaram ao terceiro andar. Birch tocou a campainha. Esperaram. Ele tornou a tocar. A campainha ecoou dentro do apartamento. Eles se entreolharam. Wallander se inclinou e olhou pela abertura destinada à correspondência. Havia o maior silêncio lá dentro. Birch tocou novamente. Toques longos e persistentes. Ninguém veio atender à porta.

"Ela está em casa", disse ele. "Ninguém comunicou sua saída."

"Então ela saiu pela chaminé", disse Wallander. "Porque não está aí."

Desceram as escadas correndo. Birch abriu a porta do

carro da polícia. O homem ao volante estava lendo uma revista.

"Ela saiu?", perguntou ele.

"Ela está em casa."

"Não está."

"Há uma porta na parte de trás?", perguntou Wallander.

"Não que eu saiba."

"Isso não é resposta", disse Birch furioso. "Ou há uma porta ou não há."

Voltaram para dentro do edifício e desceram um lance de escadas. A porta para o porão estava fechada.

"O prédio tem zelador?", perguntou Wallander.

"Não temos tempo para isso", disse Birch.

Ele examinou os gonzos da porta. Estavam enferrujados.

"Podemos tentar", murmurou Birch para si mesmo.

Tomou impulso e jogou o corpo contra a porta. Ela saltou dos gonzos.

"Você sabe o que significa violar as normas", disse Wallander sem querer ser irônico.

Eles entraram. Salas para depósito formavam um corredor com uma porta na outra ponta. Birch a abriu. Estavam ao pé de uma escadaria que dava para a rua.

"Então ela saiu por trás do edifício", disse ele. "E ninguém se deu ao trabalho de verificar se havia uma saída nos fundos."

"Não obstante, talvez ela ainda esteja no apartamento."

Birch entendeu.

"Suicídio?"

"Duvido. Mas temos de entrar. E não temos tempo de esperar por um chaveiro."

"Sou bom em abrir fechaduras", disse Birch. "Só preciso pegar umas ferramentas."

Ele voltou arquejando. No meio-tempo, Wallander voltara à porta de Katarina Taxell e estava tocando a campainha. Um senhor do apartamento vizinho abriu a porta e perguntou o que estava acontecendo. Wallander se enfureceu, sacou o distintivo e quase o esfregou na cara do homem.

"Agradeceríamos se o senhor fechasse a porta", disse ele. "Já. E mantenha-a fechada até avisarmos que pode abrir."

O homem bateu em retirada. Wallander ouviu-o passar a corrente de segurança.

Birch deu conta da fechadura em menos de cinco minutos. Eles entraram. O apartamento estava vazio. Taxell partira com o bebê. Birch balançou a cabeça.

"Alguém vai ter que responder por isso", disse ele.

Inspecionaram o apartamento. Wallander teve a impressão de que ela saiu às pressas. Na cozinha, ele parou diante de um carrinho de bebê.

"Alguém a pegou de carro", disse ele. "Há um posto de gasolina do outro lado da rua. Talvez alguém de lá tenha visto uma mulher sair do prédio com um bebê."

Birch foi lá perguntar. Wallander revistou o apartamento mais uma vez, tentando imaginar o que tinha acontecido. O que faz uma mulher abandonar seu apartamento com um recém-nascido? O fato de ter saído pelos fundos indica que queria sair sem que ninguém visse. Indica também que ela sabia que o edifício estava sendo vigiado.

Ela ou alguma outra pessoa, pensou Wallander. Alguém tinha visto a vigilância de fora do edifício e ligou para ela para combinar a fuga. Ele se sentou numa cadeira da cozinha. Havia mais um problema que precisava examinar. Será que Katarina Taxell estava em perigo? Ou a fuga teria sido voluntária? Se tivesse havido resistência, alguém teria notado, pensou ele. Portanto, ela deve ter saído de livre e espontânea vontade. Só havia uma razão para isso: ela não queria responder às perguntas da polícia.

Ele se levantou e foi à janela. Birch estava conversando com um dos frentistas. Então o telefone tocou. Wallander teve um sobressalto. Foi à sala de estar. O telefone tocou novamente. Ele atendeu.

"Katarina?", disse uma voz de mulher.

"Ela não está aqui", disse ele. "Quem deseja falar com ela?"

"Quem é você?", perguntou a mulher. "Sou a mãe de Katarina."

"Meu nome é Kurt Wallander. Sou agente da polícia. Não aconteceu nada, mas Katarina não está aqui. O bebê também não."

"Impossível."

"Parece estranho, mas ela não está aqui. Talvez a senhora tenha alguma ideia de para onde pode ter ido."

"Ela não iria embora sem me avisar."

Wallander tomou uma decisão rápida.

"Seria bom se a senhora pudesse vir ao apartamento. Pelo que sei, a senhora não mora muito longe daqui."

"Chego aí em menos de dez minutos", respondeu ela. "O que aconteceu?"

Ele sentiu o medo em sua voz.

"Estou certo de que há uma explicação. Podemos falar sobre isso quando estiver aqui."

Ao desligar o telefone, ouviu Birch entrar.

"Estamos com sorte", disse Birch. "Conversei com um frentista. Um homem muito observador."

Fizera algumas anotações num pedaço de papel com manchas de óleo.

"Um Golf vermelho parou aqui esta manhã entre as nove e as dez horas. Uma mulher saiu pela porta dos fundos do edifício com um bebê e entrou no carro."

Wallander sentiu sua tensão aumentar. "Ele viu quem estava ao volante?"

"O motorista não saiu do carro."

"Então ele não sabe se era homem ou mulher?"

"Perguntei a ele. Deu uma resposta interessante. Disse que o carro arrancou como se o motorista fosse um homem."

Wallander ficou surpreso. "Como ele chegou a essa conclusão?"

"Porque o carro roncou e saiu em disparada. Mulheres raramente dirigem dessa forma."

"Ele notou mais alguma coisa?"

"Não. Mas talvez, com um pouco de ajuda, se lembre de mais alguma coisa. Como eu disse, ele parece ser muito observador."

Wallander falou que a mãe de Taxell estava indo para lá. Então, os dois ficaram calados.

"O que você acha que aconteceu aqui?", perguntou Birch.

"Não sei."

"Você acha que ela está em perigo?"

"Acho que não, mas posso estar enganado."

Foram à sala de estar. Havia uma meia de bebê no chão. Wallander olhou em volta da sala. Birch acompanhou o olhar dele.

"Há uma solução em algum lugar aqui", disse Wallander. "Há alguma coisa neste apartamento que pode nos levar à mulher que estamos procurando. Quando a encontrarmos, encontraremos também Katarina Taxell. Existe algo aqui que pode nos dar a pista. Vamos encontrá-lo nem que tenhamos de arrancar as tábuas do assoalho."

Birch não disse nada.

Ouviram o ruído da fechadura se abrindo. Quer dizer então que a mãe tinha uma chave. A mãe de Katarina Taxell entrou na sala.

31

Wallander passou o resto do dia em Lund. A cada hora, aumentava-lhe a certeza de que, por meio de Katarina Taxell, descobririam quem assassinara os três homens. Procuravam uma mulher que, de alguma forma, estava profundamente envolvida nos crimes. Mas ainda não sabiam se agia sozinha nem quais eram seus motivos.

A conversa com a mãe de Katarina Taxell não levara a nada. Ela se pôs a vagar histericamente pelo apartamento, procurando a filha e o neto. Finalmente ficou tão agitada que eles tiveram de chamar um médico. Àquela altura Wallander tinha certeza de que ela não sabia do paradeiro da filha. Entraram em contato imediato com as poucas amigas da Katarina que, segundo sua mãe, poderiam tê-la vindo buscar. Todas se mostraram surpresas. Mas Wallander não confiava no que ouvia ao telefone. A pedido seu, Birch procurou, uma a uma, as pessoas com quem falara ao telefone.

Wallander desceu as escadas, atravessou a rua e foi ao posto de gasolina. Pediu ao frentista, Jonas Hader, que lhe contasse o que tinha visto. Era como se ele estivesse diante da testemunha perfeita. Hader parecia olhar o mundo à sua volta como se suas observações algum dia pudessem se transformar em testemunhos cruciais.

O Golf vermelho parou perto do edifício na mesma hora em que um caminhão de entrega de jornais saía do posto de gasolina. Eles entraram em contato com o motorista, que afirmou ter certeza de ter saído do posto de gasolina exatamente às nove e meia da manhã. Hader observara muitos detalhes, inclusive um grande adesivo na janela traseira do carro, mas estava longe demais para que visse de que se tratava. Insistiu que o carro saiu em disparada e estava sendo dirigido de um jeito que ele considerava masculino. Só não tinha visto quem o dirigia. Chovia, e os limpadores de para-brisa estavam ligados. Ele não podia ter visto nada, mesmo que tivesse tentado. Por outro lado, não tinha dúvida de que Taxell trajava um casaco verde-claro, levava uma grande sacola esportiva, e o bebê estava protegido por uma manta azul. Ela apareceu na porta no instante exato em que o carro parou. A porta foi aberta de dentro. Ela pôs o bebê no banco de trás e a sacola no porta-malas. Então abriu a porta do outro lado e entrou no carro. O motorista arrancou antes mesmo que Taxell tivesse tido tempo de fechar a porta. Hader não conseguiu ver o número da placa, embora Wallander tivesse a impressão de que ele havia tentado. Nunca tinha visto um carro parar na porta dos fundos.

Wallander voltou para o edifício com a sensação de ter confirmado alguma coisa, embora não soubesse bem o quê. Parecia uma fuga feita às pressas, mas desde quando tinha sido planejada? E por quê?

Nesse meio-tempo Birch conversara com os policiais que se revezaram na vigilância do edifício. Wallander perguntou-lhes se tinham visto uma mulher nas proximidades do edifício. Uma mulher que tinha vindo e voltado, talvez mais de uma vez? Mas, ao contrário de Jonas Hader, eles pouco tinham observado. Tinham se concentrado na porta da frente. Wallander insistiu que os policiais identificassem cada uma das pessoas que tinham visto. Como moravam catorze famílias no edifício, os policiais levaram a tarde inteira controlando a entrada e saída de moradores.

Foi assim que Birch descobriu uma pessoa que vira algo que podia ser importante: um homem que morava dois andares acima do de Taxell. Era um músico aposentado que, segundo Birch, dissera que passava a vida "à janela, olhando a chuva cair e ouvindo em sua mente a música que jamais voltaria a tocar". Naquela manhã ele vira uma mulher do outro lado da praça. Uma mulher a pé, que de repente parou, recuou vários passos e ficou imóvel, observando o edifício. Em seguida deu meia-volta e desapareceu. Quando Birch lhe contou isso, Wallander concluiu imediatamente que aquela devia ser a mulher que eles procuravam. Alguém viera, vira o carro parado na frente do edifício. Katarina Taxell recebera uma visita, da mesma forma que no hospital.

Wallander encheu-se de energia e determinação. Pediu a Birch que entrasse em contato novamente com as amigas de Taxell e lhes perguntasse se alguma delas fora visitá-la naquela manhã. A resposta não deixava margem a dúvidas. Nenhuma delas havia ido. Birch tentou extrair do músico uma descrição da mulher, mas a única coisa que ele podia afirmar com certeza é que se tratava de uma mulher. A coisa se passara por volta das oito da manhã. Aquela afirmação, porém, não tinha grande consistência: os três relógios de seu apartamento marcavam horas diferentes.

Naquele dia, a energia de Wallander estava inexaurível. Deu várias tarefas a Birch, que não se sentiu nem um pouco diminuído pelo fato de Wallander lhe dar ordens como a um subordinado. Enquanto isso, Wallander entregou-se a um exame minucioso do apartamento. A primeira coisa que pediu a Birch foi que enviasse técnicos forenses para colher impressões digitais.

Mantinha contato permanente com Ystad. Falou com Nyberg em quatro ocasiões diferentes. Ylva Brink cheirara o crachá, que ainda conservava um leve vestígio do perfume. Talvez fosse o mesmo que sentira naquela noite na maternidade, mas ela não podia afirmar com certeza.

Ele ligou duas vezes para a casa de Martinsson. Terese ainda estava assustada e deprimida, claro, e Martinsson estava resolvido a sair da corporação. Mas Wallander conseguiu dele a promessa de esperar até o dia seguinte para escrever o pedido de demissão. Wallander deu-lhe um relato detalhado do que tinha acontecido. Não teve dúvidas de que Martinsson ouvia atentamente, embora fizesse poucos comentários. Mas Wallander sabia que tinha de manter Martinsson envolvido na investigação. Não queria correr o risco de vê-lo tomar uma decisão da qual viesse depois a se arrepender. Wallander falou com a chefe Holgersson diversas vezes. Hansson e Höglund tiveram uma atuação firme na escola onde Terese foi agredida. Conversaram com os três meninos que participaram da agressão, um após outro. Entraram em contato com pais e professores. Segundo Höglund, Hansson fizera um excelente trabalho quando todos os alunos, reunidos, contaram o que aconteceu. Os estudantes ficaram abalados, e ela acha que a coisa não vai se repetir.

Eskil Bengtsson e os outros homens foram soltos, mas Åkeson iria processá-los. Talvez o que se passara com a filha de Martinsson fizesse algumas pessoas reconsiderarem suas posições, mas Wallander tinha lá suas dúvidas. No futuro eles tinham de fazer um grande esforço para combater as milícias privadas.

A notícia mais importante foi dada por Hamrén, que assumira algumas tarefas destinadas a Hansson. Ele conseguiu localizar Göte Tandvall, e ligou imediatamente para Wallander.

"Ele tem um antiquário em Simrishamn", disse Hamrén. "Além disso, faz viagens para comprar antiguidades, que exporta para a Noruega e outros lugares."

"Essa atividade é legal?"

"Acho que não é estritamente legal", respondeu Hamrén. "Com certeza, nesses lugares os preços são mais altos que aqui. E, naturalmente, depende de que tipo de antiguidade se trata."

"Quero que você o procure", disse Wallander. "Vá a Simrishamn. O que queremos saber é se de fato existia um relacionamento entre Holger Eriksson e Krista Haberman. E Tandvall deve ter outras informações que nos interessam."

Hamrén ligou novamente três horas depois. Estava num carro próximo a Simrishamn. Encontrara-se com Tandvall. Tenso, Wallander esperou.

"Tandvall é um indivíduo muito meticuloso", disse Hamrén. "Parece ter uma memória meio complicada. Muitas coisas fogem-lhe completamente à lembrança, mas outras têm a clareza de um cristal."

"E quanto a Krista Haberman?"

"Ele se lembra dela. Fiquei com a sensação de que ela era muito bonita. Ele deu certeza de que Eriksson encontrou-a em algumas ocasiões. Lembra de tê-los visto observando gansos certa manhã no píer de Falsterbo. Ou talvez se tratasse de grous. Quanto a isso ele não deu certeza."

"Ele também é observador de pássaros?"

"O pai é que o levava a isso."

"Então, agora sabemos o mais importante", disse Wallander.

"Ao que parece, tudo se encaixa. Krista Haberman, Holger Eriksson."

Wallander sentiu uma súbita onda de repulsa. Veio-lhe então à mente, com uma nitidez horripilante, aquilo em que começava a acreditar.

"Quero que você volte a Ystad", disse ele. "Vasculhe todo o material sobre o desaparecimento de Haberman. Quando e onde foi vista pela última vez? Quero que você me apresente um resumo dessa parte da investigação."

"Parece que você tem alguma coisa em mente", disse Hamrén.

"Ela desapareceu", disse Wallander. "Nunca foi encontrada. O que isso indica?"

"Que ela morreu."

"Mais que isso. Não se esqueça de que estamos nas fímbrias de uma investigação na qual homens e mulheres são submetidos às violências mais brutais que se possa imaginar."

"Você acha que ela foi assassinada?"

"Hansson me deu um resumo da investigação. Desde

o começo se entrevia a possibilidade de assassinato, mas, como não havia nada que indicasse isso, não se podia dar a essa hipótese um peso maior do que às outras concernentes ao seu desaparecimento. É o procedimento policial correto. Nada de conclusões precipitadas."

"Você acha que Eriksson a matou?"

Wallander percebeu que aquela ideia ocorria a Hamrén pela primeira vez.

"Não estou bem certo disso", disse Wallander. "Mas é uma possibilidade que não podemos descartar."

Wallander saiu do apartamento de Katarina Taxell. Precisava comer alguma coisa e achou uma pizzaria ali perto. Comeu depressa e logo ficou com dor de estômago.

Como nada indicava que a série de crimes se encerrara, eles trabalhavam contra o tempo. E não sabiam quanto tempo lhes restava. Lembrou-se de que Martinsson prometera elaborar um cronograma do que acontecera até então. Ele devia ter feito no dia em que Terese sofreu a agressão. No caminho de volta ao apartamento de Taxell, Wallander concluiu que aquilo não podia ser adiado. Parou no abrigo de um ponto de ônibus, ligou para Ystad e teve sorte. Höglund estava lá. Ela já conversara com Hamrén e já sabia das provas de que Krista Haberman e Holger Eriksson se conheciam. Wallander lhe pediu que elaborasse um quadro cronológico dos acontecimentos.

"Não tenho ideia do que é importante", disse ele. "Mas sabemos muito pouco sobre a forma como essa mulher se desloca. Talvez o centro geográfico se torne claro se tivermos um quadro cronológico dos acontecimentos."

"Agora você se refere a 'ela'", disse Höglund.

"É verdade. Mas não sei se ela age sozinha. Tampouco sabemos que papel desempenha."

"O que você acha que aconteceu com Katarina Taxell?"

"Ela fugiu depressa ao descobrir que o edifício estava sendo vigiado. Fugiu porque tem alguma coisa a esconder."

"É possível que tenha matado Blomberg?"

"Taxell é um elo na corrente. Não representa um princípio nem um fim. Não a imagino matando ninguém. Imagino que pertença ao grupo das mulheres que sofreram maus-tratos."

"Ela também sofreu maus-tratos? Eu não sabia disso." Höglund parecia realmente surpresa.

"Ela pode não ter sido espancada ou cortada com faca", disse Wallander. "Mas desconfio que foi maltratada de alguma outra forma."

"Psicologicamente?"

"Algo do tipo."

"Por Blomberg?"

"Sim."

"Considerando-se ser verdade o que você pensa de Blomberg, ainda assim ela teve um filho dele?"

"Eu lhe contei a maneira como Taxell segura o bebê. Mas claro que ainda existem muitas lacunas nessa história", reconheceu Wallander. "O trabalho da polícia é tentar descobrir a verdade a partir de soluções provisórias. Temos de fazer as lacunas falarem e os fragmentos nos contarem coisas que têm um sentido oculto. Temos de procurar ver através dos acontecimentos, virando-os para pô-los de pé."

"Ninguém nunca falou disso na academia de polícia. Não o convidaram para dar uma palestra lá?"

"Nunca", disse Wallander. "Não consigo dar palestras."

"Você é talhado para isso", ela respondeu. "Só que se recusa a admiti-lo. Além disso, acho que na verdade é uma coisa que lhe dá prazer."

"Isso não vem ao caso", disse Wallander.

Depois pensou sobre o que ela dissera. Será que ele gostaria mesmo de falar para agentes policiais em fase de treinamento? No passado, achava que sua relutância era genuína. Agora não tinha tanta certeza disso.

Ele saiu do abrigo do ponto de ônibus e se pôs a andar depressa sob a chuva. Estava começando a ventar. No apartamento de Taxell, continuou a busca de forma metódica. Numa caixa no fundo de um armário, achou muitos diários.

Ela começara o primeiro aos doze anos de idade. Wallander notou com surpresa que havia uma bela orquídea na capa. Continuou escrevendo os diários na adolescência e quando chegou à idade adulta. O último diário que ele encontrou era de 1993. Mas não havia entradas depois de setembro. Continuou a busca, mas não achou mais nenhum. Tinha certeza, porém, que o diário existia. Ele arrolou a contribuição de Birch, que terminara de conversar com os outros moradores do edifício.

Birch encontrou as chaves do depósito de Taxell no porão. Levou uma hora para revistá-lo. Tampouco havia diários lá. Wallander concluiu que ela o levara consigo. Estavam na sacola que Hader a viu enfiar no porta-malas do carro.

Finalmente restou apenas a escrivaninha de Taxell. Ele já fizera uma busca rápida nas gavetas, agora iria repeti-la com mais vagar. Sentou-se numa cadeira antiga com cabeças de dragão esculpidas nos braços. Na verdade, a escrivaninha era uma pequena secretária. Sobre ela havia fotos emolduradas de Katarina Taxell ainda criança. Katarina sentada na relva com instrumentos de jardinagem e figuras indistintas ao fundo. Katarina sentada junto a um cão de grande porte, olhando direto para a câmera e com um laço no cabelo. Katarina com a mãe e o pai, o engenheiro da refinaria de açúcar. Ele usava bigode e era a personificação da autoconfiança. Katarina parecia-se mais com o pai que com a mãe. Wallander pegou a fotografia e olhou o verso. Não havia data. A foto fora tirada num estúdio de Lund. Foto de formatura de Katarina com boina branca e flores em volta do pescoço. Estava magra e pálida. Agora ela vivia num mundo diferente. A última foto era bem antiga, de contornos indistintos. Era de uma paisagem estéril à beira-mar. Um casal de velhos com um olhar duro para a câmera. Ao longe se via um veleiro de três mastros, ancorado, velas enroladas. Wallander achou que a foto podia ser de Öland, tirada em fins do século passado. Talvez os dois fossem os avós de Katarina. Também nesta, nada escrito no verso. Pôs as fotos no lugar. Não havia sinal de Blomberg. Isso era compreensível, mas tampouco havia outro homem. Será que aquilo tinha algum significado? Tudo significa alguma coisa, pensou ele. A questão é o quê.

Uma após outra, ele abriu as pequenas gavetas. Cartas, documentos, contas. Boletins escolares antigos. Suas notas mais altas eram as de geografia; em física e matemática o rendimento era muito baixo. Na gaveta seguinte ele achou fotos tiradas numa cabina fotográfica. Três garotas amontoadas, fazendo caretas. Outra foto, esta tirada na zona de calçadões de Copenhague. As mesmas garotas sentadas num banco, rindo. Katarina era a da direita. Havia outra gaveta cheia de cartas, algumas que remontavam a 1972. Um selo com a imagem do navio de guerra Wasa. Se esta secretária contém os mais recônditos segredos de Taxell, pensou Wallander, eles não são muitos. Uma vida impessoal. Sem paixões, aventuras estivais em ilhas gregas, mas notas altas em geografia. Continuou vasculhando as gavetas, mas nada lhe chamou a atenção. Passou a examinar as três gavetas maiores, que ficavam na parte de baixo. Nada de diários. Wallander sentia-se incomodado de estar explorando camadas sucessivas de recordações impessoais. Não conseguia ver a mulher por trás delas. Será que ela conseguia ver a si mesma?

Wallander recuou a cadeira e fechou a última gaveta. Nada. Ele não sabia mais do que antes. Franziu o cenho. Alguma coisa estava errada. Se sua decisão fora repentina, e ele tinha certeza disso, ela não teria tido tempo de levar consigo tudo que pudesse comprometê-la. Seus diários estavam bem acessíveis. Mas sempre existe um canto bagunçado na vida de uma pessoa. Ali não havia nada. Ele se pôs de pé e afastou com cuidado a escrivaninha da parede. Não havia nada colado atrás. Tornou a sentar na cadeira, pensativo. Havia algo que ele percebera. Uma coisa que só agora lhe ocorria. Tentou invocar a imagem. Não eram as fotografias e tampouco as cartas. O que era, então? Os boletins escolares? O contrato de aluguel? As contas do cartão de crédito? Não era nada disso. O que restava então?

Não existe mais nada além dos móveis, ele pensou. Então se deu conta. Era algo que tinha a ver com as gavetas menores. Abriu uma delas novamente, depois a seguinte, e as comparou. Retirou-as e examinou o espaço que elas ocupavam. Ali também não havia nada. Tornou a pôr as gavetas no lugar e abriu a primeira do lado esquerdo, depois a segunda. Foi então que ele descobriu. As gavetas não tinham a mesma profundidade. Tirou a menor e a girou. Havia outra abertura. Tratava-se de uma gaveta dupla. Tinha um compartimento secreto na parte de trás. Dentro dele havia apenas uma coisa. Ele a pegou e pôs em cima da escrivaninha.

Era um impresso com quadros de horários das ferrovias da Suécia, da primavera de 1991. Os trens que faziam trajeto entre Malmö e Estocolmo. Tirou as outras gavetas, uma a uma, e descobriu mais um compartimento secreto. Estava vazio. Recostou-se na cadeira e pensou no impresso. Por que era importante? Era difícil entender até por que estava guardado num compartimento secreto. Mas ele não deve ter ido parar ali por acaso.

Birch entrou na sala.

"Dê uma olhada nisto", disse Wallander, apontando para o quadro de horários. "Estava no compartimento secreto de Katarina Taxell."

"Um quadro de horários de trens?"

Wallander fez que sim. "Não entendo", disse ele.

Ele se pôs a passar página a página. Birch tinha puxado uma cadeira e sentado ao lado dele. Wallander continuou virando as páginas. Nenhuma anotação, nenhuma página amassada, nenhuma que se abria por si mesma. Só parou quando já estava quase na última página. Birch também viu. Um horário de partida estava sublinhado. De Nässjö para Malmö. Partida às quatro da tarde. Chegada a Lund às 18h42. Malmö, 18h57. Alguém sublinhara toda a linha.

Wallander olhou para Birch. "Isso lhe diz alguma coisa?"

"Absolutamente nada."

Wallander deixou o impresso de lado.

"Será que Katarina Taxell tem alguma coisa a ver com Nässjö?", disse Birch.

"Não, pelo que sei", disse Wallander. "Mas é possível que sim. Nosso maior problema agora é que tudo parece possível. Não podemos dizer o que é ou não é importante."

Wallander pedira vários sacos plásticos dos técnicos forenses que tinham examinado o apartamento mais cedo, procurando impressões digitais que não pertencessem a Katarina Taxell nem a sua mãe. Pôs o quadro de horários num dos sacos.

"Vou levar isso aqui", disse ele. "Se você não tiver nada contra."

Birch deu de ombros.

"Isso não serve nem para indicar os horários de partida dos trens", disse ele. "Expirou três anos atrás."

"Raramente ando de trem", disse Wallander.

"Pode ser relaxante", disse Birch. "Prefiro viajar de trem que de avião. Você tem tempo para si mesmo."

Wallander pensou sobre sua mais recente viagem de trem, de Älmhult. Birch tinha razão. Durante a viagem ele conseguiu dormir um pouco.

"Acho que já é hora de voltar para Ystad."

"Não vamos dar um alerta para que busquem Katarina Taxell e o bebê?"

"Ainda não."

Deixaram o apartamento. Birch o fechou. O vento vinha em ondas e fazia frio. Despediram-se junto ao carro de Wallander.

"O que fazer com a vigilância da casa dela?", perguntou Birch.

"Por enquanto, é bom continuar", disse ele. "Só não se pode esquecer a parte dos fundos."

"O que você acha que vai acontecer?"

"Não sei. Mas alguém que foge pode querer voltar a certa altura."

Ele partiu da cidade. O outono envolvia o automóvel. Ligou o aquecedor, mas o frio continuou.

Que vamos fazer agora?, ele se perguntou. Katarina Taxell desapareceu. Depois de um longo dia em Lund, volto para Ystad com um velho quadro de horários de trens numa sacola plástica.

Mas ele sabia que tinham dado um importante passo à frente naquele dia. Eriksson conhecia Krista Haberman. Sabiam que havia uma relação entre os três homens assassinados. Sem se dar conta, acelerou o carro. Queria saber o que Hamrén tinha descoberto. Ao chegar à saída para o aeroporto de Sturup, ligou para Ystad e falou com Svedberg. A primeira coisa que perguntou foi sobre Terese.

"Ela está recebendo o maior apoio na escola", disse Svedberg. "Principalmente dos outros alunos. Mas vai levar um tempo para se recuperar do choque."

"E Martinsson?"

"Está deprimido. Anda falando em sair."

"Eu sei."

"Você é o único capaz de dissuadi-lo."

"Farei isso."

Ele perguntou se tinha acontecido alguma coisa importante. Svedberg também acabara de chegar à delegacia depois de uma reunião com Åkeson sobre a obtenção do material relativo ao afogamento da esposa de Runfeldt em Älmhult.

Wallander pediu-lhe que convocasse uma reunião da equipe para as dez da noite.

"Você viu Hamrén?", foi sua última pergunta.

"Está examinando o material sobre Krista Haberman junto com Hansson. É algo que você disse ser urgente."

"Eu agradeceria se conseguissem terminar até as dez da noite."

"A essa altura eles terão encontrado Krista Haberman?", perguntou Svedberg.

"Não exatamente. Mas tampouco estariam longe disso."

Wallander deixou o celular no assento, junto dele. Pensou sobre a gaveta secreta de Katarina Taxell que continha o velho quadro de horários. Não conseguia entender aquilo de modo algum.

Às dez da noite, estavam todos reunidos, exceto Martinsson. Começaram a falar sobre os acontecimentos da manhã. Àquela altura todos sabiam que Martinsson decidira deixar a corporação.

"Vou conversar com ele", disse Wallander. "Vou sondar para ver se ele já está realmente decidido. Se estiver, então, naturalmente, ninguém conseguirá dissuadi-lo."

Wallander deu um breve sumário do que acontecera em Lund. Eles levantaram várias hipóteses sobre o que teria motivado a fuga de Taxell. Também se perguntaram se era possível rastrear o carro vermelho. Quantos Golfs vermelhos havia em Skåne?

"Uma mulher com uma criança recém-nascida não pode desaparecer sem deixar vestígios", disse Wallander por fim. "É melhor termos paciência."

Olhou para Hansson e para Hamrén.

"Que têm a dizer sobre o desaparecimento de Krista Haberman?", disse ele.

Hansson fez um sinal a Hamrén.

"Você queria saber dos detalhes relacionados ao desaparecimento", disse ele. "Ela foi vista pela última vez em Svenstavik, no dia 22 de outubro de 1967, uma terça-feira. Como de costume, saiu para andar pela cidade. Um lenhador que ia à estação de bicicleta a viu. Eram por volta das cinco da tarde e já estava escuro. Várias testemunhas disseram ter visto um carro desconhecido na cidade naquela noite. Só isso."

Ficaram em silêncio.

"Alguém falou a marca do carro?", perguntou Wallander por fim.

Hamrén remexeu em seus papéis, balançou a cabeça e saiu da sala. Ao voltar com outra pilha de papéis, terminou por encontrar o que procurava.

"Uma das testemunhas afirmou tratar-se de um Chevrolet azul-escuro. Não tinha dúvida quanto a isso. Havia um táxi em Svenstavik da mesma marca, só que azul-claro."

Wallander balançou a cabeça. "Svenstavik e Lödinge são muito distantes uma da outra", disse ele devagar. "Mas se não me engano Holger Eriksson estava vendendo Chevrolets àquela época. É possível que Eriksson tenha feito o longo percurso de carro até Svenstavik e voltado com Krista Haberman?"

Voltou-se para Svedberg.

"Àquela época Eriksson já tinha a chácara?"

Svedberg fez que sim com a cabeça.

Wallander olhou em torno da sala.

"Eriksson foi empalado num fosso", disse ele. "Se o assassino tira a vida de suas vítimas de forma a refletir os crimes cometidos anteriormente, então podemos chegar a conclusões bem desagradáveis."

Ele preferiria estar errado, mas duvidava que estivesse.

"Acho que devemos começar a fazer uma busca na propriedade de Eriksson", disse ele. "Krista Haberman pode estar enterrada em algum lugar naquelas terras."

32

Dirigiram-se à chácara logo ao amanhecer. Wallander se fez acompanhar de Nyberg, Hamrén e Hansson. Cada um foi dirigindo o próprio carro, inclusive Wallander, que finalmente estava com o seu, recém-chegado de Älmhult. Pararam diante da casa vazia, que parecia um navio abandonado imerso no nevoeiro.

Naquela manhã, 20 de outubro, terça-feira, o nevoeiro estava denso. Ele viera do mar e agora pairava imóvel sobre a paisagem. Combinaram de se encontrar às seis e meia da manhã, mas todos se atrasaram devido à visibilidade praticamente nula. Wallander foi o último a chegar. Ao sair do carro, o grupo lhe deu a impressão de uma reunião de um clube de caça. A única coisa que faltava eram as espingardas. Ele pensava na tarefa que os esperava. Em algum lugar da propriedade de Eriksson o cadáver de uma mulher talvez jazesse enterrado. Fosse lá o que encontrassem — se é que iriam mesmo encontrar —, não passaria de restos de um esqueleto. Afinal de contas, vinte e sete anos é muito tempo.

Tiritando, eles se cumprimentaram. Hansson trouxera um mapa topológico da chácara e das terras adjacentes. Wallander se perguntou rapidamente o que a Associação Cultural de Lund acharia se eles de fato encontrassem os despojos de um corpo. Com certeza aumentaria o número de visitas à chácara, pensou ele com tristeza. Havia poucas atrações turísticas capazes de rivalizar com a cena de um crime.

Estenderam o mapa no capô do carro de Nyberg e se puseram à sua volta.

"Em 1967 as terras se distribuíam de forma diferente", disse Hansson, apontando. "Eriksson só comprou os campos do sul em meados da década de 1970."

Isso reduzia em um terço a área que lhes interessava, mas o que restava ainda era bastante extenso. Nunca teriam possibilidade de escavar toda a área.

"A neblina está dificultando nosso trabalho", disse Wallander. "Achei que podíamos tentar ter uma visão geral do terreno. Parece-me possível eliminar determinadas áreas. Imagino que uma pessoa escolheria com muito cuidado o lugar para enterrar sua vítima."

"Com certeza escolheria o lugar que, a seu ver, teria menos chances de sofrer uma busca", disse Nyberg. "Fizeram um estudo sobre isso. Nos Estados Unidos, naturalmente. Mas parece razoável."

"É uma área grande", comentou Hansson.

"É por isso que temos de reduzi-la", disse Wallander. "Nyberg tem razão. O assassino não enterraria sua vítima num lugar qualquer. Imagino, por exemplo, que quisesse que o corpo ficasse longe da frente de sua casa. A menos que fosse completamente louco, e nada indica que fosse o caso de Eriksson."

"Além disso, trata-se de um lugar pavimentado com pedras", disse Hansson. "Acho que podemos eliminar o pátio."

Subiram até a chácara. Wallander se perguntou se não seria melhor voltar para Ystad e regressar quando o nevoeiro tivesse se dissipado. Como não estava ventando, ele poderia durar o dia inteiro. Por fim, resolveu que podiam passar algum tempo procurando ter uma visão geral do terreno.

Dirigiram-se ao grande jardim que ficava atrás da casa. O chão macio estava coberto de maçãs podres. Uma pega saiu voando de uma árvore. Eles pararam e olharam em volta. Ali também não, pensou Wallander. Um homem que mata alguém na cidade e dispõe apenas de um jardim há

de enterrar o corpo lá, mas não um homem que mora no campo.
Disse aos outros o que estava pensando. Ninguém discordou.
Puseram-se a andar em direção ao campo. O nevoeiro continuava denso. Lebres surgiam aqui e ali, depois sumiam. Eles se dirigiram à fronteira norte da propriedade.
"Um cão seria capaz de achar qualquer coisa, não?", perguntou Hamrén.
"Não depois de vinte e sete anos", respondeu Nyberg.
A lama grudava em suas botas de borracha. Tentaram avançar equilibrando-se na estreita faixa de grama ceifada que delimitava a propriedade de Eriksson. Uma enxada velha jazia afundada na terra. O que incomodava Wallander não era propriamente o que tinham a fazer. O nevoeiro e a terra úmida e cinzenta também o oprimiam. Gostava da paisagem de Skåne, onde nascera e se criara, mas bem que podia dispensar o outono. Pelo menos em dias como aquele.
Chegaram a uma lagoa que ficava numa depressão do terreno. Hansson apontou no mapa o lugar em que se encontravam. Contemplaram a lagoa. Ela tinha uns cem metros de extensão.
"Isso aqui fica cheio de água o ano inteiro", disse Nyberg. "E, no meio, a profundidade varia entre dois e três metros."
"É uma possibilidade, claro", disse Wallander. "Ele pode ter afundado o cadáver usando pesos."
"Ou um saco", disse Hansson.
Wallander concordou com um gesto de cabeça. Lá estava a imagem repetida novamente. Mas ele não tinha muita certeza.
"Um corpo pode subir à superfície. Será que Eriksson iria afundar um corpo na água, quando dispunha de milhares de metros quadrados de terra onde cavar uma cova?"
"Quem é que trabalhava toda esta terra?", perguntou

Hansson. "Eriksson não, com certeza. E ele não a arrendaria. Mas esta terra é bem cuidada." Hansson crescera numa chácara perto de Ystad e sabia o que estava dizendo.

"É uma questão importante", disse Wallander. "Temos de descobrir."

"Isso também nos daria uma resposta a outra questão", disse Hamrén. "A de saber se ocorreram mudanças no terreno. Se você cava em algum lugar, um montículo aparece em outro. Não estou pensando numa cova, mas um fosso, por exemplo. Ou outra coisa qualquer."

"Estamos falando de algo que aconteceu há quase trinta anos", disse Nyberg. "Quem iria se lembrar de uma época tão recuada?"

"Não é impossível", disse Wallander. "Mas, naturalmente, temos de investigar esse ponto. Quem trabalhava a terra de Eriksson?"

"Podia ser mais de uma pessoa", disse Hansson.

"Então vamos conversar com todas elas", respondeu Wallander. "Se pudermos encontrá-las. Se ainda estiverem vivas."

Eles continuaram. Wallander lembrou-se de ter visto dentro da chácara várias fotografias aéreas. Pediu a Hansson que ligasse para a Associação Cultural de Lund e pedisse que trouxessem as chaves da casa.

"É improvável que haja alguém lá a esta hora da manhã."

"Ligue para Höglund", disse Wallander. "Peça-lhe que entre em contato com o advogado que se encarregou da execução do testamento de Eriksson. Ele também deve ter um molho de chaves."

"Talvez advogados gostem de acordar cedo", disse Hansson um tanto cético enquanto discava o número.

"Eu gostaria de ver essa série de fotografias aéreas", disse Wallander. "O mais rápido possível."

Continuavam andando enquanto Hansson falava com Höglund. Agora o terreno era em declive. O nevoeiro continuava denso como antes. Ao longe, eles ouviram o motor de um trator sendo desligado. O celular de Hansson tocou. Höglund falara com o advogado. Ele devolvera as chaves. Ela estava tentando contatar alguém em Lund que pudesse ajudar. Ligaria quando tivesse novidades.

Levaram quase vinte minutos para chegar ao outro extremo da propriedade. Hansson apontou no mapa. Agora estavam no ângulo sudoeste. A propriedade se prolongava mais uns quinhentos metros, mas Eriksson só comprara aquela parte em 1976. Andaram na direção leste, aproximando-se então do fosso e da torre de observação de pássaros. A cada passo, o desconforto de Wallander aumentava. E teve a impressão de que os outros tinham a mesma reação silenciosa.

Era como uma imagem de sua vida, ele pensou. Minha vida de policial nos últimos anos do século xx na Suécia. De manhã bem cedo, alvorecer. Outono, nevoeiro, uma friagem úmida. Quatro homens patinhando na lama. Eles se aproximaram do fosso onde um homem caíra e ficara espetado em estacas de bambu. Ao mesmo tempo, procuravam o lugar onde fora enterrada uma polonesa desaparecida há vinte e sete anos.

Vou continuar patinhando nesta lama até tombar no chão. Mais além, imersas no nevoeiro, há pessoas reunidas em volta de suas mesas de cozinha, organizando milícias de vigilância. Quem quer que pegue o caminho errado no nevoeiro corre o risco de ser espancado até a morte.

Mantinha uma conversa com Rydberg enquanto andava. Via Rydberg sentado à varanda, já na fase terminal da doença. A varanda pairava diante dos olhos de Wallander como um dirigível no nevoeiro. Rydberg não falava, apenas ouvia Wallander com um sorriso torto, o rosto já deformado pela enfermidade.

Chegaram ao fosso. Uma sobra da fita da cena do crime estava presa sob uma das pranchas caídas. Não fizemos uma boa limpeza, pensou Wallander. As estacas de bambu não estavam mais lá. Ele se perguntou onde estariam. No porão da delegacia de polícia? No laboratório forense de

Linköping? A torre estava à direita deles, mal se podendo avistá-la em meio à névoa.

Wallander avançou alguns passos na direção dos colegas e por pouco não escorregou na lama. Nyberg olhou para dentro do fosso. Em voz baixa, Hamrén e Hansson discutiam um detalhe do mapa.

Alguém fica de olho em Holger Eriksson e em sua chácara, pensou Wallander, uma ideia surgindo devagar em sua mente. A pessoa sabe o que aconteceu com Krista Haberman, desaparecida há vinte e sete anos, declarada morta — uma mulher enterrada em algum lugar. O tempo de Eriksson está contado. Uma cova com estacas afiadas está sendo preparada. Outra cova na lama.

Aproxima-se de Hamrén e Hansson. Diz a eles em que estava pensando. Nyberg desaparecera na névoa.

"Vamos supor que o assassino sabia onde Krista fora enterrada. Em várias ocasiões falamos de um assassino com uma linguagem própria — que ele ou ela está tentando nos passar uma mensagem. Deciframos o código apenas em parte. Eriksson foi morto com o que só pode ser classificado como brutalidade calculada. A intenção era que o corpo fosse encontrado. Também é possível que este lugar tenha sido escolhido por outra razão, como um desafio para que ficássemos procurando exatamente aqui. E, se o fizermos, encontraremos também Krista Haberman."

Nyberg reapareceu em meio à névoa. Wallander repetiu o que acabara de dizer. Passaram por cima do fosso e subiram à torre. As matas lá embaixo estavam cobertas pela névoa.

"Tem raízes demais", disse Nyberg. "Acho que ela não foi enterrada nesse bosque."

Deram meia-volta e seguiram para o leste até chegarem ao ponto de partida. Eram quase oito da manhã. O nevoeiro continuava tão denso quanto antes. Höglund ligou para dizer que as chaves estavam a caminho. Todos estavam molhados e com frio. Wallander não queria mantê-los ali sem necessidade. Nas horas seguintes, Hansson tentaria descobrir quem trabalhava na terra.

"Uma mudança repentina vinte e sete anos atrás", ressaltou Wallander. "É isso que queremos descobrir. Mas não conte que supomos haver um corpo enterrado aqui. Se contasse, haveria uma verdadeira invasão."

Hansson balançou a cabeça, indicando ter entendido.

"Vamos fazer isso novamente quando o nevoeiro se dissipar." Wallander acrescentou: "Mas acho que valeu a pena ter feito este primeiro levantamento".

Todos se foram, mas Wallander ficou, entrou no carro e ligou o aquecedor. Parecia não estar funcionando. O conserto custara os olhos da cara, mas pelo visto não incluía o sistema de aquecimento. Perguntou-se quando teria tempo e dinheiro para trocá-lo por outro carro. Quando aquele tornaria a quebrar?

Deixou-se ficar no carro, pensando sobre as mulheres. Krista Haberman, Eva Runfeldt e Katarina Taxell. Mais a quarta, que ainda não tinha nome. O que lhes servia de ponto de contato? Tinha a impressão de que esse ponto estava tão perto que ele não conseguia enxergar.

Retomou o fio de seus pensamentos. Mulheres maltratadas, talvez assassinadas. Um longo arco de tempo estendendo-se como uma abóbada sobre a história toda.

Sentado no carro, pensou que havia outra conclusão possível. Eles não tinham visto tudo. Os acontecimentos que estavam tentando entender faziam parte de algo maior. Era-lhes importante encontrar uma conexão entre as mulheres, mas também deviam considerar que essa conexão era mera coincidência. Alguém estava tomando decisões, mas baseadas em quê? Nas circunstâncias? Coincidências? Oportunidades disponíveis? Eriksson morava sozinho numa chácara. Não tinha vida social, observava pássaros à noite. Era um homem do qual era impossível se aproximar. Runfeldt ia fazer um safári de orquídeas por duas semanas. Aquilo dava uma oportunidade. Também morava sozinho. Eugen Blomberg fazia caminhadas noturnas sozinho.

Wallander balançou a cabeça a esses pensamentos. Não conseguia fazer nenhum progresso. Será que estava orientando os pensamentos corretamente? Ele não sabia.

Estava frio dentro do carro. Ele saiu e se pôs a andar. As chaves estavam para chegar. Atravessou o pátio, lembrando-se da primeira vez que ali estivera, do bando de gralhas no fosso. Examinou as próprias mãos. O bronzeado se fora. Até a lembrança do sol no jardim da Villa Borghese se apagara. Assim como seu pai.

Deixou que o olhar vagasse pelo pátio. A casa era bem cuidada. Houve um tempo em que um homem chamado Holger Eriksson ali morava e compunha poemas sobre pássaros. Um dia pegou um Chevrolet azul-escuro e foi até Jämtland. Motivado pela paixão? Ou por alguma outra coisa? Krista Haberman era uma mulher bonita. Ela o teria acompanhado de livre e espontânea vontade? Provavelmente.

Os dois foram para Skåne. Então ela desaparece. Eriksson mora sozinho. Ele cava uma cova. Krista some. A investigação nunca chega até ele. Até esta altura, em que Hansson descobre uma conexão.

Wallander estava de pé, olhando o canil vazio. A princípio não se deu conta do que lhe ia na mente. A imagem de Krista Haberman logo se desvaneceu. Franziu o cenho. Por que não havia um cão no canil? Ninguém questionara isso antes. Ele tampouco. Quando o cão desapareceu? Será que aquilo tinha alguma importância? Eram questões para as quais desejava uma solução.

Um carro parou na frente da casa. Pouco depois, um rapaz que não teria mais de vinte anos dirigiu-se ao pátio e andou até Wallander.

"Você é o policial que precisa da chave?"

"Sou sim."

O rapaz lhe lançou um olhar de incredulidade.

"Como posso ter certeza? Você pode ser qualquer um."

Wallander se aborreceu, mas entendeu que as dúvidas do rapaz eram justificadas. Sua calça estava coberta de lama. Apresentou o distintivo. O rapaz balançou a cabeça e entregou-lhe o molho de chaves.

"Vou providenciar para que sejam levadas de volta a Lund", disse Wallander.

O rapaz aquiesceu. Wallander ouviu o ronco do carro partindo enquanto buscava no molho a chave da porta da frente. Por um breve instante, pensou no comentário de Jonas Hader sobre o Golf vermelho parado ao lado do edifício de Katarina Taxell. As mulheres não saem cantando os pneus? Mona dirige mais rápido que eu. Baiba sempre mete o pé no acelerador. Mas talvez elas não saiam em alta velocidade.

Abriu a porta da casa e entrou. Cheirava a bolor. Sentou-se num banco e tirou as botas. Ao entrar na sala, percebeu, surpreso, que o poema sobre o pica-pau ainda estava na escrivaninha. A noite de 21 de setembro. Amanhã se completará um mês. Será que estavam mais perto de uma solução? Agora havia mais dois assassinatos a solucionar. E o mistério de uma mulher que desaparecera e que talvez estivesse enterrada na propriedade de Eriksson.

Ficou imóvel e em silêncio. Do outro lado da janela, o nevoeiro continuava denso. Sentiu-se inquieto. Os objetos daquela sala o espionavam. Aproximou-se da parede onde estavam fixadas as duas fotografias aéreas emolduradas. Uma das fotografias era em preto e branco, a outra era colorida e desbotada. A foto em preto e branco datava de 1949, dois anos antes de Eriksson comprar a chácara. A fotografia em cores era de 1965.

Wallander abriu uma cortina para deixar entrar mais luz, e viu um gamo solitário pastando entre as árvores do jardim. Wallander ficou imóvel. O gamo levantou a cabeça, olhou para ele e continuou pastando calmamente. Wallander ficou onde estava. Tinha a impressão de que nunca haveria de esquecer aquele gamo. Não saberia dizer por quanto tempo ficara ali a contemplá-lo. Por fim, um som que ele não percebera chamou a atenção do gamo, que então sumiu. Wallander continuou olhando pela janela por algum tempo, depois voltou às fotografias. O avião de onde foram tiradas as fotos viera do sul. Todos os detalhes estavam nítidos. Em 1965 Eriksson ainda não tinha construído a torre, mas a colina estava lá, assim como o fosso. Wallander não conseguiu enxergar uma ponte. Acompanhou os contornos dos campos. A foto tinha sido tirada no início da primavera. As terras tinham sido aradas, mas as plantas ainda não brotavam. Via-se a lagoa claramente. Havia um pequeno bosque próximo a uma estreita trilha de trator que separava duas áreas de cultivo. Franziu o cenho. Não se lembrava de ter visto aquelas árvores. Naquela manhã não poderia tê-las visto por causa do nevoeiro, mas tampouco se lembrava delas nas visitas anteriores. As árvores pareciam ser altas. Observou com atenção a casa, que aparecia no centro da fotografia. Um anexo, que talvez fosse usado como chiqueiro, fora demolido. A estrada de acesso estava mais larga. No mais, porém, estava tudo na mesma. Tirou os óculos e se sentou numa poltrona de couro. À sua volta, só havia silêncio.

Um Chevrolet vai para Svenstavik. Uma mulher vem para Skåne. Então ela desaparece e, vinte e sete anos depois, o homem que talvez tenha ido buscá-la em Svenstavik é assassinado. Agora estavam em busca de nada menos que três mulheres. Krista Haberman, Katarina Taxell e uma sem nome. Uma mulher que tem um Golf vermelho, fuma cigarros enrolados à mão e talvez use unhas postiças.

Ele se perguntava se duas dessas mulheres na verdade não eram apenas uma, se Krista Haberman, apesar de tudo, ainda estava viva. Se assim fosse, ela estaria agora com sessenta e cinco anos, e a mulher que agrediu Ylva Brink era muito mais jovem.

Não fazia sentido. Nada fazia sentido.

Consultou o relógio. Eram oito e quarenta e cinco da manhã. Levantou-se e saiu da casa. O nevoeiro continuava denso. Pensou no canil vazio. Então fechou a casa, pegou o carro e foi embora.

* * *

Às dez da manhã Wallander convocou a equipe de investigação para uma reunião. Martinsson ainda estava ausente, mas prometeu comparecer à delegacia depois de levar Terese à escola. Höglund contou que ele lhe telefonara tarde da noite, no dia anterior. Ela teve a impressão de que ele estava bêbado, algo bastante inusitado. Wallander sentiu uma pontinha de ciúme. Por que Martinsson ligara para ela e não para ele? Os dois é que tinham trabalhado juntos por anos e anos.

"Ele ainda parece decidido a sair", disse ela. "Mas tive também a impressão de que desejava que eu o dissuadisse."

"Vou conversar com ele", disse Wallander.

Eles fecharam a porta da sala de reuniões. Per Åkeson e a chefe Holgersson foram os últimos a chegar. Wallander teve a impressão de que os dois tinham acabado de fazer sua própria reunião. Lisa Holgersson tomou a palavra logo que se fez silêncio na sala.

"O país inteiro está falando sobre as milícias de cidadãos", disse ela. "De agora em diante, Lödinge está firmemente assinalada no mapa. Temos um pedido de Gotemburgo para que Kurt participe hoje à noite de um programa de debates na televisão."

"Jamais", disse Wallander, horrorizado. "O que eu iria dizer?"

"Já recusei em seu nome", respondeu ela com um sorriso. "Em troca disso, qualquer dia desses vou lhe pedir um favor."

Wallander imaginou que ela se referia às palestras na academia de polícia.

"Está em curso um grande debate", continuou ela. "Só podemos torcer para que daí surja algo de bom."

"Talvez isso obrigue os chefões da administração central da polícia do país a um pouco de autocrítica", disse Hansson. "Não estamos de todo isentos de responsabilidade pelo rumo que as coisas vêm tomando."

"O que você está querendo dizer?", disse Wallander, curioso. Hansson raramente participava de discussões sobre a força policial.

"Estou pensando nos escândalos em que a polícia se viu envolvida", disse Hansson. "Talvez sempre tenham existido, mas não com a frequência que se vê agora."

"Há uma coisa que não devemos exagerar nem ignorar", disse Per Åkeson. "O grande problema é a mudança gradativa daquilo que a polícia e os tribunais consideram como crime. O que antes levaria à condenação, hoje em dia é considerado uma coisa insignificante, e a polícia muitas vezes nem se preocupa em investigar. Acho que isso constitui uma ofensa ao senso nacional de justiça, que sempre foi forte em nosso país."

"Essas coisas estão relacionadas", disse Wallander. "Mas tenho sérias dúvidas de que uma discussão sobre as milícias de cidadãos tenha algum resultado, embora eu queira acreditar no contrário."

"Estou pensando em processar esses homens com as acusações mais graves que puder", disse Åkeson. "A agressão foi perversa, coisa que posso destacar. Quatro homens participaram da agressão, e acho que posso processar pelo menos três deles. Devo dizer-lhes também que o promotor geral deseja manter-se informado dos fatos. Para mim é uma surpresa, mas isso indica que pelo menos esse caso está sendo levado a sério nas altas esferas da justiça."

"Åke Davidsson se mostra inteligente e articulado em uma entrevista ao *Arbetet*", disse Svedberg. "A propósito, ele não vai ficar com nenhuma sequela permanente."

"Temos também o caso de Terese e de seu pai", disse Wallander. "E os meninos da escola."

"É verdade que Martinsson está pensando em abandonar a corporação?", perguntou Åkeson.

"Essa foi sua primeira reação", disse Wallander. "O que me parece razoável e natural. Mas não estou bem certo de que ele vá fazer isso."

"Martinsson é um bom policial", disse Hansson. "Será que ele não sabe disso?"

"Sim", disse Wallander. "A questão é se isso é suficiente. Outras coisas podem aflorar quando acontece uma coisa desse tipo. Principalmente com nossa carga de trabalho."

"Eu sei", disse a chefe Holgersson. "E a coisa não vai melhorar nem um pouco."

Wallander lembrou-se de que ainda não cumprira a promessa que fizera a Nyberg: falar com Holgersson sobre sua carga de trabalho. Tomou nota disso.

"Temos de retomar essa discussão em outra ocasião", disse ele.

"Eu só queria lhes comunicar", disse Holgersson. "É só isso, salvo que Björk ligou para lhes desejar boa sorte. Lamenta o que aconteceu com a filha de Martinsson."

"Ele foi embora na hora certa", disse Svedberg. "O que lhe demos de presente de despedida? Uma vara de pescar? Se ainda estivesse trabalhando aqui, não teria tempo de usá-la."

"Com certeza ele deve estar cheio de trabalho lá também", disse Holgersson.

"Björk era um bom chefe", disse Wallander. "Agora, vamos em frente."

Começaram com o cronograma de Höglund. Junto de sua folha de anotações, Wallander pusera o saco plástico contendo os quadros dos horários das Ferrovias Suecas que ele encontrara na escrivaninha de Katarina Taxell.

Höglund fizera um trabalho exaustivo. Os horários e os diversos eventos foram mapeados e relacionados uns com os outros. Wallander sabia que aquela era uma tarefa que ele não seria capaz de fazer com igual competência. Muito provavelmente, ele não seria tão preciso. Cada policial é diferente do outro, pensou. Só quando temos a oportunidade de trabalhar com algo que requer nossas reais capacidades podemos ser verdadeiramente úteis.

"Não consigo divisar um fio condutor", disse Höglund quando chegava ao fim de sua apresentação. "Os médicos-legistas de Lund concluíram que a morte de Eriksson se deu na noite de 21 de setembro. Runfeldt também morreu à noite. O horário das mortes coincide, mas nada podemos concluir disso. Não há correspondência no que se refere aos dias da semana. Se, além disso, considerarmos as duas visitas à maternidade de Ystad e o assassinato de Blomberg, talvez tenhamos algo que se possa considerar como um padrão."

Ela se interrompeu e olhou em volta da mesa. Nem Wallander nem os demais pareciam ter entendido o que ela queria dizer.

"É quase matemática pura", disse ela. "Mas tem-se a impressão de que o assassino age de acordo com um padrão tão irregular que chega a ser interessante. Em 21 de setembro morre Eriksson. Na noite de 30 de setembro, Katarina Taxell recebe uma visita na maternidade de Ystad. Em 11 de outubro morre Gösta Runfeldt. Na noite de 13 de outubro a mulher volta à maternidade e agride a prima de Svedberg. Finalmente, em 17 de outubro encontra-se o cadáver de Eugen Blomberg. A isso podemos acrescentar a data provável do desaparecimento de Runfeldt. Não há nenhuma regularidade. O que seria de surpreender, uma vez que tudo mais parece minuciosamente planejado e preparado. Temos aqui um assassino que se permite empregar o tempo em costurar peso nas dobras do saco em função do peso da vítima. Assim sendo, podemos dizer que a irregularidade é motivada por algo fora do controle do assassino. E então cabe perguntar: o quê?"

Wallander não a compreendia muito bem.

"Repita, por favor", disse ele. "Devagar."

Ela repetiu. Dessa vez Wallander entendeu o que ela queria dizer.

"Talvez possamos dizer simplesmente que não se trata de uma coincidência", concluiu ela. "Não pretendo me alongar mais."

Wallander começou a ver o conjunto mais claramente.

"Vamos supor que haja um padrão", disse ele. "Qual

seria, então, sua interpretação? Que fatores afetam o quadro de horários de um assassino?"

"Pode haver várias explicações. O assassino não mora em Skåne, mas vem regularmente para cá. Ou quem sabe ele ou ela tem um emprego que segue determinado ritmo."

"Quer dizer que você acha que as datas coincidem com dias de folga? Se pudéssemos seguir os horários por mais um mês, as coisas ficariam mais claras?"

"É possível. O assassino tem um emprego que funciona na base de rodízio. Os dias de folga não ocorrem necessariamente nos sábados e domingos."

"Isso pode se revelar importante", disse Wallander um tanto hesitante. "Mas acho difícil acreditar nisso."

"De outro modo, eu não conseguiria concluir nada dessas datas e horários", disse ela.

Wallander levantou o saco plástico.

"Agora que estamos falando de datas e horários, encontrei isso num compartimento secreto da escrivaninha de Katarina Taxell, como se fosse seu bem mais importante. Algo que ela tivesse de esconder do mundo. Um quadro de horários das Ferrovias Suecas para o inverno de 1991. Com um horário de partida sublinhado: Nässjö, quatro horas da tarde. O trem parte todos os dias."

Empurrou o saco plástico em direção a Nyberg.

"Impressões digitais", disse ele.

Então passou a tratar de Krista Haberman e falou da visita que fizeram de manhã, em meio ao nevoeiro. Não havia como ignorar a atmosfera sombria que dominava a sala.

"Portanto, acho que temos de começar a fazer escavações", ele concluiu. "Quando o nevoeiro se dissipar e Hansson tiver a sorte de descobrir quem trabalhava a terra e se houve mudanças depois de 1967."

Por longo tempo, houve um completo silêncio enquanto todos avaliavam o que Wallander acabara de dizer. Foi Åkeson quem falou primeiro.

"Isso parece incrível e ao mesmo tempo muito plausível", disse ele. "Acho que devemos considerar seriamente essa possibilidade."

"Seria bom que isso ficasse entre nós", disse a chefe Holgersson. "Não existe nada de que as pessoas gostem mais do que ver ressurgirem casos não resolvidos de pessoas desaparecidas."

Haviam tomado uma decisão. Wallander resolveu encerrar a reunião o mais rápido possível, porque todo mundo tinha muito trabalho a fazer.

"Katarina Taxell desapareceu", disse ele. "Saiu de casa num Golf vermelho dirigido por uma pessoa desconhecida. Partiu às pressas. Sua mãe deseja que ela seja dada como desaparecida, o que não podemos recusar, visto ser ela o parente mais próximo. Mas acho que devemos esperar pelo menos mais alguns dias."

"Por quê?", perguntou Åkeson.

"Desconfio que ela vai procurar fazer contato", disse Wallander. "Não conosco, claro, mas com a mãe, pois sabe que deve estar preocupada. Ela vai ligar para tranquilizá-la. Infelizmente, é provável que não diga onde está nem com quem."

Wallander voltou-se para Åkeson.

"Quero que alguém fique com a mãe de Taxell e grave a conversa. Mais cedo ou mais tarde ela vai ocorrer."

"Se é que ainda não aconteceu", disse Hansson, pondo-se de pé. "Dê-me o número do telefone de Birch."

Ele o recebeu de Höglund e se apressou em sair da sala.

"Por enquanto, é só isso", disse Wallander. "Vamos nos reunir novamente às cinco da tarde, se nada acontecer antes disso."

Quando Wallander chegou ao seu escritório, o telefone estava tocando. Era Martinsson, querendo saber se Wallander poderia ir encontrar-se com ele em sua casa às duas da tarde. Wallander prometeu ir. Saiu da delegacia e almoçou no Hotel Continental. Sabia não poder se dar a esse luxo, mas estava com fome e não tinha muito tempo. Sentou-se sozinho a uma mesa perto da janela, acenando para as pessoas que passavam, surpreso e magoado por ninguém lhe dar os pêsames pela morte do pai. Estava nos jornais. Notícias de morte espalham-se depressa, e Ystad era uma cidade pequena. Ele comeu halibute e tomou uma cerveja light. A garçonete era jovem e enrubescia toda vez que ele olhava para ela. Sentindo-se solidário, perguntou-se como ela iria dar conta daquele trabalho.

Às duas da tarde ele tocou a campainha da casa de Martinsson, e os dois foram sentar-se na cozinha. Martinsson estava sozinho. Wallander perguntou por Terese. Ela voltara à escola. Martinsson estava pálido e abatido. Wallander nunca o vira tão deprimido.

"O que devo fazer?", Martinsson perguntou.

"Que diz sua mulher? Que diz Terese?"

"Que eu devo continuar na corporação, claro. Não são elas que desejam minha saída. Só eu."

Wallander esperou, mas Martinsson não disse mais nada.

"Lembra-se de alguns anos atrás?", principiou Wallander. "Quando atirei num homem no nevoeiro perto de Kåseberga e o matei? E depois atropelei outro na ponte Öland? Fiquei afastado por mais de um ano. Todos vocês acharam que eu tinha abandonado a corporação. Então houve o caso com os dois advogados chamados Torstensson, e de repente tudo mudou. Eu estava prestes a escrever minha carta de demissão, mas em vez disso voltei ao trabalho."

Martinsson fez que sim. Ele se lembrava.

"Agora, depois que tudo passou, sinto-me contente pelo que fiz. O único conselho que posso lhe dar é que não se precipite. Espere antes de tomar uma decisão. Vá com calma. Não estou lhe dizendo que esqueça. Só lhe digo para ter paciência. Todo mundo sente sua falta. Você é um bom policial. Nota-se a diferença quando você não está lá."

Martinsson atirou os braços para cima.

"Não sou tão importante. É verdade que tenho alguma experiência. Mas não se pode dizer que, sob qualquer aspecto, eu seja insubstituível."

"Você é insubstituível", disse Wallander. "É isso que estou tentando lhe dizer."

Wallander achava que aquela conversa ia se prolongar muito. Martinsson ficou em silêncio por alguns minutos, então se levantou e saiu da cozinha. Ao voltar, tinha vestido o casaco.

"Vamos?", perguntou ele.

"Sim", disse Wallander. "Temos muito trabalho a fazer."

No carro, a caminho da delegacia, Wallander deu-lhe um breve resumo dos acontecimentos dos últimos dias. Martinsson ouviu em silêncio. Quando entraram na recepção, Ebba os deteve. Como ela não se deu ao trabalho de dar as boas-vindas a Martinsson, Wallander logo concluiu que alguma coisa tinha acontecido.

"Ann-Britt está querendo falar com vocês dois", disse ela. "É importante."

"O que aconteceu?"

"Uma mulher chamada Katarina Taxell ligou para a mãe."

Wallander olhou para Martinsson. Então ele estava certo, mas a coisa acontecera mais rápido do que esperava.

33

Eles não chegaram tarde demais. Birch conseguira se fazer presente a tempo. Em apenas uma hora, a gravação já estava em Ystad. Reuniram-se no escritório de Wallander, onde Svedberg pusera um gravador, e ouviram, sob grande tensão, a breve conversa. A primeira coisa que ocorreu a Wallander foi que Katarina não queria falar mais que o necessário.

Ouviram a gravação uma vez, depois uma segunda. Svedberg passou a Wallander um par de fones de ouvido para que ele pudesse ouvir melhor as duas vozes.

"*Mamãe? Sou eu.*"
"*Meu Deus. Onde você se enfiou? O que aconteceu?*"
"*Não aconteceu nada. Estamos bem.*"
"*Onde diabos você está?*"
"*Com uma boa amiga.*"
"*Quem?*"
"*Uma boa amiga. Liguei só para dizer que estamos bem.*"
"*O que aconteceu? Por que você desapareceu?*"
"*Depois eu explico.*"
"*Com quem você está?*"
"*Você não a conhece.*"
"*Não desligue. Qual o número do telefone?*"
"*Agora vou desligar. Só liguei para você não ficar preocupada.*"

A mãe tentou dizer mais alguma coisa, mas Katarina desligou.

Ouviram a gravação pelo menos umas vinte vezes. Svedberg anotou toda a conversa num pedaço de papel.

"A frase que nos interessa é: 'Você não a conhece'. O que ela quer dizer com isso?"

"Exatamente o que disse", disse Höglund.

"Não é isso que quero saber", respondeu Wallander. "'Você não a conhece'. Isso pode significar duas coisas: que a mãe não a conhece ou que não entende o que essa pessoa significa para Katarina."

"A primeira é mais provável", disse Höglund.

Enquanto eles conversavam, Nyberg pôs os fones de ouvido e ouviu mais uma vez. Pelos sons que vazavam, os outros perceberam que o volume estava muito alto.

"Dá para ouvir algo ao fundo", disse Nyberg. "Uma espécie de martelar."

Wallander pôs os fones de ouvido. Nyberg tinha razão. Ouvia-se ao fundo um martelar persistente. Sucessivamente, os demais também ouviram. Ninguém sabia dizer ao certo que barulho era aquele.

"Onde ela está?", perguntou Wallander. "Ela chegou a algum lugar. Está com a mulher que foi apanhá-la em casa. E alguma coisa ao fundo faz um barulho semelhante a um martelar."

"Será que pode ser perto de alguma obra em construção?", perguntou Martinsson. Foi a primeira coisa que ele disse depois de voltar ao trabalho.

"É uma possibilidade", disse Wallander.

Tornaram a ouvir. Tratava-se, sem dúvida, de um martelar.

"Mandem a fita para Linköping", disse ele. "Se pudermos identificar esse som, isso talvez nos ajude."

"Quantos trabalhos de construção estão em curso só em Skåne?", disse Hamrén.

"Pode ser outra coisa", disse Wallander. "Algo que nos dê uma ideia de onde ela está."

Nyberg saiu da sala. Eles ficaram no escritório de Wallander, uns encostados nas paredes, outros na escrivaninha.

"De agora em diante, há três coisas importantes", disse Wallander. "Por enquanto vamos deixar de lado alguns aspectos da investigação. Temos de fazer um levantamento da vida de Katarina Taxell. Quem é ela? Quem são seus amigos? Esta é a primeira coisa. A segunda é: com quem ela está?"

Fez uma pausa, depois continuou.

"Vamos esperar que Hansson volte de Lödinge, mas acho que nossa terceira tarefa é começar a escavar as terras de Eriksson."

A reunião acabou. Wallander tinha de ir para Lund e pretendia levar Höglund com ele. A tarde já ia avançada.

"Você tem uma babá?", perguntou ele quando os dois ficaram sozinhos no escritório.

"Sim", disse ela. "Graças a Deus, minha vizinha está precisando de dinheiro."

"Como você pode se dar esse luxo, com o salário de policial?", perguntou Wallander.

"Não posso", disse ela. "Mas meu marido ganha bem. É nossa salvação. Hoje em dia, somos uma das famílias de sorte."

Wallander ligou para Birch e disse que eles estavam a caminho. Concordou em irem no carro de Höglund. Já não confiava no próprio carro, apesar do conserto caríssimo. Aos poucos, a paisagem dissolveu-se no lusco-fusco. Um vento frio soprava nos campos.

"Vamos começar pela casa da mãe de Taxell", disse ele. "Depois voltamos ao apartamento dela."

"O que você acha que pode encontrar? Você já revistou o apartamento. E você não costuma deixar as coisas pela metade."

"Talvez nada de novo. Mas talvez uma relação entre dois detalhes que não percebi antes."

Ela acelerou.

"Você normalmente acelera o carro quando dá a partida?", perguntou Wallander de repente.

Ela lhe lançou um olhar rápido. "Às vezes. Por que pergunta?"

"Porque quero saber se era uma mulher que estava ao volante do Golf que levou Taxell e o bebê."

"Você não tem certeza?"

"Não", disse Wallander com firmeza. "Praticamente não temos certeza de nada."

Ele olhou pela janela. Estavam passando por Marsvinsholm.

"Há outra coisa de que também não temos certeza", disse ele depois de algum tempo. "Embora cada vez mais me convença de que é um fato."

"O que é?"

"Ela age sozinha. Nenhum homem a auxilia. Aliás, ninguém. Não estamos no encalço de uma mulher que possa nos dar uma pista. Não há nada atrás dela. É ela, e só. Ninguém mais."

"Quer dizer que é ela a autora dos assassinatos? Preparou o fosso, estrangulou Runfeldt depois de mantê-lo em cárcere privado? Jogou Blomberg ainda vivo no lago, dentro de um saco?"

Wallander respondeu com outra pergunta.

"Você se lembra de quando falamos de uma linguagem do assassino? Que ele ou ela queria dizer-nos algo? Que tudo se fazia segundo um plano ou *modus operandi?*"

Ela se lembrava.

"Agora entendo que desde o começo vimos as coisas com clareza, mas as interpretamos de forma incorreta."

"Porque uma mulher se comportava como um homem?"

"Talvez não se tratasse exatamente do comportamento. Mas ela cometia atos que nos levaram a achar serem obras de homens brutais."

"Então se esperava que pensássemos nas vítimas? Elas é que eram brutais?"

"Exatamente. Elas, e não o assassino. Interpretávamos o que víamos de forma errada."

"Mas é aí que está a dificuldade", disse ela. "Acreditar que uma mulher seja capaz disso. Não me refiro à força física. Sou tão forte quanto meu marido, por exemplo. Ele tem dificuldade em me vencer na queda de braço."

Wallander olhou para ela surpreso. Ela percebeu e riu.

"Cada um se diverte à sua maneira."

Wallander aquiesceu.

"Lembro-me de ter brincado de queda de dedo com minha mãe quando eu era pequeno", disse ele. "Acho que ganhei."

"Talvez ela tenha deixado você ganhar."

Tomaram o rumo de Sturup.

"Não sei que motivação tem essa mulher para o que faz", disse Wallander. "Mas, se a encontrarmos, acho que nos veremos diante de um tipo com o qual nunca nos deparamos."

"Um monstro de sexo feminino?"

"Talvez. Mas tampouco há certeza quanto a isso."

O telefone interrompeu-lhes a conversa. Wallander atendeu. Era Birch. Ele os orientou sobre como chegar à casa da mãe de Katarina Taxell.

"Qual seu primeiro nome?", perguntou Wallander.

"Hedwig. Hedwig Taxell."

Chegariam à casa dentro de meia hora mais ou menos. A escuridão os envolvia.

Birch estava nos degraus de entrada para recebê-los. Hedwig Taxell morava no final de um conjunto de casas geminadas nas cercanias de Lund. Wallander calculou que as casas tinham sido construídas em princípios da década de 1960. Telhados planos, caixas quadradas que davam para pequenos pátios. Lembrava-se de ter lido que os telhados planos às vezes afundavam quando havia nevascas rigorosas.

"Elas quase começaram a falar antes de eu ligar o gravador", disse ele.

"Não é que tenhamos tido uma grande sorte", respondeu Wallander. "Qual sua impressão de Hedwig Taxell?"

"Está preocupada com a filha e com o neto. Mas agora parece mais controlada."

"Você acha que ela vai nos ajudar? Ou está protegendo a filha?"

"Acho que ela quer saber onde a filha está."

Ele os fez entrar na sala de estar. Sem saber dizer bem por quê, Wallander teve a impressão de que a sala era parecida com o apartamento de Katarina Taxell. Hedwig Taxell os cumprimentou. Como de costume, Birch ficou um tanto à parte. Wallander a observou. Ela era pálida. Os olhos mexiam-se inquietos. Wallander já esperava isso. A voz dela no gravador lhe soara tensa e nervosa, quase falhando. Ele trouxera Höglund porque ela tinha grande habilidade para acalmar gente nervosa. A sra. Taxell não parecia estar na defensiva. Ele teve a impressão de que estava contente por ter companhia. Eles se sentaram. Wallander preparara suas primeiras perguntas.

"Senhora Taxell, precisamos de sua ajuda. Pode nos responder a algumas perguntas sobre Katarina?"

"Como ela poderia saber alguma coisa sobre esses horríveis assassinatos? Vocês sabem que ela acaba de ter um bebê."

"Não achamos que ela esteja envolvida", disse Wallander em tom amistoso. "Mas temos de colher informações das mais diversas fontes."

"O que vocês acham que ela sabe?"

"É o que queremos descobrir."

"Não é melhor tentar encontrá-la? Não entendo o que aconteceu."

"Temos certeza de que ela não está em perigo", disse Wallander, mas não conseguiu esconder de todo a própria dúvida.

"Ela nunca fez uma coisa dessas antes."

"Quer dizer que não tem a menor ideia de onde ela possa estar, senhora Taxell?"

"Meu nome é Hedwig."

"Não tem ideia de onde ela está?"

"Não. Mal consigo acreditar no que está acontecendo."
"Katarina tem muitos amigos?"
"Não, não tem, mas os que tem são amigos próximos. Não consigo imaginá-la com outros que não esses."
"Será que não havia alguém com quem ela não se encontrava com frequência? Ou alguém que tenha conhecido há pouco tempo?"
"Quem poderia ser?"
"Ou talvez alguém que ela conheceu há muito tempo? Alguém com quem voltou a se encontrar recentemente?"
"Nesse caso, eu saberia. Temos um bom relacionamento. Muito melhor que a maioria dos relacionamentos entre mães e filhas."
"Não estou dizendo que vocês tinham segredos uma para com a outra", disse Wallander pacientemente. "Mas é raro alguém saber tudo sobre outra pessoa. A senhora sabe, por exemplo, quem é o pai do filho dela?"
Wallander não pretendia atirar essa pergunta em sua cara daquela forma. Ela recuou.
"Tentei fazê-la falar sobre isso, mas ela se recusa", disse ela.
"Então a senhora não sabe quem é? Nem tem algum palpite?"
"Eu nem sabia que ela estava tendo um caso."
"A senhora sabia que ela tinha um caso com Eugen Blomberg?"
"Sabia. Não gostava dele."
"Por que não? Porque ele era casado?"
"Eu só soube disso quando vi o obituário no jornal. Foi um choque."
"Por que não gostava dele?"
"Não sei. Ele era desagradável."
"A senhora sabia que ele maltratava Katarina?"
Sua expressão de horror foi genuína. Por um instante Wallander sentiu por ela. Seu mundo ameaçava desabar. Estava sendo obrigada a admitir que desconhecia muitas

coisas sobre a própria filha, que a suposta intimidade entre as duas não passava de uma casca.

"Ele a agredia?"

"Pior que isso. Ele a maltratava de muitas maneiras diferentes."

Ela olhou para Wallander incrédula, mas viu que ele estava dizendo a verdade. Ela estava completamente indefesa.

"É possível que Eugen Blomberg seja o pai da criança, embora eles tivessem deixado de se encontrar."

Ela balançou a cabeça devagar e não disse nada. Wallander olhou para Höglund. Ela fez um gesto de cabeça que ele entendeu como uma indicação de que deviam ir embora. Birch continuava afastado, imóvel.

"As amigas dela", disse Wallander. "Precisamos conversar com elas."

"Eu já lhes disse quem são. E vocês já conversaram com elas."

Ela desfiou três nomes rapidamente.

"Não há outras?"

"Não."

"Ela é sócia de algum clube?"

"Não."

"Já passou férias no estrangeiro?"

"Normalmente nós vamos a algum lugar uma vez por ano, em fevereiro. Ilha da Madeira, Marrocos, Tunísia."

"Ela tem algum hobby?"

"Ela lê muito, gosta de ouvir música. O negócio com produtos para cabelos lhe toma a maior parte do tempo. Ela dá o maior duro."

"Nada mais?"

"Às vezes ela joga badminton."

"Com quem? Uma das três amigas?"

"Com uma professora. Acho que o nome dela é Carlman. Mas nunca estive com ela."

Wallander não sabia se aquilo era importante. Pelo menos era mais um nome.

"Elas trabalham na mesma escola?"
"Não mais. Trabalharam alguns anos atrás."
"Você não se lembra do primeiro nome dela?"
"Eu não a conheço."
"Onde elas costumavam jogar?"
"No estádio Victoria. Dá para ir a pé do apartamento dela."

Discretamente, Birch saiu da sala. Wallander sabia que ele ia pesquisar quem era a mulher chamada Carlman. Levou menos de cinco minutos. Voltou e fez um sinal a Wallander, que se levantou e foi ao vestíbulo. Nesse meio-tempo Höglund tentava descobrir o que a sra. Taxell sabia de fato sobre Eugen Blomberg.

"Essa foi fácil", disse Birch. "Annika Carlman. É ela quem faz a reserva e paga pelo uso da quadra. Estou com seu endereço. Não é longe daqui."

"Vamos lá", disse Wallander.

Ele voltou para a sala.

"O nome da amiga de sua filha é Annika Carlman", disse ele. "Ela mora na Bankgatan."

"Nunca tinha ouvido o primeiro nome dela", disse a sra. Taxell.

"Vamos deixá-la por um instante", continuou Wallander. "Precisamos falar com ela imediatamente."

Em menos de dez minutos eles estavam à porta do edifício de Carlman. Eram seis e meia da noite. Annika Carlman morava num conjunto de apartamentos da virada do século. Birch apertou o botão do interfone. Um homem atendeu, e Birch se identificou. A porta se abriu. No segundo andar, uma porta estava aberta. Um homem estava lá, à espera deles. Ele se apresentou.

"Sou o marido de Annika", disse ele. "O que aconteceu?"

"Nada", disse Birch. "Só precisamos fazer algumas perguntas."

Ele os convidou a entrar. O apartamento era grande e profusamente mobiliado. De alguma outra sala vinha uma música e vozes de crianças. Pouco depois Annika Carlman chegou. Era alta e trajava roupas esportivas.

"Esses policiais querem falar com você."

"Precisamos fazer algumas perguntas sobre Katarina Taxell", disse Wallander.

Sentaram-se numa sala forrada de livros. Wallander se perguntou se o marido de Annika também era professor.

Ele foi direto ao ponto.

"Você é amiga íntima de Katarina Taxell?"

"Jogávamos badminton juntas, mas não éramos amigas."

"Mas você sabe que ela deu à luz há pouco tempo?"

"Deixamos de jogar badminton há cinco meses justamente por causa disso."

"Vocês iam continuar a jogar juntas?"

"Combinamos que ela me ligaria."

Wallander citou os nomes das outras três amigas de Katarina.

"Não as conheço. A gente só jogava badminton."

"Quando vocês começaram a jogar?"

"Há uns cinco anos. Lecionávamos na mesma escola."

"Será mesmo possível jogar badminton regularmente com uma pessoa ao longo de cinco anos sem criar algum tipo de intimidade?"

"Perfeitamente possível."

Wallander pensou em como continuar. Annika Carlman dava respostas claras e concisas. Não obstante, ele tinha a impressão de que estavam se distanciando de alguma coisa.

"Você nunca a viu com alguma outra pessoa?"

"Homem ou mulher?"

"Vamos começar por um homem."

"Não."

"Nem quando trabalhavam juntas?"

"Ela era muito reservada. Havia um professor que parecia interessado nela. Katarina reagia com muita frieza, quase se pode dizer hostilidade. Mas ela era boa com os alunos. Era inteligente. Uma professora obstinada e inteligente."

"Você a viu alguma vez com uma mulher?"

Mesmo antes de formulá-la, Wallander já perdera a esperança de conseguir alguma coisa com aquela pergunta. Mas ele desistira cedo demais.

"Na verdade, sim", respondeu ela. "Há uns três anos."

"Quem era ela?"

"Não sei seu nome, mas sei o que ela faz. Era uma situação muito inusitada."

"O que ela faz?"

"O que faz agora, não sei. Mas naquela época ela era garçonete no vagão-restaurante de um trem."

Wallander franziu o cenho.

"Você encontrou Katarina Taxell num trem?"

"Eu simplesmente a vi na cidade com outra mulher. Eu estava andando do outro lado da rua. Nem nos cumprimentamos. Alguns dias depois peguei o trem para Estocolmo. Fui ao vagão-restaurante em algum ponto depois de Alvesta. Ao pagar a conta, reconheci a mulher que estava trabalhando lá. Eu a vira com Katarina."

"Você disse que não sabe seu nome?"

"Não sei."

"Mas você comentou isso com Katarina depois?"

"Na verdade, não. Esqueci completamente disso. É importante?"

De repente Wallander lembrou-se do quadro de horários que encontrara na escrivaninha de Taxell.

"Talvez. Em que dia aconteceu isso? Em que trem?"

"Como eu iria me lembrar disso?", disse ela surpresa. "Foi há três anos."

"Você tem um calendário antigo? Gostaríamos que você tentasse lembrar."

O marido dela, que estivera ouvindo em silêncio, se levantou.

"Vou buscar o calendário", disse ele. "Foi em 1991 ou 1992?"

Ela pensou por um instante.

"Em 1991. Em fevereiro ou março."

Passaram-se vários minutos enquanto eles esperavam em estado de tensão. A música de algum lugar do apartamento fora substituída pelo som da televisão. O marido voltou e passou à esposa um velho calendário preto. Ela o folheou e logo achou o que procurava.

"Viajei a Estocolmo em 19 de fevereiro de 1991. No trem que partiu às 7h12. Voltei três dias depois. Fui visitar minha irmã."

"Você não viu a mulher na viagem de volta?"

"Nunca mais a vi."

"Mas você tem certeza de que se tratava da mesma mulher que você viu na rua aqui em Lund com Katarina?"

"Sim."

Wallander olhou para ela, pensativo.

"Não há nada mais que você julgue que possa ser importante para nós?"

Ela negou com a cabeça.

"Agora vejo quão pouco sei sobre Katarina. Mas ela é uma boa jogadora de badminton."

"O que você diz de sua personalidade?"

"Isso é difícil. Talvez isso já seja um bom comentário. Uma pessoa difícil de se descrever. Ela é temperamental e às vezes se deprime. Mas quando a vi na rua com a garçonete ela estava feliz e sorridente."

"Não há nada mais que você julgue importante?"

Wallander viu que ela estava se esforçando para ajudar.

"Acho que ela sente a falta do pai", disse ela depois de um instante.

"Por que pensa isso?"

"É só uma impressão. Algo que tem a ver com a forma como ela agia em relação aos homens que tinham idade para ser seu pai."

"Como ela agia?"

"Parava de agir com naturalidade, como se se sentisse insegura."

Wallander pensou sobre o pai de Katarina, falecido quando ela era jovem. Perguntou-se também se o que Annika Carlman dissera podia explicar o relacionamento de Katarina com Eugen Blomberg.
Olhou para ela novamente. "Mais alguma coisa?"
"Não."
Wallander fez um aceno de cabeça para Birch e se pôs de pé.
"Não vamos incomodá-la mais", disse ele.
"Estou curiosa, claro", disse ela. "Por que a polícia anda fazendo perguntas se não aconteceu nada?"
"Aconteceu muita coisa", disse Wallander. "Mas não com Katarina. Receio que seja a única resposta que posso lhe dar."
Saíram do apartamento.
"Temos de encontrar essa garçonete", disse Wallander.
"As Ferrovias Suecas devem ter uma lista de empregados", disse Birch. "Mas duvido que vamos descobrir mais alguma coisa esta noite. Afinal de contas, passaram-se três anos."
"Temos de tentar", disse Wallander. "Naturalmente, não posso pedir-lhe que o faça. Podemos tratar disso em Ystad."
"Vocês já estão com muito trabalho", respondeu Birch. "Vou me encarregar disso."
Wallander não tinha dúvida de que Birch estava sendo sincero. Não era nenhum sacrifício.
Voltaram para a casa de Hedwig Taxell. Birch deixou Wallander lá e seguiu para a delegacia para começar a procurar a garçonete. Wallander se perguntou se a tarefa era importante.
No momento em que tocava a campainha, seu celular tocou. Era Martinsson. Por seu tom de voz, Wallander percebeu que ele estava conseguindo sair da depressão. A coisa ia melhor do que Wallander esperava.
"Como vão as coisas?", perguntou Martinsson. "Você ainda está em Lund?"

"Estamos tentando localizar uma garçonete que trabalha no serviço ferroviário sueco", respondeu Wallander.

Martinsson teve o bom senso de não perguntar mais nada.

"Estão acontecendo muitas coisas por aqui", disse ele. "Svedberg conseguiu entrar em contato com a pessoa que imprimia os livros de poesia de Eriksson. Ele é muito idoso, mas sua mente está em forma. E não se incomodou em nos dizer o que pensava de Eriksson. Ao que parece, ele tinha dificuldade de receber por seu trabalho."

"Ele disse algo que não sabíamos?"

"Ao que parece, Eriksson costumava viajar à Polônia desde a época da guerra. Ele se aproveitava da miséria que havia lá para comprar mulheres. Quando voltava para casa, gabava-se de suas conquistas. O velho não se importou nem um pouco em dizer o que pensava dele."

Wallander lembrava-se do que Sven Tyrén lhe contara numa de suas primeiras conversas. Agora vinha a confirmação. Então Krista Haberman não foi a única polonesa na vida de Eriksson.

"Svedberg perguntou se valia a pena entrar em contato com a polícia polonesa", disse Martinsson.

"Talvez", Wallander respondeu. "Mas por enquanto acho que é melhor esperar um pouco."

"Tem mais", disse Martinsson. "Agora vou lhe passar para Hansson."

Hansson veio ao telefone.

"Acho que já temos uma lista de quem trabalhava a terra de Eriksson", disse ele. "Tudo parece apontar para uma coisa."

"O quê?"

"Um crime não solucionado. A confiar em minha fonte, Eriksson tinha uma capacidade incrível de criar inimizades. Pode-se imaginar que a grande paixão de sua vida era arranjar novos inimigos."

"E as terras...", disse Wallander com impaciência.

Sentiu a mudança na voz de Hansson ante sua fala. Ele pareceu mais sério.

"O fosso onde encontramos Eriksson espetado nas estacas", disse Hansson.

"Que tem ele?"

"Foi cavado alguns anos atrás. A princípio, não havia esse fosso. Na verdade, ninguém entendeu por que Eriksson precisou mandar cavá-lo. Não ajudava em nada no escoamento. O barro retirado foi posto no alto da colina, que ficou mais alta. No lugar onde agora se encontra a torre."

"O que eu tinha em mente não era um fosso", disse Wallander. "Não é concebível que possa ter algo a ver com uma cova."

"A princípio, eu também achava isso", disse Hansson. "Mas então ouvi uma coisa que me fez mudar de ideia."

Wallander prendeu a respiração.

"O fosso foi cavado em 1967. O agricultor com quem conversei não tinha dúvida quanto a isso. Foi cavado em fins do outono de 1967."

"Quer dizer então que foi cavado na mesma época em que Krista Haberman desapareceu."

"O agricultor foi ainda mais preciso. Tem certeza de que foi cavado no fim de outubro. Ele se lembra por causa de um casamento celebrado em Lödinge no último dia de outubro daquele ano. A época coincide exatamente. Krista Haberman parte num carro de Svenstavik. Ele a mata e enterra. Aparece um fosso. Um fosso sem nenhuma utilidade."

"Ótimo", disse Wallander. "Isso já quer dizer alguma coisa."

"Se ela estiver nas terras dele, já sei por onde começar a procurar", disse Hansson. "O agricultor afirmou que o fosso começou a ser cavado a sudoeste da colina. Eriksson alugou uma escavadeira. Nos primeiros dias ele mesmo operou a máquina, depois deixou que outros terminassem."

"Pois é lá que vamos começar a escavar", disse Wallander, sentindo sua repulsa aumentar. "Vamos começar amanhã", continuou. "Quero que você se encarregue de todos os preparativos."

"Vai ser impossível manter isso em segredo", disse Hansson.

"Mas pelo menos devemos tentar", disse Wallander. "Quero que você converse com a chefe Holgersson a respeito disso. E também com Per Åkeson e os demais."

"Tem uma coisa que me intriga", disse Hansson, um tanto hesitante. "Se a encontrarmos, o que isso pode provar? Que Holger Eriksson a matou? Podemos supor que assim foi, ainda que nunca possamos provar a culpa de um morto. Mas o que isso significará para a investigação de que nos ocupamos agora?"

Era uma questão razoável.

"Mais que tudo, isso indicaria que estamos na pista certa", disse Wallander. "A de que o motivo comum a esses assassinatos é vingança."

"E você ainda acha que é uma mulher que está por trás disso?"

"Sim", respondeu Wallander. "Agora mais que nunca."

Quando a conversa acabou, Wallander se deixou ficar um pouco do lado de fora, na noite de outono. O céu estava sem nuvens. Uma leve brisa soprava em seu rosto. Pouco a pouco, eles se aproximavam de alguma coisa — o núcleo que estavam procurando havia exatamente um mês. Ele ainda não sabia o que iriam encontrar ali.

A mulher que Wallander tentava imaginar se esquivava o tempo todo, mas ao mesmo tempo ele sentia que talvez fosse possível compreendê-la.

Com todo cuidado, ela abriu a porta do lugar onde elas estavam dormindo. A criança estava deitada no cestinho de vime que ela comprara naquele dia. Katarina Taxell estava encolhida em posição fetal à beira da cama. Ela ficou parada, contemplando-as. *Era como se estivesse olhando para si mesma. Ou quem sabe fosse sua irmã que se encontrava no berço.*

De repente ela já não conseguia ver. Estava totalmente rodeada de sangue. Não se trata apenas de uma criança que nasceu em meio ao sangue. A própria vida tem sua fonte no sangue que jorra quando se corta a pele. Sangue que lembrava as artérias por onde havia corrido. Ela via isso com toda clareza. Sua mãe gritando, estendida numa mesa, de pernas abertas, e o homem debruçado sobre ela. Embora já se tivessem passado quarenta anos, o tempo se encarniçava contra ela, vindo do passado. Durante toda a sua vida procurara, em vão, fugir a isso. Mas ela sabia que não precisava mais temer essas lembranças. Agora que sua mãe morrera e ela estava livre para fazer o que quisesse e o que tinha de fazer para manter distância dessas lembranças.

A vertigem passou tão rápido quanto começara. Com todo cuidado, aproximou-se da cama e contemplou a criança adormecida. Não era sua irmã. Agora a criança tinha um rosto. Sua irmã não vivera o bastante para ter o que quer que fosse. Aquele era o bebê recém-nascido de Katarina. Não de sua mãe. O filho de Katarina, que nunca haveria de ser atormentado e perseguido por lembranças.

Ela voltou a uma perfeita calma. As imagens tinham desaparecido. O que estava fazendo era certo. Estava evitando que pessoas fossem atormentadas como ela fora. Ela obrigara aqueles homens que cometeram impunemente atos de violência a trilhar o mais árduo de todos os caminhos. Ou assim ela imaginava. Um homem cuja vida era tirada por uma mulher nunca haveria de entender o que lhe acontecera.

Tudo estava tranquilo. Isso era o mais importante. O que havia de mais certo para ela era ir buscar a mulher e o filho. Falar com toda calma, ouvir e dizer-lhe que tudo o que acontecera fora para melhor. Eugen Blomberg morrera afogado. O que os jornais diziam sobre um saco era boato e exagero. Eugen Blomberg se fora. Se tropeçara ou dera um passo em falso, não era culpa de ninguém. Fora obra do destino. E o destino fora justo. Era o que ela repetia e tornava a repetir e, ao que parecia, Katarina estava começando a aceitar.

No dia anterior, tivera de dizer às mulheres que naquela semana não haveria reunião. Ela não gostava de interromper seu cronograma. Criava desordem e lhe dificultava o sono. Mas era necessário. Era impossível planejar tudo.

Enquanto Katarina e o bebê permanecessem com ela, ela haveria de ficar na casa em Vollsjö. Trouxera apenas o essencial de seu apartamento em Ystad: seus uniformes e a caixinha na qual guardava as tiras de papel e o caderno com os nomes. Agora que Katarina e o filho estavam dormindo, ela não precisava esperar mais. Despejou as tiras de papel em cima do forno de assar, embaralhou-as e começou a pegar, ao acaso, uma a uma.

A nona tira que ela desdobrou tinha a cruz preta. Abriu o caderno e examinou a lista devagar, parou no número 9 e leu o nome. Tore Grundén. Ficou imóvel e olhou para a frente. A imagem do homem surgiu lentamente. A princípio, uma vaga sombra, uns poucos contornos que mal se podiam ver. Depois um rosto, uma identidade. Agora se lembrava dele. Quem era e o que havia feito.

Fora há mais de dez anos. Ela estava trabalhando no hospital de Malmö. Certa noite, pouco antes do Natal, estava de plantão no pronto-socorro. A mulher na ambulância estava morta ao dar entrada no hospital. Morrera num acidente de carro. O marido viera com ela. Estava perturbado, embora calmo, e ela logo ficou desconfiada. Já vira aquilo muitas vezes. Como a mulher estava morta, não havia mais o que fazer. Mas ela chamou um dos policiais à parte e lhe perguntou o que tinha acontecido. Fora um acidente trágico. O marido dera ré na garagem, sem notar que ela estava atrás do carro. Passara por cima dela, e sua cabeça fora esmagada por um dos pneus traseiros. Foi um acidente que não devia ter acontecido. Num momento em que não estava sendo observada, puxou o lençol e olhou para a mulher morta. Ela não era médica, mas teve certeza de que o carro passara por cima da cabeça mais de uma vez. Posteriormente, começou a investigar. A mulher que agora jazia morta na maca já tinha ido parar no hospital várias vezes. Certa vez caíra de uma escada. Outra vez batera a cabeça com força no chão de cimento, ao tropeçar no porão.

Ela escreveu uma carta anônima para a polícia. Conversou com os médicos que examinaram o corpo. Mas tudo ficou na mesma. O homem recebeu uma multa, ou talvez uma condicional, por negligência grave. Só isso. Agora tudo voltaria ao normal. Tudo, menos a vida da mulher assassinada. Ela não poderia trazê-la de volta à vida.

Começou a planejar como faria, mas algo a incomodava. Os homens que vigiavam a casa de Katarina. Tinham ido ali para detê-la. Estavam tentando chegar a ela por meio de Katarina. Talvez tivessem começado a desconfiar que uma mulher estava por trás de tudo o que tinha acontecido. Ela já esperava aquilo. Primeiro, iam achar que fora obra de um homem. Depois começariam a ter lá suas dúvidas. Finalmente notariam que haviam seguido a pista errada.

Nunca a descobririam. Nunca. Olhou para o forno e pensou em Tore Grundén. Ele morava em Hässleholm e trabalhava em Malmö. Então lhe veio a ideia de como faria. Era de uma simplicidade quase embaraçosa. Ela podia fazê-lo durante seu expediente. E ganhando para isso.

34

Eles começaram a escavar pouco antes do amanhecer de 21 de outubro, sexta-feira. Ainda estava escuro. Wallander e Hansson marcaram o primeiro quadrante com fitas de isolamento de cenas de crime. Os policiais, com macacões e botas, sabiam o que procuravam. Sua apreensão parecia combinar perfeitamente com o frio ar da manhã. Wallander sentiu-se como se estivesse num cemitério. A qualquer momento podiam se deparar com os restos mortais de uma pessoa.

Ele pusera Hansson no comando da escavação. Wallander, acompanhado de Birch, tentaria descobrir a mulher que certa vez fizera Katarina Taxell rir numa rua de Lund. Durante meia hora, ele ficou na lama onde os homens começaram a escavar. Depois seguiu a trilha em direção à chácara, onde seu carro se encontrava. Ligou para Birch, e ele estava em casa. Birch chegara à conclusão de que talvez fosse possível descobrir o nome da garçonete em Malmö. Quando Wallander ligou, Birch estava tomando café. Combinaram de se encontrar na delegacia de polícia de Malmö.

Aquela era a quarta mulher envolvida na investigação. Havia Krista Haberman, Eva Runfeldt e Katarina Taxell. A garçonete era a quarta mulher. Será que havia uma quinta? Seria esta última a que eles buscavam? Ou atingiriam o objetivo se encontrassem a garçonete? Teria sido ela a visitante noturna da maternidade de Ystad? Não saberia dizer por quê, mas duvidava que a garçonete fosse a mulher que estavam procurando. Talvez ela lhes desse uma pista, mas não podia esperar muito mais que isso.

Em seu velho carro, ele avançava pelos campos de um cinza outonal, perguntando-se distraidamente como haveria de ser o inverno. Nos últimos anos, quando nevara no Natal? Fazia tanto tempo que ele não conseguia se lembrar.

Ele chegou à estação ferroviária de Malmö e conseguiu uma vaga no estacionamento perto da entrada. Pensou em tomar uma xícara de café enquanto esperava Birch, mas o tempo era curto.

Encontrou Birch no outro lado do canal, atravessando a ponte. Com certeza estacionara nas imediações da estação. Trocaram um aperto de mão. Birch usava um gorro de tricô pequeno demais. Estava com a barba por fazer e parecendo não ter dormido o suficiente.

"Vocês começaram a fazer as escavações?", ele perguntou.

"Às sete da manhã", respondeu Wallander.

Birch balançou a cabeça com ar sombrio e apontou para a estação ferroviária.

"Vamos conversar com um homem chamado Karl-Henrik Bergstrand", disse ele. "Em geral ele não chega tão cedo, mas prometeu estar aqui para nos receber."

Entraram nos escritórios das Ferrovias Suecas. Bergstrand já havia chegado. Tinha pouco mais de trinta anos. Wallander calculou que ele representava a nova face da empresa. Eles se apresentaram.

"O pedido de vocês é inusitado", disse Bergstrand, rindo. "Mas vamos ver se podemos ajudá-los."

Convidou-os a entrar em seu espaçoso escritório. Wallander o achou demasiado convencido. Quando Wallander tinha trinta anos, ainda se mostrava inseguro em relação a quase tudo.

Bergstrand sentou-se atrás de seu imenso bureau. Wallander observou o mobiliário da sala. Talvez aquilo explicasse por que as passagens eram tão caras.

"Estamos procurando uma pessoa que trabalha no vagão-restaurante", principiou Birch. "Uma mulher."

"A grande maioria das pessoas que trabalham nesse serviço é composta de mulheres", respondeu Bergstrand. "Seria muito mais fácil encontrar um homem."

"Não sabemos seu nome", disse Birch. "Também não temos uma descrição dela."

Bergstrand lhes lançou um olhar surpreso.

"Vocês têm mesmo de tentar encontrar uma pessoa de quem sabem tão pouco?"

"Temos sim", interveio Wallander.

"Sabemos em que trem ela trabalhava", disse Birch.

Eles deram a Bergstrand a informação que ouviram de Annika Carlman. Bergstrand sacudiu a cabeça.

"Já se passaram três anos", disse ele.

"Sabemos disso", disse Wallander. "Mas vocês devem ter fichas dos funcionários, não?"

"Na verdade, não me é possível dar uma resposta", disse Bergstrand. "As Ferrovias Suecas dividem-se em muitas empresas. Os restaurantes são empresas subsidiárias, com administração independente. Eles é que podem responder às perguntas de vocês."

Wallander estava começando a ficar aborrecido e impaciente. "Vamos deixar claro uma coisa", interrompeu ele. "Não estamos procurando essa garçonete só por diversão. Queremos encontrá-la porque ela pode ter informações importantes relativas a uma complexa investigação de assassinato. Portanto, pouco nos importa quem responda a nossas perguntas. Mas queremos que o façam o mais rápido possível. Imagino que você pode entrar em contato com alguém que possa nos ajudar", disse ele. "Vamos ficar sentados aqui esperando."

"Trata-se dos assassinatos na região de Ystad?", perguntou Bergstrand com grande interesse.

"Exatamente. E essa garçonete pode ter informações importantes."

"Ela é suspeita?"

"Não", respondeu Wallander. "Ela não é suspeita. Nenhuma sombra cairá sobre o trem nem sobre os sanduíches."

Bergstrand levantou-se e saiu da sala.

"Ele me pareceu um pouco arrogante", disse Birch. "Foi bom você ter respondido da maneira que fez."

"Seria melhor ainda se ele pudesse nos dar uma resposta", disse Wallander.

Enquanto esperavam, Wallander ligou para Hansson em Lödinge. Estavam escavando no meio do primeiro quadrante. Não tinham encontrado nada.

"Infelizmente, a coisa já vazou", disse Hansson. "Muitos curiosos já apareceram na chácara."

"Mantenham-nos afastados", disse-lhe Wallander. "Acho que é só o que podemos fazer."

"Nyberg quer falar com você. É sobre a gravação da conversa de Katarina Taxell com a mãe."

"Conseguiram identificar o ruído de fundo?"

"Acho que não, mas é melhor você falar diretamente com ele."

"Eles não descobriram nada?"

"Acham que alguém perto do telefone estava batendo no chão ou na parede. Mas de que nos adianta essa informação?"

Wallander alimentara esperanças cedo demais.

"Podia muito bem ser o bebê de Taxell", disse Hansson.

"Pelo que entendi, temos acesso a um especialista capaz de descobrir se a chamada foi feita de um lugar distante ou não. Mas é um processo complicado. Nyberg disse que levaria pelo menos uns dois dias."

"Só nos resta esperar", disse Wallander.

Bergstrand voltou ao escritório, e Wallander tratou de encerrar a conversa.

"Vai levar um tempinho", disse Bergstrand. "Temos de localizar uma lista de funcionários de três anos atrás, e a companhia sofreu muitas mudanças desde então. Mas expliquei que é importante. Já estão trabalhando nisso."

"Vamos esperar", disse Wallander.

Bergstrand não parecia muito entusiasmado com a presença de dois policiais em sua sala, mas não disse nada.

"Café é um dos pontos fortes da empresa, não é?", perguntou Birch. "Podemos tomar um pouco?"

Bergstrand saiu da sala.

"Acho que ele não está acostumado a trazer o café", disse Birch alegremente.

Wallander não respondeu.

Bergstrand voltou com uma bandeja, depois se desculpou dizendo que tinha uma reunião urgente. Eles permaneceram onde estavam. Wallander tomou o café e sentiu a impaciência aumentar. Pensou em Hansson e se perguntou se era o caso de deixar Birch esperando a identificação da garçonete. E resolveu esperar meia hora. Não mais.

"Tenho tentado ficar a par de tudo o que aconteceu", disse Birch depois de algum tempo. "Reconheço que nunca lidei com nada parecido antes. Será que o assassino pode mesmo ser uma mulher?"

"Não podemos ignorar o que sabemos", respondeu Wallander.

Ao mesmo tempo, o pensamento que o atormentava voltou. O medo de estar conduzindo a investigação para um terreno em que havia apenas armadilhas. A qualquer momento, o alçapão poderia se abrir sob seus pés.

"Não tivemos muitos *serial killers* do sexo feminino em nosso país", disse ele.

"Se é que tivemos algum", disse Wallander. "Além disso, não sabemos se ela cometeu os assassinatos. Nossas pistas poderão nos levar a essa mulher ou a alguém que age por trás dela."

"E você acha que ela serve café regularmente em trens que fazem o trajeto entre Estocolmo e Malmö?"

A incredulidade de Birch era evidente.

"Não", respondeu Wallander. "Não acho que ela sirva

café. Com certeza a garçonete é apenas o quarto passo da caminhada."

Birch parou de fazer perguntas. Wallander olhou o relógio de parede, perguntando-se se devia ligar para Hansson novamente. A meia hora quase já se esgotara. Bergstrand ainda estava na reunião. Birch lia um folheto.

Passaram-se mais trinta minutos. Wallander já estava ficando impaciente.

Bergstrand voltou.

"Parece que vamos resolver o caso", disse ele animado. "Mas vai levar mais um pouco de tempo."

"Quanto tempo?"

Wallander não escondia sua irritação. Provavelmente era injustificada, mas ele não conseguia se conter.

"Talvez meia hora. Estão trazendo os arquivos para cá. Isso leva tempo."

Continuaram a esperar. Birch largou o folheto e cochilou. Wallander foi à janela e contemplou Malmö. À direita, entreviu o terminal de hidrofólios e pensou nas vezes em que ali ficara esperando Baiba. Quantas vezes? Duas. Parecia-lhe que o número era maior. Ligou para Hansson. Nada. As escavações iriam levar tempo. Hansson disse também que começara a chover. Wallander ponderou sombriamente a extensão daquele trabalho deprimente.

Está tudo indo para o diabo, pensou ele de repente. Conduzi toda a investigação rumo ao fracasso. Birch começou a roncar. Wallander não parava de consultar o relógio. Bergstrand voltou. Birch acordou sobressaltado. Bergstrand trazia um papel na mão.

"Margareta Nystedt", disse ele. "Provavelmente é a pessoa que vocês estão procurando. Ela era a única que estava atendendo no vagão-restaurante naquele dia e horário."

Wallander levantou-se de um salto. "Onde ela está agora?"

"Na verdade, não sei. Parou de trabalhar para nós há um ano."

"Diabo", disse Wallander.

"Mas temos seu endereço", continuou Bergstrand. "Ela talvez não tenha mudado só por ter parado de trabalhar na empresa."

Wallander agarrou a folha de papel. Era um endereço em Malmö.

"Na Carl Gustaf", disse Wallander. "Onde fica isso?"

"Perto do Parque Pildamm", respondeu Bergstrand.

Wallander viu que havia um número de telefone, mas resolveu não ligar. Iria lá pessoalmente.

"Obrigado pela ajuda", disse ele a Bergstrand. "Posso confiar nessa informação? Ela era a única de serviço naquele dia?"

"As Ferrovias Suecas são conhecidas por sua confiabilidade", disse Bergstrand. "Isso significa que cuidamos de acompanhar o trabalho de nossos funcionários. Tanto na administração central quanto nas subsidiárias."

Wallander não entendeu o que aquilo tinha a ver com o que perguntara, mas não tinha tempo para mais perguntas. "Então vamos embora", disse ele a Birch.

Saíram da estação. Birch entrou no carro de Wallander. Levaram menos de dez minutos para achar o endereço. Era um bloco de apartamentos de cinco andares. Margareta Nystedt morava no quinto andar. Pegaram o elevador. Wallander tocou a campainha antes mesmo de Birch sair do elevador, esperou e tocou novamente. Ninguém atendeu. Ele praguejou consigo mesmo, depois tomou uma decisão rápida. Tocou a campainha do apartamento vizinho. A porta se abriu quase imediatamente. Um senhor idoso lhe lançou um olhar duro. A camisa estava desabotoada na altura da barriga e ele estava segurando um cupom de apostas.

Wallander sacou seu distintivo. "Estamos procurando Margareta Nystedt", disse ele.

"O que é que ela fez?", perguntou o homem. "É uma jovem muito amigável. O marido dela também."

"Precisamos apenas de algumas informações", disse Wallander. "Ela não está em casa. Ninguém nos abriu a porta. Por acaso o senhor sabe onde podemos encontrá-la?"

"Ela trabalha no hidrofólio", respondeu o homem. "De garçonete."

Wallander olhou para Birch.

"Obrigado pela ajuda", disse Wallander. "Boa sorte com os cavalos."

Dez minutos depois eles frearam na frente do terminal de hidrofólios.

"Acho que não podemos estacionar aqui", disse Birch.

"Que se dane", disse Wallander.

Sentia como se estivesse correndo e que tudo se desmoronaria se ele parasse. Em poucos minutos ficou sabendo que naquela manhã Margareta Nystedt estava trabalhando no *Springaren*. Acabara de partir de Copenhague e deveria chegar ao cais dentro de meia hora. Wallander aproveitou o tempo para estacionar o carro em outro lugar. Birch sentou-se num banco no hall de embarque e se pôs a ler um jornal todo rasgado. O administrador do terminal veio e lhes disse que poderiam esperar na sala dos funcionários. Wallander se perguntou se eles queriam que ele entrasse em contato com o barco.

"De quanto tempo ela vai dispor aqui?", perguntou Wallander.

"Ela vai voltar para Copenhague na próxima viagem."

"Isso não será possível."

O homem procurou colaborar. Prometeu providenciar para que Margareta Nystedt pudesse ficar. Wallander garantiu-lhe que ela não era suspeita de nenhum crime. Foi para o cais quando o barco atracou. Os passageiros lutavam contra o vento. Wallander surpreendeu-se ao ver quanta gente cruzava o estreito de Sound num dia de semana. O último passageiro vinha de muletas. Então uma mulher de uniforme saiu para a coberta. O administrador apontou-a para Wallander. Ela era loira, tinha cabelos curtos e era mais jovem do que Wallander tinha imaginado. Ela parou na frente dele e cruzou os braços. Com grande frieza.

"Você é o homem que quer falar comigo?", ela perguntou.

"Margareta Nystedt?"

"Sou eu."

"Vamos entrar. Não precisamos ficar aqui neste frio."

"Não tenho muito tempo."

"Tem mais do que pensa. Você não vai embarcar na próxima viagem."

Ela parou.

"Por que não? Quem decidiu isso?"

"Tenho de conversar com você, mas não precisa se preocupar."

De repente ele teve a impressão de que a jovem estava assustada. Por um breve instante, começou a achar que se enganara. Que ela era a pessoa que eles procuravam. Que ele já tinha encontrado a quinta mulher, sem ter encontrado a quarta. Com a mesma rapidez, porém, percebeu que estava errado. Margareta Nystedt era jovem e esbelta. Não era forte o bastante para praticar aqueles crimes. Bastava olhar para ela para ver que não era a responsável pelos assassinatos.

Entraram no edifício do terminal onde Birch esperava, passaram para a sala dos funcionários e se sentaram. A sala estava vazia. Birch se apresentou. Eles trocaram um aperto de mão. A mão dela era delicada como os pés de um passarinho, pensou Wallander consigo mesmo.

Examinou-lhe o rosto. Ela teria vinte e sete ou vinte e oito anos. Usava saia curta, tinha belas pernas e estava com uma maquiagem pesada. Ele teve a impressão de que a jovem aplicara maquiagem sobre alguma coisa no rosto de que não gostava. Ela estava nervosa.

"Desculpe-nos por abordá-la dessa forma", disse Wallander. "Mas às vezes há coisas inadiáveis."

"Como meu barco, por exemplo", respondeu ela. Sua voz era estranhamente dura. Wallander não esperava aquilo.

"Não há problema. Falei com seu supervisor sobre isso."

"O que eu fiz?"

Wallander olhou-a, pensativo. Ela não tinha a menor ideia de por que ele e Birch estavam ali. Não havia dúvida quanto a isso. O alçapão de sua incerteza estalou e rangeu sob seus pés.

Ela repetiu a pergunta. O que tinha feito?

Wallander lançou um olhar a Birch, que olhava disfarçadamente para as pernas da jovem.

"Katarina Taxell", disse Wallander. "Você a conhece?"

"Sei quem é ela. Se a conheço é outra história."

"Como você a conheceu? O que tem a ver com ela?"

De repente ela teve um sobressalto. "Aconteceu alguma coisa com ela?"

"Não. Responda às minhas perguntas."

"Responda à minha! Eu só tenho uma. Por que está me perguntando por ela?"

Wallander viu que se mostrara impaciente demais. Fora rápido demais. A reação dela era compreensível.

"Não aconteceu nada com Katarina. E ela não é suspeita de ter cometido nenhum crime. Nem você. Mas precisamos de algumas informações sobre ela. É só o que posso lhe dizer. Depois que você responder às perguntas, vou embora e você pode voltar ao seu trabalho."

Ela lhe lançou um olhar interrogativo, já começando a acreditar nele.

"Três anos atrás você passou certo tempo com ela. Naquela época, você trabalhava como garçonete em vagões-restaurantes da ferrovia."

Ela parecia surpresa ao ver que ele conhecia seu passado. Wallander teve a impressão de que ela se pôs na defensiva, o que o fez redobrar a atenção.

"Isso é verdade?"

"Claro que sim. Por que eu haveria de negar?"

"E você conhecia Katarina Taxell?"

"Sim."

"Como você a conheceu?"

"Trabalhávamos juntas."

Wallander lhe lançou um olhar surpreso, depois continuou.

"Ela não é professora?"

"Ela estava dando um tempo. Foi nessa época que trabalhou no trem."

Wallander olhou para Birch, que balançou a cabeça. Ele também não tinha essa informação.

"Quando foi isso?"

"Na primavera de 1991. Não posso lhe responder de forma mais precisa."

"E vocês trabalharam juntas?"

"Nem sempre, mas com certa frequência."

"E vocês se encontravam quando estavam de folga?"

"Às vezes. Mas não éramos amigas íntimas. A gente se divertia. Só isso."

"Quando foi seu último encontro?"

"Nós nos afastamos quando ela parou de trabalhar como garçonete. Não éramos íntimas."

Wallander viu que ela estava falando a verdade. Não estava mais na defensiva.

"Nessa época Katarina tinha um namorado firme?"

"Na verdade, não sei", respondeu ela.

"Se vocês trabalhavam juntas e saíam juntas, não é de se esperar que soubesse?"

"Não me lembro de ela ter mencionado ninguém."

"E você nunca a viu acompanhada de um homem?"

"Nunca."

"Ela tinha amigas com quem saía?"

Margareta Nystedt pensou por um instante, depois disse três nomes a Wallander. Os mesmos que ele já tinha.

"Ninguém mais?"

"Até onde sei, não."

"Você já ouviu falar em Eugen Blomberg?"

Ela refletiu um pouco.

"Não é o homem que foi assassinado?"

"Isso mesmo. Você se lembra de Katarina ter falado nele alguma vez?"

De repente ela lhe lançou um olhar grave.

"Foi ela quem o matou?"

Wallander aproveitou a pergunta dela.

"Você acha que ela seria capaz de matar alguém?"
"Não. Katarina era uma pessoa muito gentil."
"Vocês viajavam o tempo todo de Malmö para Estocolmo e vice-versa", disse ele. "Estou certo de que trabalhavam muito, mas sem dúvida tinham tempo de conversar. Tem certeza de que ela nunca mencionou uma outra amiga? Isso é importante."
"Não", disse ela. "Não consigo me lembrar de ninguém."
Naquele instante Wallander notou que ela hesitara por uma fração de segundo. Ela percebeu que ele notara.
"Talvez", disse ela.
"O quê?"
"Deve ter sido pouco antes de ela pedir demissão. Fiquei em casa por uma semana por causa de uma gripe. Quando voltei, ela estava diferente."
Wallander agora estava aflito. Birch também notou que estava acontecendo alguma coisa.
"Diferente como?"
"Não sei bem como explicar. Seu humor parecia oscilar entre a tristeza e a euforia. Estava mudada."
"Tente descrever essa mudança. Pode ser crucial."
"Normalmente, quando não tínhamos nada para fazer, ficávamos na pequena cozinha do vagão-restaurante. A gente conversava, folheava revistas. Mas, quando voltei, não fazíamos mais isso."
"E o que faziam então?"
"Ela saía."
Wallander esperou que ela continuasse, mas isso não aconteceu.
"Ela saía do vagão-restaurante? Com certeza não saía do trem. O que ela dizia que ia fazer?"
"Ela não dizia nada."
"Mas certamente você lhe perguntou. Ela tinha mudado? Por que não conversava mais?"
"Talvez eu tenha perguntado. Não me lembro. Mas ela não dizia nada. Simplesmente saía."
"Isso costumava acontecer?"

"Não. Logo antes de se demitir, ela ficou diferente. Parecia completamente fechada."

"Você acha que ela estava se encontrando com alguém no trem? Um passageiro que toda vez estivesse a bordo? Parece estranho."

"Não sei."

Wallander não tinha mais perguntas a fazer. Olhou para Birch, que tampouco tinha algo a acrescentar.

O hidrofólio estava prestes a partir.

"Agora você pode descansar", disse Wallander. "Quero que entre em contato comigo se lhe ocorrer mais alguma coisa."

Escreveu o próprio nome e o telefone num pedaço de papel e entregou a ela.

Ela se pôs de pé e saiu.

"Quem haveria de se encontrar com Katarina num trem?", perguntou Birch. "Um passageiro que costuma fazer o trajeto de ida e volta entre Malmö e Estocolmo? Além disso, elas não servem no mesmo trem o tempo todo. A coisa não parece lógica."

Wallander ouvia os comentários de Birch só pela metade. Ocorrera-lhe uma ideia que ele não desejava deixar escapar. Não podia ser um passageiro. Portanto, só podia ser alguma outra pessoa que estivesse no trem pelas mesmas razões que ela.

Wallander olhou para Birch.

"Quem trabalha num trem?", perguntou ele.

"Imagino que há um maquinista."

"Quem mais?"

"Condutores. Um ou vários."

Wallander balançou a cabeça em sinal de concordância. Pensava sobre o que Höglund havia descoberto. O leve esboço de um padrão. Uma pessoa que tinha folgas irregulares mas frequentes. Como as pessoas que trabalham em trens. E havia também o quadro de chegadas e partidas no compartimento secreto. Ele se pôs de pé.

"Acho que vamos tornar a procurar Bergstrand", disse ele.

"Você está em busca de outra garçonete?"

Wallander não respondeu. Já estava a caminho do edifício do terminal.

Bergstrand não pareceu satisfeito em tornar a ver Wallander e Birch. Wallander movia-se depressa, praticamente empurrando-o pela porta de seu escritório.

"Durante o mesmo período", disse ele. "Na primavera de 1991, havia uma mulher chamada Katarina Taxell trabalhando para a empresa. Quero que você me faça um levantamento dos nomes de todos os maquinistas e condutores que trabalhavam nos mesmos turnos que Katarina Taxell. Estou interessado principalmente na primavera de 1991, quando Margareta Nystedt ficou sem trabalhar porque estava doente. Entende o que estou dizendo?"

"Você só pode estar brincando", disse Bergstrand. "É impossível juntar todas essas informações. Levaria meses."

"Digamos que temos algumas horas", respondeu Wallander em tom amistoso. "Se necessário, vou pedir ao comissário nacional de polícia que telefone ao seu colega, o administrador-geral das Ferrovias Suecas. E vou pedir-lhe que reclame da falta de cooperação de um empregado de Malmö chamado Karl-Henrik Bergstrand."

Bergstrand deu um riso feroz. "Então vamos fazer o impossível", disse ele. "Mas levaremos horas."

"Se vocês trabalharem o mais rápido que puderem, terão o tempo de que precisarem", respondeu Wallander.

"Você pode passar a noite num dos dormitórios da estação", disse Bergstrand. "Ou no Hotel Prize, com quem temos um convênio."

"Não, obrigado", disse Wallander. "Quando vocês tiverem a informação que pedi, mande para mim por fax para a delegacia de polícia de Ystad."

"Quer dizer que você acha tratar-se de alguém que trabalhava nas Ferrovias Suecas naquela época?", perguntou Birch.

"Só pode ser isso. Não existe outra explicação razoável."

Birch enfiou o gorro. "Então só nos resta esperar."

"Você em Lund e eu em Ystad. Continuando a monitorar o telefone de Hedwig Taxell. Katarina deve tornar a ligar."

Separaram-se na frente da estação. Wallander entrou no carro e seguiu pela cidade, perguntando-se se chegara à última bonequinha *matrioshka*. O que haveria lá dentro?

Parou num posto de gasolina pouco antes da rotatória da estrada para Ystad, encheu o tanque e entrou para pagar. Ao sair, ouviu o celular tocar. Abriu a porta com um puxão e pegou o fone. Era Hansson.

"Onde você está?", perguntou Hansson.

"A caminho de Ystad."

"Acho melhor você vir para cá."

Wallander sobressaltou-se. Quase deixou cair o celular.

"Você a encontrou?"

"Acho que sim."

Wallander foi diretamente para Lödinge.

O vento ganhara velocidade e mudou de direção, passando a soprar do norte.

35

Eles tinham achado um fêmur e nada mais. Levaram muitas horas para encontrar mais uns restos de esqueleto. Soprava um vento frio e turbulento naquele dia, um vento que atravessava suas roupas e tornava a situação mais lúgubre e horrorosa.

O fêmur jazia numa folha de plástico. Eles tinham cavado uma área que não ia além de vinte metros quadrados e estavam surpreendentemente próximos à superfície quando a pá atingiu o osso.

Um médico veio examiná-lo. Naturalmente, não pôde dizer nada, exceto que se tratava de um osso humano. Mas Wallander não precisava de nenhuma informação adicional. Em sua mente, não restava dúvida de que se tratava de despojos de Krista Haberman. Tinham de continuar a escavação. Talvez encontrassem o resto do esqueleto e então poderiam descobrir a forma como fora morta.

Wallander sentia-se cansado e melancólico naquela tarde interminável. Pouco importava o fato de que ele tinha razão. Era como se estivesse diante de uma história terrível com a qual preferia não ter de lidar. Durante todo o tempo ele esperava, com os nervos à flor da pele, o que Karl-Henrik Bergstrand teria a lhes dizer. Passou duas longas horas na lama com Hansson e os outros policiais que faziam a escavação. Depois de contar a Hansson o que acontecera em Malmö, voltou à delegacia de polícia.

Chegando à delegacia, reuniu todos os colegas que conseguiu encontrar e repetiu o relato do que acontecera.

Agora só lhes restava esperar que a máquina de fax começasse a emitir os papéis. Enquanto estavam na sala de reuniões, Hansson ligou para dizer que tinham encontrado uma tíbia. O mal-estar em torno da mesa era palpável. Estavam lá esperando que aparecesse uma caveira na lama.

Foi uma tarde longa. A primeira tempestade de outono formava-se sobre Skåne. Folhas giravam em torvelinho no parque na frente da delegacia. Eles permaneciam na sala de reuniões, ainda que não tivessem nada para discutir em equipe. Todos tinham muitas outras tarefas esperando-os em suas escrivaninhas, mas Wallander achou que o que mais precisavam era reunir forças. Se a informação vinda de Malmö lhes desse a pista que estavam esperando, teriam então de fazer muita coisa num brevíssimo espaço de tempo. Era por isso que se deixavam ficar acomodados em suas cadeiras em volta da mesa de reuniões, descansando.

Birch ligou e disse que Hedwig nunca ouvira falar em Margareta Nystedt. Disse também que não conseguia entender como pudera esquecer que durante algum tempo sua filha trabalhara como garçonete nos trens. Birch teve a impressão de que ela falava a verdade.

Martinsson saía da sala o tempo todo para ligar para casa, permitindo que Wallander se informasse com Höglund sobre como iam as coisas na casa dele. Ela achava que Terese estava muito melhor. Martinsson não falou mais em deixar a corporação. Aquela discussão até fora deixada de lado por enquanto. Investigar crimes sérios significava deixar de lado a própria vida por algum tempo.

Às quatro da tarde, Hansson telefonou para dizer que achara um dedo médio. Logo depois tornou a ligar. Tinham descoberto a caveira. Wallander perguntou se ele queria que o substituíssem, mas ele disse que preferia ficar.

Uma gélido frêmito perpassou a sala de reuniões quando Wallander deu as últimas notícias. Mais que depressa Svedberg largou a metade do sanduíche que tinha na mão.

Wallander já vivera aquilo antes. Um esqueleto pouco

significava sem a caveira. Só então era possível imaginar a pessoa que um dia existiu. Nesse clima de fatigante expectativa, os membros da equipe dispunham-se em volta da mesa como ilhas isoladas. De vez em quando entabulavam-se conversas esparsas. Alguém fazia uma pergunta. Um outro respondia, esclarecia alguma coisa, e o silêncio voltava a imperar.

Svedberg de repente evocou Svenstavik.

"Eriksson devia ser um homem estranho. Primeiro induz uma polonesa a vir com ele a Skåne. Sabe lá Deus o que lhe prometeu. Casamento? Bens materiais? A oportunidade de ser uma princesa de um vendedor de automóveis? Então ele a mata quase imediatamente. Quando, porém, vê a própria morte aproximando-se, compra uma carta de indulgência legando dinheiro à igreja de Jämtland."

"Li os poemas dele", disse Martinsson. "Não se pode negar que às vezes ele mostra alguma sensibilidade."

"Para com animais", disse Höglund. "Pássaros. Mas não para com seres humanos." Wallander lembrou-se do canil abandonado. Perguntou-se por quanto tempo estava vazio. Hamrén pegou um telefone, ligou para Sven Tyrén e obteve a resposta. O último cão de Eriksson foi encontrado morto no canil certa manhã, poucas semanas antes de o dono ser assassinado. Tyrén ouviu isso de sua esposa, que o ouvira da mulher que entregava cartas. Tyrén não sabia de que o cachorro morrera, mas ele já era muito velho. Wallander imaginou que alguém matara o cachorro para que ele não latisse. E esse alguém era a pessoa que estavam procurando. Pensaram em outra explicação, mas faltava-lhes um contexto maior. Nada ainda tinha sido esclarecido de forma completa.

Às quatro e meia da tarde Wallander ligou para Malmö. Bergstrand atendeu o telefone. Em breve eles poderiam mandar por fax as informações pedidas por Wallander.

A espera continuava. Um repórter ligou e perguntou por que eles estavam fazendo escavações na chácara de Eriksson. Wallander se mostrou o mais amistoso possível, disse-lhe que a investigação estava progredindo, mas que àquela altura eles ainda não estavam em condições de dar detalhes. A chefe Holgersson ficou com eles a maior parte do tempo. Além disso, foi com Åkeson a Lödinge. Ao contrário do chefe anterior, Björk, ela não falava muito. Os dois eram muito diferentes. Björk aproveitaria a oportunidade para queixar-se do último memorando do departamento de polícia nacional, procurando relacioná-lo com a investigação em curso. Lisa Holgersson era diferente. Wallander concluiu que ambos eram bons, cada um à sua maneira.

Hamrén estava fazendo palavras cruzadas, Svedberg procurava cabelos remanescentes em sua calva e Höglund estava sentada de olhos fechados. Agora, de vez em quando Wallander se levantava e andava um pouco no corredor; estava muito cansado. Ele se perguntava por que Katarina Taxell não procurara se comunicar. Não deveriam começar a procurá-la? Wallander temia que eles assustassem a mulher que viera buscá-la. Ouviu o telefone tocando na sala de reuniões e se apressou em chegar à porta. Svedberg atendera.

Wallander perguntou sem falar, apenas movimentando os lábios: "Malmö?". Svedberg sacudiu a cabeça. Era Hansson novamente.

"Dessa vez foi uma costela", disse Svedberg ao desligar. "Será que ele tem de ligar toda vez que acha um osso?"

Wallander sentou-se à mesa. O telefone tocou novamente. Svedberg atendeu, ouviu um instante e passou-o a Wallander.

"Vocês receberão as informações por fax dentro de alguns minutos", disse Bergstrand. "Acho que encontramos tudo que vocês queriam."

"Então você fez um bom trabalho", disse Wallander. "Se precisarmos de mais alguma informação, ligo para você."

"Não tenho dúvida quanto a isso", disse Bergstrand. "Acho que você não é do tipo que desiste."

Todos se reuniram em volta da máquina de fax. Alguns

minutos depois as páginas começaram a sair. Wallander viu imediatamente que havia muito mais nomes do que ele imaginara. Quando a transmissão se encerrou, ele tirou cópias para todo mundo. De volta à sala de reuniões, eles as examinaram em silêncio. Wallander contou trinta e dois nomes, dezessete deles de mulher. Não conhecia nenhum. As listas de horas de serviço e as várias combinações pareciam intermináveis. Depois de muito procurar, ele descobriu a semana em que o nome de Margareta Nystedt não aparecia. No período em que Katarina Taxell trabalhou como garçonete, onze condutoras trabalharam no trem.

Por um instante, Wallander sentiu-se novamente impotente. Mas logo afastou esse sentimento e bateu a caneta na mesa.

"Há muita gente nesta lista", disse ele. "Temos de nos concentrar nas onze condutoras. Alguém conhece algum desses nomes?"

Eles inclinaram a cabeça sobre as páginas. Ninguém se lembrava de ter visto nenhum dos nomes nas outras partes da investigação. Wallander sentiu falta de Hansson. Era ele que tinha a melhor memória. Pediu a um dos detetives que fizesse uma cópia e cuidasse para que alguém a levasse a ele.

"Então vamos começar", disse ele quando o detetive saiu da sala. "Onze mulheres. Temos de investigar cada uma delas. Vamos torcer para que a certa altura encontremos um ponto de contato com esta investigação. Vamos dividi-las. E vamos começar já. A noite vai ser longa."

Eles dividiram os nomes entre si. Wallander sentiu que a caçada já estava em curso. A espera finalmente terminara.

Muitas horas depois, já perto das onze da noite, Wallander entrou em desespero novamente. Tinham conseguido apenas eliminar dois nomes da lista. Uma das mulheres morrera num acidente de carro muito antes de o corpo de Eriksson ser encontrado, e a outra já se transferira para um trabalho na área administrativa em Malmö. Bergstrand notou o engano e ligou para Wallander imediatamente. Estavam buscando pontos de contato, mas não acharam nenhum. Höglund foi ao escritório de Wallander.

"O que devo fazer com esta aqui?", perguntou ela, sacudindo o papel que trazia na mão.

"O que tem ela?"

"Anneli Olsson, trinta e nove anos de idade, casada, mãe de quatro filhos. Mora em Ängelholm com o marido, que é pastor. É profundamente religiosa. Trabalha em trens, cuida da família e passa o pouco tempo livre fazendo artesanato e vários outros trabalhos beneficentes. O que fazer com ela? Ligar e marcar uma conversa? Perguntar-lhe se matou três homens no mês passado? Se ela sabe onde está Katarina Taxell e seu bebê?"

"Deixe-a de lado", disse Wallander. "Isso também é um passo na direção certa."

Hansson voltou de Lödinge quando já não se podia trabalhar por causa da chuva e do vento. Disse a Wallander que a partir do dia seguinte precisaria de mais gente para continuar os trabalhos. Então se pôs a trabalhar nas oito mulheres restantes. Em vão, Wallander tentou fazer com que ele fosse para casa, pelo menos para trocar as roupas encharcadas. Mas Hansson se recusou, e Wallander percebeu que ele queria se livrar o mais rápido possível da desagradável experiência de chapinhar na lama escavando em busca dos despojos de Krista Haberman.

Pouco depois das onze da noite, Wallander estava ao telefone tentando localizar um parente de uma condutora chamada Wedin. Ela se mudara cinco vezes no último ano. Tivera um divórcio turbulento e agora sempre aparecia na lista dos funcionários em licença de saúde. Ele estava ligando para o serviço de auxílio à lista quando Martinsson apareceu à porta. Pela expressão de seu rosto, Wallander notou que acontecera alguma coisa e tratou de desligar.

"Acho que a achamos", disse ele em voz baixa. "Yvonne Ander."

"Por que você acha que foi ela?"

"Na verdade, ela mora em Ystad. Tem um endereço na Liregatan."

"O que mais?"

"Em muitos aspectos, ela parece estranha. Esquiva, como toda esta investigação. Mas tem um background que merece nossa atenção. Trabalhou como auxiliar de enfermagem e também no serviço de ambulâncias."

Wallander fitou-o em silêncio por um instante, depois se pôs de pé rapidamente.

"Chame os outros", disse ele. "Agora, já."

Em poucos minutos todos estavam na sala de reunião.

"Martinsson talvez a tenha encontrado", disse Wallander. "E ela mora aqui em Ystad."

Martinsson deu todas as informações que conseguira recolher sobre Yvonne Ander.

"Ela tem quarenta e sete anos", principiou ele. "Nasceu em Estocolmo e veio morar em Skåne há quinze anos. Nos primeiros anos, morou em Malmö, em seguida mudou-se para Ystad. Trabalhou nas Ferrovias Suecas nos últimos dez anos. Antes disso, porém, quando era mais jovem, fez um curso de auxiliar de enfermagem e trabalhou por muito tempo na área de saúde. Trabalhou também em ambulâncias. E, ao que parece, durante longos períodos ela ficou sem trabalhar."

"O que fazia, então?", perguntou Wallander.

"Há grandes lacunas."

"Ela é casada?"

"Vive sozinha."

"Divorciada?"

"Não temos notícias de crianças em sua vida. Acho que ela nunca se casou. Mas a época em que trabalhou nos trens é a mesma em que Katarina Taxell trabalhou."

Martinsson estava lendo em seu caderno de anotações. Então o largou na mesa.

"Tem mais uma coisa. Ela tem grande atuação na Associação Recreativa das Ferrovias Suecas de Malmö. Acho que muita gente também tem, mas o que me surpreendeu foi o fato de se interessar por levantamento de pesos."

A sala ficou em absoluto silêncio.

"Portanto, ela deve ser muito forte", continuou Martinsson. "E não é uma mulher de grande força física que estamos procurando?"

Wallander tomou uma decisão rápida.

"Vamos deixar de lado todos os outros nomes por enquanto e nos concentrar em Yvonne Ander. Repita tudo novamente. Devagar."

Martinsson repetiu seu resumo. Eles fizeram mais perguntas. Muitas delas ficaram sem resposta. Wallander consultou o relógio. Passava um pouco da meia-noite.

"Acho que devíamos falar com ela esta noite."

"Se ela não estiver trabalhando", disse Höglund. "De vez em quando ela trabalha no trem noturno. As outras condutoras trabalham de dia ou de noite, sem fazer essa alternância."

"Ela pode ou não estar em casa", disse Wallander.

"O que vamos conversar com ela?"

A pergunta partiu de Hamrén e era procedente.

"Acho possível que Katarina Taxell esteja lá", disse Wallander. "Ou pelo menos podemos usar isso como pretexto para ligar. A mãe dela está preocupada. Podemos começar por aí. Não temos provas contra ela. Não temos absolutamente nada. Mas quero suas impressões digitais."

"Quer dizer então que não vamos mandar uma equipe inteira", Svedberg disse.

Wallander fez um aceno de concordância a Höglund.

"Acho que dois de nós poderíamos ir a sua casa, mantendo um carro na retaguarda, para o caso de acontecer alguma coisa."

"O quê, por exemplo?", Martinsson perguntou.

"Não sei."

"Não é um pouco irresponsável?", disse Svedberg. "Suspeitamos que ela esteja envolvida em assassinatos."

"Estaremos armados", disse Wallander.

Um policial do serviço de mensagens bateu à porta, interrompendo-os.

"Há uma mensagem de um médico de Lund", disse ele. "Ele fez um exame preliminar dos restos do esqueleto que vocês acharam. Ele acha que é de uma mulher. E que foi enterrado há muito tempo."

"Bem, então temos essa informação", disse Wallander. "Na pior das hipóteses, estamos prestes a resolver um caso de vinte e sete anos."

O policial se foi.

"Acho que não haverá nenhum problema", disse Wallander.

"Se Taxell não estiver com ela, como vamos explicar nossa presença lá? Afinal de contas, vamos bater à sua porta no meio da noite."

"Vamos perguntar por Katarina", disse Wallander. "Estamos à sua procura, só isso."

"E se ela não estiver em casa?"

Wallander não tinha tempo para pensar sobre aquilo.

"Então a gente entra. E os policiais que estiverem na retaguarda ficarão de olho para ver se ela está voltando. Nesse meio-tempo, peço aos demais que esperem aqui. Sei que é tarde, mas não tem outro jeito."

Ninguém apresentou objeções.

Saíram da delegacia logo depois da meia-noite. O vento agora soprava com a força de um vendaval. Wallander e Höglund foram no carro dela. Martinsson e Svedberg foram no carro que ficaria na retaguarda. A Liregatan ficava exatamente no centro de Ystad. Eles pararam a um quarteirão de distância. As ruas estavam quase desertas. Passaram apenas por um ou dois carros, um deles da ronda policial noturna. Wallander se perguntou se o comando de bicicleta que pretendiam implantar conseguiria patrulhar as ruas quando o vento soprasse com aquela força.

Yvonne Ander morava em um apartamento num edifício de madeira e tijolos reformado. O dela, cuja porta dava para a rua, ficava entre dois outros apartamentos. Exceto por uma luz acesa numa janela no extremo esquerdo, todo o edifício estava mergulhado na escuridão.

"Ou ela está dormindo ou não está em casa", disse Wallander. "Mas temos de partir da suposição de que está."

O vento soprava com força.

"Será que foi ela mesmo?", perguntou Höglund.

Wallander estava morrendo de frio e mal-humorado. Será que era por estarem agora caçando uma mulher?

"Sim", disse ele. "Acho que foi."

Atravessaram a rua. O carro de Martinsson e Svedberg estava a sua esquerda, de faróis apagados. Höglund tocou a campainha e eles a ouviram soar dentro do apartamento. Tensos, esperaram. Ele lhe fez um sinal para que tocasse novamente. Nada. Depois uma terceira vez, sem nenhum resultado.

"Você acha que ela está dormindo?", perguntou Höglund.

"Não", disse Wallander. "Acho que ela não está em casa."

Tentou abrir a porta. Estava trancada à chave. Foi à porta da rua e fez sinal para o carro. Martinsson veio andando. Não havia melhor que ele para abrir portas sem usar a força. Ele trazia uma lanterna e várias ferramentas. Wallander ficou segurando a lanterna enquanto Martinsson trabalhava. Ele levou mais de dez minutos. Finalmente conseguiu abrir a fechadura, pegou a lanterna e voltou para o carro.

Wallander olhou em volta. Não havia ninguém por ali. Ele e Höglund entraram e ficaram à escuta, em silêncio. Não havia janela no corredor. Wallander acendeu uma lâmpada. À esquerda ficava uma sala de estar de teto baixo; à direita, a cozinha. Logo adiante uma escadinha estreita que levava a um pavimento superior. Ela rangeu sob seus pés. Havia três quartos, todos vazios. Não havia ninguém no apartamento.

Tentou avaliar a situação. Será que a mulher que lá morava poderia voltar à noite? Muito improvável, ele pensou.

Principalmente porque estava com Taxell e seu bebê. Será que sairia com eles durante a noite?

Wallander aproximou-se de uma porta de vidro de um dos quartos e viu que dava para uma sacada. Grandes vasos de flores ocupavam quase todo o espaço. Mas neles não havia flores, só terra. A sacada e os vasos sem flores lhe provocaram um súbito desânimo. Tratou de sair do quarto imediatamente. Os dois voltaram para o corredor.

"Chame Martinsson", disse ele. "E diga a Svedberg que volte à delegacia. Eles têm de continuar procurando. Acho que Yvonne Ander tem outra residência além deste apartamento. Talvez uma casa."

"Não acha que devíamos manter a rua sob vigilância?"

"Ela não voltará esta noite. Mas você tem razão, acho que devemos. Peça a Svedberg que se encarregue disso."

Höglund estava prestes a sair quando ele a reteve e olhou em volta. Ele foi à cozinha e acendeu a lâmpada acima da pia, onde se viam dois copos sujos. Envolveu-os num lenço e passou-os a ela.

"Impressões digitais", disse ele. "Diga a Svedberg que os leve a Nyberg. Pode ser decisivo."

Ele subiu as escadas novamente, ouvindo Höglund fechar a porta atrás de si. Ficou quieto na escuridão, então fez algo de que ele próprio se surpreendeu. Foi ao banheiro, pegou uma toalha e cheirou-a. Sentiu o leve cheiro de um perfume especial. O cheiro fez com que se lembrasse de outra coisa. Tentou apreender a imagem mental. A lembrança de um perfume. Cheirou a toalha novamente, mas não conseguiu associá-lo a nada, embora soubesse que estava por pouco. Já sentira aquele cheiro em algum outro lugar. Não conseguia lembrar-se onde nem quando, mas não havia muito tempo. Deu um salto ao ouvir a porta se abrir. Martinsson e Höglund apareceram na escada.

"Agora temos de começar a procurar", disse Wallander. "Buscamos não apenas algo que a relacione aos assassinatos, mas também alguma coisa que indique que ela tem outra residência."

"Por que ela haveria de ter outra?", Martinsson perguntou.

Eles sussurravam, como se a pessoa que procuravam estivesse ali perto e os pudesse ouvir.

"Katarina Taxell", disse Wallander. "O filho dela. E durante todo o tempo achamos que Runfeldt foi mantido em cárcere privado durante três semanas. Tenho certeza de que não foi aqui, no centro de Ystad."

Martinsson e Höglund começaram a vasculhar no piso superior. Wallander fechou as cortinas da sala de estar e acendeu algumas lâmpadas. Então se pôs no meio da sala e voltou-se devagar. A mulher que morava ali tinha uma bela mobília. E fumava. Viu um pequeno cinzeiro numa mesinha perto de um sofá de couro. Não havia pontas de cigarro no cinzeiro, mas leves resquícios de cinzas. Havia quadros e fotografias nas paredes. Naturezas-mortas, vasos com flores, nada muito bem-feito. No canto inferior esquerdo havia uma assinatura: *Anna Ander, 1958*. Alguém da família. Ander não era um sobrenome muito comum. Aparecia na história dos crimes perpetrados na Suécia, mas ele não se lembrava qual. Olhou uma das fotografias emolduradas. Uma chácara em Skåne. A fotografia foi tirada do alto. Wallander imaginou que o fotógrafo estava num telhado ou numa escada alta. Andou pela sala, tentando sentir a presença dela. E se perguntava por que era tão difícil. Tudo dava a impressão de abandono, pensou. Um abandono ostensivo, afetado. Ela raramente fica aqui. Passa a maior parte do tempo em outro lugar.

Ele se aproximou da pequena escrivaninha junto à parede. Pela abertura da cortina, deu uma olhada no pátio interno. O vento entrava com força pela janela. Puxou uma cadeira, sentou-se e tentou abrir a gaveta maior. Não estava trancada. Um carro passou na rua. Wallander viu a luz dos faróis incidir numa janela e desaparecer. Então só se ouvia o barulho do vento.

Na gaveta havia montes de cartas. Pegou seus óculos e a pilha de cartas que estava em cima. O remetente era

A. Ander, e a carta fora enviada de um endereço na Espanha. Ele tirou a carta do envelope e a olhou rapidamente. Logo notou que A. Ander era a mãe dela. Ela falava de uma viagem. Na última página, escreveu que estava de partida para a África. A última era datada de abril de 1993. Ele pôs a carta no alto da pilha. As pranchas do assoalho do piso superior estalavam. Ele enfiou a mão dentro da gaveta. Nada. Começou a examinar as outras. Até papéis podem dar uma impressão de abandono, pensou ele. Não achou nada que lhe chamasse a atenção. A escrivaninha estava vazia demais, o que não era natural. Agora estava convencido de que ela morava em algum outro lugar. Wallander continuou examinando as gavetas. As pranchas do piso de cima estalavam. Era uma e meia da manhã.

Ela estava dirigindo à noite, sentindo-se muito cansada. Ficara ouvindo Katarina durante horas. Muitas vezes ela se perguntava sobre a fraqueza daquelas mulheres que se deixavam torturar, maltratar, assassinar. Então, quando sobreviviam, punham-se à noite a gemer e a se queixar. Ela não as entendia. Enquanto dirigia noite adentro, na verdade sentia desprezo por elas. Não reagiam.

Era uma da manhã. Normalmente àquela altura ela já estaria dormindo. Tinha de ir trabalhar bem cedo no dia seguinte. Planejara dormir em Vollsjö, mas por fim ousou deixar Katarina sozinha com o bebê. Conseguira convencê-la a permanecer onde estava por mais alguns dias, talvez uma semana. No dia seguinte ligariam para a mãe dela novamente. Ela achava que Katarina não ia dizer nada inadequado, mas de todo modo gostaria de estar presente quando ela telefonasse.

Era uma e dez quando ela chegou de carro em Ystad. Farejou o perigo logo que entrou na Liregatan e viu o carro estacionado com os faróis apagados. Não podia dar meia-volta, tinha de seguir adiante. Havia dois homens no carro. Além disso, teve a impressão de ver uma luz acesa em seu apartamento. Furiosa, acelerou. O carro saltou para a frente, e ela freou da mesma forma brusca ao dobrar a esquina. Então eles a haviam descoberto. Os mesmos que vigiavam a casa de Katarina estavam em seu apartamento. Sentia-se perturbada, mas sem medo. Não havia nada que pudesse levá-los a Vollsjö. Nada que pudesse dar-lhe uma pista de quem ela era. Nada, exceto o nome.

Ela ficou imóvel dentro do carro, o vento torvelinhando à sua volta. Desligara o motor e os faróis. Tinha de voltar para Vollsjö. Agora sabia por que fora até lá: para ver se os homens que a estavam seguindo tinham entrado em seu apartamento. Mas ela ainda estava à frente deles. Nunca a alcançariam. Ela continuaria a desdobrar suas tiras de papel enquanto houvesse um nome em sua lista.

Ela ligou o carro e resolveu passar na frente de seu edifício mais uma vez. O carro continuava estacionado no mesmo lugar. Parou vinte metros atrás dele, sem desligar o motor. Apesar da distância e da posição desfavorável, dava para ver que as cortinas do apartamento estavam fechadas. A pessoa que estava lá dentro, fosse quem fosse, tinha acendido a luz. Estavam procurando, mas não encontrariam nada.

Obrigou-se a dirigir devagar, sem acelerar como costumava fazer. Quando chegou de volta a Vollsjö, Katarina e o bebê estavam dormindo. Nada mudaria. Tudo iria continuar conforme o plano.

Wallander voltara à pilha de cartas quando ouviu passos nas escadas. Levantou-se da cadeira. Era Martinsson, seguido de Höglund.

"Acho que seria bom dar uma olhada nisto", disse Martinsson. Estava pálido, a voz trêmula.

Ele apoiou um caderno gasto de capa preta sobre a escrivaninha. Estava aberto. Wallander inclinou-se para a frente e pôs os óculos. Havia uma coluna de nomes. Cada um tinha um número ao lado. Ele franziu o cenho.

"Passe algumas páginas", disse Martinsson.
Wallander fez o que lhe foi pedido. A coluna de nomes se repetia. Havia setas, supressões e mudanças, e parecia uma espécie de rascunho ou algo do tipo.
"Mais algumas páginas", disse Martinsson.
Wallander percebeu que ele estava abalado.
A coluna de nomes apareceu mais uma vez. Dessa vez havia menos mudanças e supressões. Então ele viu.
Reconheceu o primeiro nome. Gösta Runfeldt. Então encontrou os outros, Holger Eriksson e Eugen Blomberg. No final das colunas, liam-se datas. As datas de suas mortes. Wallander olhou para Martinsson e Höglund. Os dois estavam pálidos. Agora não havia dúvida. Tinham chegado ao lugar certo.
"Aqui há mais de quarenta nomes", disse Wallander. "Você acha que ela pretende matar todos eles?"
"Pelo menos sabemos qual é o próximo", disse Höglund apontando para um nome.
Tore Grundén. Junto ao nome dele havia um ponto de exclamação traçado em vermelho. Mas não havia data na margem.
"No final, há uma folha de papel solta", disse Höglund.
Wallander retirou-a com cuidado. Havia anotações escritas com grande riqueza de detalhes. A caligrafia lembrava a de Mona. As letras eram arredondadas, as linhas retas e regulares, sem supressões nem mudanças. Mas o que estava escrito era difícil de interpretar. Havia números, a palavra Hässleholm, e algo que poderia ser um horário: 7:50, sábado, 22 de outubro. Era o dia seguinte.
"Que diabos significa isso?", perguntou Wallander. "Tore Grundén vai descer do trem em Hässleholm às sete e cinquenta?"
"Talvez ele vá pegar um trem", disse Höglund.
Wallander entendeu e não hesitou.
"Ligue para Birch em Lund. Ele tem o telefone de um homem chamado Karl-Henrik Bergstrand, em Malmö. Consiga uma resposta a esta pergunta: Yvonne Ander vai tra-

balhar no trem que para em Hässleholm ou parte de lá amanhã às sete e cinquenta?"

Martinsson sacou seu celular. Wallander olhou para o caderno aberto.

"Onde ela está?", perguntou Höglund. "Agora mesmo? Sabemos onde provavelmente estará amanhã de manhã."

Wallander olhou para ela. Ao fundo, ele via os quadros e as fotografias. De repente se deu conta. Devia ter percebido logo de cara. Foi até a parede, tirou da moldura a fotografia da chácara e olhou o verso. *Hansgården, em Vollsjö*, 1965, alguém escrevera à tinta.

"É lá que ela mora e onde deve estar agora."

"O que devemos fazer?", perguntou ela.

"Vamos até lá prendê-la."

Martinsson conseguiu falar com Birch. Eles esperaram. A conversa foi curta.

"Ele vai tentar localizar Bergstrand", disse Martinsson.

Wallander ficou com o caderno na mão.

"Vamos lá, então. Vamos pegar os outros no caminho."

"Sabemos onde fica Hansgården?", perguntou ela.

"Podemos achar na base de dados", disse Martinsson. "Não vou levar mais de dez minutos."

Agora estavam mesmo com pressa. Logo depois das duas da manhã, chegavam à delegacia. Eles reuniram os colegas exaustos. Martinsson levou mais tempo do que imaginara para encontrar Hansgården. Só conseguiu localizar quase às três da manhã. Ficava nas cercanias de Malmö.

"Vamos armados?", perguntou Svedberg.

"Sim", disse Wallander. "Mas não se esqueçam de que Katarina Taxell e o bebê também estão lá."

Nyberg entrou na sala de reuniões. Seus cabelos estavam arrepiados e os olhos injetados.

"Descobrimos o que procurávamos num dos copos", disse ele. "As impressões digitais são as mesmas encontradas na mala e na ponta de cigarro. Como não há impressão do polegar, não podemos dizer se é a mesma encontrada na torre. Essa impressão digital é mais recente, como se ela tivesse voltado lá uma segunda vez. Mas é provavelmente a mesma. Quem é ela?"

"Yvonne Ander", disse Wallander. "E agora vamos buscá-la. Esperamos apenas informações de Bergstrand."

"Será que temos mesmo de esperar por ele?", disse Martinsson.

"No máximo, meia hora", disse Wallander.

Ficaram esperando. Martinsson saiu da sala para se certificar de que a Liregatan estava sob vigilância. Bergstrand ligou depois de vinte minutos.

"Yvonne Ander vai trabalhar amanhã de manhã no trem que parte de Malmö rumo ao norte", disse ele.

"É uma incerteza a menos", comentou ele brevemente.

Eram três e quarenta e cinco da manhã quando eles partiram de Ystad. A tempestade atingira o grau máximo de violência.

A última coisa que Wallander fez foi dar dois telefonemas. Primeiro para Lisa Holgersson, depois para Per Åkeson. Ambos concordaram que deviam prendê-la o mais rápido possível.

36

Logo depois das cinco da manhã, estavam todos em Hansgården, sob um forte vendaval, morrendo de frio. Sorrateiramente, cercaram a casa. Ficara decidido que só Wallander e Höglund entrariam. Os outros tinham se distribuído ao redor da casa de modo que cada um deles estivesse em contato com pelo menos um dos colegas.

Eles tinham deixado os carros longe das vistas de quem estivesse na chácara e percorreram o último trecho do caminho a pé. Wallander avistou o Golf vermelho parado na frente da casa. No caminho para Vollsjö, ele receou que ela já tivesse partido. Mas seu carro estava lá. Ela ainda estava em casa. A casa estava às escuras e silenciosa. Wallander não viu nenhum cão.

Foi tudo muito rápido. Eles tomaram suas posições. Wallander pediu a Höglund que anunciasse por seu sistema de rádio que iriam esperar mais alguns minutos antes de entrar.

Esperar o quê? Ela não entendeu por quê. Wallander tampouco soube explicar. Talvez porque precisasse se preparar. Ou quem sabe ele queria o espaço de alguns minutos para refletir sobre tudo o que acontecera? Ele ficou ali morrendo de frio, e tudo aquilo lhe parecia irreal. Passaram um mês perseguindo uma sombra esquiva e desconhecida. Agora estavam perto do objetivo, bastando-lhes apenas uma arremetida para encerrar a caçada. Era como se ele quisesse livrar-se da sensação de irrealidade que envolvia tudo o que tinha acontecido, principalmente em relação à mulher que se encontrava na casa e que eles iriam prender. Por tudo isso, ele precisava de um tempo para respirar. Por isso lhes disse que esperassem.

Junto com Höglund, ele se pôs ao abrigo do vento atrás de um celeiro arruinado. A porta da frente estava cerca de vinte e cinco metros adiante. O tempo passava. Logo amanheceria. Eles não podiam esperar mais.

Wallander tinha aprovado o uso de armas, mas queria que tudo se fizesse devagar, principalmente porque Katarina Taxell e o bebê estavam lá dentro. Nada podia dar errado. O mais importante era manter a calma.

"Agora, vamos", disse ele finalmente. "Comunique aos outros."

Ela falou baixinho no rádio e ouviu a confirmação de recebimento da parte dos demais. Ela sacou o revólver. Wallander balançou a cabeça.

"Deixe-o no bolso", disse ele. "Mas lembre-se em qual deles."

A casa continuava em silêncio. Nenhum movimento. Eles se aproximaram, Wallander à frente, Höglund logo depois, à sua direita. O vento soprava com força. Wallander consultou de novo o relógio rapidamente. Eram 5h19. Se fosse trabalhar, àquela altura Yvonne Ander já devia estar de pé. Pararam na frente da porta. Wallander respirou fundo, bateu e recuou um passo. Segurava o revólver dentro do bolso. Nada aconteceu. Ele avançou um passo e bateu novamente. Mexeu no trinco. A porta estava trancada à chave. Bateu novamente. De repente, sentiu-se incomodado. Bateu na porta com força. Ainda nada. Alguma coisa estava errada.

"Temos de arrombar a porta", disse ele. "Diga aos outros. Quem está com o pé de cabra? Por que não o trouxemos conosco?"

De costas para o vento, Höglund falou no rádio com voz firme. Wallander ficou de olho nas janelas perto da porta. Svedberg veio correndo com o pé de cabra. Wallander lhe disse para voltar imediatamente para sua posição.

Então encaixou o pé de cabra sob a porta e começou a puxar com toda força. A porta rebentou na altura da fechadura. Havia luz no corredor de entrada. Ele sacou o revólver, e Höglund logo tratou de fazer o mesmo. Wallander se abaixou e entrou. Ela seguiu atrás dele, sempre um pouco à direita, dando-lhe cobertura com seu revólver. Tudo estava em silêncio.

"Polícia!", gritou Wallander. "Estamos procurando Yvonne Ander."

Nada aconteceu. Ele gritou novamente. Com cuidado, andou em direção à sala à sua frente, sempre seguido por Höglund. A sensação de irrealidade voltou. Entrou numa sala ampla, aberta, movendo rapidamente o revólver em todas as direções. Estava completamente vazia. Ele abaixou o braço. Höglund estava do outro lado da porta. Havia um enorme forno junto a uma parede.

De repente, abriu-se uma porta na sala. Wallander sobressaltou-se, ergueu o revólver novamente, e Höglund se pôs de joelhos. Katarina Taxell passou pela porta de camisola. Parecia aterrorizada.

Wallander abaixou o revólver, Höglund fez o mesmo. Naquele instante, Wallander percebeu que Yvonne Ander não estava na casa.

"O que está acontecendo?", perguntou Taxell.

Wallander correu em sua direção.

"Onde está Yvonne Ander?"

"Não está aqui."

"Onde está?"

"Deve estar indo para o trabalho."

Agora Wallander estava apressadíssimo.

"Quem veio buscá-la?"

"Ela sempre vai dirigindo o próprio carro."

"Mas o carro ainda está na frente da casa."

"Ela tem dois carros."

Tão simples, pensou Wallander. Não era só o Golf vermelho.

"Você está bem?", perguntou ele. "E o bebê?"

"Por que não estaria bem?"

Wallander lançou um olhar rápido em torno da sala e pediu a Höglund que chamasse os demais. O tempo urgia.

"Chamem Nyberg para cá", disse ele. "A casa tem de ser vasculhada das vigas do telhado até o porão."

Mortos de frio, os policiais se reuniram na ampla sala branca.

"Ela foi embora", disse Wallander. "Está a caminho de Hässleholm. Ou pelo menos não há motivo para supor que não. Ela vai começar seu turno de trabalho lá. Um passageiro chamado Tore Grundén também vai embarcar. Ele é o próximo de sua lista."

"Será que ela vai matá-lo no trem?", perguntou Martinsson, um tanto incrédulo.

"Não sabemos. Mas não queremos mais um assassinato. Temos de pegá-la."

"Temos de avisar nossos colegas em Hässleholm", disse Hansson.

"Faremos isso no caminho", disse Wallander. "Penso que Hansson e Martinsson devem vir comigo. Quanto a vocês, comecem a revistar a casa e falar com Katarina Taxell."

Ele lhe fez um aceno de cabeça. Ela estava junto à parede. A luz estava cinza. Ela quase se mesclava com a parede, dissolvida, apagada. Será que uma pessoa podia ficar pálida a ponto de não ser mais visível?

Eles partiram, com Hansson ao volante. Martinsson já ia ligar para Hässleholm quando Wallander lhe disse para esperar.

"Acho que é melhor que nós mesmos nos encarreguemos disso", disse ele. "Se houver confusão, não sabemos o que vai acontecer. Agora vejo que ela pode ser perigosa, inclusive para nós."

"Claro que é", disse Hansson, surpreso. "Ela matou três pessoas, empalando, estrangulando, afogando. Se uma pessoa como essa não é perigosa, quem haveria de ser?"

"Nem ao menos saberemos reconhecer Grundén", disse Martinsson. "Vamos chamá-lo pelo alto-falante na estação? E ela certamente estará de uniforme."

"Talvez", disse Wallander. "Veremos quando estivermos lá. Ligue as luzes de emergência. Não temos tempo a perder."

Hansson dirigia em velocidade. O tempo era curto. Restando-lhes apenas vinte minutos para chegar à estação, Wallander achou que não iriam conseguir. Um dos pneus estourou, Hansson praguejou e freou. Ao ver que tinham de trocar o pneu traseiro, Martinsson achou que deviam ligar para Hässleholm. Pelo menos eles poderiam lhes mandar um carro. Mas Wallander se recusou. Já tomara sua decisão. Eles conseguiriam.

Trocaram o pneu na velocidade de um raio, sentindo o vento penetrar em suas roupas, depois tornaram a pegar a estrada. Hansson dirigia a toda velocidade. O tempo passava depressa, e Wallander tentava decidir o que deveriam fazer. Não podia acreditar que Yvonne Ander iria matar Tore Grundén sob as vistas dos passageiros. Não combinava com seu *modus operandi*. Por enquanto, tinham de deixar Grundén de lado. Iriam procurá-la, uma mulher de uniforme, e iriam agarrá-la da forma mais discreta possível.

Chegaram a Hässleholm. Hansson quase tomou a direção errada, embora tivesse afirmado saber o caminho. Agora Wallander também estava agitado, e quando chegaram à estação estavam todos quase gritando uns com os outros. Saltaram do carro, as luzes de emergência ligadas, e correram para a plataforma. Parece que vamos assaltar a bilheteria, pensou Wallander. Restavam-lhes exatamente três minutos. O trem foi anunciado, mas Wallander não ouviu bem se ele estava chegando ou já estava lá.

Ele disse a Martinsson e Hansson que agora precisavam se acalmar. Deviam avançar pela plataforma separados. Quando a encontrassem, deviam agarrá-la de ambos os lados. Não podiam prever a reação da mulher. Deviam estar preparados, não com revólveres, mas com as próprias mãos. Yvonne Ander não usava armas. Deviam estar preparados, mas tinham de pegá-la sem disparar um tiro.

O vento continuava soprando forte. O trem ainda não

chegara. Os passageiros procuravam se proteger do vento enfiando-se em qualquer lugar que lhes pudesse servir de abrigo. A estação estava cheia de gente. Eles foram para a plataforma, Wallander na frente, seguido de perto por Hansson, e Martinsson mais próximo da linha férrea. Wallander avistou um condutor fumando um cigarro. A tensão o fazia suar. Não conseguia ver Yvonne Ander. Nenhuma mulher uniformizada. Rapidamente ele procurou na multidão um homem que pudesse ser Tore Grundén, mas era trabalho perdido. O homem não tinha rosto. Não passava de um nome num caderno macabro.

Wallander trocou olhares com Hansson e Martinsson. Voltou-se e olhou para a entrada, para ver se ela estava vindo de lá. No mesmo instante, o trem foi entrando na estação. Ele sabia que havia algo muito errado. Não podia acreditar que ela tencionasse matar Grundén na plataforma. Mas não podia ter muita certeza. Já vira gente muito previdente perder o controle e agir impulsivamente ao se sentir ameaçada. Os passageiros começaram a pegar suas bagagens. Agora Wallander não tinha escolha. Tinha de abordar o condutor e perguntar-lhe se Yvonne Ander já estava no trem.

O trem freou, as rodas rangeram nos trilhos. Wallander teve de abrir caminho por entre os passageiros que se apressavam em entrar no trem para se proteger do vento. De repente ele viu mais adiante um homem sozinho na plataforma, pegando sua mala. Havia uma mulher ao seu lado, trajando um longo sobretudo sacudido pelo vento. Surgiu outro trem, vindo na direção contrária. Wallander não sabia ao certo se estava interpretando a situação corretamente, mas reagiu como se tudo estivesse absolutamente claro. Ele se pôs a afastar os passageiros do seu caminho. Hansson e Martinsson foram atrás dele, sem saber exatamente para onde estavam indo. Wallander viu a mulher agarrar o homem por trás. Ela quase o levantou do chão. Wallander mais intuía do que percebia que a mulher tencionava jogar o homem na frente do trem que vinha na direção contrária. Como ele não conseguiria chegar a tempo, gritou para ela. Apesar do barulho das máquinas, ela o ouviu. Bastou um instante de hesitação. Ela olhou para Wallander. Martinsson e Hansson apareceram ao lado dele. Eles correram na direção dela, que então largou o homem. O longo casaco se ergueu, e Wallander entreviu o uniforme que ela usava por baixo. De repente ela levantou a mão e fez algo que paralisou Hansson e Martinsson. Arrancou os próprios cabelos. O vento os carregou pela plataforma. Sob a peruca, o cabelo dela era curto. Eles recomeçaram a correr.

Ao que parecia, Grundén não tinha entendido o que lhe acontecera.

"Yvonne Ander!", gritou Wallander. "Polícia!"

Martinsson estava prestes a alcançá-la. Wallander viu-o estender os braços e agarrá-la. Ela lhe deu um soco forte e certeiro com o punho direito. O golpe atingiu a face esquerda de Martinsson. Ele caiu na plataforma com um gemido. Alguém gritava atrás de Wallander. Um passageiro viu o que estava se passando. Hansson quis sacar o revólver, mas tarde demais. Ela agarrou-lhe o casaco e aplicou-lhe um joelhaço na virilha. Por um instante, ela se inclinou sobre Hansson, que se dobrara para a frente. Então ela se pôs a correr pela plataforma, arrancou do corpo o sobretudo. Ele flutuou no ar por um instante e foi carregado pelo vento. Wallander parou ao lado de Martinsson e Hansson. Martinsson estava desmaiado. Hansson gemia, o rosto branco feito um lençol. Quando Wallander levantou a vista, ela tinha desaparecido. Ele disparou a correr o mais rápido que pôde pela plataforma e avistou-a pouco antes de ela atravessar os trilhos, tornando a desaparecer. Ele sabia que as chances de alcançá-la eram pequenas. E não sabia quão grave era o estado de Martinsson. Voltou-se e viu que Tore Grundén sumira. Muitos funcionários da ferrovia vieram correndo. No meio da confusão ninguém entendia o que se passara.

Mais tarde, Wallander iria lembrar-se das horas que se seguiram como um caos interminável. Tinha de enfrentar e resolver um monte de coisas ao mesmo tempo. Na plataforma, ninguém entendia o que ele estava tentando dizer. Viu-se rodeado de passageiros. Devagar, Hansson começou a se recuperar, mas Martinsson continuava inconsciente. Wallander enfureceu-se com a demora da ambulância, e só quando alguns policiais aturdidos de Hässleholm surgiram na plataforma, ele começou a entender a situação.

Martinsson respirava com dificuldade. Quando os atendentes da ambulância o levaram, Hansson pôs-se de pé e foi com eles para o hospital. Wallander explicou aos policiais que eles tentaram prender uma condutora, mas ela conseguira fugir.

Àquela altura, o trem já se fora. Wallander se perguntou se Grundén embarcara nele. Será que ele tinha ideia de quão perto estivera da morte? Wallander percebeu que ninguém sabia do que ele estava falando. Só seu distintivo os fazia acreditar que se tratava de um policial e não de um lunático.

Agora ele tinha de descobrir onde Yvonne Ander se enfiara. Ligou para Höglund e lhe contou o que tinha acontecido. Ela disse que ia providenciar para que eles estivessem preparados, caso ela voltasse para Vollsjö. O apartamento em Ystad já estava sob vigilância, mas Wallander achava que ela não iria para lá. Estavam em sua pista e não iriam descansar enquanto não a agarrassem. Aonde ela poderia ir? Ele não podia descartar a possibilidade de ela simplesmente fugir, mas isso não parecia provável. Ela planejava tudo. Wallander pediu a Höglund que fizesse uma pergunta a Katarina Taxell. Yvonne Ander tinha outro esconderijo?

"Acho que ela sempre tem uma rota de fuga", disse Wallander. "Deve ter mencionado algum endereço, algum local."

"Que me diz do apartamento de Taxell em Lund?"

Wallander viu que talvez ela tivesse razão.

"Ligue para Birch. Peça que ele verifique."

"Ela tem as chaves de lá", disse Höglund. "Katarina me disse."

Wallander foi levado ao hospital por um carro da polícia. Hansson estava numa maca. Seu escroto estava inchado e ele ficaria sob observação. Martinsson continuava inconsciente. Um médico diagnosticou uma grave concussão.

"O homem que o golpeou deve ser muito forte", disse o médico.

"Tem razão", disse Wallander. "Salvo pelo fato de que esse homem é uma mulher."

Saiu do hospital. Aonde ela teria ido? Alguma coisa lhe perturbava o inconsciente. Alguma coisa que podia revelar onde ela estava ou para onde estava indo. Então ele se lembrou do lugar. Ficou imóvel na frente do hospital. Nyberg foi bastante claro em relação a uma coisa: *as impressões digitais da torre devem ser mais recentes.* Yvonne Ander deve ser parecida com ele. Em situações de tensão, procura se isolar. Um lugar onde ela pudesse avaliar a situação, tomar uma decisão. Todos os seus atos davam a impressão de planejamento detalhado e horários precisos. Agora essa vida organizada estava ruindo à sua volta. Ele achou que valia a pena conferir. O lugar estava interditado, naturalmente, mas Hansson lhe dissera que o trabalho só seria retomado quando conseguissem os reforços necessários. Wallander sabia que ela iria até lá pelo mesmo caminho que fizera antes.

Wallander despediu-se dos policiais que o tinham ajudado e prometeu mandar-lhes, no final do dia, um relatório completo sobre a investigação. Nenhum dos policiais hospitalizados sofrera nada grave, e logo estariam de pé novamente.

Wallander entrou no carro e tornou a ligar para Höglund. Ele não lhe explicou por quê; simplesmente lhe disse que o esperasse na saída da rodovia para a chácara de Eriksson.

Wallander chegou a Lödinge depois das dez da manhã. Höglund estava de pé, ao lado do carro, esperando por ele. Percorreram o último trecho para a chácara de Eriksson no carro de Wallander e pararam a cem metros da casa.

"Posso estar errado", disse ele. "Mas é possível que ela venha para a torre de observação de pássaros. Já esteve aqui antes." Ele lhe lembrou o que Nyberg dissera sobre as impressões digitais.

"O que ela viria fazer aqui?", perguntou Ann-Britt.

"Não sei, mas ela está fugindo. Precisa tomar alguma decisão. E sabemos que já esteve aqui antes."

Saíram do carro. O vento estava cortante.

"Encontramos o uniforme do hospital", disse ela. "E um saco plástico com cuecas. É de supor que Runfeldt tenha ficado em cárcere privado em Vollsjö."

Eles se aproximavam da casa.

"O que faremos se ela estiver lá na torre?"

"Vamos encurralá-la. Vou pelo outro lado da colina. Se ela vier para cá, é lá que vai estacionar o carro. Você pega o caminho da casa para a torre. Desta vez estaremos de armas em punho."

"Acho que ela não virá", disse Höglund.

Wallander não respondeu. Ele sabia que havia uma boa chance de ela estar certa.

Ficaram no pátio, ao abrigo do vento. O vento rompera a fita da cena do crime em volta do fosso onde eles escavaram os despojos de Krista Haberman. Não havia ninguém na torre. Ela se erguia recortada nitidamente contra a luz do céu de outono.

"De todo modo, vamos esperar um pouco", disse Wallander. "Se ela estiver vindo, logo há de chegar."

"As delegacias das proximidades já receberam um alerta para procurá-la", disse Höglund. "Se não a encontrarmos, ela será procurada em todo o país." Ficaram em silêncio por um instante. O vento investia contra suas roupas.

"O que será que a motiva?", perguntou ela.

"Com certeza só ela pode responder. Mas não é de supor que também tenha sofrido maus-tratos?"

Höglund não respondeu.

"Acho que ela é uma pessoa solitária", disse Wallander. "E pensa que sua missão na vida é matar para vingar os outros."

"Antes eu achava que estávamos à procura de um mercenário", disse ela. "E agora estamos esperando que uma condutora apareça numa torre de observação de pássaros."

"A ideia de que se trata de um mercenário pode não ser tão absurda assim", disse Wallander pensativamente. "Ela é uma mulher e, tanto quanto sei, não é paga para matar. Mas há algo que me lembra aquilo com que a princípio pensávamos estar lidando."

"Katarina Taxell disse que a conheceu através de um grupo de mulheres que se reúniam em Vollsjö. Mas seu primeiro encontro foi num trem. Você tinha razão quanto a isso. Ao que parece, ela perguntou sobre um ferimento que Taxell tinha na têmpora. Ela fora espancada por Eugen Blomberg. Não cheguei a descobrir como tudo se passou, mas ela confirmou que Yvonne Ander trabalhara antes num hospital e também em ambulâncias. Ela viu muitas mulheres vítimas de maus-tratos. Posteriormente entrou em contato com elas e convidou-as a uma visita a Vollsjö. Podemos dizer que se trata de um grupo de apoio bastante informal. Ela descobriu os nomes dos homens que maltrataram as mulheres. Katarina admitiu que foi Yvonne Ander quem a visitou na maternidade. Na segunda visita, ela disse a Ander o nome do pai do bebê. Eugen Blomberg."

"Foi como assinar sua sentença de morte", disse Wallander. "Acho também que há muito tempo ela vinha se preparando para essa missão. Aconteceu alguma coisa que desencadeou tudo isso. E nem você nem eu sabemos o que foi."

"Será que ela sabe?"

"É de supor que saiba. A menos que seja completamente louca."

Continuaram esperando. O vento aumentava e diminuía de intensidade. Um carro da polícia aproximou-se da entrada do pátio. Wallander pediu-lhes que não saíssem dali até ordem em contrário. Não deu explicações, mas foi bastante categórico. Eles ficaram esperando. Nenhum dos dois tinha nada a dizer.

Às dez e quarenta e cinco Wallander pôs a mão no ombro dela devagar.

"Lá está ela", sussurrou.

Höglund olhou. Uma pessoa surgiu ao pé da colina. Só podia ser Yvonne Ander. Ela olhou em volta e começou a subir os degraus da torre.

"Vou levar vinte minutos para dar a volta à torre", disse Wallander. "Então você começa a avançar pelo caminho. Estarei atrás, se ela tentar fugir."

"E se ela me atacar? Aí vou ter de atirar."

"Vou cuidar para que isso não aconteça. Eu estarei lá."

Ele correu para o carro, dirigiu o mais rápido que pôde pela trilha do trator que levava ao outro lado da colina, mas não ousou ir de carro até o final: saiu do carro e se pôs a correr. Levou mais tempo do que calculara. Havia um carro estacionado no ponto mais alto da trilha do trator. Um Golf, só que preto. O celular tocou no bolso do casaco de Wallander. Ele parou. Podia ser Höglund. Ele atendeu e continuou andando na trilha do trator.

Era Svedberg.

"Onde você está? Que diabos está acontecendo?"

"Estamos na chácara de Eriksson. Não posso explicar isso agora. Seria bom se você viesse aqui com mais alguém. Hamrén, talvez. Agora não posso falar."

"Liguei porque tenho um recado", disse Svedberg. "Hansson ligou de Hässleholm. Ele e Martinsson estão se recuperando. Em todo caso, Martinsson já voltou a si. Mas Hansson queria saber se você pegou o revólver dele."

Wallander gelou.

"O revólver dele?"

"Ele disse que o perdeu."

"Não está comigo."

"Não pode estar na plataforma, não é?"

Naquele instante, Wallander via com nitidez as coisas se passando à sua frente. Ander agarra o casaco de Hansson, dá-lhe um joelhaço entre as pernas, debruça-se rapidamente sobre ele e tira-lhe o revólver.

"Merda!", gritou Wallander.

Antes que Svedberg tivesse tempo de responder, ele desligou e enfiou o celular no bolso. Expusera Höglund a um perigo mortal. A mulher na torre estava armada.

Wallander disparou a correr, o coração batendo feito um martelo em seu peito. Consultou o relógio e viu que àquela altura ela já devia estar se dirigindo à colina. Parou e discou o número dela. Sem comunicação. Disparou a correr novamente. Sua única chance era chegar lá antes. Höglund não sabia que Ander estava armada. Seu terror o fez correr mais depressa. Ele chegara ao outro lado da colina. Àquela altura, ela devia estar bem perto do fosso. Ande devagar, ele lhe dizia mentalmente. Tropece e caia, escorregue, qualquer coisa. Não se apresse. Ande devagar. Ele sacara o revólver e subia aos tropeções o aclive atrás da torre de observação de pássaros. Quando chegou ao alto da colina, viu Höglund junto ao fosso, de revólver em punho. A mulher na torre não a vira. Ele gritou.

"Ann-Britt, ela está armada! Saia daí!"

Apontou o revólver para a mulher que estava na torre, de costas para ele. No mesmo instante ouviu-se um disparo. Ele viu o corpo de Höglund sacudir-se e cair para trás na lama. Wallander sentiu como se alguém lhe tivesse enfiado uma espada. Olhou para o corpo imóvel na lama e percebeu que a mulher na torre tinha se voltado. Então mergulhou de lado e atirou em direção ao alto da torre. O terceiro tiro atingiu o alvo. Ander cambaleou e deixou cair o revólver de Hansson.

Wallander se estatelou na lama. Desceu aos tropeços para dentro do fosso e subiu cambaleante para o outro lado. Ao ver Höglund caída de costas na lama, pensou que ela estivesse morta. Morta pelo revólver de Hansson, e por sua culpa.

Por uma fração de segundo, não viu uma saída senão se matar com um tiro. Ali mesmo onde se encontrava, a poucos metros dela. Então ele a viu mover-se debilmente. Toda a parte da frente de seu casaco estava ensanguentada. Estava mortalmente pálida, olhando para ele com os olhos cheios de medo.

"Tudo vai ficar bem", disse ele. "Tudo vai ficar bem."

"Ela estava armada", balbuciou ela. "Por que não fomos informados disso?"

Wallander sentia as lágrimas lhe escorrerem pelas faces. Chamou uma ambulância. Mais tarde ele se lembraria de que, enquanto esperava, murmurava sem cessar uma prece confusa a um deus em que na verdade não acreditava. Nebulosamente, percebeu a chegada de Svedberg e de Hamrén. Ann-Britt foi levada numa maca. Wallander estava sentado na lama. Não conseguiram convencê-lo a levantar-se. Um fotógrafo que fora de carro atrás da ambulância ao vê-la sair de Ystad tirou uma foto de Wallander naquela posição. Sujo, desamparado, desesperado. O fotógrafo conseguiu tirar aquela foto antes que Svedberg, furioso, o expulsasse dali. Sob a pressão da chefe Holgersson, a fotografia não foi publicada.

Nesse meio-tempo, Svedberg e Hamrén trouxeram Ander da torre. Wallander a atingira na coxa. Ela sangrava profusamente, mas não corria o risco de morrer. Também ela foi levada numa ambulância. Svedberg e Hamrén finalmente conseguiram levantar Wallander da lama e, amparando-o, levaram-no à casa de Eriksson. Chegou um primeiro boletim do hospital de Ystad. Ann-Britt Höglund fora atingida no abdome. O ferimento era grave, sua situação era crítica.

Wallander pegou carona com Svedberg até seu carro. Svedberg não sabia ao certo se devia consentir que ele dirigisse sozinho até Ystad, mas Wallander lhe garantiu que não haveria problema. Foi direto ao hospital e ficou no hall esperando notícias sobre o estado de Ann-Britt. Ele ainda não tivera tempo de se limpar. Só saiu do hospital muitas horas depois, quando os médicos lhe garantiram que o estado dela tinha se estabilizado.

De repente ele desapareceu. Ninguém o viu sair. Svedberg começou a se preocupar, mas achou que conhecia Wallander muito bem: ele só queria ficar sozinho.

Wallander saiu do hospital pouco antes da meia-noite. O vento ainda soprava com força, e ficaria gélido com o passar da noite. Entrou no carro e dirigiu-se ao cemitério onde seu pai estava enterrado. Foi até o túmulo e ali ficou, completamente vazio por dentro, ainda coberto de lama.

Por volta da uma da manhã, ele chegou em casa e ligou para Baiba. Conversaram por muito tempo. Por fim tirou a roupa e tomou um banho quente, vestiu-se e voltou para o hospital. Pouco depois das três da manhã ele foi ao quarto onde Yvonne Ander estava, sob vigilância. Ela estava dormindo quando ele entrou no quarto discretamente. Ficou um bom tempo contemplando o rosto dela, depois saiu sem dizer uma palavra.

Uma hora depois, estava de volta. Ao amanhecer, Lisa Holgersson chegou ao hospital e disse que eles tinham conseguido falar com o marido de Höglund em Dubai. Ele chegaria ao aeroporto de Kastrup no final do dia.

Ninguém saberia dizer se Wallander estava ouvindo as palavras que quem quer que fosse lhe dirigia. Permanecia sentado imóvel numa cadeira, ou se postava na janela contemplando os efeitos do vendaval. Quando uma enfermeira lhe trouxe uma xícara de café, ele prorrompeu em lágrimas e se trancou no banheiro. Mas na maior parte do tempo mantinha-se imóvel na cadeira, fitando as próprias mãos.

Mais ou menos na mesma hora em que o marido de Höglund descia no aeroporto de Kastrup, um médico lhes deu a notícia que tanto esperavam. Ela iria resistir, provavelmente sem nenhuma sequela permanente. Ela teve sorte. Não obstante, levaria um bom tempo para se recuperar, e a convalescença seria longa. Wallander pôs-se de pé ao ouvir o médico, como se estivesse ouvindo uma sentença num tribunal. Depois saiu do hospital e desapareceu em meio à ventania.

Na segunda-feira, 24 de outubro, Yvonne Ander foi indiciada por assassinato. Ela ainda estava no hospital. Até então, não tinha dito uma palavra, nem mesmo ao advogado indicado para defendê-la. Wallander tentou interrogá-la naquela tarde. Ela se limitou a olhar para ele. Quando ele estava de saída, voltou-se na porta e disse a ela que Ann-Britt Höglund ia se recuperar. Ele pensou tê-la visto reagir; que ela se sentira aliviada, talvez alegre.

Martinsson ainda continuava em casa, devido à concussão. Hansson voltou ao trabalho, ainda que andasse e se sentasse com dificuldade durante várias semanas.

Nesse período, eles se concentraram principalmente em esclarecer o que tinha acontecido exatamente. Uma coisa que não conseguiram estabelecer com certeza foi se os despojos que haviam desenterrado nas terras de Eriksson eram de Krista Haberman. Não havia nada que descartasse essa possibilidade, mas tampouco nada que a confirmasse de forma cabal. Não obstante, eles tinham certeza. Uma fratura no crânio indicava como Eriksson a matara vinte e sete anos antes. Tudo mais começou a se esclarecer, embora muito lentamente. Havia outra questão a responder. Teria Runfeldt matado a esposa? A única pessoa capaz de responder a isso era Ander, e ela insistia em se manter calada. Vasculharam a vida de Ander e descobriram uma história que lhes revelou parcialmente quem ela era e por que agiu daquela forma.

Certa tarde, quando eles estavam numa longa reunião, Wallander a encerrou abruptamente dizendo algo em que vinha pensando havia muito tempo.

"Yvonne Ander é a primeira pessoa que encontrei na vida que é ao mesmo tempo inteligente e louca."

Não deu maiores explicações. Ninguém duvidou que ele acreditava no que havia dito.

Durante esse período, todos os dias Wallander ia visitar Ann-Britt no hospital. Não conseguia afastar a ideia de que fora responsável pelo ocorrido. Nada do que os outros diziam fazia a menor diferença. Considerava-se o único responsável pelo que acontecera. Era uma coisa com a qual ele teria de conviver pelo resto da vida.

Yvonne Ander mantinha-se calada. Certa noite Wallander ficou em seu escritório até tarde, lendo a grande coleção de cartas que ela trocara com a mãe. No dia seguinte foi visitá-la na prisão. Naquele dia, ela finalmente começou a falar.
Foi no dia 3 de novembro de 1994. A geada cobria de branco as cercanias de Ystad.

SKÅNE
4-5 DE DEZEMBRO DE 1994

Epílogo

Na tarde de 4 de dezembro, Kurt Wallander conversou com Yvonne Ander pela última vez. Na ocasião, ele não sabia que aquela seria a última conversa, embora não tivessem marcado um outro encontro.

Tinham chegado a um fim. Não havia mais nada a acrescentar. Nada a perguntar, nenhuma resposta a dar. Depois disso, a longa e complexa investigação começou a se afastar de sua consciência pela primeira vez. Embora já se tivesse passado mais de um mês de sua captura, o caso continuara a dominar a vida dele. Em todos os seus anos de trabalho como detetive, nunca tivera um desejo tão intenso de compreender. Atos criminosos muitas vezes constituíam apenas a camada superficial. E, às vezes, uma vez rompida a superfície de um crime, revelavam-se abismos que ninguém poderia ter imaginado. Era o caso de Yvonne Ander. Wallander arrebentou a superfície e imediatamente contemplou um precipício sem fundo. Resolveu então se internar nele. Não sabia aonde ele iria conduzir. A ela ou a ele.

O primeiro passo foi fazer com que ela saísse do mutismo. Ele conseguiu quando tornou a ler as cartas que ela trocara com a mãe durante toda a sua vida adulta, e que guardava tão ciosamente. Wallander sentiu que era por ali que poderia quebrar seu alheamento. E tinha razão. Foi em 3 de novembro, mais de um mês antes. Ele ainda se sentia arrasado pelo fato de Ann-Britt ter sido baleada. Àquela altura, já sabia que ela iria sobreviver e recuperar a saúde por completo, mas a culpa lhe pesava tanto que ameaçava sufocá-lo. Quem mais o apoiou nesse período foi Linda. Ela foi para Ystad, ainda que na verdade não tivesse tempo, e cuidou dele, forçando-o a entender que não tinha culpa de nada, que tudo se devera às circunstâncias. Com a ajuda da filha, conseguiu tocar a vida nas primeiras terríveis semanas de novembro. Além do esforço para viver o dia a dia, dedicava todo o seu tempo a Yvonne Ander. Fora ela a autora do disparo que por pouco não matara Ann-Britt. A princípio ele desejava espancá-la. Mais tarde, tornou-se mais importante tentar entendê-la. Conseguiu quebrar seu silêncio e fazê-la começar a falar. Ele envolveu o corpo com uma corda e começou a descer para o fundo do abismo.

O que encontrou lá? Por muito tempo, ele se perguntou se ela era louca ou não, se tudo o que dizia sobre si mesma não passava de sonhos confusos e fantasias mórbidas e grotescas. Ele não confiava no próprio discernimento naqueles dias, e mal conseguia disfarçar a reserva que ela lhe inspirava. De todo modo, porém, sentia que ela estava falando a verdade. Yvonne Ander era aquele tipo raro de pessoa incapaz de mentir.

No último maço de cartas de sua mãe havia uma de Françoise Bertrand, uma policial da África. A princípio ele não conseguiu entender o conteúdo. A carta estava junto com muitas cartas não terminadas da mãe dela. Eram todas do mesmo país do norte da África, escritas no ano anterior. Françoise Bertrand enviara sua carta a Yvonne Ander em agosto de 1993. Foi então que ele finalmente entendeu. Anna, a mãe de Yvonne Ander, fora assassinada por engano, e a polícia tratou de encobrir os fatos. Havia um background político na história do crime, embora Wallander não conseguisse entender muito bem o que estava em jogo. Mas Françoise Bertrand escrevera a carta, em caráter estritamente confidencial, expondo o que de fato acontecera. Sem nenhuma ajuda de Ander nesse particular, ele conversou com a chefe Holgersson sobre o que acontecera com a mãe de Yvonne. A chefe o ouviu, entrou em contato com a polícia nacional, e a partir daí Wallander ficou isento de qualquer responsabilidade quanto ao caso. Mas leu todas as cartas novamente.

Wallander conduzia suas conversas com Yvonne Ander na prisão. Pouco a pouco ela começou a entender que aquele homem não a estava perseguindo. Ele era diferente dos outros, dos homens que povoavam o mundo. Era introvertido, parecia dormir muito pouco e era cheio de preocupações. Pela primeira vez na vida Ander descobriu que podia confiar num homem. Ela lhe disse isso numa de suas últimas conversas.

Ela nunca lhe perguntou diretamente, mas ainda assim achava que sabia a resposta. Com certeza ele nunca batera numa mulher. Se o fizera, fora apenas uma vez. Não mais, nunca mais.

Em 3 de novembro, Ann-Britt foi submetida à terceira e última operação. Tudo correu bem, e finalmente lhe foi possível começar a convalescença. Por todo aquele mês, Wallander seguiu uma rotina. Depois de suas conversas com Ander, ele pegava o carro e ia ao hospital. Raramente se demorava, mas Ann-Britt se tornou a interlocutora de que ele precisava para ajudá-lo a entender como devia penetrar nas profundezas que começara a sondar.

Sua primeira pergunta a Ander foi sobre o que se passara na África. Quem era Françoise Bertrand? O que acontecera na verdade? Pela janela, uma luz fraca incidia na sala. Estavam sentados a uma mesa, frente a frente. De longe vinha o som de um rádio. Ele não entendeu as primeiras palavras que ela pronunciou. Quando o silêncio dela finalmente se quebrou, foi como um poderoso bramido. Ele simplesmente ouvia sua voz. Depois começou a escutar o que ela dizia. Raramente tomava notas em suas conversas, e tampouco usava gravador.

"O homem que matou minha mãe se encontra em algum lugar. Quem está à sua procura?"

"Eu não", respondeu ele. "Mas se você me contar o que

aconteceu, e se uma cidadã sueca foi morta no estrangeiro, tomaremos providências para que a justiça seja feita."

Ele não mencionou a conversa que tivera alguns dias antes com a chefe Holgersson nem lhe disse que a morte de sua mãe estava sendo investigada.

"Ninguém sabe quem matou minha mãe", continuou ela. "O acaso a escolheu para vítima. O assassino nem a conhecia. Ele achava ter feito o que devia. Achava que podia matar quem ele quisesse. Mesmo uma mulher inocente que, uma vez aposentada, se pôs a fazer todas as viagens que antes não fizera por falta de tempo ou de dinheiro."

Ela não procurou esconder sua crua raiva.

"Por que ela se hospedou no convento das freiras?", perguntou ele.

De repente ela levantou os olhos da mesa e fitou-o diretamente nos olhos.

"Quem lhe deu o direito de ler minhas cartas?"

"Ninguém. Mas elas pertencem a você, uma pessoa que cometeu vários assassinatos atrozes. De outro modo, eu nunca as teria lido."

Ela desviou o olhar.

"As freiras", repetiu Wallander. "Por que sua mãe estava com elas?"

"Ela não tinha muito dinheiro. Hospedava-se nos lugares mais baratos. Nunca imaginou que aquilo iria resultar em sua morte."

"Isso aconteceu há mais de um ano. Como você reagiu ao receber a carta?"

"Já não havia motivo para esperar mais. Como eu podia deixar de fazer alguma coisa, quando ninguém parecia se importar?"

"Se importar com o quê?"

Ela não respondeu. Ele esperou. Então reformulou a pergunta.

"Esperar para fazer o quê?"

Ela respondeu sem olhar para ele.

"Para matá-los."

"Matar quem?"

"Os que ficaram impunes apesar de tudo o que fizeram."

Ele viu que sua suposição estava certa. Foi quando recebeu a carta de Françoise que uma força que ela tinha dentro de si extravasou. Alimentava sonhos de vingança, mas ainda conseguia se controlar. Então a represa se rompeu, e ela resolveu fazer justiça com as próprias mãos.

Mais tarde Wallander veio a perceber que não havia muita diferença entre aquilo e o que acontecera em Lödinge. Ela própria se erigira em milícia de cidadãos. Ela se colocou fora da lei e administrou sua própria justiça.

"Então foi isso?", perguntou ele. "Você queria fazer justiça com as próprias mãos? Queria punir aqueles que deviam ter sido julgados nos tribunais, mas não foram?"

"Quem estava procurando o homem que matou minha mãe? Quem?"

Ela ficou em silêncio novamente. Wallander entendeu como tudo começara. Alguns meses depois de receber a carta da África, ela arrombou e invadiu a casa de Holger Eriksson. Foi o primeiro passo. Quando ele lhe perguntou diretamente se era verdade, ela nem se mostrou surpresa. Ela tinha certeza de que ele sabia.

"Falaram-me sobre o caso de Krista Haberman", disse ela. "Disseram que foi o vendedor de carros que a matou."

"Quem lhe contou isso?"

"Uma policial no hospital de Malmö. Foi há muitos anos."

"Naquela época você estava trabalhando no hospital?"

"Trabalhei lá em diversas épocas. Sempre conversava com mulheres que tinham sofrido maus-tratos. Ela tinha uma amiga que conhecia Krista Haberman."

"Por que você invadiu a casa de Eriksson?"

"Queria provar a mim mesma que isso era possível e procurar indícios de que Krista Haberman estivera lá."

"Por que você preparou a armadilha? Por que as estacas? A mulher que conhecia Krista Haberman desconfiava que o corpo fora enterrado perto do fosso?"

Ela não respondeu, mas mesmo assim Wallander entendeu. Apesar de a investigação ter sido muito nebulosa, Wallander e seus colegas estavam na pista certa sem saber. Ander mimetizava a brutalidade dos homens na maneira como os matava.

Durante os cinco ou seis encontros de Wallander com Ander, ele a indagou sistematicamente sobre os três assassinatos, esclarecendo detalhes e correlacionando fatos que antes pareciam desconexos. Continuou a conversar com ela sem gravador. Depois das conversas, tomava notas no carro e depois as mandava digitar. Uma cópia foi enviada a Per Åkeson, que estava preparando a acusação que fatalmente levaria a uma condenação por triplo homicídio premeditado. Não obstante, durante todo o tempo Wallander tinha a sensação de estar apenas arranhando a superfície. A verdadeira descida ainda não começara. As provas a condenariam à prisão. Mas ele só iria descobrir a verdade que buscava quando chegasse às profundezas daquele abismo.

Ela teria de ser submetida a uma avaliação psiquiátrica, naturalmente. Wallander sabia que era inevitável, mas insistiu que fosse adiada. Agora o mais importante era poder conversar com ela em paz. Ninguém se opôs a isso. Entenderam que ela com certeza se fecharia em copas se a perturbassem. Ela só se dispunha a conversar com ele, e com ninguém mais.

Continuaram devagar, passo a passo, dia após dia. Fora da prisão, o outono já se aproximava do inverno. Wallander não conseguiu descobrir por que Eriksson foi buscar Krista Haberman em Svenstavik e a matou. É de se imaginar que ela lhe tenha negado o que ele costumava obter. Quem sabe houve uma discussão que descambou para a violência.

Ele passou a falar de Gösta Runfeldt. Ela estava convencida de que Runfeldt matara a esposa, que a afogara no lago Stång. Mas ele mereceu aquele destino, ainda que não a tivesse matado. Maltratava-a de tal forma que ela desejava morrer. Höglund tinha razão quando intuiu que Runfeldt fora atacado na loja de flores. Ander descobriu que ele estava de partida para Nairóbi e o atraiu para a loja dizendo querer comprar flores para uma recepção na manhã seguinte. Então o derrubou no chão. O sangue era mesmo dele. A janela quebrada foi uma maneira de levar a polícia a suspeitar de um arrombamento.

Então veio a descrição daquilo que, para Wallander, foi o elemento mais horripilante. Até aquele ponto, tentara entendê-la sem se deixar dominar por suas próprias reações emocionais. Mas então ele não conseguiu seguir adiante. Ela contou com toda calma que despiu Gösta Runfeldt, amarrou-o e obrigou-o a entrar no forno de assar. Quando ele já não conseguia controlar suas funções corporais, ela lhe tirou a cueca e estendeu-o numa folha de plástico.

Algum tempo depois, ela o levou para a mata. Àquela altura ele estava totalmente sem forças. Ela o amarrou a uma árvore e o estrangulou. Aos olhos de Wallander, foi naquele momento que ela se transformou num monstro, e eles só podiam sentir-se gratos pelo fato de terem conseguido detê-la antes que matasse Tore Grundén ou mais alguém de sua lista.

A lista, aliás, fora seu único erro: ela não destruíra o caderno em que traçara os planos antes de copiá-los para o outro que guardava em Vollsjö. Wallander não chegou a perguntar por quê. Ainda que ela tenha reconhecido que fora um erro. Aquele foi o único de seus atos que ela não conseguiu explicar. Mais tarde Wallander se perguntou se na verdade ela não queria deixar uma pista, se no fundo não desejava ser descoberta e detida. Às vezes achava que assim fora, às vezes que não.

Ela não tinha muito o que dizer sobre Eugen Blomberg. Explicou que misturava as tiras de papel, deixando que o acaso decidisse quem seria o próximo, da mesma forma como o acaso matara sua mãe. Foi essa uma das ocasiões em que ele a interrompeu. Em geral ele a deixava falar livremente, fazendo-lhe perguntas quando ela parecia hesitar quanto ao rumo da conversa. Mas agora ele a cortou.

"Então você agiu da mesma forma que os homens que mataram sua mãe", disse ele. "Deixou que o acaso escolhesse sua vítima."

"Não dá para comparar", retrucou ela. "Todos esses homens cujos nomes escrevi mereciam morrer. Eu lhes dei tempo com minhas tiras de papel. Prolonguei a vida deles."

Ele não insistiu no que dissera, sabendo que, num certo sentido obscuro, ela tinha razão. Com certa relutância, reconheceu que ela tinha seu tipo particular de verdade.

Quando ele leu as anotações que fizera de memória, deu-se conta de que tinha em mãos uma confissão, mas que o relato tinha um número excessivo de lacunas. Será que tinha conseguido o que queria? Mais tarde, Wallander viria a ter dificuldade de falar sobre Yvonne Ander. Quando alguém lhe perguntava sobre ela, ele sugeria que lesse suas anotações.

Como depois ficou claro, o que Yvonne Ander deixou como legado e testamento foi a história das terríveis experiências de sua infância. Wallander tinha quase a mesma idade de Ander, e pensava o tempo todo que essa época que estavam vivendo girava sempre em torno da questão: o que estamos fazendo com nossos filhos? Ela lhe contou que seu padrasto, que substituíra seu pai biológico, com frequência maltratava sua mãe. O padrasto obrigara sua mãe a fazer um aborto. Ela não pôde ter a irmã que a mãe trazia na barriga. Ela não podia saber se se tratava realmente de uma irmã — talvez fosse um menino —, mas para ela era uma irmã, brutalmente arrancada do útero da mãe, contra sua vontade, numa noite em princípios da década de 1950. Em sua lembrança, aquela noite transformou-se num inferno sangrento. Quando ela estava contando o episódio a Wallander, levantou os olhos da mesa e olhou diretamente nos olhos dele. A mãe ficou prostrada sobre um lençol na mesa da cozinha. O médico que fez o aborto estava bêbado, seu padrasto trancado no porão, com certeza também embriagado. Naquela noite lhe roubaram a irmã e, desde então, aprendeu a ver o futuro como uma terrível escuridão, com homens ameaçadores à espreita por toda parte, a violência escondida por trás de cada sorriso amistoso, de cada palavra.

Ela esconderá suas lembranças num compartimento secreto interior. Estudou, tornou-se enfermeira, sempre alimentando a vaga ideia de que algum dia haveria de vingar a irmã que nunca teve e a mãe a quem impediram de dar à luz. Recolhia histórias de mulheres submetidas a maus-tratos, de mulheres assassinadas em terras enlameadas e em lagos congelados, anotava nomes num caderno, embaralhava tiras de papel.

E então sua mãe foi assassinada.

Ela explicou a Wallander de forma quase poética. *Foi como uma onda*, disse ela. *Não mais que isso. Eu sabia que chegara a hora. Deixei passar um ano. Planejei, aprimorei o emprego do tempo que me mantivera viva durante todos aqueles anos. E certa noite cavei um fosso.*

Ela usou exatamente aquelas palavras. *E certa noite cavei um fosso.* Aquela frase era, talvez, a que melhor resumia a impressão que Wallander haveria de guardar de suas conversas com Yvonne Ander na prisão, no curso daquele outono. Era como um quadro da época em que ele vivia. Que fosso *ele próprio* estaria cavando?

Uma questão nunca foi esclarecida: por que ela, de repente, em meados da década de 1980, mudara de profissão e se transformara em ferroviária. Wallander entendera que os horários dos trens constituíam sua liturgia particular, seu manual. O universo dos trens continuou sendo um espaço privado de Yvonne Ander. Talvez o único; talvez o último.

Ela se sentia culpada? Åkeson lhe perguntou isso várias vezes. Lisa Holgersson também perguntou, mas sem tanta insistência, ao passo que seus colegas pouco ou nada perguntavam. A única pessoa que realmente insistiu em saber foi Ann-Britt. Wallander lhe disse a verdade: ele não sabia.

"Ander me lembra uma mola em espiral", ele lhe disse. "Não encontro uma forma de descrevê-la melhor. Não sei dizer se a culpa está compreendida nessa descrição, ou se já se dissipou."

Em 4 de dezembro tudo acabou. Wallander não tinha mais nada a perguntar, e Yvonne Ander nada mais tinha a dizer. A confissão estava completa. Wallander sentiu que tinha chegado ao fim da longa descida. Agora podia voltar à superfície. Já se podia fazer o exame psiquiátrico, o advogado de defesa podia apontar seus lápis, e só Wallander tinha alguma ideia do que iria acontecer.

Sabia que Yvonne Ander iria mergulhar no silêncio novamente, com a determinação de quem nada mais tem a dizer. Pouco antes de sair, ele lhe fez mais duas perguntas ainda sem resposta. A primeira era sobre um detalhe que já não tinha nenhuma importância, mas lhe despertava a curiosidade.

"Quando Katarina Taxell ligou para a mãe da casa em Vollsjö, ouviam-se marteladas ao fundo", disse ele. "Não conseguimos deduzir de onde vinha o som."

Ela lhe lançou um olhar desconcertado, depois seu rosto se abriu num sorriso, o único que Wallander viu em suas conversas com ela.

"Um trator se quebrara numa terra vizinha à nossa. O dono batia nele com um grande martelo para soltar alguma coisa do chassi. Quer dizer que deu para ouvir isso ao telefone?"

Wallander fez que sim, já pensando na última pergunta.

"Acho que já nos cruzamos antes", disse ele. "Num trem."
Ela aquiesceu.
"No sul de Älmhult? Perguntei a você quando chegaríamos a Malmö."
"Eu o reconheci das fotos de jornal. Do verão passado."
"Você já sabia que iríamos prender você?"
"Por que haveria de pensar isso?"
"Um policial de Ystad entra num trem em Älmhult. O

que ele está fazendo ali senão tentando descobrir o que aconteceu com a mulher de Gösta Runfeldt?"

Ela balançou a cabeça. "Não imaginei isso. Devia ter imaginado."

Wallander não tinha mais nada a perguntar. Já sabia tudo o que queria saber. Então se pôs de pé, murmurou um adeus e saiu.

Como de costume, naquela tarde, Wallander foi ao hospital. Ann-Britt estava dormindo quando chegou, mas ele conversou com um médico que lhe disse que dentro de seis meses ela poderia voltar ao trabalho. Saiu do hospital logo depois das cinco da tarde. Já escurecera, a temperatura estava abaixo de zero, e não ventava. Pegou o carro e foi ao cemitério visitar o túmulo do pai. Flores murchas congeladas no chão. Já se tinham passado quase três meses desde que eles voltaram da Itália. O passeio ainda estava bem vívido em sua memória enquanto ele se deixava ficar junto ao túmulo, perguntando-se o que ia na mente do pai ao passear na escadaria em Roma, no chafariz, com um brilho nos olhos.

Era como se Yvonne Ander e seu pai estivessem nas margens opostas de um rio, acenando um para o outro, embora nada tivessem em comum. Ou teriam? Wallander se perguntou o que ele próprio tinha em comum com ela, mas não soube responder.

Foi naquela noite, na penumbra do cemitério, que a investigação chegou ao fim. Ele ainda teria de ler e assinar documentos, mas o caso estava encerrado. O exame psiquiátrico viria a revelar que ela estava em pleno gozo de suas faculdades mentais. Depois seria condenada e aprisionada em Hinseberg. A investigação das circunstâncias em que se deu a morte de sua mãe na África iria continuar. Mas aquilo não tinha nada a ver com o trabalho dele.

Na noite de 4 de dezembro ele dormiu mal. No dia seguinte resolveu ir ver uma casa um pouco ao norte da cidade. Iria também a um canil em Sjöbo, que tinha uma ninhada de labradores pretos para vender. No dia seguinte teria de ir a Estocolmo dar uma palestra na academia de polícia. Por que havia aceitado um novo convite de Holgersson, ele não saberia dizer. Agora estava na cama de olhos abertos, pensando em que diabos iria dizer.

Naquela noite intranquila, pensou principalmente em Baiba. Levantou-se várias vezes e se postou junto à janela da cozinha, olhando a luz do poste de iluminação oscilando no fio.

Logo depois de voltar de Roma, em fins de setembro, eles decidiram que ela viria a Ystad em breve — no máximo até novembro. Iriam conversar seriamente se era o caso de ela se mudar para a Suécia. Mas a visita fora adiada uma primeira vez, depois uma segunda. Nos dois casos havia razões de sobra para o adiamento. Wallander acreditava nela, naturalmente, mas não conseguia dominar a sensação de incerteza. Será que ela ainda existia, invisível, entre eles? Uma fenda que ele não percebera? Nesse caso, por que deixara de ver? Porque não queria ver?

Agora ela viria mesmo. Combinaram de se encontrar em Estocolmo, em 8 de dezembro. Ele iria direto da delegacia ao aeroporto de Arlanda, para recebê-la. Linda iria reunir-se a eles à noite, e no dia seguinte os três partiriam para o sul, rumo a Skåne. Ele não sabia quanto tempo ela iria ficar, mas dessa vez teriam uma conversa séria sobre o futuro, e não apenas sobre o próximo encontro.

Aquela noite lhe pareceu interminável. A temperatura aumentara e o serviço de meteorologia deu previsão de neve. Wallander ficou vagando feito uma alma penada entre sua cama e a janela da cozinha. De vez em quando sentava-se à mesa da cozinha e tomava algumas notas, numa vã tentativa de encontrar um ponto de partida para a palestra que iria dar em Estocolmo. Não conseguia parar de pensar em Yvonne Ander e em sua história. Ela não lhe saía da mente, e às vezes chegava a sobrepor-se aos pensamentos sobre Baiba.

A pessoa em quem menos pensava era seu pai. Ele já estava muito longe. Às vezes Wallander tinha dificuldade em lembrar-se de todos os detalhes de seu rosto vincado. Tinha de pegar uma fotografia e contemplá-la para que a lembrança não se apagasse por completo. Em novembro, ele visitou Gertrud. A casa em Löderup parecia vazia, o ateliê frio e ameaçador. Gertrud sempre dava a impressão de estar serena, mas solitária.

Talvez tenha dormido algumas horas já perto do amanhecer, mas é possível também que tenha passado toda a noite em claro. Às sete da manhã já estava vestido. Às sete e meia estava no carro, que fazia um barulho suspeito, a caminho da delegacia. Foi uma manhã muito tranquila. Martinsson estava resfriado. Svedberg fora para Malmö, onde tinha um compromisso. O corredor estava deserto. Ele se sentou em seu escritório e leu a transcrição das anotações sobre sua última conversa com Yvonne Ander. Em sua escrivaninha havia também a transcrição de uma conversa de Hansson com Tore Grundén, o homem que ela tentara empurrar na frente do trem em Hässleholm. A história dele continha os mesmos elementos presentes na história dos que constavam da lista macabra dos marcados para morrer. Tore Grundén já cumprira pena por ter maltratado uma mulher. Wallander viu que Hansson deixara bastante claro que por pouco ele não fora destroçado pelas rodas de um trem.

Wallander já notara uma certa indulgência tácita, entre seus colegas, para com os atos de Yvonne Ander. Aquilo o surpreendeu. Ela alvejara Höglund, atacara e matara alguns homens. Normalmente uma equipe de policiais não aprovaria em nada o comportamento de uma mulher como Yvonne Ander. Era o caso de se perguntar se a polícia tinha atitude de indulgência em relação às mulheres em geral — exceto quando se tratasse de mulheres com a energia que se via em Ann-Britt Höglund e Lisa Holgersson.

Ele rabiscou sua assinatura e afastou os papéis de si. Eram oito e quarenta e cinco da manhã.

No dia anterior, ele pegara as chaves com o corretor. Era um sobrado de tijolos no meio de um grande jardim ao norte de Ystad. Do pavimento superior se via o mar. Ele abriu a porta e entrou. As salas e os quartos estavam vazios. Deu uma volta pelas dependências silenciosas e vazias, abriu a porta da varanda que dava para o jardim e tentou se imaginar morando ali.

Para sua surpresa, foi mais fácil do que ele pensara. Ficou evidente que não era tão ligado à Mariagatan quanto receava. Ele se perguntou se Baiba se sentiria feliz ali. Ela lhe falara de seu desejo de ir embora de Riga, de ir para o campo, mas não para um lugar muito distante e isolado.

Não lhe foi difícil tomar uma decisão naquela manhã. Compraria a casa, se Baiba gostasse dela. O preço não era alto, e ele podia muito bem conseguir o financiamento necessário.

Pouco depois das dez da manhã, ele saiu da casa. Prometeu ao corretor dar uma resposta dentro de uma semana. Depois de olhar a casa, foi procurar um cachorro. O canil ficava na estrada para Höör, bem perto de Sjöbo. Cães latiram em suas gaiolas quando ele entrou no pátio. A dona era uma jovem que, para grande surpresa dele, falava com um forte sotaque de Gotemburgo.

"Gostaria de ver um labrador preto", disse Wallander.

Ela os mostrou. Os filhotes, ainda muito pequenos, não podiam ser separados da mãe.

"Você tem filhos?", perguntou ela.

"Nenhum que ainda more em casa, infelizmente", respondeu ele. "É preciso ter filhos para comprar um filhote?"

"De modo algum. Mas essa raça de cães se dá muito bem com crianças."

Wallander explicou que talvez comprasse uma casa perto de Ystad. Caso resolvesse comprar, gostaria também de ter um cão. Uma coisa dependia da outra.

"Vou reservar um dos filhotes para você. Não precisa se apressar, mas também não demore muito. Há sempre quem queira comprar labradores."

Como fizera com o corretor, Wallander prometeu dar-lhe uma resposta dentro de uma semana. Ficou espantado quando a moça lhe disse o preço. Será que um filhote custava tanto? Mas ele sabia que ia comprar o cachorro, se a compra da casa se consumasse.

Deixou o canil ao meio-dia. Ao chegar à rodovia principal, de repente deu-se conta de que não sabia para onde estava indo. Será que estava indo para algum lugar, afinal de contas? Não ia visitar Yvonne Ander. Por enquanto eles não tinham mais nada a dizer um ao outro. Eles tornariam a se encontrar, mas não agora. Per Åkeson talvez lhe pedisse que explicasse melhor alguns detalhes, mas ele achava improvável. Eles já tinham elementos bastantes para condená-la.

A verdade é que ele não sabia para onde ir. Na verdade, ninguém precisava dele. Sem saber direito o que fazia, tomou o caminho de Vollsjö e parou perto de Hansgården. Yvonne Ander era a dona da casa, e certamente continuaria a ser durante todos os anos em que passasse na prisão. Não tinha parentes próximos, só a falecida mãe. Era de se duvidar que tivesse algum amigo. Katarina Taxell dependera dela, recebera seu apoio, assim como as outras mulheres. Mas amigas? Wallander sacudiu os ombros a esse pensamento. Yvonne Ander não era íntima de absolutamente ninguém. Surgia do vazio e matava gente.

Wallander saiu do carro. A casa era a própria imagem do abandono. Wallander andou à sua volta e viu uma janela entreaberta. Aquilo não era bom sinal. Qualquer um poderia invadir a casa. Wallander encontrou um banco de madeira, ajeitou-o sob a janela, pulou para dentro da casa e olhou em volta. A janela ficara aberta por falta de cuidado. Andou pelos aposentos e olhou com repugnância para o forno. Aquilo constituía o limite invisível. Para além dele, Wallander nunca haveria de compreendê-la.

Agora a investigação estava de fato encerrada. Puseram um ponto final na lista macabra, decifraram a linguagem da assassina e solucionaram o caso. Era por isso que ele se sentia inútil. Não precisavam mais dele. Quando voltasse de Estocolmo, tornaria a investigar o contrabando de carros para os países do antigo bloco oriental. Só então voltaria a sentir-se real para si mesmo.

Em meio ao silêncio, um telefone tocou. Só ao segundo toque ele percebeu que era o celular que trazia no bolso do casaco. Atendeu: era Per Åkeson.

"Estou interrompendo alguma coisa? Onde você está?"

Wallander não queria dizer onde estava.

"Estou em meu carro", disse ele. "Mas ele está estacionado."

"Imagino que você não soube da notícia", disse Åkeson. "Não haverá julgamento."

Wallander não entendeu. Nunca imaginou aquilo, embora devesse ter imaginado. Devia estar preparado.

"Yvonne Ander se matou", disse Åkeson. "Em algum momento da noite passada. Foi encontrada morta esta manhã."

Wallander prendeu a respiração. Alguma coisa nele ainda resistia, recusando-se a ceder.

"Parece que ela teve acesso a pílulas. Ela não devia ter tantas ao seu alcance. Pelo menos não tantas que lhe permitissem tirar a própria vida. Gente maldosa há de perguntar se foi você quem as deu a ela."

Wallander percebia que aquilo não era uma pergunta velada, mas de todo modo respondeu.

"Eu não a ajudei."

"Tudo dá a impressão de grande serenidade. Tudo se deu em perfeita ordem. Ela parece ter tomado a decisão e levado a cabo o intento. Morreu dormindo. É fácil de entender, claro."

"É?", perguntou Wallander.

"Ela deixou uma carta para você. Está na minha frente, sobre a escrivaninha."

"Dentro de meia hora estarei aí."

Ele ficou onde estava, com o celular mudo na mão,

tentando avaliar o que estava sentindo. Uma sensação de vazio, talvez uma vaga impressão de injustiça.

Verificou se a janela estava bem fechada e saiu da casa pela porta da frente.

Era um dia claro de dezembro. O inverno já estava ali perto, à espreita.

Wallander entrou no escritório de Per Åkeson. A carta estava bem visível sobre a escrivaninha.

Ele a levou consigo para o porto, dirigiu-se à barraca do serviço de resgate da Marinha e sentou-se no banco. A carta era curta.

Em algum lugar da África está o homem que matou minha mãe. Quem está à sua procura?

Só isso.

Quem está à sua procura?

Ela subscreveu a carta com o nome completo. No canto superior direito, escrevera a data e a hora.

5 de dezembro de 1994, 2h44.

O penúltimo registro em seu quadro de datas e horários, pensou ele. Ela não escreveria o último, tarefa que caberia ao legista, quando registrasse a hora de sua morte. Então não restaria mais nada.

Tempo esgotado, uma existência que chegara ao fim.

Sua partida foi explicada em forma de pergunta ou acusação. Ou talvez as duas coisas.

Quem está à sua procura?

Rasgou a carta em pedaços e jogou-os na água. E logo se lembrou de que, muitos anos atrás, rasgara uma carta que resolvera não mandar a Baiba. E a jogara na água também. Havia uma grande diferença, porém. Ele tornaria a ver Baiba, em breve.

Ficou olhando os pedaços de papel flutuando, sendo carregados pela água. Então deixou o porto e foi ao hospital visitar Ann-Britt.

Finalmente algo se encerrara. O outono entrava no inverno.

SÉRIE POLICIAL

Réquiem caribenho
   Brigitte Aubert

Bellini e a esfinge
Bellini e o demônio
Bellini e os espíritos
   Tony Bellotto

Uma longa fila de homens mortos
Bilhete para o cemitério
O ladrão que achava que era Bogart
O ladrão que pintava como Mondrian
Punhalada no escuro
O ladrão que estudava Espinosa
Os pecados dos pais
Quando nosso boteco fecha as portas
O ladrão no armário
Na linha de frente
   Lawrence Block

O destino bate à sua porta
Indenização em dobro
A história de Mildred Pierce
Serenata
   James M. Cain

Corpo de delito
Desumano e degradante
Cemitério de indigentes
Lavoura de corpos
Post-mortem
Restos mortais
Causa mortis
Contágio criminoso
Foco inicial
Alerta negro
A última delegacia
Mosca-varejeira
Vestígio
Predador
Livro dos mortos
Em risco
   Patricia Cornwell

Edições perigosas
Impressões e provas
A promessa do livreiro

Assinaturas e assassinatos
O último caso da colecionadora de livros
   John Dunning

Máscaras
Passado perfeito
Ventos de Quaresma
   Leonardo Padura Fuentes

Tão pura, tão boa
Correntezas
   Frances Fyfield

O silêncio da chuva
Achados e perdidos
Vento sudoeste
Uma janela em Copacabana
Perseguido
Berenice procura
Espinosa sem saída
Na multidão
Céu de origamis
   Luiz Alfredo Garcia-Roza

Neutralidade suspeita
A noite do professor
Transferência mortal
Um lugar entre os vivos
O manipulador
   Jean-Pierre Gattégno

Continental Op
Maldição em família
A chave de vidro
   Dashiell Hammett

Ripley debaixo d'água
O talentoso Ripley
O jogo de Ripley
Ripley subterrâneo
O garoto que seguiu Ripley
   Patricia Highsmith

Pecado original
Uma certa justiça
Morte no seminário
Morte de um perito
A torre negra
Sala dos homicídios
O enigma de Sally
O farol

Mente assassina
Trabalho impróprio para uma mulher
Paciente particular
O crânio sob a pele
Mortalha para uma enfermeira
Causas nada naturais
    P. D. James

Música fúnebre
    Morag Joss

Sexta-feira o rabino acordou tarde
Sábado o rabino passou fome
Domingo o rabino ficou em casa
O dia em que o rabino foi embora
Segunda-feira o rabino viajou
    Harry Kemelman

Um drink antes da guerra
Sobre meninos e lobos
Apelo às trevas
Sagrado
Gone, baby, gone
Paciente 67
Dança da chuva
Coronado
Estrada escura
    Dennis Lehane

Morte no Teatro La Fenice
Morte em terra estrangeira
Vestido para morrer
Morte e julgamento
Acqua alta
Enquanto eles dormiam
O fardo da nobreza
    Donna Leon

É sempre noite
    Léo Malet

Assassinos sem rosto
A leoa branca
A quinta mulher
Os cães de Riga
O homem que sorria
O guerreiro solitário
    Henning Mankell

O diabo vestia azul
    Walter Mosley

Informações sobre a vítima
Vida pregressa
    Joaquim Nogueira

Revolução difícil
Preto no branco
No inferno
    George Pelecanos

Morte nos búzios
    Reginaldo Prandi

Questão de sangue
Os ressuscitados
O enigmista
Denúncias
    Ian Rankin

A morte também frequenta o Paraíso
Colóquio mortal
    Lev Raphael

O clube filosófico dominical
Amigos, amantes, chocolate
    Alexander McCall Smith

Clientes demais
Cozinheiros demais
Aranhas de ouro
Mulheres demais
Ser canalha
Milionários demais
Serpente
A confraria do medo
A caixa vermelha
A voz do morto
A segunda confissão
    Rex Stout

Fuja logo e demore para voltar
O homem do avesso
O homem dos círculos azuis
Relíquias sagradas
Um lugar incerto
    Fred Vargas

A noiva estava de preto
Casei-me com um morto
A dama fantasma
Janela indiscreta
    Cornell Woolrich

ESTA OBRA FOI COMPOSTA PELO GRUPO DE CRIAÇÃO EM GARAMOND E
IMPRESSA PELA GEOGRÁFICA EM OFSETE SOBRE PAPEL PAPERFECT
DA SUZANO PAPEL E CELULOSE PARA A EDITORA SCHWARCZ
EM MAIO DE 2012